The Autobiography of William Carlos Williams

ウィリアム・カーロス・ウィリアムズ自叙伝

アスフォデルの会——訳

思潮社

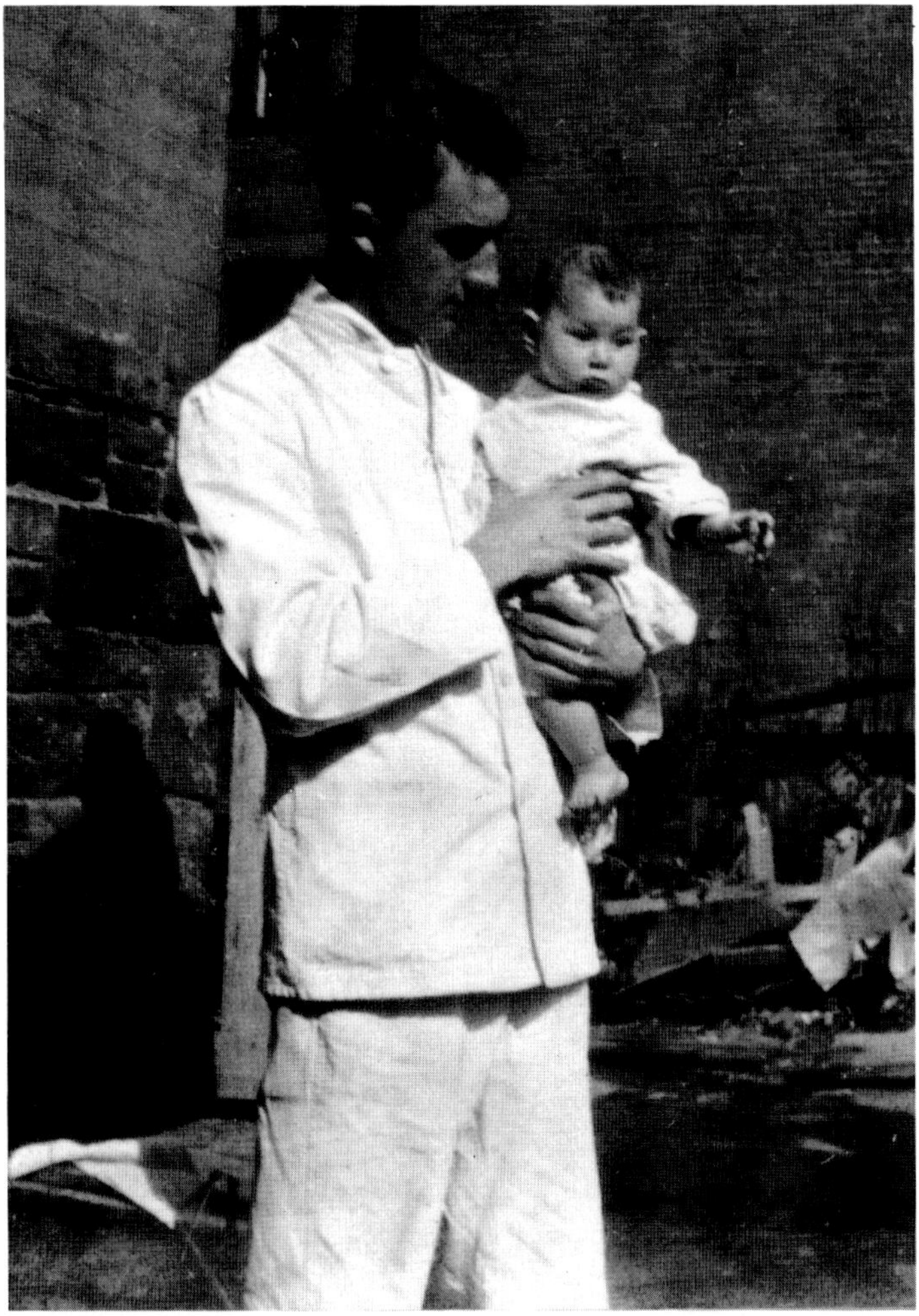

ウィリアム・カーロス・ウィリアムズ自叙伝

アスフォデルの会 訳

思潮社

フローレンス・ハーマン・ウィリアムズに

目次

II

装幀　夫馬孝

ウィリアム・カーロス・ウィリアムズ自叙伝

まえがき

ぼくらの人生の九十パーセントは生きているうちに結構わすれてしまう。覚えていることも、その大部分は話さないほうがいい。誰の興味も引かないだろうし、自分が何者だったかを明かす役にも立たないからだ。残るのは細い物語の糸が一本だけ——二、三百ページ——そのまわりに面白そうなものが、棒飴みたいにくっついていて、甘いもの好きの子がやるように、世の読者は何かもっとおいしくて歯にやさしいものはないかと、二、三時間を費やすだろう。だが、そうした数時間はぼくらにはかけがえのないものなのだ。なくてはならない宝物である。ぼくらが提供すべきは、ほんとは、それだけだ。

知っていることしか話せない。ぼくは何とか一日一日と生きてきた、だから自分の失敗や成功に意味を求めて苦闘してきたまま、一日一日と述べるだけ。深遠な結論を得たからではなく、ごく些細な出来事にも何か重みが宿っているかも知れないからだ。

ベッドをともにした女たちのことを詳しくは、いや何も、話すつもりはない。そんなものは探さないでほしい。ぼくに関係ないのだ。どんなかかわりが男や女たちとあったにせよ、最も深い関心を持つような出会いがベッドで起きたためしはない。ぼくの願望は極度に性的なもので、それはいつでも、どこでも、ぼくの内にある。人が何かを行う原動力はそこから出てくるのだとぼくは思う。そんな力があって初めて、人は自分の心の命ずることを行う。その力の向け方にその人の秘密がある。ぼくらはいつも自分の人生の秘密を人目から隠そうとする。自分の人生の隠れた核だとぼくが信じるものは、このように、その外面的事情を話していても、容易に読み解かれはしないだろう。

こうした自叙伝は千ページにだって引き延ばせるだろう。ただ書き続けていくだけでいい。それでも必ず一般の興味をつなぎとめることはできる。だが、引き延ばし、ちょっぴり詰め物をし、同時代人たちの話をいくつか付け足したところで、物語を明快にする助けにはあまりなるまい。現在の分量で期待できるよりはずっと楽しい本になるかも知れないが、それで価値が上がることはまったくないだろう――仮にせいぜい二、三の友人が関心を寄せる以上に何か価値があれば、ということだが。

友人の名を網羅しようなどとは考えもしなかった。何であれ羅列には無関心だった。ただ、医療に従事しつつ同時に日夜の探求（何の……？）を記録しながら生きてきた自分の生涯を話したかっただけだ。一作家として、ぼくはずっと一医師であり、医師にして作家であった。そして作家兼医師をつとめて六十八年の人生を、自分のたまま生まれた場所から半マイルを越えないところで、何とか無事平穏に過ごしてきたのだ。

妻フロッシーとぼくはどこへも転居しなかったから、「リッジ通り九番地」は多くの友人のランドマークとなっていて、滅多に、いや一度も、訪ねて来たことがなくても、ぼくらの住所だけは知っていた。かれらはたくさん手紙をよこし、ぼくはその全部に返事を出す。それが長年ぼくの主な仕事の一つである。医学部の同級生の中でエド・コーソン、アーサー・ノイエス、バート・クラークといった名前にふれていないのに、われながら驚いている――懐かしい友人たちだ。もう一人ほとんど言及していないのがウォレス・スティーヴンズ[1]。だがかれはいつもぼくの心の中にいた。また、今は亡きアルフレッド・スティーグリッツ[2]。この人たちはぼくに会いにラザフォードへ来たことがない。ぼくのこうした孤立には大きな長所がある。思考のための適当な間合いがとれるのだ。つまり「考えごと」とぼくが呼ぶもの、主として「殴り書き」ができるのだ。たいていの満足感をぼくが得たのは、いつだって殴り書きをしている最中だった。

例えば、よくアルフレッド・スティーグリッツに会いに行った。かなり定期的に行った時期もある。行くと、画廊には誰もいない。かれはぼくに気付くが、ぼくが一通り見て回るのを待ってから、仕切りの後ろから出てきて話が始まるのだった。絵画について、ジョン・マリン[3]やその当時のかれの創作活動について、またハートレー[4]展や近代美術館のポーティナリ[5]展を見に行ったことについてだったりした日もあった。あるいは、パブロ・カザルス[6]を聴きに行ったこと、クロイスターズ分館[7]のタペストリーを見に行ったこと、だった。その後、ぼくは家に帰って考える――つまり殴り書きをするのだ。こうした訪問の後、ぼくは時には何日も、いや、ことによると何年も、殴り書きをして、その触れ合いによって自分の心がどう変わってきたかを探ってみようとしたものだ。

　また時々、そう頻繁にではないが、クルマに乗って四十マイルほど田舎へ、ぼくと同じニュージャージーっ子のケネス・バーク[8]とその家族を訪ねて行った。アンドーバーの古い農場跡でのかれの生活にぼくはずっと惚れ込んでいた。あれはいい。ああいう暮らしを思い付き、そして実践した精神がすごいと思う。あそこでは、ガラガラ蛇に嚙まれて大声でぼくに助けを求め、治療のため病院へ送られて行ったペギー・カウリー、それからマティ・ジョセフスン、マルカム・カウリー[9]、あんな田舎で縞のズボンにステッキ姿のゴーハム・マンソン、などに会った。午後はずうっと議論して過ごす、それぞれアップル・ブランデーのグラスを抱えて。活気を取り戻したぼくは、わが家へ帰ってあのかぎりなくやりがいのある戯れ、殴り書きに取りかかったものだ。ぼくの場合、思考は決して孤立したものではなかった。それは試行と均衡のゲームであり、書いたことばで検証してやらねばならなかった。それから試練がやってくる。書いた詩は行き当たりばったりの編集者の手に委ねられる、あるいはとにかく現世で無惨な運命に見舞われる。その運命を見つめる中で、わが同時代人の知性がぼくには分かってきた。ある時などは、胸をわくわくさせてぼくらは、フィラデルフィア行きの汽車に乗り込んで『リシストラタ[10]』の上演を、検閲に引っかからぬうちにと、遅まきながら急いで見に行ったこともあった。

　こんな風にあちこち出かけていて、いつ、どこでぼくはものを書いたか、いや書けたのか？　時間などぼくには問題でなかった。インフルエンザ流行の真最中で、電話が昼も夜も狂ったように鳴り続け、一瞬の暇もないかも知れない。それでも何も変わらない。もし発作がぼくをとらえたら――もしスティーグリッツやケネスの言った何かがぼくの中で燃え続け、夜のうちに育って出口を求めていたら——ぼくはまるで出産予定日の女性だ。他に何があろうと、その求めに応えねばならなかった。

五分や十分の時間はいつでも見つかる。タイプライターを診療室の机に入れている。それを取り付けた自在板を引き上げさえすれば、準備完了だ。ぼくは全速力でキーを叩く。文の途中であろうと入り口に患者が入ってきたら、ガチャンと機械をしまい込み——医者に戻る。患者が去ると、機械が出てくる。ぼくの頭がある技法を生み出した。何かがぼくの中で育ち収穫を求めている。それに応えてやるしかない。やっと夜の十一時すぎ、最後の患者を寝かせた後、十ページや十二ページ叩き出す時間はいつでもあった。実際のところ、一日中ぼくを苦しめていた強迫観念から自分の心を解放するまでは、心は休まらなかった。その苦しみがぬぐわれ、殴り書きを終えて、やっとぼくは休めたのだ。

ぼくらは季節とともに生きてきた。この地で病気が発生するのは主として冬、医者の仕事が一番忙しい季節だ。しかし往診が一番つらい時期でもある。ぼくは冬休みなど取ったことがない。いずれ近いうちに何とかしなければいけないことだろう。冬は医者にとってつらい時だ。しかし春になると世界は一変する。わが庭と呼ぶ一切れの土地という小さな世界が、ぼくにはずっととてつもなく大切な意味をもってきた。アンリ・ファーブル(11)はぼくの神々の一人だった。かれの科学者としての手本に従ってきたわけではないが、ある時点でそうしていたら、今よりは幸せになっていたかも知れない。しかしファーブルというお手本は一つの基準、一つの定則としてつねにぼくの座右に在った。それがぼくを落ち着かせ、ぼくの中に辛抱づよい勤勉さや、欠点だらけのぼくにも長く続く充足感を生み出してくれた。自分の行く末なんか、大して気にしたことはないが、この得体の知れない世界で、逆流に抗して生きている想念たちの運命には、ぼくはいつも固唾を呑んできた。

ウィリアム・カーロス・ウィリアムズ

I

1 幼い記憶

ぼくはもともと無邪気なタイプの子供で、今もそのままだ。つい昨日も、チャップマンの(1)『ホーマーのイリアッド』を読んでいて、形容詞 venereal（性病にかかった）の語源が Venus（美と愛の女神ヴィーナス）であることを初めて知ったりしたのだ！　今まで医者を四十年間やってきたこのぼくが、である。われながら唖然としてしまった！

「恐怖」がぼくの少年期を支配したが、それはこわさではない。ぼくはこわがり屋じゃなかった。もちろん、ただのこわさはいろいろ感じたが、それは我慢できた。だが、見えないところや「天」全体から閃く恐怖は別だ。

自分でもはっきり思い出せる最初の記憶は、一八八八年の猛吹雪の後、戸外へ締め出され、寒さと寒風の厳しさに、お家に入れて！　と泣きわめいていたことだ。そして聞くところによると、その年の春、ぼくはゴッドウィン叔父の口車に乗せられ、塩を片手いっぱいつかんで外に行き、スズメの尾に振りかけてつかまえようとしたそうだ。

それより早く、ぼくは覚えてないが母が感心したのは、アーヴィング叔父にはやされてぼくが打ったドラムの正確さだ。叔父が大きいドラムを打つ（これを書いていても思い浮かぶ）、ゆっくりバン！　バン！　と。その後一拍間をおいて、ぼくが素早く割り込み、小さいドラムをバン！　バン！　その間合いは完璧だったらしい。

ぼくが初めて声を立てて笑ったのは、たしかまだ一歳にもならない時（古い家にいて、まだ弟のエドが生まれてなかったころ）だったと母は言う。父が小さい木を伐り倒していて、振り下ろす斧が木にガツンと食い込むたびに、キャッキャッと夢中で歓声をあげたとか。

だが、あの雪の場面に次ぐ二番目の思い出は——たしか吹雪の後の四月か五月だったはず——ジェインズ家の側庭のカシの木に吊された大きなブランコのことだ。すばらしかったなあ、あのブランコは。中でも覚えているのは、安定用にロープが四本ついた赤ん坊用の小さいやつ！　だがぼくら年上の子は——ぼくは四歳半——二本ロープのブランコに腰掛けて、他の子たちにぼくらの下をずうっと反対側へ走り抜けさせたものだ、腕丈いっぱいにぼくらを押し上げ押し上げしながら。後ろから前へ、後ろから前へと。

父はそのころほとんどいつも商用で中南米へ出かけて留守だったから、父の異父弟の叔父ゴッドウィンやアーヴィングがぼくの養育に深くかかわった。気の毒なゴッドウィン、わが一族中の不吉な名前、かれはいつも頭が少し変だった。歌を一つ教えてくれたが、ぼくはその歌を忘れたことはない、

おい　おとこのこよ、ちかよるな
おんなのこの　そばへ、いいかい
うんと　あいだを　あけときな
けっこんしたら　もう　おしまい
あいつら　おまえのあたま　ぶったたくぜ
ちびた　ホウキの　さきっちょで

一度も結婚しなかったかれが、モリス・プレインズ(2)の精神病院で狂死したのはずっと後年のことだ。子供の想像力をかきたてたすばらしい人だった。

もう一人の叔父アーヴィングは音楽好きで美しいバリトンの声の持ち主だった。母は時々かれとデュエットした。父とかれはよく母の伴奏でフルートを吹いた。だが父はいつもあまり上手でなかった。父の芸はいろいろ他の面に

あった。

　もちろん母がいたし、それに祖母のウェルカム(3)がいた。父の母親であるこのイギリス女性は、いまだにロンドンっ子風にh音を抜かすことがあった。祖母はロンドンの少女時代のことをよく覚えていたが、あまり話してくれなかった。当時彼女はゴッドウィン家に引き取られていた——多分後見人はウィリアム・ゴッドウィン、だがよく分からない。謎の一章だ。ぼくのただ一人の弟エドが生まれたのはぼくが生後十三カ月の時だ。その時からぼくの面倒は祖母が見た。ぼくはすっかり「ばあちゃんっ子」になった。

　ぼくには姉も妹もなかった。叔母も従姉妹も、少なくとも手の届くところにはいなかった。だから、ぼくは子供の時はずっと、母と祖母の他には一人の女性も親しく知ることがなかった。それはとても重要なことだった。ぼくの内に成長期の男の子を五十人も焼き尽くすほどの好奇心を生み出したのだ。

　祖母がぼくを引き受けた、いや引き受けようとした。ところが母は一度カンシャクを起こし、祖母の顔をピシャリと一発張り飛ばした。母はそれを死ぬまでうれしそうに思い出していた。母のラテン系の血があの日爆発したのだ。そのことを後悔もしなかった。それどころか、実際サント・ドミンゴから合衆国へ来て結婚して以来のどんな経験よりも母のためになることだった。彼女を九十二歳まで長生きさせた最も大きな力の一つは、姑より長生きしてみせるという負けん気のようなものだったと思う。相手は一九二〇年に八十三歳で亡くなった。ぼくは自分が先祖の女性たちに似ればいいな、と思う。

2　バゲロン屋敷

バゲロン屋敷(1)！　山ほどあるあの屋敷の思い出を最後に一目振り返って見ずに素通りすることなどぼくにはとてもできない。あの大きな屋敷の裏塀の向こう側には、チャーリー・ワズワース印刷所と隣合わせに果樹園があって、そこのリンゴは今でもぼくの大好物だし、これからもそうだろう。ボールドウィン種(2)だ！　あのリンゴと言えばすぐ思い出すのは、あそこのある木の洞に棲んでいた小鳥たちのことだ。淡いブルーの鳥で、近付くと緑の葉陰からすっと音もなく飛び立った。

ある日エドとぼくは言い付けに背き、あそこにあった小さな水溜りに靴も靴下も脱いで足を突っ込んで座っていた。ふと現れたゴッドウィン叔父さんがぼくらをとっつかまえ、引きずって帰った。二人はきちんとお仕置された。水溜りは不用意に蓋を取ったままになっていた深い井戸だったのだ。だが、あれはたしか二年目のことだったはず。というのは、あの一部屋だけの小屋には、チャーリー・ワズワースが店を開くまで、ある貧しい家族が住んでいたからで、その人たちをぼくがよく覚えているのはちょっと理由があるのだ。

その日エドも一緒だったかどうか思い出せないが、ぼくと同年かやや年上のボロ服すがたの男の子たちが数人、その辺でオシッコ飛ばしをしていて、ぼくも仲間に加わった。ところが中に一人だけ、みんなと同じお道具のついてない子がいた――着物を腰の上までからげたちっちゃい子だ。ぼくはびっくりして首をひねった。あとで母に話したら、そんなことは二度と口にしちゃダメ、あんな薄汚い子らとは遊ばないで、ときつく言われた。

別の日のこと、ぼくはアーヴィング叔父さんが並外れた威力の空気銃で（あんな銃はその後も見たことがない）前庭の松のてっぺんにいる赤いリスを撃つのを見ていた。ついにリスは血まみれで足元に落ちてきた。またある日、ぼくが家の外に脱ぎっぱなしにしていたゴム長靴を、翌朝取り込んでもらって履くと、片方の内側が濡れていた。一晩の安息を求めて入り込んでいたカエルを踏みつぶしたのだ。

ある時、柱を立てる穴を掘っていた人たちが大きな赤い蛇を掘り出した。頭は完全につぶれてるけど、尻尾がまだくねってるから日没までは死なんぞ、とゴッドウィン叔父さんが言っていたのをまるで昨日のことみたいに覚えている。

ゴッドウィン叔父さんは納屋の前の庭で生み立ての卵に針で穴を開けて、ぼくに中味を吸わせてくれた。また、庭の井戸の脇にあった水桶に馬の毛を入れておくと朝までにはウナギに変わるんだぞ、と教えてくれたのもかれだ。見に行くと、本当に何か黒く細長い虫が底でくねっているのが見えた。

ある時、屋敷の東側沿いの道でぼくは十セント玉を見付けて、玄関まで駆け戻りみんなに知らせた。「もう一度行ってごらん、またあるかも知れないよ」とアーヴィング叔父さん。行くと、本当にまた一つあった。「もう一度やってごらん、ひょっとするとお金の鉱山かも知れないよ」と叔父さんは言う。その通りやって三つ目を見付けた。そのうちみんなやって来た。みんなでほじくって、たしかエドだったと思うが五セント玉を一つだけ見付けた。だが、それでおしまい！

ノーズワージィ夫妻が訪ねてくるのは土曜日。するとぼくらは納屋の戸口から飛び跳ねて堆肥の山のところへ行ったものだ。ドイツ人は堆肥の中にリンブルガー・チーズを埋めて熟成させるんだ、とゴッドウィン叔父さんが入れ知恵していたのだ。そのチーズはかれの大好物だったのだが、またかれお得意の冗談の種にもなったわけだ。

果樹園裏の広い野原に男たちがよくウサギ狩りに来ていた。そこでウサギを仕留めたあるハンターが、笑いながら鋭利なナイフで哀れな生き物の尻尾の下のところをぐさっと突き刺すのを見た。ぼくは気分が悪くなった。

またあの辺の畑地で、ある日エドとぼくは年老いた黒人が土地をスキで耕すのを見ていて、その手の平がぼくらと同じで白いのに気付いた。ぼくらにとてもやさしくしてくれて、仕事の間近くの草むらに置いていたブリキのバケツの水を飲ませてくれた。飲みながら中をのぞくと、底が少し錆びていた。こんな発見を帰ってみんなに話したら、今度そんな遠くへ行ったりしたら、恐ろしい目にあうぞ、と脅された。

それからあの馬たち！　ビッグ・ビリーとリトル・ビリー。リトル・ビリーはゴッドウィン叔父がジプシーから買ったやつだが、あとでかれを危うく死にそうな目にあわせることになった。それに、踏切で止まっていた貨物列車の下を四つん這いでくぐっていった人たち！

抒情的な歳月だった。当時父はたいてい留守だったが、父といえば今も懐かしく思い出すことが一つある。凧のことだ――そして西インド諸島[3]での父の子供時代と凧の話の数々。あの凧には競り合って走る三頭の馬の顔が鮮やかに描かれていた。大きさはぼくの背丈より大きく、チャーリー・ワズワース印刷所制作のクリフトン競馬出馬表の広告ポスターを利用して作ったものだった。ゴッドウィン叔父さんはこの競馬にせっせと通い、かき集めた小銭まで注ぎ込んだものだ。あれは父にしか作れない凧だった。それをある日、紙の尻尾を二、三度調節して、庭から揚げ、その夜は裏のベランダの手摺にくくり付けておいた。翌朝、南から吹くそよ風に乗って凧はまだ堂々と揚がっていて、凧糸はヴァイオリンの弦みたいにピンと張っていた。手にした時の糸の張りと振動の感触をまざまざと覚えている。あの古屋敷のてっぺんのガラス張りの小円塔から、誰かが据えてあった望遠鏡で、一度恐る恐る月を覗いたことがあった。アーヴィング叔父さんが納屋の正面の大戸の真上を射抜いた矢のことも覚えている！　あの矢は、冬も夏も二年の間、いやぼくらがバゲロン屋敷を引き払い文明社会に復帰するまで、ずっとそこに突き刺さっていた。

3

川辺にて

あの幼いころのもう一つ別の思い出は、わが家で「川辺」と呼んでいたキャッツキル山中のマンガー荘で過ごした夏のことだ。父やアーヴィング叔父さんと一緒に石垣の中のシマリスをさがしまわったのもあの山荘だったが、叔父の方はそれよりご婦人方とクロッケー[1]や庭球をすることが多かった。ある時ぼくら子供もみんなと数頭立ての馬車で近くの高地の頂きまで遠出した。ぼくは降りるとすぐ駆け出して転び、あごを地面の岩肌にぶっつけた——グヮンと一発！　あれはよく覚えている。

別の日、縞ジャケットの男たちとロングスカートの女性たちが浅い急流で釣りをするのを見ていた。水の中にはかなり大型の魚がたくさんいて、銅線を輪にしたワナで釣れそうなほどものぐさな魚だった。

長い竿で、普通の釣糸の先に針金の輪をつけていた。釣るコツは、魚の向かう上流にその輪を投げ込み、そうっと下手へ滑らせていって魚の首のまわりに掛け、グイッとしゃくって終わり！　というわけだ。引っかかるのは石にしがみついているヌメリゴイ[2]くらいか？　だが一匹も釣れるのを見なかったから、あの技は見かけより難しかったのだろう。

一年後、エドは百日咳にかかっていたので、ぼくだけが祖母と一緒にニューヘイヴン[3]行きの船でコネチカット州へ旅行した。もう六歳近いはずなのに、ぼくにはまだ哺乳瓶が要り、祖母が持っていた。見られるのが恥ずかしくてデッキで祖母のスカートの陰にしゃがんで吸おうとしたが、まわりの人が見ていたのでそのご馳走をきっぱり断った。あれがぼくの乳離れとなった。

ウエストヘイヴンではフォーブズ夫人の家に滞在した。祖母のセント・トマス時代からの旧友だった商船の船長の奥さんだ。あそこでぼくは初めて水泳に行った。いや正確には、臆病で海に入れないぼくは海水をバケツ一杯頭からぶっかけられただけのことだ。

あの夏の冒険で一番鮮明な思い出は、年上の男の子が父親の散水用荷馬車を見に連れて行ってくれた日のことだ。座席の高い一頭立ての馬車で、座席の後ろの木製タンクには、街路の埃がひどい日に撒く水が溜めてあった。その装置がぼくにはとてつもなく大きなものに見え、馭者席に引き上げられた時、もう二度と降りられなくなったと思った。

翌年夏ぼくたちはロングアイランドへ行った。エドが百日咳のため前年一人で行ったところだ。母はまだ絵を少しやっていた。黄や赤の実をつけた野生リンゴの小枝を釘にかけて屋外でスケッチする姿が母が実際に描くのを目にした最後だった。その夏、小さい桜の木に登っていて、子羊の激しい鳴き声にハッとし、何気なく納屋の方を見た。声の方を向くと、一人の男がナイフで子羊のノドを横ざまに掻き切り、血が噴き出した。頭がくらくらっとしたが、何とか地面まで降りて走って逃げた。

グッデイルの下宿屋では、夕暮れになるとみんなで座って歌をうたった、

道の真向かいに
下宿屋が一軒
そこじゃハムエッグが
日に三度。

ほら下宿人が歓声を上げる

夕食のベルが聞こえるのだ
おお卵のいい匂い
十マイル先までとどくんだ。

ある夕方ジョージ・グッデイルが、柵を跳び越え隣の牧場へ逃げ込んだ雌牛を連れ戻しに行かされた。雌牛は見付かったが手に負えない——狂ったように走り回り柵を次々跳び越えていくのをみんなで追っかけた。乳搾りの時間だったので、柵をピョンと越えると乳が後方に飛び散ってぼくらの顔にかかったのを思い出す。

その夏ぼくは恋をした——道を上ったところの女の子で心臓病だという噂だった。ぼくはその子がとてもかわいそうだと思った。物静かで小柄な少女だったが、ぼくにはとても魅力のある子だった。もしかしたら、その悲しげな孤独と響き合うものがぼくの中にあったのか。

他にも多くの夏があり、恋があったが、あの山荘で過ごした夏は最高の夏であり、ぼくの知るかぎりあれが初めての恋だった。

それから後は、学校へ通いながらエドとぼくは一緒に成長していき一心同体だった。育ち盛りの子供のころから結婚するまで、すべての体験をかれと共有した。二十年近くぼくたちはいつも一緒だった。同じチームに入り、かれがキャッチャー、ぼくがピッチャーという具合だ。今も覚えているが、時にはわずか八フィートか十フィートの距離から、ぼくが全力に近い速球をかれのキャッチャーミットめがけて投げ、一球もミスなしだった。それほどぼくたちは信頼し合っていたのだ。

あの農場を後にし、あそこの楽しい生きものたち——雌犬のノーマ(ぼくはその子犬たちのことを親に嚙みついているネズミだと思って蹴散らしたことがあった)、馬、ウサギ、畑の雑草オナモミを住みかにするニワトリなど——これだけで一冊の本になる——すべてを後に残してきた後、ある日ぼくたちは父や母と食卓についていた。多分ぼくがエドをいじめていたのだろう、かれが銀のティースプーンをつかんでテーブル越しにぼくの眉間の真ん中を叩いた。ぼくはそんな子供っぽさには取り合わず——そんなに痛くなかったし——気にもしないでかるく受け流した。それほどぼくたちは仲が好かった。

また別の時はぼくが、階段を駆け上がって逃げようとするエドの背中の真ん中をテーブルナイフで叩いたこともある。

今は亡き母は、時に何でも手当たり次第のものでぼくたちをバシッと叩くことがあった。ある時などは四フィート[4]の薪だった。そんなものでぼくをしたたかに打った後、二階に連れて行き、打ち身薬のウィッチヘーゼルを塗ってくれるのだった。

身近に若い女性のいない環境でぼくは育った、と言ったかしら？　いや実は、アイルランド系とフィンランド系の女中さんがいたのだ（フィンランド系のアンナから聞いた「ハマハキヴェルゴ」ということばを覚えているが、「クモの巣」という意味だったと思う）。彼女たち、ことにジョージア州出身のジョージーは忘れられない。なにしろ左手で石を投げてわが家の裏塀に沿って二軒先のクリの梢の向こうまで飛ばしたのだ。ぼくたちにはとてもできない技だ。あの女、何て腕をしていたことか！

ある時ぼくは裸のジョージーが床のタライに張った湯を前にして湯浴みしているのを見た。ぼくたち子供はみんなでかわるがわる、屋根裏の彼女の寝室の壁の穴から覗いた。それ以前にもぼくは祖母を覗き見したことがあった。着替えをするあいだ頭にかぶってなさいと言われたベッドカバーの穴からだ。今も覚えている祖母のいたずら話の一つは、もしご婦人が湯浴みを始めようとしている時、突然男性が部屋に入ってきたら、手はどこに置けばいい？彼氏の目の上よ、もちろん！　というものだ。

さて、エドとぼくが成長するにつれてスポーツが生活のすべてになった。ぼくは何一つうまくはなかったが、何でも思いっきりやった。それでそれまで知らなかった唯一最高の喜びを得た。戦う時は熱狂したが、自分たちがいざ勝利をおさめると、いつも何か悲しい気分で終わったのを覚えている。ぼくはサディストではなかったのだ。最初のそして一番面白かったゲームの一つはシニー[5]だ。心棒のとれた木の独楽をパック代わりに町の通りでやるのだ。あれは実に楽しかった！　汗と、息切れと、怪我と――あれがスポーツというものだ。

　フィールドへ歩いて出ていく感覚、足元で弾む芝生、あれは最高の瞬間だ。次いでキックオフあるいは第一球が投じられ、走り出す。あの不可思議な感動。

　だがぼくの思い出に残っている最高のゲームは「ウサギと猟犬」[6]だ。そう度々はしなかったが、いざ始まると永久に続けられそうに思えたものだ。ある日ぼくは猟犬組になった。仲間の最年長でも一番上手な子でもなかったが、ぼくなりの策はあった。千切った新聞紙片の入った袋を肩にしたウサギ組がスタートして十分後に、その後を追った。奴らがインチキして要所要所に目印の紙屑を落とさないことはぼくたちの勘定に入っていたが、それもゲームのうちだった。ウサギ組の二人は近辺で一番手強い相手で、最後には手を焼きそうな連中だった。

　他の誰も特にそうとは思ってはいなかったが、ぼくは自分では走るのは達者なつもりだった。土曜日の午前中ずっと走りづめで、弱虫のウサギどもは全部つかまえたのだが、最後のあの二人は杳として行方が知れなかった。味方の何人かがそう判断したのか、それとも敵側の誰かがこっちへ漏らしでもしたのか、ダゴーとジョーを最後に見かけたのは銅山の向こう、「シダ沼」へ向かう姿だった。何てところへ！　もう昼はすぎていたが、猟犬組もそっちへ向かうと、果たして、銅山を見下ろす丘の頂上から二人が見えた。向こうの森の旧道をヒマラヤ杉とヌマカエデの間を抜けて沼地の方へ向かっていた。

　あのころの日々、そして胸躍る思いは今も思い出す！　みんなで奴らを追っかけ回し、奴らは奴らでスルスル逃げ回ったことか。見付けるだけではだめで、取っつかまえて引きずり出さねばならない。ぼくらはそこまでやったのだが、容易なことではなかった。相手も最後の最後まで戦った。泥濘にイバラ、倒木、さらに腰までくる泥沼で、遊び仲間の大半がイヤになって家に帰ってしまっていた。だがわずかに残った数人でまるで熱に浮かされたように戦い続けた。ただただ二人に負かされてたまるかという思いしかなかった。

　最後には拳骨の殴り合いにまでなって、奴らも負かされ――一人は木に登って逃げようとさえしたが――ゲームセット。みんなでおしゃべりしたり笑ったりしながら、歩いて沼地から出た。それぞれ自分に満足していた。誰もが打ち傷にかき傷、泥がこびりついていた。あれは愉快だった。

4 父と母

ぼくの父はイギリス人で、成人後はずっとアメリカに住んだが、市民権を取ることはなかった。よく南米へ出かけて滞在が長びく父は、アメリカよりイギリスの身分証明書を持っているほうが便利だと言っていた。多分その通りだったのだろう。

父は病み衰えて一九一八年のクリスマスの日に亡くなったが、その二、三日後に見た夢をぼくは決して忘れないだろう。夢の中で父は奇妙な屋外階段を降りてきていた。のちに分かったことだが、その階段はある有名な画に描かれたポンティウス・ピラトス(1)の高座の前のものと同じだった。だが、父が降りてきていたのは勤めていたニューヨークのオフィス・ビルの階段だった。父は帽子もかぶらず、何か事務書類を手に持ち、降りながらそれを熱心に見ていた。ぼくは父に気付いて、うれしくて叫んだ、「父さん！　そうか、死んでなかったんだ！」と。だが目を上げた父は右の肩越しにぼくを見て、「おまえの書いとる詩という代物はだな、ウーム、ありゃダメだ」と厳しい口調で言っただけだった。ぼくはものも言えず、震えながら目が覚めた。あれ以来父の夢は見たことがない。

わが家にはたえず客がいた。時には何週間も、何カ月も、いや一冬ずっと滞在する客もいた。中には気の毒なフォーブス老夫人のような人もいて、夜中に寝室と手洗いの間で迷子になって大声で救いを求め、母があわてて助けに行かねばならなかった。客は祖母方のイギリス人の友達か、母方の西インド諸島出身の友達や親類だった。

スペイン語とフランス語がぼくが子供の時からたえず聞きながら育った言語だ。ぼくが生まれたころは母はほとんど英語がしゃべれなかったし、父はスペイン語が実際たいていのスペイン人より上手だった。だが父はもちろん英語も話し、やがてぼくたちが大きくなると夕食のあと時々本を読んでくれた。一番楽しい父の思い出の一つだ。あのすばらしかった日々！

今でもポール・ロレンス・ダンバー[2]の詩を父が朗読してくれたのを覚えている。あのころ何度も聞かされたリフレインの多くは現在でも暗誦できる。シェイクスピアの手ほどきをしてくれたのも父で、ぼくはほとんど初めから終わりまで貪るように読んだ。

貧乏な（子供の目には金持ちに思えたが）父が（かれは単一税論者[3]だった）ある時、『種の起源』と『人間の系譜[4]』を読んだらご褒美に一ドルずつあげよう、と言った。ぼくはそれに応じた。立派な小遣い稼ぎだった。また、ダンテの『神曲』の有名な挿絵つき翻訳三巻本のことも覚えている。あのギュスターヴ・ドーレ[5]の描く呪われた美女たちをどれほどこまかく調べたことか、そしてあのころぼくをとりこにしていた人体構造の秘密が見付けられずにどれほど深く失望したことか。本の中味はとんとぼくの頭になかった。

そのころまで、父も母もどの教会にも所属していなかったが、数人の仲間と降霊会を持っていた。時にはわが家で、また時には近所のどこかで開かれていたこの宗教行事の発起人は熱烈な信者ダマレスト老人だった。このような熱心な人たちの第一の信条は、死者は霊として身近なところで生きていて、みんなのもとに現れたり、然るべき時にお祈りその他で呼び寄せられる、というものだ。その結果いろいろ奇妙なことが起きた。

ある晩、ぼくらの住んでいたバゲロン屋敷での夕食の時、親しい人々の間では名の通った霊媒だった母が突然父に向かって、左右のエドとぼくを見ながら言い出した、「そう、これがあの子たちなのね。大きくなったね、いらっしゃい、坊やたち」——両手を伸ばし、「ほら、お顔をよく見せて！」と言うのだ。何と、一日中世話しているわが子に向かってである。

父はこんなことには慣れていて、うろたえていたはずのぼくたちに、言われた通りにしなさい——母さんのそばに寄るんだよ、と穏やかに言った。ぼくたちはその通りに、それぞれ左右に寄った。母は手を二人の頭において、よしよしと慈しみと愛情をこめて微笑みながら撫でた。「どちらもお元気そうね。わたしうれしいわ」

すると父は、自分の妻である彼女に向かって言った、「私どもがお話しする光栄に浴しておりますこちらはどなた様でしょうか?」

「わたしをご存知じゃないのかしら?」と母は答えた。「おやおや、わたしはルー・ペインよ」そう言うと発作はやみ、母はわれに返った。すべて元通りになった。

父がその後何度も話してくれたのだが、あの時父はすぐに、パセイック通り以来のわが家の古い友人で隣人、当時ロサンゼルスに住んでいたジェス・ペイン氏に電報を打って、もしや奥さんのルーに何かあったのではないか、と問い合わせたのだそうだ。

二週間後に父が受け取ったジェスからの手紙には、「もっと早く電報の返事ができなくて申し訳ない。実は妻ルーが病気だったからで、電報が届いた時は入院中、あの日腹部の大手術をしたが助からないと思われていた。でも今はけっこう回復し彼女は無事、自分も普段の生活に戻れそう——云々」とあった。

こんな降霊会信者の集まりは、ラザフォードにユニテリアン教会[6]や日曜学校ができる前に、何年か続いていた。そのごく初期のある晩のこと、あのころまだことばがよく通じなかった母はまるでよそ者で、他の人たちから少し離れて座り、ただ行事に耳を傾けていた。その時祖母が握り拳を挙げて、誰とは申し上げられないのですが、この手の中にある物の持ち主と話をしたいのです、と言った。

途端に、母がまるで狂乱状態になり、正気を失った。そんな母を鎮めかねたダマレスト老人はぱたっと跪き、神さま! この人を正気にお戻し下さい、と祈った。

その祈りが実に熱烈で、その場の重々しさに居合わせた人たちみんな深く心を動かされていると、母はすぐわれに返り、また普通の振る舞いに戻った——ダマレスト老人は神に感謝の祈りをささげ——祖母はこの事態の責任を問われ相応の叱責を受けた。

祖母の望みはどうやら亡き娘のロシータに話しかけることだったらしい。少し前に亡くなったテンカン患者で、母もよく知っている人だった。祖母は、そのためにこっそり持ってきていた娘の遺髪ひと房を拳に隠し、その霊が、誰とも知れぬままでも、口をききここにいると言ってほしいという一心だったのだ。その哀れな娘の少女時代の友だった母は、霊が出現するために取り憑いた霊媒だった。

母に憑きものがつくのはこんな時で――何年もこういう状態が続いたが――抑えようのない頭の震えに襲われた。発作はいつ、どこででも起きた。ある時などは日曜学校でピアノを弾いている最中だった。エドもぼくもすごく恥ずかしかった。だがたいていはわが家で、主として友人や親友の死後のような情緒的緊張状態のもとで起きたのだが、必ずしも亡くなった人物が現れるわけではなかった。

発作が起きそうな時は、みんなにすぐ分かった――目がすわり、顔は紅潮、手を伸ばしぼくらの誰か一人の手をつかむのだった。時にはエド、それともぼく、あるいは他の誰かなのか、母が身振りで示そうとすることもあった。この人？ それともあの人？ と誰かが言う。すると母は強烈な呪縛に逆らって手を前に出そうとするが、どうしてもできない。自分の方に差しだされた手を必死につかもうとするが、それが自分の望む手でないと激しく後ずさりして、握れない。顔は赤くゆがみ、ものも言えず、全身が不可解な暴力に取り憑かれていた。

ある名前を言う。ちがう！ ではこっち？ 母は激しく首を横に振る、頰は燃え、目は何かに熱中している人の目だ。最後に父が「カルロスかな？」と母の兄のことを言ったりすると、母は差しだされた手を両手で握りしめ、それで憑きものは落ちるのだった。

こんな出来事をエドとぼくはどんなに恐れたことか！ 父は母の発作が本物だと心から信じていたと思う――死者の霊が母を通して姿を現しぼくらのところへ来ようとしているのだと。でもいったいなぜ霊が来たがるのか、ぼくにはまるで理解できなかった。

父が亡くなってのちのある時、母がこんな発作の最中に鉛筆を求め、何か書こうとしたことがあったが、その動作が激烈すぎて何を書いたのかさっぱり分からなかった。

5　十代の前半

　ある年の七月四日、伯父のカルロス(1)がぼくには従兄弟にあたるカーリトとラケルを連れて、わが家を訪ねてきていた――ぼくは九歳か、十歳だった。ぼくたち子供は玩具の大砲で遊んでいた。まず黒色火薬を詰め、砲口から湿した紙を固めてトントンと詰め込み、点火孔から爆竹用の導火線をさしこんで発射する。バン！　とすごく痛快な音がして、ぼくらは大喜びだった。なんべんもやったが、一度予定通り発射しないことがあった。それまでと同じようにハンマーと三インチ釘で弾薬を詰めて――実はその時は大きな音がするように特に固く詰め込んでいた――点火したが、何ごとも起きない。導火線が燃え尽きるのをしばらく見計らって、ぼくが見に行った。顔を寄せ、なぜ導火線が消えたか見ようとした。装塡物をきつく詰め込みすぎたために砲口から発射できなかったらしく、それがいきなり点火孔の方からぼくの顔と目の真正面へバンと吹き出してきた！

　ぼくは悲鳴を上げた。目が見えないよう！　顔中一面に火薬の火傷だらけになったが、まったくの幸運で、目の白い部分がやられただけだった。バイ菌も入らなかった。顔に包帯をして何週間も寝ている間に、ラケルが針で火薬粒を頰や、鼻や、額からほじくり出してくれた。何年も左目の瞳孔と目がしらの間の鞏膜に黒点が一つあったが、これも最後には消えた。

　キップ家の森は、裏の柵のすぐ向こうにあり、ぼくらの原野だった。柵には木製の門が付いていて中の雑草に埋もれた小径に通じるのだが、ぼくらにはその柵そのものも楽しみの的だった。門なんかめったに通らず、柵を乗り越えていくのだ。てっぺんに座り、上の桟に足をのせ、何時間でもおしゃべりができた。その森の木は、リスが巣作りしているヒッコリーの木から、秋にはコマツグミたちが大好きな赤い実に集まってくるハナミズキにいたるまで、ぼくは一本一本全部知っていた。そのコマツグミをよくBB空気銃[2]で追いまわした。たくさん捕れるほどの腕前ではとてもなかったが、食べるとそれなりにちょっとおいしかった。

だがぼくが最も興味をもったのはそんなことではなかったし、虫害で枯れかけの大きなクリの木々の実でもない。ある時キップ氏がかれの家の黒人と犬を連れて、大きな木槌を持って例のヒッコリーの木のところへ行った。木槌で木をドン、ドンとたたくとリスが現れる。まさにその瞬間にもう一度ドン、リスは地面に落ち犬が噛み殺した。ある日、外の垣根の向こう側でどこかの犬がチャーリー・ニューランドさんとこの小さな雌犬に乗っかってひくひく腰を動かしていた。こういったことに興味をひかれたというのでもなかった。

ぼくに分かってきたのは、木の根の上までコケが生えている様子、育ち盛りのハナミズキやアイアンウッドの立ち姿、朽葉が窪地に溜まっていく様――それを裏返した時の匂い――そんな木々の間の地面には、湿っていても乾いていても、すべてそれぞれの特性があるといったことだった。ハコガメやサンショウウオ、それらの居場所、ハコガメはいじめられるとシューと音を立てることも分かってきた。

今こんなことを思い浮かべると楽しいが、特にあの懐かしい土地で出会った花はそうだ。ちょっぴり気恥ずかしさの交じった楽しさだったと思う。ジム・ヒスロップ[3]もよくやって来て、ぼくとこうした興味を分かち合った。ことにアネモネのほっそりした首がなぜかぼくの心を離れない。それにあのさまざまな種類のスミレ――丈高く青い花、茎に柔毛のある大きくて珍しい枝分かれした黄色い花、ベツレヘムの星（オオアマナ）、春の美女（クレイトニア）、野生ゼラニウム、三裂葉をもつユキワリソウ。こんな草花に対するぼくの好奇心は無限だった――きっと神秘だったのだ。ぼくたち一人ひとりは内に長い歴史を抱いていて、それがこの世界に向き合うとき眠りから覚めてくるだけでなく、失われてきたものも再び戻ってくるのだ。見上げると一本の木に、黄や緑の、チューリップほど大きくどっしりした花々が咲いている、こんなことがぼくには驚異だった。クリの花房――若木や老木、ヤブジラミ、クモ、ぴかぴかの昆虫——こんなものすべてが、呼吸と同じく育ち盛りのぼくの大切な要素だった。ぼくはそこから元気をもらった。

ちょっと戸外に出て、自分の野生の世界に入りさえしたら、一日中何やら勝ち誇った気分だった。「ムシ博士」のジムは昆虫や蝶に興味を持っていた。かれの探検にぼくはよく同行した。他のどの子も興味を持たなかった。二人は決して互いに干渉しなかった。かれの採集の手伝いはしたが、ぼくには花と木が関心事だった。木に触れたり、とくによじ登ってみたり、でもぼくはただただそこに咲いている花を知りたかったのだ。

ある時ぼくを呼ぶ母の声がした。家の裏手のブナの木の一番上の枝に乗っかって、前後ろに心地よくゆらゆら揺れていたぼくは下を見た。母に何ごとが起きたのか見当もつかなかった。

「ウィリー、下りておいで、下りて！」半ば怯えた声。どこかお使いに行かせたいのかな、と思いながら下りていった。そうではなかった。ただぼくが落ちるのを心配していただけだった。

落ちるだって？　ハリー・ハワードなんか、かれの親父さんの木工所があったところの、たしかユニオン通りだったはずだが、そばのカシの木立ちにしょっちゅう上っていって、一本の頂きから隣の木の枝へまるでリスみたいにジャンプしたって落ちたりしなかった。ある日ぼくはうちの納屋のてっぺんから跳んだが、着地の時ひざ小僧で顎をガアーンと打って、不様にのびてしまった。

もちろんぼくらは腕白小僧で、ウソもついたし、木の実やら新築用材の切れ端など、盗んだりもした。どこの子も同じだ。いつだって何か目を引くものがあった。ピーター・キップ氏とはお互いに仇同士だった。ぼくらのやらかした特にひどい悪戯は収穫直前のかれのライ麦畑を走り回ったことだ。

ある日四、五人で、麦の穂がぼくらの頭より高く伸びたその畑の中に入り込んでいると、キップ老人と黒人の作男がそっと忍び寄ってきた。メガネをかけているジムが近くの柵のてっぺんの横木に陣取って見張りをしていたのだが、近眼がひどくあまり頼りにならなかった。ぼくは畑の一番奥まで入っていて、進むのに邪魔になる作物をなぎ倒すために建築資材の細い板切れを手にしていた。ジムが悲鳴を上げ、柵から後方にキップ氏のぶちの雄牛の前にドサッと落ちた。みんな一斉に森にいちばん近い端の方へ逃げた。他の子たちは逃げたが、ぼくはキップ氏の腕にまともに飛び込んでしまった。かれはぼくのノドくびをつかんで、つまみ上げ、半ば蹴飛ばすように、柵の向こうへ投げとばした。足から落ちたぼくは、逃げ場目指して後も見ずに一目散に逃げた。

こんなぼくらだったが悪意はなかった。破壊が目的ではなかったのだ。この点、後の世代の子供とは違っていた。かれらは作物を焼いたり、根こそぎ引き抜いたりして、とうとうこの老人を廃業に追いやってしまったのだ。子供の世界には代々継承されることがあって、自ら悪いことをしていると知った上で、次にはもっとわくわくすることをと、繰り返していたのだった。

ある日のこと、エリオット広場でボール遊びをしていた――ちょうどそのあたりで、ある日の夜更け、通りかかったぼくは頭をフクロウの翼で叩かれたことがあった。また別の時にイスカの小さな群れが餌をついばむのを見たのもこの同じ場所だ（あのころぼくはいくつだったか、十二歳と十三歳の間、多分六年生だったと思う）。ぼくらが遊んでいた時、通りに現れたのは他でもないリジー・ネビンズともう一人、ぼくが特に熱烈な思いを寄せていた少女だった。仲間のガキどもが笑ってぼくを冷やかし始めた時、にこにこしながら歩道をぶらぶら歩いていたリジーがぼくに、こっちにいらっしゃい、と声をかけてきた。ぼくは気恥ずかしくて困ってしまったが、結局は行った。

「森までついていらっしゃい。あなたの知りたがっていること、教えてあげるわ」と彼女は言った。

いやはや、仲間たちの前できまりの悪いことだったし、ゲームの途中で抜けるので愛想尽かしもされたのだが、三人で木立ちの中に歩いていった。するとリジーがぼくに言った、「ここでちょっと待ってて。この子のズロースが落ちかけてるの」

で、ぼくは二人が木の陰に行って下着を整えるのを待った。それからリジーが計略に取りかかった。

「二人で行きなさい。向こうのライ麦畑の中がいいわ、わたしは見張っててあげる。さあ行って。この子もそう思ってるわよ。そう言ってたわ。行きなさいったら！」

そこで、ああ幼かったな！　彼女をそこに残し、二人で青いライ麦畑を手探りで誰からも見えないところへ入っていった。互いに相手にうっとりして、二人は向き合って座っていた——ひどくドギマギしていて、相手に何か聞こうにも口が開かなかった。

6 日曜学校

一方あのころ、ぼくたちはユニテリアン教会の聖歌隊で歌っていた。母は時々そこの日曜学校でピアノを弾き、父はその校長を十八年間つとめた。時には儀式の折に、弟のエドかぼくが金文字で「幼な子ぞかれらの先達とならん」と書かれた白い繻子の腕帛を捧げていったりしていた。

幼稚園の時期が終わり、ルース先生がぼくたちの担任となった。時々カントや『プラトンの対話篇』の一節を読み聞かせてくれた。ある日男女合併授業でルイズ・コリーが質問した、「先生、イエスさまが割礼を受けたってどういう意味ですか？　割礼って何ですか？」

「割礼とはユダヤ人が慣行とする人体損傷の正式儀礼のことじゃ」という答えだった。

まわりの少年たちとじかに触れ合う楽しいけど不安でもあるぼくの日々の暮らしの中で、この日曜学校と教会という世界がぼくに計り知れない影響を与えた。小さい教会の小さい宗派だったから、団結が必要なことは分かりきっていた。ぼくは教えられることはすべていつもよく聞いた。ぼくが気に入ったのは、キリストの神性はその内なる精神によるのであって生誕の奇跡によるのではない、ということだ。民主的だしその通りだと思った。ぼくはそれを信じた。「永遠に前方へそして上方へ」というユニテリアン教会が広めていたスローガンもまた心に刻み込まれた。そしてまた牧師が「願わくは、あらゆる人知を越えた神の平安ありて、今も行く末も永遠に汝らとともにあらんことを、アーメン」と言う時ぼくを包んでくれるあの安らぎも早くから感じていた。そのことばで礼拝は終わる。ぼくらは教会を出て、雲の上を歩いて帰るのだった。

　町の何人かの男女、ぼくの父、ルース氏、ボーモン氏、ダンハイム氏、ハンズ氏他数名が教会設立の発起人だったが、その創設運動の草分けはジョージ・ベル氏で、かれはラザフォード・ハイツ協会のリーダーでもあり、財政的支援者の一人だった。

　ある日例年の定期市が立った時、手押し車に二、三杯分ほどの小石が教会の床の真ん中に敷いた粗布に広げてあった。純度の高そうな原石で、明らかに何かの鉱石だ。何でもそれは英植民地時代にさかのぼるピーター・スタイベサント[1]の鉱山が再開され、掘り出された銅鉱石という話だった。アーリントンのベイレス氏の地所にあるその古い鉱山は、日曜学校の夏の遠足で時々行っていたのでみんなよく知っていたが、もうずっと昔に掘り尽くされたものと思っていた。

　銅だぞ！　大量の銅だ！　すごい掘り出しものがこんな歳月を経てあそこから出たんだ！　ベル氏はどっさり投資した。会社の株が額面価格で売り出された。教会自体がその取引で相当な利益を得そうだった。教会の主要な信者の一人であるジョージ・ベイレス氏本人が鉱山のある土地の所有者だったのだ。何という幸運。

　終局は間もなくやって来た。実は鉱山は百五十年前に掘り尽くされたまま不毛だったのだが、いわゆる「味付け」と言って多分アリゾナあたりから良質の鉱石を持ち込みいい鉱山に見せかけたのだ。ジョージ・ベル氏は無一文となった。教会は隣接した教区会館をすぐに売却せねばならなくなり、二度と立ち直れなかった。それが気の毒なベル氏の命取りとなった。

　牧師さんにも以前バジャーさんに払っていたほどの給金が出せなくなった。そこで時々父が縞のズボンにフロックコートといういでたちで、ジョージ・ミノット・サベッジその他の著名な聖職者の説教を読み聞かせていた。

　常軌を逸した狂気がぼくら子供の世界に立ち現れたのはあの時期だった。父の異父弟でゴッドウィンという謎めいた名前をもつ叔父が——祖母はその名の秘密を絶対に明かそうとしなかった——ある日わが家の地下室で遊んでいたぼくらのところにやってきた。そしてものすごい顔つきでジム・ヒスロップに襲いかかった。この時初めてぼくはああいう人の頭の中で起こっていることを知らされたのだ。ぼくはジムの傍らに立って、友人を傷つけられるくらいなら、いっそ叔父を殺してやろうと思っていた。一触即発の数分間だった。ぼくはわが身の危険も感じていた。何しろゴッドウィンはぼくら二人を束にしたほどの大男で力持ちだった。

かれはまず、ジムの母親がジムとぐるになって自分の陰口をきいていた、それ以前にも彼女のヒソヒソ声を聞いたことがある、だから二人とも殺す、陰口をやめなかったら本当に殺してやる、というようなことを言った。地下室の梁の下にいたぼくらはこんな突然の乱暴にすっかり度肝を抜かれ、この男に何がとり憑いたのか、初めは想像もできなかった。そこに突っ立ってぼくらを威嚇するようににらみ、こぶしは堅く握り締め、顔面蒼白だった。かわいそうにジムはクギ付けだった。ぼくは言い返した。ゴッドウィンがぼくを押しのけたが、ぼくは黙らずジムに地下室から逃げて！と言った。

最初は、妄想狂的怒りに駆られたゴッドウィンはジムを出すまいとした。だがぼくが、こんなことをしてお父さんに言い付けてやる、やめないとうんとお仕置を受けるから、と言うと、プイッと横を向き二人を通した。

その後、エドが矢面に立たされ、危うくあのかわいそうな叔父を撃ち殺しそうになった。あの事件には滑稽なおまけまで付いていた。叔父が玄関ドアを押し破り来客のドッド夫人(2)を襲おうとし、警官が駆けつけ、かれを逮捕した。あのころはぼくはもう大学へ行っていて留守だったのだが、エドはピストルを手に、いざとなったら撃とうと、ドアの後ろに隠れていた。警官がやってきて調べてみると、ゴッドウィンは凶器を所持していなかった。だがそれは別の話だった。叔父は警官たちに向かって、「わたしに触るな。紳士なんだ、わたしは」と言ったという。

あのことは思い出すたびいつも笑ってしまう。祖母の躾の片鱗だった。

あれは世界の破滅がしきりに新聞の見出しになっていたころのことで、ロングアイランドのどこかには箱舟を造る男もいた。ぼくはそれをすっかり、いや半ば信じて、ただ実際に世界が破滅するのを待っていた。

夕方ごろのことだった。ぼくは家のどこかにいて、多分寝る支度をしていた。日没ごろ深い霧が立ちこめていた。ふとすさまじいサイレンの響きが鳴り渡った。新しく設置したサイレンを消防署がテストしていたのだったが、それは音が甲高すぎてのちに廃棄された。だがその夜はその不吉な大音響を聞いて、裏窓へ飛んで行くとあの赤い霧が見えたのだ。真紅の炎はすでに世界を破壊しようとしていた。ぼくは悲鳴を上げ、狂乱状態で家中走り回り、最後に両親を一目見てから自分のベッドに戻り焼き尽くされようとじっと横になっていた。母が飛んで来たがぼく以上におびえていた。ぼくがとうとう発狂したと思ったのだ。だが母がぼくをなだめ、やさしく説得してくれたもので、少しずつ母のことばが耳に入り始めた。外ではそれ以上何もなかった。サイレンの音はやみ、となり街の火も消し止められた。ぼくは気持ちも静まり、ひどく恥ずかしい思いで立ち上がった。

7 走る

子供のぼくがすごく威勢のよかったころのある日のことだった。ぼくは聖公会教会の芝生を走り始めた。すると短い坂の下の横丁から近所の子たちが後を追って走ってきた。あそこにはごく普通の板塀が長さ一ブロックほどの畑地の果樹園を守っていた。みんなより百フィート先に走り出していたぼくは、ただ連中の追跡をまいてやろうとだけ考えて走った。

ぼくは塀を跳び越え、一瞬かれらの視野から消えた。その瞬間これだ！と思った。地面に伏せ、そのまま丈の高い草むらにもぐり込み、塀の下板にぴたりとくっついて、じっと息を殺した。

連中をやり過ごしてからぼくは起き上がり、後からゆっくりついていってみんなを笑ってやろうとした。ところがみんなの姿がどこにも見えない。後で聞くと、ぼくの姿が消えたのでまったく面食らったそうだ。ぼくはその後一時間あまりみんなを探してその辺をうろうろし、てっぺんが四角い塀の角っこの柱の上に座っていた。かれらの姿はまったく消えていた。結局ぼくはある子に見付けられてしまった。またあわてて逃げたが、今度はみんながぴったり後ろに追っかけてきていた。どこかの家の裏口に飛び込み、ぐるっと回って表の通路に前みたいに隠れてやろうとしたが、捕まってしまった。走って、走って、走り回り、いつだって勝ちたい、あのころぼくはひたすらそう思っていた——だがダメだった。ぼくより速い子もいたのだ。

ぼくが完全な人間になりたいと決心したのは子供時代の終わりごろだったか、青年期の初めだったか、思い出せないが、ともかくあのころだった。今でもあの願いの魅力は心をとらえて離さない。決していかなる悪も犯さない、ことに嘘は絶対につかない、偽らず、騙さず、たとえどんな結果を招こうと常に真実を語ること。そう思い定めることに伴う精神の高揚は無上の喜びだ。

それは長くは続かなかった。というのは、そうした決意は、ぼくの思いとは違ってたちまち決定的に、しかも紛れもなく、死につながるものだと、ぼくはまもなく直観的に確信したからだ。それに代わって聖者への途も見えたが、ぼくは死せる聖者などになりたくなかった。しかし真実を語っていきたいというぼくの熱望は決して死に絶えはしなかった。可能なかぎり前線に近く、だがもっと安全なところまで、ぼくは退却しなければならなかった。だが退却は退却だと自分でも分かっていた。ぼくはウソをついたのだし、これからもずっとウソをついていくことになるだろう。退避せよ！　低く伏し時を見て敵を急襲せよ。だが人間としての完全さを英雄的に求めることはぼくに向いてなかった。ただ、あの高い峰々は一目見てしまうと、二度と忘れることはない。

あのころ何年かの間にぼくにはいろんなことが分かってきた。走るのはたいていの子より速かったが、デック・コーマンにはかなわなかったこと、レスリングは大好きだったが、ぼくを負かす子なんてざらにいたこと、アーサー・コーフマンは（父もそんなことをしていたが）縦にずらっと並ぶ三桁の数字に指を走らせぴたっと合計が出せるのだが、ぼくにはできない芸当だったこと、などだ。ぼくは鏡の中の自分の顔を見て、その「美貌」を、自分の目を、見事にカールした茶色の髪を、呪ったものだ。また、曲がった足首や痩せこけた脛は「死ぬ」ほど嫌だったが、自負していたピッチングの腕のしなる力にはわれながらほれぼれしていた。氷の上のホッケーやスケートならぼくよりずっとうまい子なんてざらにいた。もしぼくに夢があったとしても、身体を用いて収める勝利ではなかった。多くの分野で自分が劣っていることは承知していた。だがそれでもぼくが成功できる領域が他にあるのだとひそかに思っていた。音楽ではなかった。それはヴァイオリンで分かった。賢くなるということは――そんな風に考えるとすれば――ぼくが（この「ぼく」がぼくには一番大事だから）生き抜き、それなりの成功の希望をもって力を発揮する場所を見付けることだった。ぼくの場所があるはずだ。ともかく生き抜こう。これまで見付けたほとんどすべては退却しなければいけないことになるだろうが、ぼくは負け犬ではなかったし、絶対にそうはならない。聖者ではないが自負心はあふれている。

8 スイス

ここでちょっとぼくたちの最初のヨーロッパ行きの話に戻ろう。エドとぼくがラザフォードの旧パーク・スクールの八年生だった一八九七年のクリスマスの近いある夜、帰宅した父が、フロリダ・ウォーター（香水の一種）を作る工場を建てるため、ひと月以内にブエノスアイレスへ出かけて、一年あまり帰れない、と言った。母には少なくともその話をしてあったに違いない。ぼくたちはいきなり、今の学校を休学して、最低一年間は復学できないと言われた。ぼくの記憶では、父は平常の口調で、おまえたち一年間ヨーロッパへ行く気はないかと言った。エドは十三歳になったばかりで、ぼくは十四歳。二人とも大賛成だった。

要は、母が夢多き青春に別れを告げる前に、最後に一目見ようとパリ再訪を望んだのだ。百三十一番地の家を人に貸せば、ぼくらのヨーロッパ行きの経費はかなりの部分がまかなえるし、留守中ぼくらがどこに住んでいても父にとっては同じことだから、ぼくらさえよければこの家にいなくてもいいのだ。またそれは「息子たち」にいい教育をつけることにもなる。

一八九八年一月十三日、ノース・リバーの桟橋からフランス商船のブルターニュ号でニューヨークを後にした。船客の中にぼくより少し年下の子がいた——そのニュージャージー州リンデンのアルフレッド・クノップフ君は、もしや同名の現在の出版社の社長ではなかろうかと、たしかめもしないで時々思い出している。ル・アーブルの桟橋に着いて最初に耳にしたことばはこんな風に聞こえた。

タララ　ブーン　ド　アイ！
いかが　かわいい　スミレ！
いかが　かわいい　スミレ！

少女がスミレの籠を腕にさげ、片手でその花束を買ってくれと差し出しては何度も何度も繰り返していた！

エドとぼくはスイス、ジュネーヴに近いシャトー・ドゥ・ランシーの学校に入った。他の六十二人の生徒とくらべると、ぼくら兄弟は何百歳も年下のほんの幼児みたいなものだった。

楽しい日々だった。その年か翌年の四月にサレーブ山[1]に登った――その時期にしてはめずらしく暖かい天気だった。山頂では膝までくる深い汚れた雪の中を進んだ。地図みたいに斑になって残った雪と雪の間に現れた地面には、青いリンドウの花がいっぱい咲いていた。インドのラジュプタナ出身のレオン・ポントと一緒にやった鳥の巣探し――かれは本物の野生児だった。ある日ぼくはポッターという少年の頭上に紙製の水爆弾を落したかどで、英国分遣隊を名乗る上級生たちに尻をむき出しにされてムチで打たれた。あれは三階の窓から見事に命中した！　ムチ打たれても悔いはなかった。こともあろうにぼくの好きなポッターとはまったく知らなかった。手足をつかんでベッドに押さえつけなくてもよかったんだ。ジタバタなどするもんか――そんなことするわけがなかった。アメリカ人がイギリス人にビクビクしたと思うか。とんでもない。ぼくは奴らに礼を言い、にっこりしてズボンを引き上げた。ポッターに当てるつもりはなかったのだ。

ぼくの一番のお気に入りは、サッカー場のそばを流れる澄んだ冷たい渓流と、野原の草が刈られるまで、春の間その辺りに咲いている草花だった。気持ちのいい香りの黄色い自生のサクラソウをそこで初めて知った。緑色の花をつけるアスフォデルはぼくの心に強烈な印象を残した。そんな花を見付けしだい、すべて集めてノートに挟んで押し花にした。ぼくは年の割には背丈も伸び、力も強くなった。

次はサッカーだった――ぼくもついに一軍選手との試合に一度出るまでになった。摂氏十度のジュネーヴ湖での水泳！　切手の収集。その他いたずらなら何でも。

生徒の中にジョンスランという肌の浅黒いフランス人がいた。学校中で自転車を持っている数少ない生徒の一人だった。イギリスやアメリカの生徒はだいたい年少グループだったのでほとんど付き合わず、喧嘩ならいつでも相手になるぞ、とばかりしかめっ面をしてのし歩いていた。実際、夕食の席で、タム・デヴィスというシャムの王子とすごい喧嘩になったことがある。双方ともテーブルナイフを振り上げた。ぼくら年少の生徒は別のテーブルにいた。激しい言葉のやりとりがあったが、タムの兄プリウラが弟の肩をつかみ、相手のフランス人はブリュネル先生が厳しく叱りつけたので、始まるとすぐ静まった。かれはそれほどの癇癪持ちで、それがかれのまわりの者にもうつった。

シャトー・ドゥ・ランシー（現在は村役場）の前の小公園には小道が何本も走っていた。道の両側は一フィートほどの高さのツゲが密生した生垣になっており、しっかりしたアーチ型の鉄柵を両端が重なるようにして立て、生垣を保護していた。この小道は曲がりくねって細かった。だがちょうど日没のころ、この狭い小道を猛スピードで自転車を乗り回すのがジョンスランの孤独な楽しみだった。それにはおそらく自分のぶっ飛ばす姿を人に見せるねらいもあったろう。それにしてもやっている間は目が離せない見ものだった。全コースは数字の8を二つ並べたような形で、木の茂みに入ったり出たりするせいぜい二百フィートぐらいのものだった。

それはたいてい夕食後だった。皆がのんびりしているとき突然始まる。最初はゆっくり、しだいに速く、最後には薄暗がりの中、カーブを次々回ってから反転し、さっと現れては消え、まるで気が狂ったようにぐるぐる回る。それからすうっと現れ、スピードを落とし、自転車を片付けて姿を消す。ぼくら他の生徒とは何のかかわりも持たなかった。

雨が降るとジョンスランは校舎の中で、玄関の白と黒のタイルを張った廊下を、屋外と同じように乱暴に走り回った。よくもまああんなことを許していたものだ。

そしてある日のこと、最新流行の自転車用アセチレンランプをもって現れた。かれは何でも人より先にやらなければ気がすまないたちで、そのランプもこの辺では初めて見るものだった。それを自転車のハンドルの軸に取り付け、さてそれから走ること走ること、夜の植込みの中の小道を見えかくれして走り抜け、昼間と何ら変わらないほどだった。かれには誰も干渉しなかった。

しかし時には自転車の調子が悪くなることがあった。座り込んで根気よくいじっていると思うと、何か思い通りにならなくなるのか、突然ぼくらの目の前で、はずした車輪をつかんで腕いっぱいに振り回し、猛り狂ってなんべんも足もとの地面にたたきつけ、元の形が分からなくなるほどぶっこわした——その後修理に一週間もかけるのだった。

生徒は十二カ国から来ていた。ロシア、ドイツ、イギリス、フランス、スイス、ルーマニア、スペイン、イタリア、アルゼンチン、シャム、アラビア（一人）、そしてアメリカ。

サッカーをするにはどうしても英語を少々しゃべる必要があった。ぼくのかけがえのない仲間、インド、ラジュプタナ出身のレオン・ポントは、小柄な子で、年はぼくよりちょっと上だった。みんなはかれのことを、モリエールのコメディ『守銭奴』からとって、「アルパゴン」[2]と呼んでいた。それほどけちだと思われていたわけだが、ぼくはそう思ったことは一度もなかった。もしかれよりうまく、スズカケノキのてっぺんの枝にある、カササギの巣まで登れるような猿がいたらお目にかかりたい。

ポントとぼくはあのころまさに生き生きしていた。

学校の本館と通りをへだてた向かいの建物は、正面の低い破風に大時計がある時計塔で、その裏手の納屋にツバメが巣を懸けていた。さらにその裏は小さな果樹園になっていてペルシャクルミの木が一本あった。

その向こうのちょっと坂を下ったところに小川が流れ、それを跨ぐ小さな石橋のかげに大きなマスがいた。そこはぼくだけの秘密の場所だった。ある日母が面会にきた時、そこの木の根っこに腰掛けて写真を撮ってもらった

——それは今も家のどこかにある。スミレの香りを初めてかいだ記憶があるのもここだ。外出できるたびにそこへ行ったが、その機会は滅多になかった。というのも、校庭の高い塀から外へ出ることが禁止されているぼくら年少の生徒には、たまにしか行けない場所だったのだ。

靴下も靴もはいていない女の子が、きまった時間にそこを通ったが、ぼくは口をきいたことはなかった。年は十歳か十二歳ぐらい、ランシーのどこか貧しい家庭の子らしかった。いつも薄汚い格好をしていて、脚には垢がこびりつき、髪は汚れていて、顔もきれいとはいえなかったが、ぼくには魅力があった。どうにかしてその子をつかまえて服を脱がせ、小川でからだを洗い、どこかへ連れ去る計画を立てたが、うまくはいかなかった。

ポントとぼくは春まだ浅いころ、校則を犯してその川へ水浴びに行った。足を水に突っ込むだけでハッとなり、身体を水に浸けるなんてとんでもなかった——まるで火だ！　ぼくらは土手へ弾き返された。濡れた体に服を引っかけ、塀をそっと乗り越えて校庭へ戻った。

例の鳥の巣探しの他、実はかれとぼくだけの秘密がもう一つある。低い木造倉庫みたいなオンボロ体育館が、校地のすみっこの、いちばん村寄りの塀のすぐ内側に立っていた。

だからその塀と体育館の間はせいぜい三フィートぐらいしかない隙間になっていて——時々落葉やごみが捨てられている空き地で——古い木造の門によって校庭から遮断されていた。鳥の巣か何かないかと構内をくまなく探しまわっていて、ぼくらはこの穴場を見付けたのだ。そこは学校のどこからも死角になっていた。体育館には鍵がかかっており、塀側の壁面の縦板は地面にじかに置いた土台材に釘付けされていた。犬みたいに地面に穴を掘って、トンネルをくり抜くぐらいぼくらには何の造作もないことで、そこをウナギのように腹ばいで進むと、体育館の内側へ、それもステージの下に出てきたのだ！　これは大成功。そこにいると誰にも気付かれることがなかったのだから。

ところがある日、ぼくらはいい気になりすぎて、熊手できれいに均した練習場のおがくずの上を走って、ぼくらの秘密が台無しになってしまった。

ぼくらがまだジュネーヴにいたころ、大騒動が起こった。オーストリアの皇后(3)が短い休暇でそこを訪問した一八九八年のことだった。皇后が滞在していたのは湖岸のオテル・ド・ラ・ペで、その向かいには、芝生の庭とすらっとした木々にかこまれて、華麗なゴチック様式の高い尖塔がそびえているブランスウィック邸があった。母が住んでいたペンション・ド・ウルフは、水辺から一ブロック離れたところにあり、小さな公園に面していた。母の部屋のバルコニーからは、公園の記念碑や樹木の向こうに皇后が宿泊していたホテルが見えた。

事件のあった土曜日の午後、皇后は観覧船で巡航に出る予定だった。湖を見渡す岸壁にそって、船着場まで歩く皇后の姿を見ようとして、町の方々のホテルに泊まっていた観光客がたくさん出ていた。老齢の皇后はお付の腕に寄りかかっていた。その日は天気もよく、集まった人々は、思い思いの場所で根気良く待っていた。皇后が優雅に、しずしずと通りかかると、男たちは帽子を取り、女たちはお辞儀をして迎えた。

その時、突然事件が起きた。みすぼらしい身なりの、作業帽をかぶった一人の男が、小走りに皇后に向かって駆け寄ったかと思うと、乱暴に突き飛ばし、湖に何かを投げ込むようなしぐさをしてから走って逃げ、その後を男が数人追っかけた。皇后は胸のあたりを押えてよろめいた。お付の方が支えていなかったら、その場に倒れただろう。ことはあっという間に起こり、あっという間に終わった。皇后は、実際かなりの年齢だったが、すぐに立ち上がり、まわりの人に微笑み、さあ船のところへまいりましょう、というしぐさをした。旗で飾られた船のとも綱が解かれ、外輪が回り始め、船は桟橋を離れてローザンヌへと出航した。先ほど皇后を突きとばした無法者のことなどみんなすっかり忘れてしまった。

しかし船は止まった。外輪がいったん停止した後、再び回り始め、進路を変えて岸へ向かった。皇后が意識不明におちいったのだ。それっきり、手のほどこしようもなく亡くなられた。まるで針のように、鋭く研ぎすました鋼鉄のやすりで、心臓を一突きされたのだ。凶器は後に湖底で発見された。犯人が襲った後、それを投げ込んだ場所を大勢の人が目撃して覚えていたのだ。

ペンションの屋上から王室の葬儀の光景を見ていた母は怖くなった。公園のあたりに押し寄せた群集を、騎馬隊が鉄のフェンスまで押し戻していた。

ある日母がぼくらを湖上遊覧に連れて行ってくれた。あんなに青い水、あんなに白い白鳥は見たことがない。右手にアルプスが見え、中景にはぼくにとって特に懐かしいモール山の頂上が蟻塚のようにそびえていた。ぼくは友人たちとそこへ登ったことがある。最後の百フィートは先を争って駆け上った。たしか頂上には二番で着いた。快晴で微風がとても気持ちよかった。こんな船旅でいつもするように、船首の最先端の隙間に身体をもぐり込ませて、大好きな雰囲気を楽しんでいた——一人ぼっちで、船も人も消えてしまい、耳に聞こえてくるのはただ風の音だけ、水晶のように澄みきった湖の上を、ゆっくりと上下に揺れながら進んでいた。それは想像しうるかぎりの無上の喜びで、ぼくは心ゆくまで楽しんでいた。

ぼくの狭い天国にいるのは、ぼくだけでないことにふと気付いた。他に誰かいて、ぼくのそばにぎゅっと入ってこようとしていた。ぼくはその侵入者に腹が立って、断固追っ払ってぼくの領域を守ろうと思った。そっちへちょっと振り向いてみると、あごひげを生やした小柄なじいさんで、いやに派手な格好をして、粋な帽子をかぶっていた。いざとなったら、そいつをぶん殴ることだってできた。そのじいさんは、ステッキを持っていて、それにもたれるような姿勢のまま、とにかく、右手をぼくの股に、しかも正面からつっこんでぐいぐい押し付けてきた。

二人とも押し黙っていた。嫌悪感を覚え、ぼくはただ後退りしてかれから離れた。母は、ぼくの話をどう解釈していいか分からずに、それはおまえの想像だよと言った。それ以後船旅の間中、そのしわくちゃのチビじいさんを避けたが、この事件の印象はぼくにとって鮮烈だった。

それから二週間後のことだ。ある店のウィンドーの前で中の切手の展示に見入っていると、あの手がまたぼくの同じところを狙ってすうっと伸びてくるのを感じた。向きを変えて逃げた。それにしても執念深い手だ。

9 パリ

ジュネーヴを引き払った後、パリ、モンマルトルのラ・ブリュイエール通り四十二番地にある従姉のアリス[1]とその夫トリュフリィ[2]さんの家に滞在した。ピガール広場やブランシュ通り、ノートルダム・ド・ロレットなどからそう遠くないところだ。

エドとぼくはそれぞれ十四と十五で、半ズボンをはいてリセ・コンドルセに通った。パリでも名門校の一つだ。家には従姉のマルグリートと彼女が飼っている猫のミニュもいた。かわいそうにあの猫はぼくたちにいじめられて死にかかったことがある。

もう一人の、もっと遠いいとこに当たるサルバドル・メストルも同じ学校に通っていた。かれはのちに第一次大戦のとき甲騎兵になった。ノッポのめめしい奴で、ぼくをけしかけて自分の喧嘩相手の鼻面にみごとなアメリカ式パンチを一発くらわしてやっつけさせようとした。でもぼくはそんなことやる気がなかった。人に近付いていって、理由もなく殴りつけたりできようか。

ハイジャンプでは、全校のうち一人を除いたら、一番高く跳べた。もっともフォームの点では、ぼくのかなわないのが何人かいた。中でもその一人、サルバドルがぼくに喧嘩をふっかけさせようとした相手は、体の下に両足をそろえてすっと跳び越えた。すごい奴だった。

でも教室では、ぼくたちはどうしても他の生徒についていけなかった。エドとぼくはフランス語のハンディがあった。その前にいたジュネーヴのシャトー・ドゥ・ランシーは英語が話せないと何もできないような学校で、せっかく勉強に行ったのにフランス語がちっとも身につかなかったのだ。

ぼくたちはしばらくしてそのリセをやめた。母は払っていた学費を、落ちぶれた弁護士トリュフリィさんの口利きで戻してもらい、ぼくたちはアリスおばさんことアリス・モンサントについてフランス語を習うことになった。彼女の家は、通りの向かい側で一ブロック東にあった。やさしい人柄で根っからの先生タイプだった彼女は、母が画学生としての三年間を最愛のパリで過ごしたあの七〇年代末のよき時代の親友の一人だった。

そのころ母と一緒にアリス・モンサントの兄のリュドヴィックもいた。やはり画家で、かれが描いた等身大の、黒ビロードのドレスを着て、髪をスペイン風に高く巻き上げ、扇子を手にしたぼくの母の肖像画が今も弟の家のマントルピースの上にかかっている。

生まれてこのかた、傷つけられても声を荒げたこともないアリスが、毎日一時間ぼくたちに付き合ってくれて、ラ・フォンテーヌやその他の詩を暗記させた。簡潔な詩で、そのうちのいくつかは今でも暗誦できる。もしもっと長くパリにいて、アリスおばさんに見てもらっていたら、ぼくたちのフランス語は完全なものになったに違いないのだが、それは長くは続かなかった。

アリス・トリュフリィの妹、ぼくのいとこのマルグリートは、とても男の相手を欲しがっていた。ぼくは似合いの男の子だし、エドだってもう立派な体つきをしている。彼女はぼくたちをからかうのが好きで、ぼくが窓から身をのりだして、消防隊が行進したり、新聞売りの少年が「パリ・スポール・クプレ」と叫んだり、女の人が「ムール貝！　おいしいムール貝！　とりたてのムール貝」とカン高い売り声をあげたり、あるいはまた男が「ガラスもの！」とか何とか叫んでいくのを見下ろしていると、後ろから体を押し付けてきた。

アリスおばさんの誕生日に、ぼくが母の服を着て彼女を訪問する、というアイディアをある日マルグリートと二人で思い付いた。

他の家族は、外出していたか、でなければ、そのアイディアをぼくにやらせておけば結構面白いだろうと思っていたに違いない。で、マルグリートはぼくに母のドレスを着せ（ぼくはまだ母のものが着られた）、手袋をつけさせ（母の手袋じゃなかったと思うが）、それから帽子をかぶらせた。それは母の取っておきのボンネットだったが、困ったことに、当時のやり方で髪に止めることができなかった。ドレスは袖が細く肩の部分がふくらんだ簡素な町着で、長い裾が地面を引きずった。

玄関を出て十フィートも行かないうちに――アリスおばさんの家はまだ一ブロック向こうだ――帽子の座りが悪くなってきた。頭をあっちへかしげこっちへかしげしたが、人がこちらを見るので気持ちがそわそわした。でも何とか持ちこたえて、向こうの家の玄関にたどり着き、階段を三段のぼったところで、アリスおばさんがぼくを両腕に抱きしめ、「エレーヌ！」と母の名を叫んだ時、ぼくは有頂天になっていた。

もう我慢できなくなってぼくが笑い出すと、気の毒にアリスおばさんは口もきけない。一瞬の後、彼女も笑い出したが、すぐ、街頭で異性の扮装をすることは法律で厳禁されていることを思い出した。それでおばさん自身もぼくもひどく怖くなって、はやく行くのよ、おうちへ帰って二度とこんなことをしないで、と言った。着物を脱いでしまえばよかったはずだが、おそらく下にろくに着ていなかったのだ。無事に帰ったがびくびくものだった。

ぼくらみんなはトリュフリィ夫人のアパートに住んでいた。一八八〇年代にトリュフリィさんがパナマでアリスに出会ったころは、丸顔でモナリザのような微笑をもつ美人だったに違いない。カルロスは娘をずっと年上のその男と結婚させたくはなかった。だがアリスは、足が不自由で向こう見ずなかれがとても気に入り、結局トリュフリィさんはアリスをひっさらってパリへ行き、妹のマルグリートもついてきたのだ。マルグリートは働き者だったから、縫い子の仕事で皆の暮らしを支えてきた。夫婦にはさいわい子供がなかった。

二人娘の中では、マルグリートの方がずっと利発だった。実際はかなり聡明な女に見えたアリスだが、かわいそうにほとんど愚鈍になっていた。多分小さいころの教育が欠けていたのか、あるいは不安定な育ち方のためにそうなったのだろう。すべてはカルロスのパリ医学生時代にさかのぼることで、そのころの噂話は、ぼくが子供のころ母から聞いたものだが、ナポレオン三世や一八七〇年の普仏戦争の時代で、それ自体が一つの物語であった。当時カルロスはフランスの女性と結婚していて、子供が三人いた。だが、家族が郷里プエルトリコへ引きあげた時、一目見てそこが嫌になった女は、何もかもその島に残してパリへ逃げ帰り、消息を絶ってしまったのだ。

カルロスがポルトープランスからパナマへ移る時連れてきたアリスは、当時パナマ運河の建設工事をしていたレセップス社の弁護士トリュフリィさんに出合う——不思議なめぐり合わせだ。会社が破産した時、かれ自身も巻きぞえを食った。

トリュフリィさんは、ノルマンディにある母親の地所がやがては自分のものになるとアリスに話していた。ぼくの記憶では、二人はパナマで結婚式をしたはずだが、郷里の家族たちを喜ばすためにもう一度式を挙げたらしい。なんでもアリスの話では、みんなで戸外の長いテーブルで食事をし、田舎風の陽気さで何時間も大いに飲んで騒ぎ、宴たけなわのころ、体に何かが触った！　ドレスの下の膝のところに手が。悲鳴をあげたが後の祭。悪漢は土地のひょうきん者で、ガーターをつかんでさっとむしり取った。すばらしい獲物だ！　男がテーブルの下から這い出して、戦利品をふりまわして皆を喜ばせている時、底抜けの好人物であるトリュフリィさんは軽く首を振って「やれまあ！　やれまあ！」と言っているのがぼくには聞こえてくるような気がする。

だがそうした日々は別世界のことであった。トリュフリィさんは、運河会社の破産によって債権、家、屋敷など全財産を失った上、取引銀行が倒れて最後の預金まで剝ぎ取られてしまった。一家はラ・ブリュイエール通り四十二番地で、主に勤勉なマルグリートの稼ぎと、母が支払う部屋代を当てにして、いつ路頭に投げ出されるかも知れないと、びくびくしながら一日一日、一週一週と暮らしていたのだ。

逆上したアリスが夫に向かってわめきちらすのをぼくらは何度も聞いた。弁護士（かつては立派な弁護士だった）の仕事で、わずかばかりのお金を稼ぐせっかくの機会を逃した、それも口がかかった時に近くにいなかったからだとか、どうにか事務所にいても、アブサンに酔っ払って仕事にならぬとかと言って怒った。だまって叱られていて、許してもらうためにはどんな約束でもするのだが、出ていってはまた同じことをしでかすのだった。アリスは夫を止めることができず、かれも自分でどうすることもできなかった。

そんなことの合間、かれはすばらしい遊び仲間だった、ことにエドとぼくにとっては。食事の時に水割りワインを飲むことを教えてくれたのはかれだった。パリの水はそんなに悪かったのだ。食卓の端っこでクルミを割る方法も教えてくれた。クルミを親指でしっかりと押えておいて、右のこぶしでピシッと打つ。ちょっとしたコツがあって、クルミが割れないと親指をケガするのだ。しまいにはびくびくしなくなり、うまく割れるぐらいの強さで打ちおろせるようになった。

トリュフリィさんが機嫌がいい時は、暮らしの実情が分かっているアリスをのぞいて、みんな陽気になった。

普仏戦争の時、トリュフリィさんは少年兵として従軍した。凍てつくある夜のこと、脚を焚火に伸ばして地べたに寝ていて、はっと目を覚まして引っ込めた時には、すでにひどい火傷をしていた。その結果足が不自由になったのだ。だが、上等のスーツを着こみ、ぼくたちみんなを引き連れて、カフェだの、モンマルトルだの、ある時は劇場へ出かける時など、ひょこひょこ歩く歩き方自体、何だかカーニバル気分をかもし出すのだった。

かれはパリをよく知っており、弁護士だから、たいていの人より世間が広かった。イタリア通り近くの、何かのショーに行った時のかれの姿をありありと覚えている。アリス、マルグリート、母、エド、ぼくとトリュフリィさんだった。かれはひどく陽気におどけて、前を歩くぼくたちの世話をやきながら、みんなで人ごみの中を縫って進んだ。だがショーが終わって出てくると、外は土砂降りだった。どうする？　予想もしていなかったので傘がない。この人数にただの一本さえも。辻馬車はつかまらなかった。そこでかれは母の腕をとり、ステッキをさっと二人の頭の上にかざして歩き始めた。他のものをぞろぞろ引きつれ、ひょこひょこ乗合馬車の停留所まで行ったのである。

幸運にもパリは祝祭の季節で、ちょうどマルディ・グラ（カーニバルの最終日）だった。ぼくらはお祭りの中心になる歩道で、前列のテーブルを占めていた——かれはいつもこういうことには要領がよかった。午前中の早い時間で、まだ舗道が混んでいない最初のころから、赤、白、青の紙吹雪が大通り一面に舞い、足首の深さに積もるころまで、そこに陣取っていた。

よく晴れた日で、群集は通りを行き来し、誰もかれも、手に一杯握った紙を顔に投げつけ合い、叫んだり笑ったり、娘たちは胸やお尻に触られ、悲鳴をあげていたずら者を払いのけ、みんな浮かれて行ったり来たり、いい場所にあるぼくたちのテーブルの前を通りすぎてはまた戻ってくる。

いろいろな物売りがいた。箱に入れて持ち歩く、おもちゃの舞台が、ぼくらの前に据えられていたのを思い出す。小さな人形芝居は、歌を歌うのも、手で人形を操るのも、人形遣いが一人でやった。一幕の上演が終わりに差しかかると、芝居を続けながら、「あやつり糸をひっぱれよ!」と歌うような調子で言って幕がおりるのだ。いつでも思いのままに! 放屁する! 屁こき男! がいた。いかにもフランス風なおどけた道化で、最後はきまって、自転車のポンプで直腸に注入しておいた空気の残り全部の大放出——「マ・ベルメール!」わがオシュートメ、バン! とぶっ放すのだ。

別の男は、赤い紙粘土の大きな鼻を、頭の後ろからまわしたゴムバンドで自分の鼻の上にくっつけて、厚紙用の大きなハサミを売っていた。「ミミミミミ! ハサミ! 先っちょがちょん切れる——ちっちゃいオチンチンの先っちょが。衛生によろし」と叫ぶのだった。

そのころはちょうどドレフュス裁判(3)、論陣を張ったゾラ、激しい反ユダヤ感情の時期にあたり、それが陽気な調子ではあるにせよ、カーニバルの最中に、こんな形で姿を見せたのだと言わねばなるまい。

ぼくはフォリー・ベルジェールのホールの席に立っていて、総立ちになった全観客が、手を頭上で振り回しながら、「永遠なれフランス軍! 永遠なれフランス軍! 永遠なれフランス軍!」と歌い、やがては狂ったような怒号に変わってゆくのを見たことを思い出す。ひどく胸騒ぎのする悲しい光景だった。

エドとぼくはトリュフリィさんの勧めと援助で、イタリア大通りからそう遠くないベルナール道場へ、フェンシングの練習にやらされた。週に二、三回通ったが、男たちが決闘のコーチを受けているのを見た。ぼくたちの年齢で練習に来ているのは二人だけだった。とても面白かった。大学生ぐらいの年齢のアメリカ人が二、三人いて、その一人はローズヴェルトという名だった。一族のどの家系の人か知らないが、見たところいい人物のようだった。その人が、切手と剣のコレクションを見にアパートへ来ないか、とぼくらを招待してくれた。母に相談したが、トリュフリィさんがその申し出に反対した。ぼくたちにはなぜだか分からなかった。

トリュフリィさんは他に用事がない時は、といってもたいてい毎日そうなのだが、パリの名所見物のために時々外出する計画を立ててくれた。また近所の依頼人に会わねばならんとアリスをごまかして、ぼくたちを連れ出すこともあった。家を出てまだ二、三ブロックも歩かないうちに、カフェの方へ足が向き、ここなら三人で日向に座っておれば、こわばった脚が少しはほぐれて、また歩けるようになるんだと言うのだった。

いつも注文する薄緑色で甘草の匂いのするトールドリンク(4)が効いて、脚はすぐしなやかになる。ぼくたちは同じ丸テーブルでかれの横に座り、キイチゴかスグリのシロップを水で割った赤いドリンクを飲む。それがおきまりだった。それからまた出かけるという具合で、ある日はカタコンベ(地下墓地)を見に行った。

こともあろうに、パリに地下墓地があるとは考えにくいことだが、現にあったのだ。パンテオンのそばから入ったような気がするが、よくは思い出せない。殉教者たちの骨、殉教者でなくても、宗教儀式の修行に来ていた人たちの骨が、ずらりと並んでいるいくつもの地下道だ。エドとぼくは頭蓋骨や大腿骨や肋骨が、通路に沿ってきちんと並べられているのを見て、それが心に強く焼きつけられた。

ぼくらはトリュフリィさんの案内でエッフェル塔に上ったり、いろいろな教会へも行ったが、中でもサン・ジェルマン・デ・プレでは、入口の石の壁龕の中にいた司祭が、棒の先にちっちゃなゴムの指が房になって付いている小さな仕掛けを、通りすぎるぼくたちに突き出した。他の人がそれをどう扱ったのか見ていなかったので、何か記念品でもくれるのだと思って、ぼくはそれをつかんだ。司祭は向こうの端を握って離すまいとした。ぼくはそれに逆らってちょっと引っぱってみたら、手が濡れたように感じたので放した。ぼくは面くらってしまった。その話をしたら、他の人たち、ことにマルグリートなどは、身をよじって笑いころげ、母はヒステリーを起こしたみたいに興奮して、他に誰もいなくてよかったが、聖堂のあたりを歩き回った。最後には、トリュフリィさんが例の「まあ、まあ、おばさん、まあ、まあ」と言ってみんなを静まらせた。

ぼくたちの学校生活も終わりに近いころで、まだジュネーヴにいた時、母はプロハロフというロシア人の二人姉妹と出会って親しくなっていた。今のアメリカの大学生ぐらいの年恰好の、まじめで可愛らしい娘たちだったが、フランス語を勉強したり、できるかぎりあちこちヨーロッパ見物をしていたのだ。二人は母の人柄とやさしさがすぐ好きになり、母も二人が好きになった。それで、旅行の途中パリに寄った時、母を訪ねてきて、自分たちだけではどうして近付けばいいのか分からない、パリの裏側をもっと見たいと言った。母がトリュフリィさんに相談すると、二人は「裕福な貴族階級の家庭」の娘だから、費用をすべて二人がもつなら、いつか夕方にでも案内してあげようと提案した。実際、ぼくたちみんなで出かけることになった。トリュフリィさんは、自分が案内するところなら、娘たちはきっと自分の目でパリの最底辺を見たと思うだろうと考えていた。

モンマルトルはぼくらの住んでいたところからほんの一足だったので、ある晩ぼくらは、日曜学校の遠足みたいに見物に出かけた。ワインを一本飲み、あちこちの暗い部屋で、いつも観光客が聞かされるいかがわしい唄を聞いた。ぼくらがある店から出かかった時、トリュフリィさんと芸人たちとの間でちょっと隠語のやりとりがあったのをぼくは覚えている。それは大体、あんたそんな別嬪をどうやってくすねたんだい？　という意味だった。そしてぼくらが、出口の方へ向かって行った時、かれらはこんなリフレインを歌った。

お客はみんなクソったれ
イカレのドンデル、イカレのダンドン、
なかでも店を出ていくやつは
イカレポンチのドンデル、ダンドン！

ぼくらは酒場「ル・ネアン」(5)の棺桶の間を通って奥に入って行き、そこのワインを飲んでおしまい。

かわいそうなミニュ、あの猫はひどい目にあった。小さい男の子はなぜ猫をいじめたがるのだろう? こんなことをした覚えがある。ミートローフを作ったりした時、それを縛ってあったヒモがゴミ箱に投げ込まれる。ミニュはそのヒモを引っぱり出し、噛んでまる呑みにするのだ。翌日、それが尻から出始めると、ぼくたちはその出てきたヒモの端を踏みつけて、かわいそうに猫を大いに困らせた。母に見付かったら即座にやめなさいって言われただろう。

10 復学する

一八九九年の春、ぼくたちはアメリカに帰って、ラザフォード公立学校のクラスに編入した。ラザフォードに初めて高校のクラスができた年のことで、特にすぐれた教育内容ではなかった。エドはちゃんと勉強していたと思うが、ずっと同じ学年で、一つ年上のぼくの方は弟より乱暴だった。いきおい勉強のさまたげになった。中学二年の時知っていた女の子たちに再会した。学校の成績は好ましくなかった。

多分両親はそんな状況を知っていたのだろう。あるいは、ぼくのもらってきた点数を見て落胆したのかも知れない。父がどうやって教育のために、そんな大金を注ぎ込んでくれたのか分からないが、とにかく秋学期に、ぼくたちはニューヨーク市の高校に入学した。東部では最高の高校だという評判のあるホレイス・マン校で、百二十番通りのモーニング・ハイツにあるコロンビア大学の近くだ。こうしてその秋、ラザフォードから毎日そんな遠方まで通学することになった。列車は七時十六分ラザフォード駅発。だから週五日間、六時起床、服を着て朝食をすませ、駅まで歩いて十分かかるのを見込んで家を出るという日課だ。

ジャージーシティでフェリーに乗り換えた。冬にはハドソン川に氷があって、時々スリル満点の船旅になった。ウォレン通りかチェンバーズ通りを歩いて、九番街か六番街の高架電車の駅まで(1)行くのが次の順路だ。その沿道は、町の匂いまですっかり覚えてしまった。乗車時間が長く、エイゲルティンガーとかフィッシャーなどの同級生と一緒に、百十六番通りか百二十五番通りまで行った。駅の高い階段を駆け下り、それから坂を駆け登って、公園の中を横切るか外を回るかして、九時までに学校に着いた。なかなかの大仕事だ。放課後にはそれを逆に繰り返して帰った。おかげでくたくたになったが、それだけの価値はあった。交友も授業も最高だった。

入学早々コースの選択をしたが、その影響が生涯ずっと後まで残った。物を書くことがぼくの計算の中に入っていなかったのだ。学校では三つのコースがあった。ラテン語とギリシャ語のある古典コース、中間的コース、それから科学分野を目標とするコースだ。興味・適性に関する予備調査を受けた後、校長のプリティマン先生のアドバイスで、ぼくは三番目のコースに入った。そのコースにはラテン語、フランス語（会話はできた）、ドイツ語が少しあり、ギリシャ語はなかった。代わりにぼくは数学、化学、物理、木工技術の基礎をとった。クラスは人数が多くて真剣そのもの。ぼくは情熱を傾けて勉強を始めた。

教師はニューヨーク市選り抜きで、教師に劣らずクラスも刺激的だった。ぼくは勉強すること、駆りたてられること、優等生と競争することがどんなに重要であるか初めて知った。だが新学期早々ぼくらはある困難に突き当たった。声が低音で痩せた先生がラテン語を担当したが、自己流なのか、それとも実験的にそうするのか、新教授法というもので授業をするのだ。教室で使えるのはラテン語だけ。点呼で呼ばれると「adsum」（出席）、誰か欠席していると「abest」（欠席）と答えさせた。この若い大先生は「Hoc est saggita」（これは……）とぼくらに言ったり、または教室から遠いところを指して「Illud est saggita」（あれは……）と言って、離れていることの意味を理解させようとするのだった。素敵なアイディアだったが、時間がかかりすぎ、授業が予定より遅れるので、結局取りやめになった。ぼくのラテン語はそこまでだった！

しかし英語ではそれより運がよかった。学年が進むとアンクル・ビリー・アボットという先生の指導を受け、この人が生まれて初めて名作の楽しみを味わわせてくれた。でもそれはほんの入り口にすぎなかった。何が起こっていたのか十分わからないまま、ぼくはアボット先生の授業に夢中になった。もちろん誰にもそのことを打ち明けはしなかったが。ぼくは初めて本気で詩に接した。詩がぼくの興味をかきたてたのだ。「老水夫行」(2)、「リシダス」(3)、「コーマス」などを読み、今まで知らなかった手法が理解できた。「ラレグロ」や「イル・パンセロソ」も読んだ。

その先生は一度ぼくに最高点をくれた。ロバート・ルイス・スティーヴンソン[4]張りの物語を焼きなおして提出したときだ。それは北海沿岸の低地帯をカヌーで旅する話で、ある局面でカヌーが転覆し、主人公は水中に投げ出された。しかしどんなことがあっても最後まで櫂を放さなかった。それが核心だ。かれは自分の櫂を放さなかったのだ。そこに固執して、かれが櫂を手放さなかった！という核心を徹底的に追及して書いた。先生は「A」をくれた。これが文章を書いて成功した初めての経験だった。

バトラーという女の先生のギリシャ・ローマ史、特に英国史は楽しかった。また「マムゼル」という愛称をもったやさしい老婦人のフランス語ももちろん面白かった。ぼくたちがフランス語が少しできることを知ると特別にかわいがってくれた。しかし数学はぼくの得意科目には入らなかった。高等代数学の期末試験をしてくれたあのビックフォード先生の慧眼には今なお頭が下がる。二次方程式の理論はぼくのいちばん苦手な科目だ。数学の天才エイゲルティンガーが、テストを終えて教室を出てゆき、多分もう家に帰り着いたころだろうという時になっても、ぼくの方はやっと最初の二問しか解けていなかった。ぼくはねばり続けた。クラスの他の連中も次々と解答を終えて出てゆき、とうとうぼくだけになった。時間が来たのに、まだ十問中八問しか解けていない。試験終了。ぼくはできるかぎりのことはやった。でも不合格だと思った。そう思うとずいぶん悲しい気持ちになった。

ビックフォード先生は先生方の中では年長の方で、数学科で一番いい先生という評判だった。かれが口ヒゲを噛みながら――小さく黒い口ヒゲを蓄えていた――ぼくが出した答案、教室に残っている最後の答案を点検しているのを、そばに立って見ている間、ぼくは判定に備えて、精一杯気を引き締めていた。

しばらくして先生は顔に何の表情も浮かべずぼくを見上げた。

「君は数学者にはとうていなれないな、ウィリアムズ君」

ぼくは同意した。

「しかし筋道は理解できている」かれは一息ついた。「だから合格としよう！」

うれしさのあまり動けなかった。それは最も明快な判定だった。それまでそんな判定を教師から頂いた経験はなかった。こんな瞬間が人の一生においてどれほど大切なものであるか計り知れない。あの時の知性ある一言ほどに、さまざまな困難を乗り越えて正しい軌道に戻る力を、ぼくに与えてくれたものはこれまでになかった。先生はぼくの心を理解した。ぼくの心が志向していないものが何か分かったのだ。だからそれにふさわしい行動をとった。少なくとも、それが教師であることの重要な意味なのだ。

ホレイス・マン校で、ぼくは運動競技に本気で取り組んだ。フットボールはやってみたが、体格が不足。でも陸上と野球は、そろそろエドに負けそうだったが、何とかやれた。ともかくも走れたし、一年終了時の祝賀クラスマッチではかなりの成績をあげた。

しかしそれがぼくの破滅になろうとは。二年生になると、トラックのチームに正式に登録され、コロンビア体育館のそばの、柵の内側の芝生をぐるぐる走る練習を始めた。それはその年に計画されていた州陸軍本部の行事に参加するための準備だった。練習に次ぐ練習、三百ヤード新人戦に参加が決まっていたのだ。それはハンディキャップ付きレースで、初参加のぼくは相当のハンディをもらっていたから、ダークホースに目され、優勝候補に仕立てあげられた。毎日の午後、二十二連隊本部まで行って走った。練習後はいつものように着替えをし、高架電車であわただしく家路についた。ぼくにはこれがこたえたのだと思う。とにかくレース前日の午後の練習で、ぼくらは最後の四分の一マイルを回ったところだった。ぼくはすでにラストスパートをかけて、終わりの態勢に入っていた。その時、「もう一周残っとるぞ!」と誰かが叫んだ。

命令を飛ばしたのが誰だったにしろ、それが間違いなのは分かっていたし、やるべきではないと思ったが、命令が出たからには走る他ない。ぼくはくたくたになっていたが、疲れを押して挑戦した。トラックを一周し、もう一度ラストスパートをかけ——そこで倒れ込んだ。しばらくして起き上がり、やっとのことで家にたどりついた後一週間寝こんだ。近所の医者が来て、ぼくのランニングはそれで幕。「思春期心臓疲労」の診断だ。今後一切スポーツ参加はまかりならぬ、運動はせいぜい郊外の長い散歩までと言われ、ぼくは希望をすべて捨てなければならなかった。スポーツ人生の夢は消え、即座に半病人にされた。これがまた、ぼくの進路決定に大いに影響するのだ。精神的にまいってしまった。

いったいあのころどうやって、燃え殻になるまでぼくを燃やし続けたあの性欲を越えて、学校を卒業したのか、ぼくには言い尽くせない。だがその時期は過ぎ去って、まったく奇妙なことに、ぼくは純潔なままだった。結局、他のことにもっと興味を持ったのだと思う。でも分からない。それは後でよみがえってきたのだから！

そのころぼくは禁欲主義の時期を通っていた。それで救われたのだろう。ちょうどスポーツ熱と、その後の芸術熱の間の一時期に当たっていたのだ。

詩に興味を持ち始めたのが大体そのころだ。十八歳まで、いやその後になっても、物を書いたり、芸術の分野で何かしようという気持ちはまったくなかった。母は少し絵を描いた。そこでエドもぼくも、屋根裏部屋で見付けた母の使い古しの絵具やパレットを使って描いた。そのころぼくが描きなぐった油絵が何枚かまだ転がっているはずだ。

ぼくの最初の詩は、青空に突然光る稲妻のように生まれた。それは求めずして生まれてきて、幻滅と自殺したくなるような落胆の呪縛からぼくを解放してくれた。こんな詩だ。

黒い、黒い雲が
太陽を覆って飛ぶ
激しく吹きなぐる
雨に追われて

ぼくの喜び、その瞬間ぼくを襲った神秘的で魂を癒すような歓喜、それはその後すぐに浮かんだ批評的反問によってわずかに弱められた。どうして雲が雨に追われたりするのか？　ばかばかしい。しかし喜びは消えなかった。

その瞬間からぼくは一人の詩人になった。

ある時ニューヨーク州エソパスの近くの小さな湖でのことだ。ぼくは水の中で見た少女の脚に恋をした。その父親はぼくに不審の眼を向けた。ただ好意をもつだけの若者だったのに、かれはぼくたちから絶対に目を離さなかった。あの一週間、二人が納屋の前庭とか、家族が住んでいる古い家のすぐそばで遊んでいても。ああ、若かったな。あの十五や十七のころの夏の日々！　そしてその後もしばらくは！

ある雨の日、その白い脚とぼくは、屋根裏に乾草をいっぱい積んだ納屋を見付け、雨がたたく屋根の下で、黙って一緒に寝ころんで耳をすませていた。しかしそれにも飽きて、乾草の中にぐんぐん潜りこんでいった。投げ出した体がぴったり並んでいた。二人はすぐ感じた。とてもわくわくすることだった。しかしみんなが探しにきて、ぼくたちは大声で追い立てられ、二度とそこへ行くなと言われた。そんな状況では、あの一対の脚が父親にどうやって反抗できよう？

ある日みんなそろって釣りに行った。例の父親はでっぷりした男で、麦藁帽子をかぶっていた。かれは桟橋の端から釣り、ぼくたちはあまり離れていないところで釣竿を水面に伸ばしていた――いや、かれはボートの中だったか、それとも木陰にいたのかな。天気がよくて暑い日だった。水は水晶のように透明で、底には藻が見え、その上を小さい魚が泳いでいた。あのかわいらしい白い脚が、ぼくの脚と並んで水中に垂れ、ぼくのような体つきの者にはぴったり似合う脚だ。それが冷たい湖水の中でかすかに前後に揺れていた。

しかしおそらく偶然に、あっと思う間もなく、ぼくの片方の脚が水中で相手の脚に触れた。その脚は引っ込まない――引っ込まなかった！　そしてぼくたちの頭上では、互いに触れ合う太陽と雲が、天使の対舞《パ・ドゥ・ドゥ》を踊っていた。世界は天国だと思った。水中のぼくの両脚が相手の脚を愛撫し、精一杯向こうの脚に絡まるまでには長い時間はかからなかった。もし今あの湖か池を見れば、ただの濁った水溜りだと思うことだろう。ペンシルヴェニア大学の一年の時に、彼女からもらった手紙は焼きすてた――次の場面に移る前の最終幕。

人生の滑り出しをどうするかを決める入り口で、大きな闘いがやって来た。

その前哨戦は、いかなる芸術を実践すべきかにかかわるものだ。音楽はだめ、試してみたが適性がない。それに、もっとはっきり表現できるものをやりたい。絵画——結構、だがごてごてしていて厄介だ。彫刻は？　いつか石を見たら、そのままの形の方がいいと思った。石を削っている自分の姿は想像できない。ぼくの脚は弾力がありすぎて、そんなに長くじっとしておれない。ダンスは？　見込みがない、曲がった脚では。

ことばがぼくに誘いをかけてきて、ぼくはそれに飛びついた。書くんだ、シェイクスピアのように。その上、ぼくにはみんなに言いたいこと、しっかり言ってやりたいことがいっぱいある。そこには苦い楽しみがあろう。誰も大して聞こうとしないだろうと、本能的に知っているゆえの苦さが。それがどうした？　ぼくは書きたい。書くために装備はいらない。そんな最初の小競り合いがあった後、生まれてきたのがあの即興詩だ——黒い、黒い雲、エトセトラ。

ここまではっきり決まったが、当面の目標である医学はどうしよう？　やめるべきか？　なぜ？　医学をやめることが何かの役に立つか？　それを続けていくための勉強のことなど、まったく思ってもみなかった。おお、百もの選択肢が検討された。

第一に、何を書くべきか、ぼくに告げる立場の者は誰もいないだろう。それは確言できる。誰も、文字どおり誰も（金を出すと言われても）、ちょっとでも（絶対に）、ぼくが何をどのように書くか命令できない。それが一番大事なことだった。

それゆえ、書いてお金をもらうつもりはない。だから修業中は、自活の手段を持たねばならぬ。芸術のために命を捨てるつもりはないし、そのために、ナンキンムシの餌食になるつもりもない。また誰にも、援助のすべを持っていない父さんはもちろん、他の誰であれ、助けを求めるつもりはない。人のお世話など真っ平御免だ。

ぼくは働いてそれを得るつもりだ。石工の手みたいだ、と言われたことのある（言われなくても分かっている）

この手を使って。ぼくはいくぶんずんぐりした自分の指を見て微笑んだ。芸術家だって? ふん、ちょっとした芸術家だぜ。

11 医学

ぼくはカレッジの課程には行っていない。行かなくてもよかったのは、当時ペンシルヴェニア大学では、特定の高校から選抜した男子を医学部へ入学させており、ぼくは最優秀校の一つ、ニューヨークのホレイス・マン高校を出ていたからだ。それにぼくたちは一年間ヨーロッパへも行っていた。もちろんカレッジの入学条件を満たす必要はあったが、誰が見てもぼくにはその資格があった。医学部では百二十人のクラス中二番目の最年少者で、しかも学業も十分ついていけた。

ここで父と母に、遅まきながら一言感謝しておきたいのは、エドとぼくがやりたいと思ったことは何でもいろいろと援助してくれたことだ。父は生涯にわたって、自分と自分の母親の家族、ともかくその二家族をかろうじて養えるぐらいの収入しかなかった。それでも、たまにはシャトー・ラフィットの赤ワイン一箱ぐらいは地下室に置いていた。

一九〇二年、ペンシルヴェニア大学での医学の勉強は楽しかったが、自分をそれだけに閉じこめることは不可能だと分かった。医学の勉強を始めるとすぐ、医学の勉強なんかやめて、書くことに専念したいと思った。

ふと見付けた『レ・ミゼラブル』を、原文で夢中になって読んだことは絶対に忘れられない。一般解剖学に全力投球すべき時期だったが。ぼくは読むのが遅い方だ。おかげで一時はグロッキー状態だった。あの当時母に当てた一通の手紙を、ごく最近見付けた。これから先は「真面目」になって、時間を浪費しないことに決めました、と書き送っている。

そうは言っても、ぼくが書くようなものは、売り物にはなるまいということは分かっていた。何と、ぼくは鋭敏な精神活動を鈍らせまいとして、タバコにも手を出さなかった！　シェリー酒をたまに一杯ぐらい飲むことがあったが、それだけだった――でもやはりフィラデルフィアの街をほっつき歩いた。いいことは何もなかったけど。

心の葛藤は続いていた。そのころすでに、ペンシルヴェニア大学の演劇クラブ「仮面とかつら」に入部が許されて、劇に出演し始めていた。もしや舞台が成功のチャンスになるかも？　医学部をやめて舞台係の仕事につこうかと思った！　それほどぼくは謙虚になっていた。『ロメオとジュリエット』で、カール・ベルー(1)がジャネット・ビーチャー(2)を相手に演じるのを見た記憶がある。ミス・ビーチャーに手紙を書いたが返事は来なかった。ぼくはもらった手紙には必ず返事を出す。でもぼくがせっぱつまって書いた手紙に、人はめったに返事をくれない。のちに一度、D・H・ロレンス(3)に手紙を書いた時も返事は来なかった。

当時は天井桟敷に座って、いい芝居を見るのに二十五セントしかかからなかった。ぼくは物を書きたかった。劇を書きたかった――詩劇を！　『お気に召すまま』のロザリンドにイーディス・ワイン・マシソン(4)が扮するあの素敵なベン・グリート劇団(5)を、植物園の野外劇場で見た。見たい一念で、隣接した墓地に張りめぐらした忍び返しのある十フィートもの柵をよじ登った。一文無しだった。

だが最後にぼくに決断させたのはお金だった。医学を続けるぞ、詩人になる決心をしたかぎりは。つまり、医者というぼくの楽しんでやれる仕事だけが、欲するままに生きて書くことを可能にしてくれるのだ。生きる、それが第一。そして書くんだ、絶対に自分が書きたいように書く。この構想の達成のために、無限の時間がかかろうとも。平常心を持ち、醒めていて何ごとにもバランスを保つ。これがぼくの狂おしいほどの願いだ。結婚する（今すぐではないが！）、子供を持つ、それでも書く。いや実際には、それだからこそ書く。自ら病気を招いたり、芸術のためにスラム街に住んだり、虱の餌になったりはすまい。「芸術のために死ぬ」のではなく、芸術のために生きるのだ。たくましく！　そして（父のように）働いて、働いて、働きぬき、（いとしい母のように）人生のゲームに打ち勝って、思うがままに書く。ぼくだけにしか書けないように書く。ただ書くことに酔うために、と付け加えてもよい。そして世間の反応、書くことによって生じる問題、そんなものは完全に無視する。あのチャタートン(6)の二の舞はふまないぞ。

そのころ、寮の自分の部屋でエズラ・パウンド(7)に会った。ヒルダ・ドゥーリトル(8)にも会ったし、マリアン・ムーア(9)とはブリン・モー大学で、彼女だと知らずに擦れちがったはずだ。チャールズ・デムース(10)とは、ローカスト通りに面したチェイン夫人の下宿屋で、一皿のスモモをつまみながら語り合い、即座に、この愛するチャーリーと生涯にわたる親交を結んだ。亡くなってもう何年にもなる。

というのも、そのころ、ぼくは絵描きになるかどうかまだ迷っていて、あらゆる可能性を冷静に再検討していたのだ。

ことばだ。間合をおいたことばがバン！　バン！　と響いてきた。ぼくはキーツ(11)を読み始めていた——徹底的に読んだ。そこがパウンドと違うところだ。かれはいつも、ぼくよりずっと早咲きで、狂ったように先へ進み、イェイツ(12)までもやっていた。そのイェイツがフィラデルフィアに来て、ペン大生のために詩の朗読をしたのは一九〇三年だった。ぼくは聞きに行かなかった。

「仮面とかつら」クラブの劇に出て、『ミカド』(13)の中の「ティット・ウイロー」を歌って、クラブに大いに貢献したのは二年生の時だった。フィラデルフィア広報誌に載ったグラビア写真の通り、当時はつるりとした丸顔だった。脚の方がそれとうまく釣り合っていれば、引き続いてあった大学代表チームの上演では、美少女の役がもらえたかも知れぬ。だが実際は、『デンマークのミスター・ハムレット』という劇で、ポローニアスの役に振り当てられた。これはアトランティック・シティ、フィラデルフィア（一週間）、ウィルミントン、ボルティモア、ワシントン等の都市を巡業した。ワシントンでは生まれて初めて、観客をすっかり魅了するという快い一瞬の興奮を味わった。ちょうどそのころ、セオドア・ローズヴェルト大統領が、オザーク山地に熊狩りに出かけて、ワシントンにいなかったので、それをからかう台詞を、勝手に一行さしはさんだのだ。それが満場の喝采を博した。舞台に出ていた者までがどっと笑い、ぼくは一座の英雄だった。

本来の医学部の方では、発生学、組織学、解剖学などの感動は別として、ぼくがとりわけ夢中になったのは、神経学のスピラー教授だった。大きな丸顔で、こめかみに双子の蛇のような動脈がくっきりと浮いて見える、この先生が大好きだった。もしぼくの気持ちが安定していたら、即座に、喜んで神経学にのめり込んでいっただろう。治療法の授業は当時ほとんどなかった。診断をスピラー先生は得意としていた。ぼくはただ周囲の状況を眺めていた。医学部でも、またあの第六感、外科的無菌感覚を身につけたことになる。

ぼくはそのころ、ヒルダ・ドゥーリトル（H・D）とともに、散文と詩が交互に出てくる『オーカッサンとニコレット』[14]のすばらしさを発見した。それから次に、ぼくの理解できる古いフランス語の範囲内で、ヴィヨン[15]にも手をつけた。ラブレー[16]は、おなじみのアーカート翻訳版で、あの古い言葉の断片をどうにか味わった程度だ。しかし天国への門にある標示「欲スルコトヲナセ！」はこれまで忘れたことがない。

春のころなど、夕食をすませて、まだ部屋へ戻る気になれないような時には、チャーリー・デムースについて、ウエスト・フィラデルフィアのあたり（父の母ウェルカムおばあさんが移り住んでいた）を、ゆっくりと散歩したものだ。三十六番通りのすぐ西、ローカスト通りの南側は、高い煉瓦塀になっており、その内側には、きっと荒れ放題の古い庭園があったはずだ。そのことを考えてぼくはわくわくした。それを口に出して言うと、チャーリーは笑った。「塀の外側だけを見て、そんなことを考えて楽しめる人はあまりいないんじゃないか」

他のことはさておき、エズラ・パウンドが、毎日ソネットを書きためていたのはこのころだった。かれはその年の年末に、それを全部破り捨てたので、ぼくは一篇も見たことがない。ぼくもまた書いていた。四巻もののロマンチックな詩で、超大作になるものだった。もうその題名さえ忘れてしまった。

医学部にいた数年間、キーツがぼくの神様だった。「エンディミオン」[17]がぼくの眼を開いてくれた。「エンディミオン」を手本にして、キーツの文体を忠実になぞりながら、そのころのわが大作を書き始めていたのだ。

そうしながらも、ぼくはノート(見た人はいないはず)に、浄罪と告白ともいえる、ホイットマン流の「わが思索」を書きとめていた。そうすることによって、膨れあがった強迫観念を、頭と心から振り払おうとしたのだ。エズラはそんな時も(今でもそうだが)、教養と読書が足りないと言ってぼくに噛みつくのだった。また、お前はもっと微分学に精通すべきだ、とよく言った——もちろん俺みたいにということだが。そういう話になると、ぼくも比較解剖学をやってみろよ、損にはならないぜ、と言い返したものだ。

わが思索は、いま言った十セントのノート何冊かに書き残した。それは黒と黄褐色の波形模様のついた固いボール紙の表紙に、少しくすんだ灰色のクロスで装丁したものだ。二十三冊もたまっていたのが結局見えなくなって、どこへいったのか分からない。焼き捨てたとは思わない。何年もの間、ぼくには貴重な慰めとなっていたのに。

ぼくは大学時代を通して、エドにたえず長い手紙を書いた。その内容たるや朦朧としたものだが、志だけは高いものだった。かれはそれを全部保存していた。当時エドはマサチューセッツ工科大学の建築学の学生だった。アルロ・ベイツ[18]という英語の教授を知っていて、文学青年の兄のことをその先生に話し、とうとうぼくにこの著名人と会う約束をとってくれた。エドはこの教授が好きだというので、ぼくは任せておいた。そこである週末、ペン対ハーバードのフットボールの試合があった週末だったと思うが、ぼくはボストンへ急いだ。この人は、ロバート・ルイス・スティーヴンソンが初めて合衆国へ来た時、「いったい、アルロ・ベイツって誰だい」と尋ねたあのベイツ氏である。

「エンディミオン」張りのぼくの原稿を、新聞漫画に出てくる詩人そっくりに、丸く巻いて大きな束にし、幅広のゴムバンドをかけ、むき出しのまま手にもって、ベイツ先生に会いに行った。

かれの家はボストンの古いバック・ベイ地区[19]にあり、チャールズ川ベイスンに面していた。ベルを押した。ぼくの思い違いでなければ、玄関ドアが路面すれすれに開いた。使用人が中へ通してくれた。「ベイツ先生はすぐお会いになります。右手の一番手前の部屋へどうぞお入り下さい」。書斎へ入ろうとした時、敷居につまずいて、ぼくの三ポンドもある詩の原稿がかわいそうに部屋の中へ転がりこんだ。拾い上げる他に手がないではないか？

ベイツ先生は窓際の小さな机に向かっていた。白髪長身の中年男性で、とても親切だった。ぼくの訪問の目的は、医学をやめて物を書くべきか、それとも医学を続けるべきか、かれの意見を求めるためだった。ベイツ先生がじっくり時間をかけ、念入りかつ慎重に、詩の原稿に目を通している間、ぼくは座って待っていた。とうとうかれは目を上げた。

「君がジョン・キーツの詩句と形式について、鋭い鑑賞力を持っていることはよく分かる。キーツの作品を模倣したものとしては、かなり見事なできばえです。悪くありません。おそらく二十年もすれば、そう、おそらく二十年も経てば（これは一九〇五年十一月ごろのことだ）、君は世間から、ある程度注目されるようになるかもしれませんよ。おそらく！　それまでは医学の勉強を続けなさい」と言った。

それからちょっと感傷的に、机の真ん中の引出しを開けてことばをついだ。「ぼくも詩を書きます。そして書き上げたらこの中へ入れる――そして――引出しを閉じるんです」。ぼくは礼を言って外に出た。チャールズ川ベイスンを眺めながら、しばらく歩道に立っている時、空気が実にすがすがしかったのを覚えている。

もう少し年がいってから、エドとぼくはある姉妹[20]とよく「一緒に外出する」仲になった。結局エドがそのうちの一人と、ぼくはもう一人と婚約した。その相手とぼくは結婚したが、エドの婚約は壊れた。

それがぼくの青春の終わりだ。それで弟との情熱的な一体感は終わった。

あの時期にいったい何が起こったのか、今になってもはっきりとは分からない。深いところで、何かが実際に起こったことは間違いない。感動的で決定的な何かが。

ぼくは一生の間に、多くはないが数人の男と親密な友情を持った。思うに、それはぼくの弟との青春の体験と似たものだ。エズラ・パウンド、チャールズ・デムース、ボブ・マカルモン[21]やその他二、三人で、片手の指で数えられるほどだ。みんな芸術家だった。また一方には妻のフロッシーがいて、彼女はぼくが立ってきた岩盤だ。しかしぼくの願望にかぎっていえば、女性が五百人いても満足できなかった。初めに言ったように、ぼくはいつも純真無垢な坊やだった。

そうだ、医学生のころのある日、目の前の解剖台に素裸の姿で横たわっていた若い黒人の「ムラートの女[22]」の死体に恋したことを覚えている。

男性はぼくの人生に方向を与え、女性はつねに活力を供給してくれた。

12 エズラ・パウンド

エズラ・パウンドは自作の詩を読み聞かせるためにぼくの部屋によくやって来た。ごく初期の詩で、中には詩集『消えた微光』に収録されたものもある。それはいやな経験だった。何しろあんな読み方ではその詩句を聞き取ることができないことがよくあったし、何よりもぼくはかれの気分を損ないそうなことは絶対に言いたくなかったからでもある——言わないと自分が批評家としてどれほど空しく役に立たないかという感じがしても、言いたくなかった。しかしぼくは聴いた。かれは誰でも聴いてくれさえすればよかったのだろうと思う。その抒情詩の多くは終わりの方になると声が次第に小さくなって全然聞こえなくなってしまう——それほど感極まるのだった。ぼくはたいていはおくびにも出さなかったが、時々たまりかねて、聞き取れもしない詩の感想をどうして言わそうとするんだ、ぼくを何だと思っているんだ、まさかキーウィ[1]とでも？　と言ってやった。

エズラはそのころ、ペンシルヴェニア大学のシニョール・テロネについてフェンシングを習っていた。ぼくは一八九八年にパリでフェンシングは習ったことがある。フランス式で、イタリア式[2]とはちょっと違う。だからフェンシング部に入った。ところがエズラの方はフェンシングをやめてしまってラクロスのチームに入っていた。それだって長続きはしなかった。

ピアノはかれの母親が教えようとしたが結局弾けるようにならなかった。それにもかかわらずかれは「弾く」のだった。ぼくの家で、鍵盤の前に座って聴いてくれと言っていきなり弾きだしたことがある——大まじめだった。

これにはぼくの母もあきれてしまった。飛び出してきたのはどれもこれもおよそ音楽の「お」の字にもならない代物だったからだ。一足飛びに巨匠の座につくのだ。リスト、ショパン——何でもござれ——音階は自由自在、己の心の赴くままに、古いゼクエンツをどれでも弾きまくった。これはかれの自負の一面であった。ぼくの義理の姉(3)はコンサート・ピアニストだった。エズラは彼女を決して好きにならなかった。

あれは一風変わった春の夕べだった。男子学生が三々五々、よくトライアングル広場の芝生に腰を下ろして、評判の婦人病の万能薬、リディア・ピンカム(4)のベジタブル・コンパウンドのコマーシャル・ソングを歌ったのである。ある時エズラが内緒の仕事に付き合ってくれないかと言った——女の子を一人引っかけるのだという。そう、一人だけ。一人だけなら何故ぼくを巻き添えにしたいのかとても計りかねた。十三、四歳の際立ってかわいい子が、毎日夕方ころ下校途中の決まった時刻に必ずチェスナット通りを通るのがかれの目についたのだ。下校途中と言うのはぼくが見た時腕いっぱいに本をかかえていたからだ。なるほど、その子は並はずれた美人だった。

彼女がやってくるとそれぞれ右と左の両脇に寄っていった。ぼくは興味が湧かなかったばかりか、こんなことをするのはばかばかしいと思った。エズラはすっかりかのロンサール(5)になりきっていた。かわいそうにその子は怖くて身をすくませ、口もきけないほど喘ぎながらしゃがれた声で「どいて！　お願いだから寄ってこないで！　お願い！　お願いよ！」というのがやっとだった。ぼくは引き下がった。エズラはそのまま二十歩ばかりついていってから同じようにやめ、どうして途中でやめるんだと言ってなじった。ぼくはくだらんことをする奴だと言い返してやった。そもそもこんなことをしてぼくに何の得になるんだ。

それからもう一つ覚えているのは、ある月夜に大学を出てチェスナットヒルのある学校の近くのグラウンドの外で女の子二人に会うというアヴァンチュールだ。これもまたくだらないことだった。

ペンシルヴェニア大学四年のクラーク教授のクラスが、フィラデルフィア音楽学校でエウリピデス(6)の『アウリスのイピゲニア』をギリシャ語で上演した時、エズラはその合唱隊《コロス》の女子の一人になって出演した。ぼくは天井桟敷で見物だ。その晩、使者の役をした学生の出来はすばらしかった。熱のこもった台詞のしゃべり方で拍手喝采を受けた。しかしエズラだって、少なくともぼくには、それに劣らず注目の的だった。ぼくの記憶では、かれはギリシャ風のゆったりした外衣、ローマのトーガに似た衣裳で頭にはブロンドの大きいカツラをかぶっていた。感極まった忘我の状態でかれはそのカツラを掻きむしりながら両腕を振り回し盛り上げた胸をうねらせた。

ぼくと違って、エズラは決して自分の書いたものについては冗談も言わず説明もしなかった。いつもそれに対して謎めいて、確固とした、真剣な態度をとった。何ごとでも露骨な冗談を飛ばすかれだったが、それだけは別だった。ぼくにはこの男は興味津々だった。それまで見たこともない生命感と才智をたたえ、それでいて不可解な存在だった。そして誰よりも面白い人物だった——ただしあのしばしばひどい自信過剰と咳き込むような笑い声はご免だ。時々会う友としては何年付き合っても愉快だったが、しょっちゅう、あるいは長時間、付き合いたいとは思わなかった。二、三日したらたいていうんざりした。かれの方もぼくに対してそう思ったに違いない。

かれは固定した付き合い相手として絶対に頂けなかった、絶対に。異彩を放ってはいたが要するに頑固な奴だった。とはいえ、ぼくは決して（距離を取っているかぎり）かれに退屈したことはなかった。いやはっきり言って嫌いになることはなかった。好きにならざるをえなかった。そのためにひどい目にあわされようとも（もちろんそういうことは一度もなかったが）。かれはひどいこともやりかねないように見えて、その実、心根はやさしく善良な友人で友達をひどい目にあわすなんてことはできなかった。そして本当は無尽蔵の我慢強さ、かぎりなく深い人間的な想像力と思いやりがあったのだ。相手が特に気にしないと分かれば、意地悪もし、時には陰険、冷淡にもなった。しかし根は心暖かく愛情深く——その上繰り返して言うが面白おかしかった。ぼくらはともかくある程度は一緒に獲物を追った。そしてお互いを追い詰めたりはしなかった。

パウンドの中でぼくがどうしても我慢できない、自分には絶対ご免だと思うのは、あの詩人気取りにつきものの「尊大さ」だった。ぼくにとってはそんなものはおよそ無意味で陳腐極まりないものだった。何であんな真似をするのか、どんな馬鹿でもすぐ見抜けるだろうと思った。それは生まれの貴族性と心や魂の貴族性との葛藤——馬鹿げたあらずもがなのことだ。相手を軽蔑する詩人は己の軽蔑する点を真似て自分を笑い物にしていたのだ。ぼくはむしろ科学者の持つあの謙虚さと慎重さをよしとして育てられた。人は「在るべき場」にいる、もしくはいない、ということだった。その場にいれば、当然自分の最高の力を発揮しなければならない。達成することはそれ自体大事なことだが、そんなものは別にして、できるかぎりを尽くし目立たない生き方をして、その仕事に一途に励むべきだ。愛すべきエズラにはそれができなかった。

あの詩のタイトルが思い出せない。ペンシルヴェニア大学の学生寮にいた時（キーツを読んでいた時期）と、一九〇八年から九年にかけてフランス病院や保育小児病院でのインターン研修中週末に家に帰って来た時と、あんなに時間をかけて書いた詩のことだ。あのころ、いつだったか、ぼくは結局あれを焼き捨てた。しかし（アルロ・ベイツに見せたあの詩に）つけたタイトルを忘れてしまったとしても、それについて少々ここで少なくとも一言ぐらい触れてもよさそうなことがある——何しろ書いた本人がまだここにいるのだから。

キーツの「エンディミオン」のように、それはロマンチックな遠い昔々にかかわってそこはかとなく書き綴られた物語だった。衣装は中世風、お城があり国王や王子が登場する。キーツ流のソネットを序詩として幕が開き、続く「序幕」で悲劇的な顛末を無韻詩で語っていくのだ。

王子は自分で選んだ清純でかわいらしいお姫様と結婚することになる。婚礼に続く祝宴から始まった。床入り前で、実のところ二人はまだ宴席についている。王族一同が臨席していた。

動機はいざ知らず、しかしこんな場合にいつも働く空想的な（それでいて現実にもありうる）何らかの動機から、この祝賀の宴のハイライトになるはずの酒杯に毒が盛られ、列席者は皆殺しになる——つまりみんな倒れて死ぬのだ。王子も同じように倒れた。ここでかれを「子供の時から世話してきた」乳母がその場に駆けつけて修羅の場から王子を助けだし、解毒剤を探して、虫の息のかれをベッドに寝かす。そうでなかったら、詩はできずじまいだ。

詩そのものが始まるのはそこからだ。この若い王子は夢見状態で誘拐され自分の王国から遠く離れた「異境」に運ばれる。そこでまどろみから目覚めるのだ。その目覚めのくだりはいつまでも忘れがたい！　嵐がすぎたばかりの森（ワグナー流かな？）の中でのことだ。ことによると雷鳴のせいで気が付いたのだ。

目を開けると、独りぼっちで木立の中に気持ちよく横たわっていた。まったくの野外であたり一面にもぎ取られた大枝が散らかり、むしり取られた葉っぱがあたりの岩にちぎれちぎれにへばりついていた。しかし不幸にもそれは見覚えのないところで、そこがどこなのか尋ねようにも誰一人いなかった。やがて出会った人々に話しかけても、こちらのことばが話せるどころか通じさえしなかった。これまでのことも何一つ思い出せなかった。

ここで副次的な夢が始まる。その舞台はいろいろ考えて、どこかで見かけた粗末な複製画のベクリンの「死者の島」[7]にした。

王子が小舟でこの恐ろしいところへ流刑になる夢だ——しかしここまで来てこの詩は行き詰まった。この部分は『ハムレット』の中で役者たちがやった部分に似せてヒロイック・カプレット[8]で書くことにしていた。四苦八苦してそれに取り組んだがもどかしく、後で仕上げようとそのままにして、急いで本筋の話の仕上げにかかった。

これは大部分、国に帰り着こう、わが身に起こったことを探り出そう、と努力する若い王子の当て所もない流離に他ならなかった——細かいことは思い出せないまま、ただ、美しい花嫁がいた、父がいて、母がいて、何らかの惨事が起こって自分はその犠牲者になったという「感じ」がするだけだった。そこで自国に戻ろうと、いや自分の国を探し求めて、ことばも通じない「異境」を進み続けるのだ。

そこで巻を追って続くのは、自然の詩的な描写、木々、大部分は「森」、見知らぬ森また森——案内もなくただ一人、行き当たりばったりのさすらい。

続きを書き出す度毎に、新しい場面、新しい災難を思い付いた（キーツお気に入りの詩人エドマンド・スペンサー[9]を少しばかり読んだことがあったが、せいぜい二、三の場面にすぎない）。どんなことをしている時でも、手術室で麻酔剤を注射していても、屋上の水槽の陰で女の子と一緒にいても、クルムビーデが『パルジファル』[10]の序曲の緩やかな出だしの小節、『トリスタン』の興奮の渦に続くその「官能的でない」音楽をピアノで弾くのを聴きながらも、この詩を頭の中で燃やして心ここにあらずであった。

あの「原初の森」のどこかに、週末のためのテーマを見付け、ラザフォードに戻って、シャーロット（フロッシーの姉）が弾くショパンを聴き、それから自分の部屋に引き上げて詩作に取りかかったものだ。

そしてある日、恐らくこの「英雄詩」にもどかしくなったせいだろうが、嫌気がさし、その膨大な原稿をつかみ、何も「考える」いとまもなく、階段を駆け下り暖炉の扉を開けて投げ込んだ！

祖母、川、パセイック川を扱った「さまよう人」がそれに取って代わった――初めての「長い」詩で、これが今度は『パターソン』が生まれるきっかけになった。「詩行」がその鍵だった――行そのものの研究、これがぼくに挑戦してきたのだ。

ぼくはキーツを放棄した。ちょうどかれが「ハイペリオン」の悲鳴のところで断念したところだ。「レイミア」[11]にはのめり込まなかったが、「セントアグネス祭前夜」と「オード」にはある時期、呼吸と同じくらい慣れ親しんだ。最近この「オード」（「秋」を含む）についてのジョン・クロー・ランサム[12]の講演を聴いたが、それはぼくの両親の、特に父方（父は母よりずっと先に亡くなったので）の、亡くなって久しい親族たちに、何か物悲しくも懐かしい夢の中で会うみたいだった。この詩を書いたのは自分のような気さえしたが、実際その通りだ。繰り返し繰り返し何度も書き写したのだから。それをアルロ・ベイツに見付かってやんわり諭された。

ペンシルヴェニア大学ではエズラとチャーリー・デムースを除けば、同級生で特に親しい友達はほとんどできなかったが、一人、大学とは一切関係のない人だが、ジョン・ウィルソンという画家がいた。五十歳そこそこだったと思うが、ぼくはこの男が大好きだった。だらしがない小柄な人で、入り口に白い大理石の低い階段がついた小さい家に住んでいた。町の中心部、中央交差点の南北にはほとんどどこにでも見られるありふれた家である。へぼ絵描きのウィルソンは思い付くままに牛のいる風景画を描いていた。縦二十四インチ、横三十六インチばかりの絵で、それを十ドルないし二十ドルで「美術品」として売っていた。それでも自分の商売を愛するだけの生気はなくしていなかった。彼が絵を描くのは、できること、したいことが他にないからだった。売れさえすればうれしかったのだ。奥さんがなかなかのやり手で、家庭に活を入れるために少しはお金をかけてもいいのにと思ったが、決して嫌な人ではなかった。

しかしこの老人はぼくと仲良しだったのでぼくはかなりあからさまに自分の気持ちを分からせた。と言うのは、かれにはドロシーという結婚適齢期の娘がおり、日曜日に行くとたいてい家にいた。ぼくがこの娘と結婚したいと言い出しても腹を立てる者はいなかっただろうと思う。ある日、ダンス・パーティーに連れて行くことを約束しておきながら、ぼくがパーティーの次の日の晩にタキシードを着込んで迎えに行ったらかれらは結婚の話はきれいさっぱり忘れてくれた。

日曜日の午後かれの二階の北向きのアトリエに行って、かれが淡い色調の空をバックに牛や木々を描き込み、同じことを繰り返すあいだ中ずっと座っているのは楽しかった。初めはじっと座ってかれのおしゃべりを聞くだけだったが、ある日「自分でもやってみたらどうだ。ほら、カンバスを用意してやるから」と言って立ててくれた。「きれいな筆はここ、絵具はここ」などと言いながら他の筆も一つかみ、穂先を上に向けて小瓶に差し込みぼくの前にでんと置いた——「さあ、あれを描いてみたまえ！」

そう言うと背を向けて自分の作業を続けた。あれは面白かった。

その他、日曜日にしたことと言えば、教会があった。ぼくはまだこれという連れもなく、チェスナット通りを通ってイーコブ師が長い説教をしていたファースト・ユニテリアン教会までの電車賃があるかどうかたしかめるために、小銭を数えるほど貧乏だった。足りなければ、歩いて行くしかないのだ。

この教会にはすばらしい混声四重唱団があり、左側の壁の張り出し席に説教壇の方を向いて立っていた。しかし年寄りのイーコブ自身が神秘的な人物でぼくは興味を引かれた。小柄で白髪、もとは長老派であったがユニテリアン主義に凝って家族を少なからず困惑させている。あの最も不人気でほとんど非キリスト教的な信仰である。一般の信仰にとってたしかに反キリスト教的だった。特に三人の娘はこのまともな信仰からの逸脱のせいで、どうやらたえず気まずい思いをしていたらしい。彼女たちはその気持ちを、することなすことおよそあらゆることに臭わせた。上の娘はぼくよりずっと年上の成人でピアノを弾いた――ジェスチャーたっぷりに。男の子もいた。父親に似て寡黙で内省的、ペンシルヴェニア大学で建築を専攻していた。

イーコブ家の三人娘、特に末娘は、ぼくの人知れぬ悩みを解決してくれそうだった。しかし繰り返すが、ぼくは貧乏も貧乏、ひどい貧乏だった。一度この末娘をフェアモント公園へ散歩に誘ったことがある。まさか見るのも嫌いと言うほどではないにしろ、ぼくに好意は持っていないという感じはぼくにもあった。しかし彼女は尊敬する牧師の娘だし、お天気上々の日曜日だったので一緒にデートに出かけた。彼女の方は多分母親の強要でやむなくだったのだろう。

とにかくお互いに口だけはきいた。その程度の子供の付き合いだった。しかしたまたま草の生えたちょっとした坂に差しかかって、手を差し出して助けようとしたら、彼女は腕を引っ込めて「触らないでよ！」と言った。ぼくは思いとどまって顔を見た。

こちらが何と答えたか思い出せないが、大したことは言わなかった。そんな仕打ちを我慢するまでもなく、ぼくはすっかり気が滅入った。というわけで、彼女は彼女の、ぼくはぼくの道を行った――その場から、という次第だ。その前後に別の屈辱的な経験もした。いろいろそんなことが重なって、イーコブ家とは結局お仕舞いになった。

礼拝が終わって、その説教師の話を聞いてすごく感動したぼくは、後に残って一言お礼を言った。この人が心底好きだったからだ。かれはやさしいことばで家に来て家の者と一緒に昼飯でもどうかねと言った。

「私はちょっと遅れるけど、君は娘たちと先に行ってくれたまえ」とかれが言った。

異存なし。みんなでチェスナット通りの教会前の角に立ち、やがて来たトロリー電車に乗り込んだ。しかしポケットを手で探ってみると一セントも、たったの一セントもなかった。娘さんたちに電車賃を出してもらわなければならなかった。ぼくはこの体験からどうしても立ち直れなかった。

イーコブ老人は大昔のブリトン人そっくりだとぼくはずっと思っている。あの名前もローマ人の征服以前のイングランド時代に由来すると思う。最後にかれはブレイクの回転する天球儀にうつつを抜かし、それ以来、上流の会衆に見放された。多分家族もろともだったと思う。そして誰かもっと実際的な指導者を迎えた。

ある年の春、ベン・グリート劇団が植物園の芝生でシェイクスピアの『お気に召すまま』を公演するという話が学内に伝わってきた。ぼくはこれほど興奮したことはなかった。全財産はたいてもこれは見逃したくなかった――悔しいことに有り金は入場料の一ドルにも足りなかった。

あの土曜日の朝、完璧な五月晴れ、午後二時の開演時刻に備えてどこか茂みの中に隠れてやろうとでも思って、こっそり抜け出して寮の裏のその芝居があるという広場のあたりをうろついた。役者たちがリハーサルを始めていた。ぼくはステージになる場所を見た。並んだ温室の近くで茂みに囲まれた盛り土の上だ。ステージの裏にある蛙池の脇の小道を行くと衣装を付けた女役者が二人、まばゆいばかりの芝の上にくつろいでおしゃべりしているのが見えた。まさに女神だ！　これを苦悶と言わずして何と言おう、目の前に女神がいて、それを求めてなおその術も分からないなんて。

ぼくは彼女たちのそばを通って行った――身を隠す場所はなかった――しかしぼくは何が何でもこの芝居を観るんだと思った。

昼食後作戦開始。中庭を抜けて植物園に入る門には監視がいた。医学部の前の路地も同じだ。寮の一階の木立に隠れた窓から飛び降りようかと思ったが、その一階の部屋に知り合いはいない。誰かいても、一文無しであるばかりか阿呆と思われるのが落ちだろう。

そこで外に出てウッドランド街に沿って植物園の向こう側の門まで足を伸ばしたが、そこも施錠してあって駄目だった。これで決まりだ。墓地の塀を乗り越える以外に入る手はない。その墓地の囲いの中にはあの当時、荒れた小さい再生林があった。それに接して十フィートばかりの杭の柵があって植物園との境になっていた。ぼくはそれによじ登り、立ち上がって中に飛び込んだ。さあ中に入った――しかしまだそこは芝居のあるところではない。たしかぼくは山高帽までかぶっていたっけ。

ちょっとだけ偵察して分かったことだが、観客席の入り口は一つの温室の中へ二歩ばかり入ったところで、その突き当たりがステージそのものに面していた。開いていたその温室の入り口に近付いて通り抜け始めた途端に呼び止められた。

つまみ出された。

少し離れたところで待って、もう一度やってみることにした。そこで、男や女が少し群がって改札口に近付いているのを見付けて、そのすぐ後ろにくっついて行った。みんなが切符を渡している間に、帽子を目深におろしてその入り口をすり抜けた。誰かが怒鳴ったが今度は足を止めなかった。

座席が全部ふさがっていたので、役者たちのすぐ前、草の上に陣取った――その瞬間から芝居がはねるまで午後の間ずっと固唾を飲んで夢中になっていたと言っても過言ではない。

パウンドのペンシルヴェニア州ウィンコート時代(13)で特に思い出すのは、たまたま開いたパーティーで、みんなでアップライトのピアノを囲んで歌を歌ったことだ。その中にはかれの母パウンド夫人もいた。他人行儀で、まごつきさえ見せたが、姿勢がよく、平凡な中年なりになかなかの美人で、時折ピアノを弾いてくれた。ぼくはヴァイオリンを持って行った。ヒルダ・ドゥーリトル、年を食ったスナイヴリー姉妹、ボブ・ランバートン、誰か忘れたがその他にも二、三人、みんな後ろに立った。歌ができる者は一人もいなかった。でもみんなパウンド夫人を喜ばせようと一生懸命に歌った。エズラ本人はぼくが聞くかぎりとんでもない音痴だった。

ある日、フィラデルフィアのこの典型的な郊外に出かけた。そこにはカーティス出版社(14)の社長が、あたりを睥睨する位置に芝生付きで金持ちぶった堂々とした邸宅を構えていた。エズラが悦に入って話したことだが、ある日曜日の朝、この大物が優越感をちらつかせつつよき隣人ぶって、いわゆるクリスチャンを気取って、エズラの母親ににこにこして話しかけたそうなそぶりをみせた。夫人はそれを冷たく鼻であしらったという。

　パウンド夫人が一度、息子はもっと体を動かさなければならないと考えて、外に出てスズランの花壇の草抜きをしてちょうだいと頼んだ。息子は素直にさっと出て行ったのはいいが、そのスズランを抜き取ってしまった。夫人は笑った。

　でもその日の夕方近く——エズラが退部してからも長い間、ぼくはペンシルヴェニア大学のチームで規則正しくフェンシングを続けていた——玄関を入ると、かれがいきなり、親父のステッキが二本あるからあれで親睦試合をやろうと言う。ぼくはその一本を受け取って二、三度、型通りの素振りをしてから受けの構えをした。ところがかれは、ぼくが笑いながら誘いをかけたとたんに手控えせずに乱暴に突きを入れて、左目の上をステッキの先で突いて、完全に一本取った。ぼくは覚えていないが、卑怯な奴め、とののしってステッキを投げ出したと思う。かれはその一突きでペンシルヴェニア大学チームに完勝したと鼻高々だった。あんな奴、信用できるものか！

　メアリー・ムア[15]について何人かに訊かれたことがある。パウンドが初期の著書の一冊を彼女に献じているのだ——そう言えば最近たまたま、見返しの遊び紙にエズラのサイン入りのスターリング・フォードの本を見付けた。ぼくの妻の母親にもらったものだ。それ以外に入手先は思い付かない。

　あの月のない晩チェスナットヒルの学校の外で会った女の子、あのニュージャージー州トレントンのメアリー・ムアのことに違いない。それ以外にかれがメアリー・ムアの話をするのを聞いた覚えがない。しかし比較的最近誰かに、これも誰だったか忘れてしまったが、エズラがムア家に滞在したという話を聞いた。季節は夏。網戸のあるベランダの内側には床に届くフランス窓があった。開いていたのでエズラはそこから入っていった。それ以来かれはこの家にはこういう風に入るんだと言い張ったということだ。この男の青春時代の女王、メアリー・ムアのことはそれだけしか知らない。

　遊び紙にE・パウンドとサインのある彼の本が手元にもう一冊ある。トマス・ド・クインシー[16]の『文芸批評』だ。これらの本は多分学校のテキストだったのだろう。彼が読んだ形跡はない。ともかく中表紙に名前を書き込んである。ひょっとしたら読めと言ってくれたのかも知れない。それだったらかれのやりそうなことだ。もらいはしなかったが言われて読んだのは『ロンギノスの崇高について』[17]という一冊だ。『新生』や『饗宴』[18]も読んだ――もちろん翻訳でだが。一般に書物と言えば、『わが生涯の弁明』が主として、その細部にこだわる文体と、チャールズ・キングズリー[19]に対する反論として書かれたという事実とによって、今日高く評価されているというのは、ぼくには奇妙に思われる。異様な流行の変化だ。サボナローラ[20]について、あの時代が現代に伝えているのは、かれに死なれて絶望したボッティチェリがかれの若いヌードの女性の下絵（どれほどあったかもう誰にも分からない）をすべて一挙に破棄したということだけだ。激情のあまりすべてが失われてしまった！

飢えた者はわずかな報酬でも大事にする。自分が持っているのはそれだけなのでわずかではないのだ。それもまた想像力のなせる技だ。女の肌が逆にありあまるとうんざりするのとまったく同じである。ぼくらを天にも昇る気持ちにさせてくれる女がいるかと思えば、こちらが知りすぎているものをあまりにも多く押し付けてきてうんざりせざるをえない女もいる。若者の感情の激変はまったく説明不可能だ。場合によっては移ろいやすく、火曜日に夢中になったかと思えば金曜日にはもうそれに吐き気を催す。それはすべて実体がなく、すべて心の中で起こるだけということを示している。とはいえ、肉体は芸術そのものに似て、その魅力は変わることがない。人をぺしゃんこにするのはその有りようだけのことだ。離婚が起こるのは法廷の中よりも法廷の外の方がはるかに多い。これが行動の原理の一つだ。朝食時に起こったことが一週間も続いたのに、ほんの二、三時間経っただけで別の顔がこちらに向けられて――人は助かるのだ。

13 天文台

アッパーダービー(1)の天文台がある場所は田園散策には理想的であった。周囲何マイルにもわたって起伏した土地に樹木がまばらにあるぐらいで散歩の大きい妨げになるものはなかった。小さい森が点在し、細い道路がいたるところにある広々とした田園であった。

当時の郊外電車に乗るとペンシルヴェニア大学のキャンパスからすぐだった。ドゥーリトル教授(2)の二番目の妻との間の末娘ヒルダが目当てだった。少なくともパウンドは彼女に会おうとしてぼくを誘ったのだ。望遠鏡を覗くためでなかったことはたしかである。このことについて、そしてドゥーリトル博士がしていた地球の自転に伴う地軸のぶれの綿密細心な測定についてもエピソードはたくさんある。背が高くて痩せぎすの教授は食事中でも文字通り月より近いものには滅多に焦点を合わせなかった。かなり年下の夫人は夫が何か話そうとしているなと思った時は、目配せしてみんなを黙らせた。かれは自分の向かいに座っている連中の頭越しに向こうを見ながら言いたいことを言う。それが終わって、行儀よく待っていた子供たちやぼくらのような来客は、もうこれで話がすんだのかどうかをたしかめてからまたおしゃべりを続けたものだ。

ヒルダは長身、金髪、長いあご、しかし鮮やかな碧眼で、大いに父親似だったと思う。ただ父親を敬う様子は見られなかった。

彼女には時々野生動物に見られるような面、息を凝らした性急さ、馬鹿らしいほど核心をはぐらかすところがあった。若い女の子に独特のくすくす笑いや肩すくめはあんなに身長があって痩せぎすだと、何となく少し滑稽に見えた。ぼくは魅力は感じたが、それは美人であったからではない。もちろんぼくの目には一風変わった美しさだったにしろ、紛れもない美人ではあった。むしろぼくが気に入ったのは、きまりや秩序に対する挑発的な無頓着さだった。服装は無頓着でほとんどだらしなかったし、にこっとしても、若い男の目には気をそそられるどころか――彼女にはその気は毛頭なかった――むしろ癇に障った。

エズラは彼女にぞっこん惚れ込んでいて、傍目に、馬鹿馬鹿しいほど彼女の美しさを過大視していた。ぼくにとっては彼女はただのいい人で、一緒にいると窮屈だが楽しかった。何しろぼくだけで天文台に行って一泊するほどだった――ある時ばつの悪い思いをしたことがある。ある晩ヒルダを大学の演劇部のリハーサルを兼ねたダンス・パーティーに連れて行ったら、そのことでエズラにいやな顔をされたのだ。

「とんでもない。ヒルダに惚れたりなんかするもんか。向こうだって同じだ。彼女はお前のガールフレンドだ。分かっているよ。ばかなこと言うな」と言ってやった。

一度、あれは四月のことだったと思うが、当時の実に抒情的なアッパーダービーの田園へ、ヒルダと二人きりで散歩に行ったことがある。とりわけ思い出すのは道路脇の溝に咲いていたムスカリ、濃いブルーの見たこともない花だった。ヒルダは、わたし、ギリシャ語の勉強中なの、あなたも詩を書いているそうね、と言った。これには参った。二人の話題にしたくないことだったのだ。実際、これといえるものはまだ何一つできていないと自分で思っていた。もちろん、エズラが英雄だった。

そうそう、わたしも書いているのよ、と彼女は付け足した。助け船のつもりだろう。翻訳を少々、と言い足した――言い逃れみたいに。ぼくらはぶらぶら足を進めた。彼女はスカートの後ろを引きずって、ヒップも何もあったものでなく、まさにヒルダ、深い草を突き抜け、垣根だろうと有刺鉄線だろうと乗り越えていく（そういえば、ある時みんなで散歩をした後エドモンスンが、誰だって時々目が向いて困っちゃうんだ！　あんなに無頓着にやられたんじゃや、とぼくに言ったことがある）。

どんどん進んで行っていると——何を話題にしていたのだろう——大雨になりそうな空模様になったので、ぼくはもう帰ろうよと言った。

まあ！

彼女は、これから書こうという時あなたはどうするの、机回りを整頓して全部決まった場所にそろえて置くの、筆記用具などは出して置くの、それとも座っていきなり書くの、などと質問した。

ぼくは整頓しておくのがいいな、と答えた。

まあ、そうなの！

彼女は、わたしはペンにインクを少しつけて着ている服にはねかけるの。それをするとすごく書くのが楽になると思うの。ただの書く道具だけどペンへのこだわりがなくなってのびのびとした気持ちになれるのよ、と言った。

へぇ——そんなことが好きなんだ。

西の方で二、三回雷が鳴って、本当に今にも降り出して大降りになりそうだった。ぼくらがいたのは牧草地の縁で、西に開けた木が生えていない広々とした草原だったので、大雨の前触れの風がまともに吹きつけてきた。もちろん今日は彼女が主役だったから、ぼくはついて行った。

ヒルダは向こうの一本の木の方へ駆け出すどころか足も向けないで、その丘の縁の草の中に座り込んで雨を待つのだった。

「いざ来たれ、楽しき雨よ」と、両手を差し出して言った。「楽しき雨よ、ようこそ」その後ろにいるぼくは一緒になって同じ気分にひたる気にはならなかった。ところがまさしく雨になった。本降りの大雨だ。そのため彼女がますます美人になるとか、ぼくの彼女に対する格付けが高くなる、ということはなかった——しかし本気でこんなことをやったのなら見上げたものだと思った。

数年後、いやつい一年後のことかも知れないが、大学の代表チームの屈強のタックルで、チームのレギュラー選手だったボブ・ランバートンが、かれの家の夏の別荘があるニュージャージー州ポイントプレザント(3)で、ぼくらのためにお別れパーティーを開いた。一九〇六年六月のことだ。みんな招待されて、スナイヴリー姉弟、ヒルダ、エズラ、ぼくをはじめ、みんな行ったように思う。

ぼくは出かけるのに手間取った。フランス病院のインターン研修が始まる直前で、遅ればせながら着いたのはビーチの満潮時がすぎたばかりで、みんな正午前の一泳ぎに繰り出したところだった。

「ヒルダはどこ?」

聞いて事情が分かった。

ヒルダはぼくが来るすぐ前に着いて、水着に着替えるとみんなの後を追ってビーチへ行った。みんなもそれを目にしていた。海は大荒れの後で、激しい波浪がものすごい勢いで打ち寄せていた。しかしヒルダは大はしゃぎだった。とにかく外海には慣れていなかったので、どんな目にあうか思いもよらなかったのだろう。というのは何も考えずに不用心に、その波を浴びようとまともに向かって歩いて行ったのだ。泳ぎはできたと思うが、どうなんだろう。飛び込んだ途端に波に打ち倒されて、そのすぐ後の引き波に巻き込まれた。筋骨たくましいボブ・ランバートンが居合わせなかったら、もっとひどいことになっていたかも知れない。かれが気を失った彼女を引きずりあげて人工呼吸をして、小屋に連れ戻ったところだった。

その日、一、二時間してまた大時化に見舞われ、ぼくらはたくさんの雑多な海水浴客と一緒にあわてふためいて大型テントに逃げ込んだ。五十セント硬貨ほどのどれも同じ大きさの雹が降った。ぼくは飛び出して砂浜に落ちたのを一つ二つサンプルに拾ってきて、他の連中に見せた。やがて雨になった。

しばらくして、その狭苦しいテントの中で汗だくになって避難している二、三十人に混じって、ぼくはビリヤードのキューの太い方を床に突いて立っていた。その時、頭上の旗竿を雷光がつんざいた。閃光がすぐそばを走って扉の外に消えるのが見え、うなじ、キューを握った方の手首、片足の踝に衝撃を感じた。すぐ前に立っていたどっしりした女性がのけぞってばったり倒れた。しかしぼくの反応は、瞬く間のことだが、大事を逃れたという感じでの笑いだった。それは起こる前に終わっていた、と言ってもいい。ぼくは何よりもまず、終わった、助かった、と実感したのだ。

その日遅く、太陽が沈んでから、みんなで川へカヌー乗りに行って、別れの歌を歌い合った。あれ以後ぼくらは同じグループとして集まったことはない。

14 ドクター・ヘナ

一九〇二年のペレー山[1]の噴火でぼくの母方の一族、ハラード家は全滅した。ぼくは一九〇六年には医学部を卒業して学位を取り、ニューヨーク三十四番通り、九番街と十番街の間にあった旧フランス病院のインターンに採用されていた。当時、ぼくは詩の大作に取り組んでいて、週末にエーテルの臭いをプンプンさせながら自宅に帰り、日曜日の晩に再び病院に戻って単調できつい仕事を続行した。

一九〇六年のクリスマス直前のことだ。医局の古参の主任の一人、J・ジュリオ・ヘナが仕事の話を持ってきた。ヘナは父の西インド諸島時代からの旧友で、ぼくがペンシルヴェニア大学の最終学年の時、フランス病院でインターンをやってみないかと一番に勧めてくれた人だ。かれはスペイン当局に追いつめられた三人の革命家[2]の一人であった。三人の若い医師、彼とベタンゼスともう一人は、一八八〇年代の初め、慌しくプエルトリコを脱出しなければならなかった。長い白髪交じりの口ひげを蓄えた赤毛の大男で、たしかにぼくの家族には非常によくしてくれていた。これより前、インターンを始めたばかりのころ、ある日ぼくのところにやってきて「ウィリー、百万ドル欲しくないか」と持ちかけてきたことがある。

「当たり前ですよ。どうすればいいんでしょう」と答えると、

「明日の午後、ぼくの部屋へ来てくれ。今度の週末は非番だろう。紹介したい人がいるんだ。南米の女性でね。亡くなった夫の医業を継いでくれる若い医者を探しに来たのだ」

「何ですって」

「そうなんだ。君なら気に入ってくれるさ」

「その人は何歳です」

「そうだな、君より十歳ぐらい上かな。でもブスじゃない。結婚相手を探しているんだ。ぼくは君がいいと思うんだが」

ぼくは吹き出した。かれは機嫌を悪くした。「百万ドルは笑いごとじゃないぞ」とかれは言った。「どんな値打ちがあるか分かっているのか。百万ドルだぞ」

「だってそれが自分の物になるとはかぎらないじゃないですか。嫌です。お断りです！」

「でもいいかい。嘘じゃないんだぜ。彼女、百万ドル以上持っているし、顔だって本当にまんざらでもないんだ」

ぼくはただ首を横に振るしかなかった。後でかれは父に言った。「ウィリアムズ、お前んちのあれは変わった奴だな。百万ドルの話を持って行ったのに、笑い飛ばすんだからな」。それから少し経って、ヘナはもう一つ別の話を持ち出した。

「実は君にやってもらいたいことがあるんだがね」と言う——かれの流儀には頂きかねるところも少々あったが、ぼくはこの人を高く評価していたので、かれの話はいつもちゃんと聞いていた——「ぼくの患者にね、メキシコのじいさんがいる。大金持ちだ。肺炎にかかってね、ぽっくりいかないうちに国に連れて帰ってくれと頼まれているんだ。おれは行くわけにいかんから、代わりに行ってくれないか」

「ぼくだって病院の仕事を放っては行けませんよ」

「そっちはおれが何とかするから」

そう言ってすぐにぼくを当時グランド・セントラル駅の真向かいにあったベルモント・ホテルへ連れて行った。それから二十四時間もしないうちにぼくは荷造りをすませて、ニューヨーク・セントラル急行の最後尾に連結した特別車に乗って、吹雪の中をメキシコのサン・ルイス・ポトシ(3)に向かっていた。

その患者は大変な年寄りで、呼び名はセニョール・ゴンザレス、羊牧場主で、鉄道会社の重役もやっている途方もない金持ちだった。ヘナによると、フランスの旅先で病気になり、肺炎を併発、少しは回復していたが、死期が迫っていることを知って何を措いてもまず国に帰りたいと思ったのだ。循環器系が衰弱して、呼吸困難、しかも浮腫を起こしていた——脚がむくんで、普通の倍の太さになっていた——それにもかかわらず気配りはするし、何よりもまず我慢強かった。紹介された時、かれはこちらをちょっと見た。ぼくもかれを一目見ると、かれがスペイン語で二言三言いって、それで話が決まった。

一行はかれの息子夫婦——二人とも三十歳そこそこで浅黒い肌、北米人嫌い——その他にもう一人、女の人がいたが誰だったのか忘れた。ぼくの仕事はこのじいさんが故郷の町に着くまで命を持たせることだった。ぼくにはとてもできそうになかった。二、三日して死体と一緒に国境に到着してリンチされる、そんな幻影が一度ならず浮かんだ。

こうしてあの冬の日の午後六時、急行列車の最後尾で、妙なことだがオールバニー経由なので北に向かって出発した。

かれには無塩、高タンパク質の特別食をとらせていた——どのみち何も食べはしなかったけれども——そのためにぼくが付き添っていたのだ。

三日間終日かれの前に座って、心臓が止まらないように話しかけたり、時折カフェインや安息香酸ナトリウムを注射した。当時も今もこれがこんな場合のぼくの一番の頼みの綱だ。本当のところ、かれは驚嘆すべき男だった。白髪交じりの強靱な老原始人、常に温厚でやさしく、ぼくを助けよう、がっかりさせまいと努め、必要な処置をしてあげるとグラシアス（ありがとう）と言う。夜はみんなでベッドに運び、朝になると窓際の椅子にかけさせた。脚はマッサージをしてずっと高くしておいた。そこで互いに向き合って何時間も座って、ニューヨーク州北部の風景を通り抜けインディアナ州に南下、さらにミシシッピー川を渡ってセントルイスへと走り続けた。

どこでも接続の列車が待機していて、次の急行の最後尾に連結され、次の中継地へと突き進んだ。あれはずいぶん金をかけたに違いない。ぼくのスペイン語はそれほど達者でなかったが、みんなフランス語の片言はしゃべれた。他の者はぼくと没交渉で、息子か娘婿か知らないが、時々敵意に満ちた目をこちらに向けた――しかし老人は一度もそんなことはしなかった。

テキサス州を南下するころになってぼくは初めて風景をじっくり眺めた。まったく見たことがない風景だった。メスキートやパルメットの低木を縫って、線路は当時のことだ、どうやら盛り土なしで直に地面を走っていた。その間の砂地にはあちこちにウチワサボテンやタマサボテンが点在していた。一度、インディアンが一人、有刺鉄線の向こう側を列車と同じ方向に進みながら線路用地を巡回していたのを覚えている。肩に外衣を掛けて、うつむいて一心に点検をしていた。ぼくは時たま車両の後尾に行って、線路がまるで緩やかな波のように上下しながらまっすぐに後ろに遠のいて行くのを見つめた。

三日目の朝、メキシコ国境のラレドに近付いた。これまでの日々と変わりはなかったが、誰もが興奮していた――老人はもうすぐ家だという期待に胸を膨らませ、ぼくはかれがチアノーゼ症状を呈し始めたので着くまで大丈夫だろうかと、まだまだ冷や冷やしていた。たどり着けたのは、ひとえに帰り着こうとする病人の固い意志のおかげだったと思う。

メキシコ側に入って、若いメキシコ人医師が引き継ぎの用意をして乗り込んでくるのを見て、どんなにうれしかったことか！　もちろんぼくはまだ開業免許を持っていないただのインターンにすぎない。じいさん以外のみんなにはそれだけの扱いしか受けていなかった。かれはぼくにサン・ルイス・ポトシまでずっと付き添うようにと強く求めた。

やっと気を緩めることができて、くつろいだ。そして一日中、メキシコ高原を南へと走る車窓から、夜明けの寒さの中で肩掛けに耳までくるまった土地の人たち、犬、ニワトリ、ロバ、仔山羊が、昼ごろには次第にのびのびとしていくのを見ながら過ごした。そしてちょうど正午に到着した。

町中総出で、日雇い労働者が路上に二十列にもなって跪いていている前を、かれらのセニョールが丁重に自家用車に乗せられて、ありがたいことに、生きてお屋敷に運ばれた。

ぼくは召使いの少年に連れられて徒歩でそれについて行った。二人で市場に出かけてあちらこちら冷やかした。果物は一切買っても食べてもいけないと言われた。一時間後、別れの挨拶をしたいという老人のたっての願いで家に連れ戻された。

そこではかれが大きいベッドの上で支え起こされ、やったぞと鼻高々の様子だった。ぼくの手を取って、ぼくの介護に礼を言ってにこっとした。ぼくはかれのまわりに集まっている男女が見る中そこを辞した。その二十四時間後にかれは亡くなった。

階下で、息子は二十ドル金貨を十枚ゆっくり数えてぼくの手に一枚ずつ重ねていき、相変わらず苦々しそうに「どうです。ちょっとはましな暮らしでしょう――(スペイン語で)黒人よりちょっとましで」と言いながらあたりをぐるりと身振りで差しながら、鏡板で見事に飾った部屋を見せるのだった。かれがずっとどんな気持ちでいたのか少し分かった。

三時にニューヨーク行の急行に乗り、ポーターに明るい笑顔で迎えられた。それが何とやさしく見えたことか！行くのに四日、帰るのに四日、往復八日かかったのに一週間の休暇しか取っていなかった。サン・ルイス・ポトシには三時間いただけだ。病院当局はぼくをすんでのことでクビにするところだった。しかしそれで二十ドル金貨十枚の貯金ができたのだ。あの金はどうなったのだろう。

15 フランス病院

それにしても無邪気さにはなかなか勝てない。旧フランス病院(1)は建物そのものさえもうなくなった——それは西三十四番通りで、ちょうど現在のリンカーン・トンネルの出口の向かい側にあったのだが、今は影も形も消えてしまった。内科病棟で文字通り素っ裸のギリシャ系の大男に遭遇して、取っ組み合いになったのがあそこだったとは嘘みたいだ。

その大男のギリシャ人は肺炎で、廊下から入って左側の突き当たりのベッドの患者だった。ミス・マグラス、決して小柄ではない彼女がいつものように衝立の後ろで体を洗ってやっていた時、後で聞いた話によると、この男がいきなり拳を振り上げて彼女の眉間をぶん殴った。彼女はシーツをかぶせた衝立もろとも後ろに倒れた。あわてて起きあがった時、レスラーのように筋骨隆々としたこの大男が素っ裸のまま襲ってきたのだ。ぼくが駆けつけた時は、かれは部屋の真ん中に突っ立って、病室の中央のテーブルにいつも置いてある陶器の水差しを取ろうとしていて、それに腸チブス回復期の小男が必死でしがみつき、もみ合っていた。ミス・マグラスと共同担当のシスターが男が外に出ないように立ちふさがっていた。他の看護婦たちはその後ろで立ちすくんでその活劇を見ていた。

ぼくが入っていくと男は水差しを手放して、こちらに向かってきた。ぼくは相手をつかむのがやっとだった。幸いかれは病人で、ちょうどその時も多分四十一度かそれ以上の高熱であった。その首をつかまえて投げ飛ばしてやろうとしたが、逆に肩に噛みつかれた。そこで片足で外掛けにしたら、もろともに床に倒れた。幸いこちらが上になった。途端にかれは戦意がすっかり失せた。立たせてベッドに連れ戻した。だがその瞬間男の素っ裸が丸見えに目に飛び込んできてはっとした！　看護婦たちは四散した。インターンのギャスキンズがバカみたいにニヤニヤしながら、シーツを拡げて後ろからダンサーよろしく右に左にすり足でついてきた。何という道化だ。

　フランス病院での研修期間がやっと終わった時、ユージン・プールが話しかけてきて、これからどうするのと尋ねたことを思い出す。いつかバルトリン腺嚢の膿瘍の切除手術中のぼくを見かけて「外科坊や」なんてあだ名をくれた人だ。

「外科だけはどんなことがあってもご免です」

「どうしてかね」

「人間のハラワタをいじくって一生過ごすなんていやですから」

　かれは笑った。「それは賢明なことだな。君ぐらいの年で君の三倍も外科の経験があっても、やっていくのに苦労している連中がこのニューヨークにはざらにいるんだものな」

「郊外に行こうと思っているんです」とぼくは言った。「今すぐというわけじゃありませんが。これから産科と小児科のインターンをしてから一般開業医になろうと思っています」

「結構なことだ。市内にいたら二十年はかかるからね（希望を実現したと思ったらたいてい二十年は経っている）。そんなことやっていたら、一本立ちして名をなすころはもう時代遅れのこんこんちきだ」。プール自身はニューヨーク病院の理事の娘と結婚していることを、そのころぼくは知っていた――抜け目のない奴、と思いながらも礼を言った。もちろんかれには金があり、[2]ぼくは金などないばかりか手に入れる当てもなかった。

　ある時、無甲板船でグランドバンクスを二週間、一日一啜り分の真水と小さいパン数個だけでしのぎながら漂流していたフランス人漁師が運ばれてきた。屈強な男だったが、飢えてがりがりに痩せていた。またある時は、茶色のひげの濃い大男のフランス人の治療をしたことがある。スペインのバレンシアから来たのだが、王政復古運動にかぶれて実際行動にも走ったかどで、フランスから国外追放になったのだろうということは想像に難くない。またマラリアやチブスにかかった船員もあとを絶たなかった。ある時、酔っぱらいが一万分の一の昇汞水をがぶ飲みした。胃に管を通そうとすると歯を食いしばって抵抗した。もちろん、腕に注射はさせた。しかしかれはそれがアポモルヒネ（催吐剤）だとは知らなかった。こらえきれない嘔吐が始まった時のかれの顔の表情の変化は、見ているとこちらの腹具合まで悪くなった。船員の枕の下からナイフを取り上げたこともある。看護婦たちは親切だった――ただ結婚を望むのだった。

このフランス病院で、ある夏の日、裸になって仰向けに寝ころんでいた。手術室の勤務に戻る前の休憩中だ。動物じみたことをやってぼくは疲れた。何歳だったのだろう。二十三、四歳で、「愛」というそれまで神秘でしかなかったものに、十分にはまだ目覚めてはいなかった。この問題についてのマーティン先生の講義を思い出して一人考えたのも不思議ではない。「このクラスの皆さんはマスターベーションをやったことがあるでしょう。こう言っているぼくもありますよ――でもその重大さに心奪われすぎないようにしましょう」。かれの言わんとしたことがこの日ぼくはやっとわかったというわけだ。

フランス人シスターたちが病院の通常の仕事はほとんどしていたが、彼女たちはいつもぼくに好意的だった。主としてぼくがフランス語をしゃべれたからだ。彼女たちは年齢も境遇もまちまちであった。でっぷりしたシスター・ペラージャは自分のやり方を変えようとしない人で、何となく気がきかないところもあって、患者には煙たがられていた――小柄で天真爛漫なエリザベスは根っからの田舎者で、ぼくがこんなにやさしいのにカトリック教徒でないと聞いてびっくりするのだった。彼女のやさしい心に祝福あれ――ぼくにはまるでコマドリの雛か猫の子みたいだった。

しかし婦長のシスター・ジュリアナ、この年長でとても頭の切れる黒い瞳の女性は別格だった。ボスでしかもちっとも取り澄ますところがなく、みんなに尊敬されていた。ある日、「長患いの」老婆が五階の窓から飛び降りて建物の前の通路に真っ逆さまに落ちた。警報が鳴って、ぼくは裸足にさっと白ズボンをはくとあたふたとエレベーターに向かった。シスター・ジュリアナもぼくと同じエレベーターに間に合った。ぼくらは笑い顔だった。ただの職務がらのことで、あまり興奮はしていなかった。

「ぼくはこんな格好です」と言うと、

「あら、わたしがはいているのはこれよ」と言いながら彼女は尼僧服をむき出しの膝の上までたくし上げた。ぼくは彼女が大好きだった。すばらしい女性だった。ぼくは彼女を、彼女はぼくを、好きになる必要があった。一度ならずこのシスターがとりなしてくれたからこそ、ぼくはここにおれたのだ。

クルムビーデを入れるとインターンは五人だった。クルムビーデ――フランス病院にしては変な名前だ！　毎朝の食事時の様子からぼくらはかれに「神の怒り」という名前を奉った。スミス、かれは手術後間もない美人の患者の脇に仰向けにひっくり返ったことがある――彼女のベッドの裾の横木で逆立ちをやってみようとしたのだ――その脚が彼女の枕に当たった！　マローニ、かれは給食のあり方についての不満を新聞に漏らしたことで不当に解雇された。親友ギャスキンズ、あれほど陽気でおどけた奴には滅多にお目にかかれない。この世で最高の友だ。マローニが首になった後釜にエバハートが入ってきた。ブルックリン出身の太っちょだ。

病理学者チャールズ・クルムビーデは午前二時、三時までかれの二十巻の『異常解剖学大系』を読みふけったために朝寝をすることがよくあった。だから尊敬はしていたが腹も立った。七時とか八時のスケジュールをたてなければいけないのに、ぼくらが薄いコーヒーを飲み終わっていざ仕事に出発という間際に、のこのこ食堂に入ってきてのんびりと朝食をとられたのではたまらなかったからだ。クルムビーデは自分がピアノを弾けるので格別ぼくのことを気に入っていた。かれがオーケストラのさまざまのパートを弾き、ぼくが声部をヴァイオリンで弾いて、いくつかのオペラの背景音楽を演奏して、一緒にすばらしい時を過ごした。

一度、インターン四人でメイド、と言えるかどうか、一人雇ったことがある。がさつな皿洗いならぬ皿割りだったが、何とか食事は運んでくれたし、彼女を包んでいる肌には若いインターンがつまんでみたくなるような魅力がぎっしり詰まっていた。アイルランド系だった。てきぱきして体力があり何でも進んでやってくれた。ある日エバハートが彼女をわざとよろめかせて抱きついたが、相手はさっと身を立て直して逃げた。かれは追いかけた。彼女が食器室のガラス張りの扉を走り抜けてさっと閉めると、それこそひげが当たるぐらいすぐ後を追いかけていたかれの右手が勢いよくそのガラスを突き破った——だが危ういところで怪我はしなかった。大の男が四人、あんなに急に姿を消すのを見たことがない。どうやって雲隠れしたのかついぞ分からなかった。

あの時ぼくは最古参だった。ガラスが割れたとたん、そう思えるほどさっと婦長が部屋に現れた。ぼくは逃げなかった。

「ここで何をやっているの」

「いや大したことではないんです。ガラス代はぼくらが出します」とぼくは言った。

彼女は突っ立ったまま一瞬ぼくを見て、それからにっこりした。

「何があったのです」

ぼくは訳を話した。

「そう、あなたのことだから、これ以上は何も言いません」と彼女は言った。

「ありがとうございます」

「でも、もう二度とこんなことにならないようにね」

「分かっています」

ある晩帰ってくるとひどい風邪だった。物を言う気力もなかった。たまたまロビーで会ったシスター・ジュリアナがぼくの肩をつかんだ。

「こちらへいらっしゃい」と彼女が言った。「いくら若いと言ったって！」

シスター専用の食堂に入っていくと、遅かったので誰もいなかった。そこで小さいテーブルのところに座らせ、受け皿を一枚取り出してコップをのせた。角砂糖が入った砂糖壺を出して、ブランデーを探し出すと、行動を開始した。

まず、四角な角砂糖を三個、コップに入れ、その上に二個、最後に一個積み重ねていってピラミッド状にした。ぼくはそれをじっと見守った。次いでそのコップにブランデーをなみなみと注いだ、本当になみなみと、である。

「あの、ちょっと待って下さいよ」

「待っていなさい」と彼女が言った。「ちゃんと手当をしてあげるから」

そう言いながらマッチを擦って、ブランデーをかけた一番上の角砂糖に火をつけた。その青い炎を一緒に見つめながら、彼女はぼくの行状についてお説教をしたりあれこれ注意するのだった。ブランデーは燃え続けた——数分かかってやっと揺らめいて消えた。そのとたんに砂糖が溶け、溶液は燃焼で熱せられてアルコール分が多くとんでしまった。彼女はコップを指して「お飲みなさい」と言った。

ぼくは一気に飲み干した。

「じゃあ、お休み。行儀よくして下さいよ」

多分その翌日の夕方のことだ。三十四番通りと六番街の角のサックス(3)のショーウィンドーに差しかかった時に偶然見かけた出来事には本当にびっくりした。

吹き降りで寒く、人通りはほとんどなかった。タクシーが一台、側溝に寄せて停車しており、若い女が一人ショーウィンドーを背にして立っていた。そこはこの地区の売春婦がよく姿を見せるところだった。女の前で牧師が向き合って何かしきりに話しかけていた。女の様子から何ごとが起こっているのか飲み込めた。そばまではまだ半ブロックもある遠方からぼくには分かっていた。かれは彼女にまともな生活をするように熱心に説得しているのだ。女は目を伏せて、相手から少し顔を背けて聞くまいとしていた——ちょうどそこにぼくは通りかかったのだが、タクシーの運転手が牧師の後ろに近付くのが見えた。牧師は後ろから肩を叩かれるまで気が付かなかった。かれが振り向くと、運転手はにこにこしながら、どうです、ご一緒にこの車に乗って参りませんかと、かれとその女の子に声をかけた。ぼくにはやっと、牧師が烈火のように怒り、女が後ろめたそうに笑うところだけ見えた。

そこはフランス人地区で、鉄の格子窓と飾り立てた二階に通ずる屋外階段が付いたムーカンの有名なレストランがあった。

気の毒な牧師たち、その大部分はパウロ伝道会(4)の神父だったが、かれらとその悲惨な状況については、この病院で一生忘れられないほどたっぷり耳にした。かれらの胃を洗浄し、精一杯励まし、一度ならずその死にも立ち会った。気の毒に思った。ある牧師は、胃が悪くなったのはどこかずっと西方の教区で過ごした生活のせいだと言った。教会から教会まで時には十五マイルも二十マイルも馬で出かけてミサを行い、全部巡るまでまったく食事抜きだったらしい。ぼくは牧師たちの話を辛抱強く聴いてあげた。今心に浮かぶのは他の誰にも胃の管を通させようとしなかった牧師のことだ。あの人の冥福を祈る。

しかし患者はさまざまだった。ある朝来院した売春婦などはかわいそうにひどい有様だった。女をほとんど知らなかったぼくは女ならみんなに、とりわけ少しでも美しさをとどめている女には、どんな男にも負けずに思いやりが湧いた。この女は若くて豊満な胸をしていた。ひどく殴られて、目は開かず、唇は自分で噛んだところが血だらけ、両腕ともあざができて出血していた。しかし彼女の乳房がひどく切り裂かれ、片方はまるで獣か何かが肉を食いちぎろうとしたみたいに歯形が深く食い込んでいたのには、まったくたまげて声を呑んだ。

三十四番通りで九番街と十番街の間にあったこの古い病院は、ペンシルヴェニア駅新築のため進行中の掘削現場からほんの一ブロックほどのところだった。診察室にはサンドブラストで怪我をした人が毎日のように来院した。しかしある日、汚れたオーバーオールを着た大きい図体の男が意識不明で運び込まれた。手押し車の砕石を構脚の端から下の石の山に空けていた時、何かの弾みで二十フィート下のその山に、手押し車もろとも転落したのだ。見ると満身創痍、口や鼻から出血してまったく意識不明だった。調べるとウィスキーの臭いがした。ぼくは看護婦たちに服を脱がせるよう指示した。頭蓋骨が骨折しているのか、その振りをしているのか決められなかった。こういう患者の場合早急な診断は必ずしも容易ではない。

机に戻ってカルテを書こうと腰掛ける間もなく、看護婦たちが大声をあげて衝立の後ろからどやどやと出てくるのが聞こえた。

「どうしたの」

「見に来て下さい」

行ってみて、彼女たちが目にしたことにぼくも少なからず驚いた。まるまると太った大男で服は血まみれだったが、上に着ている物を脱がせ始めて彼女たちは、その男が女物のシルクのシュミーズを着て乳首に小さいリボンをつけ、胸はもちろん脚までも剃り上げ、女物のパンティーと長いシルクのストッキングをはいているのを発見したのだ。

看護婦たちはそれ以上どうしてもかれに触ろうとしなかった。ぼくは雑役夫を呼んだ。それで一件落着！　かれはまだ意識が戻らず、明らかに容態は悪かった。かれの妻に事故が知らされた。そして夫の異様な服装のことを聞かされても、主人はあんな物が好きなんです、やさしい夫で自分には何の不満もありませんと言うだけだった。夫の危篤状態にすっかり動転して泣きながら帰った。

その翌朝――男は明らかに頭蓋骨骨折で依然として意識不明だった――一台の一九〇七年式の豪華なオープンカー、並はずれて豪奢な代物が病院に横付けになった。降りてきた人の容姿は忘れようがない。身長六フィートに余り、背はすらっとして、まわりのみんなが下僕に見えるような身なりだった。かれが見舞いに来た友人というのが、怪我をしたその労働者だった。ぼくがロビーで会って応対した。純白の髪は細かいカールで、実に格好がいい頭を覆っていた。かれはもの静かだったがしつこかった。ぼくは友人の容態を包み隠さず率直に話した。

「個室に移してやってくれませんか。ここの最高の部屋に。いや、本人に会わなくていいんです。請求書は全部こちらに回して下さい」と言って自分の名前を告げた――それはこの州きっての名士の一人だった――それから毎日男の様子を聞きに来た。男が死んだ時、遺体は妻の許に返されて立派な葬儀がとり行われた。

このことがあってしばらくしてマローニが辞めた。辞めさせられたのだ。ある夜、急患があった。ぼくが手当をしたが、運び込まれた時の様子は見ていなかった。タクシーが急患入り口に入ってきて、若い男が名前も聞かないうちに放り出され、仲間はそのまま雲隠れした。調べると胸に刺し傷があった。それは重傷ではなかったが、当時は胸の傷は危険だったので入院させた――十代のほんの子供だった。

ところが翌日、新聞記者たちが受付のシスターを通さずに、いきなりエレベーターで上がってきて、記事にしようとぼくらにつきまとった。記事になりそうな話ではなかった。ただの刺し傷だ。そこで取材陣の中に頭の冴えたのが一人、何かローカル担当のデスクに送れるネタがないかと嗅ぎ回りだした。どうして思いついたのか知らないが、マローニをつかまえて多分偶然だろうが病院の食事はどうかと尋ねた。病院によっては今もよくあることだが、ちょうどこのころたまたま給食がまずくて、みんなで一度ならずそのことで不平を鳴らしていたところだった。例えば夕食に何かの動物の、羊か子牛か豚か何か知らないが、脳味噌が出されたことがある。それはまるで死体解剖台から持ってきたみたいな姿で、付け合わせなしにそのまま大皿に盛りつけてあった。窓から投げ出したい代物だった。

そこで気の毒にもマローニはみんなの苦情を洗いざらいしゃべりまくり、この記者がそれを特ダネに仕立てた。ぼくの記憶違いでなければ、当時、市内の他の病院でも似たようなことがあった。だからうちの話はそういう話を裏付けたにすぎない。マローニは理事会に召喚されて、辞めることになった。ぼくは六カ月短縮になって、二年間この病院に勤めるところを十八カ月の勤務だけで保育小児病院へ転出した。それでぼくの生活がたしかに変わった。

ギャスキンズはぼくの六カ月先輩のインターンだった。もともと逸話の多い人物で、生まれついての喜劇役者だった。まるまると太り、身長はせいぜい五フィート半ばかり、蝶のような小さい金髪の口ひげと大きい丸顔――人は見ただけで吹き出した。インターンが終わったらフロリダのジャクソンビルへ行くことにしている。そこで親父がスタンダードオイル会社の代理店をしている。手に入るかぎりの超特大の自動車を購入する計画だ。それを真っ赤に塗装して後ろのトランクに外科医療器具を満載して町中を行き来するんだ。そう言っていたが事実その通り実行して、フロリダ一の有名な婦人科医になった。ギャスキンズはどんな体制にも汚職の企みがあると思っていつも目を光らせていた。ぼくの名前からぼくががさつな、薄茶色の髪のウェールズ人だろうと予想していたので、初めて会った時激しくわめき立てた。

「ほらね、ほらね、言わんこっちゃない」。ぼくが医局員に採用されたのはヘナとか、縁故とか、何とかのおかげだと言った。しかし実のところ、ぼくは採用試験の時に外科の症例の検査を課されたので、ゴム手袋を請求してその患者の直腸を調べ手術不可能の癌だと診断した――あるいは少なくとも腸閉塞で疑いもなく悪性だと報告したのだ。クルムビーデは、ぼくに用意した血液の顕微鏡スライドで当然見つけるべきマラリアをぼくが見落としたと言ったが、それは大目に見てくれた。後でシスター・ジュリアナはぼくの成績はよかったと言った。ジョンズ・ホプキンズ大学(5)からの競争相手の一人は試験の結果に激怒した。ギャスキンズはヘナが裏工作をしたとしか信じなかった。

短い交友だったがこれほど楽しかったことはない。仕事熱心な二人が力を合わせて何とかあの病院での一年を、夏も冬も、陽気なお祭りにした。ある夏の夜、何もかも棒に振るのを覚悟の上で、真夜中に看護婦たちとダンスをしようと、上の六階にある彼女たちの寮に行った。彼女たちはナイトガウン、ぼくらはパジャマ姿、長居はしなかったと信じてもらって結構だ。

かわいそうにこの男は一九一八年世界の人口を激減させたインフルエンザ(6)の大流行の時に、二、三日患っただけで死亡した。

その他のシスターの中でも、シスター・エリーナは田舎娘のエリザベスとは違ったタイプだった。いついかなる場合でも修道服を着用すべしという、シスターに課されている厳格な規則を特別に免除されていた。手術室が彼女の持ち場なので、消毒洗浄のために、修道衣の黒い上着を脱いで、美しい腕を肩まで露わにするのを許されていた。そんな時は、当然しみ一つない白衣でゆったりしたスカート、腰から上は体にぴったりした糊の効いたボディスをきつく締めつけていた。黒いつぶらな瞳、厚い唇、そんな彼女がある日、上手な英語でぼくに言った。「ウィリアムズ先生。わたしがシスターでなかったらお嫁さんになってあげるのに」

そして笑うのだった。

「そうですね。シスターでなかったら……」そう言ってぼくも笑った。

ぼくが初めて患者の死を看取ったのもこのフランス病院だった――それは病棟と病棟の間にある、臨終間近と判断された患者を収容する病室だった。それは若い者には見るに忍びないことだ。しかし患者が息を引き取った後もそこに残り、傍らには若い看護婦が一人自分を見つめている、いきなり彼女と二人きりになるのだ。


このフランス病院には付属看護学校があり、女子学生がシスターのもとで仕事の訓練を受けていた。それはそれでまた別のことだった。夜になるとこっそり出て行って、水槽の後ろに一緒に隠れて空の星を眺めたものだ。しかしぼくの生活はきっちりと決まっていて、そんなお遊びに耽ってばかりはいられなかった。いつもぼくを焚きつけていやらしいことをさせようとするエバハートの奴が、ある夜二人のためにブルックリンの一室に女学生を二人誘っていると言ったことを思い出す。かれは誘いに乗らないぼくに業を煮やしたが、後で、二人の女の子の面倒をみて楽しかったと言っていた。

16 「神の怒り」

クルムビーデ、ぼくらはかれに「神の怒り」という名前を奉っていたが、あのころすでに抜群の病理医として頭角を現しつつあった。果てしなく研究書を読みふけり、その研究室は設備の許すかぎり綿密正確に維持管理されていた。ほとんどすべての面で、ぼくはかれに対して大いに共感と尊敬を抱いていた。かれの方もぼくに対して同じだった。あのドイツ人特有の細かい点まで何一つ疎かにしないところ、物事を徹底的に極めようとするところ、問題の核心が理解しがたいならばそれを解明できるまで突き詰めようとするあの執拗な決意、には頭が下がった。しかしあれほどの根気強さはぼくにはとてもなかった。一度、毎年みんなが取っている二週間の夏休みで、かれも出かけることになった時、かれはぼくに管理を託した。

ところで、あのフランス病院にはマラリア患者の治療がわんさとあった。ぼくはそのマラリア原虫を顕微鏡で見分ける訓練は相当に受けていた。だからクルムビーデは他ならぬこの仕事をぼくに任しても大丈夫だと読んだわけだ。

その載物ガラスは階下に集められた。いや集めるのもぼくが自分でやって、それを染色して判読するのだ。あの夏ぼくはマラリアの患者をたくさん見付けて治療を受けさせた。しかしかれは念には念をいれるために、休暇から戻ってきた時自分で確認できるように、載物ガラスそれぞれにきちんと記名してとっておくようにと、ぼくに注意を促して行った。そしていよいよ戻ってきた時、ぼくが陽性の見落としを何件かしているのを発見して立証した。

あの時のかれの顔は見ものだった。あれほど信頼していたぼくに手ひどく裏切られたのだ。ぼくは自分がたちどころに――それも永久に、かれの信頼を失っていくのが分かった。

ぼくはそれでもかれの友達であることに変わりはなかったが、それまでよりもはるかに低くランクされることになった。かれは載物ガラスを大事にしていた。自分の血液検査の載物ガラスを冒瀆する奴は誰であろうと犯罪者同然なのであった。

あのフランス病院は当時でさえ格別近代的な病院ではなかった。病院という病院はすべてそうだったが、ハエ、ゴキブリなどとの戦いは果てしなく続いた。おまけにここは建物自体が古かった。

ビダール反応(1)に使う血液は、載物ガラスそれぞれに一、二滴採取し、乾燥して研究室に送付される。クルムビーデは研究用にそれを時には一ダースも運ばせた。それは翌朝この病理医が検査するためにそれぞれ識別票を下につけて研究室のテーブルに配列される。ところが朝になってみるとその乾燥血液が一滴残らず消えている。ゴキブリが食べ尽くしたのだ。「神の怒り」は地団駄を踏み、髪を掻きむしってこの不運にちょっとでもかかわりのある者を誰かれなしに罵り散らした。

「どうして覆いを掛けないんだ。自分でやるだけの知恵が働かないんなら、誰か分かる奴に聞けばいいじゃないか」

ある日かれはぼくの側に来て、自信なさそうに、手伝ってくれないかと言った。他には誰もこんな話に乗ってくれそうにないが、いい考えが浮かんだんだ。今晩決行する計画だ。他の誰にも気付かれてはならない――人が知ったら笑い飛ばされたことだろう――しかしかれはまったく真剣そのもの、いや気が狂ったように大まじめで、暗い研究室に一緒に来てくれと言った。

閉まったドアに近付いてその前に立つと、やろうと思っている計画を話しながら、エーテル一缶とその柔らかい金属のキャップに穴を開けるピンをよこした。真っ暗闇の中で、さて、研究室のドアを押し開けて、つま先立って入った。ぼくはテーブルの一画を選び、かれも選んだ位置についた。ぼくはエーテルの缶を開け、かれも同じように開けた。

「さあ行くぞ！　おれがライトをつけたら、そいつを食らわせろ。いいか？　それっ！」とかれが声を潜めて言う。

ゴキブリ百匹、中には小指ほどの長さのが、壁面や流し台回りの隅にある給水管に向かって一目散、テーブルの上はゴキブリだらけ！　しかし矢のように逃げていくその逃げ口めがけて、針のように細いエーテルの噴射を吹き付けて片っ端からやっつける。クルムビーデの方も同じく負けてはいない。一瞬にして二、三十匹は虐殺した。かれははぐれたゴキブリもがむしゃらに狙っていた。かれは狂喜した。しかし二人でやっつけたのより、はるかに多くに逃げられたのは、ぼくのみならず彼にも一目瞭然だった。どれほどの時間清潔にできたのか分からない。ぼくの目にはこの仕事は絶望的だった。

気の毒なクルムビーデ、のちにかれはニューヨーク市立保健センターの所長になった。

この男はまだ二十歳代だと知ってはいたが、ぼくには老けて見えた。また、ぼくの目には典型的にドイツ人であり、思索家、文字通りの真実に没頭した人、生まれながらの科学者であった。かれは事実を大切にしていた。それはしばしば書物の中に見つかる有益なものだ――少なくとも書物の中には自然の知的な解釈によって生まれてくる意味を解き明かす鍵がしばしば潜んでいるというわけだ。

こういう人物を場合によっては懐疑派、不可知論者と呼んでもいいが、それは単にかれを表面的に見ているにすぎない。かれは信ずる者なのだ。最悪の打撃も耐え抜く信念があり、その信念のおかげで、直面している問題の根源だと信じることを突き止めるためなら、いかなる障害をも越えていそいそと突き進んでいくのだ。五感を常に全開にしておいて、ただ自分の精密な知覚力を阻む曖昧さをひたすら憎悪する。ということは、かれは安易なきまり文句で言えば、信じざる者だった――心捕らわれた者、思考を停止した者を、何か哀れむべき者、やや愚鈍な人間と見なすのである。そういう連中には我慢ができなかった。ぼくがその類でないことは信じてくれた。自分が感心し友情を抱く人がそうなっていると、何としてでも自分の持つ最高だと思うもの、つまり、因習的な宗教に対する自分の疑念そのものを、その人に伝授しようと努めた。解放してやりたい、もっとすぐれた人間にしてやりたいと思ったのだ。

すでにかれを理解し尊敬もしていたぼくに対しては、何にもすることはなかった。しかしある日、かれは大学時代のある友人の話をした。カトリック教徒のその男に一年間熱心に働きかけて、科学に目覚めることの大切さ、いわばホワイトヘッド(2)以前の科学信仰こそ、本当に知性ある人間の持つべきおよそ唯一の信念だと論証しようと努力して、それはそれで成功した。辛抱強く労をいとわぬ努力の甲斐あって、その友人にそれまでの信仰は根拠のないもので、科学こそが最もすぐれたものだということを納得させることができた。ところが間もなく、その努力がその友人を極度の不幸に追いやってしまっただけだと分かって、ショックを受けた。当初はこの手の不幸はすぐ抜け出せるものと思ったが、一年経っても相変わらずかわいそうなほど落ち込んでいるのを見て、もう二度と親から引き継いできた人の信仰にみだりに干渉してはならないと心に決めた、とぼくに打ち明けた。

「本人が信じたいことを信じさせるのがいいんだ。どっちにしたって同じことだ」

ぼくはうなずいた。ぼく自身は良くも悪くも影響をうけなかったからだ。ぼくらは想像力に基づいてさまざまのすぐれた思想体系をつくり出すのであって、想像力そのものの優劣の序列などは決してあてにはしないのだ。

17 地獄の台所

次におよそ一年ほどインターンをしたのは、六十一番通りと十番街の交差する角にあった保育小児病院で、ここの仕組みはフランス病院[1]で経験したのとはまるで違っていた。まず立地条件が違った。そのころはまだ市の西側にあり、サン・ファン・ヒルという悪名高い地区の一画で、少し住宅地寄りにあった。その名称は、米西戦争時に黒人連隊が攻略したことで有名になったキューバの史跡から来ている。古くはずばり地獄の台所《ヘルズ・キッチン》[2]と呼ばれていたところだ。

パウンドはもうロンドンへ行っていた。行ったと思うとすぐかれの著書が送られてき始めた。『仮面』[3]（かれの最初の成功作）とか『歓喜』だ。「こっちへ来いよ。おれがでかい塊にかじりついてるんだぜ、手伝ってくれよ」とかれは手紙で言ってきていた。でもぼくに行けるわけがあっただろうか？　それからある日、ヒルダ・ドゥーリトルが彼女もロンドンへ行くと書いてよこした。あれは思いがけないことだった。見送りに波止場へ行くとトランクに腰掛けていて、そばに父親の老天文学者がいつものようにムッツリしていた。ぼくに気付きさえしなかったと思う。何ともわびしい光景だった。

ヒルダが洋行を決意する前のある時、エズラが黄疸にかかって帰国し、ラザフォードのぼくの家に一週間滞在したことがあった。ある日、二人でその当時ラザフォードの町の中心部に広がっていた古いキップ農園へぶらぶら散歩に出た。エズラは肺炎にかかるのをいつも心配していて、冷たい風から身を守るためにエドの分厚くて白い普通のフットボール・セーターを借りていた。ユニオン通りを歩いていた時、例によってふんぞり返って歩いていたかれにぼくは言った、「ほら、エズ、冬小麦が芽を出して君に挨拶してるぜ」（小麦は三、四インチくらいに伸びていた）。

「こんなに利口な小麦はおれは初めてだな」がかれの答えだった。いかにもかれらしい感じ方だった。いつも心の表面近くにかれはそんな考えをたたえていた。かれらしいなと思った。

エズラにしきりに言われてきたことだが、ぼくは人生において母よりむしろ父が果たしている役割をもっと正当に評価しなければいけないらしい。君の生き方の女性的側面はそりゃ重要なものさ、ぼくも認めるよ、でもその駆動力とまでは言わないまでも形式は、君には分かっていないだろうが、あのイギリス人の親父さんから来ているんだぜ、と言う。ぼくはそもそも父がイギリス人なのかどうか疑問に思うことが時々あった。父が成長したのはバルチック海の近くなんかではなく亜熱帯の海の真っ只中、カリブの島だったからだ。でも父が根は北国人だったことは認めないわけにはいかない。基本にこだわる人だった、それは断言できる。だから何かをとらえたら最後、とことん考え抜いてその結果をたしかめないと気がすまない人だった。どうしても納得できないことは受け入れないのが父で、世間に対して慎ましい生き方をする母とは違っていた。

ある時エズラがわが家にしばらく滞在したが、父はかれをかなりうさん臭そうに見ていた。その内容は父にはまるで見当もつかなかったが、かれの相当な博識には父も一目置いていた。父はまた、ぼくの友人だからエズラをわが家で歓迎するのだ、ということも承知していた。こんなエズラに父は好奇心を抱き、この若者に持論をじっくり語らせ聞いてやろうと思っていた。もっとも、エズラの持論たるや概して年寄りには道義的に受け入れがたいものだったが、頭も良く心の寛かった父はかれに存分に考えを述べる機会を作ってやりたいと思っていた。つまり、エズラに自作詩を朗読させ、自由にその作品について解説させる、その後で父なりの考えをまとめエズラの詩を評価したいと思ったのである。

こんなわけで、ある夕べエズラは数篇の詩を読んだ。父はじっと聴いた。ぼくも聴き、母も聴いた。もっとも母は何も言わなかった。選んだ詩はとうぜん初期のものだったので、分からないだろうなとぼくは思っていた。ところが、父が特に興味を示した詩が一篇あった。エズラはわが家の本棚に並んでいる本の背表紙を題材に小品を創作していたのだ。あるいはわが家の書棚ではなかったのかも知れないが、ともかくどこかの本棚で、わが家に滞在中に作ったものだったと思う。その中でかれは赤、青、緑の宝石をうたっていた。その着想はわるくなかったし、エズラは並々ならない情熱と才能で読んでいった。父にはそれが分からなかった。

「君の言う宝石ってのは何のことかね?」と父は言った。白状するが、ぼくも自身もその主題についてはっきり分かっていたわけでない。「ずいぶんもっともらしいことを言っているが、何のことだかちっとも分からないよ」とさらに父は言った。

その後どうなったか、エズラが正確にはどう返事したのか、さらにどういう話をしたのか、はっきりとは記憶していない。しかし父とエズラは仲が良かったし、エズラの方もこの年長者に敬意をはらっていたので、察するに、最後には「ぼくの言っている宝石ってのは書棚の本の背表紙のことですよ」と率直明快に言ったのだろう。「へえ」と父は言った。「なるほど、学究の徒としてまた詩人として君には大切なものだから、宝石と呼ぶわけか。それは分かるな。でも読者にそれを理解させ、気の利いた印象を与えたいのなら、しかも言ってるのが本なら、そう言っちまえばどうだい」と続けた。エズラはその戒めを忘れることはなかったみたいだ。

このころだったが、エズラが一つの提案をした。ぼくがそれについて父に意見を聞いてみるとただ首を横に振るだけだったが、エールリヒ(4)が世に発表したばかりの「606」という抗梅毒ヒ素剤をたくさん仕入れ、今すぐアフリカ北海岸へ持って行って商売しようという提案だった。かれの考えでは、ぼくには医師の免許と経験があり、かれには社交術がある、二人で力を合わせてそのあたりの大金持ちのじいさんたちを——きっと梅毒でぼろぼろになっている——治療してしこたま儲ける、そうすればせいぜい一年も辛抱すれば二人して引退し、思う存分文学をやれる、というのだ。よくは分からないが、それにも一理あったのだろう。しかしもしぼくがヘルクスハイメル反応(5)ってのもあるぜとでも言ったら、まるでペンシルヴェニア・ダッチ(6)の百姓みたいなことを言う奴だと思ったことだろう。リスクだって？　実際的な些事はエズラにはどうでもよかったのだ。それで思い出したくもないことを思い出したが、ある儲け話を持ちかけられていたのだ——金持ちだが頭のおかしい殺人傾向のある若者をヨーロッパ旅行に連れて行ってくれないかという話だった。いずれにせよエズラにぼくの議論は通じなかった。ぼくらは結局行かなかった。

どういう経緯でぼくが保育小児病院に行くことになったのかぼくにもよく分からない。多分ぼくが応募し病院側がぼくにとびついた、それだけのことだろうと思う。フランス病院を辞めてそこへ行くまで一週間と間がなかった。上司はリチャードソン医師で、医者はわれわれ二人だけだった。この病院でぜひ指導を受けたいと考えていた医師は、その当時では第一級の小児科医の一人だったチャールズ・ギルモア・カーリー先生だった。自分の幸運がうれしくてたまらなかった。

フランス病院で経験したのとくらべるとここの仕組みはたいへんな違いだった。まるで夜と昼の違いで、組織ははるかにずさん——愛徳修道会のシスターもいなかった。完成したばかりの本館は六十一番通りと十番街の角にあって、六階建てのレンガ造りの建物だった。ニューヨークの犯罪多発地帯ウエストサイドの中でも最も悪名高い、サン・ファン・ヒルとか地獄の台所《ヘルズ・キッチン》と一般に呼ばれる地域は十番街の通り一本へだてたところだった。男も女も暗くなってからは一人ではあまり出歩かないところだ。ほとんど週末ごとに発砲騒ぎだの暴動まがいの事件だの、あるいはもっとひどいことだのが起こっていた。ニューヨーク中で最も人口の密集したこのあたりは、アパートからアパートへトンネルが蜂の巣みたいに通じていて、逃亡犯がいったん中に逃げ込むと警察はまるで手が出せないと言われていた。

小児科棟は産科のある本館の裏手にあった。レンガ造りの二階建ての四角い建物で内部は二つの小さい病室に分かれ、それぞれ左右にベッドを八つずつ備えており、二階も同じだった。

看護面は別として、その病院の管理は腐敗だらけだった。遠くのいろいろな病院から小児科や産科の実習を受けるため派遣された看護婦たちも少々いたが、教育の場は皆無だった。大柄で、真っ正直なカナダ女性ミス・カスバートソンが看護婦養成の責任者だった。ミス・マルザカーという色の黒い、汗っかきでずるそうな出目の女性が事務関係の責任者で、名前は忘れてしまったが、もう一人の温和で小太りの小柄な女の人が寄宿舎の総舎監だった。この人は派手好みの五十年配のかわいい人で、リチャードソンさんとぼくのためにおいしい食事を作ってくれたが、それはそれだけの話だ。住込みのお医者さんにずっといてもらうにはこんなことくらいしかできないの、と実際彼女は言っていた。おいしい食事を出すことしかできないと言うのだ。ぼくらが寝泊まりしていた宿舎はひどかった、いやひどいなんてものではなかった。事実、ナンキンムシだらけになったのも一度や二度ではない。だが食べ物はすばらしかったし、食事中に邪魔が入ることはほとんどなかった。その女舎監とカスバートソンさんとぼくらと、合計四人で食べた食事のことは今でもおぼえている。私のお出しするローストビーフや鶏の肉、その他の肉を切り分けるのは、上司のリチャードソン先生、あなたのお仕事です、とあの婦人はきっぱり言っていたっけ。ぼくらに作法を教えるのも自分の務めのうちだと思っていたのだ。ぼくらは文字通り全部平らげたものだ。カスバートソンさんとぼくらは仲が好かった。本館の古ぼけた建物のうしろの廊下わきにあった狭いがくつろげる食事室での食事は快適だった。

仕事はたっぷりあった。医師の立場から言えば、それがこの病院の救いだった。ぼくは勤めている間に赤ちゃんを三百人誕生させ、考えられるかぎりのあらゆる困難に直面した。女性というものが分かり、ちょっとすごいなと思うようになったのもあの病院だった。女の人たちは困難な人生を生き、なおかつある種の穏やかさとやさしさを持ち合わせていた。同じ境遇におかれた男性の発揮するどんなものにもまさるものだったと思う。白人であれ黒人であれ、ぼくがちょっとていねいに診さえすれば、医者のぼくに助け船を出してくれない女性は一人もいなかった。

前歯に一本金歯をいれていたミス・ダイヤモンドは管理者として第一級の腕をもった人で、分娩室の責任者だった。小児科担当主任のミス・ベックステッドはたくましい小柄なイギリス女性で、ぼくが仲のよかった人の一人だ。あ仕事は、当初、ぼくの思い通りに進んでいるように思えた。ダイヤモンドさんは役柄にうってつけの人だった。ある時彼女が言った、「六階のこの辺の窓から三フィートの垂れ幕をたらそうと思うの。こう書いておくのよ、『一時間ごとに赤ちゃん誕生、肌の色ご希望次第、百%私生児！』」

別にふざけていたのでもなかった。その保育小児病院に入院していた女たちはみな都会のクズみたいなもので、見事な連中だった。ある時ダイヤモンドさんに呼ばれて喧嘩をしている五人の女を引き分けるのを手伝わされたことがあった。みな臨月に近い体なのに二階廊下の石の床につかみあって倒れ、ネコみたいに歯をむき出してギャーギャーフーフーいがみ合っていた。彼女の話ではその中の二人は、あるいはもっとかも知れないが、同じ男性の子をはらんでいて、他はどちらかに加勢していたのだ。彼女は一人の足をぎゅっとつかみ重なり合った女たちの中から引っぱり出そうとするが、床はツルツルで彼女の力が強いものだから、ギャーギャーわめいている塊全体があっちこっち移動するだけだった。ぼくは何だか助勢する気になれず、突っ立って見ていた。

「足をつかんで反対側に引っ張って」彼女は叫んだ。ぼくは言われた通りにするのだが、女たちに怪我をさせるわけにはいかなかった。

「引っぱって！」彼女は言う。しかし女たちが互いの髪の毛をつかみ合っていたので、うまくいかない。

「わかったわ、あばずれね、あんたたち」彼女はみんなに言った、「エーテル缶を取ってくるわよ！」そして実行した。タオルをとってエーテルをしみこませ、女たちの中に踏み込んだ。みんなは手を離し、ものも言わずもぞもぞ立ち上がった。ぼくはこんなことは初めてだったので、彼女にはそう言った。

「いや、あんなの何てことないの。ここではしょっちゅうあることよ。火種さえあれば、すぐ始まるわ。その火種が誰なのか、もう私には分かっているし、目もつけているの。もう二度とないと思うわ」

ダイヤモンドさんは——そもそも彼女のファースト・ネームを知っていたのかどうか怪しいのだが——大柄で顎のとがった漂白したブロンドの女性で、前歯を一本金歯にした若くて容貌もなかなか、ちょっとメイ・ウエスト[7]に似たタイプの人だった。彼女が口をきゅっと結び青い目をパチパチさせ始めると、女たちは畏縮したものだが、優秀な看護婦で仕事もてきぱきしていた。女たちも結局は、彼女が自分たちの味方だということが分かり尊敬していた。ぼくも同じだ。産科のことで彼女に教わったことも多い。

初めての夏小児科の当直勤務をした時——フランス病院ではそのような仕事はなかった——ぼくはその仕事に夢中になり、これこそわが働き場だと思った。想像にたがわず、ありとあらゆる種類の子供がいた。ベルビュー病院(8)に嫌われた町中の捨て子がほとんど来ていた。

あの夏のことは忘れられない。その当時高級住宅街だったリバーサイド・ドライヴ地区のある慈善家の女性が自分のアパートを回復期患者用の施設としてぼくらに提供してくれた。ただ条件が一つあって、そこで死亡するおそれのある子、つまり重病の子は収容してはいけないということだった。

話がまとまった。その女性は居間や食堂から家具を取りはらい、鏡やカーペットには適当なカーテンか細長い掛け布でおおいをした。両側に小児用ベッドを置き、担当の看護婦と介助人を割り当て収容予定の十人あまりの子供の世話をさせることにした。彼女がよくしてくれたので、ぼくらの方も厳重に協定を守った。

ところが、そんな時にかぎってよくあることだが、大変なことが起こって計画をぶちこわしてしまった。子供の一人がひどい伝染性の胃腸炎にかかり、知らないまに死んでしまったのだ、それも三日後にだ！　まったく予想外のことだった。絶対に彼女に知られてはいけないことだったが、それにしても遺体を何とかしなければいけないのははっきりしていた。そこで病院の小児科担当のぼくに湮滅工作のお鉢がまわってきた。用意されたスーツケースに死んだ子をおさめ病院の霊安室へ運ぶという指示を受けて、ぼくは電車に乗ってそのアパートへ行った。そして指示どおり行動した、公共の交通手段をつかってだ。スーツケースを膝の下におき、きょろきょろまわりを見ながら座っていたが、心地のよいことではなかった。ガタのきているスーツケースがパッと開いて、まずいことに子供の死体が転がり出たりしたらどうしようなどと考えていると、ありとあらゆることが脳裏に浮かんだ。はっきり言ってあの仕事には大汗をかかされた。帰り着いた時みんなに言ってやった、「もうこりごりだ！」と。

一日、二日すると、施設の全員が感染し九十％が死亡したが、ぼくは二度と遺体の引取りに行かなかった。その施設はいやおうなしに閉鎖となった。

エズラがハミルトン大学在学中のユーティカ時代の友人の一人、ヴィオラ・バクスターが訪ねて来たのは、この保育小児病院裏の小さな建物で当直医として幼児や児童を診察している時だった。彼女は美しく思いやりのある人だったが、病院が預かっていた都会のクズみたいな捨て子たちを見てショックを受けた——ぼくらが残酷だと!

「残酷だって!」とぼくは言った。「どういう意味なんだ。ぼくらだってちゃんとした服を着せてきちんとしてやりたいさ、でもできないんだ」

「でもほらかわいそうにあのみすぼらしい子供たちを見て。泣いてるでしょ。あなたって人は冷酷なのよ、非情なのよ、とんでもない人ね」

「訳の分からないことを言うなよ」ぼくは言い返した。「ここに来たときのこの子のすがたを見ていないからそんなこと言えるんだ。汚れたくって、ほったらかしにされ、不潔で痩せ衰えゴミみたいで、そりゃひどかったんだから——君なんかにゃその時の様子なんて想像できっこないさ——傷だらけで、くる病で、脚なんかひん曲がってさ、ところが今のこの子をご覧よ——立派なものさ!」

「立派ですって? いますぐおむつを取り替えてやらなきゃ! 看護婦さんいないの? あなたなんかにはこんなこと、女性のようには分からないのよ。あの子臭うわよ」

「ぼくにどうしろってんだ?」ぼくは聞き返した。彼女なんかそこから叩き出してやりたい気持ちだった。実は、その子は特に自慢にしかわいがっていた子で、これほど我慢強い子もいなかった——一番物分かりのいい子だったのだ。

他の子はその子のようにはいかなかった。中にはキャーキャー金切り声をあげて泣きこっちの頭がおかしくなるような子も何人かいた。白状すると、心をこめて治療してきた男の子に、ぼくはある日癇癪を起こしかけたことがある。その子は、毎晩しかも夜だけ、細い通路をへだてたぼくの寝室の窓の真下でキーキー泣きわめくのだ。とうとうある夜その子のベッドへ行った——診察しても泣きわめくほど悪いところはなかった——そこで口に三インチの絆創膏をペタッと張りつけてやった。それでも鼻で呼吸できるのだが、二、三分後に思い直して剝がした。

そんなことがあって、ふとあることを思い付いた。ある夜当直の看護婦を一人つかまえて――いつも長い下穿きをはいている人だったが――ちょっと手伝ってほしいのだがと言った。一階の隔離室の一つに特にむずがるようになった少し年上の男の子がいた。どんなに手を尽くしてもその子の機嫌はよくならないように思えた。そこでその夜彼女と打ち合わせをした。明かりを全部消して窓も暗くし、その子の部屋に入った。

「懐中電灯をもって」ぼくは言った。「そこにいて、そこそこぼくが言ったところ。合図するから、寝ているその子をパッと照らして」。ああ、懐かしいクルムビーデを思い出す！

「オーケー」

「いいかい」とぼく。

「いいわ」

「それ！」と言って、シーツに裸で寝ていたその子の寝具をパッとひんむいた！

二十匹ほどのばかでかいナンキンムシが体からサッと四方八方に散ってベッドの隅に消えた。難問解決だ！

翌日ぼくは固形硫黄剤を半バレル、ぼくの手首ほどの大きさの丸い塊みたいなものを、買う許可をもらった。古いホーローびきの金ダライを六つ用意し、建物中の病室やその他の部屋の真ん中、レンガ床の上において、アルコールを半パイント注いだ。それから出口以外のすべてのドアや窓の隙間を用務員さんに目張りをしてもらった後で、――建物中の使用済みのシーツ、毛布、衣類を全部そこに置いて――天気もよかったので、看護婦たちに子供たちを裸にして一人ひとり連れて来させた。ぼくは一つだけ通れるように残しておいたドアのところにいたのだが、子供たちを一人ひとり消毒済みの新しい毛布でくるみ、外の日当たりのよい場所に連れて行って南側の塀沿いにしいた板の上に寝かせた。そんなところで寝っころがっている子供たちのすがたは愉快だった。写真を何枚も撮った。

こんな作業を終え、建物を点検しナンキンムシ以外のすべての生きものが戸外のすがすがしい空気の中へ退去したのを確認したあと、二階の向こうのはしから金ダライのアルコールに一つずつ点火していった。パッと燃え上がり、ぼくも一目散に逃げなければいけなかった。外に出て最後のドアにも封をした。硫黄の煙がどんどん濃くなっていくのをみんなでしばらく突っ立って見ていた。いちばん近くのタライの中であのいやらしいナンキンムシがブツブツ燃えているのがはっきり見えた。

その日後で建物を開放してみると、まあ見たこともないほどたくさんのムシが床といわずベッドのかげといわず山をなしていた！　掃き集めてみると死んだムシがまさにいくつものピラミッドになった。

ぼくは結果的にナンキンムシ退治の名人ということになり、次は看護婦宿舎の駆除をしなければいけなくなった――ところがこんどは濛々と立ち込めた煙が正面のドアの下から漏れ出て、階段づたいに滝みたいに流れ下り、階下の病室の特別患者たちをすんでのところで窒息させそうになってしまった。

そののち本館の事務室で害虫退治をした時は、そこにいた重いジフテリアの子にベッドが見付かるまでの二時間不便をかけた。あそこではホルマリンろうそくを焚いた。数時間後ドアを開けてみると、みんなをてこずらせていたネコの一匹がマルザカーさんの机の下から咳き込み吐きながら飛び出して来た。奴にとりついていたノミもきっと参ったことだろう。

それからある夕方、通りでたいへんな騒動があった。叫び声が聞こえたかと思うと挙げ句にピストルの銃声が響き、外来患者用のベルが鳴った。地獄の台所つまりサン・ファン・ヒルはまさに評判どおりの土地だった。ぼくは事件のことをそれ以上考えずに普段どおりに仕事をしていったが、そんなぼくにもその後の成り行きの噂は聞こえてきた。

警察が手ひどい暴行を受けた若い女を運び込んできたのだった。ぼくらの病院では普通そんな患者の面倒は見ないのだが、状況が状況だけに看護婦たちも多少は手当てをしないわけにはいかなかった。すると、患者は女ではなく男だった。明らかにその男は街のビルの門口や通路で客のそでを引く普通の安物の立ちんぼうだ。ところが、客の一人が気付いたのだ。その少年あるいは青年は商売をするためにふくらませたゴム製の女性器を模したものを股間に紐でぴったり止めて商売をしていた。さしあたってはそれでうまくいったのだろうが、この男の客がだまされたことに気付き、例のものを手で触れ、パッと身構え、売り手の顎に一発見舞った。これが騒動の発端だった！

臨月のバハマ出身の黒人女性が、ある日、奥の病棟に入ってきてトイレでしゃがんで赤ん坊を産んだ。その間ずっと水を出しっぱなしにしていたので、とうとう水がドアの下から床に流れ出て、部屋全体が水浸しになった。ドアをこじ開けて中に入り、その女を便器から助けおこしてヘソの緒を切ったのだが、その赤ちゃんはそれでも元気だった。一週間後に母子とも退院していった。ちょうど真冬のことだったが、赤ん坊は翌朝プロスペクト公園のベンチの下に新聞紙にくるまれ捨てられていた。当然すぐさまその子はぼくらの病院に送られてきた。看護婦の一人がそれを見てすぐ気付いた。

「あら、昨日退院したジョーじゃない、その子！　この子見て、ジョーじゃない？」

みんながまわりに集まってきた。たしかにジョーだった。

ある日ぼくは十五歳の白人の女の子を診察していた――かわいい娘で、なぜおなかが大きくなったんだろうと思った母親が診断を受けに連れて来ていたのだ。その子は押し黙るどころか、やることなすこと一々ぼくらに反抗した。母親はおどし、ぼくはなだめ、やっと彼女の服を脱がせた。ところがその時ぼくらに跳びかかってきて、下着のまままるで雌鹿のようにドアから通りへ走り去った。それっきり二度とその娘の姿を見かけることはなかった。

またある時、一人の妊婦の分娩に立ち会っている最中に、二人目の妊婦がゴロゴロ運び込まれてきた。どっちが先かきわどかった。ぼくは両手に手袋をはめ、介助の看護婦二人と二つの分娩台の間に立っていた。するとダイヤモンドさんが三人目を連れてきて、マットレスを引っぱってきて殺菌消毒したシーツでくるみ、その若い妊婦にそこに行きなさいと言う――床の上だった。彼女一流のやり方だった。

こういうのは入院患者だった。妊娠六カ月から八カ月そこそこで入院し、院内であれこれ雑用をしたり、あるいは何もしないで、やがて産褥につくことになるのだが、ありとあらゆる種類の女性がいた。今も覚えているのはモルヒネ中毒者で、三グラムの注射をしてとしつこくせがんだ。四分の一グラムならしてあげますがそれ以上はダメです、と言うと、おねがい、もっと、と彼女は泣くようにせがむが、そんな指示は受けていなかったし、彼女の命を奪うことになるのも嫌だった。彼女の本当の狙いが何だったか、ぼくに分かるはずもなかった。ぼくが扱いやすそうに見えたので、誰もが出し抜いてやろうとしていたらしい。彼女の場合、半グラムまで増やし、次いで出産まで六ないし八時間ごとに五ミリグラム打ってやったが、わたしを殺すのかって言い続けた。

病院には数は少ないが個室もあった。そこにはタイプの違う女性が入っていた。思えば初めて双子を産ませたのはあのフロアだった。そんなある日、一人の若い女性から病歴を聞き記録をとっていた時のことだが、その女性が穏やかな口調で語ったのはこんな話だった！

六月末、彼女は地元の大学で学年を終えたばかりだった。その前の年に彼女は中西部の父親の農場で働いていた農場監督に誘惑され、妊娠したことに気付いた彼女は東部の大学に行かせてほしいと父親に頼んだ。クリスマス休暇中は友人の家を転々と訪ね歩き、そして臨月近くなってからぼくらのところへ来たのだ。単純な事例だった。生まれた赤ん坊を里子に出して、夏は帰省していった。ぼくはその女性がとても気に入った。

病院は黒人の住むアパートと背中合わせになっていた。仕事をしながら時に何となくそのアパートをのぞくこともあった。野良ネコがいたるところにいた。夜になると、多分餌をもとめてだと思うが、ネコどもが病院の給食用エレベーターをよじのぼってきて、ものすごくうるさい騒音をたてるので、ネコを始末するごとにその尻尾一本あたり二十五セント出そうと誰かが言った。ぼくらも時たま薬局の部屋の隅にネコを追い込んで捕らえては大男のスウェーデン人に引き渡した。本当にでかい男で、暖房炉の係だった。少なくとも事実が判明するまではぼくらは渡していた。というのは、その男は賞金請求用にかわいそうにネコの尻尾をばかでかい手で引きちぎり、胴体は開いた炉の中に放り込んでいたのだ——あんな奴はネコみたいに引っ掻いてやればいいんだ。

使った薬物は夜になって医師が自分で薬局に片付けることがよくあった。ある日新任の夜間看護婦長がそこへ何かを取りに来て、何分も経たないうちに彼女はぼくの腕の中にいた。

彼女はぼくより年上で、つらい過去を持っていた――つらい過去なんてこの病院にはごろごろしていた。タトル先生という実習指導担当の外科医はヴァージニアのどこか山の中で自分のやっていた回復期患者用ホームの世話を彼女に頼みたいと言っていた。彼女がどこの出身なのかついに分からずじまいになったが――とてもきれいで珍しいほどスタイルはいいが、理知的とは言いがたく――あまり仕事のできない、しおれた感じの寂しそうな女性で、ちょうどそんな施設で夜間婦長という仕事をしそうなタイプだった。カスバートソンさんは問題ないと思っていたようだったが、どことなくよく分からない人だったのはたしかだ。彼女が笑顔を見せることはめったになかった。過去に結婚の経験があったとか、人にダマされたことがあるとか、ひょっとすると看護婦としての信望も十分でなかったかも知れない。

あのことがあって薬局での夕べの事態はすこし深刻なものになった。ある日彼女が――あるいは言い出したのはぼくだったかも知れないが――八番街と九番街の間に昔あった古い家並の二十三番通りの彼女のアパートにあそびに来ないかと言った。

「そうしましょうよ」と彼女は言った。彼女の唇はふっくらして、赤ちゃん人形みたいな大きい目だった。

そんなわけでぼくは出かけて行った。部屋はひさしのすぐ下の四階で、ベッドと鏡付き箪笥、それに椅子一脚でほとんどいっぱいだった。そんな貧相なところにいると、かわいそうに彼女は実に貧しくみすぼらしく見えた。そこを彼女は赤いキャンドルやバラ模様の凝ったベッドカバーで飾っていた。ベッドに入ろうよとぼくが言った。彼女は首を横に振った。

「でも君が誘ったから、こうして来たんだぜ」

彼女はなかなかうんと言わなかった。「ただ一言でいいの、言ってちょうだい」とぼくに言う。「そしたら、わたしのものは何でもあげるわ」

こんなことで、今やすべてはたった一つの言葉にかかっていた。どんな言葉だい？　とぼくは思ったが、以前にもそんな話は聞いたことがあった。結婚だ、明らかに。あの時の西二十三番通りのひさしの下の小さな部屋は今も覚えている。ひどくこざっぱりした不毛な部屋だった。

このころには、リチャードソン先生は任期を終え、ここで半年勤めていたぼくが後任に当たっていた。事務室のマルザカーさんとはかかわりのない状態が続いていたが、仲は悪くなかった。だから、その後の一件についてぼくはまるで心の準備ができていなかった。一九〇九年の一月末にぼくはオールバニーからの病院業務月間報告用の所定用紙を手渡された。受入患者数、死亡者数、回復者数、退院者数など、全業務にわたり詳細な報告を求めるもので、専属医としてぼくが確認の上で署名することになっていた。

こんなことから知ったのだが、この病院は、ウォール街の銀行界で最も著名な人物の一人を理事長とする独自の理事会を持っていたけれど、半ば州立の病院だった。州都オールバニーからは月々入退院者数に応じて運営資金をもらっていた。マルザカーさんから報告事項の書かれた一枚の書類を手渡され、ぼくがそれに手書きで必要事項を記入し署名して彼女に返し、その他のものといっしょにオールバニーに送るのだった。

「結構。でもこの数値の根拠は何なの?」とぼくは言った。

「青いカードです、ご存知の」彼女は言った。

「なるほど」ぼくは言った、「その青いカードってのを見せて下さい」ぼくらの病院には青とピンクのカードがあって、一方は大きい外来患者部局のためのもので、他方のカードは奥の小さな小児病棟の子供用だった。

「それはできません。これは事務局所管の事項であって医局とは関係ございません。したがってお見せするわけにはまいりません」と彼女は言う。

「そうなの? じゃぼくも報告書にサインできないね」と言ってやった。

「おや、こんな細かいことにそううるさく言われた方はこれまでいませんでしたよ。署名をいただかなければなりません」

「しますよ、カードを見た後でね」こんなやり口は両親仕込みだったが、ぼくにはその件で譲歩の余地はなかった。

こういうわけで報告書はぼくの署名がないままオールバニーに送られた。その後が大変だった。

向こうは報告書を突っ返してきて、マルザカーはぼくを相手にまた一からやり直しだった。でもぼくはビクともせず、ことは頓挫した。

マルザカーに替わって、先生方が代わる代わるやって来た。その医者たちは東部では一流の人たちだったが、ことはえらい先生方にも本務外だった。カーリー先生、デイヴィス先生、マボット先生、その他何名かいた。マボット先生は女の子たちに「マゴッティ《うじむし》」マボットとあだ名されていた。かれは膣検査をする時じっくり時間をかける人だったからだ。カーリー先生は最大の難敵の一人で、まずい時に妙なことになったものだ。かれはぼくに保育小児病院でのインターンがすんだらどうするのか、と声をかけてくれていたのだ。特に計画はありませんと答えると、最初の一年間は自分のやっている病院に来ないかと言ってくれていた。願ってもないチャンスだった！　ニューヨークで専門医になったも同然だ、とぼくは思った。

カーリー先生がやって来て言った、「どうした、ウィリアムズ君。あんな報告書、サインしろよ。こんなのただの決まりごとさ。年々歳々やってきたことなんだ。訳もなく不正を疑うことはないんだ。理事会のボスが誰なのか、君も知ってる通りさ。あんなろくでもないものにはさっさとサインして、忘れちゃうことだね」

「カーリー先生、申し訳ないのですが、ぼくとしては署名する書類の内容を確認した上でなければ、自分の名前を書くわけにはいかないんです」とぼくは言った。先生は愛想をつかして、向こうへ行ってしまった。

デイヴィス先生は笑い飛ばしてケリをつけようとしたが、ぼくは応じなかった。その次がマボット先生、わが愛すべきマゴッティ《うじむし》・マボット先生も乗り出して来た。その間、病院の運営資金は差し止められていた。

「ウィリアムズ君、病院の連中はみんな君のことを気に入っている。君のしてきた仕事は立派だし、傑出している。小児科であれ産科であれ、君の未来は輝いているよ。君は若いし、自分の信念に潔癖なのも分かる。だがね、いいかい、ぼくら医者はこんな病院業務に逆らっちゃいけないんだ。ぼくらの本務は患者の治療であって、金の出所を心配することじゃない。君の今度の奇矯な行動は実はみんなに迷惑なんだ。ほら、こんな書類なんかサインしちゃって、バカなことはよすんだね」先生はここまで言って、人の善さそうな笑顔をぼくに向けた。

ぼくはかれを見て言った、「マボット先生、もし誰かが先生に紙切れになぐり書きした数値をよこし、公式の文書に転記しろって言ったら、しかもですよ、その数値は先生には確認するすべもないんです、そんなとき先生は、自尊心ある人間として、そんな数値に署名なさいますか、そんなことなさいますか」かれの顔をまっすぐ見てぼくは言った。かれはじっとぼくを見つめていた。かれの顔が紅潮するのが見えた。瞬時黙していたかれがやおら言った、「いや、ぼくにもそんなことはとてもできないね」そして向きをかえて歩み去った。

善良なる老マゴッティ《うじむし》・マボット先生。しかし理事会はそんなぼくを許そうとしなかった。向こう側は、病院の会計係に書類に署名させることにした、おまえは不服従の科で二週間の停職処分だ、と通告してきた。

ぼくは頭が煮えくり返った。しかし、ぼくが病院から出ていく前だったが、この一件を怒りをつのらせながらずうっと見守ってきたカスバートソンさんに、お願いだからやめないで頑張って、わたしは然るべき時に然るべき場で公表するつもりの情報をにぎっているのよ、圧力に屈しちゃだめ、わたしの気持ちを裏切らないで、と言われた。ぼくはその二週間を家で過ごした。父はぼくに、お前のやったことは間違っていないと言っただけだった。二週間が終わり、任務に復帰した。万事問題ないように見えた。

だが二月の末に、またぞろ始まった。オールバニーが会計係の署名した前月分の報告書に納得しなかったのだ。何としてもぼくの署名が要ると言い、かたや事務局は依然としてぼくがカードを見て点検することを拒否していた。その時、カスバートソンさんが切り札を出した——だが公式の場でではなく、ぼく個人にだった。ぼくでは折角の切り札もどうしようもなかった。彼女はにぎっている事実を公表しなかったのだ。

ある日のこと、まるで偶然というわけではなくて、ある人物が理事室にいるのを知った上で、彼女は出かけて行き、二人がそこで人目を忍んでいるわけを確かめた。ドアを開けるとM嬢がテーブルの端のところにいて、その前に理事長がいたらしいが、二人の位置関係はどうだったかどうしても教えてくれようとしなかった。そこにこそ明白にすべての訳があった。だからこそその女はケチ臭い利得を掠め取ることを許されていたのだ——あの金持ち野郎だ。

このことを新聞に暴露してやれれば、とも思った。でも父は、やめとけ、と言う。弁護士に頼むのは？

だめだ。それと闘う力がぼくらにあるか？　しかもニューヨークの専門医の中には臆病風に吹かれて味方してくれそうもない連中もいるのだ。かれらが恐れているのは、金の力とそんなことをすると低劣でケチな恥知らずども自身がどんな目にあうかということなのだ。むしゃくしゃして、喉まで猛烈に痛みだして、実際、ヒソヒソ声しか出なくなってしまい、ぼくは辞職した。誰にも告げず、理事会に存念の一端をブチまける手紙を書き、店仕舞いを始めた。

女の子たちは本当によくしてくれた。熱い飲み物をもって部屋にやって来て、喉に冷たい湿布をしてくれ、悪寒がしていたぼくを暖めようとベッドにまで一緒に入りかねないほどで、おやすみのキスまでしてくれた――だがそれでもぼくは手紙を書き上げ、下に降りて事務室入口の屋内ポストに投函した。

カスバートソンさんはぼくが出ていくのを見ていたが、ぼくの気持ちを察して駆け寄ってきて、何をしていたのと聞いた。

「辞めちゃったよ」とぼくは言った。「奴らに対する気持ちをブチまけた手紙を書いてポストに入れたのさ」

「おバカさんね。どのポストなの？」

「事務室のところにあるやつさ」

手紙を取り戻そうと彼女はぼくの部屋から飛び出して行った。そのポストは正式のものではないので鍵で開けられるのだ。だが二、三分後、がっくりして帰ってきた。

「あなた、やっちゃったわね。あの女はすばしっこくてわたしの手に負えないわ。あなたのしようとしていることが彼女には分かっていたのよ。さっさと手紙を取り出して角のポストに入れちゃった。事務室の人に聞いたの。彼女がそうするの見てたのよ、その人。あなたっておバカさんよ――だってうまくいけばわたしたちの手で連中をやっつけられるという矢先なんだもの」

ぼくはちっともかまわなかった。心の底ではみじめでもあったのだろうが、本当のところその二カ月間で最高の気分だったのだ。あんな奴らと仕事をするなんてもう我慢ならなかった。ぼくの辞職は正式に受理された。荷造りし、挨拶をして家へ帰った。ぼくのインターン時代は終わった。たった一人の医者も味方してくれなかった。みんなクソクラエ、とぼくは思った。

18 最初の詩集

ラザフォードのパーク・アベニューで、まだ少女だったフロッシーを見初め、ぼくの人生全体が大きな転機に差しかかったのは、その後二、三カ月たった春の陽気のころだった。仕事もないまま、ぼくは用済みの身となり、かねてよりもくろんでいたぼくの野外劇第一作、『ベティー・パットナム』[1]の下稽古にみんなで取りかかっていた。その上演はラザフォード町テニスクラブの土手の上だった。

エドはローマのアメリカン・アカデミーの建築学奨学金に挑戦していた。パウンドは短期間だったが帰国していた。ぼくの大仕事、「エンディミオン」風のロマンチックな詩は仕上がっていて（あるいはすでに焼却されていたかも知れないが）ぼくは落ち着かないながらも暇に恵まれ、まさに天恵の二、三週間だった！　時に川沿いの野原に出て行ってウィルソン氏に教わったような絵を描いた。自分がどっちに向かっているのか見当もつかなかった――本当に牧歌的なひとときだった。

一九〇九年のそのころ、最初の詩集を出した。ぼくはまだジョン・キーツの手に揉まれ、すり切れてヒリヒリしている状態だった。いつ果てるともなくロマンチックな詩に没頭してきたのだった。病院関係のことが粉微塵になろうとしていたころ、自分の行方も知らないままほっつき歩いていて、自費で詩集を出版しようと決意した。病院のことを何とか頭から追い払わなければならなかった。これがその回答となるはずだった。

誰にやってもらおうか？　ぼくがメキシコでもらった金貨のいくらかは多分そのために使ったと思う。ちょうど父の友人のハウエル氏が、ニューヨークでやっていた印刷工の仕事をやめ、ラザフォードに狭い土地を買い自分の店を開くことにしていた。

この人はなかなかの読書家で、実際文学物なら何でも読んでいた。ぼくはかれに話をし、原稿を見せた。とてもおおらかな心の持ち主で、よしきたと言ってくれた——値段もせいぜい五十ドルといったところだった。ジム・ヒスロップによる近隣の昆虫観察記録の小冊子もそれと一緒に引き受けてくれた。両方ともじっさいのところただのペーパーバックのパンフレットとなる予定だった。田舎の職人たちは今までそんなものの版は組んだことがなくて、大変な苦労をしたに違いない。刷り上がったばかりの本を見て、ぼくは卒倒しそうになったのだから。その代物は今も屋根裏のぼくのトランクに入っているが、半分ほどが誤植で——当時汚水の親類だったパセイック川のようだった。その惨澹たる初版本（世に出ることはまったくなかった）に目を通してみると、父の訂正と示唆の跡がいたるところに残っている——その修正意見をぼくは大体受け入れた。気の毒に、父もずいぶん苦労したことだろう。

その詩集の詩は悪しきキーツに他ならず——そう、悪しきホイットマンでもあった。だがたしかにぼくには愛しいものだった。一人の若者にそのようなでき損ないの詩を書く勇気がどこから生まれてくるのだろうか？　はっきりしているのは、ぼくが大きな必要に迫られていたということだ。その薄っぺらな小冊子の作品にはひとかけらの価値もない——その意図は別として。

とにかく、でき上がった。校正の手を加え、ぼくなりにベストを尽くし仕上げたものだが、語句の転倒、いいかげんな押韻、おきまりの型だらけだった。エドがタイトルページのデザインをし、ぼくはシェイクスピアとキーツの双方から短い引用句を選んでエピグラフとし、この本を十冊ほど町のガリソン文具店へ売ってもらおうと持って行った。

エズラは実際その代物を目にしたとしても、何も言わなかった。ぼくは見なかったとは思うが。

ガリソンの店で本は一カ月ばかり寝ていた。買った人が四人いて、一ドルだった。残部はぼくが持ち帰り家族に配った。売れ残りの百部ほどはハウエル氏がきちんと包装し（そのころぼくはもうドイツにいたかも知れないが）

しまった。

片付けて保管した。それもかれの古い鶏小屋の軒下のたるきの上で十年くらい寝かされた後、うっかり焼却されて

ペンネームをどうするか、ぼくはなかなか決心がつかなかった——何かとても重大なことに思えたのだ。父のある友人で宣伝係みたいな人が、あっさりとW・ウィリアムズでいいじゃないかと強く勧めてくれた。「そりゃありふれた名前だよ」かれは言った、「でも、そのありふれたW・ウィリアムズであることの利点を考えてごらん」。ぼくにはフルネームの方がズバリよく分かっていいように思われた。

開業するにはまだ若すぎたし、ニューヨークで専門医になる可能性も先般のことであらかたつぶれてしまったし、しばらくの間ぼくはぶらぶらしていた。

父が「エドがローマの奨学金をもらうことになったらおまえを一年間ドイツへ行かせてやろう」と言ってくれていた。エドは例によって兄のぼくに協力的で、賞を獲得してくれた。

ぼくはフロッシーに求婚し、文無しながら、条件つきで承諾を得た。そうして、未来の花嫁にキスの真似ごとのようなものをしてもらい、七月の中ごろドイツ行きの二等客船でニューヨークを発った。

19　ライプチッヒ

ライプチッヒに行くことにした——このためパウンドを憤慨させてしまった。ロンドンには行く気がしなかった。ロンドンでぼくにいったい何ができるというんだ。ぼくは医者だ。それがぼくの人生となることになっていたし、ことにぼくには文学上のはかりごとに対する能力がまるでなかった。エズラのような生き方がぼくに無理なのは分かっていたし、おまけに、そうしてみようという気も全然なかった。

ぼくのドイツ語は大したものではなかったが、八月に行けば九月の新学期までに差しあたって必要な程度は身に付けられるだろうと思っていた。買っていたドイツ横断の切符には、ケルンからどこまで行くのか知らないが、ライン川の船旅も含まれていた。ひどいホームシックにかかったためにボンに着いたあと断念し、ケルンにとって返して、同じ晩にライプチッヒ行きの寝台車に乗り、そのままとなった。アーヘン[1]をすぎてから列車が通過する広野をヴェストファーレン特産のハムの原料となるブタ君が走り回る姿を見たのが最後の記憶だ。多分ライプチッヒ行きは間違いだったのだ。ただぼくがかつて恋したコンサート・ピアニストがそこの音楽学校で三年間過ごしたことがあり、それでそこへ行ったのだ。

一人わびしくそのサクソン人の古都に着き、最初の夜を明かすと、とりあえず土地の新聞で「貸間あり」の広告をしらべた。財布と相談して、どこだったか覚えていないが、あるアパートに落ち着いた。家主の女の人に問題はなさそうに思えたのだが、ある晩彼女が食堂で「いとこ」だと称する男性を体でもてなしているのを見てしまった。

思うにあの当時ライプチッヒでも食っていくのは容易ではなかったのだろう。

最初の日曜日は寂しくて気が遠くなりそうだった。円形広場を歩いていると、女の子がやって来て、ドイツ語で「今何時？」と聞いてきた。ぼくは返事ができず、ただ懐中時計を取り出した。彼女はニコッとして、ありがとうと言った。あの時のうれしさは決して忘れられない。ぼくに話しかける人がいて、ぼくがそれに答えたのだ。

二度目の部屋さがしでミュンツ通りのイエニケ夫人と出会った。懐かしい人だ。彼女が一度夕食に出してくれた卵は、今もってぼくには謎だ。すっぱい味がしたから固ゆでの卵を酢に漬けたものに違いない。それが結構いけたのだ。やはり彼女だったが、ぼくに初めてラックスという名前の燻製の鮭を食べさせてくれた。

その後、貸自転車で「尼僧の小道」をよくサイクリングした。木の茂った手入れのすばらしい公園で、あの当時のぼくにはそれくらいしか楽しみがなかった。イエニケ夫人の息子カールがよく付き合ってくれた。ある日曜日、町の南方のオープストシェンケという居酒屋で二人で仲良く飲み交わしたことがあった。あそこではドレーアーというワルツを踊った相手の体格のいい田舎娘に目が回るほど振り回された。あのころのこまごましたことは取るに足らないことばかりだ。天気のいい朝いつもきまって市庁舎の前で刈りこんだ芝生の掃除をしていた老女のこと、堅苦しく整然とした小綺麗な花壇のこと。しようのないことだ。

ぼくは何も書かなかった、いや書いたとしても無に等しい。ぼくはソネットとは違う短詩型を模索していた。すでにあのころからソネットは大嫌いだった。弱強五歩格で、ａｂｂａ　ｂｃｃｂ　ｃａａｃという構成のものを考案したりもした。ある日、ライプチッヒ近くのグリマの町へ一人で出かけることにした。ルターの花嫁となったカテリナ・フォン・ボーラ(2)がその昔暮らしていた尼僧院跡を見物するためで、ひどく感傷的な意味合いのいろいろあるロマンチックな休日となった――それにしても忘れられない一日だ。何かそのことについて書いたが、それだけだった。土地の居酒屋で食べたコショウの利いたウサギの煮込みが、散弾だらけだったが、うまかったことくらいが実のある出来事だ。あのころのことはぼくの世界から跡形もなく消えてしまった。

ライプチッヒでは、イプセンの『人形の家』は十五セントでアルテス劇場で、『野鴨』は円形広場で見た。木に囲まれ、低木の中に沈みこんだようなあの建物は今でも目に浮かぶ。また、シラーの芝居は『群盗』から始まって、ことごとく見た。あそこではまた、ゾーメルが『神々の黄昏』(3)の最高神ヴォータンを、(4)またシュトラウスの『エレクトラ』を歌うのも聞いた。木曜日の午後はよく聖トマス教会でのバッハのモテット(5)の練習を聞きに行った。またクリスマスには、聖ニコライ教会の祭壇の高い木がほっそりした白く小さな蠟燭の光に照らし出されているのを見た。不思議な、脈絡のない思い出だ。でもぼくには、そんな思い出でもあることがうれしい。ハイネは熱心に読んだし、ズーダーマン(6)の『ゾルゲ夫人』や『聖ヨハネ祭の篝火』も読んだ。

医学の勉強の単調さの埋め合わせに(あのころにはドイツ人たちともまあうまくやっていたが)大学で現代イギリス演劇の講座をとった。しかし最初の授業に行くまでそれが英語で行われるとは知らなかった。ぼくはドイツ語で受けたかったのだ。ところが、そこにいたのはまぎれもない南部訛りの若い教師だった! 小さなクラスの最前列に座りかれを見た。かれもぼくを見た。三回の授業の間ぼくは自分のことは明かさなかった。その間、かれはブルワー・リットン(7)とかその他ぼくには何の興味も持てないことをあれこれしゃべっていた。「君のこと、誰かなって思ってたんだ」後になってかれは言った、「どうも分からなくってさ、ロシアの若者ぐらいに思っていたんだ」

アルゲマイネ・クレディット病院に行った時は、「ドクター・ウィリアムズですが」と挨拶すると、受付の年配の男が首を横に振った。ぼくのことば遣いが間違えていると思ってこう言われた、「そうじゃない、ドクターではなくって医学生」。かれはぼくが大学卒だとは信じてくれなかった。まだそれほどの年齢には見えなかったのだ。

ライプチッヒでは大して面白いことはなかった。だが、もっと長くいればもっとうまくいったかも知れない。例のアメリカ人教師はその年の終わりごろやっと文学協会の会員何人かにぼくを紹介し、たしかぼくは会員にまでなったと思う。かれらの「雄猫飲み歩き会」に一度参加したことがある。——騒々しいビール・パーティーで、ぼくはある元気のいいドイツ娘に最高の乾杯を捧げた。グラスの敬礼を受けるのがいかにも好きそうな子だった。あの年を通じて、アイビー・ピーボディーという名のイギリス人の音楽学生をのぞけば、女の子とは実際誰一人知り合うこともなかった。いや、そうそう、たしかある晩アメリカ人の女の子をオペラ『エレクトラ』に連れて行ったことがあった。でもあの神経にさわる音楽に思わず高ぶって、その子と一緒であることを忘れてしまい、二度と付き合ってくれなかった。おまけに、二人とも霜焼けにかかった。

しかしある夜、ぼくの危なっかしいドイツ語で「一人でお出かけ?」と話しかけて若い夜の女を拾った。とうとうやったぜ、と思った。たしかに彼女は一人だった。ところが二人で大きなレストランへ入って行くと、明るい照明の中、そこらにいた人がみんな首を捩じ切らんばかりに振り向いてぼくらを見た。彼女は町中に知れわたった女だったのだろう。シャンペンをねだられたが、ビール以外はだめだと言うと――この場合も貧乏がまぎれもなく美徳の味方だったのだが――彼女はぼくをテーブルに置き去りにして南米人のグループの方へ行ってしまった。あの時の彼女のやり口は忘れられない。おトイレに行くから十ペニヒ貸してちょうだいと言い、「ところであなた、大学の先生みたい」と付け加えた。多分恐れをなしたのだろう――よくは分からないが――ともかく戻って来なかった。いなくなってこちらはほっとした。ライプチッヒはもうたくさんだとはっきり思った。エドはローマのビラ・ミラフィオーレにいて、帰国して仕事をする前にしばらくこっちにおいでよ、と言っていた。エズラの方はまず俺のところに来いと言う。で結局ぼくは、オランダ経由でエズラのいたロンドンに行った。

20 ロンドンのエズラ

あのころ、かの「偉人」はケンジントン区チャーチ通りの狭い部屋に住んでいたが、ありがたいことに、ぼくにそこに泊まればいいと言ってくれた。しかしぼくはライプチッヒで知り合ったアイビー・ピーボディーに、まずバッキンガムシャー、オルニーの彼女の両親の家にいらっしゃいな、と誘われていた。四月のことだった。ぼくもイギリスの田舎をせめて一目でも見たかった。エズラはひどく腹を立てた——いつものことだ。「君が会いにきたのはぼくかい、それともハイドパークの羊かい?」と言った。でもぼくにはオルニーで過ごしたあの一昼夜は楽しかったし、鉄道の土手にびっしり咲いていたスミレも心に深く焼きついた。

ピーボディー家は魅力ある大家族だった。小さな皮革工場を経営する父親のピーボディー氏は中背で軽やかな体つきの四十代半ばの人だった。あの夜、夫人の伴奏で「ツバメが家路を急ぐ時」を歌いたいと言う。そんなかれを抑えるには夫人は根気も悪知恵も精一杯つかわなければならなかった(眼鏡が安物だから楽譜がよく見えないのよって言っていた)。アメリカ人の客が来て家族みんながひどく照れていた。小さな娘たちは例外だった。ぼくを見て彼女たちは実際楽しくて仕方がなかったのだ。

夕食がすんで、ちょうど夕暮れ時、夫妻とその子息と連れ立ってちょっと散歩に出た。その息子さんは南アフリカへ行くのが夢だった。気の毒なことに、第一次世界大戦が五年先に迫っていた。あの散歩はぼくにとっては、以来ずっとイギリスそのものである。ツタのぎっしり茂った教会の塀の脇を通り、芝生地を越えて行った。大地をしっかり抱え込んだヒナギクやサクラソウが咲いていたが、地主はそんなもの抜いてもっといい芝生にしたいと思っていたらしい。小さな畑に近付いていくと、足元から、多分キジだと思うが、何か大きな鳥が飛び立った。

翌朝、家族全員そろった朝食の時（どんなベッドで寝たか残念ながら思い出せない）、ぼくのところに半熟の卵を十個あまりのせた円形の回転する薬味立てのようなものが回ってきた。一つ手にとって、卵立ては、と見回した。その間熱い卵を手にしたままだった。その卵立てのカップは先ほどの丸い薬味立ての中に卵とセットになって入っていたのだった。ひどいことになった。ぼくは困ってしまい、みんなは懸命に笑いを抑えていたが、とうとう幼い娘の一人が吹き出してしまった。ピーボディー夫人の顔は真っ赤だったし、ご亭主の方はおおげさに怒ってその女の子を叱りつけた。「あ、分かりました」とぼくは言って、空の卵立てに手を伸ばした。ぼくにはそんなこともみんなとてもいいことに思われた。

その週ロンドンで、エズラの友人のシェイクスピア親子に会った。シェイクスピア夫人(1)と、のちにエズラの奥さんになるドロシーである。ある晩、ぼくは一緒にウィリアム・バトラー・イェイツに会いに連れて行ってもらった。

そこはアトリエ風の家で、しいんとしていた。爪先立ちで入っていった。薄暗くした部屋で蠟燭の明かりのもと、イェイツは弟子たちの小さな、ごく小さな集まりに向かって朗読していた。五、六人の若い男女で、アベー座(2)の仲間たちだろう。ぼくらが入っていって腰を下ろした時も、かれはまったく気にもとめず読み続けた。こともあろうに、アーネスト・ダウソン(3)の「シナラ」を読んでいた――なるほど、きれいな声だったが、ぼくの好みではなかった。

しばらくして、いらっしゃいとも言ってくれないので、立ち上がって帰ろうとした。今思うと、その時まで誰もぼくらが来たことに気付きもしなかったのだ。出口近くに差しかかった時、イェイツが大声で言った、「さっきここにいたのはエズラ・パウンドなの？」

ぼくらはすでに廊下の角を回っていた。「そうです」と誰かの声、「エズラ・パウンドでした」

「ちょっと待ってもらって下さい。話があるんです」。他の者は出たが、エズラは戻り、その大詩人ともうしばらくいた。ぼくらは待っていた。あれは一九一〇年のことだった。あの時がエズラ・パウンドとイェイツの最初の出会いだったのかどうかは知らない。

同じ週のある時、エズラとぼくはチャーチ通り近くのある街を歩いていて、多分通りの名前の元と思われる教会のそばを通りかかった。エズは重い、毛皮の裏地の付いた万能コートを着て、つば広の帽子をかぶっていた。歩道にしおれたスミレが一束おちていたのに、かれは目を落とした。二人ともその花に気付いた。かれは立ち止まり、一瞬ためらって、地面から拾い上げた。どうしたものかちょっと思案し、ふと上を見上げ、丈の高い錬鉄製の教会墓地のフェンスに目を止め、とがった杭を上の方でつなぐ桟の上にそのスミレを置いた——花束全体がシャキッと踏ん反りかえりパッと目に付くスミレになった。

また別の晩のこと、ぼくらはアデルフィ・クラブで開かれるイェイツによる慈善講演会のチケットをもらった。若手のアイルランド詩人何人かの創作活動という題目だった。粋な企画で司会はエドマンド・ゴス卿[4]、この御仁はどうやらアイルランド詩人の根性が大嫌いだったようだ。チケットは一枚一ギニーだった。

ぼくは一人で座り、エズラたちはホールのどこか他のところにいた。展開される話に魅せられ、一心に聴いた。講演も終わりに近付いたころ、イェイツはライオネル・ジョンソン[5]を含む若手詩人たちについて語り始めた。イェイツによれば、かれらは十分いやそれ以上資格があるにもかかわらず、イギリスでは一貫して無視され続けてきたのだ。

だとすると、かれらにはあの通りの退廃的な生き方以外に、何が残されているというのだ。無視されていることを知っていながら、かれらに他に何があるか、酒浸り、好色、その他の背徳しかないではないか。

それ以上かれは話を進められなかった。その時点で、誰もが肝を潰したのだが、エドマンド卿が傍らのテーブルにあった「教卓ベル」を右の掌でジャンと鳴らしたのだ。イェイツはぎょっとし、一瞬ためらったあと話を続けた、いや続けようとした。またエドマンド卿はベルを乱暴にグヮンといわせ——それでもイェイツは話し続けようとした。しかし三度目になって、ゴスの顔は真っ赤で、イェイツも負けずそうだったが、無理にも腰を下ろさせられ、講演は終わった。ぼくも顔が真っ赤になりこめかみは破裂しそうだったけれど、立ち上がり抗議することはできなかった。

「あなた、なぜ抗議しなかったのよ?」女性の誰かがエズラに向かって言っていた。「友人のためになぜ何か言ってあげられなかったの。だあれもできないんだから。いいなりに脅されて――抗議一つできないなんて」

ぼくにはこの上ない機会だったのに――できなかった。だが、爆発寸前であることは顔を見れば分かったに違いない。ぼくの後ろにいた並外れた容貌の女の人も今にも発言しそうだった――けど彼女は結局発言せず、ぼくもふたたび腰を下ろし匿名の中に潜り込んだ。

また別のある夜のこと、エズとぼくだけで近くのレストランへ行った。かれ、エズラの懐具合の許すかぎりの最高の店だった。かれはイタリア料理のリゾット、つまり安くてそれだけで腹がいっぱいになる煮込み料理と、安物のワインを一ビン注文した。うまかったしぼくらは空腹でもあった。それはそれでよかった。一緒にテーブルについていると、かれは椅子でそわそわと、かれ一流の大胆さで振り向いて周囲の人の顔をジロジロ見たり、あたりを厚かましく見回していた。ぼくはその向かいで知らん顔をして食べていた。そのうち食事がすんで、かれは椅子を後ろへ押して立ち上がった。すぐにぼくは近くのコート掛けからかれの重たいコートをとり、すっと腕を通せるように手に持っていた。

するとかれはぼくに食ってかかり、ぼくのでしゃばりを断固として叱りつけた。ぼくの手からコートをひったくり、ロンドンではそんなことはしないとなおも叱りとばしながら、ウェイターに渡し捧げ持たせた。こうなるとぼくも腹が立ったが、かれが着終えるのを待って、ぼくのコートもウェイターに渡して持たせた。そしてレストラン中が苦笑する中をぼくらは通りへ出て行った。

ある晩、何人かの若者がわずかばかりの聴衆を相手に一時間イプセンの『幽霊』を朗読するのを聞きに行った

――有料だったと思う。悪い趣向ではなかった。

エズラの部屋の暖炉の棚には女の子の写真があった。誰なのか教えてくれなかったが、その前の蠟燭をいつも点していた。かれがコーヒーをいれるのは重要な儀式だった。手に入るかぎり最高のオランダのコーヒーで、挽いて密閉瓶に入れ細心の注意を払い保存していた。このコーヒーをエズラは毎朝開き、カップの上に広げたチーズクロスか、上質のリンネルかの上に、茶匙一杯入れて、熱湯を一、二滴ずつ注いでいく。この詩人の言によれば、飲めるコーヒーをいれる方法はこれしかないのだそうだ。濃くてうまいそのコーヒーを二人で分け合って飲んだ。

それから、あの夢のような一週間のさまざまな思い出のすばらしいフィナーレ。二人で大英博物館へ行き、エルギン大理石彫刻(6)や二階の絵画を少々、ベリーニ(7)と初期ルネッサンスの作品を見た。

高い天井のすすけたロココ様式の鏡板の修繕が行われていた。フロアの真ん中に軽便な足場が一つ組まれていて、その上で作業員が二人忙しそうに働いていた。

ところがこの部屋にはもう一人並外れた魅力のある若い女性もいた。背が高くちょっと青白い、好奇心をそそる取澄ました女の子だった。絵から絵へと見て回っていて、たちまちエズラの注意を引いた。部屋の他のものは何も――といっても彼女と作業員とぼく以外に誰もいなかったのだが――エズラの目にうつらなくなった。ステッキにもたれて上体を反らせ（ステッキなんか持っていたかな、持ってなかったかも知れない）、両足を開き、先の尖ったあごひげをかしげ、ポーズをとってじっと彼女の方を見つめた。彼女はまた彼女で、かれの様子に気付き、太ももと腰を振って歩き始め、ことの成り行きを十分意識しているのがはっきり分かった。彼女は顔を背けたのだが、大いに気をそそられ、ドキドキしているのははっきり分かった。

その瞬間、忍び笑いが天井から聞こえてきた。後ろの方にいたぼくは次はどうなるのだろうと思っていた。ところでエズラの方は二、三歩あとずさりし、視線をその若い女から作業台の上の男たちに向けてじいっとにらんでいると、かれらも面白がるのをやめた。ところがそのころには、その女の姿は消えていたのだ――『モーバリー』(8)の中でかれが風に吹かれ手摺にからんだ絹とうたった女性のモデルとも思われる人だった。

ぼくには教えられることの多い一週間だった。二人は三階の小さな部屋で一緒に過ごした。濃密な文学的雰囲気で、ぞくぞくさせられるものではあるが、一瞬一瞬が極度に疲労を強いた。エズラがどうして平気だったのか分からない。ぼくなら一カ月命がもたないようなものだった。ぼくの求めていたものとはまるで異質のように思えた。退散してぼくはほっとした。

21 パリとイタリア

パリではイライザ・アンドルーズの家に数日間滞在した。パリ在住のイギリス女性で、政府筋に付き合いの多い人だった。父の親戚とか知り合いとかいうことだったが、どういう関係なのかよく分からない。医者になった、ウィリアムズの息子、ぼくと会えて喜んでいる風だった。彼女は貧しいといっていいほど質素に、アパートで一人暮らしをしていたが、働かなくても暮らせるだけの資産はあるみたいだった。

着いた翌朝、早く目が覚めたので、低い声ではあったがベッドの中でハイネの『歌の本』を朗読し始めた。ハイネを知ったのはごく最近のことで、ドイツを出立する直前ライプチッヒのどこかの本屋でかれの抒情詩集の古本を見付けてからだった。で、寝転んでその詩を次々と節をつけて読んでいった。美しい詩だった。何篇かは暗記しようと思った。

「いったい何を読んでいるの」開いたドアのところに立ってイライザが言った。

「自分に読んで聞かせているんです」とぼくは言った。

「でも読んでるのは何？」

「ハイネの詩です」

「ハイネですって？　ドイツ語で？」彼女はすっかり面食らったに違いない。ぼくがこの一年間ライプチッヒにいたことを思い出し、ぼくのことを好戦的なドイツ皇帝一党と思い込んだ。それが彼女の心を痛めた。ぼくは本を置き、着替えをして朝食を食べに行った。

翌晩彼女に連れられてコメディー・フランセーズへ『退屈な世の中』(1)を観に行った。あれは興醒めだった。よそよそしく不自然で、まったくの作り物だった。

幕間には誰もかれもロビーへ出て、人に挨拶したり挨拶を受けたりしていたが、どう見てもぼくにはただ夜会服を着た彼女の尻に、惨めったらしく、くっついて歩くことしかできそうになかった。遠縁のこの若者のことをイライザはあまり張り合いのない人間だと思ったことだろう。ぼくには無縁の場だった。解放されるのが待ち切れなかった。

でも考えてみると、ドイツの詩をこともあろうに彼女の家で声に出して読んで彼女の心を傷つけたり、ぼくも困ったものだ。コメディー・フランセーズ、公用語の規格化——まさにフランス的だ！　かれらにとって芸術とは技術を意味し、ぼくの価値観とは真っ向から対立する効果を生み出すために、いろいろな部品を上手に操作することなのだ。技術を欠くぼくはやむなく技術抜きでやっていく。ごめんなさい！　イライザ・アンドルーズ。


汽車がローザンヌに差しかかったころ、客室に乗り合わせた一人の司祭が話しかけてきた。三十代半ばの人で、ぼくをアメリカ人だと見抜き好奇心を抑えきれず、西方のあの奇跡の国のことをあれこれ聞いてきた。どんなところか？　本当に噂通り豊かなのか？　どんな人でも一生のうちにどん底から頂点に昇ることができるというのは本当なのか？

その通りだとぼくは話した。今評判になっている話では、レモン半ダースから一財産作りあげたケースもあるんだそうですよって。

かれはまさかといった風に首を振った。「じゃ、やっぱり本当なのか。この国じゃ、みんな貧乏なんです、どうしようもないんです」。気の毒に、実際この男は見るからに貧しそうだった。「でもアメリカってのはカトリック教会にとって将来性ある国ですな」あなたカトリック？　いいえ。「それは残念」——でもそれは察しがつきます。

しかしアメリカという国にはわが教会にとって大いなる未来があるような気がしますな。

どちらまでお出かけと聞くと、つい二、三マイル先まで、ちょっと休暇をとっていて教区に戻るところなんですと答えた。「ほら、あそこの山に入りこんでいる小さな谷が見えるでしょう?」ダン・デュ・ミディ[2]のちょうど裏にあたるところだった。「あのね、あの谷で作るワインは実にうまいんです、アルコール分も強くってね!」と言った。「食事の時テーブルに座ってそのワインをやるんです。強いようでもなく何でもなさそうなんですがね——その後立ち上がろうとすると、足がないんです——あれは足を切ってしまうんですな」——大袈裟な身振りで歯を見せず大口を開けて笑った。

「そりゃすごい!」ぼくは言った。「アメリカにはそんなものはないですね」


語り尽くせないことがいっぱいある。ドイツ滞在の終わりころ、ライプチッヒ上空にツェッペリン飛行船が霧の中から下りてきて、陸軍の軍用車が後を追って通りを走り回ったこと。オランダの美術館めぐり。フーク・ファン・ホラント[3]からイギリスへの船旅。それに言うまでもなくイタリアにいたエドのもとへの長い旅。ドモドッソラ[4]でアルプスをくぐる冬のトンネルを抜け出ると目に飛び込んで来たのは、さん然ときらめくイタリアの陽光の中、あたり一面に聳える岩からほとばしる滝水。あれは忘れられない。あのころぼくはずいぶん感じやすい若者だったに違いない。

たしかに、スイスのトンネルの冬を抜けてドモドッソラでイタリアの太陽のきらめきの真っ只中に飛び込むのは筆舌に尽くしがたいものがある——どんな芸術もこれにはかなうまいと思われるほどだった。まごつくほどで、わが目を疑った!

イタリアではエドの案内で、中世やルネッサンスの建築や絵画の粋を初めて見た。突如視界に開けるシエナの町。ブラマンテ[5]の手になるドゥオモの丸天井。ピントゥリッキョ[6]のフレスコ画。古都フィエゾレへも行った。古代ギリシャの植民市だったパエストゥムの金色のギリシャ神殿。もちろんアマルフィー。ソレント。カプリ島ではエリヒュー・ベッダー(7)を訪ねた。海に突き出た岩の岬にある荒々しいアナカプリ、これぞまさしくキリスト教伝来以前のヨーロッパの名残。もぎたてのレモンをいれた籠をさげて崖っぷちの階段を降りる娘たち。ポンペイ。ナポリでは、街の小さな男の子たちが大聖堂の前の階段に立っていたぼくらに石を投げつけてきた。手荷物を運ばせなかったからだ。

エドは、ローマのアメリカン・アカデミーのクラウニンシールド氏からベッダー宛ての紹介状をもらっていた。老ベッダー氏はアメリカの若者が二人イタリアの美しさに心を開き熱中しているのを見て喜んでいた。かれの住いはカプリ島中央部のどこか原っぱで海の見える裸の高台にあった。かれはアトリエにハエを入れない細工を見せてくれた。入口の網戸は、上下一枚ずつの普通のパネルで、真ん中には横木が一本ある。だがこの横木は上下の網から一インチ引っ込めて取り付けていて、この縁に隙間をのこしていた。

「ハエというやつはいつも外へ出たがり、網戸や日の光の方へ飛んで行きます。ところが網戸がその出口をふさぐのです。わたしはハエに隙間を残してやるので、わが家にはハエがいないということになるんです」と説明してくれた。実際、ハエはいなかった、何匹もは。

エドとぼくは、昔チベリウス帝(8)の寵愛を失った女たちが突き落とされたという崖を降りて、二十フィート下の色鮮やかな草が生え、傾斜している小さな岩棚まで行き、太陽の光の中二人並んで横になった。外界から隔絶し幸福で、はるか下方に海、すばらしく満ち足りた思いだった。ところが、ぼくらの上の方に現れた制服姿が、腕を荒々しく振り口汚なく上がってこいと怒鳴った。いやな奴だ。登って戻らなければならなかった。

古代ローマのフォーラムは朽ちて、昔の威光をしのばせはしないが、ディオクレティアヌス帝(9)の大浴場や美女アンドロメダの像があった。ぼくはその前にずっと立っていたかったが、そんな美女と一緒にいるのを見られるのが気恥ずかしくなった。

シエナのホテルでは、泊まった最初の夜ナンキンムシに悩まされた。翌朝食堂で朝食にハチミツが出た。自分でよそっていると例によってハチミツが長匙にくっつくので、いつものようにもう一方の手にスプーンを持ってハチミツをこそげていた。エドは、二人とも若かったころは白いチョッキをパリッと着こんでいたものだが、じっとぼくを見た。「どうした?」ってぼくが言うと、「あらら、もっと欲しいんなら、長匙にもう一杯とればいいのに」と答えた。もっともだ、とぼくも思った。

それから、エドともお別れ。ナポリを出港した船はパレルモに寄港し、太陽の光が眩しくサングラスをかけなければいけなかった。そのパレルモでは金箔モザイクをほどこしたモンレアレ聖堂(10)を見物した。しかし、そのころにはぼくの思いも募っていた「新世界」を目指して船がジブラルタルに向かっていた時、体調がおかしくなってきた。船はドイツのおんぼろ船。船名も忘れてしまった。進むにつれて、右の脇腹の痛みがひどくなってきた。本人が医者だから、誰に聞くまでもなかった。たばこをやめ、食事もとらず、それから二、三日デッキチェアーに寝ていた。船医を一目見て、あんな医者に腹を切られてたまるか、と決心していたのだ。絶対いやだ。つぎの港まで頑張って、そこでイギリスの軍医をさがそう。ともかく、病院のある陸に上がろう。

ジブラルタルのホテルで一夜を明かすと、船はもう出港していたが、痛みはすっかり治まっていた。次の航路便まで二週間あった。ポケットにまだ六十ドルあったので、スペインを見物することに決めた。軽い虫垂炎がこんな儲けものになったことはない。ぼくがもうすこし世間なれしてさえいたら、ずいぶん楽しめたことだろうに——六十ドルで!

とは言え、それでもそんなにまずくはなかった。ぼくが特に見たいと思っていたのはパロス、(11)いや正確にはウェルバだ。コロンブスがアメリカへの最初の旅に船出した地。低い砂丘の間、砂ばかりでむき出しの土地に小さな夏季用の粗末な小屋があって、すぐ目の前は海、強い潮風が海から吹いていた。その風景はぼくの意図にぴったりだった——いつかそのことを書くチャンスがあると思う。

それからセビリヤ、母がよく言っていたように、「セビリヤを見ずして結構と言うなかれ」だ。あそこの大聖堂——あの山みたいに聳え立つ伽藍——その前で、一人の乞食がぼろからきちんとした背広に着替えるのを見かけた。

かれは肩をすくめてぼくにほほえんだ。

セビリヤはカーニバルの最中で、街に人があふれていた。せいぜい十五歳くらいにしか思えないすごい少女が、ちっちゃな小屋の舞台で熱狂する観客を前に、陽気なファンダンゴ[12]を踊っていた。今にいたるまで、もっと立派な舞台でもあの見事さに匹敵するものは見たことがない。あの夜、広場の近くで、ぼくに尻をくねらせてみせたかわいい娼婦について行く心臓、いや狂気がぼくにあったら、この世でぼくがどうなっていたことか、あるいはこの世から放り出されていたかも分からない。だがぼくにはそんなものはなかった、だからこうして今ものを書いている。

グラナダ――それは世界の果てだ。だがあの当時だれも、少なくともぼくは、ロルカ[13]を知らなかった。庭園のゆるやかな階段脇の石の手摺の中央に刻まれた細い溝を湧き水が絶えることなく流れていた――そのためザクロの木の下の空気はひんやりしていた。しかしぼくはぼくの習性でその魔力から逃げた。今日においても砂金を求めてアルハンブラ宮殿の城壁の下を流れる小川の砂を洗う貧しき人々の姿からも逃げた。どれほどの砂金が得られるか、想像に難くない。

ぼくが逃げていった先は、町の背後の黄色い禿げた丘だ。一人になるため、過去の栄光という鼻持ちならないものをぼくの肩から振り払うためだった。そこで、いや正確には、そこへ行く途中、十二か十四くらいの年のジプシーの少女に声をかけられた。無邪気なおしゃべりをしているうちに、その子はぼくが迷子になった村の細道から連れ出してくれた。ぼくが――実際はかなり垢じみていたが――君、きれいだね、と言うと、彼女も、あなたもきれいよ、って言った。そしてぼくらはお辞儀をして別れた。ほんの子供だった。

トレドでは、とある小さなバーで二、三人の羊飼いと思われる酔客にまじって、一人の男がギターを弾くのを聞いて夕べを過ごした。あそこでもこのままずっとくつろいでいたいと思った。ことによると、みんなでぼくの身ぐるみ剝いで、ナイフをグサっと突き刺し、死体を崖からポイってことをしたって、誰一人気付きもしないというような町だった。だが実際は、みんなで安ワインを何回か飲み交わし、ぼくはいつものようにホテルへ戻って寝た。

麓の深い峡谷を流れる細い川にいわばグルグル巻きにされたような町、トレドで、ぼくは一人ぼっちだったが、これぞまさに太古のスペインだという印象を受け、記憶に深く刻み込まれている。あたりを見物に出かけ、今でも城塞そのものである町と外界をつなぐ橋のところにやって来た。

すこぶる狭い石橋で、古代ローマ人なら簡単に造れそうなものだった。上に差しかかり渡り始めた途端、ぼろを着た大男が、二頭の腹部の痩せた、ぼくの肩まで届きそうな大きい犬を連れて大儀そうに通りすぎていった。その後に羊が二、三頭ついてきた。かと思うとあっという間に、古い橋は隙間なく羊でうめつくされた。メーメー押し合いへし合い、手摺から手摺まで何百頭となくぼくの側を通っていった。どっちを向いても岩の中を、洪水のようにあふれ、通りすぎる羊たちのにおいと感触につつまれて立っていると、まるで二千年も昔に戻ったような気がした。羊たちが通りすぎていくと、その後にもう一人ぼろを着た羊飼いと、先ほどのと同じくらい大きく、頭を垂れた犬がゆっくり歩いていった。

別の日には、一組の大きな牛に引かれた荷車が一台、急な坂のふもとで立往生しているのを見かけた。積み荷は重い岩か割りぐり石かで、重すぎるようには思えないのに、牛どもは頑として動こうとしなかった。

車引きの男が先の尖った長い棒をもってエンコした牛たちの前に立って進ませようとするが、うまくいかない。右側の牛の頭のところにいたその男は、それから踊るように荷車の方に戻り、牛たちに前進しようという気を起こさせようと、その雄牛を尖った棒でつつき、二頭の牛交互に、乱暴にけしかけることばを投げかけた。うまくいかない。牛はぴくりとも動こうとしない。そこでかれは脇に立って、煙草に火をつけ一服した。ぼくは諦めたのだなと思った。

ところがそうではなかった。その時、同じような車引きがもう一人、上手に牛をさばいて上った坂のてっぺんで、ふもとの荷車と同じような荷を積んだ車からくびきを外しているのが見えた。

さては、あのくびきの横木をこっちの牛たちの間の棒の先に取り付けて、力を合わせて下の荷を引き上げようというんだな、とぼくは思った。

上からきた牛たちは、回れ右をして、仲間の牛たちの前に止まった。次に引具の調整をするのだ、と思った。ところがその時、二番目の男が最初の男に大声で言うのが聞こえてきたのだ、「いつだっていいぜ！」

棒を振りかざし、二人は同時に大声をあげ、四頭の牛は一塊になって動き始め坂の上へと上っていった——先頭の二頭は後ろの牛たちにつながれていなかったのだ。つながれないまま、ただ前を歩くだけだ。後ろの二頭は荷を引いて後について行った。

そんなことの後、マドリードとゴヤの絵。エスコリアル王宮、(14)裸のスペインに無用の代物だ——だが鉄道駅近くのチョコレート製造工場の匂いは妙に覚えている。あそこでは一人の青年に後をつけられているのに気付いた。ことによると公安関係の人間か。その姿は以前グラナダでも見かけた。のちに口をきくことがあったが、何でもなかった。

旅の終わりに汽車を降りると、川の向こうにムーアの大遺跡の一つ、コルドバの低いモスクが見えた——全景の中央部にあったキリスト教の礼拝堂がその最高の均整美を損なっていた。その教会では司祭が、礼拝の最中に、咳払いをし手摺ごしに痰を吐くのを見た。そして白い法衣を着た侍者が、祭壇の下にいるぼくを見てにっこり笑った。

II

22 医師開業のころ

帰国、そして医業の開始。資金はほとんどなかった。ぼくはもちろん無一文。玄関ホールを待合室にし、古い食料置場を診察室に使う。往診は歩くか自転車に乗るかだった。やがて小さい牝馬アストリッドを二、三カ月間借りた。最初の一年間で七百五十ドルたまった。それから一九一一年の末に手に入れたのがぼくの最初のフォードだ！正面の真鍮の支柱に支えられた風防ガラスとアセチレン灯の付いた美しい車、だがスターター無し！　冬の日など外へ出て、二十分もクランクを回し、やっとエンジンが掛かると、掛けっぱなしのまま汗だくで内へ入り、すばやく入浴、着替えをして往診に飛び出すのだ。一度そいつが跳ね返って、クランクの取っ手が左目の上に当たった。あれぐらいですんでよかった。クランクを回す時は、左手を使うのがコツで、跳ね返しがきても取っ手が指から外れるので、手首にあたって大怪我しないですむ。ぼくは左手でやっていたのに目の上をやられた。

最初の患者は頭のフケ症だったが、簡単な処方で治りみんな大喜び。でもわが医院は町中の目につく場所になかったし、それに潜在的なお客さんの信頼をあまり得られていなかったと思う。それもそうだ。ぼく自身まだ仕事に自信がなくて、気持ちも動揺していたのだから——それが誰の目にも分かったのだろう。

フロスとぼくはまだ結婚していなかったが、毎日、昼か夜には会っていた。結婚まで三年も待つのは長すぎる。ぼくは両方の家の間を足繁く通い、それが少し父の神経に障るのが分かった。昼も夜も楽しかった——人並みの恋人らしく！

フロスはまだほとんど子供にすぎなかったし、ぼくがどうだったかは神のみぞ知る。もうそれ以上待てなくなったのは、一九一二年の春ごろだったと思う。この西パセイック通り百三十一番地の家を二家族向きに改造して、二階に両親、フロスとぼくは一階の診察室の横に住めないかと父に相談した。両親は話し合って、模様替えには賛成してくれた。ぼくはうれしくなり、すぐさま頭の中で、あれこれと計画を練り始め、どこをどう変えたいかなど、熱中して父の前で声にまで出して言った。すると父の顔が氷のようになった。

「ダメだ」と父は言った。「おれがこの家に住んでいる間はいかん。そんなことはさせんぞ。これはまだおれの家だ、おれがここに住んでいるかぎり」

ぼくの計画はぴしゃりと潰された。かっとなって、いずれはぼくのものになる物を、自分の思い通りにするか、でなければ、どこか他に住むところを見付ける、と言った。父は一言も言ってくれず、ぼくは父に背を向け、帽子をかぶって家を飛び出した——夜の十時ごろだった。

そんな時間にフロスのところへは行けないし、またそんなことで彼女を困らせたくなかった。ぼくの優柔不断ぶりと付き合わせるのはとにかく酷だ。で、ぼくはハッケンサック街道を北へ向いて歩き始めた。よく晴れた夜で、これから先どうなるか見当もつかないまま、ひたすら歩き続けた。

この忌々しい町から出ようか？　ニューヨーク州の北部へでも行くか？　ぼくはニューヨーク州とニュージャージー州の両方の開業免許を持っている。フロスはぼくが何とか生きていけて、また初めからやり直すところまでついて来てくれるだろう。

午前二時ごろまで歩いて、街道を十マイルか十五マイル上ったオラデル近くまで来た。それまでには頭も冷静になり、向きを変えて家路についた。

かわいそうな母さん！　母は、父さんもわたしも、明け方になって、おまえが玄関の鍵を開ける音を聞くまで眠れなかったよ、と言った。ところで初めて自分の鍵を持った時、どんなにわくわくしたか、今でも覚えている。

一つの家に二家族という案はこれで消えた。父もぼくも、そのことを二度と口にしなかったと思う。診察室は現状のまま使い、隣のアッカーさんの家で間借りして住むことにし、フロスとぼくは十二月に結婚することに決めた。フロスの父ハーマンは、二人をニューヨークのリーダークランツ（ドイツ系のクラブ）のパーティーによく連れていってくれた。婚約期間中に、エズラ・パウンドとヒルダ・ドゥーリトルが、少なくとも一度はラザフォードの家へ訪ねてきた。フロスはそのどちらとも、あまり打ち解けなかったけど、みんなでまあまあ楽しく過ごした。ある晩ハーマン家の夕食にみんなで招かれた。出されたワインはルーデスハイマーの一九〇五年ものだったと思う。エズラは、ニュージャージー州が蚊の撲滅運動で評判の高いことを知っていたので、張り切って座っていた椅子の上に立ちあがり、天井にとまっていた蚊を殺した。ハーマン父さんは、いつもながら顔色一つ変えなかった。

またある夜、ぼくらのために開いてくれた同家のパーティーで、友人の一人、ミラード・アシュトン君がその場の道化役を演じていて、愛すべきエズラをひどくいらだたせた。デザートのアイスクリームとケーキが回ってきたとき、エズラはその若者に言った。「君には砒素入り特製品を台所で作っているよ」と。

その夏、ハーマン一家はデラウェアー州北部のクック滝で過ごした。そこを訪ねたぼくは、いつもポケットに本を入れて、フロスとよく野原を歩いた、——結婚に向けて気持ちを和らげるため、いろいろと心を整理する必要があったのだ。フロスとぼくは、自分たちの気持ちを手探りしながら、野原をさまよい歩いた。あの長い調教期間があったからこそ、その後の結婚生活が長持ちしたのだと思う。フロスがブラックベリーの茂みの中に、毅然とした姿で立っているスナップ、あの細腰の少女の写真を持っているが、今でもそれを見るたびに驚く。青白い若造の詩人兼医者の未来の花嫁。彼女はきっと、この男はどこか頭がちょっと弱いと思ったに違いない。後になって彼女は、家族がぼくとぼくの行動について、折にふれて警告したと打ち明けた——でも父はそうではなかったのよと言った。ポール・ハーマン自身どこか芸術家風だった。とにかくクック滝では大好きな釣りをし、しばしばひもにマスをどっさり吊して、ホテルの厨房へ持ち込んだ。ぼくたちは時折かれの散策のお供をした。

ある日、かれがお気に入りの淵に近付くのに足音を忍ばせてついて行き、葉巻の吸いさしから葉をちょっとほぐして、水中へ投げ込むのを見た。と、渦巻き一閃、水面を破って大きなマスがそれに食らいついた。葉巻の吸い殻だけでマスが釣れると威張ったことがあるが、その通りにやってみせたのだ。

　ぼくが詩「花冠」を書いたのはこのころだ。よく木陰に寝そべって、フロスに本を読んでやった。自分で自分を扱いかねて、心は揺れ動いていた。これがぼくの妻になる女だ、他のすべての女ではなくて。どうやってその現実を受け止め、納得すればいいのか？　ともかく、ここにフロッシーがいる。ミロのヴィーナスじゃない、たしかに――フロッシー、何やらクギみたいにごつごつしたのが。やれやれ。これがありのままの彼女だ。

　こうして結婚式になる。三年間親しく付き合っていたので、ぼくらは相手の気持ちがよく分かっていた。二人はこの見せかけの儀式にどう対処すべきか？　ぼくにとって、それは厳粛なことというより、学生時代の「仮面とかつら」クラブの演技のようなものだ。とはいえ、ほんとのことを打ち明けると、祭壇の前で待っていたぼくは、青ざめた少女が父親の腕につかまって、通路をこちらに向かって進んでくるのを見た時、胸がいっぱいになった。すぐそばへ行って守ってやりたかった。

　式の後でシャンペンが川のごとく流れた。ハーマン父さんは、いざという時には、盛大なパーティーを盛り上げるすべを心得ているのだ。玄関のドアには、ぼくたちが出られないようにロープが張ってあった。オープンカーで十二月の街へ向けてドライヴ。互いの腕の中での抱擁、探求、相互浸透、紙吹雪と造花のバラの花びらに囲まれた二人の堅苦しい生真面目さ！　祝宴の日取りは、翌日バミューダ行きの船に乗れるように計画してあった。フロスが結婚式の日付を指輪に彫ってもらいに行った時、宝石商が「ほう、これは気の利いたことですな」と言った。

「何がです？」と彼女は聞いた。

「12-12-12」宝石商はそれを彼女に見せた。ぼくたちの結婚は幸先がいいというのだ。だが出港が五日延びたので、ボストンのエド（ボストン工科大で教えていた）を訪ねることにした。かれはぼくたちのためにヴィクトリア・ホテルに部屋をとってくれた。その翌日はちょっとした気分転換のため、フロスをコンコード[1]へ連れて行ったが、かわいそうに彼女は誰かの墓のところで気分が悪くなった。

荒れ模様の船旅の後、バミューダ諸島は熱帯の美しい姿を現してぼくらをほっとさせた。フェリーの埠頭近くの、澄んだ水に泳ぐ色鮮やかな小魚たち、あふれるばかりのポインセチアの花盛り。ああ、そして……。

バミューダから帰ると、以前ノースワージー邸だった「アッカーさんの家」に住み込んだ。百三十一番地の父の家の隣だ。ともかくぼくたち専用の部屋が二つあった。ぼくが時々絵を描くのに使った玄関の大部屋と、もう一つは詰め込んだツインベッドでほとんどふさがった寝室。そして贅沢中の贅沢といえば、粗末なものだが専用の浴室があったことだ。食事は母の食卓でした。フロスの好きな野菜類は少なかったが、豆類、米、ジャガ芋や肉は豊富で、父の好み通り、十分に火を通したものだった。ぼくたち二人は辛抱してそれに慣れることにした。

若いカップルは誰でもそうだろうが、ぼくたちも自分の生活を楽しむことに未熟だった。そのことを思うと今でも驚く。でも馴れないながら、新婚生活をエンジョイした。お互いを知ろうとして、手探りで壁を一つひとつ崩しながら進んだ。そのころぼくはかなり絵を描いていたと思う。そのうちの一枚をフロスはとても面白がった。それは古い扉から剝がした細長い板に描いたもので、細い川が板の幅いっぱいに右から左へ流れくだり、その傍らに、性別も年齢もまちまちの、裸の人物がグロテスクな姿態で配置されていた。今でもフロスはその絵を思い出すたびに笑うのだ。

若妻が朝ときどき、朝食前に吐き気を催すようになったが、二人とも理由が分からずとまどった。それが厳冬の後で、強壮剤として与えていた錠剤の中に、微量の砒素が含まれていたせいだとはどうしても信じられなかった。だがそのことについて、いろいろ考える間もなく、ぼくらの心をその問題からそらせてしまうようなことが起こった。

ぼくらのかかりつけの歯科医で、ペンシルヴェニア大の先輩のドクター・ウッドが、ある日何かのついでみたいに、リッジ通り九番地の家を君に買ってもらいたいんだが、と言った。ぼくの奔放な想像力を働かしてさえ、思いもよらないことで、それはまったくの不意打ちだった。そんな豪邸を買う余裕はぼくにはありませんよ、町中で一番目につく家など、とことばを返した。

「どうやって金をつくればいいんです?」とぼくは聞いた。

かれはぼくの顔を見てにっこりした。君なら借金するくらい何の苦労もないよ、というかれの主張を聞いて、実を言うと、ぼくはうれしくなり、また心が動かされた。妻が今の商業地区から他所へ移りたがっているのだ、君に大した頭金を要求するつもりはない、若い医者には理想的な場所だよ、それにあそこは……などと話は続いた。ぼくはフロスにそのことを話した。もうフロスが妊娠中だと分かっていた。今いるところに住み続けることはできない。一か八かやってみるか。それには借金が必要だ。もう父には頼めなかった。そこでフロッシーの同意をえて、彼女の父親のところへ行った。

ドクター・ウッドから売り値は聞いていた。「五百ドル値引きしてもらいなさい」と義父は言った。ぼくはそのことをドクターに伝えた。かれは微笑したが値引きには応じなかった。それから二、三回交渉をした後、取引がまとまり、ぼくらは豪華な新財産を引き取る準備にかかった。

フロスもぼくも、その家へ移った日のことをいつまでも忘れないだろう。それはメディチ家[2]の誰かの宮殿だったと思えるほどだった。彼女はすでに身重になっており、実際妊娠七カ月だった。

大きい玄関の部屋は不規則な長方形で、床下の根太がダメになって、二インチほども沈んでいるところがあった。その上で跳びはねたりすると、家全体がガタガタ揺れそうだ。ちょうどそこに、マジョリカ焼の大きな壺が運びこまれていた。エドが結婚祝いにローマから送ってくれたものだ。ぼくらの持ち物といえばそれぐらいだった。二人は顔を見合わせて首を横に振った。

それまでの経緯を初めて父に話した時の、父の反応をぼくは今でも覚えている。父だって、できれば援助したかったのだ。それぐらいぼくにも分かっていた。かれはハーマン父さんの気前のよさを羨んだ。まるで、ぼくの父である自分が、そして母さんも、ぼくのことを十分面倒みきれなくて悔やんでいるような口振りだった。ぼくはそんなことはない、父さんや母さんのことは忘れたことはないよ、と言ってあげた。ぼくらは借金の利子をきちんと支払ったが、ハーマン父さんは誕生日やクリスマスの贈物として、同じようにきちんとそれをフロスに返してきた。

ぼくらは新しい家でうきうきしていた。けれども玄関のテラスはひどい状態になっていた。それを自分で勾配をつけ直して、穴ぼこをすべてふさぎ、隣の子供たちにそこへ入らないように頼んだ。言うことを聞いてくれて、ぼくたちは仲良しになった。人の目に触れるところで作業をしていて、はっとする経験を二つした。最初のは、すでに親しくなっていた黒人の婦人に言われたことだ。その人は立ち止まり、汗をたらして鋤やシャベルを使っていたぼくをちらっと見て言った「ドクター、人の仕事を取り上げているのね」と。

「仕事を探しているの?」とぼくは言った。それで終わり。だが二番目のは違っていた。ぼくは家の正面の土台に沿って、深さ三フィートの溝を掘り始めていた。シャクナゲを植える時に備えて、そこへ落葉を入れて土をもどそうと計画していたのだ。汗を流して仕事をしている時、知り合いの若い女が通りすがりに、立ち止まってぼくに言った。「お幸せ?」

それにはグッと詰まった。

「そうさ、もちろん」とぼくは言った。その女は笑って行ってしまった。

「彼女は何が気に入らないのだろうかな」とぼくは独り言を言った。「でもおれは」と首をかしげた、「お幸せ? まいったな」

続く十年間、一九一二年から一九二二年まで、ぼくはまったく多事多端だった。ニューヨークの小児科の病院に週三日通った。最初はニューヨーク幼児小児科病院へ一年半、続いて臨床研修病院へ同じ期間。

ぼくは戯曲に心を惹かれていたらしく、その時期に三篇書いた。そのうちの一つ、『自由を求めるフランシス』は、ショー(3)の『ファニーのファーストプレイ』を真似たものだ。もう一篇はもっと独創的なものだった。これは底辺から町の社交界にのし上がったタフガイの話だ。ぼくがこの劇をずっと後まで覚えているのは、そのテーマのせいだ。それは、のちにクリフォード・オデッツ[4]が『ゴールデンボーイ』の中で、私的生活の場面で演じられる、ボクシングによる闘争という形に仕立てて、成功をおさめたテーマだったからだ。ぼくの劇は、二つとも、ニューヨークの業者にすごく高い金を払ってタイプしてもらったのに、後で燃やした。残念。

23　画家たちとパーティー

あのころは第一次世界大戦の前で、一般に美術に対する関心が大いに高まっていた。ニューヨークはそれで沸きかえっていた。絵画がその旗頭だった。一九一三年の有名な「アーモリー・ショー」[1]は、ぼくらにとってまさにその絶頂だった。ぼくも見に行った。電球が一個点滅しているだけの「絵」にも、またデュシャン[2]の彫刻（「モット社」製）、あの白いエナメルがぴかぴか光っている堂々とした鋳鉄製の小便器にも他の連中と同様に唖然とした。この特異な人気青年については当時噂が流れていて、毎日どこでも気が向いた店に入って、気に入った物――何か真新しい――何かアメリカ的なもの――を買う。何であれ、それがその日のかれの「作品」であった。馬鹿な選考委員会はその小便器を放り出した。まったく阿呆どもだ。「階段を降りる裸体」については、これまでいろいろと言い古されてきたが、ぼくはそれをいちいち覚えていない。しかし初めて見た時はうれしくて、気持ちが晴れて、声を出して笑った覚えがある。

ロンドンのエズラがぼくの小詩集『気質』を、エルキン・マシューズの手によって出版してくれたのがその一九一三年のことだった。この詩集には、少なくとも一篇はかれの気に入ったのがあった。「検死官の陽気な子供たち」だ。フロッシーに捧げた「ダスク・ウッド館の婦人」も入っていた。

――わが家はむやみやたらにベルが鳴る。電話、勝手口、玄関、診療室のベル。今日は夜明けごろ、診療室のべルがけたたましく聞こえたように思って、目が覚めた。ちょっと服をひっかけて、降りて行ったが誰もいない。人が来た気配もなかった。幻だったか。今度はさっきから家の玄関ベルが鳴っている。フロスは二階で寝ていたが、しつこく鳴るので降りて行った。ぼくの同級生の娘さんのためにサインしてあげていた『軽く見よ』という本を誰かが取りに来たのだった。

ウォルター・アレンズバーグ[3]とアルフレッド・クレインボーグ[4]が共同で、『アザーズ』[5]という小詩誌を創刊した。ウォルターは創刊早々、その刊行から手を引き、その後は時間と資金をもっぱら絵画に注いだ。

グラントウッド[6]がこういうすべての活動の中心だった。そこで起こっていることに、ぼくは猛烈に興奮していた。理由ははっきりしないが、誰かが数年前に、この森の中に木造の小屋を数軒建てた。たぶん夏の休暇村のつもりだろうが、理由はぼくには分からない――ともかくそれがそこにあり、ただ同然で借りることができた。作家が何人か借りていた。ぼくの熱狂の対象は、アルフレッド・クレインボーグが妻ガートルードと住んでいた家だった。機会があるたびに、小さいオンボロ車を飛ばして行き、物書きとしてのぼくの人生を救ってくれたこの雑誌の手伝いをした。月二十五ドルあればそれが維持でき、原稿も集まり始めた。クレインボーグが何とかその金を工面した。やりくりのことはぼくは知らないが、ぼくなりにできるだけの手助けをした。

オリック・ジョンズ[7]は、エドナ・セント・ヴィンセント・ミレー[8]とともに、第一回「リリック・イヤー」賞を受賞したところだったが、「物干しの青い下着」で、そのころ改めて名が売れていた。木製義足のオリック、その義足は、飲んで騒いだ後、よく紛失したり盗られたりしたものだ。ペギー・ジョンズ、マルカム・カウリーもしばらくここに逗留した。マン・レイ[9]はいぶかしそうに周囲を見回しながら、パリへ行く準備をしていた。マルセル大先生ことデュシャンも、時たま姿を見せた。かれに会った時の、何だか恐いようなうれしさは忘れられない。ぼくは日曜日の午後以外は、めったに家を抜け出せなかった。

グラントウッドで「大邸宅」と言われたのは、ボブ・ブラウン[10]の家だけだった。その他、この片田舎に住んでいたのは、オリック・ジョンズ、アランソン・ハートペンス[11]とその妻スレイド、マン・レイ、恐らくマルカム・カウリー、ペギー・ジョンズたちで、何か行事でもあれば、ヘレン・ホイト[12]、時々アレンズバーグ、ミナ・ロイ[13]、時たまマルセル・デュシャン、サンボーンの姿が見られた。また、ぼくや他の数人も時々訪れ、後になると、マックスウェル・ボーデンハイム[14]も来るようになった。今こうして名前を書き連ねると、大したことはないようだが、あのころは胸がわくわくしたものだ。ぼくらのパーティーは安上がりで、飲み物少々、サンドイッチ一個か二個、コーヒーぐらいのものだった。それでも、詩という王国の、新しい仕事を生み出すイースト菌が、すさまじい勢いで動き回っていた。

ぼくは本能的に、ニューヨーク市内での開業を避けてきたが、ぼくの息子も同じことをしている。それだけは絶対にやりたくなかった。生きているかぎりは、まともに生きたい、自分自身でありたい、そして物の真実を見極めたいと思った。ぼくは長い先を見越して目標を立てていた。

日曜日にはたいてい、こっそり家を抜け出して仲間に加わり、書いたものを見せたり、時にはクレインボーグの雑誌の割付けを手伝った。午後はぶっとおしで、キュービズムについて議論を戦わすこともあった。それに劣らず、詩の構造に対する関心もかき立てられた。詩行の行頭を大文字で書くのをやめるのは勇敢なことだと思った。押韻は見捨てられた。要するに、ぼくらは「反逆者」であり、そのように扱われた。

その冬、十四番通り界隈のいろいろな隠れ家で、夜の会合が始まった。クレインボーグの家だったり、ローラ・リッジ[15]の部屋だったりした。ローラにはそれが生きがいであった。

あのあたりのどこかで——最初のアーモリー・ショーだったか、別の同様の美術展だったかはっきりしないが——詩の朗読会があり、その会にミナ・ロイもぼくも出た。衝立で仕切られた広い会場だったのを覚えている。

その午後の会で、ぼくは詩を二つ朗読した。「機関車のダンスへの序曲」と「ベッドにいる婦人の肖像」だ。ぼくが後の詩を読み始めると、背が高くて身なりのいい婦人が、さっと立ち上がり、背を向けてとっとと出て行った。

プログラムの中でぼくの朗読が最高だったと、ミナが言ってくれたのにはびっくりした。

アレンズバーグのアトリエではよくパーティーがあった。主として画家の集まりだった。それは普段の「文無し」パーティーとは一味違ったものだった。アレンズバーグは、食べ物も、それに似合う飲み物も、たっぷり出せるだけの余裕があった。そこにはマルセル・デュシャンがいつも姿を見せた。かれの未完成のガラス絵が、部屋の片側に立てかけてあり、壁にはかれの初期の作品の何枚かが、セザンヌの「水浴びする女たち」、グレーズ(16)の作品、その他数点の作品と並んで掛かっていた。のちに「大ガラス」となるその絵には、とまどいながらも興味をそそられた。正直言って、どう考えていいのかなかなか分からなかった。

アレンズバーグの家で起こったことで、一つだけ脳裏にはっきり刻み込まれて離れないことがある。顔から火が出るような恥ずかしい思いにされたので、絶対に忘れられないことだ。結局ぼくらほとんどは、芸術に関して初心者だった。どれほど背伸びしても、この事実は隠しきれなかった。ぼくらは実際不器用者で、モンマルトルでもまれた人たちと知識を競ったりできるわけがない。ことばの壁も大きかった。逃げ出したいと思う者がいても不思議ではない。とにかく、着いたばかりのパリっ子たちと、フランス語で気のきいた会話をするなんて、ぼくら、いやぼくには、できっこなかった。

アレンズバーグのアトリエの壁面にデュシャンの近作が一枚掛かっていた。頭が五つ、いろんなポーズをとった五人の若い女たちの頭をパステル調で描いてあった。たしか「姉妹」というタイトル（自分の姉妹を描いたのだと思う）であった。その絵を見た時、ぼくはそれについて一言かれに話したいと思った。かれはずっと酒を飲んでいたが、ぼくは素面だった。部屋の中をあちこち歩いているうちにぱったり向かい合ったので、「あなたの絵が気に入りました」と言って件の絵を指さした。

かれはこちらを見て「そう」と言った。

それだけだった。

もしそうすることがかれの意図だったとすると、ぼくはぺしゃんこにやっつけられた。ぼくは床下にもぐり、歯ぎしりし、そっぽを向いて唾をはきたかった。かれにこんな仕打ちを受けたのは、この時だけだったと思う。即座にぼくは誓った。この瞬間から永遠に、この連中の誰にも、口一つきくものか――いつかこのうちの誰かがぼくに近付き、同じような場面になったら、そいつをやっつけて、ぐうの音も出なくしてやるぞ、きっと。辛抱するんだ。それまでは仕事だ。

デュシャンはそのころ、ガラス・スクリーンの仕事にかかっていた。作品がアトリエにあり、まだ完成していなかったが、加鉛ガラス作品の驚異という評判だった。ぼくはこの時期、まるで田舎者で、あちこち頭をぶつけながら生きており、偏狭で、自分の非力を痛感しつつも、書こうという欲望に燃えていた。

一度この芸術家村の金持ち、ボブ・ブラウンがグラントウッドで開いた夜会に行った。しかしぼくは酒飲みではなかったから、それ以後のボブ主催のもっと放縦なパーティーには行く気になれなかった。そういうわけで、残念ながら、他の常連たちのようには当時のボブと親しくなれなかった。

ボブは自分で公言していた通り、どうやってか知らないが、十万ドルの蓄財をしていて、生活のための仕事はやめた。世界一周旅行から戻ってすぐ、ぼくたちの前に姿を見せ、仲間になった。信じられないような一時期だった。聞くところによると、屋敷の玄関ポーチの、コンクリート製手すりの上に置いた庭園用の壺に、古代ローマの古銭を一杯入れて、誰にでも好きなだけ持って帰らせた（ぼくが見たのは空になってからだが）。取って行く者が多くて、コインはたちまちなくなった。

ものの形がすべて表面に現れているということは決してなかった。ここにぼくの発見の機会があった。そのことだけは分かっていた。どこかに裂け目があって、ぼくらはそこから流れ出していた。それぞれが自分の思いを抱き、己の目標に向かって独自の構想を押し進めていた。絵画におけるアーモリー・ショーがそうさせたのか、それともアーモリー・ショーも一つの局面にすぎなかったのか、いずれにせよ、詩行、すなわち、イメージを頁の上に定着させる方法が、ぼくらの差し迫った問題だった。自分のことを言えば、ぼくが一番よく知っている土地を材料にして書く時、それとなく分かってきたのは、その土地が発する声を発見することだった――それができればぼくは永遠に救済される。こんな気持ちになったのはこれが初めてだった。ぼくはぞくぞくするほど興奮した。

クレインボーグは「詩人無言劇」のために詩劇を書いていた。すでにプロヴィンスタウン劇団[17]がマクドガル通りで発足し、オニールの初期の作品のいくつかを上演していた。その後間もなく、クレインボーグが、かれの『リマ・ビーンズ』を上演したいという打診がその劇団からあったと言った。それには役が三つあって、小間使いはミナ・ロイ、行商人は前途有望な青年彫刻家ビル・ゾラック[18]、そしてぼくがその恋人役をすることになった。

ミナ・ロイはとても英国的な、内気でとらえどころがなく、手足のすらりとした婦人で、最初の不幸な結婚の後、賢い彼女は、ぼくらの誰ともかかわりを持たないように振るまっていた——でもやさしい人で、魅力ある詩を何篇か書いていた。クレインボーグの著書『マッシュルームズ』について、彼女が言ったことばを今も覚えている——ピンクとブルーのクッションだけを一杯置いてあるソファを、女性が本気でいいと思うなんて期待する方が無理だわ、という趣旨だった。しかしプロヴィンスタウン劇団がクレインボーグの劇を上演することになると、主役を演じることに同意した。ぼくが彼女の相手役をやることになった。

厳しかったが、週三回、診察をすませたあと夜、ラザフォードから舞台稽古に駆けつけた。ぼくは夢中だった。大学で舞台に立った経験は多少あったが、神のみぞ知る、ひょっとするとぼくの将来は舞台の上に展開するかも知れないのだ。

とにかく稽古に取りかかった。あの狭くて寒いホールで待たされることがよくあった。オニールの劇のどれかが稽古中だったからだ。とりわけ『霧』という寸劇は、今でも覚えている。——沖に一隻のボートが、薄絹のカーテンを引いて即席に作った霧を透かして見え隠れしていた。男たちが危険にさらされて、互いに呼び交わしていた。外のホールには巨匠オニールが立っていた。モンテ・クリスト級の人気ある男。息子と出演者たちに大声で指示をしたり、意見を言ったりしていた。とても感動的だった。

それからぼくらが通しで台詞を練習する番になる。ハーポ・マルクス[19]そっくりのビル・ゾラックは、大きな売り声の台詞を叫び、ぼくも最善を尽くした。でもそれは気合の入らない場面だった。ぼくがミナを腕に抱いてキスするシーンがあった。熱烈なキスではなくて、いわば陶器人形の、かすめるようなキスでいいだろうと思って、そんな風にやりすごすと、ホールの暗がりの中で誰かが、「そんなのあるか！　ちゃんとキスしろ」と怒鳴った。

そこのところをぼくと違った解釈をしているのだ。おかげで誰もすっきりしなかった。上演は三晩で、まあまあのできばえだった。

ある晩、たしか初演の晩か、ひょっとして本稽古の晩のことだ、ぼくはミナを五十七番通りのアパートまで迎えに行った。その時タクシーの中に、そのころ書きためていた物を全部入れていたブリーフケースを置き忘れた。すっかり忘れていたのだ。取り返しがつかないことをしてしまったと思った。やはりあの晩のことだが、ミナが、医者をやると年にいくらになると聞くので、変なことを聞くと思ったが、三千ドルだと答えた。あの晩のことだ。

数日後一通の手紙が来た。差出人はバージェス・ウィリアムズ、いやファースト・ネームの方は自信がない。とにかく何とかウィリアムズという名前で、カーネギー・ホールのすぐ隣のミナと同じアパートに住んでいる人だった。タクシーの運転手が、ぼくのブリーフケースを開いてウィリアムズという名前を見付け、そこへ持っていったところ、そのウィリアムズさんは名前を見て、機転をきかして受け取り、こちらに転送してくれたのだ。

ぼくもこの舞台に芝居を出したくて一篇書いた。新聞紙で即席のカーテンを作り、その真ん中から旗竿を最前列の観客席の上に突き出しておく。芝居の開幕と同時に、この紙カーテンを出演者が引き破って、芝居が始まるという仕組みになって[20]いた。「輝く若者たち」と呼ばれる俳優が演じる扇情的な劇で、マティ・ジョセフスンは、ちょっとデッカー張りだねと言っていた。この作品は影も形もなくなってしまった。

次に初めて韻文の短い寸劇を書いた。これは重大なことだった。「老いたリンゴの樹」というタイトルだ。フロスはそれがとても気に入った。花はリンゴの樹の娘たちで、そこへ蜜蜂たちがやってくる。求愛者だ。たしか、やってきた一匹の蜜蜂に、母なる老樹が一杯の茶、つまり自分の樹液を勧める場面があった。

「苦いですね」とその男がいう。

「もっとおあがり」と老樹が勧める。

この原稿をクレインボーグが紛失した。それを聞いてぼくはむかっとした。どこへ行ったのかさっぱり分からんのだと言う。その時もう一つ、ちょっとした劇を持ち合わせていたので、かれと共同でブラムホール劇場で発表することになっていた。いい機会だった。ところが何も起こらない。こちらの仕事も忙しかったので、ぼくは何かの都合で遅れているのだろうぐらいに思っていたが、とうとうある日、ニューヨークに出た時、あの劇はどうなっているのとクレインボーグにたずねた。

かれはどぎまぎして言った「俺は文無しになってしまった。あっちで一ドル、こっちで一ドルといった調子で、走り回って金をかき集める羽目になってしまったんだ。実はエドナ・ヴィンセント・ミレーの芝居を一つ出そうとしているところだ。『ダ・カーポ』という劇だ。勘弁してくれ」

勘弁してくれだって？　それを聞いてぼくはびっくり仰天した。その劇をぼくも見てとても面白かったが、それ以来クレインボーグとの仲はしっくりいかなくなった。

ある日かれの小さい下宿に立ち寄ったら、妻のガートルードだけでなく、彼女の母親もいた。入ってすぐは、その場の状況がつかめなかった。家の中は段違いの構造になっていて、クレインボーグと婦人たちがいた部屋は、ぼくが入っていった場所より一、二フィートばかり高くなっていた。ぼくが来るのはまったく予期していなかった。それまで、母親、娘、クレインボーグは険悪な、少なくとも真剣で執拗なやりとりの最中だったらしく、ぼくを見て、かれはさっと飛び出して迎えに来た。ところが一段低くなっている通路を飛び降りようとして、頭をその鴨居に思いっきりぶち当てたのだ。あれで死ななかったのが不思議なくらいだ。張りつめていた空気がいっぺんに和いでしまった！

ある時ミナが、ジョン・クレイヴンを紹介するからといってぼくを招待した。少し遅れて行くと、その小さい部屋にはもう大勢集まっていた――ほとんどフランス人だった。もちろんマルセル・デュシャンは覚えている。部屋の向こうにフランス娘が一人、年のころ十八歳足らずの娘が、誰か年上の女に付き添われていた。彼女は長椅子に横たわり、脚をまっすぐ前に投げ出し、若い男たちに取り巻かれていた。かれらはそれぞれ、彼女の身体の一部をわが物にして、夢中になって愛撫しているのだ。明らかに自分以外に男がいることなど念頭にない。二、三人が左右から、彼女の肩、肘、手首、手、思い出せないが多分指一本一本を撫でさすっていた。脚の方も同じだった。彼女は黒いレースのガウンを羽織ってすっかりくつろいでいた。こんな情景を見るのは初めてだった。脚にキスされていた。向こう脛、膝、いやその上までも。もちろんぼくの見るかぎりでは、そこから上は脱がしてはならんという紳士協定ができているようだったが。

　ぼくはミナの方を振り向いた。だが彼女はクレイヴンと夢中になっていた。ぼくは一、二杯飲んだ後、その男に紹介されたが、結局いつものようにうんざりして家に帰った。

　その後ミナはクレイヴンと結婚して、二人で中米へ行った。そこでかれは外洋まで乗り出せる船を買って、それを改造した。ある晩、意気揚々と仕事を終え、夕食前に湾内で試乗してくる、と言って乗りこんだ。それが最後だった。妊娠中のミナは岸辺に立って、船がずんずん遠くへ滑って行くのをじっと見つめていた。何年もの間、彼女はかれが戻ってくるものと思っていた。あれはどのくらい昔のことだろう。何だって？　もう三十五年にもなるのか。かれはオスカー・ワイルドの息子だという噂もあった。有能なボクサーで、実際ジャック・ジョンスン[21]とスペインで試合をやったことがある。

　パリのカフェで危うく大乱闘になりかけた時の、大男ジョンスンの行動について、スキップ・キャネル[22]が話してくれたことを覚えている。殴り合いの時こん棒に使うため、みんなが椅子をぶち壊しにかかった。ことが終わって電燈がぱっと点いた時、この世界チャンピオンは、テーブルの下で怯えて、身体をこわばらせていたのだ。

「あんな喧嘩はやりたくない」とかれは率直に言った。

　クレインボーグは、最初の十号か十二号ぐらいまで出した後、『アザーズ』の編集から手を引いた。最後にぼくがつぶしたと思っていたらしい。しかしあの詩誌の役割は終わっていたのだ。何人かの若者——クレインボーグ本人、マクスウェル・ボーデンハイムやぼくなど——を一本立ちさせるだけの出版活動はしたが、あれには実際のところ、批評基準というものがなく、新しい文学運動の結集の場にはほとんどなれなかった。ぼくらの多くにとって、それぞれ役に立った。若い詩人の新作の詩を、どこへ持ち込んでも原稿料を出してまで載せてくれるところはなかったのに、この雑誌だけは、ぼくらに発表の機会を与えてくれた。さらに、詩行の実験を推進していく端緒を開く助けになった。しかしそれだけだった。グラントウッドの家々は見捨てられつつあった。第一次世界大戦が進行していた。

しかしながら、十四番通りあたりのパーティーは続き、新顔がたえず加わっていた。ジョン・リード[23]、ケイ・ボイル[24]、ルイーズ・ボーガン[25]、ルイーズ・ブライアン[26]などだ。ある晩リードが姿を見せた時のことは特に覚えている。かれはまるまると太って、温厚な人物だったが、はみをくわえた馬のように、前へ飛び出そうとしていた。かれは詩を楽しんでいたが、文学作品にはもともと興味がなかった。かれは病人で、すでに腎臓を一つ摘出しているという噂が広まっていた。しかし、それがかれの生き方の障害になっているようには見えなかった。いったい何をやっているのかさっぱり分からない、という面白半分、困惑半分の目付きで、ぼくらを見ていた。かれの妻ルイーズ・ブライアンもその晩同席していたが、厚ぼったい白い絹のスカートをはいていた。それはきらきら光る滝の水が、ヒップの曲線を流れ下るような織り方のスカートだった。その下には何もはいていないようだった。スカートは滝になって、尻の割れ目に沿って流れおちていた。べつにそれが悪いことではない。彼女もまた、オレゴン州ポートランド出身のジョンと一緒に、外に向かって飛び出そうとする様子だった。若くして進む道を決めているとは賢い男だ。

24

わが家の魚屋さん

人のやさしさを教える実例で特に際立ったものは、一九一三年わが家の裏口に魚を売りにきたジョーという名前の若いイタリア人が、倦まずたゆまず、ぼくらに示してくれたものだった。かれに姓は何ていうのか尋ねたことがあった。教えてくれたが忘れてしまった。それがジョーだった。かれに著書を一冊献呈したいと思っていた。名前をファイルのどこかに記録しているはずだ。

わが家がリッジ通り九番地に引っ越してくる前から、隣の家に魚を売りに来ていた。かれの姿はよく見かけたが向こうからぼくらに近付いてこようとはしなかった。そのうちある日のこと、その魚おいしいのかな、とたずねると、「最高でさ」と返事が返ってきた。

初めて声をかけたその日から、ジョーは三十年間、夏も冬も週二回、わが家へ魚を持って通い続けた。その間一度だって、まずい魚を売りつけたことはなかった。売り物の種類とか値段についての質問に答える時以外は、一度も口をきいたことはなかった。

いつも作業服と帽子姿で現れた。ぼくらの家の前まで、坂道を押し上げてきた小さな三輪の手押し車を、歩道の縁石に後ろ向きにつけておき、勝手口へきて、もの静かな声で、表情も穏やかに、ほとんど笑顔も見せず、その日の品を一通り告げるのだった。スズキ、ハドック、ムツ、タラ、タイ。フロッシーが注文すると、手押し車のところに戻り、魚をさばいて切り分け、目方をはかってブリキの皿にのせて持ってきた。それからフロッシーが陶器の皿を渡すと、それに魚を移しかえ――感情を少しもあらわさず――お金を受け取って去っていったものだ。「今日は結構だ」と言ったが最後、ちゃんとした理由がないかぎり、次は寄ってくれなかった。決まったお得意さんが好きで、自分の魚はそうした客のためのもの、という態度で接していた。

かれは三十年間、ニューヨークのフルトン魚市場で魚を仕入れ、七時四十五分の列車でこちらに着き、魚籠を肩にかついで駅からエリー通りの機械工場の裏の空き地へ行くのだった。手押し車を工場の壁にもたせかけてあるのだが、そこで魚を氷に漬けていつものルートへと出かけるのだ。

ぼくらの住んでいるあたり、つまり町の東部へは週に二回やって来た。その他の日には、西の方に同じようなルートをいくつか持っていた。週の一日は、鉄道線路を越えてイースト・ラザフォードへ行った。注文が十分とれると、土曜日に、ロブスター、カニ、カキ、ハマグリなど、折々のものを持ってやって来た。いつだって最高のもので、値は張るが、かならずそれだけの値打ちのある、海から揚げたばかりのピチピチした極上の品だった。三十年間、ジョーは欠かすことなくやって来た。

ぼくらがコダラを初めて食べたのは、かれに勧められてであった。「フロストフィッシュ」とかれは呼んでいたが、大きい魚に追われて逃げ込んだ海岸で、コチコチに凍ってとれる魚だ。時には大西洋のサケ、季節によってはアカフエダイ、キュウリウオ、あるいは市場でうまく手に入れれば、その他めずらしいもの、あるいは上等の掘り出し物を持ってきた。

道が凍ったり雪が深くて、手押し車が使えない悪天候の日には、籠を肩にかついでまわったが、それはそう度々のことではなかった。きゅっと引き締まり、均整のとれた体つきの若者で、目は温和で聡明、小声で、売り物の中のおすすめ品をおだやかに告げる他は、大きな声を出したことはなかった。

多分本人からだったと思うが、子どもが何人かいるという話を聞いた。かれはニューヨーク市に住んでいるんだと、フロッシーはいつも思っていた。ずっと後になって、一、二度行商についてきた男の子を彼女は覚えている。昼をすぎても手押し車がまだ空っぽにならない時など、草地に接した丘のふもとの通りに入って行くのだった。

そのあたりは、町でも貧しい地域で、残った魚を半値で売りさばくのだ。

一日百ポンドほどの魚で、いったいどれほどの稼ぎがあったのだろう！　ぼくには分からない。せいぜい十ドルか十五ドルぐらいのものだっただろう。魚はその当時、かなり安いものだった。フロスによると、一ドル以上払ったことは滅多になかったそうだ。奥さんも働いていたのかも知れない。そんな場合よくあることだが、結局は子どもたちが仕事を引き継いだのだろう。かれはまだ生きていていい年だ。

しかし一九四〇年代の初め、かれは衰えを見せ始めた。悪いのはきっと心臓だとフロスは思っていたが、本人はリューマチだと言った。見たところ痩せてきて、顔色もよくなかった。それからパタッと来なくなった。キティ・ホーグランド[1]には、胃ガンに違いないと思うと話していたそうだ。かれの代わりは誰も来なかった。わが家の老いた猫みたいだ。こいつは十二年間生きた後、ある夜地下室へ下りて行って、古い椅子の下で寝そべったまま死んだのだが、わが家の魚屋さんも、寿命が尽きて息を引きとったということだろう。

25

『荒地』

それから数年して、突然アメリカの文学に大災難が降りかかった――T・S・エリオット[1]の『荒地』の出現である。ぼくらは、基本的な起動力、すべての芸術の基本原理を、この国の状況の中に再発見しようというテーマで、一つの核、推進力となって熱気に満ちて取り組んでいた。ぼくらのその努力は、エリオットという天才の、詩をアカデミズムに返上するという爆風を受けて、一瞬ひるみストップした。かれに反撃するすべを、ぼくらは知らなかった。

マリアン・ムーアは、ぼくらの未完の建物の上部構造を支える垂木のようなもので、あの赤い髪を編んで、きれいな頭に二重巻きにして、いわばギリシャ神殿の女像柱さながらだった。その彼女は、たしかにこの新しい流れの大黒柱の一人ではあったが、他のみんなと同じく、この爆風にやられた。ある晩、みんなで（ミナ・ロイもいた）、ウエスト十五番通りかその辺の安レストランでの割り勘パーティーに集まった。二十人はいたはずだ。頭をはすに振って笑う、実に子供っぽくてあっけらかんとしたマリアンは、すらっとした脚をしたミナの美しさに見とれていた。こんな集まりは、ぼくらの最高の伝統だった。マリアンはぼくらの聖者だった――聖者がいるとして――。本能的に、この女性の中に、自分たちの決意が糾合されて一つの流れになるのだと感じていた。みんな彼女を愛した。『ダイアル』[2]誌は、スコフィールド・セイヤー[3]の資金をバックにして、再出発されようとしていた。『アザーズ』は、新しい芸術のパイオニアとしては、（十五号ぐらいから）もう古くなってきており、今やその関心はもっぱらクレインボーグの演劇、つまりかれの詩劇に対する情熱に屈しつつあった。

メンケンの[4]『アメリカ語』が、いわば公式の典礼として、背後にそびえていた。画家マースデン・ハートリーのような人たちも、時々ぼくらのパーティーに来た。誰も金はなかったが、熱気と興奮が渦巻き、すべての芸術の連帯感があった。『七つの芸術』[5]はその時点では重要な出版であった。その後刊行されたR・J・コーディーの『土壌』[6]――三号出た――もそうである。リトル・マガジンがそれぞれ無意識に協力して、新しい気運を育てつつあったのだ。

『アザーズ』誌の何号かはまさに画期的だった。ミナ・ロイの「ブタのキューピッド、そのバラ色の鼻がエロチックな生ゴミを漁る」にぼくらが心を奪われたのは忘れがたいことだ。

エイミー・ロウエル[7]がボーデンハイムに、あなたの褐色の雲というイメージを「見た」かったわ、という手紙を書いた。ベルモント・ホテルの彼女の部屋であったパーティーで、ぼくは一度会ったことがある。金持ちの女としての特権意識を構えていて、誇示するつもりはないのだろうが、太い葉巻をふかしていた。ぼくには彼女に言いたいことは大してなかった。

ある時彼女は、ボーデンハイムをブルックリンの自宅に招いた。彼女のことだからきっとタクシー代は送ってやったに違いない。着いてみると、木々にこんもりと包まれ、高い鉄のフェンスに囲まれた大邸宅だった。屋敷の中に入っていくと、たちまち数匹の大きな犬が襲ってきた。多分じゃれついただけだったのであろう。しかしかれの方が犬たちを怒らせてしまった。飛びかかってきて服を引き裂いた。ロウエルが騒ぎを聞きつけ、その有様を知って、やっとかれは家の方に逃げられたのだ。そこで女主人はかれの手当てをし、機嫌直しに飲みものを出し、結局新しいスーツを買い与えた。

ボーデンハイムはひどいどもりだったが、詩句のリズムに乗るとスムーズに声が出た。かれの話では、かつて海兵隊員だった時、パリス・アイランド[8]での訓練があまりに厳しかったので、たちまち、もうたくさんだと思った。かれがその訓練の展開について話してくれたことを覚えている。焼けつくような陽射しの中での完全装備、重い背嚢と銃剣一式、時には何時間も続く訓練だ。駆け足前進、何度も何度も。それから号令で地面にぱたっと伏せる。うんざりしたと言うのだ。第一次世界大戦前のことで、頑張らねばという切迫感も大してなかったので、もうよそうと思った。

いったいどんな手を使ったのか知らないが、反抗的態度を示したか、大酒を飲んだか、ひょっとしたら何か他に不始末をやってみせたのだろう。かれは軍法会議にかけられた。最後に担当士官が、何か自己弁護したいことはないか、と聞いた。かれは直立不動の姿勢で、平べったい顔とワスレナグサのような青い目をまっすぐ前に向けて、かれ一流のどもり口調で「あなたは、カ、カ、カゲボーシのようなニ、ニ、ニンゲンです」と言った。

それでかれはお払い箱になった。かれの詩はどれも色彩豊かで、イメージは繊細かつ目の行きとどいたものだった。

ぼくらは何を目指していたのだろうか？　誰も「運動」を系統立てて明示できるほどの、一貫した知識を持っていなかった。画家たちと緊密な連携を保って、やむことなく頑張っていた。印象主義、ダダイズム、シュールレアリズムが絵画にも詩にも適用された。すべての詩行の始めの大文字をやめる、ただそれだけのことに、何という闘いをやったことか！　直接的なイメージ、それは主観によるものだが、それがぼくらみんなの心を捕らえた。パウンドの主張、かれの有名な「べからず集」[9]に従って、語句の倒置を避け、ぼくらの感覚では不必要な繰り返しにすぎない、規格的な形式を満たすだけが目的の余計なことばを、詩に入れないようにしていた。文学的引喩は、よほど薄めた形は別として、ぼくらには無縁だった。そのために必要な多くの本を読んでいる者はほとんどいなかった。

ぼくらは、学者から、また学問の中に規範を求める連中から、うさんくさい目で見られた。ぼくらに運動の根拠といえるものを、最も多く与えてくれたものは、イマジズムだと考える者もいたが、ぼくらの願いは、退屈で時代遅れになってしまった詩行を本来の姿に戻すことだった。本来の姿に戻すとは、化学作用によって、塩水から塩を取り戻す、という意味である。学識あるたいていの人々にとって、ぼくらは破壊者、俗物、無知蒙昧のやからだった。ただ時には、気のきいた一行、見慣れない表現、読むことよりも体験に近い効果を生み出す直喩の捩れ――手近な全「素材」をまるごと視野に取り込むこと、これらの仕事が、たえず目を光らせている連中から、ある程度の反応を得ることにはなった。

医者としての仕事は順調にいっていた。ぼくのすばらしい友人である、ギニーヒル地区のイタリア系移民たちが、ぼくのお得意さんになっていた。かれらの古くからの友人であり、ぼくを最初にかれらに紹介してくれたカルホウン医師がしだいに弱っていたからだ。そのころのある時期には、古い銅山の上手にある街で生まれた赤ちゃんのほとんどは、ある女の人の言葉を借りれば、ぼくが「生んだ」のだ。

モナコ家、アルビーノ家、コジャーノ家、ペトリーロ家、みんなぼくが往診した。あのころ直面した苦難は今でも覚えている。例えば胎盤機能不全の年配の女の場合だ。なかなか出てこない胎盤を指でつかんだまま、うまく引き出せないでいる時、年のいった女が、空のビンを妊婦に渡して、イタリア語でペチャクチャ早口でしゃべった。ぼくは顔を上げた。ベッドの女は、少なくとも八人ぐらいの友だちや隣人たちの他、夫や数人の子供も混じって見守る中で、大息を吸い込んでから、空きビンの口を自分の口に当て、おそろしい勢いで息を吹き込んだ。それでうまくいった。胎盤をつかんでいたぼくの手は、たちどころに押し出された！　ぼくは感嘆して首を振り、後始末を始めたのだった。

また別の時は、冬の寒い夜で、階上と階下に一部屋ずつしかない小さな家だった。患者は行儀のいい女で、ベッドにまっすぐ横になり、夫がぼくの反対側で女の脇の下に手を入れて支えてやり、ぼくは鉗子を赤ん坊の頭に当てて、できるかぎりのことをしていた。

ぼくはこんなことを一時間あまりもしていただろうか、そこにはポット一杯の殺菌した水もなければ、暖房も暖をとるすべもいっさいなかった。力いっぱい引っぱっていると、福助頭がぱっと出てきて、お産はその後なにごともなく無事にすんだ。彼女は翌日には起きて洗濯をしていた。

お産が首尾よくいった時はいつだって、そこのおじさん連中やおじいさんと祝杯をあげなければいけなかった。ぼくもずいぶん飲んだ。たいていはアニゼット（アニス酒入りリキュール）だったが、時には本物のライウィスキーだったりもした。しかしある時は、一口飲んだだけで本当にまいってしまったことがある。礼儀も何もあったものかと、洗面台で吐き出した。それは普通のヤカンに入ったどろどろした原料から蒸留したもので、抽出されたエキスは、天井からぶら下がっているゴム管を通って上がっていき、そこからゆっくり、洗面台の上に置いてあるビンの中に落ちて、そこに蒸留酒が溜まるという仕組みになっていた。ウヘー！

ある時、コジャーノさんの家でお産がうまくいった後、午前三時にジョーがぼくに言った。「先生、ラザフォード通りまでご一緒しようと思ってんですがね。どの道をお帰りで？」

墓地を抜けて行きます。

「じゃ」彼が上着のポケットにピストルをしのばせているのが見えた。

ぼくは事情もよく分からないまま車を走らせていると、墓地の出口でかれが急に止まってと言った。止めるとかれは降りた。

「どういうことなの？」とぼくは言った。

「あのー」と彼は返事した。「家内の親戚連中で、ニューアークの奴らが二、三人、先生の車を見てたんでさ。たちのよくない連中で。でもあっしがこうやってご一緒していれば因縁をつけたりしないだろうと思ったんで」

「そう、ありがとう」とぼくはいった。「で、これからどうするの？」

「てくてく帰りますよ。どうぞお帰り下さい。じゃまた明日」

この男が、のちに禁酒法時代になった時、ぼくらが買ってやったブドウでワインを、それも樽いっぱい作ってくれた。あれはうまかった。絞りかすをくれというので渡した。二番絞りが一番うまいのだそうだ。何週間も家全体に匂いが充満し、地下室は果物にたかる蠅でいっぱいになった。でもそれはそれだけの値うちがあった。

あの人たちは精一杯よくしてくれた。あんないい人たちは他に知らない。ある夜、ぼくが椅子を三つ合わせて寝ていると（そこのベッドは危ないと思って遠慮した）、わざわざきれいなシーツを持ってきてくれて、新しい枕カバーも出してくれた。フーフーうなっている産婦の声にふと目を覚ますと、その真っ白いシーツや枕カバーの上いちめんに、トコジラミがいた。

あのころ、例えば午前三時に家に帰ると、ぼくはオーバーも靴も、何もかも身につけたまま空の湯ぶねに入り、それからゆっくり脱いでいき、じゅうぶん検査した上で、一つひとつ湯ぶねの外の床に放り出したものだ。毎回衣類に三、四匹くっついているのが見付かった。ある夏の日、お産があった翌日で、いつもの儀式はちゃんとすませていたのだが、ふっと麦わら帽子のことを思い出した。内側の革バンドをめくってみると、いるいる！　レンズ豆ぐらいの大きさの、丸々とした奴が一匹。ぼくは車から降りて、道端に一インチほど埃がつもっているところがあったので、そこに埋めて、寝かしつけてやった。

26 チャールズ・デムース

かわいそうなチャーリー・デムース、まだインシュリンがないころのことで、糖尿病で死にかけたことがあった。そのころ、かれのアトリエはワシントン・スクェア・サウスの、あるビルの三階の道路側にあった。ある日、往診に来てほしいという電話があったので出かけた。背中を診てくれという。上から下まで、まるで若い虎に引っ掻かれたような有様だった。深くて長い傷で、かさぶたができたところだった。チャーリーは感染症を心配していた。

「いったいどうしたの？」ぼくは聞いた。

「この傷あぶないかな？」とかれ。

「いや。でも何でこんな引っ掻き傷を？」

「友達がね」

「カワイコちゃんだな」とうっかりぼくは言った。

デムースは物を書くことにも関心を持っていた。ホイッスラー(1)を思わせる文体の持ち主で、せっせとそれを真似していたふしもあり、書くことにおいても、相当いい仕事をした。かれの書いた戯曲は、今どうなっているのだろうか。

かれは帰国してすぐのころ、体調がよくなかった。ぼくが初めてかれの母親に会ったのは、たしかそのころだった。馬みたいな女性で、かれのような、ひょろひょろした男には似合わない母親だった。息子のかれは足が不自由でおまけに結核を病み、ロバート・ルイス・スティーヴンソンみたいな顎をして、指も長くほっそりしていた。話す時、人を避けるような癖があって、目をそらして地面を見たり、天井を見上げたりするのだが、その後すぐ、ちらっと問いかけてくるような、真剣な視線を投げかけるのだった。

かれの母親は看病のために、かれをペンシルヴェニア州のランカスターへ連れて帰った。町なかの彼女の家の小さい裏庭は、高い板塀で囲まれた、二十五×三十五フィートほどの広さで、狭い花壇の周囲を小道が矩形状に囲んでおり、かれの花の絵のほとんどは、この庭で制作されたものだ。

その年、ドクター・アレンがモリスタウンで、糖尿病患者のために、食事療法の療養所を開いた。その患者第一号がデムースだった。カロリー摂取量を最小値まで下げた結果、まったくひどい状態になっていた。痩せてまさに骨と皮だったが、何とか生きていた。時々許可をもらって、ちょっと家に帰っていたが、そんな日の晩には、ぼくが送って行かなければならなかった。かれは天秤を携帯していて、食べるものを念入りに計量していた。かれほど痩せて、なおかつ元気に立って歩き回れる人を見たことがない（これは今も言ったように、インシュリン発見以前のこと）。

かれがドクター・アレンの療養所に入っている間に、ぼくは何度か訪ねて行ったことがある。一度は、たしかマリアン・ムーアを連れて行ったように思う。ともかく、彼女がチャーリーの見舞いに行ったことに対して、かれはとても感謝していた。ぼくらのおしゃべりはすごく楽しかった。かれはぼくをいつもカーロスと呼んだ。ある時、ぼくの名前とぼくの詩「偉大なる数字」（ニューヨークの市街を疾走する消防車の横腹の5という数字）を基にして、「文学的」絵を描いた。インシュリンがきわどいところで出現し、チャーリーを死から救ってくれた。しかしかれには軽率なところがあり、インシュリンの欠乏か摂りすぎか、ぼくには分からずじまいだが、ともかくその後、ランカスターの家へ帰る途中、死んでしまった。かれは当時、その地方でよく見かける魔除けの「紋章」を基にして、独創的な図案を、自宅の近くの農家の納屋の壁面に描いたことがあった。どこの納屋だったか、今は分からないが、その新しい試みは土地の人たちに評判がよかった。

一九一六年の春、わが国が参戦する前、ぼくらはラザフォードで盛大なパーティーを開いた。フロスは妊娠六カ月で、次男がお腹にいた。彼女は今でも、よくあんなことができたものだと言っている。パーティーが始まったのはある日曜日の朝、正午前だったと思う。ウォルター・アレンズバーグ夫妻はほんの短時間いただけだが、他の客のほとんどは、月曜日の朝早く追い出さなければならなかった。町の人たちがどう思うか心配だったが、それまでの多くの場合と同じように、見事な態度をとってくれた。

一日中客たちに食べ物や飲み物を出した。みんなが桜の木の下にいた時、スナップ写真を撮った。アレンズバーグ夫妻、M・グレーズ、マルセル・デュシャン、クレインボーグ、サンボーン、マン・レイ、ハートペンス、ボーデンハイムが写っている。別の写真にはそれぞれの夫人や恋人が写っていて、その中にはガートルード・クレインボーグもいる。その他にも、フェルナンド・ライヤーやスキップ・キャネルがいた。その日曜日、ぼくの弟の家へ氷をもらいに行く車のトランクにスキップ・キャネルが飛びのり、振り落とされて怪我をしやしないかと心配だった。デュシャンは、ボーデンハイムの悲劇気取りの言動を、とても面白がっていた。ぼくらは一日中、芝生に出たり入ったりしていた。その日話に出たことは、もうすっかり忘れてしまっている。とにかく、いいパーティーだった。


裏庭の栗の木の切り株を掘りだして片付け、葡萄の木とその蔓のからんだ棚ものけ、道路側の土手の上にバラの格子垣をしつらえて、そのころ書いていた戯曲のために、自家用野外ステージを造り始めていた。まず、近所に住んでいる大男の黒人、トム・ヘアストンに頼んで、馬を一組連れてきてもらい、ウッズ医師が昔使っていた一台用の車庫を、庭の南東のいちばん端っこから、道路に近いところまで引っ張ってもらった。息子のビルも、そのころには大きくなっていて、トムが連れてきた馬の一頭にまたがって、写真を撮ってもらったりした。

こうして裏の芝生の庭はすっかり片付いて、外から覗けないようになったが、向こうの端から家の方に向かって、地面が高くなっていた。ぼくはその高低を逆にして、向こうの方が高くなるように整地した。舞台正面になるところをすとんと掘り下げて、オーケストラピットみたいにしたが、そこは最初バラを植えていたところで、その後はキャベツを作っていた。家からそちらに向けて、地面に上り勾配をつけたのだ。

こうしてできた劇場で、劇ではなかったが、一度出し物を上演した。四幕ものだった。五歳ほどになっていたビルは、薄青色の耳の長いウサギの衣装を着て、同じ衣装のジェイン・グラフとダンスをした。かれは今でも、時々、そのことを弟にからかわれて恥ずかしがっている。ペギー・オーは、ぽっちゃりした妖精になって、ムーンダンスを踊った。あの時は何しろ、チャールズ・ヘンリーというプロがいて、大人向けの創作ダンスやドビュッシーの「水底の大聖堂」、その他にも何曲か踊った。しかし、招かれていない子供たちや、かれらを隣家の通路からけしかけたり、裏の植え込みの間から口笛を吹いたりする不届き者の大人たちがいて、折角の感興もいくぶんそがれてしまった。

新しいところに移したガレージを、楽屋兼左袖の登場口として使い、家から通じている小路に幕を張り、そのかげにピアノを置いた。右側には灌木が茂っていて、エドが浴室の窓からスポットライトを操作してくれた。こういう風にして、わが裏庭劇場は開花し、そして枯れていった。この経験から、少なくともある程度は学ぶものがあった。あんなところでは不可能なことかも知れないが、もっとプライバシーが保てるところでないと、芝居の上演は、しようとしてもできっこないということだ。

家では、「ドゥドゥ」ことジュリアン・バレルが、フロッシーのお手伝いさんに来ていた。若いキャスリーンも手伝いに来ており、彼女は特に子供たちの世話をしてくれた。またぼくらの友人「ウィウィ」[2]は、ポールが生まれた時世話をしてくれたのだが、いつも目立たないところにいた。黒いペルシャ猫のマザー・キティもいた。子猫の時キャスリーンが町で拾ってきた猫だ。三週間後には、家のみんなの腕、胸、首などのいたるところにシラクモができたが、すぐ治った。ぼくはその猫をとっつかまえて、タオルでくるみ、薄いクレオリン溶液を入れたバケツに頭からどぶんとつけてやった。猫の命に別状はなく、それから十二年生きた。

大戦は進行していた。ブレスラウの近郊で、東プロシヤ人として生まれたハーマン父さんは、心情的にこの戦争に深く巻き込まれていた。このことは、ぼくら家族の生活の根っこの部分に影響を残した。ぼくは心から立派な人だと思っているこの人を全面的に支持した。時代は難しい局面にあった。アメリカは公的には一九一七年まで中立だったが、たいていの人はイギリスびいきとまではいかないまでも、フランスの応援はしていた。ところがハーマン父さんは、あからさまにドイツびいきだった。かれはまた、町で唯一の社交クラブ、二週間に一度準礼服着用の会を開くクラブだが、その会長をつとめていたのに、クラブとしてイギリス支援の要請状を大統領あてに出そうとした時、反対の票を投じたのだ。

提案を全会一致で採択せよという動議が出された時も、かれはまたまた反対票を投じた。その結果、一九一七年、わが国がついに対独宣戦布告をした時、かれは国家に対する裏切り者とされ、自宅は、自分の親友も含む地元自警団の監視下に置かれた。このことが彼の骨身にこたえた。なぜなら、アメリカ市民として、国への忠誠心にかけては、町中で彼の右に出る者はいなかったからだ。生まれてこのかた、一度だってうしろ暗い行動に加わるような人ではなかった。事実、いったんわが国が戦争に突入すると、かれは、政府を支援するために求められることは、すべてやりとげたのである。例外がただ一つある。かれが断固として拒否したのは、かれの印刷工場が入っているフロアを空けて、ノースクリッフ卿の事業に提供することだった。卿がやっていた対独プロパガンダは、ほとんどが嘘であることを知っていたのだ。裏金をかなり積まれて立ち退きを求められたが、断固拒否した。それにしても、自由国債へのかれの三千ドルの寄金は、ラザフォード町にではなく、ニューヨーク市に対してなされ、町の地区委員会をおおいにくやしがらせた。

あれやこれやのあげく、ハーマン家はラザフォードの町を永久に後にして、エリー運河を四十マイルほど遡ったところにある、ニューヨーク州のモンローへ引っ越して行った。ニュージャージーの境界を越えてすぐのところで、以前から、ハーマン一家が毎年夏を過ごしていたところだ。

ほんの二、三年の間にどれほどのことが起こるか、まったく信じられないほどだ――幸せなことから災難にいたるまで。けれども、ぼくはハーマン家が町から出て行くまでは、万事においてハーマン父さんの弁護をしていたので、ぼくのやさしい母親までが、ぼくに食ってかかった。目に怒りをたたえて、ぼくをドイツびいきだと非難した。「おまえは」と母、「そもそも半分はフランス系で（これは半分嘘）、半分はイギリス系なんだよ！　わたしにはおまえが分からないね！」（残念ながら母には分かったためしがない）。「だのにおまえは、ドイツ人に味方をしてさ」

事実はそういうところにはなかった。母はまぎれもない反プロシヤ派だったのだ。それは一八七〇年の戦争の直後、パリにいた娘時代から、ずっと続いているものだった。

町では、ばかみたいな噂がながれていた。ラザフォードから二つ北の町、カールシュタットで、ドイツ軍の連隊が新兵を募集をしているというのだ。これにはぼくも猛烈に腹が立った。ぼくらにとって大切なウィウィことルイーズは、カールシュタットの出だったし、他にも、友人の何人かはそうだった。ぼくはすぐに、謎の中隊が訓練しているというカールシュタット・アスレティック・クラブに入会して、すごく楽しい経験をした。

ラザフォードの町医者の一人が、わざわざ新聞に投書して、ぼくのことを親ドイツ派だと言い、ぼくの診察を受けないようにと呼びかけた。のちには、この手の連中は、ぼくのことを共産主義者と呼び、ぼくの無節操な生き方に愛想を尽かしたフロッシーは、離婚するため外国へ逃れたのだと言いふらした。ぼくはただ、抗議の思いをこめて、詩、エッセー、戯曲、また評論を書き続けた。

町の人たちの仕打ちに耐えかねて転居した後、ハーマン父さんはとんでもない災難にみまわれた。かれはまず、移転先の町のはずれで、隣町のハリマン寄りに、荒れた農地を買った。ただでさえ困難な時代に、かれは石造りの母屋や数棟の納屋を建てたり、牛、果樹、馬、豚、鶏などにのめり込みすぎていた。フロッシーの姉は、ぼくの弟エドとの婚約がこわれた後、女房のいる男とくっついて家を出た。こんなことがあってからは、ハーマン父さんはラザフォードと本当に縁が切れてしまって、ハリマンに居着くことになった。それから、一人息子で、フロッシーの弟の十四歳になるポールが、事故で死んだ。急勾配の切り通しのてっぺんから、草に隠れていた有刺鉄線につまずいて、堤をころげ落ち、背後から落ちてきた自分の銃の暴発で死んでしまったのだ。

いろんなことがあったが、フロッシーとぼくは、だんだん大きくなっていく息子たちとともに、あのころの十年あまり、毎年その農場で楽しい時間を過ごした。時には、コネチカットまで出かけ、岩のごつごつした海岸のすぐ近くにある、祖母ウェルカムの家のそばの小さな丸太小屋でキャンプをしたりした。掘るとハマグリがいっぱいいたし、海で泳いだり、散歩に出かけたりした。でもフロッシーにはそこは楽しいところではなかった。

その後ぼくらは、ヴァーモント州のウィルミントンで夏を過ごすようになった。そこにはフロッシーの叔母と叔父がいて、マウント・オルガという山の近くの古い農場に住んでいた。フロッシーの叔母ヒルダが、そこを買ったのは何年も前のことで、値段もほんの二、三百ドルだった。みんな実に楽しく過ごした。あそこでぼくは、フロッシーのノルウェー系の先祖たちとかれらのやさしさを知った。

「わたしの美しい山!」とフロッシーの叔母はいつもそう呼んでいた。その山はいつも彼女に、故郷のノルウェーを思い出させていたのだ。彼女も最終的にはマウント・オルガを売らねばならなくなった。そのころは、年をとり目が不自由になって、もうこの山のことも気にかけなくなっていたのだ。測地用の地図を見ると、その山は今でもホッグバックの南に載っているはずだ。

夏が来るたびに、ぼくらはそこへ出かけて一カ月過ごした。ある年の四月、アルドリッチじいさんの森へメイプルシュガーを作りに行き、じいさんを手伝って樹液受けのバケツを集めたり、湯気の立っている鍋の中を見張ったり、いろんなことをした。でもぼくは、ヴァーモントに一年中住んでみたいと思ったことはなかった。

27 『すっぱい葡萄』

フロスは、ニューヨークであった文学の会へ、時々ぼくと一緒に行ったが、たいていは面倒がったので、ぼく一人で出かけた。その方が彼女には楽だったのだろう。

そのころまでに、ぼくは本を三冊出していた。詩集『アルクキエール！』は、ぼくがあまり間違っていなければ、「読みたい人へ」という意味の書名だ。アルフレッド・クレインボーグは、その変な発音が、かれの名前と響きあうのに気付き、自分に献じられたように感じたそうだ。そのころ、二人は大の親友だったので、かれがそう思ったのももっともだと思う。二番目の本は、それにすぐ続いて出した。それは『すっぱい葡萄』といった。この本のおかげで、フロイト流精神分析の専門家とは言えないまでも、精神科医師たちがうるさくぼくの頭にたかってきた。

「すっぱい葡萄だと？　きみはその意味が分かっているのか」とかれらは言う。

「いや、どういう意味なの？」

「挫折感を持っているという意味さ。君はくやしくて、失望しているってことさ。君はあまりにも……あまりにも……。思う存分心を解放していないんだ。自分が美しい神、牧神みたいだと思っている。ハ、ハ、ハ、ハ！　若いフランス人たちは、そう、かれらは本当に解放されている。だが君は、君はアメリカ人だ。君は恐れている」（こんなことを男も女も言った）。「君は恐れている。君は郊外に住み、それが好きでさえある。君は何者かね、いったい？　しかも君は詩人のふりをしている、詩人だなんて！　ハ、ハ、ハ、ハ！　詩人だって！　君が！」

ぼくはあらゆる方面から言われた。「すっぱい葡萄、なるほど、お気の毒さま。すっぱい葡萄——つまるところ君はそういう人間さ」と。

しかしぼくが言いたかったのは、すっぱい葡萄も、甘いのと形はまさに同じだということだけなのに!

ハ、ハ、ハ、ハ!

三番目の本は『地獄のコーラ』だった。ぼくがとりわけ心に感じていた春という季節のみずみずしさ、清新さ、それから新しい文学の目覚め、過去の権威に対抗する一つの世界を作ることの喜び。いまいましいことに、それらのすべてを戦争が抹殺しつつあった。ぼくもその只中にあり、それを叩こうと痛烈に批判したマネー争奪社会のあの愚劣さと計算ずくの邪悪さ。生きながらえて、栄えてほしいとぼくが望んでいたあらゆるものが、教会と国家の名において、故意に虐殺されつつあった。

それは、冥界へ、地獄へ行った春の女神ペルセポネー(1)だ。コーラは春の女神だった。ぼくの青春が、ぼくそのものが虐殺されようとしていた。それを否定しても何になろう? ぼくは心の安らぎを求めて真剣に書き始めた。何も計画したり考えたりしないでいるためだった。

一日も欠かさずに一年間、毎日毎日、何か書こうと決めた。計画して書くことは一切せず、鉛筆を取りあげ、紙を前におき、頭に浮かぶことを何でも書こう。ギニーヒル地区での出産から帰るのが夜の九時、朝の三時になっても、それを書きとめよう。

ぼくはまさにその通り、来る日も来る日も、一日も欠かさず一年間書いた。一語も変えないつもりだったし、どれ一つも変えなかった。だが原稿の何枚かは破り捨てた。その後、ある古い本を偶然手にしてみると、そこには一つのテーマについて、簡潔な数節の文章があり、仕切り線の下に、上の本文を説明する短いモラリスト風の文章がつけてあった。ぼくはそれと似たようなことを試みた。自分の書いた即興の断章を何度も読み、あまり思考を加えず、上に書いた文章の説明を、自然に生まれるものも加えて、線の下に書いた。それが魅力的な清新さを生んだ。

それから自分で序文をつけて印刷に回した。カバーの絵は、精子の群れに囲まれた一つの卵子が、黒い精子を一個受け入れたもの。それでデザインが完成した。

ぼくはこれら三冊の本のために、ボストンのフォーシーズ社へ、それぞれ二百五十ドルばかり払った。出版費の残りは出版社が払った。売上金は、ぼくの記憶では、一文も受け取っていない。


一冊の本を出版する！　何とすばらしいことか。ぼく自身の雫だ。他にぼくに何があるだろう？　あるのは一人の妻と、二人の息子と、癌で死にかかった父と、ぼくにとって紛れもない異国人の母だった。

ある晩、まだ自分の足で立てたが、死を自覚していた父親が、ぼくの診察室の出口で振り返って言った。「行きがけに一つだけ心残りなのは、あの母をおまえに残しておかねばならんことだ。あれはおまえにも難物だろうな」と。


戦争は最高潮に達していた。ぼくが弟に続いて海を渡らずにいたのは、父が病気だったことと、それに伴うもろもろの責任とのためだった。ぼくは三十二歳だったが、徴兵されないと分かっていた。自ら入隊志願するかどうかの瀬戸際で、何度かためらったが結局行かなかった。

こちら側にもやるべきことは山ほどあった。一九一八年の初めごろ、国内に残った医者は、みんな仕事に追いまくられていた。

父はついに勤め先へ通うのが困難になり、急速に体重と体力を失い、部屋に一人こもって、書類を整理しながら死の準備をしていた。あの三十五年にわたる、ニューヨークでの仕事への、毎日の通勤は終わった。ぼくは、父の姿を見続けた最後の数カ月を、はっきり思い出すことができる。やや前かがみで、一種の黒っぽい晴雨兼用のオーバーコートを着て、角張った山高帽をかぶり、毎朝八時十八分発に乗るため、わが家の前のパーク・アヴェニューを駅へ向かって行く。ぼくはまだ、多分、表側の居間で、服に着がえていただろう。ぼくにできることといえば、ただ首を振って、果てしなく気が滅入るのを感じながら、父の姿を見送っているだけだった。ぼくに何ができたろう。だが父は、急速に衰弱がひどくなって家から出られなくなり、ぼくは毎日、時には日に何度も見舞った。

そこへあの流感が襲ってきた。われわれ医者の往診は、一日六十回にも及ぶほどだった。医者が何人も過労で倒れ、若手の一人が死に、感染した医者もいた。だが世界中に蔓延するその強力な病原菌を押しとどめるのに有効な手立てはなかった。ぼくは二十歳になったばかりの若い女性患者二人に死なれた。この上なく立派な肉体の持ち主たちだったのに。ああいう若者が一番ひどくやられるようだった。ある日ふと感染し、翌日には死んだ。まさにあっさりと。満ちて即ち死す、だ。

ある日、次はぼくの番だろうと思った。正午まで働き、仕事はそこまでにして寝ようと思った。アスピリンを少し飲んで、予定の仕事をすませようと狂ったように働き、正午に仕事が終わった。ぼくはすごくいい気持ちになって、さらに診療を続けた。家族はみんな寝込んでいて、例外は父とぼくだけ。フロスと子供たちが感染し、フロスは肺炎をひき起こした。エドの家族もやられて、そのうちの一人は肺炎になった。母とその女中、メキシコ・インディアンのマルゲリータがやられた。キャスリーンがやられた。結局身近な家族では十二人がやられた。働ける男はぼくだけだった。幸い死者は出なかった。

ある時期に、クリスチャン・サイエンス[2]に改宗していた祖母は、自分の長男が悪性腫瘍で絶望的なのを見て、自分の知っている占い師の一人に、無理に診せようとした。ぼくとしても親が喜ぶなら文句はなかった。

「やってみるといいよ」と父に言った。

父はもちろん、自分の母を喜ばせたかった。その女占い師は一度現れたと思う。でもそれはただ一度だけ。ウソじゃない！　母がその件を始末した。ぼくは、実は、ラザフォードのクリスチャン・サイエンスの医者と呼ばれていた。信者の誰かが病気になり、それも重病か瀕死の時には、いつもぼくが呼ばれた。目的ははっきりしていて、「診断だけ」か、死亡検案書を書いてサインするだけのためだった。ぼくはいつも、かれらの言うことはあまり気にせず、できるだけのことをしてあげた。

ぼくは今までに悲惨な患者を何人も診てきた。煙草屋の二階に住んでいた六人の子持ちで、違法妊娠中絶の後で死んだ女性。体中の関節を病む前置胎盤の患者（寝たきりの彼女の関節から、少なくとも三カ月以上かけて、一つずつ膿を抜いてやった）。彼女の場合は回復した。また両親が極度に宗教に凝っていたため、治療を受けずに床の上で死にかかっているジフテリア患者。菓子屋の二階の部屋で、手術不能の子宮ガンで悲鳴をあげる女、それを困惑しきった夫が、呆然と石みたいな目で見つめていた。宗教の教条がかれを縛っていたのだ。

母はぼくみたいな物の見方をしなかった。ぼくなら笑ってすませられる時でも、母は高潔な思慮分別をふみにじられて逆上した。

「何だって！　医者のあなたがあんなバカ女をうちに入れ、あなたをさしおいて、死にかけている父親の治療をさせるなんて！　わたしにはあなたの気持ちが分からない」

「でも母さん、あの人が来たって何の害にもならないし、それで父さんが喜ぶのならどこがいけないの？」

母の怒りは、多分昔、祖母とやりあったせいだったと思う。それはともかく、あの気の毒な女占い師は、二度と家に来なくなり――ぼくの知るかぎり祖母もまた顔を見せなくなった。父は立派だった。物ごとを静かにあきらめることにかけては、いつもそうだった。

かわいそうな愛すべき母、あの人は、大して得にもならないのに我を通した。ぼくはそんな母のことを、くすくす笑って拍手するしかなかった。母の目から見ると、ぼくは変な息子だったと思う。

流感はおさまり、一九一八年の四月はいつもの通り爽やかだった。戦争は終わりに向かっていた。ドイツの野望は砕かれるだろう。そのころぼくはシカゴへ行って、アン・モーガンという人のスタジオで自作の詩を朗読をするよう招かれていた。一人で行くことにした。ぼくより一カ月くらい前にクレインボーグが招かれた。それは一つの大きな機会だった。

シカゴは初めてだった。ミッチェル・ドーソン[3]の家に泊まることになっていた。かれの老母は、その州の開拓者の娘で、当時七十歳代だった。彼女はぼくに、退屈して死んでしまわないように、若者たちのしていることに関心を持とうとしているのよ、と言った。ミッチェルはぼくを駅まで迎えに来てくれ、はげしい春の嵐の中を自宅まで運転した。その日おそく、ぼくは湖岸へ散歩に出て、防波堤を越えて打ち寄せる波の高さと力に驚嘆した。

その晩、ぼくはある記者クラブで話をした。詩を数篇朗読し、読み進むにつれて、即興を交えて物語を朗読した。それがのちに、短編集『時代のナイフ』に収録した「バッファロー」という一篇だ。これほどうまくやれたことはない。聴衆の息づかいが聞き取れそうで、怖くて何をしているのか分からなくなるほどだった。ベン・ヘクト[4]、カール・サンドバーグ[5]、ミッチ・ドーソン、マリオン・ストローベルがそこにいた。後でぼくは、「グッドナイト」という詩をマリオン・ストローベルのために書いた。ハリエット・モンロー[6]が特にそれをほめてくれた。

四月で、翌日は外の空気が心地よかった。ロマンチックな間奏曲みたいな日だった。ニューアークを経て自宅へ帰る途中、一人のお嬢さんと乗り合わせた時もそんな気分が続いていた。彼女は、ウエストポイント陸軍士官学校を卒業する人と結婚するため、東部へ向かっていたのだ。二人でその夜遅くまでおしゃべりした。ぼくが作家で詩人だと分かったからだ。女というのは、思いがけないことに直面すると、不思議に感じやすくなるのだ。彼女はぼくと別れて、自分の旅を続けるのが残念そうな顔をした。

ぼくは家に着き、自分が実際妻も子もいることを思い出して呆然となり、子供たちにただいまと言った時、自分がどうなったのか分からないほどだった。

28
男爵夫人

他にもあれやこれやあったが、ぼくは相変わらず毎週月、水、金には、ニューヨークへ通い、最初は幼児小児科病院、その次は臨床研修病院で、より専門的な小児科の研修をしていた。夏には暑苦しい仕事に疲れ果て、冬には通勤がきつかったが、ぼくには結構楽しいことだった。金曜日はぼくの医院が休診日だったので、時には夕方帰る途中、仲間のパーティーに立ち寄った。連中がよく集まったのは、十四番通りの小さいアパートの二階で、かの芸術に仕える処女にして、文学の人間性を敬虔に信奉する女性、ローラ・リッジのところだった。狭苦しいところだが、誰か彼かが姿を見せていた。

誰がいたのか全部は覚えていないが、一度、ロシアの詩人マヤコフスキー(1)が現れたことがある。連れはかれの友人でもあるマネージャーで、緑と白が半々の斑になったチョッキを着こんでいた。マヤコフスキーは、自分の席で、自作の「ハバナの道路掃除夫ウィリー」を読んだ。朗読している間、その大男は、片足でスタジオのテーブルを踏みつけていた。それは完璧なポーズだった。いい声をしていた。読んでいることは誰も一言も分からなかったが、流れるような響きと張りつめた真剣さに、みんな感銘を受けた。小生意気な若い世代の詩人が二人、くすくす笑っていたのを思い出す。彼女たちはマヤコフスキーはすばらしいと思いながらも、何よりきっと、かれのでかい図体に感動したのだろう。たわいない「小娘」二人といったところだ。ぼくは誰か情熱的なギリシャ人の口から、オデュッセイを聞く思いだった。

噂によると、スコフィールド・セイヤーがマリアン・ムーアにプロポーズしたが、彼女の方は丁重に断ったそうだ。だが彼女は、『ダイアル』誌の編集は続けた。のちにケネス・バークがマリアンの『ダイアル』の仕事を引き継いだ。

そのころぼくの身辺にはいろいろなことが起こっていた。これまで、『リトル・レヴュー』(2)は、メイン州出身のある男の詩をずっと載せていた。マースデン・ハートレーの話では、体重が三百ポンドもある大男で、ウォレス・グールド(3)という名前だった。マースデンがかれをぼくに紹介した。そのころのマースデンは、男女を問わず、ぼくたちみんなにとっていいオジイチャンといった存在だった。ただかれに致命的だったのは、その顔で、まさにウェリントン卿ばりの鼻が、まるで中世の槍の切っ先みたいに、頬の端から突き出しているのであった。それはともかく、ウォレス・グールドに話を戻そう。ぼくがかれに惚れ込んだのは、その詩のロマンチックな内容だったと思うが、それ以上のものがそこにはあった。グールドは素材を広く地域に求め、ゆったりとして波のような詩行で書いていた。そこが大いに気に入った。実際、ヴィクトリア朝風の表現(4)の、回顧的な魅力ではなく、そのイメージの手堅さ、滑らかな言い回しこそ、ぼくがマーガレット・アンダーソンやジェーン・ヒープ(5)に、かれのことを誉めちぎった点である。

マーガレット・アンダーソンとジェーン・ヒープが住んでいるアパート――大きなベッドが四本の鎖で天井から吊るされていた――を訪れるのは、まさにすごい体験だった。ジェーンはずんぐりしたエスキモーみたいだった。一方いつもいささかお高くとまっているマーガレットは、なかなか堂々とした、自他ともに許す美人であった。後に彼女はメアリー・ガーデン(6)やジョルゼット・ル・ブラン(7)などの友人になった。

このアパートで、ベル形のガラスの蓋をかぶせた、多分蠟細工の鶏の臓物のような彫刻を初めて見た。それはぼくの目を引きつけた。爵位を持つあるドイツ女性の作品だという。エルザ・フォン・フレイタク・ローリンホーフェン(8)という人で、五十歳をかなり越えた桁外れの人物よ、今は『リトル・レヴュー』で面倒をみているの、会ってみる気はない、何しろあなたの作品に首ったけだから、ということだった。

取り返しのつかないことに、ぼくはマーガレットかジェーンのどちらかに手紙を出して、その女性に会いたいと伝えた。二人とも口を揃えて、あなたこそあの人の友達になって、護ってあげなきゃいけないわ、と言う。しかしその時は、残念ながら、その女性は傘を盗んだ科でニューヨーク市拘置所に入っていた。

要するに、釈放当日、ぼくはその拘置所へ迎えに行き、六番街と八番通りの交差点近くの、どこかの店へ連れていって、朝食をおごり、近いうちにまた会おうと約束してしまった。当時五十歳そこそこで、もとは多分美人だったのだろう。ひどいドイツ訛りで、その当時、市内で画家のヌードモデルをやってわずかばかりの稼ぎをしていたが、引っ張りだこだったらしい——引きしまった男性的な体をしていた。

そういうことだ。ぼくはまさに彼女と出会ったのだ！　その後うちとけた話をした時、偉くなりたいなら、まずわたしの淋病に罹って、本物の芸術のために精神を解放してやらなくちゃだめよ、とぼくに勧めるのだった。

彼女はマルセル・デュシャンの世話になっていた。その後送ってきた写真は、8×10の見事なヌードのポートレートで、デュシャンの撮影だと言っていた。何年もトランクの底に放りこんだままだったが、結局ベレニス・アボットにやってしまった。ちょいちょい目についてうんざりしていたとは言え、それは第一級の写真だった。

この男爵夫人は、数年間ぼくを追いかけまわして、ラザフォードへも二度ほどやって来たが、それについては後で述べる。

ほぼ同じ時代、ウォレス・グールドが、引きこもっていたメイン州から、ニューヨークへ出てきた。だがたちまち、ここではやっていけないと思った。かれのファンだという女性が、かれに部屋を貸していた。ぼくが行った時、かれは黒いスカーフ、黒の背広、袖口には白い大きなカフスという姿だった。そのかれが、恐れおののいていた、と言ってもいい状態だった。

その日、実は一時間ほど前のこと、階段の下で、手すりの柱に手をかけて立っているところに、家主の女性が二階から降りてきて、かれの手の甲に乳房を押しつけ、いわばその場にかれを釘付けにしたのだ。かれは恐くなったが、手を引っこめることができず、彼女の言いなりになってしまったというのだ。

瞳孔が半インチも開いていたに違いない。「糞！　まいったなあ」というのが、口から出たかれのことばだった。いらいらして参りそうだ、とも言った。できるだけ早くこんなところから助け出してくれ、とぼくにすがる。「おれはもうダメだ」とおびえて言う。「どうすりゃいいんだ」

ちょうどクリスマスのころだった。「どうだ、荷物をまとめてラザフォードのおれの家に来ないか。玄関に車を停めてあるんだ」とぼくは言った。

こうしてかれは、その冬の間、ぼくの家に滞在することになった。こちらから頼まないのに、食費代だといって、息子のビルにピアノのレッスンをしてくれた。しかし三月になると、体の中を流れるインディアンの血――母方が四分の一のアブナキ・インディアンだった――が騒いで、かれは旅仕度をした。ぼくは餞別に二十ドルばかり贈った。かれは首都ワシントンまで汽車で行き、そこから文字通り歩き継いで、数日後にはヴァージニア州のファームヴィルにたどり着いた。以後亡くなるまで、そこを離れなかった。

だが、男爵夫人はそう簡単にはぼくを放してくれなかった。彼女にはどことなく、ぼくの「ジプシー」ばあちゃん、つまり祖母エミリーの面影があって、ぼくはまずいことに、ふとあんたが好きだなどと口走ってしまったのだ。それでぼくは一巻の終わりになりかねなかった！

一九一八年十一月十一日、大戦はもう名実ともに終わっていた。父は何とかもった。イギリスが再びトップに帰り咲いた。しかしこの年のクリスマス当日に父は亡くなった。病気中どんな時にも少しも苦痛を訴えなかったし、誰にも露ほどの迷惑もかけなかった。しかし死ぬ時に、かれの出生の秘密も一緒に持って行ってしまった。祖父のことを父から少しでも聞いておきたかった。

たしかにそれはもう知るよしもない。翌年アーヴィング叔父さんが亡くなったのち、自分の一族ではたった一人の生き残りだった祖母は、ぼくの父、父の二人の異父弟、それにてんかん病みの叔母ロシータなど、子供全員の葬式をしてしまい、自分が死ぬまで父と同様に沈黙を守り通した。

父の死は忘れられない。亡くなる前日、苦心に苦心を重ねて、浣腸のために父の痩せ細った身体にやっとチューブを差しこんだ。無理やり押しこむ結果になった——固いチューブには、硬度を増すために針金の芯が入っていた。だから二度とはできないということも分かっていた。この処置にも、父は文句一つ言わなかった。

一九一八年のクリスマスの朝、父は家族へのプレゼントを全部きちんと並べ、名札を貼っていた。ぼくのは、小さい立方体の青銅のベルで、溶接した台座に中国の老賢人の象牙の像を取り付け、それがベルの取っ手になっていた。父の姿か？　母は目を覚まし、父と言葉を交わしてまた寝入った。七時に母が起きた時、父は眠っているように見えた。その時がもうほとんど最後だったのだ。

母からの電話でリッジ通り九番地の家から大急ぎで駆けつけた。脳に変調があったに違いない。前日楽にしてあげようとして、ぼくが無理をしたせいだろう。

「死んだよ」とぼくは言った。ところが、父は頭をゆっくり左右に振った。自分の親父の目の前で、ぼくが言った最後のことばがそれだった。ひどいことだった。

その瞬間に電話が鳴った。病院の産科の患者だった（先週この婦人を診て入院のことを話していた）。代わってもらう医者がいなかったので、父をそのままにして出かけた。戻った時はもうこと切れていた。

その晩マルガリータは、怖かったのか、それとも主人思いの気持ちからか、くるくる巻いたマットと毛布を、太く短い腕に抱えて屋根裏部屋から下ろし、母のベッドわきの床に広げて、犬のように横になった。

長男はそれより四年前に生まれていた。誕生を待ちながらクリスマスになり、元旦がすぎた。「初雪が舞うころには生まれるわ」とフロスは言った。一月七日の早朝、すでに雪は降り始めていた。オグデン先生が午前五時に来た。かれはクロロフォルムを持ってくるのを忘れた。ぼくも自分の往診鞄のビンに十滴ぐらいしかなかった。薬局は九時にならないと開かない。その最後の一滴になって、赤子が出てきた。ぼくは父に知らせようとして電話口へ飛んでいった。出ない。「もしもし」と交換手、「自分の番号にかけていますよ」

一九二〇年、今度は祖母の番だった。彼女はすっかりクリスチャン・サイエンスの信者になっていた。眼球そのものに病変があって、視力がほとんどゼロに落ちていたのに、ぼくに治療をさせなかった。その上、顔の鼻のすぐ横に、大きな皮膚ガンができていた。いずれはこれが命取りになるとぼくは思っていた。

海辺に住んでいる親しい友人に、七面鳥でもご一緒にと招かれ、祖母はぼくの従兄弟のビル・ウェルカムという青年に付き添われて出かけた。翌朝ビルから電報で、発作が起こったと連絡が入ったので飛んでいって、できるかぎりの手を尽くしたが、それから二、三日ももたずに、ニュー・ヘイヴンのグレイス病院で息を引き取った。ここに一つの人生ありき!

イギリスのチチェスター生まれ、旧名エミリー・ディキンスン、一八三〇年代に幼くして孤児になった。彼女の情念、独立心、そしてあの断固たる意志、まさにここから、アメリカでのわが家の歴史のすべてが始まったのである。彼女は、自分の息子にしてぼくの父親、ウィリアム・ジョージ・ウィリアムズをロンドンで身ごもり、バーミンガムで産んだというのが父の話である。その父という人は、エピスコパル派の牧師とか、製鉄所の工員とか言うが、それが果たして誰だったのか、正確な話は聞かずじまいだった。

祖母はまだ若い時、ゴッドウィン家から絶縁されたらしい——自分は不当な扱いを受けたのだと口癖のように言っていた——そして五年ほどして、鉄道のレールを満載した帆船でアメリカへ渡ってきた。船は嵐のためアゾレス諸島へ流され、その後ファイアー・アイランドの浅瀬に漂着した。父は、五歳の子供の時のことを思い出して、ぼくに話してくれた。母親の腕に抱かれていたと思うが、甲板に出てみると、向こうの船のバウスプリット(第一斜檣)と舳先が、霧の中から見上げるばかりに現れて、こちらの船の舷側に突き当たるのが見えたという。

母と子はキャッスル・ガーデンで下船し、ブルックリンの下宿屋にたどり着き、結局はそこで、写真機材の購入のために来ていたセント・トマス島のウェルカム氏なる人物に会った。かれはこの若い女性を見初めて結婚し、子供を連れて西インド諸島へ戻った。やがてぼくの父になるその少年は、その土地で育つことになる。祖母は女優志願だった。アメリカへ来たのはそれが目当てだった。意気盛んな女だった。彼女にはそれしかなかったのだ。

ぼくらは、海辺の家から祖母の遺体を運んだ――大好きだったこの海辺、夏になると毎日のように泳ぎ、流行遅れの水着の濡れた重みで、砂浜から起き上がれなくなったこともあった。わが家の玄関の間に遺体を安置した。ぼくは、まことに印象的な彼女の顔立ちを鉛筆でスケッチした。老いた猫が彼女の棺の下で眠っていた。


男爵夫人に話を戻そう。グリニッジ・ヴィレッジのお姉ちゃんたちは、頭にボンネットをかぶり、見れば誰だかすぐ分かるように、胸と背中に月の形をくり抜いただぶだぶのガウンを着て、五番街を闊歩する彼女を応援した。ぼくに対する彼女の攻勢は止まるところを知らず、不安を覚えるほどだった。ぼくは今まで、人の考えや意見が自分と対立するような時でも、特にそれにわずらわされたことはない。ぼくの心を動揺させることなんてできるものか。


ある日ぼくはこの女性を訪問して、わずかばかりの金をやった。惨めな暖炉は灰がうず高く積もっていた。彼女はそのみすぼらしい部屋に小さい犬二匹と暮らしていた。汚いベッドの上で、その二匹が番っていた。ところが彼女本人は、その時まことに礼儀正しかった。しかし後日、彼女が例の行動を取り始めた時、ぼくは断固として闘った。

ウォレス・スティーヴンズは一時期、この女がいるために、ニューヨークへ来ても、十四番通りから南へ来るのを恐れた。あるロシアの画家の場合など、自分の小さい部屋に帰った途端、かれのベッドの下からその女が素っ裸で這い出してきたのだ。飛び出して廊下の向かいの隣人の部屋に逃げ込んだ。結局アパートまで送ろうとかれが折れるまで、その女はがんとしてそこを出ようとしなかった。

ボブ・マカルモンがある晩夕食に来ていた時、電話が入って、赤ん坊の調子が悪いので、ユニオン通りまで往診に来てくれとのことだった。ぼくは往診カバンをつかむと、道端に止めていた車まで出て行った。ところが、乗り込もうとしたら、人の手がぼくの左手首をぐいとつかんだ。あの女だった。

「あたしと一緒に来るのよ」と例のひどいドイツ訛りで彼女が言った。ぼくは当然のことながら、虚をつかれてすっかり困りはてた。何しろ相手は女だ。

その後はこうだ。彼女は腕を振り上げて、力一杯ぼくの首根っこをぶん殴った。これが目的で、わざわざ若いチンピラ仲間に電話をかけさせて、夕食中のぼくを呼び出したのだ。ぼくは黙ってそのまま立っていた。ちょうどその時、警官がたまたま通りかかった。

「どうかしましたか、ドクター。このご婦人が何か迷惑なことでも?」

「いいえ」とぼくは答えた。彼女は通りを向こうの方へ逃げた。「あれでいいんです」

そんなことがあった後、ぼくは小型のパンチバッグを買い、地下室でぶん殴って気を晴らした。二、三カ月後のある夕方六時ごろ、パーク通りでもう一度彼女に襲われた時には、口元に一発ガツンと見舞ってやった。相手にナイフでぐさっとやられると思ったのだ。逮捕された時彼女は叫んだ。「ふん、この町の何様だと思ってるんだい。ナポレオンかい?」

しかし地元の留置場で鉄格子の間から手を突き出して、もう二度とあんなことはしないと彼女は誓った。彼女が道を歩きながら、キャンベル巡査と腕を組もうとしては振り払われる姿は滑稽だった。ぼくも実際のところあの女には参った。

後日出国の費用として彼女に二百ドルやった。仲介人がそれを持ち逃げした。ぼくはさらに金を与えた。彼女はとうとう出国したが、誰かフランス人の道楽者に、面白半分に殺されたそうだ。何でもその男は彼女が眠っている間に、部屋のガス栓をひねったということだ。まあそういう話である。

29 ニューフェイスたち

第一次世界大戦が勝利に終わった後、ぼくの前にはパーティーや、新しい仲間たちや、新しい目標やらが次々と開けてきた。みんなでがぶ飲みした粗悪密造ジンが、多分芸術の刺激剤になったのだろう。ぼくもほんのつかの間、酔っ払ってばかな振る舞いをしたこともあったが、その他あまり影響はなかった。ぼくはもともと酒飲みではなかったのだ。

マースデン・ハートリーのすぐれた才能が認められ始めたのはそのころだった。一九一四年のある時期に、かれはベルリンから帰っていた。ベルリン時代には、砲弾の炸裂、荒々しい空一面に散乱する色鮮やかな星、炎をあげる球体らしきものなどを描き込んだかれの絵が、熱狂的興奮を引き起こした。これは大戦勃発の少し前のことだが、ある意味では、マースデンの絵は、戦争の予言をしていたのだ。だがかれの絵は売れなかった（スティーグリッツなんかたまりかねて、パトロンでも探したらと言ったほどだ）。かれの絵は着想があまりにも大胆で、色彩も生々しすぎた。近くで見て快感を覚える者はなかったが、時にはピンクの婦人用手袋が、観察力の鋭い人を驚かせた。かれは仲間の中で最もすぐれた画家の一人だった。ごつい眉毛の下の、ドレスデン磁器のように青くて小さな目は、まるで相手を食ってしまいそうな容貌にしていた。実際できることなら、食ってしまっていただろうとぼくは思う。ぼくらの中でかれのことを[1]――仕事は別として――まじめに受け止めた者はいなかった。かれのやさしさは度が過ぎていた。ジュナ・バーンズとのいささかむき出しな愛を――自分のすばらしいモノを彼女の愛撫にまかせて――

どのように深めたか、ぼくに話してくれた。また彼女の最初の亭主が、家で飼っていたオームとふざけていて、鼻を食いちぎられそうになった話をしてくれたのもかれだった。ぼくは今でも、あのマースデンが、かれ一流の行動力豊かな言い寄り方で、自分がどんなことをしてあげられるか、あれこれとジュナに言い寄っている姿を思い浮かべることができる。ジュナはジュナで、のらりくらりと逃げている。かれは彼女にぞっこん惚れ込んでいたのだ。かれはぼくの知るかぎり、最も挫折に苦しんだ男の一人であった。その人生で最も幸福な時期は、晩年メイン州の海浜で、地元の漁民たちに交じって暮らしたころだった。悲しい人物だった。ぼくは心からかれを愛していたが、ぼくらの仲も、一定の距離をおいてでないと必ずしもうまくいかなかった。

『ダイアル』誌は活動を始めていた。三年前に少数の過激な連中が手をつけた領域に、例によって、インテリ連中が侵入し始めた。ケネス・バーク、マシュー・ジョゼフソン、ルイ・ズコフスキー(2)、ハート・クレイン(3)、マルカム・カウリーたちが、マリアン・ムーアとともに登場した。エイミー・ロウエルが時たまボストンから遊びに来たり、カール・サンドバーグはシカゴで成功した後、時々姿を見せた。ハリエット・モンローが、落ち着いたパーティーを時々開いてくれたが、概して、当時の活動を盛りたてたのは地元ニューヨークの仲間たちだった。『アザーズ』誌の連中もまだ健在だったが、ぼくにはより新しい才能や新人たちの方が面白かった。ジュナ・バーンズ、マーガレット・アンダーソン、それにジェイン・ヒープ、さらにチャールズ・ヘンリ・フォード(4)やパーカー・タイラー(5)、ウォレス・グールド、男爵夫人エルザ・フォン・フレイタク・ローリンホーフェン、イヴリン・スコット(6)と愛人シリル。みんな折々『アザーズ』に詩を載せていた(7)。

マット・ジョゼフソンの家で、チャールズ・シーラーと妻のキャサリンに会った夜のことを特によく覚えている。たしかあれはブレーズ・センドラール(8)だったと思うが、逆さまにひっくり返したピアノの椅子の脚の間に座っていた。ビールやワインを飲んだ——ぼくとフロスが帰った後で、多分ハート・クレインも来たことだろう。ハート・クレインには会ったことがないが、かれが何かと力になってやっていたソーマーという男の絵を、かれを介して一度買ったことがあり、また、『コンタクト』[9]誌の第二号にかれの短詩を一篇載せたことがある。どの詩だったか覚えていないが、たしか初期の作品だった。

あのころの日々を要約するのは難しい。『リトル・レヴュー』は、ジョイスの[10]『ユリシーズ』のために断固闘っていたし、ガートルード・スタイン[11]は万人の耳目をとらえていた。そのころのある夜、ハートリーが、ローラ・リッジの部屋へロバート・マカルモンという若者を連れてきた。ハートリーの絵は、デムースやシーラーの絵と同じく、よく見ていた。

マリアンも同席していて、自作の「あのさまざまな外科用メス」を朗読し、マースデンは自作の「カレドニアの丘の上で」を読んだ。どの詩だったか忘れたが、ぼくも何か読み、それがみんなの心をとらえた。マカルモンはカナダの連隊でしばらく兵役についた後、ぶらぶらしていたのだが、そのうちぼくと一緒に『コンタクト』という雑誌の創刊計画を立てた。ジュナに言わせると、「そのことでたしかなことはただ一つ、コンタクト（接触）なんてまるでなさそう！」あのころはそんなことがよくあった。

七月の暑い日のこと。臨床研修病院での臨床実習から疲れはてて帰る途中、いつものように、十五番通りのマースデンのアトリエに立ち寄った。ちょっとしゃべったり、一杯やったりすることもあり、またかれの作品も見たかったのだ。かれの番地に近付いて行くと、鐘の大きな音がして、消防車の轟音が通りの向こう端を突っ切って、九番街を走っていくのが聞こえた。赤地に金色の数字5が一瞬通りすぎるのが見えた。その印象が思いがけなく力強いものだったので、ポケットから紙を一枚とり出して、短い詩[12]を書いた。

今でも覚えているが、ある時ラザフォードのわが家を訪ねた後、ニューヨークへ帰ろうとするマースデンと一緒に、エリー鉄道のプラットフォームに立っていると、ぼくらの顔のすぐ前を急行列車がゴオッと通過した——遅れを取り戻そうとして物すごい勢いで砂埃を立てて走ったので、ぼくらは両手をかざして顔を守らなければならなかった。

それが通過するとマースデンはこちらを向いて言った、「ぼくらみんなあれになりたいんだよね、ビル？」

ぼくは言った、「うん、そうだろうね」

さっきの臨床実習の帰りの日のことだが、マースデンはぼくを迎えた。いつものように青い象みたいな目が、大きな鼻のわきで、用心深そうにじっとぼくを見た。

「なあんだ」いつもの口癖で言った、「ビルじゃないか!」そうして、表情を和らげてぼくを中へ入れながら、「これはわざわざどうも。入りなよ」

狭い廊下を通って奥の部屋へ入り腰を下ろしてお茶を一杯飲んだ。ぼくはひどく疲れていたので、寝椅子に長々と横になり、かれはぼくの前に座って、いつものように、じっとぼくを見ていた。かれの癖だった半分困ったようで、半分面白がっているような様子で。

その瞬間だったが、仕切り壁のすぐ向こうに人の気配がした。そこは平屋造りの古いグリニッジ・ヴィレッジのアパートで、一階の二部屋の間には、もともと折りたたみ式ドアか、アーチ状の通路のような広い開口部があったらしく、そこに板を張って、二つの小部屋にしたものだ。こちら側のソファをマースデンはベッドにし、ほんの二、三インチ向こうに、若い恋人たちのベッドがあったのだ。

「そうなんだ、かれらは夜にはよくぼくを楽しませてくれるのさ」とかれは言った。

だんだん年をとっていくかれのことを、ぼくはかわいそうに思った。そのころは、ちょうどかれが人との接近を求めていた時期だった。ところがぼくはかれを受け入れられなくなっていた。誰もがかれを無視した。他の連中と同じことをぼくもしてしまった。ぼくらの時代の最もすぐれた画家だったのに。かれはぼくに、お前が女なら、町で一番魅力のある売春婦になったのにな、と言った。かれの死にいたるまでぼくらは親友だった。アンダーソン画廊のオークションで、かれの絵を何枚か買った。ぼくには画家たちが生活のためにつけている高い値段通りに金を払う余裕はなかった。だからマースデンがぼくに、一枚五十ドルぐらいで売ろうというものを六枚ほど見せた時なんか、そんなものガラクタだとはねつけた。そうしたことはぼくらには平気なことだったし、少なくともぼくには、ぼくなりの見る目もあった。そしてかれはぼくの見るかぎり、あまり大したものを持っていなかった。

30 異教の国

リチャード・ジョンズ。(1) ぼくの小説『異教《ペイガニー》への旅』を読んで間もなく、雑誌『異教の国』を創刊した男だ。そのころ出しぬけに、『ダイアル』誌が「荒地」を発表した。ぼくらのはしゃいだ気分はいっぺんに冷めてしまった。まるで原子爆弾が落ちたみたいに、それはぼくらの世界を消滅させて、未知の領域へのぼくらの勇敢な突撃は灰燼に帰した。

ことにぼくにとって、それは冷笑の爆弾だった。ぼくは二十年後戻りさせられた。とっさにそう思ったが、今考えても事実そうだった。決定的に、エリオットは、ぼくらを教室に連れ戻したのだ。まさにぼくらが、新しい形の芸術の本質そのものにぐっと迫った世界へ脱出しようとしていた矢先のことだった——新しい芸術は、土地に根ざし、その土地が、芸術に実りを与えるはずだったのだ。ぼくはひどい敗北を喫した、と即座に思った。

エリオットは、ぼくの世界を生き返らせる可能性に背を向けてしまった。熟達した職人であり、ぼくにはとても願うべくもない技を、いくつもの点で持っていたあのバカが、ぼくの世界を運び去り、敵の手に渡すのを、座視していなければならなかった。

かれほどの技量を持つ人がこの地に止まり、ゆっくりと形を成しつつあったぼくらの企てに、その力を用いることができたならば、どれほどの進歩をぼくらは遂げることができただろう！　ぼくがおぼろげながら具体化していた計画には、かれが必要だった。ぼくにはかれが必要だったのだ。かれならぼくらの相談相手に、いや英雄にだってなれた。かれに見捨てられ、ぼくらは一瞬ぴたっと押し止められた。つらい時期だった。ぼくが予想したように、今になってやっと、ぼくらは冷静さを取り戻して、態勢を立て直し始めたのだ。だからといって、韻律構造における次の一歩を、実際に踏み出すにあたって、間接的にであれ、エリオットの寄与するものが、あまりなかったと言うわけではないが、もしかれが、アメリカ語で詩を書くわれわれの率直な取り組みから目を背けなかったら、ぼくらは、はるかに迅速な前進を遂げられたことだろう。

客観的には、そのことはそれなりに仕方のなかったことだと、ぼくも認めざるをえなかった。でもあの男にあんな風に逃げられて、ぼくは逆上した。パウンドの弁護などがあったけれど、ぼくはいまだに克服しきっていない。『クライテリオン』(2)は、ぼくと、ぼくが追及していたものを、受け入れてくれなかった。ぼくはそれを当てにせずにやっていかねばならなかった。

ぼくらの詩は、『ポエトリー』と『ダイアル』の二誌を例外として、すべての商業誌から、一貫して、不断に、そして愚かしくも、拒否されていた。『リトル・レヴュー』は採算がとれていなかった。ぼくら自身の雑誌を立ちあげる以外に、講じる手立てはなかった。結局のところ、発表の場があまりにも乏しかったので、そうでもしないと、酒でも飲みながら気の遠くなるような長い時間、待つしかないということだった。いまやそういう群小の雑誌にとっては春の季節で、それらにできることがたくさんあった。

ボブ・マカルモンが『コンタクト』発刊の火付け役だった。弱々しく発足した同誌の理念は、十年後に堂々たる成果をあげた。しかしぼくらがそれを創刊したころは、大した見込みもなかった。失われてはいけない、何やら重要なものが、そこここに転がっていて、そうした直接的で妥協のない作品を、ぼくらが活字にしたということだ。

ハーマン父さんは、ぼくらのために用紙を裁断して、いっぱい送ってきた――ぼくは今でもそれを利用させてもらっているし、死ぬまで使えるほどあると思う。今もその紙に書いているんだよ。それがかれのやり方だった。ただ雑誌の内容に賛成していたわけではなく、実際には、ぼくらが追及していたことを、理解していなかっただろうし、ぼくの想像では、ぼくらの書くものを、読みさえしていなかったと思う。

最初の二号はガリ版刷りで、クリップでとめたものだった。次の号は、同種の用紙に活版印刷の表紙を付けた。その次の号は、白い用紙に印刷・製本した。それが最終号になった。誰も買わなかった――そしてその他にも、何かが生まれそうな気配だった。

ぼくらはマリアン・ムーア、ハートレー、その他二、三人のすぐれた詩を掲載した。特にマカルモンとぼくの間でたえずなされた話し合いや計画は、無駄には終わらなかった。ボブは冷静な熱意をひめた鋭い碧眼の若者で、その当時、クーパー・ユニオン(3)の男女混合クラスで、ヌードモデルをして生計をたてていた。かれは理想的な青年の体格をしていた――その体型は、ペクチオ宮殿(4)の壁龕に置かれた、ドナテッロ(5)作の、甲冑をつけた若きメジチ本人としても通用すると思われるほどのものだった。一時間一ドルで、元気なものだから、時にはさまざまなポーズをして、九時間ぶっ通しでも平気だった。しばらくは、ニューヨーク港の艀に住んで頑張っていた。ぼくの想像では、そうやって稼いだ金を、ほとんどその雑誌に注ぎ込んでいた時もあったようだ。ぼくも手伝ったが、ぼくが活動を支えていたわけではないし、かれもそれを求めはしなかった。かれがどれほど困窮していたか、実際のところぼくには分かっていなかったと思う。それはかれ自身の問題だから、ぼくは口を出さなかった。

そのころのことだが、H・Dから便りがあって、友達と二人で住もうと思っているロサンゼルスへ行く途中、ニューヨークへ立ち寄るので、適当な日の午後にでも、ベルモント・ホテル(昔と変わらないベルモント)でお茶でも飲みましょう、ということだった。

「君もあのオールドミスに会わないか?」ボブに聞いてみた。

「いいとも、ぜひ」

そういうわけである日の午後、二人でお顔拝見に出かけた。昔とちっとも変わらないヒルダ、どこもかしこも昔のままで、相変わらず背が高く痩せっぽちだった。だがヒルダが連れてきたのは、小柄で浅黒く、鋭く真剣な目をしたイギリス娘だった。彼女はぼくの目を引いた。

「ところで彼女どう？」出てきてからボブに聞いた。

「うん、まずまずだ」とボブ。「もう一人の人だよ。ブライアー[6]と言ったっけ――あの人はちょっとしたものだね」

彼女たちは、翌日、西海岸へ向かって出発することになっていた。

ちょうどそのころ、ボブは中国行きの貨物船に乗り込むことになっていて、その準備もすでに整えていた。しかしブライアーからの一通の葉書が、かれの計画を変えた。彼女たちは、一週間もすると、カリフォルニアにも飽きてしまい、イギリスへ帰ることにした。そこで、ブライアーがもう一度会いたいので、ボブにどこへも行かないで、特にニューヨークを離れないで待っていてくれとのことだった。

ほどなくブライアーはニューヨークに着き、ボブに会って結婚を申し込んだ。後で分かったことだが、彼女はイギリスで最多額納税者、ジョン・エラマン卿の娘だった。ボブもそれには参った。かれから話を聞いた時、ぼくはまさに目に涙が浮かぶのを感じた。この男との交友や、そのすぐれた才能から受ける恩恵も、これで終わりになると思ったからなのか、それとも、かれの幸運を喜ぶ気持ちからなのか、ぼくにはどちらとも言えなかった。

ジョン卿が、二人のために新婚用のスウィート・ルームを予約したホワイトスター定期航路の、「ケルティック号」の出航に間に合わせて、あらゆることを大急ぎでやらねばならなかった。まず洋服屋へ、それから紳士用服飾店へ、など、など。そうしてから、出航の前夜、ブレボート・ホテル[7]の小さな個室で内々の夕食会。

ブライアーもH・Dも、儀式ばったことにはあまり乗り気でなかったが、そこに来ていた。ボブと、この会のために東部へ駆けつけてくれたかれの妹グレイス、それからフロッシー、マリアン・ムーア、ぼく、そしてパーティー好きの中では最高の人、あの懐かしいマースデン。

何を食べたのかはどうでもいい、フロスが覚えていれば別だが。しかし蘭の花のことは忘れられない。フロスもそうだと思う。大金持ちの若いカップルに贈るための、ふさわしいプレゼントは何がいいか、そう急には想像もつかなかったが、フロッシーが実に見事な贈り物を思い付いた。手に入るかぎりの、最も珍しい蘭の一箱だ。

これを解決する鍵は、とても陽気な蘭栽培家、エドワード・ロウアーズ[8]がにぎっていた。古今最高の蘭、いや少なくともアメリカでは、最もすぐれた販売用品種を最初に栽培した人だ。ロウアーズ農園は、イースト・ラザフォードにあって、鉄道線路のすぐ向こう側、ぼくが子供のころ暮らした懐かしいバゲロン屋敷（そのころはまだ立っていた）の、ちょうど隣だった。

「いいとも」とエドワードさんは言った、「お好きなものを。いつ入用なの？」

「今日」

そういうわけで、かれは温室をあちこち歩いて、目につく最も珍しい蘭で、ぼくなんかには想像もつかない立派なものを、チョキチョキ切ってくれた。それをばらのまま、しかし丹念に、ボール紙の箱に入れてくれた。

さてホテルに着いて、テーブルの上で箱を開いた時、みんなは一斉に、ほうっという驚嘆の声をあげた。最高の珍しい蘭（「ロウアーズ園特選」）。それにみずみずしいこと。種類の豊富なこと。

みんなが、オーとかアーとか賞賛している時、いいことを言ったのはマースデンだった――ちょっと想像してみろよ、ジョン・エラマン卿の娘と、どんなに才能があるにしろ一文無しのアメリカ青年との、お忍びの結婚式というネタだから、アメリカやイギリスの新聞記者で、ちょっと頭のいい奴なら、どんな犠牲を払ってでも飛びついてきただろうに。蘭の箱を、狭いテーブルで次々に回していると、マースデンが椅子の背にもたれて、そんな時にかれにしかできない笑い声をあげて言った。「明日の新聞になんて記事が出るかちょっと考えてもみろよ、『詩人たち蘭を撫で回す！』という見出しでさ！」

それから二日後、フロスとぼく宛に一枚の絵葉書が届いた。その絵は、当時大当たりしていた芝居の一シーンで、男女数人の役者が、銭の入った壺に手をつっこんでいた。肉太字体の大文字で、はっきりしないがD・Hというサインがあった。後になってH・Dに、差出人は君だろうと咎めたが、猛然と否定した。ぼくは疑わしいと思ったけど。

ボブは去った。かれの抱えこんだ悲惨な話とともに――だが、それを語るのはかれであって、ぼくじゃない。ぼくはそのころ、『アメリカ人に生まれて』(9)を書こうと思い始めていた。ぼく自身が、多かれ少なかれ、偶然に生まれついたこの土地の意味するものを、ぼくなりに発見しようとする試みである。すでに下調べを二、三していた。計画としては、アメリカという国の建国者、お好みなら、「英雄」と言ってもいい人物の頭の中へ、かれら自身の手になる記録を詳細に検討することによって、入り込んでいこうというものだ。ぼくとしては、自分と、かれらが記録したものとの間に、何ものも介在させたくなかった。手始めには、北欧伝説の翻訳、『長い島の書』[10]によって、赤毛のエリックの事例を考えていた。その他、コロンブスの航海日誌、ヘルナンド・コルテスのスペイン王フェリペ宛の書簡集、ダニエル・ブーンの自叙伝などなど、さらにジョン・ポール・ジョーンズが、セラピス号との海戦の後で、ボノム・リシャール号の艦上で書いた手紙の全文など。そんな風に書き進めるつもりだった。

しかし、ぼくらの結婚十周年にあたる、一九二二年が近付きつつあった。その年には、地獄に落ちようと、洪水になろうと、一年間の休暇をとって、フロッシーと二人で外国へ行く計画を立てていたのだ。

31　サバティカル・イヤー[1]

ぼくらには子供が二人、九歳になるビルと六歳のポールがいた。困難はあるだろうが、この子供たちに実害さえなければ、これはどうしてもやらなければならないと感じた。ハーマン家の母ナナと父はモンローにいたし、ぼくの母はここにいる。エドもそんなに遠方にいるわけではないし、ルーシー[2]、まだ話には出していないが、お手伝いのよく働いてくれるルーシーが一緒にこの家に住み込んでくれる。その上「ワッティ」ことワトキンズ先生が直接面倒をみてくれるのだ。ラザフォード高校の体育主任教師でフットボールのコーチもやっている先生である。以前コルゲート大学[3]にいて、「カミソリ」ワトキンズと言われた人だ。

診療所の方は従弟のアルバート・ホウヘブとその妻キャサリーンが引き受けてくれる。二人とも内科医で、一緒にパセイック総合病院でのインターンをすませたばかりで、この家の一室を使ってぼくの仕事を引き継いでくれる。この計画はいろんな点で向こう見ずなことだったが、どんな風に考えるにしろ、生きるためにはさまざまな運任せのことも信頼しなければならないし、こうするのが自分に対する義務でもあるとも考えて、決行したのである。

その前半の六カ月は二人だけでニューヨークで暮らし、子供たちとは週末をともに過ごす。うまくいきそうだったら、後半の六カ月はそっと国外に出よう。後で分かったことだが、町の人たちは寛容だった。とはいえ、まったくいかれた奴と思う者もきっと大勢いたであろう。金もないくせに！　子供にとんでもないことをして！　あんな風に他人に任せっきりにして！　など、など。

その皮切りとして子供たちをメイン州のマタワンケグ湖畔でのワッティのキャンプに参加させた。ちびのポールは参加早々の事故だが、打者のすぐ後ろ側に立っていたために目に見事な黒あざを頂戴した。しかしやがて、泳ぎ方も知らないのにボートの縁からワッティの腕をめがけて飛び込んで、ガッツのあるところを見せた。ビルは釣り好きだった。以来今にいたるまで、いやこれからもずっと釣りはやめないだろう。

ニューヨークに行くとフロスとぼくは昔なじみのルイーズ・ブルシェル（子供たちはまだウィウィと呼んでいた）のアパートに同居した。ぼくはニューヨーク・フェンシング・クラブに入会した。すべてが滑り出した。

夏になると子供たちのキャンプへ行った。あの時ぼくは何歳だったのだろう。四十歳近くで、まだちょっぴり野球もやっていた。メイン州の夕方ちょうど薄暗くなったころ、相当持久力の要るゲームをやったから、いまだに覚えている。年長の子供とキャンプの指導員が、敵味方に分かれて、敵が球場を越えて北の方へ行き、味方は散開して敵がすり抜けて「陣地」に着かないようにするのだ。十二歳や十四歳の子供を追っかけて、ぼくは湖畔をいたるところ、へとへとになるまで走りまくって敵を捕まえた。ずいぶん賑やかにやったものだ。

それから秋になって、ヴァージニアに引きこもっているウォリー・グールドを訪ねた。愛用のドッジ車を走らせた。アポマトックス川の仮設橋を渡ると、路傍の木々に柿の実がちょうど熟れかかっていた。

その一、二年前にぼくの家を出たウォリーはワシントンで列車を降り、ポトマック川で魚を釣り、その魚をたき火で料理した。根がインディアンのかれはもう雪を見るのは一生ご免だと思い決めた。南へ、昔のインディアンの土地を越えて、南へ行くのだ――分かっているのはそれだけだった。

あちこちで多少の雑用をして口を糊しながら農場を渡り歩いた。一人の女に自分はもと騎兵隊にいたので馬のことなら何でも聞いてくれと言った。実際その知識はあったのであろう。彼女は病気にかかった老いぼれ馬を引き出して、どうしたものかと相談した。ウォリーはその馬の口を見て、こんな老いぼれに金をかけるのはもったいないと言ってそれ以上とりあわなかった。

最後に（かれにとってまさに最後だった）ノース・カロライナの州境に近いファームビルに着いたのはもう夕方

だった。まだ五セント硬貨一枚があったので映画館に入ることにした。その瞬間から事態が進展しだした。メカニカル・ピアノ[4]の時代は終わっていた。ウォリーは裏の映写室に行って経営者に面会した。その町の獣医もしている人である。ウォリーは演奏を申し出た——もといたメイン州マディスンでそれを仕事にしていたのだ——そして雇われた。何でも演奏できるということで直ちに週給十五ドルで雇われた。その晩その獣医ステイリーの家に泊まった。そういう風にことは運んだのである。

ファームビルには大規模な女子師範学校[5]があり、ペギー・ホプキンズ・ジョイス[6]の出身地でもある。彼女の父親はここの散髪屋だった。またアポマトックスでリー将軍[7]が降伏する直前まで、グラント将軍が司令部を置いていたところでもある。南北戦争関係の言い伝えがあふれるほどある土地柄だった。ホテルの二階のバルコニーに立っていたグラント将軍を至近距離から狙って撃った銃弾が当たった場所をそのまま見せていた。

ウォリーが町はずれに便利が良くて安い宿泊場所を探していた時、ミス・メアリ・ジャクソン所有の小さい小屋の話をしたのは、きっとこの獣医だったと思われる。かれにはここに永住するつもりはなかったと思う。まったくの片田舎だったが、一年ばかり経ってぼくらが訪ねていった時には、そこに居着いていたのだ。またとない幸運に恵まれ、すばらしい友人もできていた。巨体、印象的な風貌、しかも著名な文筆家ということで大いに成功しつつあった。

ミセス・パークスというラブレーの作品にでも出てきそうな女がいた。その地方の模範的な養豚業で大もうけをしていたイギリス系の夫は、自宅の裏庭に古い湯船を据えて、夏ばかりか冬でも、毎朝裸になってざぶんと一風呂浴びることにしていた。ウォリーと同じようにニューイングランド出身の夫人は、とっさにかれの到来にどう対処すべきかを飲み込んで、日ごろの退屈から逃げ出せると思ってわくわくした。まわりは知っている者ばかりだ。辛辣で聡明、顔立ちも鋭い彼女は、町に起こった大ニュースを仲良しのミス・メアリーに知らせるのがさぞかし待ちきれなかったことであろう。

ミス・メアリーはべつのタイプだ。母方がオランダ移民の家筋の彼女は、軍歴の終焉の時を迎えようとしているリー将軍が門前に立ち寄ったというあのホワイト裁判官(8)の末裔だ。愛馬にまたがったリー将軍、失意の中にも精一杯将軍を励まそうとしている味方の人たち、その情景はおよそ想像がつく。女性たちの一人が将軍にお茶を一杯いかがでしょうと言った。お茶だって！　困窮した南軍ではほとんど耳にすることもなかったものだ。リー将軍は頂きますと答え、持って行くと下馬もしないでそれを飲み干したという。そういう家筋のミス・メアリーは中年で、ウォリーと同い年かやや年上、地元の高校の校長だったが、父親が亡くなったばかりで、本人も退職間近だった。召使いたちが時々素足で椅子の後ろに近付いてぎくっとさせられることがあるような古い煉瓦造りの家に住んでいた。

　ぼくらはウォリーの家に厄介になった。その一週間は実に気持ちのいい逗留だった。かれは三種類のパウンドケーキを焼き、包装し販売して生活していた。料理が格別上手であった。住まいが中心街まで二キロもあったので、九歳の小さい黒人少年を一人雇って手伝いや走り使いをさせていた。オティだ。着いて間もなく、そのオティが松の木の中程に登ってこちらの挙動を観察しているのに気付いた。

　ぼくは流水に抉られ、黄色のハリエニシダが生い茂るその古戦場を散策した。南北戦争中、ある兵士がいつまでも南軍の野営地であったところの目印になるように、どこへ行くにもこのハリエニシダの種をポケットに詰めて持ち歩いたという話がある。ぼくはその昔インディアンがここを舞台に小競り合いを繰り返した証拠となる矢尻や大きい鉛弾を拾った。

　ある時リーはこんな道路を通過中、部下の歴戦の勇士が一人、熟れていない柿をかじっているのを目にした。リーは「そんなのを食うんじゃない。いったいどういうつもりだ」とその兵士に言った。

「配給分で足りるように胃を収縮させているのであります」と声をかけられた兵士が答えた。リーは頭を下げて何も言わずに通りすぎた。

　ウォリーとメアリー・ジャクソンについては話せば長くなる。結局二人は結婚して所帯を持つのだが、数年してかれは死んだ。ある朝、薪を積んだところで着古した茶色の寝間着のままうつ伏せで冷たくなっていた。数カ月後、彼女も後を追った——みんなの話だと処女のままだったということだ。

ぼくらが訪れたころ、ウォリーはテニスンに興味があって、テニスン流の文体でかれの絶筆となる「アフロディテに捧ぐ」(9)を書いた。ぼくは気に入らないとことば激しく言った。これがもとでぼくらの交際も途切れてしまったが、ファームビルのことは忘れられない。車での遠出、人との交流、豆とか何やかやをこってり混ぜて煮込んだりスの肉のブランズウィック風シチュー、パークスが世界一良質と思ったヴァージニアのあの地方特有のチョコレート色をした土壌など。イギリス人であるパークスは世界中を旅して多くの国で農業を体験したが、人生半ばを過ぎて、その円熟した判断で世界一の気候に恵まれたところだと思うこの土地で、結婚して身を固めたのだ。想像を絶するほど大きいイノシシとか、実が鈴なりの円錐形の見事なセイヨウヒイラギの木などにぼくがお目にかかったのはたしかこのファームビルだ。アライグマ狩りの話——ある夜、実際に狩りをやっている音が聞こえた——柵の有刺鉄線に引っかかった野生の七面鳥を捕まえる話、薄雪の降った後はいたるところに無数の七面鳥の足跡がついているという話などをあの獣医がしてくれた。

フロスとともにまだニューヨークを本拠にしていたこの時期、実は、『アメリカ人に生まれて』を書き始めていた。自由な時間はほとんどその資料集めに当てた。毎日のようにニューヨーク市立図書館の米国史資料室に通った。

ある日、その日は頭がデ・ソト(10)の章でいっぱいだった。ノートを取り出してテーブルにつき、本を借り出すいとまもなく、がむしゃらに書き始めた。五、六分ほど書き進んだころだろうか、イギリス訛りのくそったれ館員が後ろに来て肩をとんとん叩いて、この部屋を物を書くのに使っちゃ困ります、と言った。ぼくは頭にきた。

「論文を書いているんです」

「本を借り出していないじゃありませんか」とかれが言った。

「すぐ借りに行きますよ」と答えると、

「本を借りないでここで書き物をしては困ります」となおも言う。

仕方なくぼくは席を立ってカウンターに行き、本を借り出してテーブルの上に置いてからやっと仕事にかかった。そんなことで一日が台無しになった。

アーロン・バー(11)やアレグザンダー・ハミルトン(12)に関しての資料集めはフロスが全部やってくれた。彼女のメモとか報告に勇気づけられて一気にその章を仕上げた。コロンブスの章には相当手こずった。初めはそれを劇的な結末に持って行くことができなかったからだ。アメリカ発見で終わりにして第一航海を締め括りたいと思ったが、同時にあと三回の航海とそれに伴う話にも全部触れたいと思った。書いて書いて書きまくったがどうしてもうまくいかない、それがほぼ一年してリヴィエラのビルフランシュでき上がった。ウォルド・フランク(13)がこの結末に目をとめてほめてくれた。それにはまったくほろりとした。テノチティトラン(14)の章はインカの石造りにふさわしく四角な大きな段落にして書いた。ローリー(15)はエリザベス朝と思う文体で書いた。赤毛のエリックの章はアイスランド英雄伝説《サガ》の文体で、ブーンはダニエル・ブーンの自伝の文体で、フランクリンはフランクリンのことばで書き、ジョン・ポール・ジョーンズは原文そのまま引き写した。こうして各章を内容だけでなく文体そのものにいたるまでテーマの緻密な追求になるようにしようと努めた。

32 ぼくらの海外旅行

とうとう二人でヨーロッパに出発する日が近付いてきた――一九二四年一月九日水曜日――と日記にある。快晴、古いロンシャムボー号で船出した。船室は身寄りや「仲間」などからの花や果物籠でいっぱいだ。日記によると、ラコーニャ号の入港で十五分ほど遅れて出航、その後港に入ってくるマジェスティック号とすれ違った。

ここのところから、正確を期するためにしばらく日記をたどることにする。逐語的に引用する値打ちがありそうな記載がままあるからだ。

出発前夜、親しい友達のうちアールとダウの二人がニューヨークのコロンビア大学クラブでぼくを酔いつぶそうとした。それはこれからする多くの体験の序の口だった。

カウンターでいると誰かが「オレハ、ツマラン男ダッタ、人ヲダマシタリシテ」とフランス語で言っているのを小耳に挟んだ。それが今も耳に残っている。

一九二四年一月九日水曜日のニューヨークから一月三十日水曜日までは、パリ経由でカルカソンヌ(1)やマルセイユまで、三週間（うち九日は船旅）ばかりだが旅行した。あの時のパリの思い出がすべて、そのわずかな日々の中に盛り込まれたなんてとてもありえないように思われる。手始めにいたるところに引き合わせてくれたのはボブ・マカルモンであった。パリでのかれの立場は重要ではあったが、とうてい幸せなものではなかった。かれが結婚する前にぼくと二人でニューヨークで始めた冒険的な企画、『コンタクト』は当時の主要な作家を擁する影響力多大な文芸誌になっていた。かれは義父ジョン卿の資産のおかげで、多くの本を世に出すのに極めて重要な役割をした。ガートルード・スタインの『アメリカ人の生成』やヘミングウェイの初期の作品を始め多くの本を世に出した。

出発してからぼくらには楽しい旅が続いている。海は相変わらずぼくを魅了した。息子のビル[2]が何年も後に真冬のアリューシャン列島で経験する海でも、ポールが大西洋で経験する駆逐艦の海でもなかった。漫遊目的でヨーロッパに向かう客船に乗っているのだ。しかしそうは言っても海は海だった。

最初の数日(鈍い船足だ)、もっぱら見たのは、クジラ一頭、おびただしいカモメ、その他「まるで船のビームの下から現れるみたいにしてパタパタ、パタ、パタとぎごちなく羽ばたいては急降下して姿を消す」海鳥たち、イルカ、彼方を行く貨物船。グランド・バンクスの南端では霧の中に突入した。翌日は時化。大変な荒れ様だった。しかしそれが治まると隣り合わせの船室で、かわいいヴァイオリニスト、バーバラ・ラルが得意のアルペッジョを弾くのがまた聞こえてきた。フロスは彼女の浴室に招かれ、チャーミングなフランス人旅客係に案内されて出かけて行き、戻ってくるなり「これこそ生きるってことね!」と気持ちを吐露した。

それからまた始まった。これまでにない激しさだ。一月十三日、終日荒れる。北西から寒風。船は右舷に大きく傾いて進む。乗組員が船倉に積み荷の点検に下りていくのが見えた。舷窓はぴったり閉めて閂が掛けられている。船の後方からすごい大波が船尾をせり上げ、風が吠え、水飛沫をあげ気泡をこなごなに砕く。海を見つめて過ごすこと数時間。貨物船が一隻見えた。就寝するころには波浪で甲板はびしょびしょになっていた。

実はこれがぼくの(たどたどしい)最初の小説『異教への旅』[3]の序章だ。この小説はフロスと二人でしたこの旅の日程をそっくりたどっている。もちろん主な登場人物はぼくらではない。

ルアーブル(4)の駅まで会いに来てくれたケイ・ボイルは、せめて一泊ぐらいはしてこの石葺き屋根の家の建ち並ぶ町を見物していけ、としきりに勧める。この町には食料品屋の主人ぐらいしか知った人がいないので、とても孤独なのだという。しかしそういうわけにはいかない。ぼくらはパリに急いでいる。かわいそうに彼女もできれば一緒にパリに行きたかったのだろう。

黄色いエニシダが線路沿いに咲いているのにはとても驚いた。ヤナギの木々も尾状花を咲かせていた。アメリカのよりはるかに早咲きだ。ルーアンを通過した。ホテル・ルテティアに部屋(四十フラン)を予約したとボブから電報が届いていた。とうとう着いたのだ。ここに居るのが夢のようだ。会う予定のみんなにすぐにでも会いたい。

フロスは客室にある電気時計に感心した。カチカチ音を立てないのだ！ その晩はビィウ・コロンビエで夕食。アメリカ人のぼくの注文は当然牛肉、それもヒレ肉の最高級ビフテキ、シャトーブリアンだ。さて仕方ないと言えば仕方のないことだったが、ここでごまかしの洗礼をうけた。ウェイターが注文の品を半分に切り、一つをぼくに出し、もう一方を傍らの小さい棚の上に置いた。よく見えるところに、としておこう。ところが出されたのをぼくが食べ終わると、かれは皿を片づけると、さっと野菜を出した。ぼくとしては自分のフランス語がちょっと錆び付いているという気がしているので、おれの肉の残り半分をよこせと言わなかったわけだ！ まあいい。あいつが喜んだのならそれでいい。ホテルの快適なベッドに戻る。かくて第一日目は終わった。

今にして気付くのも変な話だが、ヨーロッパで仕上げようと思って、書きかけの原稿をずいぶんたくさん持って行ったものだ。書き直そうと思っていた『アメリカ人に生まれて』の初めの数章、それから詩もたくさんだ。しかし一月二十日土曜日、ヨーロッパ滞在中ずっと続くことになるめまぐるしい生活が始まってしまった。

その朝十一時、その日は快晴だったが、ボブに電話してラスパイユ大通りで落ち合う。そこから一緒にルクセンブルグ公園に歩いて行き、陰気くさい上院の脇を通ってオデオン街十二番地に着く。シルヴィア・ビーチ(5)に会うためだ。しかし彼女は留守だった。ショーウィンドーにはぼくの本もあったが、見たところちょっと埃をかぶっているように思われた。まるで春みたいにうららかな日だ。ボブは前よりたくましくなっていた。話してみるとその心から青臭さがぐっと減って洞察力が深まっていた。歩きながら話が弾んだ。パリにすっかり腰を落ち着けてはいたが、ぼくの見るかぎり、パリとは、ピンからキリまですべてのパリの住人と、是々非々の付き合いをしていた。少しもパリに飲み込まれてしまうことはなく、持ち前のアメリカ流の姿勢や考え方を崩していなかった。例えば、若いフランスのシュールレアリスト、ルイ・アラゴン(6)としばらく相部屋で暮らしていたが、結局は相手に我慢できなくなった。「朝早く飛び起きてひげ剃りをすると、洗面所に一枚しかないタオルを絞りもせず、つぶしたニキビの血のシミだらけにしたまま、その場に放っておくような奴なんか」とボブは言うのであった。

その日の午後、つい近くの横町のブランクーシ(7)のアトリエを訪ねた。引き締まった小柄な体軀の農民みたいな男で、灰色のロングヘアはまるで牧羊犬そっくりだ。かれのピカピカのブロンズの「飛翔する鳥」と、男根みたいな頭と首をした女性像「マダム・ポガニー」はニューヨークの展示で見たことがあるので、ぼくの方はかれをよく知っていた。

あの日は、フロス、ボブ、ブランクーシとぼくの四人、それと白のコリー犬ポレアだった。予告なしの突然の訪問だったが、かれはしていた仕事を中断して、散らかった部屋ですがどこかそのあたりにお掛け下さい、と言った。そこは物置みたいなところで、石がごろごろしており、不格好な大きい木片、大部分は切り株のまま、完成作品、未完成作品などでところ狭しであった。特に、木ぎれの真ん中に大きい穴をくり抜いて、口(と心)を大きく開けて論陣を張っている雄弁家ソクラテスを表した「ソクラテス」は今に覚えている。イサクの頭もあった。ブランクーシはコニャックを出し、暖炉の火をかき立ててから、最近のエズラ・パウンドの「オペラ」作品『ヴィヨン』(8)の話をし始めた。一、二日前にシャンゼリゼ劇場でその上演を観たところらしい。あれは恥さらしだと断言した。

「パウンドがオペラを書いたですって?」とぼくは言った。「それはないでしょう。音符も読めないんですよ」

ブランクーシは激怒していた。腹を立てて、あれはヴィヨンを侮辱しているとひどく憤慨していた。ボブはかれがそんなことをきっぱり言うのを聞いてびっくりした。ブランクーシはもともと非常に温厚な男、紛れもない田舎者だったからだ。

楽しい訪問だった。またお出で下さい、今度は自慢の手料理でビフテキをご馳走しますよと招くのだった。ぼくらは立ち上がって辞去した。そこには天井の梁に届かんばかりの円柱形の木彫りがあった。木塊を鎖状の構造に、天までいやその向こうまでも届くほどとでも言えそうに組み合わせ、永遠を表したものだ。

そこから近くの小さい店に行ってビル・バード[9]を待ち、ハイボールを飲んだ。ビル・バードはスリー・マウンテン出版（取りようによっては女性の恥丘とも見えるものを全面に、目立たぬ山二つを添えたのをマークにしている。どうってこともないのだが）の編集者だ。長身であごひげがくっきりしたアメリカ的ビジネスマン、まるで高級ワインのシャンベルタンで熟成したみたいに穏やかで親切、親しみやすかった。ぼくはたちまち惚れ込んだ。その上かれのワイン貯蔵室は大したものだという話だ。いつかごく近いうちにぜひ試飲に行こう。かれの書物に対する関心は紛れもなく人を結び付ける力があった。

さて夕方は、ジェームズ・ジョイスとその妻ノラと一緒に、ジョイスの唯一の行きつけのレストラン、トリアノンでの夕食だ。

ジョイスは背は高くなかった。圧縮したような小さい頭、鼻が高くて唇は薄かった。そして、通じないことはないとはいえ、まぎれもないアイルランド訛りでしゃべった。目によくないと言って白ワイン、甘口の白ワインだけで、度のきつい酒は飲まなかった。緑内障でほとんど盲目なのだ。すばらしい晩だった。ノラはがっしりした人だったが、ほとんど一言もしゃべらなかった。

当時『フィネガンズ・ウェイク』のダブリンの初めの方に取りかかっていたジョイスは、とりわけフロスと話したがった。フロスの母方の血筋が西スカンジナビア語圏で、アイルランドの歴史で西スカンジナビア人が果たした役割は大であったからである。

ジョイスに気兼ねして、みんな白ワインを飲んだ。ジョイスはしゃべりながらフロッシーのグラスに注ごうとしたが、ねらいが定まらずに外れてテーブルにワインがこぼれそうになった。しかしフロスがグラスを持っていってそれを受けたので大事にならずにすんだ。

お代わりが始まった時、ボブ・マカルモンが少し酩酊していたのか、「罪悪に乾杯！」と声をあげた。

ジョイスはすぐさま目を上げて「その乾杯はご免だ」と言った。

そこでボブは笑いながらそれを撤回、みんな黙ってワインを啜った。

ジョイスは絶対に自分についてくるという条件をつけてノラ、旧姓バーナクルと結婚した。ノラは子供を二人抱え、夫は盲目に近く、有り金と言えばいわば天から降ってくるものの他は有るや無しやの状態で、うすら寒いアパートで頑張っていた。しかし一番頭を痛めているのは、ジョイスの父親の特大の肖像画をどうするか、だった。今住んでいるところの壁にはそれを掛けるスペースがまったくないのに、ジョイスは手許に置いておきたがっているというわけだ。紛れもないアイルランド人の献身的親思いのシンボルとして、このような絵が「光の目撃者」なる画家たちがまさに牛耳るこのパリという都会の真ん中にあるのも想像に難くない。

ジョイスがフロスに、古代語の単語で悪戦苦闘しているのですがいつかアパートに来て手伝って頂けないか、と言った。彼女は全然その誘いに乗らなかった。

しばらくしてそこを切り上げ、今度はポルトガル産のカキとコーヒーにアルコールをやろうとディンゴへ出かけた。そこでプリマスからの船に乗り合わせた赤毛の女と思いがけず再会した。ジョイスとノラも加わって賑やかで酒の回った晩になった。「幸いなるかな、心清き者」がジョイスのことばだった。

ぼくらが体験したのはパリでも祖国離脱芸術家《エクスパトリエット・アーティスト》の世界だけであった――昼も夜も――そしてパンが命の糧とすれば、ボブの好きな言い草だったが、ウィスキーは夜の生活の糧であった。そう言えばどちらも同じ小麦が原料だ。これという連中はみんな誰も彼もパリにいた――会いたいと思いさえすればいいのだ。しかしその花形の連中にもその階層があった。映画人や見せびらかし屋には、お金の点は認めるとしても、芸術家という意味ではぼくらは関心がなかった。そして当時の頂点にたどり着く者とどん底に沈む者とを見ると驚くばかりだった。ぼくらが来たのはこれを見るためでもあった。

ぼくらはほどほどに快適にできるだけ安上がりな暮らしをした。しかしこの十日間はホテル・ルテティアはまだぼくらにまかなえる範囲内にあり、高いか安いか分からないが第一週目三百九十フラン、マン・レイの写真六枚分よりも安いことを後で知って驚いた。

マカルモンとはラスパイユ大通りで会った途端に会話が弾み、それ以後休む暇もないぐらい際限なく話し通した。ニューヨークのホテル・ブレボートでのあの記憶にも新しい結婚披露宴以来、会うのはこれが初めてだ。あのこと、つまりかれの結婚の無惨な成り行きについて、またそれとH・Dとのからみについて、かれは初めてつぶさに語った。大酒を飲むことも当然の結果のように思われた。ホテルの部屋で、タクシーの中で、バーで、しゃべりにしゃべった――以後一カ月間それは続いた。かれの妻ブライアーはH・Dと二人でスイスのどこかに行き、かれは今パリに一人取り残されているのだ。

マカルモンはジョイスに「尽くしていた」と言えば大きな語弊がある。ボブはジョイスの役に立っていたのだ。ジョイスを(ノラと二人の子供にだって同じように思いやりをかけてはいたが)尊敬し、ぼやきを聞いてやり、できるかぎりのことをしていた。とはいえ、ジョイス夫妻のことはかれの仕事のほんの一パーセントにすぎなかった。パリはまさにかれの双子の兄弟だった。ここで在住アメリカ人ならではのくつろぎ方をしていた。特に調子のいい時は。時々、瞬き一つせず冷ややかな目で見当違いの相手に侮辱のことばをなげつけ、面と向かって嘘つきめ、とさんざんこき下ろすことがあって、そんな時、バーテンが手を伸ばして襟首をつかんで(かれは体重せいぜい七十キロ足らずだった)カウンターの後ろに引っぱり込み、酔いをさまして逃げられるまでかくまってやらなければならなかった。その翌日には誰か名前も知らない奴にまで金をくれてやったりする――ある時はアンタイル(10)に月百ドルの割りで渡したことがある――ジョイスには食費を出してやり、ぼくにもパーティーとか何とかをやってくれるのだ。困っているからと、たかってくる女が何十人もいるんだなどという話を聞かされた――決して具体的には言わなかったが、いたれり尽くせりのことをしたことを臭わせた。それはすべて義父ジョン卿の金であった。しかしそれはボブが自分の力で稼いだと大手を振って言える金であった。かれはその金を王侯貴族のように使った。出し惜しみがあったとしたら、それはかれでなく金の出どころでの話だ。『コンタクト』は本当に生き返った、今度は冒険的出版事業として。このまま続けていったらたちまちにして出版業界に必ずや前代未聞の絶大な影響力を持つようになるはずだ。コンタクト・エディションズは、ビル・バードのスリー・マウンテン出版と相まって、ぼくらみんなが活動できる場を作り出してくれた。ただ資金が続くかどうかが問題だ。しかしその行き詰まりはボブの顔に読めた。誰だってそんな調子でいつまでも続けられるはずがない。かれは体力面でも知的な誠実さの点でも、限度というものを知らなかった。何ごとにも満足できなかった。例えばかれのフランス語は結構よく通じていたが、大してできないと本人はこぼすのだった。

フロスとぼくはいつもボブと行動をともにしたわけではなく、機会を見付けては二人だけでパリを歩き回った。初めてルーブルへ行った時は閉館中だった。オペラ通りを見物、ラペ通りを歩いてショーウィンドーの宝石に目を見張り、ヴァンドーム広場まで行った。そこからタクシーを拾ってシャンゼリゼ劇場に行ったが、次の日曜日にあるジュール・ロマン[11]のヒット作『ドクター・クノック』の入場券を入手するのには苦労した。これはあるフランスの寒村の若い医者の成功物語で、治療に情熱を傾けるあまりその村全体の健康を損ねてしまいそうになるというものである。

そこからトロカデロ公園に行き、アレクサンダー三世橋を渡ってエッフェル塔（閉まっていた）に行った。フロスはこれを見るのは初めてだった。路面電車でモンパルナス駅に行き、近くの安いが並はずれてさっぱりした食堂で昼食。当時はパリでも為替相場のお陰でほとんど無一文でも生活できた。フロスはホテルに戻ったが、ぼくはそのままボンマルシェ百貨店まで足を伸ばしたら、「白布製品大売り出し《ホワイト・セール》」をやっていてフロアに山盛りのシーツなどが大勢の客にちょくちょく踏まれているのには驚いた。英語がちょっとできる若い売り子がいたので、アメリカの販売方法、おつりの出し方、スピード、手軽さなどについて意見を交わした。

「ああ、そういうことは聞いたことがあります。見学できればいいんですがね」とかれは言った。この男からヘアブラシと白いカラーを買ったが、その販売伝票の複雑さ、大仰な台帳らしきものへの記入など、まったく首を横に振らざるをえなかった。
「ああ、ここはあなたの国と比べるとスピードも能率も負けますが、ぼくらはこれに慣れていますからね」と言う。
時々、ホテル・ユニックのボブの部屋とかホテル・ルテティアのぼくらの部屋のどちらかで、本を読んだり話をしたりした。ずいぶん話をしたものだ。フロスは仮眠したり、ニューヨークで知り合った友達のキティ・キャネル[12]と買い物に行ったりした。ぼくはボブの『ある世代の肖像』を読んだ日もあり、自分の詩「かもめ」を書き上げた時もあった。

　最初の日曜日、この日も完璧な春日和だった。（コーヒー代わりの）チコリとブリオッシュで朝食をすませて、フロスと二人で大通りを歩いてその青空市場を見物した――オレンジ、バナナ、ニラネギ、さまざまの「青野菜」――店はどこも正午まで開いていた。セーヌ川をシャンゼリゼに向かって渡っていくと、端を赤く塗った木製の浮子をテグスに結び付けた長い竿で、釣りをしている人たちが見えた。小さいイワシに似た銀色の小魚「シャイナ」が釣れる。食いつくのは滅多になくて、何かの拍子に尻尾が引っかかるぐらいだ。

　チュイリュリ公園には芝生が青々としていた。昼食後、公園を出てビル・バードのところへ行くと、かれの妻サリーもいた。初対面だった――ブルボン宮広場八番地。サリー、彼女の見事な声が二人の人生をすっかり変えた。このエネルギッシュな女性と結婚した大人しいビルはちょっとした見ものだった。噂によるとある時、かれ、まさに疲れ果てたビジネスマン！　が帰宅すると、彼女はミミの役（オペラコミック座での出番のためだ）をリハーサルしているところだった。大いに感動したかれは、終わるのを待ちきれずに即刻その場で彼女を口説いたそうだ。あっぱれな奴め。

　かれの二人の子供、フランシーと男の子がいた。男の子を親身に世話していた子守役のミス・ネルソンはぼくらの前で妙に落ち着きがなかった。彼女は生まれた時からその子の世話を任されていた。かれは肥立ちが良くなかった。実際みるみる衰弱していったので、危ないと思ったバード夫妻はあわてて彼女にデンマークへ連れて行かせてほっとした。向こうで彼女の手厚い看護とデンマークの医師たちの処置のおかげで子供は回復した。しかしその時からその子は彼女の「わが子」となったのである。彼女はどうもサリーを煙たがっていたようだ――いやそうに違いない。その場の様子は何となくぎくしゃくしていた。

またある時、フロスと二人でノートルダム寺院を「見学」した。その塔の一つに上ると偶然日本人の観光客三人に出くわした。そこから彼方モンマルトルの丘に立つサクレクール寺院が見え、霞をすかして、写真で見るタージマハルのようだった。昼食はクリシ広場で。そこからオデオン通り十二番地へは徒歩。こんどはシルヴィア・ビーチは店にいて、暖かく歓迎してくれた。そこへ、アドリエンヌ・モニエ(13)がぼくらに挨拶しようと通りの向かいからやって来た。シルヴィアとはまったく違うタイプの女性で、実にフランス的、非常にがっしりした体格で、気取らない意欲があり、話を聞いていると、大地の中に足をぐっと膝までつっこんで立っている人、という印象を受ける。たまたま話がブリューゲル(14)のことになり、彼女はその怪奇な作品が好きだと言った――魚を呑み込んでいる魚をまた別の魚が呑み込む絵、豚が殺されながら鋭い鳴き声をあげるというアイディア、この動物に対する軽蔑、そこが面白いのだという――この女性に男のような服装のシルヴィアがこれほど強く惹きつけられるとは不思議だった。アドリエンヌはどんな男性でも容赦しなかった。ある時ボブが、タクシーの中で彼女を両腕に抱いてキスすると唇にがぶりと噛みつかれて、ちぎれてしまうまで放してくれないのではないかと思ったそうだ。しかしながら何ごとにもひるまぬやさしさがある女性だった。シルヴィアからちょっと誘いがかかっただけで、オデオン通りの向かい側の自分の店を閉めてまで外国から来た物書きに会いに来る。自分の時代の文学的な暮らしを守りかつ質を高めたいという飽くなき意欲があった。二人はパリのこの古い劇場の裏手一帯をあらゆる文筆家の聖地にしようと企んでいた。ジョイスはもちろん、若手アメリカ人の多くはそこを紛れもないよりどころと思っていた。

その晩はボブと一緒に、わくわくするほど若く刺激的なアメリカの作曲家、ジョージ・アンタイルとその妻ビアスカに会いに行った。ジョージは前髪を切り下げにしていた。ビアスカは小柄な外国風の「子供」で、一晩中ほとんど口を開かなかった。ブランシュ通りのこぢんまりしたレストランでは、話は音楽のことになった――ジャズオペラ、特にジョージが書く予定の、いや現に書いているジャズオペラのことだった。それはフランスの若手作曲家たちが後ろから覗き込んでその譜面から少しでも盗みたくなるようなものだった。従兄のストラヴィンスキー[15]がスポンサーだった。エズラ・パウンドはかれを絶賛する文章を書いていた。

ボブ・マカルモンが待ち焦がれていたものだが、それは実にわくわくする作品だった。実際これがこの一年後ぼくらが帰米してから、グランドピアノ十四台、霧笛、電気警報ベルとか何やかやを使った、カーネギーホールでのコンサートになるのだ。飲みながら――あの当時のパリの想像力には、赤子がミルクを必要とするようにウィスキーは欠かせなかった――ぼくらは自分たちが、浜辺に寄せてきていつかそのあたり一帯にあふれる大きい波の先鋒になっているような気がした。よろめきながらそれぞれホテルに帰った。

日記に頼っていたのに急に記憶をたどることにするとへんてこな混乱を招いてしまう。時にはこの両者がかみ合わないで、名前を見ても頭に何も思い出せないことがある。しかし時には日記に書いてあることばのマッチが紙ヤスリで擦れて、記憶の炎がパッと燃え上がることもある。

最初の二、三日がすぎたある晩、ボブがキティ・キャネルと連れだって迎えに来た。彼女はリスの毛皮のコートを着て黄色の縁なし帽をかぶっていたので、身長が六フィート近くもあるこんな服装の女を、道行くフランス人が男も女も振り向いてじろじろ見た。ボブがぼくらのために大パーティーをしてくれるのだ。

普通の夕食時刻をちょっとすぎていたかも知れないが、その晩はトリアノンの店で、左の壁際の赤い豪華な長椅子の席はほとんどぼくらが独占して借り切りみたいになった。宴会ができるようにテーブルを寄せて、片側に十人から十五人ぐらい座った。ぼくの右隣にフロス、その真向かいにジョイスとフォード・マドックス・フォード[16]、かれらの妻や他の連中も周りに詰めて座った。キティ・キャネルと一緒にハロルド・ローブ[17]、アンタイル、マルセル・デュシャン、ビル・バード、マン・レイ、ミナ・ロイと娘、シルヴィア・ビーチ、ルイ・アラゴンなどが集まった。案内を受けて来た者もあり、ただの飛び入りもあった（全部ボブのおごりだ）。コースそれぞれにちゃんとワインが付いた豪華料理だった。フォード・マドックス・フォードに会うのはこれが初めてだ。ナプキンを片手に物を言おうと口を開け、どもり気味にしゃべって結構楽しんでいる。のっしのっしと歩くこのイギリス人、何とも言えぬ魅力のある人物、それをぼくは目の当たりにすることができたのだ。

当然ぼくは一言挨拶することになった。みんなの目、特にフランス人の目に、このアメリカ人はいったいどんな意見を開陳するのか見てやろうと穴の開くほど見つめられて、ぼくに何が言えようか。かれらと共有して持っているものは何もないのに。

ボブに礼を言うのは当然として、みんなにも親切を謝した。それから、パリに来て目に付いたのは、遺体を乗せた霊柩車が街を通る時は、その車の飾りが派手であろうと地味であろうと、女性は足を止めて頭を下げ、男性は一般に帽子を手に持って気をつけの姿勢を取ることでした、という話をした。ぼくが言おうとしたのはみんなにはまったく関心のないことだった。それ以上何も説明はしなかったが、ばかなことを言ってしまったという気がして腰を下ろした。

その気まずい瞬間をほぐすために、誰かがボブに「ボリッキー・ビル」(ぼくのことだろうか?)を歌ってくれと頼んだ。ビルはそれを初めから終わりまで歌った。その次が「あの娘は貧乏、でも堅気だった」で、みんなで合唱した。それから食べるものを食べ終わるとフランス人たちはマン・レイともども引き上げてしまい、残りの連中はディンゴに繰り出した。ジョイスも誰も彼も泥酔して、床についたのは三時。

翌日、寝苦しい夜が明けて、お湯をグラスに六杯ほど飲んで、やっと一人で長い散歩に出ることができた。梨を一つ買ってかじっているうちに中世風のフランソワ一世広場にひょっこり着いた。ぼくの経験ではそれなりに一番フランス的なところだ。フランス流の簡素なデザインで、きちんと切った灰色の石をぴったり組み合わせていて、さながらラシーヌ(18)のアレキサンダー格の詩行といったところだ。あの広場は今どうなっているか知るよしもない。田舎者か植民地からのお上りさんみたいに、かじりさしの梨を手にあの朝見た、あの古典的な様子が今もそのままなのかどうかも分からないが、それはぼくの心に深い印象を残した。ひどく応えたのは多分、前夜のあの間の抜けたスピーチの後の屈辱感か、泥酔の自己嫌悪感か、吐き気か、そのいずれかだ。しかしぼくはあの日それまでまったく気付いていなかったフランスの一面を見たのである。

目に映るパリの美しい風景に心洗われた気持ちで引き返す途中、ホテル・ルテティアのすぐ前で貧しそうな女がミモザの切り花を売っていた。彼女は束ねた中から一枝選んで差し出した。しかしその値段を聞いた時、フロスがミモザが大好きだと知っていたこともあって（ぼくの母もまたこの色や匂いが好きだった）、その女の手からその束全部をもらって、その値段をはるかに上回る金を支払ったので、彼女はびっくりした。通りかかった二人連れがいやな顔をしてこちらを見て、アメリカ人がまた馬鹿なことをしている、やつらがパリを駄目にしているんだ、と半ば声を潜めてぶつぶつ言った。まったくその通りだ。

前夜のおかげでぼくの目はまだ霞んだままボブとルーブルを一巡りしてから、フロスも一緒に三人で再びブランクーシの仕事場へ行った。今度は夕食をご馳走になるためだ。つまりルーマニアの羊飼いブランクーシ手作りのビフテキである。かれはこの料理で聞こえていた。話が弾んだ。パリでは誰もが実によく話す。話しているぼくらのまわりにあるかれの木や石の作品は、ゆらめく薄明かりの中で、まだ形をなしていない（やがて製作にかかる）大きい木や石のごった返す素材から、羊飼いの世界の木々や岩の間から、姿を見せる羊の群れ、とでも言おうか。

フランス人をまな板に載せた。ぼくはフランス人について、その寛容なところ、礼儀正しいところなどちょっと有頂天になって話した。こんな遠慮深さ、個人にとっての自由、ぼくらのような酒浸りの声高でしばしば鼻持ちならないアメリカ人でも自分の町に喜んで受け入れるところ、これをフランス以外のどの国で味わうことができようか——などなど。

ブランクーシは言った。「そう、寛容ですね。どんなことにも反対はしないし。しかしそれもある階層の中だけのことですよ。フランスの上流階級では世界のどこよりもひどい硬直した風俗習慣にお目にかかりますよ。それに街で、パリではどこでもそうですが、肉屋とか乾物屋の店を始めようとでもしてごらんなさい——外国人のあなたがですよ。喉を掻き切られますよ。文字通りに。それはまかりならん、絶対に許せない、というわけです」

ボブの話では、ブランクーシは自分のアトリエに来たアメリカ女性の気を惹こうとしたことが何回かあるという。そのうちの誰かと火遊びをしたいと思った。ちょうどそのころ、ものにできるかなと思う女が手近に現れていた。しかしうまくいかないだろう。かれはあまりにも田舎者、あまりにもやさしくてあまりにも無骨だからだ。

ありとあらゆる話がそのころのパリでは飛び交っていた。例えば、ある若い男が筋骨隆々の同性愛者のアパートに閉じこめられて、一晩中声をかぎりにやめてくれ！ と悲鳴をあげるのが聞こえてきたが、翌朝そんな手合いがたむろする特定のカフェにかれが陣取っていたとか。情事に憧れてフランス人の青年将校の誘いに乗ったアメリカ娘が、一緒に入ったホテルの部屋で、脱がされてベッドに寝ころびその男が鏡の前に立って髪をとかし髭に油をつけるのをじっと見ているうちに、笑い出して起き上がり、身繕いをしてバイバイと言いながら帰って行ったとか。

ブランクーシは、かれが出会うアメリカ人の女は気概のある美人が多いとは思っても、大体において観察するだけで手は出さなかった。かれの言うところでは、彼女たちはあまりにもあっさりと常軌を逸して脱線し、たいていはあまりにもあっさりとどぶの中に入っていって遊びたがるくせに、ボブのことばを借りれば「安全ピンは外さない」というわけだ。

ブランクーシは木靴をはいて愛犬ポレアを連れて途中まで送ってくれた。その後すぐにボブと別れ、ぼくらは後ろ髪を引かれる思いでシェルシェミディ通りを歩き続けた。ボブもそうだったと思う。そして就寝。

33 従姉たち

ある日一人で列車に乗って従姉のアリスとマルグリートに会いに行った。この二人に会わないわけにはいかない。今や老境に差しかかっている女二人、貧しく、しかもこの貧しさには不意に見舞われ、夫には先立たれ、こんな時世に頼りにできるのはお互いの他には誰もいない。一方ぼくは、アメリカの青年医師、このパリでは、楽しむことの他にはまず何もするつもりはなくて、このように二人のうらぶれた暮らしはちらっと垣間見ることしかできない。彼女たちの貧しい食卓で飲み食いする気は毛頭ないのに、かの有名なカルチェラタンという華やかで酩酊した若々しい世界から抜け出し、列車で崩れかけの城壁を抜けてはるばる、山羊でも乳を出さなければ餌ももらえないようなところへやって来たと言うわけだ。ぼくはちょっと恐縮し、ちょっと恥ずかしい思いだった。

アリスのアブサン浸りの夫、弁護士のトリュフリィは十年前に亡くなったが、マルグリートの夫、やさしい彫板工ウェーバーはつい先ごろ亡くなったばかりだ。かれは食事を作ってくれベッドで暖めてくれる相手が欲しくて、年取ってからマルグリートと結婚した。あんなにやさしい人はいなかった。ところが彼女はグズでろくな稼ぎもしないと、かれに腹を立てて金切り声で泣いたりわめいたりしたものだ。

しかしこのおばあちゃんたちも、繕った帽子やよれよれの服でめかすと、何もかもうちやって浮き浮きと出かけることができる。それがパリだ。その昔ラ・ブリュィエール通りの家で通りを見下ろしていると、後ろに来て少年のぼくに寄りかかったマルグリート、彼女は腕の立つ針子であった。アリスは決して利発ではなかったが、もとはなかなかの美人で、一流の婦人用服飾品の店で安定した職についていた。二人ともちゃんと暮らしていたのだ！そしてぼくに会えて喜んだ。こんなに「ハンサムで成功している」。ああ、あの豊かな国アメリカ。二人はぼくのために夕食を準備して待っていてくれた。そしてフローレンスが一緒でないことを残念がった。ぼくは来週ホテルで食事をご一緒に、と招待した。そして慌しくモンパルナスへ帰った。

その前日か前々日のことだったが、マン・レイが君の写真を撮りたいのだがと言う。それもいいなと思ったので、ボブにスタジオに連れて行ってもらった。仕事場の奥を一人の若い女の姿が興味ありげに動いていた。あの時彼女を見ただけでそれ以上深く知ることにならなかったことは未だに後悔している。ちょっと出てきただけで姿を消した。ここで仕事見習いをしているという話だ――ベレニス・アボット[1]、マン・レイの助手だ。向こうは一瞥しただけだが、見事な頭部、印象的な顔立ち、その眼差しは食い入るようだった。

マン・レイはぼくにポーズをつけた。ぼくは目を大きく見開いていた。ところが特にその時は、少し目を細めてくれないかと言われたので、何気なしに言われた通りにしたが、そうすることによって情感を表す特別の効果[2]が出せるのだとはその時気付かなかった。（もちろん後で請求書をもらった時は目を丸くしたが。）仕上がった写真を見た時ははらわたが煮えくりかえったが、後の祭りだった。自分の顔にあんな表情は見たくもない。そうでなくても自分が、まわりの他の連中のように、厳しく「承知しろ」と押しつけるタイプの人間でないのが恥ずかしくてたまらなかったのに。目をしっかり開けていてもずいぶん弱腰でまったくだらしがないと常々思ってはいたけれども、これはひどすぎる。これが既成事実になってしまって、はるか遠くの未来に生き、経験を積み、ぼくなど手も届かないこの勇気ある美人はバックにいてぼくをあざ笑っている、と分かった時には、もう手遅れで取り返しがつかなかったのだ。

一人で従姉たちのところへ行った後の日曜日の夜は、フロスとぼくはイライザ・アンドルーズのアパートに食事に招かれていた。父の旧友か縁者だ。これはまた別の話だ。六階までかなりの昇りで、その疲れを取るために踊り場毎に、座部が三角形になっている小さい籐の椅子を置いてあった。こういうところが昔ながらのパリで、五、六階にある部屋は人通りから最も離れていてその上には誰も住んでいないので、いつでも極上のアパートなのだ。しかしそこで生活するのは、高いところだけあって肉体的負担が大きかった。そこはまさにそんなところ、すでに老境に入りつつあるとはいえイライザがいかにも選びそうな住居だった。

　彼女の生活、活動的な生活は終わっていた。現代の世界から離れてここに閉じこもり、インフレで貧しくなり年金もごくかぎられた収入にしかならなかった。彼女が文学界と、というより政界の名士たちと付き合っていたのはもう三、四十年も前の話だが、そういう人たちを招いてもてなしたいという気持ちはまだまだ消えていない――それがどんなもてなしだったか覚えている者はほとんどいない。

　フランスも時代が変わったのだ。西インド諸島、セント・トマス島のシモンズ夫妻――いったい誰だろうか――一八七〇年にパリに侵攻したプロイセン人[3]、首相になった数学者ポワンカレ[4]、賠償金が欲しかっただけでフランスとしてはもともと欲しくなかったルール地方[5]、こういったことが話題にのぼった。イライザはワインなどは三年前から飲んだことがなく、肉類もほとんど、いや全然口にしていないこと。為替相場のこと、またそのおかげでひどい目にあったこと。パリは四分の一が外国人なの、外国人のために華やかでなくちゃいけないのよ、と彼女は言った。

　明日はいよいよ南に向けて出発という前の晩、ミナと彼女の実にかわいい子供たちと一緒に食事をしてから、招かれていたフォード・マドックス・フォードの家のパーティーに行った。そこは一種の庭付きアパートで、どこか、市内ではないが、かといって市から遠くでもなかった。すでにみんな集まって上機嫌で踊っていた。ぼくらがコートを脱いで入ろうとした時、女が一人、踊っていた相手に殴られて床の上に仰向けに倒れた。誰も大して気にする気配がない。フォードにいたっては目もくれなかった。

「どなたですか」と尋ねると、

「ベレニス・アボット、相手はホモのイギリス人ですな。大丈夫ですよ」

果たせるかな、その男は女を助け起こして二人は音楽とともに踊りに戻った。会場には客が多すぎた。ぼくとフロスは失礼を詫びて早めに帰った。フォードは楽しそうには見えなかった。


カルカソンヌへ行ったのは翌月になってからだ。「図解新ラルース小百科事典」に載っている写真そっくり、石のお陰でしっかりと立ち、静まりかえっており、平野を見晴らし、ピレネー山脈を望み、うつろで物悲しく、冷たい風がそのうら寂しい石造りや城壁に割れ目をさがしていた——城壁の下の小川で腕を真っ赤にした洗濯女だけがこの城に生気を蘇らせていた。

当初行こうと思っていたアルルには寄らなかった。寒かった。マルセイユではホテル・スプランディッドに投宿した。そして埠頭の一つのレストランで、どこででも必ず食べられるブイヤベースを食べた。皿から魚たちの顔が憎々しげにこちらを向いていた。

翌日はトゥールーズ。

ビルフランシュ[6]では一カ月ペンションに滞在した。海を見下ろすちょっとした崖になったところに庭があった。泊まった部屋に面して、建物の二階を巡って鉄製の手すりがついたバルコニーがあり、そこからビルフランシュ港のすばらしい眺めを思う存分楽しめた。ペンション・ドナの裏の通りはミモザの並木がずっしりと花をつけていた。左の方、海に面して、宿泊しているピンクの化粧漆喰の建物に接して、その昔アフリカのバーバリ海岸[7]からの海賊の急襲に直面した村人が逃げ込んだ古い砦があった。右手にはフランスのアルプス猟歩兵の兵舎があって、毎朝かれらの起床ラッパで目が覚めた。

着いた時ちょうど、隊伍を組んでさまざまの一斉吹奏の練習をしているところだった。大きい響きをたて、ぴかぴかのラッパを何度も振り回し吹き鳴らしていたが、それはベルディの音楽、オペラ『アイーダ』の中のラダメスがテーベに勝利の入場をするシーンの曲に何となく似ていた、いやもっと生き生きとしていた。すべて、謝肉祭のパレードと間もなく始まる花祭りの予行演習だった。

宿の主人は前大戦で重傷を負ってはいたがしゃんとした身ごなしの退役軍人で、ほっそりして長身の南仏出身には見えない妻を伴って、将来への望みをもってこの町にやって来たのである。小柄なブルターニュ娘のすてきなガイーテが調理婦兼雑役婦で、彼女の料理は頂けなかったが、そのあどけない心根はうれしかった。高い金網の柵で囲った庭の中を走り回る大きいシェパード、名はラビング。家族はこれだけだった。料理はパリ風と銘打っていたが当てはずれだった。泊まり客はぼくらだけだった。

すぐ左手、庭の門への入り口から、水面上六フィートばかりのところを岩を削って作った狭い崖道が廃墟となった砦の正面を巡って通じていた。荒れた日は、波がたたきつけて通れなかったし、独特の臭いがした。海藻とか街に通じる道の中程にあるピソティエール(8)などから漂ってくる、非常にフランス的な臭いだ。しかし晴れた日には、海、それも干満のない海、さらには想像も及ばぬ未開の過去を、これほどゆかしく偲ばせるところはないだろう。

ニースは西の方、つい目と鼻の先にあり、東に向けばもう少し距離を置いてボーリュがあり、モナコ、マントン、さらにイタリア・リビエラへと続く。

この小さい街のすぐ後ろに、マリティム山脈の突端が聳え、地中海を眼下にした有名な道路、上コルニッシュ(9)と下コルニッシュが走っている。ぼくらはこの道路を端から端まで知り尽くした。この海辺によく来るいろいろな観光客の噂にはこと欠かなかった。それも作家や絵描きたちで、テニス選手ではない。二月のバカンスにはここに勝るところはなかった。

ぼくらは散策し、ニース料理に舌鼓をうち、寒い日も楽しかった。山で掘り出したオークの根を部屋の暖炉で燃やしたのだ。しかしあちこちの小さい庭にはカーネーション、山腹の岩間にはスミレの花が咲くさんさんとした陽射しの方がもっとありがたかった。いたるところに出かけた。モンテカルロのスポーツクラブの賭博場を始め、ニース博物館にある海中動物相にいたるまであらゆるものを見学した。一度、ヨーロッパ・ホテルの門の脇で、あの懐かしい保育小児病院にいた産科医の一人を見かけたことがある。かれはつつましく帽子を手にして上流階級の男が豪奢なリムジンに乗り込むのを見送るところだった。とてもおかしかった。たまたま出かけようと、フロスの身支度が終わるのを待っていた時に、その声が聞こえてきたのだ！　手を伸ばすと触れるぐらいのところだった。触れていたら本人もさぞかし驚いたことだろう。こんなことがフランスでは起きるのだ。

ある日ナンシー・キュナード(10)が訪ねてきた。あの世界では大物の一人と言ってもよい人物だ。彼女の従弟ビクターも一緒だった。様子を見に来たのだ。ビクターはペンションの裏手にあるミモザの向こうの市営のガスタンクの臭いを嗅ぐために、ナンシーはぼくらをマントンの向こうのソスペルまで散歩に誘って、文学について、あれこれ考えていることについて話すために来たのだ。礼儀正しく、教養も度胸もあるこの女性の考えていたことをぼくは今なお汲み尽くせない。ナンシーは徹底的かつ情熱的に無節操であって、この無節操であるという点で、まるで天使のように節操堅固だとぼくには思われた。心が酒に曇らされることは絶対にないことは保証できるが、長身でまるで釘みたいなブロンドのこの女は、情熱から発して、その情熱に翻弄されないために、骨の髄まで己を燃焼し続けていたのだ。世の殉教者といえどもこのような燃焼以外に何をしたと言えようか。

ボブと彼女は好みといい、暮らし方といい共通するところが多かった。そして世の根無し草らしく距離を置いて、男と女として、親密に付き合っていた。ナンシーはぼくらみんなに対する敬意と友情から、またここの状況を知るためにやって来たのだ。またフロスが大好きで、その後一度ならず危ないところを助けてくれた。背が高い水の妖精みたいな女で、そよ風にも吹き飛ばされそうに見えながら自由自在で遠慮がなかった。

みんなでビルフランシュをあちこち歩き回った。語り、食べ、飲み、その他気の向くままに遊び、しかもこの数週間の間に書く方もかなりはかどった。ぼくは『アメリカ人に生まれて』のデ・ソトの章やその他一つ二つ書き上げた。すべてを語り尽くすことはできない。

メイドのガイーテはいつか大都会から船乗りが来てその人と結婚するのよと言って、ブルターニュの帽子をかぶって見せてあげるわと約束したが、その機会はなかった。かわいい子というのはこんな子のことだ。

ある夕方、街に出かけて帰ってくると、宿の主人バルトさんが入り口で待ちかまえていた。

「先生、ちょっとお話があるのですが」小さい事務室の中について行くと、かれは椅子をすすめて自分の机に席を取った。

切り出す前にちらっとこちらを見て、すぐに本題に入った。

「あなた方アメリカ人にお泊まり頂いて、家内ともども喜んでいます」

その気持ちは妻もわたしの方も同じですよ。ビルフランシュの海のほとりでこんな風にバカンスできるなんて最高ですよ、と答えた。

「あのう」とかれは続けた。「私が当地に参ったのは実は健康上の訳があるんです。今度の戦争で負傷をしましてね」

「それは大変でしたね」――これという傷害も見あたらず、足を引きずってもいないので傷は胸だろうと思った。

「私たち、こんな風に生活のために働かなくてもいいんです。少々の収入もありますし。悩みの種は結婚して五年になりますが、子供がいないことです。実は作れないのです。不能になってしまって――負傷したので」

多分それに結核が重なって……

ぼくは何も言わずにかれを見た。

「ご覧のように家内は格別丈夫なんですが」

その通りだった。この女、顔の方は美人とは言えないが――表情のない鬱ぎ込んだ顔で、ほとんどにこりともせず、一言、二言しか口をきかなかった――姿勢がよくて体格もよく、ちょっと男っぽいとはいえ立派な容姿だ。

「先生が、お医者、内科のお医者でなかったらこんな話は持ち出さないんですが、いいお医者さんはわたしたち困っている者には聴罪司祭のようなものです。で、先生には格別やさしくして頂いていますので勇気を出して率直にご相談するわけですが」

「養子をとることは考えてみましたか」とぼくは始めた。「フランス人の孤児もずいぶんいるはずですから」

「そう、最後の頼みの綱としてはそういうことになるかも知れませんが……これから申し上げることでお気を悪くなさらないでください」

言いよどんでかれはしげしげとぼくを見直した。

「家内が、実は先生方を大変気に入りまして、こんな風に天から降って湧いたみたいにお出で頂いた先生方をね。昨晩じっくり話し合ったのですが、もしどちらか、お医者さんですからこんな話をするのですが、あなた方のどちらかが私たちに子供を授けて下さったら、本当にこんなありがたいことはないんです」

「とおっしゃると……」とぼくは言い出した。

「そう、まさにその通りなんです」

「でもそんなこと考えただけでもあなたに撃ち殺されるでしょうな」

「それどころか、抱きつきます。お気を悪くなさらないで下さい」

「いいえ、そんなこと」ははーん。

「私ども、あなた方が気に入ったのです。お若くて特にアメリカからいらっしゃったんですし、フランス人がこんなに尊敬している国ですから」

「でもそんなこと、あなたが許すはずがないじゃありませんか。それに奥さんだって」

「家内の方がそれを……」

「まさか、それはないでしょう」

「本当ですよ。言い出したのは家内の方です」

「それにあなたも賛成なさったのですか」

「諸手をあげてその考えに賛成しました。お気を悪くなさっていないでしょうね」

「もちろん」とぼくはその女を心に思い浮かべた。多分もう三十代の終わりだ。「ちっとも怒ってなんかいません。

マカルモンに話してみます」

「どちらでもいいんです」

「何も約束はできませんよ」とぼくは話を打ち切った。フロッシーがこの話を聞くとどう思うかなと思った。こうしてバルトさんと別れた。

ボブにどう思うかと聞くと、ぶつぶつ無愛想に「部屋のドアを開けとくよ」と言った。

しかしそれから何も起こらなかった。ぼくとしてはいささかきまりが悪い思いがした。


ナンシーはその冬、モンテカルロで母親のレディ・キュナードの近くに住んでいたので、何度か遊びに来て、小さい庭のレモンの木や菊やカーネーションの花を見下ろす狭いバルコニーに腰を下ろした。すごく寒い日が多く、時に雨が降った。そんな時は屋内にこもってオークの木の根の火を抱え込むようにして読んだり書いたりした。『コンタクト』の将来の計画を話し合ったり、アフリカへ行くとか、ギリシャへ旅行するとか、ナポリへクルーズする(これは高すぎる)とか、ラパロに寄ってパウンドに会うのはどうかとか、いろいろ話に出たが結局どれも実現しなかった。

あるうららかな日、たしかバレンタイン・デーのことだ。寒い季節風もおさまったので、これまで延ばし延ばしにしていた上コルニッシュのハイキングに行くことにした。朝食の時ガイーテが、古い砦を通る道は波をまともにかぶるのよと言っていた。「海はこわい」のだ。九時半に出発、フロスが最初に見付けたスミレは色は薄かったが香りが良かった。急な坂を上り詰めたところにあった花盛りのアーモンドの木は今も覚えている。登りの道すがらボブがびっくりするほど上手に歌った。プロの歌手になれよ、とぼくは言った。その声はすばらしいバリトンだった。かれは笑って答えなかった。

その朝、上コルニッシュをたどって山を一つぐるっと回った。右手は見上げるばかりの崖に早朝の日差しを遮られ、左手は険しい谷に落ち込み、北方には雪を抱く連峰があって、格別な寒さだった。この間道には来てよかったと思った。

　エーズの上手でコルニッシュ本道に再び出て、エーズで真ん中の道に下りた。そこでたまたまみんなののどが乾いてきたころ、うまい具合に、まだ寒かったがテーブルをいくらか戸外に出してある魅力的なホテルに行き当たり、美味い昼食にありついた。ハーブ入りオムレツ、パン、野菜サラダ少々だったが、一緒に出たワインは今まで飲んだこともない絶品だった。年代物のポマールで、こういうワインの正規の出し方のありとあらゆるきまりに反して、氷のように冷たく冷やして出された！　午前中の歩きで疲れきって汗だく、とりわけのどがからからで死にそうだったので、グラスに注いでくれるそのままでまさに甘露だった。食事をしてそれをぐいぐい飲んだ。女子供が何人かで大きなオリーブの木を叩いて下の地面に敷いたシーツに実を落として小さな籠に拾い入れるのを観察した。

　足腰はくたくただったが、そこからもう八キロばかり頑張って、午後四時にモナコに着き、列車で夕闇迫るころ帰り着いた。フロスは風呂に入った。あの地方では風呂はいつでもちょっとした大仕事だった。

　フロスはベッドで真っ赤な化粧着姿で『オルリー農園』(11)を読んだ、と日記にある。成功の不幸せという話である。ぼくは「ブーン」の章を書いた。一週分の勘定を支払う。フロスと二人で四八三・二五フランだった。


　ナンシーに招かれてモンテカルロにまた遊びに行った時のことだ。そこからマントンに行ったが、それからソスペルまでのタクシーときたら、目の眩むようなカーブを猛スピードで曲がる乱暴な運転手だった。ホテル・エトランジェで食事。そこからカティヨンまで（七キロ）はハイキングで帰った。それから再びタクシーでモンテカルロへ。ナンシー・キュナードとビクターと夕食。ビクターはローマに会いに来るように、それからノーマン・ダグラス(12)にも会うようにとぼくらに勧めた。ぼくはぜひそうすると約束した。E・E・カミングズの(13)『チューリップと煙突』(14)を読んでそれを詳しく話し合った。ナンシーはツェッペリン飛行船の空爆の話をした。

　日を変えてナンシーはもう一度ぼくらをモンテカルロに招いて、豪華なスポーツクラブへギャンブルに連れて行った。そこでぼくは限度にした十ドルをすってしまったが、フロスは七番に賭けて五百フラン儲けた。彼女を説得して、それをこんどはぼくが黒に賭けたらまた勝った。してやったりだ。ビルフランシュまで全行程タクシーを飛ばした。午前四時、月明かりの中、五十ドルですっかり億万長者気分だった！

その後、ジュナ・バーンズとセルマ・ウッド(15)に会った。セルマはルーレットでジュナが渡した現金を全部すってフロスに借金、それもすってしまった。ジュナはぼくにメーテルリンク(16)にインタビューするので立ち会ってくれと言ったが、これは実現しなかった。

ボブと二人で泳ぎに行った日もある。ひやっとする冷たい水の中の硬い小石を踏んでおずおずと歩いていると、堤防の上から小柄なフランスの兵士たちがこちらをじっと見て、頭がおかしいんじゃないかと言わんばかりに首を横に振った。ある日、ずんぐりしたスウェーデン人に水の中で会った。比べるとぼくらは意気地なしもいいところだった。かれによると摂氏十度なんてほとんどぬるま湯同然なのだ。

ビル・バードが会いにやって来てその晩泊まった。ボブもビルも口を合わせて、まず四人そろってマルセイユに行きブイヤベースを食べたりして大いに羽根を伸ばしてから、フロスとぼくがイタリアやウィーンに向かうのがいいと勧めるのだった。しかし、フロスは乗り気だったが、ぼくは肯かなかった。

月が変わって翌三月、フロスと二人でイタリア各地を旅行した。ローマではノーマン・ダグラスにお茶に招かれた。北に向かって古代ローマの公共広場跡を見渡す、六階の部屋である。二時間ばかり、現代作家たち、かれらの生活、ノーマン自身の生活、誕生以来ほとんど会うことのなかったかれの息子のこと、などの話が出た。かれの息子が大人になって再会した時、男同士としてそれぞれ相手の資質に強く惹かれ、お互いに相手がとことん気に入って、二人にとって申し分ない出会いとなった。息子が母親の胎内に宿ったら父親としてその息子にしてやれる最高のことは、生まれた時に自分が死ぬことだという考えをダグラスが述べたのは、ちょうどその話の時だった。ぼくが息子たちを残して出てきたのでよかったのだろうか、と多少の疑念を口にした時だったと思う。これがかれの答えだったのだ。

部屋をあちこち歩いて話していると、窓の外に古代遺跡、後の世に発掘されたままの公共広場を見渡すことができた。ダグラスはこのアパートの窓ぐらい見晴らしのいいところは他にないだろうと言った。しかし人の世のことはすべて同じ、ここもやがて憂き目をみることになる見込みだ。今度の市当局はかれがこんなに楽しく暮らしているこのアパートの取り壊しを計画中だというわけだ。

しかしまるで樹木みたいな古い藤の蔦があり、その幹はこんな上の方でも人間の腕ぐらいの太さで、下の地面から屋根の高さまで伸びていた。毎年この壮麗な植物が建物の側面全体を軒下までふさふさした紫色の花で埋めるのだ。ダグラスはよからぬ企みをたてた。市の公共事業部の責任者が友人だからかれに頼めば、実現できるかも知れないと考えたのである。要するに、この藤蔓を公共記念物に指定させるだけのことだ。この計画が当たれば、藤そのものばかりか、建物も場所全体も護れるかも知れないというのである。

イタリアでの経験は自分には得がたいものだったが、それを述べてみたところでつまらないだろう。さまざまの場所、出来事は架空の物語としてぼくの『異教への旅』の中に、ところどころ詳しく、書いておいた。オーストリアのチロルを通ってウィーンに着くまでの旅についても同様だ。ウィーンでは貴重な一カ月間、有名な大学で研修したが、書けばそれだけで一冊の本になるだろう。

34 再びパリ

列車でパリに戻る途中、最初にザルツブルグで下車した。五月一日だった。共産主義者たちが赤旗を掲げてホテルの前を行進していた。夕食には焼いた鯉が出た。名物料理だ。貴族風の老夫婦が正装してテーブルについていた。夫の方はうつらうつらしており、髪や首、胸元に宝石をちりばめ、指には重そうな指輪をいくつもはめた夫人は、その夫が倒れないようにそれとなく声をかけていた。一日中雨が降り続いた後で、行進の参加者は音楽もなく無表情に四角の赤旗を先頭に街を行進した。

ザルツブルグの次にランシーに寄った。サクラソウの生えたサッカー場のあるあの懐かしい母校を再訪し、当時の学校長の息子、ジョージ・ブルンネルに挨拶した。その後、ディジョン(1)に直行した。ここでビルとサリーのバード夫妻と落ち合って、ビルの手引きで、思う存分ワインの試飲をやろうと誘われていたのだ。これは逃せないチャンスだった。

午後六時、ディジョン着。ビルとサリーの夫妻にはホテル・ド・ラ・クロシュで会った。例のあの壮麗なキャンドルとクリスタルのシャンデリア時代、十九世紀アメリカの数多のホテルはすべて、少なくとも意図するところは恐らくこのホテルを原型としたのであろう。顔を洗うとすぐに、ビルは有名なレストラン、エルネストにぼくらを連れて行った。ここでビルのお気に入りのリシュブルグとシャンベルタンを味わった。そして店の主人エルネストから直に(かれはビルをワイン通だと認めていた)戦時中ディジョンに駐留していたアメリカ兵の話を聞いた。あの連中はウィスキーしか注文しない。たまにブランデー一杯だ。何とか説き伏せてブルゴーニュ・ワインを一本開けさせても、ウィスキーの水割りかストレートみたいに、がぶ飲みする有様。これにはエルネストもがっかり。結局勧めても無駄だと思って、本人たちが注文するウィスキーを注いでやって、家の酒蔵には年代物のワインは全然残っていないと、きっぱり断った。こんな連中はワインの味の違いなんてどうでもいいのだ。しかしバードには本当に極上を選り抜いて持ってきた。もちろんフロスもぼくもその旨さが本当に分かる柄ではなかったが、なるほどその味はこれまでに飲んだどれとも違うと思った——ただ多分イタリア側の斜面のシール近くで産するスイスものが似ていたかなと思い出したが、ビルとエルネストにはそのことは口に出さなかった。

夕方、ビル、サリーと連れだって、この古い公爵領都市の古めかしい人気《ひとけ》のない通りを散策した。実に古色蒼然とした中世の切り口の石、石、石、石——静まり返った石壁の間の足下も石、屋根にいたるまで石である——恐らくこうして永久に眠ったままなのだろう。ひょっとしたら眠っていないかも知れない。ふと「美女と野獣」(2)の話が思い浮かぶのだった。王子が現れて現代のこの功利的な眠りからぼくらの目を覚ますとしたら、ディジョン(3)のこの灰色の石屋根の下だろう。それもシーザーにあくまで抵抗したガリヤの最後の族長ヴェルキンゲトリックスが住んでいたコートドール県のブドウの匂いをぷんぷんさせてだ。この族長は、己の部族仲間に裏切られた。ぼくらはみんな最後にはそんなことになるのだ。

おそらく翌日ボーヌ(4)へ行く途中で見たブドウ畑は、まさにこのまだ土にしみこんでいる戦士たちの血からその風味を得たのだろう。陽射しのきついこの丘陵に産する最も有名な香りのいいワインのいくつか、ニュイサンジョルジュとかその類は、貴重なわずか半エーカーほどのこの土地の産物だ。同じ場所で幾世代もかけて育成されてきたのだ。そこから三百メートルばかり向こうでできるブドウは香りがやや違う。とはいえ、病虫害に強いアメリカの株に接ぎ木(5)されなかったなら、フランスには一本のブドウの木も残っていないだろう。

その次の日、正午にブルゴーニュ地方の中心ボーヌに着いた。道すがらビルは著名なブドウ畑の場所を次々指さして教えてくれる。宿場旅館《オテル・ド・ラ・ポスト》で食事、ビル特選の赤と白、仕上げにはコニャックまで出た。目を見張るような神の宿《オテルディオ》(6)（巡礼宿泊所）を見学。十五世紀の建物、厨房、それから特に礼拝堂棟は魅力的であった。貧しい病人用のベッドが壁面の柱の間に並べられ、神々しいたたずまいの中で、恵まれない老人たちが尼僧の世話を受けていた。尼僧たちは昔と変わらず黒いガウンをまとい、シミ一つない糊のきいた白い帽子をかぶって、まるでゴシック絵画や彫刻の飛翔する白鳥のように、歩き回って慈善の仕事に励んでいた。哀れな人々の現実をこれほどまでに生き生きと感じさせられたことは未だかつてない。妻たちが一休みしている間にビルと二人でガーゴイル(7)を見物した。

その夜、ビルとエルネストの相手をしてぼくらは沈没寸前までいった。ボーヌで終日過ごし、世界最高のワインを最高の仕方で「賞味《グテー》」したのだ。さまざまの年代物の極上ワインを味わい品定めし、口に含み舌の上で転がせて飲んだ！

翌日、土地の名物、カラシの小瓶をいくつか買って列車に乗り、南フランス、北フランスのワインについてビルの延々たる講義を拝聴したり、うつらうつら、トネールの町、サンスの大聖堂(8)、イチハツのお花畑などを車窓にしながら、一路パリに向かった。パリに着くと東駅でカラシの小瓶を税関の役人に見せなければならなかった（税関吏ルソー(9)の仕事だった）。ホテル・ウニックにボブがいい部屋を取ってくれていた。ここでアメリカのわが家へ帰るまでの最後の一時を過ごすために再び滞在するのだ。

その夜、いきなりパリ生活の真っ只中に、一月に体験したよりずっと早いペースで飛び込んだ。街でジョイスに出会ったその直後からそれは始まった。その晩タクシーでクロチルド・ベイル(10)の歌を聴きに行った。プログラムはブラームスのリートその他の歌曲。彼女はそれをそつなく歌った。場所はその地区のどこかの小劇場――狭い舞台に立つ白いシルクの若い女。アラゴンと誰かもう一人、当世風のフランスの青年がぼくらの左手のボックス席で目立っていた。若いアメリカの歌手を聴きに来たというよりは、人目につきたい一心だなという感じだ。会場は友人連れでぎっしりだった。

そこからぼくらだけの小グループで飲みに出かけた――ハロルド・ローブ、バード夫妻、ミナ母娘、メアリ・バッツ[11]、それとぼく。席に着いて、大したことなかったねといつもの調子でコンサートの話をしているところへ、クロチルドが弟ロレンスを連れて入ってきた。弟の方はすでに酔いが回っていた。クロチルドはコンサートの緊張もほぐれて、一杯飲もうと喉を涸らしていた。彼女は、新来の若い詩人ということでぼくが真ん中に据えられた長椅子の背をまたいで、止めるのも聞かずサリーとぼくの間に割り込んできたので、狭いところにすし詰めになった。ご婦人連中はみんなご機嫌斜めになった。まあそんな調子で知り合いになっていったのだ。

次の日、雨が降っていたがやがて上がって、太陽が明るく射してきた。バスでルーブルまで行き、そこから歩いた。シャンゼリゼ通りの露店でビルに頼まれていた切手を二、三枚買う。ホテルにはトランクなどの荷物はまだ着いていなかった。トリアノンで食事。そこからドームへ。街頭で、スペインの自転車旅行から帰ったばかりでまだ尻のたこが消えていない青年へミングウェイに会った。三人でホテルに戻り、ぼくはボブの一番上等の靴下を頂戴した。かれはネクタイも数本くれた。

ボブは一年前スペインからヘミングウェイと一緒に帰る途中のエピソードを話した。列車が停まって乗客は新鮮な空気を吸おうと下車した。線路脇に腹が膨れあがり皮膚が腐乱して玉虫色になった犬の死体が転がっていた。その悪臭に辟易したボブはいち早くその場を離れたが、ヘミングウェイは動こうとしない。それどころか、ノートを取り出してその死体の美を余さず描写しようと細かいメモを取り始めたのだ。ボブはうんざりしたと言う。

「その気持ち、よく分かるなあ」とぼくは言った。

その晩ビル・バードの案内でモンマルトルの上に行き、サクレクール聖堂の近くで夕食をとった。坂を下りてある有名な小さい店で一杯飲んだ。店の主人はロシアの百姓の野良着、ベレー帽、白髪交じりの髭、という出立ちで、まさしくヴェルレーヌ[12]時代から抜け出てきたような人物だ。このいやな臭いがする狭い場所で他には客もいないのに自らギターを弾いて歌ってくれた。まさに「情趣」たっぷりの店だ。ところが実はもう一人客はいたのだ。サリーはたちまちそれがオペラ・コミック座に君臨する有名なテナー歌手だと気付いて、すっかりうろたえた。

どんな具合にことが運んだのか分からないが、いつの間にか——多分みんなで焚きつけたのだろう——彼女はオペラ、ラ・ボエーム(13)のデュエットのソプラノのパートを歌い出した。すぐさまかれがそのすばらしい声で一緒に歌った。二人でその挿話部分を歌いきったが、場所柄を考えると、それは比類のない共演だった。おまけにベレー帽の親父さんの伴奏付きだ。サリーはその悲劇的な結末部にくると気を失わんばかりだった。みんなで囲んでいた粗末なテーブルで、二人は尻をくっつけあって座っていたのだから彼女が恍惚となるのももっともだ。彼女を立たせて店を出るのは大変だった。

十六日水曜日、上天気でひんやりする五月の朝。トランクなどの荷物が早く着きますように。ビル・バードが土曜日の朝八時半発の週末旅行を計画してくれていた。フロスは今日はショッピング、ぼくは絵を見に行こう。朝のうちはフロスとルーブルに行った——普段モナリザがかかっている場所に何もない。つい一週間前に額縁から画布が切り取られて盗まれたのだ。ぼくはハロルド・ローブと一緒に現代美術展に行った。彫刻作品少々（四つばかり）は面白かったが、全体的に展示物のひどさには驚いた。絵の方も同断、いやもっとまずい。このパリであんなものが！　びっくりするのは出品数と会場の広さ——それがこの美術展で一番良かったところだった。

夕食はフィリップ・スーポー(14)夫妻、ジョージ・アンタイルとレストラン・ラベニューで食べた。いつものことだが独特のオードブル、角切り人参料理、紅蕪料理、素朴で面白い料理あれこれに感心した。楽しい夕べになった。ピカソのこと、かれの貧しい生い立ち、成功の最大理由の一つである多作、その人生に出入りしてきた女たち、かれのひたむきさ、などをスーポーと話ができてとても嬉しい気分になった。アメリカについても話したが、フランス人はみんな内心アメリカを、とりわけその経済力を妬んでいる。その後、ディンゴに行く。クロチルドがやって来た。ナンシーは来たがプイッと出て行ったのでみんなむかっとした。パリはそんなところだ。フォードは親指を鼻先につけて軽蔑のそぶりを見せただけだった。

木曜日、フロスと二人でタクシーでベイル夫妻のところへ昼食に行った。途中凱旋門の近くでタクシーのジョイスが追い越して行った。向こうのタクシーからこちらに気付いた時のあの顔は、一生忘れられるものではない。こちらも同じ種類のタクシーに乗っていた。それは驚き半分、まごつき半分の後ろめたそうな顔つきで、犯行現場に程なく舞い戻ったところを見付かった犯人みたいだった。どうも解せないことだった。ある時、雑談中に、もし然るべき手配ができ、その上に聖職者の中にものがわかる連中がちゃんといたら、あなたが法王に選出されても大丈夫ですよね、と言ってみたことがある。あの時も、タクシーから見たのと同じ表情を見せた。ぼくはのちにこのことについて一つ「即興詩」まで書いた。

ベイル家でのパーティーはごくありきたりだったが、実に面白かった。テーブルにはペギー・ベイル(15)(旧姓グッゲンハイム)がいて、この老夫人がぜひにとせがんだピンク色のアイスクリームが出た。それぞれの席に小型パンを冷めないようにナプキンの中にそっと包んであった。それをフロスもぼくも夫人も床に落とす始末! 食後、写真を撮りに写真屋が来た。その写真屋の無能ぶりに夫人は大いに頭にきた。背景にランプが入らないように数回やり直させた。この数枚の写真はヘラルド・トリビューン紙のパリ版に載った。その後、夕方になってブライアーとH・Dが姿を見せた。この二人とボブ、ぼくらで揃って夕食。二人に会うのはブレボート・ホテルでのパーティー以来久しぶりだ。夕方フロスとオペラ座のストラヴィンスキーのコンサートに行き、ずっと歩いて帰った。

翌日、目覚めるとフロスの具合が悪い。喉が痛く熱もあって本当に弱りきっていた。中を覗いてみてぎょっとした。右側の扁桃腺の後ろに白斑ができている。アスピリンと冷湿布。この週末に予定していた旅行を断るためにビルの事務所に急いだが留守だった。使い慣れたうがい薬を買おうと探したがなかったので、「滅菌」ミルクを買って急いで帰った。ボブとその家族、つまりブライアーとH・Dと昼食。怪しい雲行き。ボブは今にも爆発しそうな気配であった。食後、フロスに付き添う。六時にビル・バードから電話があった。ハロルド・ローブが原稿を持ってきた。それを二階に持って行って読み始めた。調子が出ない。フロスがしきりに外出を勧める。スワレ・ド・パリ[16]に行ったがその人込みに気後れした。戻ってベッドでうたた寝。十一時に目覚めて外出。売春婦がぼくを呼び止めておきまりの誘いをかける——従姉のアリスに似ていた。駄目だよ、俺には妻が居て不自由していない、と言ってやった。女は肩をすくめて、それじゃ、と例によって代わりにタバコをねだるので一本やった。ドームでクロチルド・ベイルと遅くまで座り込んだ。

五月二十四日土曜日、フロスの病状がひどく悪い。しかしジフテリアでは絶対にない。とすればそれが化膿性扁桃腺炎に進行しないかと心配だ。白斑は左側にも転移、初めより広がっている。夕方、ボブ、ブライアー、H・Dと一緒にスワレ・ド・パリに行った。夜会服。ぼくが着ていった古いタキシードは流行の先端をいく連中の中では安物に見えた。格別ばつの悪い、場違いで惨めな気持ちになった。

それは一流のショーだった。チャリティー・ショーか何かで、あらゆる国籍のお偉方多数、どちらを向いても上流階級だった。オーケストラが始まっていた！　しかしショーが始まったのは長い中休みがあってからだ。バレー「サラダ」は気に入ったが、それは、たとえ膝と肘を脱臼してでも自分に命じられた無理なポーズを取ろうとしているバレリーナのせいだったのかも知れない。H・Dにこれが面白かったと言ったら、まるで「あなたならね」と言わんばかりの例の謎めいた癇に障る態度で笑っただけだった。「ジグ舞曲」[17]も「青きドナウ」も見応えがあった。

その人たちの中でぼくは場違いで、気まずく、孤独な気持ちだった。ぼくの身なりはさえない、挙動はもっとひどい。酒はいつもながら、ぼくには何の役にも立たない。役に立つどころではなかった。酒には踊らされまいと用心しすぎて、続けて飲む気は全然しなかった。まわりの大勢のお偉方の中には、いや一緒に来た友人の中にさえ、胸襟を開いてくれそうな顔は一つも見えない。うち解けてきそうな感じの女も見かけはしたが、少しでも好感を持てたのはバレー「サラダ」でソロの部分をやったあの少女だけだった。他はみんな閉じこもり、硬く閉ざしてまるで水底の石の下でこっそり餌食を待ちかまえている魚みたいな目をしていた。自分の仲間にすら痛いほどつぶさに、どん欲さ、意地悪さ、絶叫に近いヒステリックな興奮などを見せつけられて、ぼくはとけ込めなかった。それはゼラチン状の集団で、財宝の上であぐらをかいていた。ワグナーのオペラ『ラインの黄金』(18)だ。ぼくに向かってだけでなくお互い同士に対しても計算高い雌犬どもめ、この連中は金銭にしか心の目を向けず、様子をうかがっているのだ。その挙動、安っぽさ、もったいぶり、立ったり座ったりの仕草などぼくの知るかぎり、反吐が出そうだった。手の差し出し方、食べ物の口への運び方などが（読み取れる者には）あまりにも見え見えで鼻についた。ぼく自身の仲間の中にもそれが嫌になるほど目についた。だとすれば、この踊ったり笑ったりしている人の集まり全体をどう解釈すればいいのだろう。ぼくに対してと同様、舞台の演技に対しても、かれらはまったく無関心だったと言ってもいい。本人たちの実生活や行動は（当然のことながら）この踊りや音楽に比べたらはるかに複雑だった。このバレリーナの少女が、たとえその異様なおきまりのステップで骨折するほど頑張っても、彼女の眼前で展開していることには到底かなわなかった。

だから今でこそ分かるのだが、ある意味では、この大勢のフランス社交界の自動人形たちが踊りにも音楽にも無関心なのは当然だ。見ておりながら何の反応も面に見せない、少なくともぼくの見るかぎりでは見せなかった。ただし、これもお定まりの最高入札者を狙った売り物だと（つぶさに間違いなく見聞きしたことから）ぼくは思った。少なくともかれらはここにいる、ここに来たのだ、かれらにはそれにはそれなりの値打ちがあったのだ。舞台にかかっているショーそのものは問題ではない。上演される作品の成功はこの無関心な連中を観客という立場に立ち帰らせる力にかかっている——芸術対社交界。今夜は社交界の方が優勢だった。芸術に勝ち目はなかった。

これらの作品は少しでも救い出せるだろうか。低い知性を向こうに回して救い出すことはできるだろうか。このことが新しい芸術作品と油断も隙もない上流社会《オ・モンド》との戦いの意味するところだ。舞台と観客との間で行われる戦いだ。見物人は一見無関心で、おしゃべりし、背を向けてはいるが、見る目もまた備えていることは明らかだからである。

まさにこの知恵の激しいせめぎ合いがすべての都市で、また都市と都市の間で行われている。ぼくはわれながらまったく経験不足の田舎者だ。しかしこの身なりのいい、しかも油断も隙もないパリのお偉方にまったく影響は受けなかったけれども、不愉快で歯ぎしりしたのはたしかだ。もちろんぼくの顔を踏みつけにするのはかれらの勝手だとは思った。とにかく、ぼくは気分が滅入ってはいたが、あのバレリーナの少女は気に入った。

日曜日、フロスの扁桃腺炎は快方に向かうが、寝たまま――頭痛。部屋にこもって食事は街角の店に出前を注文。その後一人でトリアノンで食事。そこでビル・バードに会った。ボクシングの試合を見に行くことにした。場所はモンマルトルの丘の上、屋外の中庭みたいなところで座席はなく、まわりに立っての見物だ。フライ級、ミドル級など八試合ばかりを見物――結構面白いのもあったが、ノックアウトはなかった。ハンサムな青年が一人、左パンチをちょうど土手っ腹に受けてペタンと尻餅をついたのが面白かった。カウント8で立ち上がり試合は続行、二、三ラウンドの後にその対戦に勝った。

雨になった。見たこともないおんぼろタクシーでホテルに戻った。ガリエニ将軍[19]の有名なパリからの包囲軍突破攻撃で使われた代物だそうだ。キティ、ハロルド、マーフィなどが来訪。ル・アーブルやケイ・ボイルの話をした。フロスはメルヴィルの『マーディ[20]』を読んでいる。彼女の好きな作品だ。かなり重体だったがもう峠を越した様子である。

月曜日、フロスほぼ回復。体温三十七度を下回る。洗濯物を山ほど出す。ルーシーから子供たちの学業通信票を送って来た。ビルの「毒」は実に面白かった。ハロルドに気送速達便。それから久しぶりにフロスを昼食に連れ出す。膝は弱っているが他は大丈夫。無理矢理勧めてウィスキーを二杯飲ませてから連れて帰った。体温が三十九度近くまで上がっていたが、一休みすると平熱に戻った。ボブと一緒に散策してカフェ・デ・ドゥ・マゴで雑談。チャールズ・デムースの友人ロシェ[21]に会った。

そのころT・S・エリオットがパリに来て、ドームなどのバーに山高帽、燕尾服、縦縞ズボンという出立ちで現れていた。本人はそれで軽蔑の意思表示のつもり、みんなもその通りに受け取った。

あの時あの界隈で名が売れている一人の少女のために、ダンス・パーティーが開かれているところだという話を聞いた。結核になり、どこか田舎へ治療に送られることになったのである。かわいくてみんなに好かれていた。そこら中で咳をして、どんどん悪化しているのがありありとしていた。その晩はお供に、パリでの休暇の間彼女と同棲しているアメリカ人の船員を同伴していた。踊り、酔い、陽気に、涙声で哀しい別れを告げていた。彼女のために帽子が回された。店にいた者はみんなその病気に曝された、というわけだ。

フロスを連れてラベニューに行き、ボブ、ブライアー、ハロルドおよびH・Dと夕食。楽しいおしゃべり。フロスをホテルへ連れて帰ってから、ドームでみんなと合流、ブライアーとH・Dが帰った後も、遅くまであれこれ話し合ったが、ボブは黙っていた。

翌日、午前十時に起床して出かけ、シルヴィア・ビーチに例の写真を届けた。切符の受け取り。散髪。金を引き出してホテルに戻ると正午前だった。それからフロスとトリアノンに行く。ちょうどボブとブライアーがミナ母娘たちにささやかな内輪の昼食会をしていた。その後、ボブとぼくはリュクサンブール公園に向かって散歩。かれはものも言わずにむっつりしていて、こちらまで気分が悪くなった。このまま行くよりはと、とっさの思いつきでリュクサンブール宮殿の絵を見に行きたいからと言って別れた。かれはそのまま散歩を続けた。マネやセザンヌなど印象派のがよかった。ドガもいくらかあった。帰って一休みしてドームに行くと、ハロルドとクロチルド・ベイルがいた。彼女は子供が欲しいと言う。ぼくらではどう、と言ってみたがウンとは言わなかった。トリアノンで夕食。そこでジョイス夫妻と長時間話し、画家のツーイとも話した。かれはのちに自殺したはずだ。

二十八日、午前中はほとんどベッドに寝ころんでハロルド・ローブの小説を読む。一時十五分の約束で、昼食をよばれに行くためにタクシーでナンシー・キュナードのところへ行った。オルレアン河岸通りの彼女の部屋を見たのはこれが初めてだ。立派な家である。ブルゼスカの[22]「ファウヌス」もすばらしかった。第一次大戦で頭に銃弾を受けて戦死したこの若い彫刻家の制作を紹介したエズラ・パウンドの本に出てくるあの作品だ。

ナンシーはまだ帰っていなかったが、二、三分遅れて帰宅、ぼくらが会えると楽しみにしていたジョージ・ムー[23]アは来られなくなったと言った。彼女はお土産にあげたハンカチを頸に巻いた。昨晩バル・ブルイエで木に登ろうとして落っこちたと言う。すり傷だらけで目のまわりに黒いアザができたり、とか何とか。

この日の朝、ヘミングウェイやハロルド・ローブとテニスをした。四セット。ヘミングウェイとぼくは結局は引き分け、どちらも相手のサーブを破れなかったのだ。続けていたら日が暮れていただろう。

「そっちは零点」とかれが言った。「長くやりすぎたらぼくは膝をやられるんでね。もうやめよう」

当時パリに、張り合っていたジョイス派とプルースト[24]派についてある話が流布していた。ある晩のレセプションでこの大物二人を対面させる手はずになった。部屋の中央に椅子を二つ並べて両雄を座らせ、両派が左右に陣取り、才知が火花を散らしてきらめくのを待ち構えた。

ジョイスが言った、「毎日頭痛がして。目の方もひどいんです」

プルーストが応じた、「私は胃の調子が悪いんです。弱りましたなあ。死にそうなんです。本当に今すぐ帰らないと」

「私もですよ」とジョイスが言った。「誰か手を引いてくれる人はいないかなあ。では失礼」

「楽しかっ《シャルメ》たです」とプルースト。「ああ、腹が痛い、痛い」

ドームでボブとブライアーに会う。やっとH・Dをまいていた。[25]この二人と一緒にモンマ[26]ルトルの「Mの店」で夕食。それから十時にまたナンシーのところへ行くとクライヴ・ベル、マイケル・ストレンジ、相変わらず小うるさいアンドレ・ジェルマン、アイリス・ツリー[27]がいた。アイリスは頭が直毛のブロンドで、まるでアーサー王の若き円卓の騎士といったところ、にこりともしなかったが、がっしりした体格でほれぼれした。ボブは彼女の頭の回転の早さを疑っている。鈍感すぎるというのだ。

遅くまでいて飲んでしゃべった。夜明けごろ、屋台でタクシーの運転手たちに混じって卵焼きを食べる。ご帰館は午前五時。

木曜日、正午までほとんどベッドに寝たままロープの原稿を読む。トリアノンの近くの安レストランで食事。極めてあっさりしたものだったがおいしかった。ドームでボブに会い、一緒にデムースの友人ロシェに会いにホテル・ジャコブに行ったがいなかった。デムースがパリに来た時、何とかしてプルーストに会おうとしたが体よく断られたというデムースから直接聞いた話をボブに伝えた。ドームでボブを車から降ろした。ボブは恐らく妻とH・Dがパリで一緒にいるので滅入っているのだろう。長い列車の大陸旅行の間この二人の女がコンパートメントで言い争いをするのには気が狂いそうになる、あんな調子でやられたんじゃたまらない、と言ったことがある。

フロスと二人でミナの家に行く。フロスが眠っている間に鉛筆でぼくをスケッチしようとしたが、ぼくも眠り込んでしまう。ぼくが眠っている間に見事な、ちょっと上品すぎるフロスのスケッチが仕上がる。後でぼくのを改めて描いてみるがうまくいかない。ロープと夕食。それからディンゴに寄ってから帰宅。後、十一時半に一人でドームに出かけるとクロチルドがいて、明日はパーティーがあるので弟と郊外に行くのと言った。『異教への旅』のあの兄妹のエピソードはこれを種にした。

五月三十日金曜日。起床してフロスの日用品を二、三買いに外出。正午までかけてロープの原稿を読了。ボブ、ブライアー、H・Dとトリアノンで食事。サービスは最低。そこからフロスとキティのところに行く。女たちがおしゃべりしている間ハロルドとかれの原稿に目を通す。それから一人でミナのところに行く。ジョエラがしゃべったりカーテンを繕う間、ミナはもう一度ぼくのスケッチに挑戦した。ラベニューでおいしい夕食。全部で八人、アンタイル、アドリエンヌ・モニエ、シルヴィア・ビーチなどだ。H・Dとは昔のことやエズラが突然音楽に興味を示したことなどを楽しく話す。ドームに行って座る。キキ[28]、メアリ・レイノルズ[29]などを見かけた。アンタイル、ボブも同席したが、ボブは十二時に帰った。ぼくもフロスと帰館。

翌朝、ビル・バードの事務所にフロスと出かける。かれは丁重にぼくらを地下に連れて行ってベルモットをふるまってくれた。銀行へ行き、フロスのために百五十ドル下ろした。それからラ・ペ大通りを通ってテュイルリー公園とリュクサンブール別館に足をのばす。ホイッスラーの「母の肖像」を観て、園内のバラを見物。タクシーで帰る。フロスと二人だけでラベニューで昼食にした。

午後、アンタイルの自作の演奏をぼくらだけで聞きに行く。よかったがびっくりするような作品だった。それからバードの家へお茶をよばれに。ボブはメモを置いていく。結局ナンシーとダンスに行くのはやめて、疲れた体でベッドに寝ころんでボブの『村』を読んで深夜に及ぶ。

日曜日の朝午前八時、六月の第一日。この日付にぴったりの日だ。さんさんと照らす暑い陽射し、開け放った三面窓の外のかしましいツバメ、いやアマツバメのさえずり、風変わりなパゴダのような教会の鐘がありったけの奇抜さで鳴り響いている。

この若くて魅力的な女性二人、いやぼくらの短いパリ滞在中に仲間になった女性はすべて、いったい何者だろう。とりわけナンシー・キュナードとアイリス・ツリー。ただぼくらはナンシーほどアイリスに会う機会はなかった。たしかにこの二人は今ぼくらが目のあたりにしているこのパリの嵐を超越して生き抜いている。ナンシー・キュナード、棒切れと言っていいほどすらっとして、痩せて、頭をしゃきっと立て、格別活発というわけでもなく、まったく乱れのない静かな眼差し、飾り気のないその行動の清純さには犯しがたいものがある。酔っぱらったところは見たことがないが、まったく素面だったことは一度もなかっただろうと思う。アメリカ人の母親を通して流れるアイルランドの血が彼女を大胆にしたとすれば、アイリス・ツリーをほとんど退屈と言ってもいいほどもの静かにしたのはそのドイツの血だ。並のイギリス女性よりがっしりしているツリーは、鎧をつけ格好な軍馬にまたがって金髪に肩をなぶらせれば、まさに円卓の騎士サー・ガラハッド[30]の完璧な生き写しとなっただろう。

　他にも大勢いた。しかしこの二人は際立っているように見えた――おそらくそれはぼくが彼女たちにどんな欲望を抱いても、まったく手の届かない存在だったからだろう。彼女たちはパリに、自分の好きなだけのパリに取り憑いていたのだ。しかしぼくにはこの二人が理解できなかった。女として見なかったのはたしかだ。ぼくらが歩いたあのパリの石畳のように不変で恒久的なもののつかの間の一面だった。もう一度パリに行くとしたら、あのころそのままの二人、若く、現実から超然として、何の情熱も持たないこの二人に会えそうな気がする。ああそれだ。この二人は情熱が完全に欠落しているように見えた。まだ若いのに早くもさまざまの苦い経験を重ねて、しかも情念は何の影響も受けなかったのだ。二人とも何も残っていなかった。完全に空っぽだった。それでも若く魅力があり、難攻不落であった。誰も彼女たちに接して、傷つけることも、逆に心を深く揺さぶられることもなかった。彼女たちは白亜を刻んで作った彫像のように、気持ちは平静、それでいて行動は不品行だった（という話だ）。そんな風にぼくは心の中で彼女たちに接した。なぜだろうか、ぼくはこの二人に強い愛情を感じた。二人とも、いや愚鈍にも見えるアイリスには特に、ぼくは強く心惹かれた。今や死んでしまった、死んで死に絶えたパリという都市の女だったのである。

　このことでやりたいことはぼくには何一つなかった。こんなことを材料にして一つの愛の物語を作ることができたとしても、それを書き表せる訳がないと思って満足した。

　それは彫刻の美術館の回廊を通って行く時に感じるような気持ちだった。ばかな連中は象牙の乙女像ガラティア[31]が生き返ったらどうだろうなどと思って面白がっている。しかし息を吹き返すためにどれほどの長い遍歴が必要なのか少しも分かっていない。そして万一息を吹き返したりすれば、とんでもないことになるだろう。過去は想像の中ですら蘇らせることはできないものだ。この二人の社交界のイギリス娘、淫らな女だとはよく知っていたが、ぼくが彼女たちに持った感じはそんなところだ。その不品行によって、何びとも犯すことのできない、紛れもない精神の純潔さを明示している。クロチルドとかミナのような女性の場合、心の問題はぼくの見るところでは一応の解決がついていた。しかし特にナンシーの場合、何らかの罪障消滅が行われた上で、究極の状態に達していたのだ。
アスキス伯爵夫人[32]がロンドンでキュナード夫人[33]に会った時、とげを含んだ甲高い英語で、ナンシーのことに触れて、「今度は何ですの、モードさん。ウィスキー、アヘン、それとも黒人なの？」と言ったという噂が広まっていた。

ナンシーはそれもまた意に介することなく、間もなく、第一次世界大戦でマーチ[34]将軍付運転手だった黒人ヘンリー・クラウダー[35]と結ばれた。ナンシー、比類ない完璧な尻軽女、彼女はそれになりきって、それを超越したのだ――アイリスは、同じ資質を持っていたベレニス・アボットのように、いわば宗教的経験にも似た同じ高揚感をもって、人に影響を及ぼしたのである。他の人はそれに気が付かなかったのであろうか。アイリス、まさにマックス・ラインハート[36]の野外劇『奇跡』の中の聖者。それは遠い昔の、子供じみた、性愛とは無縁のまさに初恋にも似た一つの体験である。二人はこれにいわば名前を、こう言ってよければ、堕落した神聖さで切り抜けた「受難」という名前を付けたのだ。堕落こそ彼女たちの祈り、儀式、リズムある修練だったのだ。罪を自らの肉体の中で日常茶飯事にすることによって、否定し、脱皮し、汚れるどころか清浄になったのである。

アドリエンヌ・モニエもまた大した人物だった。なるほどフランス的、がっしりして鈍重、北方のイギリス人が自分の方が品があると思うほどで、イギリス人でも食事はおろか、せめて味見だけのためであっても入って行きそうにない店で、舌鼓を打って満喫した。フランス人はまず地下のワインを飲み干すまでは自殺など絶対に考えないものだ。この女は食べ物を愛し、五感がその強みだった。違った面でナンシーやアイリスに匹敵する女だった。パリでぼくの興味をそそったのは、まさにこういう女たち、スワレ・ド・パリの派手な売春婦タイプからフロス自身にいたるまでのすべての女であった。男は、現代の取るに足りないフランスのシュールレアリストからこの状況のほんの外れにいるだけのぼくみたいな者にいたるまで、女たちの引き立て役にしかなっていなかった。しかし自分の「子供」の生みの親になってくれる男が見付からないクロチルド、ファッション界のスパイとして雇われているキティ・キャネル、H・D、富豪の娘ブライアー、ぼくが目を凝らして見ていたのはこれら女たちだった。

女の中にぼくは何を探すのだろう。死だと思う。この多様な完成した存在の中に曲がりなりにぼくに見えるのはそれだけだからだ。ぼくは女を程度の差はあれみんな欲しい。ほとんどの男はお笑いぐさだ、とりわけ女を「わが物」にしている男なんて。ぼくはそんな男たちには軽蔑しか感じない。ある女の子の話だが、体験を求めパリに出てきてしばらく経ったころ、男と寝る機が熟したと思った。目をつけたのは、陽気でその口ぶりからその道には結構達者らしく見え、いざとなってへまをしそうにない魅力的なハンサムな南国の若者だった。

とても引っ込みがつかないほど深入りしたころ、男は相手が生娘だと気付いてびっくりして心臓が張り裂けそうになった。

自責の念にかられ、とんでもないことをしてしまったと思い、ちょっと怖じ気づいた。彼女の方は「要するにこれっぽっちのことなの。こんな手間暇かけることないじゃないの。でもお手伝いありがとうね」と言っただけだった。

またある大学生の場合、パリで子持ちの若妻にセックスを楽しみましょうよと言い寄られたが、その年上の女にすっかり気力を殺がれてしまって不能になり、おびえてしまった。そこを逃げ出して、なじみのフランス人売春婦のところに駆けつけた。彼女は持ち前のやさしさと手管で、あっという間に男の誇りを立ち直らせてくれた。さっと頭の切り換えができないばかりにことを遂げられないでがっくりするなんて、ぼくら男は何とだらしがないんだろう！　自分をこれと決め込んで、これで俺も終わりだと思ってしまう。賢いフランス人たちはもっと適応性がある。

六月のあの日曜日、小さいレストランで昼食をとり、タクシーで地元のスタジアム、バッファローへボクシングの試合[37]を見に行った。運動場の真ん中にリングが設けられていた。前座で面白いのがいくつかあった。タウンリーはほとんど反撃もしないで、バスク族の木こりパオロ・ウズクデュンに右パンチをまともに顎に受けてノックアウトされた。クリッキはアメリカ人フラッシュに第八ラウンドでやられた。典型的なフランス流の決着がついた見事な一戦だった。クリッキ、かつてのライト級チャンピオン、かれは戦争で顔を負傷して下側は総入れ歯だった。しかしどうしてもボクシングをやりたくて、この年下のアメリカ人と対戦するチャンスをもらったのだ。明らかにフラッシュはこの男に怪我をさせないようにと努力していたのに、相手のそんな出方を察したクリッキが猛打を連発しだしたので七ラウンドの後、とうとう一発食らわせてクリッキの顎をぶっつぶして試合終了。自分のしたことにはっと気付いたフラッシュは、すぐに涙を流しながら駆け寄って、この往年のチャンピオンを両腕で抱きかかえてロープまで付き添った。

シルバー・ジンフィズ、それから夕食、アドリエンヌ・モニエのところでの忘れがたい夕食。彼女はかねての約束通り、あの評判高いチキン料理を独特の調理法でぼくらのために手作りで用意してくれた。シルヴィア・ビーチ、ブライアー、Ｈ・Ｄ、ボブ、フロスとぼく、という顔ぶれだ。いよいよこれからという時に、通りから大声が聞こえた。エズラ・パウンドだった。ラパロから着いたところだ。アドリエンヌが窓から呼んだが上がって来ない。ぼくは駆け下りて、何年ぶりかでかれに会った。前より痩せた様子だが、その他は相変わらずだ。立ち話をして、住所を聞いてとりあえず別れた。

翌日、このすばらしい一年もいよいよ終わりに近いとひしひしと感じて、さてこれから何をしようかと思いながら、四十三番線の列車でマイヨ門まで行ってブローニュの森[38]を散策した。にわか雨にあって木陰で雨宿り。それから公園の中で昼食（まずまずのうまさ）。フロスはドレスを買ったりパーマを当てたりしに行った。ぼくはトイレを探すのに手間取り、切符とガムを買ってサン・ラザール駅に入り、やっとそれに行き着けた。フロスはル・プランタンでストッキングを買った。土砂降りの中をタクシーで帰館。

男は厳密にはうすのろ人間である。女はある程度バランスがとれていて、放蕩しようが何をしようが精神的な健全さを失わず、部分を全体に結びつけて、個々にでなく結びつけた部分全部をひっくるめた行動をとる、つまり体で行動する。たしかに生き抜くためにはそうせざるをえないのだ。そういう全部ひっくるめた意味で、女のためにあるいは女に対して、果たしてぼくに何ができようか。何もできない。また女はぼくに対してどうだろう。ぼくは金銭的価値には興味はなかった。ボブとブライアーが結婚した後、もらったD・H(39)というサイン入りの、時を得た絵はがきは、この問題に見かけ以上の深い意味があった。それはある伝達力を持った、人間としての絶叫だったのである。

　この若い女たち、中には金持ちもいたが、彼女たちが恋をするのは、何もすることがない、ある意味ではぼくと同じように職業を持っていないためである。ぼくの彼女たちへの愛もそれで説明がつく。女の無価値な（逆に貴重な）部分は、かつて、イェイツがライオネル・ジョンソンの仲間の放蕩について語った通りだ。つまり社会の一員として活躍すべきなのに、その社会に場が与えられていないからそうなるのだ。エドマンド・ゴスの激怒、国王に大胆にも楯突いたスタンリー・ボールドウィン(40)みたいな男の激怒もそう言えば分かることだ。ぼくを受け入れない社会、その社会を支持する連中は、一番の親友にいたるまで誰もかれも、できることならぼくを拘禁しておきたいのだ。「お前は何をやりたいんだ」とぼくに問いかけた時の父の顔に見た衝撃もそれなのだ。

「別に何も」

「迷える」女たちに対する本能的な愛、これこそぼくの――そして彼女たちの、最良の部分だ。ぼくは女をみんな愛した。トゥルーズ・ロートレック(41)（かれには身体障害という強味があった）のように、（不道徳な）温もりとそれから得られる慰めのためなら、ぼくだって喜んで（彼女たちのいる）売春宿に住み着いたであろう。

　翌日街を出るというブライアーとH・Dに別れを告げた。それはぼくらのパリでの一カ月の終幕、忘れがたい「遊興」の終焉を初めてそれとなく感じさせた。こせこせした馬鹿のアンドレ・ジェルメンの家でボブと一緒にお茶を飲む。夕食はナンシーのところでジョン・ロドカー、パウンド、アンタイル、アイリス・ツリーと一緒に。晩はジャン・コクトーの[42]『ジュリエットとロメオ』を見にシガール座へ。これはシェイクスピアの筋とは似ても似つかぬものだったぐらいしか今は覚えていない。それにしても何か頭に残っていてよさそうなものだが、何一つ思い出せない。二人きりで帰る。気分すぐれず。

翌朝、エズラに会いにかれのアパートに行った。アパートのそばまで行った時、通りでかれの妻ドロシーとすれ違ったが、人違いかも知れないと思ったのでこちらからは声をかけなかったが、向こうも挨拶しなかった。イギリス流の背筋を伸ばした歩き方、その靴、特にかぶった帽子のデザインはどう見てもこのフランスの都のものではなかった。

奥さんなら後で会える、今はやりすごそうと思った。

エズラのところは感じのいい中庭があるすてきな広い部屋だった。やや取り散らかしていたが気持ちがよく、上ではちょうど屋根職人が作業していた。かれの余技、ルネッサンス音楽、記譜法、安定した「聴音」、旋律、リズムなどを話題にした。常々、音楽鑑賞家としてのエズラの最高の強味はリズムだと感じていた。最良の韻文の持つ韻律の微妙さを聞き分けできるあのような耳を持つ男は、楽句の展開にも強い確信を持っているに違いないのだ。しかしあの音楽礼賛、音楽への関心はぼくの目にはいつだって眉唾物だった。エズラとしては芸術の諸様式に関する自分の博識に音楽も加えることが、たとえ自分の生得の能力や素質のはるかに及ばないものであっても、自己防衛上必要だったのだ。音程はたしかにかれの眼中にはなかった。重要であるはずがない。その興味は旋律、「音節」、リズムの変種(アンタイルの音楽の場合と同じで、聞く耳がある者がいればの話だ)、バッハ以前のルネッサンス音楽、初期の作曲家たちだ。この分野ではエズラは話を聞いて損のない男だ。頑張ってもらおう。聞くだけの値打ちがあった。

エズラにはW・B・イェイツと同様、音程の聞き分けはできないというのがぼくの意見だ。このことは、間違いでなければ、興味深いことだ。一つの才能が欠けていると、その埋め合わせに別の才能が非常に鋭敏に働くことが一般によくあるからだ。パウンドのリズム感覚は尋常ではない。これが原因で音楽に傾倒しているのであって、かれにすればやむにやまれぬ必然性があったからであり、まさに音痴であったればこそであった。例えばドレスデン・コレクションから莫大な数のヴィヴァルディの知られざるソナタを、危うく前大戦勃発寸前に、エズラがマイクロフィルムにコピーするように依頼したおかげで、連合軍の攻撃で原譜が消失したにもかかわらず、ヴィヴァルディの作品は世界から失われなかったのである。

そこで言いたいのは、芸術家は時に欠点を長所に変えることもあるということだ。自分こそはその最高の巨匠だと言えないようなものがこの世にあると思うとエズラは居ても立ってもおれないに違いない。

しかしブルックリンでエズラのオペラ『ヴィヨン』の主役の歌手だったイヴズ・ティネール(43)と話した時、彼女はエズラに忠実な歌手だったけれども、不意に現れる効果音をいくつか思い出してほとんど笑いをかみ殺すことができなかった。あの音楽は滑稽でしたね、この作曲家は尋常の音域をちっとも心得ていないんです、とは言っても、ところどころで「音型」、例えば浮浪者や民衆などの群れが近付くのを表すような「音型」が実に面白く効果抜群だとは言えます。曲は明快な音節で展開してます、ただどなたが譜面に書いてあげたのでしょうね、とも言っていた。多分アンタイルだろう。

一時間ぐらいして帰ってきた妻ドロシーはやっぱり先ほど道ですれ違った人だった。十四年前ロンドンでちょっと会ったことがあるが、あのころエズラの身辺で目立っていたのは彼女の母親の方だった。

やがて昼食の話になった。この世帯ではエズラが食事を作る係で、しかもほとんどは危なっかしそうなテーブルの上のアルコールランプで調理するというので、どこかその辺に食べに行こうと引っ張り出した。オデオン座の近くの店に入った。ドロシーは一緒に来なかった。

部屋に戻って、ドロシーとパリの話をした。彼女にとってパリは、冬の天気も住人も、得体が知れないから大嫌いなのである。すべてのイギリス人やドイツ人の場合と同様、イタリアが大好きだった。四時半、新しい帽子をかぶったフロスを迎えに行って来た。ドロシーの絵を見せてもらった。本人に似て直線的、グレー、フロスの好きな色だ。ダートマス[44]の荒れ地の石を描いたのをくれた。キュービズムの感じ、平板で色調が冷めたかった。アルコールランプで沸かしたお茶を飲んだ。大先生手ずから入れてくれたお茶だ。

夕食はフロスとぼくにヘミングウェイ夫妻が加わって近くの小さい店でとった。赤ん坊とミス・ジョンスンには初対面だ。食後、みんなでボクシングを見に行った。すぐ前の列に（そこは古い芝居小屋で舞台をリングにしていた）オグデン・ナッシュ[45]がいた。ボクサーが血塗れになった時、フロスがかれの背中をたたきながら「やっちまえ！　やっちまえ！」と金切り声をあげるのにはびっくりしてひやっとした。早々にタクシーで帰る。

あと八日したら帰国の船出だとはとても思えない。でもその通りなのだ。パリはあの手この手でぼくらの血の中に激しい勢いで入り込んできた。このパリで小児科専門医をやってうまくいくだろうか。サリーはぜひそうしろと言い続ける。開業したければ、誰かフランス人の医者の「助手」になりさえすればいいということだ。その医者に謝金を払う、それからはもう一本立ちだ。うまくいくかも知れない。静かな生活が約束されるならそれもよかろう。だがモンパルナスではそうもいくまい。

十時半、ヘミングウェイのところに赤ん坊を診に行った。体重は二ポンドほど標準に足りないが、その他問題なし。包皮を切除。子供は当然泣いて親は心配した。サリー・バードが師匠のスタジオで歌うというのでタクシーを飛ばして聞きに行く。すばらしいできばえだった。「フィガロ」と「ラ・ボエーム」。終わってサリーとマドレーヌの近くのプルニェの店で食事をしながら歌のこと、お互いの共通の友人たちのことをあれこれ話す。

サリーはオペラ・コミック座のデビューを、その寸前までは何度も漕ぎつけていながら、どうしても果たせない。絶賛すべき声をしているが、フランスでは芸能人は衣装は自弁、ということは少なくとも誰か援助してくれ経費を全部出してくれる「パトロン」[46]が要るということだ。当たり前だが肌をも許さなければならない。フランスの大統領フェリックス・フォールはこのオペラ劇場のプリマ・バレリーナの寝室で頓死したのではなかったか。ビル・バードは金持ちではなかった。ただの夫にすぎないかれとしては、それはどちらにしてもあまりにも向こう見ずの冒険だった。そんなわけでサリーは、歌はすばらしいがトップの座は高嶺の花だった。ドサ回りをやって下積みからやろうと思えばできたかも知れないが、サリーにはそんな考えは毛頭なかった。

エズラ、ドロシー、ボブ・マカルモンと一緒にラベニューで昼食。俺（エズラ）をお前（ボブ）の親父と間違えるなよ、とエズラはボブをからかった。食事はおいしかった。銀行へタクシーで行き、同乗したボブとオデオン通り十二番地で別れた。小さいレストランで二人だけの夕食。ホテルで一休みしてからナンシーのところに行って、飲みながら楽しく過ごした。結局今回のパリ再訪中最もひどいアルコール漬の晩の一つになった。ジャン・コクトーが自分の手をみんなに見せた。誰かが撮ったその手の写真だかそれを表す彫刻作品だかをナンシーが見せてくれたが、およそぼくが見たこともないような手であった。掌は小幅、指はすこぶるほっそりしている。こんなのは他で見た覚えと言えば、長身の黒人娘の手首の先だけだ。あれはぼくらの町の高校のバスケットボール・チームのキャプテンだった。

エズラがやけに褒めていたこの男は、わずかに「楽しかった《シャルメ》」と言っただけで仲間と出て行った。ジョン・ロドカー(47)も来ていた。それからダオメー(48)国の王子、まるでフットボール選手のような赤道アフリカの王子で、黒檀のように黒かったが、胸に何か勲賞の飾りリボンをつけ、フランス語と英語を上品に流ちょうにしゃべった。

客は大勢で混み合い、みんな酒が強かった。ボブは酒の追加が必要になるたびにナンシーにまるで召使いみたいに地下室にボトルを取りに行かされて、だんだん頭にきて食ってかかったが、彼女は平気な顔で取り合わなかった。

みんな高級なブランデーを何度もお代わりした。誰もがしゃべり、両手を振り上げ、酔っぱらって浮かれた気分で踊った。いつもは冷静さを失わないナンシーが、何かの弾みで王子に向かってきついことばを投げつけ、場合によっちゃここはあなたなんかの出る幕じゃないのよと注意した。ぼくはそんな騒ぎに嫌気がさしてこっそり別室に逃げ込んだ。そこへフランス女が一人、同じように一息入れに入ってきて、ぼくを見てフランス語で「わいわいやっている連中から逃げ出してくる、きまじめな人はいつでもいるのね」と言って、おじゃましましたとすぐ出て行った。実にフランス的。フロスはフロスで楽しんでいた。タクシーで帰宅。一時だった。

朝、天気良し。フロスとバガテル公園を散策。パリを去る前の見納めにもう一度そのバラをフロスが見たがったのだ。活動写真会社の俳優の一座が撮影の準備をしているのを見かけた。

午後、エズラに連れられてナタリー・バーニー(49)のところに行った。ぼくのための文化探訪の一環なのだ。エズラはいつも本当によく気を遣って、ぼくの勉強不足と自分のすぐれた学識とのギャップを埋めようと努力を惜しまなかった。決して先輩ぶった態度はとらない。だからぼくは言われる通りにする。ぼくの文学界の知識が格段に貧弱なのを心配してくれる。心配させないようにぼくもその善意の努力に応えようと努力する。

十九世紀の奇跡の一つ、レミ・ド・グールモン(50)の(まずい装いの)古いサロンの名残、片鱗がナタリー・クリフォード・バーニーというしたたかな女性の主宰で今だに存続していたと見える。ルネッサンス時代の遺物が琥珀の中に化石化して保存されていたようなものだ。かつてはアマゾネスという異名をとったこのナタリー・バーニーにエズラは一途な敬意を抱いていた。もともとエズラは古いすぐれたものには敬意を惜しまない。それもかれのすごくいい点だ。こうしてナタリーの家でお茶を頂くということになった。ぼくがエズラの若いころの未熟な友人の一人ということでナタリーが格別の計らいをしてくれたのだ。

彼女は実に上品で、さすがにただ者ではなかった。このような場ではエズラの遠く及ぶところではない。いつだろうと彼女の人物評価に狂いはない。ご本人はもちろん、手入れの行き届いた庭、笑いさざめく美女、召使いの日本人など、すべて見とれるばかりだった。襟に赤いバッジを付けた軍人たちがおり、あらゆるタイプの女性がいた。何人かがかたまってあたりをこそこそ見て、内心誰かが気付いてくれたらいいのにと思いながら、抜け出て別室に入るのが目尻からちらっと見える。ぼくは外に出て、臆せず思い切って小便をした。

フランスのある下院議員のことだそうだが、赤ら顔の大男でおきまりの社交界入りを果たしてここに姿を見せた。フロアの真ん中で突っ立っているのに誰も相手にしてくれない。どっちを向いてもまわりは女、女同士で陽気に踊っているのにいらいらした。すぐさまズボンのボタンを外して自分の一物を取り出し、左右に振り回しながら、かっとなって大声を上げた。「みなさん、こんなものをご覧になったことはないんですか」と。

六月七日土曜日、ボブ、ビル・バードとサリー、フロスと一緒に東駅から八時半発の汽車でランス[51]に行った。市内をあちこち見物はしたが有名な大聖堂には入らなかった。ビルはさすが新聞記者だ、有名なヴーヴクリコ[52]社のシャンペン貯蔵庫の特別入場許可証を確保してくれていた。

この種のものを見学したのはこれが初めてだ。まさにこの土地ならではの産業で、土が石灰岩質だから、掘削して次々と地下に部屋を作って、その中でワインを作り寝かせておき、ブドウそのもののまろやかな新鮮な風味がでるようにできるのだ。非常に上品ぶった職員たちがシャンペン製造の六年間の過程を初めから終わりまで実地に説明してくれる。最後に外に出ようとすると、あごひげをたっぷり蓄えた大男が待っていてぼくらを引きとめ、極上を数本開けてくれた。

それから列車でランスを出て、離れた丘の上から大聖堂をもう一度見た。十キロばかり森の中を散策、ここで激戦があったとはとても思えない。カフェ・ランデブ・デ・シャセールでビールを飲む。エペルネイまで再び列車。

翌朝早く、ホテルの小さい部屋で起き、オテル・ド・ビユーの庭園を散歩した。最近の絵画でよく見かける正式の小公園で、この地方都市の市庁舎に面している。立木造りの枝にピンクのバラが咲いていた。

雨！　消防士祭り《フェト・デ・ポンピエール》、折角の消防士のパレードも雨でずいぶん気勢を殺がれていた。土砂降りだったが、ビルの案内で森の中の小さい町に蒸気機関車で行く。雨！　しかしやがて晴れ上がったので、パリに戻るのをやめて、小さな居酒屋で昼食。ほんの部屋一つか二つのオテル・デ・トロワ・ミルストンだ。きれいな小さい庭があった。ここで第一次世界大戦の時、一発の砲弾で十三人が犠牲になった。土地の言い伝えはそんなことをいろいろ覚えている。

そこから道路を南に向かった。総勢五人、二人連れ、三人連れで道いっぱいに広がり、時には一人で急いだりしながら、何マイルも歩いた。ハイキングにはどんな靴が一番いいのかが話題になった。サリーは重いウォーキングシューズだったのでひどく足が痛かったが、普通の靴をはいていたフロスはすごく楽だった。たまたまビルと二人だけでスピードを出していたら、お互いの腰に腕を回した百姓娘二人とすれ違った。ビルはあれがレズビアンの田舎版だぜと面白半分に言って笑った。あんなことはどこでもやっているんだと、その前にぼくが何かぼそぼそと言ったのを当てこすったのだ。

小川にマスが見え、深い暗渠の石の間には野イチゴが生えているのが見えたが、手を伸ばしても届きそうになかった。それは有名な苺の実《フレズ・デ・ブワ》でアメリカにはこれほど甘いのはない。一般にヨーロッパのスミレは香りがいいがアメリカのは香りがない。ぼくには理解できないことだった。いずれにせよそのイチゴは摘まなかった。

午後は森の中を日が暮れるまで歩いた。(53)何本も流れている小川のじゅくじゅくした土手のあちこちに黄色のアイリスがたくさん咲いていた。シャトーチエリまで列車。町の木々の折れた幹を見ただけでそれ以上見る気がしなかった。その晩、再び列車でパリへ。

六月九日月曜日——残すは後三日。リュクサンブール公園を一人で散歩。その後フロスとラベニューで最後の昼食。この界隈ではここが一番気に入っていた。それから列車でサンクルー門に行き、その公園中くまなく贅沢なドライヴを楽しんだ。休日の人出、非常にのんびりして楽しそうだった。クロチルド・ベイルを探す。その足でミナのところに行くとジュナがいた。ジョエラと一緒にドームに戻る。パウンドがいた。ホテル・ウニックに戻る。さようならボブ。かれは何とも断らずにタクシーで去ったのでちょっとびっくりした。パウンド夫妻と夕食。ブランクーシのところに行ったが不在。戻ってパウンドのところに遅くまでいた。

35 グッドバイ、パリ

ゆっくり起床。出発の詳細についての手配とS・S・ゼーラント号が十二日に予定通りに出帆するのか確認のため、レッドスター社に出かける。手配完了。急いでマンシップ[1]のアトリエに戻り、それからパウンドとともにフェルナン・レジェ[2]をそのアトリエに訪ねる。口数の少ない、ひどくビジネスライクな人物だ。イーゼルに架かっていた絵もぼくには何の感興もわかないもので、生気に欠け、画法もあまりにも月並み、何かしら構想上の意図があるのだろうがぶっきらぼうだし、いったいどんな構想なんだろう。正直な絵だが、作品はあまりにも赤、黒、青の色彩が強くどう判断すべきか困ってしまった。おずおずと「片方の手の親指が脱臼しているみたいに見える人物がいますね」と言ったのを覚えている。外科の教科書に載っていた脱臼した親指みたいに見えたのだ。本人はそのつもりだったのだろうか。

作品の写真を一、二枚もらった。ところがぼくにはまるっきり理解できなかった。人物をきちんと機械的にキャンバスに――しかもすべてを一平面に――描き込んだかれのデッサンはぼくの感覚ではとらえがたかった。いちいち描かなくても分かるものにどうしてこだわるのだろう。あれこれ話してくれたが、その話にもついていけなかった。

翌朝朝食をとっているとミナがやって来た。鉛筆でぼくをスケッチし、「野生のインディアン」というタイトルを付けてそのプロフィールを置いていく。さようなら、ミナ。フロスはナンシーあての短信をしたためる。オデオン街十二番へタクシーで出かける。昼食にシルヴィア・ビーチとアドリエンヌ・モニエを招いているのだ。花束にメッセージを添えてナンシーに送る。雨。

シルヴィアとその母親と一緒に昼食。とても美しい母親だ。そこからビル・バードのオフィスへ。奥さんのサリーも挨拶にオフィスへやって来る。みんなとシャンゼリゼでお茶。ダンスもする。不機嫌なビル！　さよなら、バード夫妻！　オデオン街十二番に戻る。さようなら、ジョルジュ・アンタイル、ビャルシュケ、ジョヮイエラ、アドリエンヌ・モニエ！　シルヴィア。花束。ドームで別れる。その後夕食時にアリスとマルグリートに会う。バフリー夫人がお嬢さんとともに来訪――アメリカに憧れている娘さんだ。午後十時パウンドに別れを告げる。就床。

早く起きて、七時十四分タクシーで出発、来信なし。パウンドの顔を見ようと立ち寄る。まだ眠っていた。駅にはアリスとマルグリート。マルグリートはぼくにプレゼントの他に買っていたクーポン債券を三枚くれる。

列車に六時間でシェルブールへ。客室には女性が三人、イタリアのこと、踊りのことなど、おしゃべりをしていた。バイユーの風変わりな聖堂。酪農地帯、ポピーとジギタリスの花々、他。シェルブールの町を歩く。ナポレオンの像がイギリスの方を向いて立っている。トラファルガー海戦でネルソン提督に敗れなければ、かれが侵攻していたはずの地だ。鋭い鋸状の歯をしたサメを満載した荷車。この地ではその種のサメを食べるのだ。聖餐式の子供達、キスを交わす農民、飛行場、灰色の屋根。それから、飲み物をもとめ立ち寄ったカフェでは、年嵩のフランス女、おずおずした大柄なイギリス人の船乗り、それにひどく若いフランス娘の三人の会話が聞こえてきた。

「だめよ、そんなこと」と年上の女。男はもごもごご言い訳をした。娘は泣いていた。

「そう、そうよ」年上の女は続けた。「そりゃ分かるわよ。でも若い女の子をそんな風にほうって行くなんて、だめ、すぐに何とかしてもらわなきゃ、でないとこちらにも考えがありますからね」

五時四十五分、はしけに乗って出発。いささか疲れ気味。ゼーラント号が入港するのが見える。細長いがまあまあの船だ。船上で夕食。オールダニー島が見え、早く床に入る――ずいぶん疲れている。おだやかな海。

船上にて翌月曜日、早朝から『アメリカ人に生まれて』のブーン[3]の章の手直しを始める。

翌日三時起床。午前六時ふたたびブーンに取り組む。何とか目処が立った感じ。

同じ船にトニー・サーグ[4]が乗り合わせている。

次の日、狂信的な禁酒主義の婦人と大いに議論を戦わすが、このご婦人はのちに税関吏の目を掠めてブランデーを密かに持ち込もうとした。

よく晴れ澄み切った一日。海は油を流したようにおだやかだ。三本あるいは四本マストの帆船があたりにいくつも見えた。ナンタケットの赤い灯台船を過ぎる。暑くなり始める。いよいよ帰国だ。

36 帰国

アメリカへ戻ってみると、子供たちは元気にやっていた。一九二四年六月二十日金曜日のことだ。当時は華美な共和党時代で、まるで四月の沼地に咲き誇るミズバショウみたいにお金が勢いをふるっていた……

ちぇっ、また電話が鳴っている……テーラー氏だった。かれは躍起になって言う、先生、あなたはこれまで詩なんて一つも書いていませんよ。あなたのお書きになるのは散文、シェイクスピアみたいにね。

K先生が週末には注射一本二百ドルで荒稼ぎしていた時代。徹底していた、酒、飯、女付きだ。そして愚劣さに際限がなかった時代。

真っ先にしなければならなかったのは医業の再開だ。ぼくらはもちろん無一文、もしくはそれに近い有様だったので、大問題だった。いったいどうなることやら、見当もつかなかったが、元の患者が結構戻って来てくれて、新たな出発の基盤ができた。ぼくは小児科の仕事に専念し、まだ若かったということもあり、すべてがバラ色に見えた。

息子たちはキャンプに戻り、ぼくらも八月末に二週間ほどかれらと一緒に過ごした。その秋ぼくは扁桃腺を除去。楽しかった日々！

休暇の一年の間にぼくは『アメリカ人に生まれて』を書き上げていたのだが、まだその書名を決めていなかった。ある日、チャールズ・ボーニ(1)と打ち合わせをしていた時、いい名前はないものかとあれこれ考えていたので、ついかれに言った、「今書いている人物たちのことだけどさ、われわれにとってかれらは詰まるところいかなる存在なのか、その鮮明な印象、包括的な定義を与えたいんだ。かれらはわれわれの一部になっているのだし、またわれわれはそういう存在だ、ということね。かれらが即ちわれわれだということをぜひ明確にしたいのだ、アメリカという国の体質をさ。現在のわれわれはかれらがその営みによって作り上げてきたもので、だからわれわれはずっと包まれているのさ、アメリカという《イン・ジ・アメリカン》……」

「生命体《グレイン》にだ」ボーニが言った。

ぼくはそれにとびついた。「そう、そうなんだ」とぼく、「タイトルはそれだ」

「でもさ、リンカーンはどうなの」かれはさらに言った。「一言も触れてないよね。リンカーンについて一章書いてよ、うちで出版させて頂くよ」

それが商業出版社によるぼくの最初の本だったし、飛び上がって喜んだ――あのころまでぼくの書いていたものはまるで売れなかった。自費で出すか、それとも稿料なしということで引き受けてもらうか、どっちかだった。ボーニ社は立派な本にしてくれて、あの時の感謝の気持ちは永遠に忘れられないだろう。ところが、販売面ではほとんど何もしてくれなかった。

本としてはあれはまったく失敗だった。出版社へぼくは足しげく通ったので、しまいにはみんなぼくの姿にうんざりし、誰もかれも会釈して、しゃべりながら通りすぎ、ぼくにかまわず仕事を続け、座っているぼくなんかほったらかしにされた。見事な肘鉄だった。広告や宣伝にこれ以上金を注ぎ込むつもりはないと言われ、成功という大きな望みが窓から飛び去るのを、ぼくはただつらい思いで見ているだけだった。たちまち、ぼくの大切なものはぞっき本として処分され、ぼくはそれを見付け次第買い取り始めた。

しかし、おかげで友人はできた。スティーグリッツはどこかでその本を見付け、熱烈な手紙をくれた。今度マデイソン街の新しいところにギャラリーを移すのだが、きみの本がヒントになって、その名を「アメリカ広場《アメリカン・プレイス》」にした、とまで言った。あの時から長年、かれが年をとっていくらか偏屈になってしまうまで、ぼくはそのギャラリーに頻繁に出入りした。しかしかれがハートリーと絶交したころから、疎遠になった。かれはしゃべりまくり、ぼくは耳も目も口もきかなくなってしまうのだった。かれの奥さんジョージア・オキーフにも感服したが、かれにはすっかり敬服した。だがもうたくさんだった。のちにドロシー・ノーマン(2)がやろうとしていた雑誌『年に二度』に少々かかわったが、ぼくには荷が重すぎた。ぼくの目指す方向がすっかり変わっていたのだ。

この本のおかげでできたもう一人の親しい友人がマーサ・グレアム(3)だ。彼女は手紙で、あの本がなかったら振り付けの仕事を続けていられなかったでしょうね、と言ってきた。これにはひどく感激した。彼女には一度、ヴァーモント州ベニントンで翌シーズンにそなえリハーサルをしている時に会ったことがあるが、彼女は仕事の都合で体がまったく空かず、それ以上の展開はなかった。

いずれにせよ、それはそれとして、本は日の目を見たし、それはそれなりの運命をたどって行かなければならなかった。当初の考えでは続編にかかるつもりだった。ジェファーソン(4)から話を続け、こんどは大きく飛んで、グローバー・クリーブランド(5)まで行く。それからゆっくりと現代にいたり、パンチョ・ビラ(6)で締めくくるつもりだった。ところが本がこんな受け止め方をされたので、それもすべてご破算となった。

ぼくの頭の中には、ヨーロッパ旅行の思い出という形で、書く素材はたっぷりあった。ともかく何か書きたかったので、それを元に小説を書くことにした。とはいうものの、ただの夫婦がフランス、イタリア、オーストリア、それにスイスと物見遊山の旅をするという話ではつまらない。そこでその素材を利用し、ストーリーを作って展開していこう。いずれにせよぼくには小説の形式なんて皆目分かっていなかった。そんなものは「絵空事」だと毛嫌いしていた。何でもいいからとにかく仕上げてみようと、つまらぬものを書き、『異教への旅』と名付けた。かねがねヨーロッパは異教的だと思っていたからだ――だがたいていの人は旅行記だと思った。

ぼくが小説を書いたという噂を聞いて、チャールズ・ボーニが目を輝かしたのにはびっくりした。

「ビル！　まさか、君がね」とか、何とか。
それを出版してくれたのは、ニュージャージー州パセイックの人で、マコーリー出版という看板を掲げて仕事をしていた男だった。表紙の絵は弟が描いた――「うじ虫」が世界を取り囲んでいる図だった。これがまた売れなかった。あまり心浮かない日々だった。ボーニ社が引き受けなかったのも当然で、この会社はまもなく出版業を廃業した。

このころ、パリのマカルモンがスリー・マウンテン出版社のビル・バードとともに、ぼくに救け舟を出し海外で本を出版してくれた。詩集『春とすべて』と、小説形式に対する風刺作品『偉大なるアメリカ小説』だったが、これはかわいいフォード車（女性）がたくましいマック・トラック(7)にちょっと恋心を抱くという内容だった。

この時期、ぼくの原稿はぼくの患者の一人、キャサリン・ジョンズがタイプしてくれていた。W・ジョンズの夫人で、ヴァッサー大学の卒業生、ニューヘイヴンで裁判所の速記係をしていた人だ。その母親はアイヴズ家の出で、同名のアメリカの作曲家の親戚筋だった――そんなことが印象に残っている。

ジョンズ夫人は、まあ、変化を求めていたのだ。息子が一人いたが、ラザフォードでは手持ちぶさただった。ぼくがもの書きだと聞いて、タイプ打ちをしてあげましょうと言ってくれた。のちにぼくらには約束ができた。以後十年あまり、ジョンズ夫人はぼくのタイプをしてくれ、ぼくの方は彼女の子供さんとご本人を診させてもらった。出産、肺炎、盲腸炎手術、乳様突起炎――抗菌薬スルファニラミド出現以前によくあった病気――などがあった。ぼくの原稿は手書きだったり、タイプだったりしたが、自分でも判読できないほど乱暴に加筆修正していることが多かった。彼女はきちんと整理のできる人で、『アメリカ人に生まれて』、『異教への旅』の他何冊かの本や戯曲の原稿を仕上げてくれた。

実は、ぼくはまた戯曲に戻っていた。ジョージ・ワシントンをテーマにオペラの台本作りに夢中だった。

パセイックの友人のうち、ヒューズ、ジョン、バタフィールドなどの医者連中が、あのころぼくを地元の病院、パセイック総合病院のスタッフに加えようとしていた。景気がいい時代で、ぼくには専門分野の小児科でちゃんとした経歴があった。ただパセイック市内に居を構えさえすれば、ぼくをスタッフに入れてやろうというのだ。共同で市内のパセイック・ナショナル銀行ビルにオフィスを借り、かれらは直ちに、多少の策を講じ、手筈をととのえてくれた。こうしてぼくには診療室が二つ、パセイックとラザフォードに一つずつできて、その上病院の巡回もあった。それでも暮らしは楽にならなかった。

それは銀行の五階の狭い部屋だった。おかげで少なくとも医者の中に新しい知り合いができ、病院の仕事はぼくの医者としての力量を刺激し、また、恵まれない人々、不幸な人々の手助けをする機会も広がった。のちに病院の看護婦の何人かはぼくのところにちょくちょく立ち寄り悩みを打ち明けるようになった。特にそのうち三、四人にとってぼくはさしずめ聴罪司祭といった存在になった。いい面もいろいろあったが、掛け持ちで慌しく行ったり来たりするのはぼくには荷が重すぎた。だから八年勤めた後、その仕事は仲間の一人に譲った。

あのころ執筆は相変わらず続けていたが、生活の方は不安定だった。禁酒法時代なのに、飲まずにいられなかった。ただぼく自身は飲んで楽しいと思ったことは一度もなかった。いつも誘惑に負けては後悔し、酔いが覚めると(二度と飲むまいと思うのだが)頭が痛くて真っ二つに割れそうになる。

例えば息子たちがメイン州マタワムキーグ湖畔のキャンプにいた最後の年のことだ。親のぼくらは敷地内の丸太小屋を一軒借りた――湖の少し下手のビル・スーエルの成人用キャンプ場にあった。ある日何人かが(ぼくはそれに加わっていなかった)、国境のすぐ向こうのカナダのニューブランズウィック州に足を延ばして、酒をいっぱい積み込んだ。男たちはビンをズボンの脚の中に詰め込み、女たちは突然胸が豊かになった。一行が近付くとたちまち税関の役人たちが持ち物検査をしようと車からどっと出てきた。

大した理由があったわけではないが、その晩ぼくはラム酒をストレートでしこたま飲んだ――多分粗悪なジンなどにうんざりしていたのだろう。翌日は昼まで、今でも思い出すが、森の中をうろうろと歩き回っていた。木々がどさっと襲いかかってきやしないかと怖くて、横にもなれなかった。

魚釣りもやった。テディ・ローズヴェルトが若いころ体力作りにその森にやって来た時ガイドをしたというビル・スーエルは、夜になると焚き火を囲んでかれの大好きな友人テディのことやメイン州の森の昔話をいろいろ話してくれた。かれはその地方で生まれた最初の白人だった。

かれの息子メリルは、ガイドをしたり鉄道員をしたり、もう大人だったが、父親の前では決して煙草を吸おうとしなかった。ある時フロッシーがビルに聞いた、「ビル、森の中で迷子になったわたしに会ったら、あなたどうするかしら」

「そうですね」ビルは言った、「撃ち殺したりはしないでしょうね」

あそこでは、大きなアオサギが一羽、水辺から飛び立って木々の間に音もなく消えていくのを見た。アビの鳴き声も初めて聞いたし、いっぱい釣れて誰も欲しがらないバス釣りもした——バスの奴が貪欲に釣針まで飲み込んで殺さなければいけなかった時は、石の下に埋葬してやった。湖の片隅には野生の稲が生えていた。子供たちは急速に成長していた。日曜日には三、四人のカトリックの少年たちがカヌーで村のミサに連れて行かれた。森の静寂があって、いわば世の中から隔絶したその静寂には忘れられた信仰が息づいていた。そんな経験をして家に帰ると太古の世界から戻ったような気がして、現代という人工的なその場しのぎの世界に順応するのに努力がいった。

あのころはぼくは画廊へせっせと通っていた。スティーグリッツにはよく会っていたし、近代美術館とかホイットニー美術館でフランス巨匠展なんかがあると、出かけて行った。ちょっとはにかみを含みつつ、響きのいい話し方をするポール・ローゼンフェルド(8)はいい友達だった。あれこれいろんな人に、アーロン・コープランド(9)とかミス誰それとかに、会ってご覧なさいよって、かれはぼくによく言っていた。あのころはよかった。これまでに何度も話したことだが、ハートペンスについては面白い話がある。雄鹿《ハート》という意味を持つ名前の通りタフな男で——これほど名前が本人にぴったりなのは他に知らない。いい友達だった。ほっそりした中背で、顔は髪と同じ薄茶色で乾いた感じ。記憶では、着ているコートもほぼ同じ色だった。スレード、たしかヘレン・スレードという名前の、つややかな髪をしたダンサーにかれはご執心だった。ただ、二人が夫婦の仲なのかどうか、そんなことはどっちでもよかったし、かれも明かそうとはしなかった。

アランソン・ハートペンスはダニエル画廊に勤めていた。ある日、その画廊の経営者は外出し、ハートペンスが留守番していた。そこへ入ってきたのが最上のお得意さんの一人、五十代の女性で、誰の作品だったか、ある絵にひどく興味を持った。気に入って、すぐにも買いそうだったのだが、絵から離れてはまた近寄り、挙げ句に言った、「ところでハートペンスさん、こっち左下隅のあれはいったい何なの?」

ハートペンスは絵のところに行き、言われたあたりを念入りに調べた。それからさらに考えて返事した、「あれは、奥様、絵具でございます」


この話は、芸術作品を自然の模写と考えることから、アリストテレスが『詩学』[10]で述べたように、自然の模倣と考えることへと、当時の世界に起こっていた転回のまさに結節点を明示している。それからずっとこれがぼくらの芸術概念の基準となってきたのであるが、今もこの一歩を踏み出せないために、芸術における現代性というものを十全にとらえられないのだ。

絵画においてはセザンヌが初めて意識的にその一歩を踏み出した。かれ以後は、打ち壊された障壁の隙間をどんどんと、たいていはただ「背後から押す力」によって、事態は進行してきた。しかしブラックにとっては、その一歩は根幹にかかわる意味を持っていた。かれは、時々作品を戸外に持ち出し、自分の絵の創造が自然の創造と肩を並べ、納得のいく価値があるかどうかたしかめたということだ。

こうした動きがアリストテレスの『詩学』に発するものだということはほとんど誰も知らないようで、二千年以上にわたって『詩学』は誤解されてきたのである。目標は、今も昔も、自然を模写することではなくそれを模倣することであり、そのためには、はつらつとした創意が、例えばヴァージニア・ウルフ[11]が発揮した想像力のはつらつとした働きが、必要だった。人間は絵を作り、絵は枠に張ったキャンバス上の絵具でできている。延々たる議論にもかかわらず、この一点が明らかにされたことはない。人は「抽象絵画」を描くのではない。人は絵を作るのだ。

もしそれがつまらない絵、想像力を欠く絵であれば、もし絵具という構成要素が空しく費消されているならば、そんな絵画は、たとえ誰か強大な独裁者あるいはサルトルの命題を描写したものであろうと、無意味な絵でしかない。

ブレイクやホイットマン的人物がいるにはいたが、十九世紀後期の古臭い概念を脱却する一歩を踏み出したのは画家たちだけではなかった。ガートルード・スタインは単語をモノとして使うという着想でその手がかりをつかんだ。

昔から語り伝えられてきた「神話」がぼくらの進歩をはばんできた。アテネの人、アペレス(12)はサクランボを本物そっくりに描いたため、絵を外、アテネの陽光の中に出すと小鳥たちがつついた、という落ちのついた話がある。中でも、ぼくら西洋の思想にはシェイクスピアの「自然に向かって鏡を掲げる」(13)ということばがある――芸術を目指す者が目にした最も邪で有害な忠告だ。人を欺く、無思慮な、誤った忠告だ。芸術家が仕事をするのは、断じて鏡を自然に向けて掲げるためではない！　断じて自然の模写ではなく、想像力によって、まったく別のもの、自然界のいかなるものとも似ても似つかぬ新しいもの、自然を抜き出た、別のものを作るためだ。

自然を模倣することは人間の行為だ。模写するということはすでに存在するものを無気力に映し出すことでしかない。それにはシェイクスピアの言う鏡がありさえすればよい。しかし模倣することによって、人間が自然そのものをより大きなものにする、人間が自然となる、あるいは人間自身の内に生き生きとした自然を見出すのである。ぼくらの精神にとってこれはたまらない魅力を持っている。芸術という概念をより大きなものに変え、未だかつて十分に知られることのなかった高みへと導いてくれる。

一九二四年ぼくは『ポエトリー』誌のギャランター賞を受賞、次いで一九二六年『ダイアル』賞、二千ドルもらった。運悪くぼくは別の雑誌に載せた短編小説(14)のことでちょうど一万五千ドルの訴訟を起こされ、五千ドルで示談になっていた。そこへ『ダイアル』の賞金が入って来たのだった。朝一番の郵便を開いてすぐ、寝ていたフロッシーのところへ飛んで行った。ぼくは涙が出てきた。

事情はこうだった。もうかなり前に亡くなった人だが、ある知り合いの若い人から話を聞き、とても面白かったので、家に飛んで帰り、タイプライターを引き出し七、八枚打った。登場人物の名前まで覚えていたとは思っていなかったのだが、ざっと読み直し机の引出しにつっこんで、数カ月そのままになっていた。

それからある日、例の雑誌から原稿依頼があった。その話を取り出し、大きなマニラ紙の封筒に入れて郵送した。返事もなかったし、没にされるのには慣れっこだったので、半ば忘れかけて、ゲラ刷りでも出たら、ちょこちょこ手直ししながら読み返せばいいと考えていた。

そしてある日、ぼくの話が載った雑誌が届いた。すでに印刷配本されていたのだ。ぼくは心臓が止まりそうになり、えらいことになるぞとさに思った。あれ以来名前を見ただけで胸糞が悪くなるのだが、ある著名な弁護士が、その雑誌の受理した原稿について、名誉毀損になりそうなことはすべて点検することになっていた。ところが、かれは見てもいなかったのだ。大金持ちのはずの弁護士は見事にドロンを決め込んだ。編集部の連中は何の責任もとらず、残りのぼくに貧乏くじが回ってきた。そして困ったことに、題材の性質上ぼくのドジは不法行為ということになった。もともとその話はすべて事実に基づいた本当のことだと聞かされていたのに、あれほど見事に詳細を話してくれた友人が、後になって、ぼくに対する告発書に署名したのだ。小さな町で奮闘している若い医者にとってはとんでもない連中だった。フロスの態度は、言うまでもなく、立派だったが、ちゃんとぼくにはお灸を据えてくれた。

「だから言っといたでしょう、何度も、実名を使っちゃだめって」

「でも仕方がないんだ」とぼく、「読者を納得させるように書こうとすればね」

「そんなのバカげてるわ！」

「後で名前は変えようと思ってたんだ」

「分かったわ、それであなたが面白いって言うのなら、勝手になさい。でもあなたには子供もいるのよ、それに……！」

ぼくには善良だがだらしない老弁護士がついていた。ほとんどいつも葉巻を嚙んでいて、よだれをチョッキに垂らしているような人だったが、そんなかれが五千ドルで決着をつけてくれた。でも、これだけは言っておこう。ぼくの告訴にあたった若い弁護士は、真相が分かった時依頼人に、おたくが提示している金額で――もっと取ってもいいとは思いますが――示談にしましょう、でなければこの件から手を引かせていただく、と言ったのだ。かれに神の祝福あれ。その弁護士の名前は聞いていたのだが、もう忘れてしまった。かれはある日ぼくの家の前までやって来て車を止め、ぼくの資産がいかほどかたしかめたそうだ。フロスと子供を守るため、ぼくは保険に五千ドル上乗せしたのだが、あるいは破産でもしたらと、別の心積もりもしていた。

フロスは二、三年のち、ぼくに余分な負担をかけまいとその追加保険を解約した。

『ダイアル』賞は、その年度（ぼくの受賞は一九二六年）のすぐれた文芸作品一般に与えられるものだったが、ぼくの五、六ページの詩「パターソン」を掲載したことで特に注目された。この詩が元になってのちのぼくの長詩『パターソン』は生まれたのである。

あの当時は同人雑誌《リトルマガジン》が最盛期だった。ぼくはそのほとんどに何か載せた。

お金がふんだんに流れ、相場は上昇を続け、若者たちは親の保守的なやり方を嘲笑していた。人が一週間で三、四万ドル儲けるなんてよくあることだった。ぼくらもほどほどに投資し、買えるものはすぐ買った。

マージョリー・アレン・サイファート[15]が（以前クレインボーグのパーティーで会ったことのある人だが）夫と子供から二週間の休暇をもらっては、ニューヨークに出てきていた。あれこれの男友達、気の合う人誰かれに声をかけ、夕方に食事だの、観劇だの、気の向くままに誘っていた。もぐり酒場へみんなで繰り出し、自分のこと、世間のこと、あれこれ話した。ある時は彼女と二人で、オニールの『楡の木の下の欲望』を観ようと大急ぎで行った。あの時彼女は、第二幕が始まってすぐ、ちょっと別の約束があるので失礼、と行ってしまい、残されたぼくは一人で芝居を終わりまで観た。

チャールズ・ヘンリ・フォードが、多分かれの処女詩集だったと思うが、ある詩集に序文を書いてほしいと言ってきたので、書いて送った。一、二年して、あるいはもっと早かったかも知れないが、かれがその詩集を見せた。序文を見ていると、かれはちょっとばつが悪そうな笑顔で立っていた。それはぼくにはまるで記憶のない文だったが、ふと見ると末尾にぼくの名前があるではないか。

「気を悪くしないで下さい」かれは言った。

ぼくの書いたものをすっかり変え、気の向くままに書き加えていたのだ。もちろん末尾のぼくの署名はそのままだった。ぼくは気にしなかった。もちろんんだ。

あのころのことで覚えているのは、キャスリンがやめた後わが家にやって来たアリスだ。その次がサディだった。ある日の夕方、二階でぐっすり眠っていた子供たちの世話を彼女に頼み、多分映画だったと思うが、ぼくら二人は外出した。当時わが家にはラジオもなく、この大柄な太った子はきっと退屈を紛らすのに苦労したのだろう。いい子で、夢見る年ごろの娘にはありがちな、楽しいことをしてみたいという気持ちを別にすれば、精一杯尽くしてくれた。ぼくらの方も楽しくやってもらおうとつとめた。しかし彼女のように身寄りがなくて州の保護下にある未成年者、わが家で働いてもらったような子たちは、みんな寂しがり屋で、愛情を心の底から求め、単に求めるだけでなく、できると思えば時、場所を選ばず強引にでも手に入れようとするものである。ことに父親のような存在が欲しいのだと思う。そんな彼女たちにはぼくもいささか辟易した。しなければいけないことがいっぱいあるのに、父親役を演じるのは容易なことではなかった。だから、彼女たちは欺かれたという気持ちになったのだ。ぼくは彼女たちみんな大好きだった。

ところでその晩は、フロスと二人で十一時に勝手口から家に入った。サディはぼくらの留守中好んで寝転がっていた居間の長椅子で眠っているだろうと思っていた。台所は暗かった。椅子が倒れていた。フロスは何か変だと感じ、彼女の名前を呼んだ。返事がない。つい先月近所で何件か押し込み強盗があったばかりだった。サディには家の鍵をかけ、まず相手をたしかめてからでないと外のドアはどれも開けてはいけないと言っておいた。

急いで食堂に入り明かりをつけた。ここも何もかも散らかっていて、椅子は投げだされ、おまけに食器棚の引出しは開けっ放しになっていた。銀食器が全部ない！　呻き声が聞こえたように思う。フロスが居間に入った。そこも真っ暗だった。電灯をつけると、あのころわが家にあったアップライト・ピアノの前の床の上に、両足をピアノの脚に縛りつけられ、さるぐつわされて、手首を後ろ手に縛られたサディが転がっていた。

ぼくはびっくり仰天した。

少女は、ぼくがナイフで縄を切り、手足を解き放ち、口のさるぐつわをはずしている間、もぐもぐ何か言おうとしていた。身を起こした彼女は興奮した口調で、銀食器は無事ですと言った。その夜不吉な予感がして、銀の食器類をぼくの古いスーツケースに入れ暖炉にかくしておいたと言う。急いで、火のない暖炉から送風機を取りはずしてみると、たしかに彼女の言ったとおり、銀食器はすべて無事そこにあった。

よくやった！

それから、彼女は手首をさすりながら、地下室から男たちが押し入ってくる物音が聞こえ恐怖に金縛りになっていた様子を語った。動くことも叫ぶこともできないまま――子供たちを置いて逃げることもできない！――襲われ、口を手でふさがれて……。

「怪我はなかった？」興奮してぼくは言った。

ええ、そういうことは何にも。

それより、わたしがどうすることもできず転がっていると、みんな二階に上がって行ったの、そして二階の整簞笥をガタガタやっている物音が聞こえてきたわ。フロスが駆け上って行って子供たちを覗いて見ると、ぼくらが置いて行った時と変わらずスヤスヤ眠っていた。しかしぼくら夫婦の部屋は何もかも引出しから引っぱり出され、床中に乱雑に放り出されていた。このころにはサディも、ぼくに抱きしめられたり褒められたりして、だんだん筋の通った話をしていた。男二人で白人、ぼくらが家に帰ってくるちょっと前に、多分ぼくらが家へ入るのにびっくりしたのだと思うが、侵入してきた地下室からあわてて逃げていった、それも今から十分足らず前だ、と言う。ぼくが駆け下りて他にも証拠がないか調べてみると、開いた出口の前のコンクリートの上に広げっぱなしになったスーツケースが捨てられていた。上にあがり警察に電話した。

そのころにはフロスは二階から下りてきていた。実際に盗まれたものがなく、子供も目を覚ましていないし、彼女はこの話全体がうさん臭いと思っていたが、ぼくには何も言わず静かに腰を下ろして、ローゼンフェルダー巡査を待った。大柄で心やさしく頭もいいこの巡査に一部始終を話し、サディはぼくらの話をそこここ訂正した。それから、地下室に下りて様子を見てくれませんかとぼくは言い、二人で下りていった。地下室で部屋の電気をつけると、かれはぼくを見てにっこりした。

「あの娘の仕業ですね」とかれは言った。

「どういうこと?」

「ヒーローになりたかっただけでしょう」とかれは言った、「それにあなたに褒めてもらいたかったのです」

フロスはすでにそうだろうなと腹を決めていた。ともかく、すべてケリがついた後、ぼくはサディに本当に楽しいお芝居を見せてくれたねって言った。「でもいったいどうやって手を縛ってるのに口にさるぐつわをはめられたんだい?」

「わたしじゃないわ」彼女は言った。

37 あるお産

二月になってある日、町では若手のある医者がやっている医院から電話があった。若いころフロッシーを時々パーティーに連れ出していた男だが、かれはカトリックで彼女はそうではなかったので、二人の仲はすぐに終わった。二人は高校の同級生だった。電話は、隣町のリンドハーストでお産にてこずっている若い医者の手伝いに行ってほしい、というのだった。そのお産はかれの仕事だったが、自分がインフルエンザで寝込んでいたため、若い助手を代わりに行かせていた。ぼくとしても行かないわけにはいかなかった。あれはいつのことだったろうか、ある休日、リンカーン誕生日、たしかそうだ。せっかくの休みなのにとちょっと腹立たしく思った。ともかく出向いて行った。町の貧しい地域の小さな家だった。

しかしそこに着いてぼくは驚いた。ベルを鳴らそうと手を出すと、いきなりドアが開きチョッキとワイシャツ姿の、見るからにがっしりした男が「どうぞ」と言った。

暗く狭い廊下に入り、コートを脱ぎ始めて初めて、ぼくを請じ入れたその男をじっくり見た。ビール運搬トラックの運転手みたいな体つきで、袖をまくり上げていた。こめかみあたりの髪が薄くなり始めていたこの男は相当酔っていたが、そのズボンを見てぼくは思わず手を止めた。明らかに警官だった――ズボンで分かっただけでなく、カートリッジのずらっと並んだベルトに45口径の拳銃を装着していた。

「妊婦さんはどちら?」と聞いた。「二階です」。するとその時、体がぞくぞくしてくるような悪罵まじりの太く低い女の悲鳴が聞こえた。

「さあ、上へ。さあ、行ってやってください。上に医者が一人いるんですが、どれほどの医者なのか、まるで役立たずです。W先生はどうして来てくれなかったのでしょう」

「わたしが来ましたから」と言い、診察鞄を手に二階へ行った。若い医者が虚ろな目をして寝室のドアのところへ出て来た。

「よく来て下さいました、先生！」

かれに返事をする間もなく眼前の光景が目いっぱいに広がった。貧しい部屋にダブルベッドが一つ、その上いっぱいに女性が寝ていた——ベッドの端から端まで、下から上までいっぱいに。スプリングは床にペタッとくっついていた。山みたいな女で、小さな顔のまわりの何重にもなった脂肪の輪が大きなお腹ほどもあった。

ぼくの顔を見たとたん彼女は、目の前の若い医者や、W医師や、自分がこんな目に会っているのにまるで何もできないじゃないかと、誰かれなく口汚なく八つ当たりしたかと思うと、居眠りを始め、ブタみたいないびきをかいた。

若い医者は前日からずっと付き添っていた——一晩中起きていて、眠ることも食事をとることも、いやちょっとそこを離れることすらできなかったのだが、それというのも階下には例の男がいて、腰の拳銃をポンポンたたきながら、赤ん坊が生まれるまではここを絶対離れないぞ、かりに医者のヘマとか無能のために、生まれてくる途中赤ちゃんが死んだり産婦自身の体を傷めるようなことがあろうものなら、絶対に許さん、おれも一蓮托生だ、とかれに宣言していたのだ。

「交替して下さい。ぼくはもうくたくたなんです」とかれはぼくに言った。

「とんでもない。そんなことをしたら、自分がしくじったと自ら認めてしまうことになるじゃないか。頑張るんだ。こんど痛がったら鎮静剤を与えて、様子を見てみるさ」ぼくは言った。

そのうち始まった。まず産婦に落ち着きがなくなり、それから、「ほらまた始まる！」と金切り声で言って、ぬかるみに車軸までつっこんだ荷車を引っぱり出そうとする雄ウシみたいに、汗だくになっていきんだ。悲鳴をあげ、悪口雑言吐きちらし、苦しんでいた。

「昨日からずっとこうなんです。たまりません」とかれは言った。

「ぼくが診てみよう」とぼく。

「この若造何やってんの、そろそろ誰かちゃんとやってよ」、彼女はぼくにわめいた。「はやく、何で苦しいのか、分かるでしょ、ちっとはましな医者ならさ」、そして太った太腿を開いた――その様は形容しがたいもので直接見た者にしか分からない。

ぼくは頭を股につっこんで見た。子宮頸管がすっかり開き、羊膜は裂け、頭部がのぞいていた。順調なお産で、見るかぎり何の異常もなかった。胎児の位置は後方前頭位と思われたが、ことさら調べはしなかった。診療器具は十分でないし、ベッドも低く、補助の人手もない状況ではその必要はなかったのだ。

「ピット（脳下垂体ホルモン剤）は与えたの？」とぼくは聞いた。このような症例で用いる下垂体エキスはそのころ非常に新しいもので、その若い医者は持ち合わせていなかった。

「先生はお持ちですか」かれは言った。

「うん」

「あとをお願いできないでしょうか」

「だめ。でも注射は一本打っておきましょう。他に悪いところないもんね。体重はいくらなの？」

「三百ポンドと聞いていますが」

そういうわけで産婦にピット一ccを打って、もう一度枕元に置いていたクロロフォルムをかがせた。その注射を打った後やってきた最初の痛みとともに猛烈な陣痛が起こり、何もしないうちに男の赤ちゃんがへその緒をからみつかせ、まるでぼくらがつついたみたいな剣幕で、泣きわめきながら母親のおしりの前の薄汚いところに出てきていた――とでも言うほかない有様だった。

若い医者は安堵のあまり気も失わんばかりで、一方女性の方は、顔を上げて階下の夫に向かって叫んだ、「男の子よ」

「体重はいくら?」

「見た感じでは」とぼく、「八ポンドに一オンスとは欠けないね」

「異状はない?」

「異状なんてあるものですか、大丈夫ですよ。この子も立派なお巡りさんになるよ、肩つきなんか見ると」ぼくは言った。

「ありがたい。やっと終わったのね」

ぼくは毛布をぐっと引きはがし、女の下腹部に手を伸ばし子宮底部をじっと押さえて、胎盤を押し出しにかかった。「ちょっと待てよ」と言って手を止めた。誰もがぼくを見た。

「先生、どうかしましたか?」若い助手が言った。

「ほら、もう一人いるよ、ここに!」

「何ですって?」女が叫んだ。

「双子、少なくとも双子ですよ」とぼくは言った。若い医師は気絶しそうだった。

「最初の赤ちゃんは向こうのベッドに寝かせて。ほら来るぞ!」そういう次第で、もう一人生まれたのだが、初めの子よりでっかくやはり頭から出てきて、泣きわめくやらバタバタ暴れるやら——もし信じて頂けるなら、まるでぼくらを罵っているみたい、と言いたいくらいだった。

「それでおしまい?」

「そう、おしまいだ」ぼくは言った。「何か欲しいものは?」

「眠らせて下さい」と女は言った。

「そうね、後産があるからちょっと待って。そうすりゃいくら眠ったって結構ですよ」とぼくは言った。

ドアのところにやって来た亭主に、双子の息子さんですよと言うと、かれは「やれやれ。女房の具合は?」とだけ言った。

「申し分なしですよ」

「そりゃよかった。まったく際どい時に先生が来てくれたものだ」かれは言った。

「そんなことないさ。あの先生がきちっとやってくれていたんだ。奥さんのためにかれがいろいろやってくれてて、ぼくはその後に運よく来ただけさ。今日はおまけに、たしか、リンカーン誕生日だったよね」

「二人のうち一人はエイブラハム、もう一人をリンカーンて名前にしよう」かれは言った。

「で、姓のほうは何ておっしゃるの?」その時まで聞く暇もなかったのだ。

「オトゥールです」かれは答えた。

「エイブラハム・オトゥールとリンカーン・オトゥールってわけだ」とぼくは言ったが、笑いはしなかった。「それじゃいけませんか」とかれ。「ちっとも、ともかくユニークですね。坊やたち幸運に恵まれますよ、まずそうでしょうね」

「診察代はいくらでしょう、先生」とかれはぼくに向かって言い、尻ポケットに突っ込んだ札束に手を伸ばした。

「W先生に聞いてみましょう。あの先生がいくら請求してほしいのかぼくには分かりませんので」

「あんな奴、取れるもんなら取ってみろってんです、こんなゴタゴタのあげくに」男は言った。

「訴えられますよ」笑いながらぼくは言った。

「訴えるがいいわ」目を覚ました女房が言った。「私のこと散々ひどい目に会わせておいてさ、訴えるがいいわ」

まあそんな按配でぼくたちはその家を後にしたのだった。

38 ガートルード・スタイン

ヴァーモント州ヒルデイルでのある夏の日のはっとした光景は忘れられない。背が高く色白で、知恵遅れのエルシーが、ハンノキの木の間に見えかくれする谷底の渓流で水浴びをしていた。それを向かいの丘の斜面の畑にいた男たちが、干し草作りの手を休めじっと見ていたのだ。

オルガ山のふもとのあの辺の深い森では、春はどこよりも澄みわたって豊かだった。連れて行った子供たちが、カエルをさがしたり、その辺にいっぱい自生していたホーセンカの種の詰まったさやをポンポン割って遊ぶのを、のんびり見ていたものだ。

たいていは詩だったが、ぼくは時折少々書きものをしたり、フロスと一緒に、あるいはみんなで、ヘイスタックやストラットンの山々に登ったりした。チビのビルでさえある日一緒にヘイスタックに登った。ヴァーモントはいつもぼくの神経を和ませてくれた。

リチャード・ジョンズが、一年あまりも屋根裏部屋の抽き出しに入れたままになっていた『白いラバ』の第一章を読んで続きの章をぜひ書け、と熱心に勧めてくれていた。それでぼくは書き始め、かれは気前良く『異教の国』誌に掲載してくれた。

そのうち、年齢的にも具合がよさそうだったので、息子たちを一年間ヨーロッパの学校に行かせることにした——一九二〇年代の初めに数カ月置いてけぼりにした埋め合わせを、何とかするためだった。

ビルはラザフォード高校の一年生、その二つ下のポールは中学校でほどほどにやっていた。かれは脚もすらっとしてきて、成長するにつれ次第に呑気坊主になっていた。ぼくらをこんな決心に駆りたてたのはぼくら双方の家庭の伝統でもあった。ぼくらの両親はみな外国生まれだ。フロスは子供の時、弟とドイツやノルウェーに連れて行ってもらったことがあり、オスローの近くで「真夜中の太陽」のもと夜の十一時に森でスズラン摘みをしたのを覚えていたし、エドとぼくは今の息子たちの年ごろの時にはシャトー・ドゥ・ランシーに留学していた。

そういう訳で一九二七年の夏、四人でアントワープ、パリそしてジュネーヴへと出発した。

この時も、一九一〇年のドイツ旅行と同じように、アントワープに立ち寄った。子供たちは大喜びで、動物園の雌ライオンとその仔たちが特に気に入った。そこから南下して、のんびりとバーゼル、ローザンヌ、シヨン、ダン・デュ・ミディ山を経て、レマン湖の西岸に沿い、一方にジュラ山脈を反対側にアルプスをのぞみながら、目的地であり旅の第一部の終点でもある地へと向かった。子供たちはヨーロッパで過ごすことになるすばらしい一年間への期待に胸をふくらませているようだった。

子供たちを学校に入れて、フロスとぼくはパリまで一緒に出、二人で旅の終わりを楽しんでから、ぼくは彼女と別れアメリカに帰るつもりだった。ホテルをさがし、結構安いところを見付けたが、一晩泊まっただけだった。ひどい宿だった。予約は一週間だったので翌朝チェックアウトすると言うと、支配人は猛烈に怒った。みすぼらしく狭い支配人室にいたかれは、気の毒に、きっと何週間も稼ぎになる客とてなく、ぼくらの宿泊を大喜びしていたのだろう。だから、出られるとまさに飲み食いの糧を失うことになる。かれはぼくらに散々悪態をついた。ぼくらはこの貧乏な国フランスへ財宝につつまれてやって来て、為替相場につけこむ「金満アメリカ野郎」というわけだ。スズメの涙ほどの宿賃しか払わないで、どこに泊めてもらおうってんだ？　まさか宮殿でもあるまいに？

こんどもボブが面倒を見てくれ、自分の泊まっていたオテル・イストリアに一部屋見付けてくれた。その週はアメリカ軍パリ駐屯後最初の十年祭にあたり、部屋はほとんどふさがっていたし、特にフランス女性に対するアメリカ人たちの振る舞いがもとで反米感情が高まっていた。ぼくらも憎しみの対象になりかねなかった。どこへ行ってもそれは感じられた。そしてぼくの見るかぎり、憤慨するフランス人に非はなかった。

ある日の午後、近くのレストランで、フロスと二人で軽い昼食をとっていた時、ムルソーを一びん注文した。ちょっと手に入らないぼくの大好きな白のブルゴーニュだ。高価なものだが、ぜひ飲みたかったのでテーブルに取り寄せ開けてもらった。ぼくはフランス語は今でも少し話せるし、聞いたり読んだりするのはもっとましだ。左手にいた二人連れの若い男の一方が相手に言っていることが聞こえてきた、「奴らを見ろよ。また始めやがった。ムカムカするぜ」

かれらはきっとこう思っていたのだろう。田舎者めが二人、昼食にフランス最高のワインを飲んでやがる！ 一番高いワインだ、俺たちは手も出ないやつだ、奴らにゃその年代も絶妙な味わいも、これっぽっちも分かっちゃいないさ。二人の顔にはそう書いてあった。

あの時の食事のことでもう一つ覚えていることがある。クレソンが大好きだったのだが、何か肉料理を注文したら、多分フィレミニヨンだったと思うが、付け合わせにクレソンがたっぷり付いてきた。それなのに、何が付け合わせで出るか知らないで、クレソンのサラダを注文していたものだから、息が詰まるほどクレソンだらけになった。でも二人で全部平らげ、その上例のワインも飲んでしまった。これが旅行中二人で食べた最後の食事だった。食事を出されたのはテラスで、フロスも覚えているが、道端だった。ボロをまとった一人の女が並んだテーブルの前を行ったり来たりして、立派な食事ができる人はいいや、あたしゃこんなボロまとってさ、と苦々しそうにブツブツ言っていた。

しかし圧巻はガートルード・スタインの家でのお茶だ。ぼくがすごく楽しみにしていたことだった。狭い家に、多分トクラス(1)だったろうが、請じ入れられると、他に二、三人先客がいた。スタイン本人が進み出てぼくらを迎え、ピカソの作品が架かったあのすごい壁の下の椅子をすすめた。主に「青の時代」のもので、頭上に三段に並べて架けてあった。かなり広く、天井の高い部屋で立方体のような形をしていた——そこでみんなはあちこち、思い思いのところに座っていた。正面の壁のところに左右に開く扉が付いた小さなキャビネットがあった。

うちの椅子はちょっと扱いにくいのよ、ということから話は始まり、エズラ・パウンドがほんの二、三カ月前にやって来たときのことに及んで行った。ことにある椅子は骨董品でスタインが特に大切にしていたものだったが、あまり頑丈なものではないので扱いに気を付けて下さいね、と言って、パウンドにすすめた。その注意を聞いていながら、かれはいつもの癖で足を無造作に伸ばしてドサッと座り、後脚を一本折ってしまった。あんな人絶対に許せないわ、という風に話は順調にスタートした。

ぼくらは並んだ絵を見た。あそこへ行くと誰だってそうするだろう。パリの名所の一つだった。お茶が出され、その後だったかそれとも飲みながらだったか、スタインは小さなキャビネットのところへ行って扉を開き、タイトルを紹介しながら自分の原稿を一つずつ取り出し、いつか本にしたいと思っているの、と言った。その後の話のつながりはよく覚えていないが、もしもこれら未刊の本の著者があなたで、私のように苦境に立っていたら、あなたならどうするか、という趣旨のことを彼女はぼくに聞いた。

ぼくがその時はいつになくストレートな物言いをしたいという気分になっていたせいか、あるいはパウンドなどぼくの友人たちのスタインの作品に対する冷笑的な評価が思い浮かんだせいか、こんな返事をした、「ぼくのだったら、そんなにいっぱいあるのだから、一番いいと思うのを選んで、残りは火の中に放り込むでしょうね」

そのことばはてきめんだった。ハッとした沈黙が一瞬はしったが、やおらスタインが言うのが聞こえた、「そうね。だとすると、書くってことはあなたにとって仕事《メチエ》じゃないってことよ」

そのことばで話は終わり、間もなくぼくらは辞去した。

それから後まったく偶然見付けたのだが、スターン[2]は『トリストラム・シャンディー』の一節で、スタインがある著書で用いているのと似た手法で、"rough" とか "smooth" のような語のことばとしての特質を提示し論じていた。そこでそのことについてぼくなりのちょっとした意見を書き送ったら、彼女はすごく喜んでくれ、その後心遣いに満ちた何通かの手紙と、自署と愛情あふれる言葉を添え書きした著書を少なくとも三冊は贈ってくれた。

一九三二年ツーロンのTO出版から出した『中間小説一篇その他の散文(一九二二〜一九三二)』からの引用をお許し頂きたい。同書所収の短章の一つ、「ガートルード・スタインの仕事」でぼくは次のように書いた。

白クマをわが目で見ておきたかった

(想像力でその姿をとらえられようか?)

当然のことだが文学における新しいものは何によらず、他の時代に書かれたもののどこかにその萌芽が見出される。ただ現代的特徴が作品に現代的意味を与えるにすぎない。

しかしながら、こうした現代に焦点を合わせる必要性やそれにともなう種々の変化の意味は別の問題であり、批評にとって永遠の躓きの石である。ここにガートルード・スタインに関して追求展開すべき——だが見事に無視されている——テーマが存在する。

事実、スタイン女史の諸著作についてアメリカの研究者一般からもっと意見が聞かれないのは、いったいどうしたことか。熱意あるいは能力の欠如なのか、それともただかれらの情熱なるものは現在のもろもろの危機に際し自ら急速に萎えていくものであるということなのか。

さてスターンから引用してみたい、

父は続けて言った。この点についてわれわれが関心を持っている補助的動詞は、am, was, have, had, do, did, make, made, suffer, shall, should, will, would, can, could, owe, ought, used, さらに is wont であり……——あるいはこれらに疑問が付加された形——Is it? Was it? Will it be?……または肯定形で……さらに時間を

考慮に入れて……あるいは仮定形で、——「もしそうなら?」「もしそうでないと?」「どうなるだろう?」——「もしフランスがイギリスを打ち破ったら?」「もしも太陽が黄道帯から逸脱すれば?」である。さて、と父は続けた。これらを正しく用い適用すれば、子供の記憶を働かせることになるはずなので、観念という観念は、どんなに鈍感な子供の脳に入ってきても、必ず一連の概念と結論がそれから引き出せるのだ。——お前は白クマを見たことがあるか? と父は、椅子の後ろに立っていたトリムの方にぐるっと振り向いて大声で言った。——いえ、ございません、とその従卒は返答した。だが、トリム、お前だって必要とあればそれについて語ることぐらいはできるだろう、と父は言った。——その時トウビー叔父さんが言った、兄上、もしこの従卒めが見たことがないとすれば、そんなことがどうしてできますでしょうか?——それこそ私の望む事実なのだ、と父は答えた、——そしてこのように話を展開できるであろう。

白クマですって! そうですね。今までに見たことがある (have seen) でしょうか? 今までに見る機会があった (might have seen) でしょうか? これから見ることがある (am ever to see) でしょうか? これまでに見ておかなければいけなかったの (ought to have seen) でしょうか? 私に見える (can ever see) でしょうか?

白クマを見ておけばよかった! (想像のしようがないではありませんか?)

ひょっとして白クマを見ることがあったら、私は何て言うだろう。白クマを見ることがまったくなければ、どうだろうか。

もしも私が生きた (alive) 白クマを見たこともなく、見ることもできず、見てはいけない、あるいは見ることもないとすれば、私はその皮 (skin) は見たことがあるのだろうか。今までに描かれた (painted) 白クマ——あるいはことばで説明された (described) ものでも——見たことがあるだろうか。白クマなんて夢の中でも見た (dreamed) ことがないのだろうか。

alive, skin, painted, described, dreamed という語がどんな風にこれらの文の構成に入り込んでいるか、ご注目頂きたい。その感じは語そのものから生じ、語の意味からまったく切り離された不思議な即自的本質となっているのだ。ちょうど音楽で、異質の音が――ただそれだけ――繰り返される和音に一つずつ次々と投げ込まれるようなものである。このことをスタインの著作すべてによく見受けられる同様の効果と比べていただきたい。『地理と劇』(3)を見てほしい。「彼ら二人はそこでは陽気だった。」さらに引用を続けよう――

父、母、叔父、叔母、兄弟姉妹たちはこれまでに白クマを見たことがあるのだろうか。みんなは何を白クマに与えるだろうか。どんな態度をとるだろう。白クマの方はどんな態度をとっただろうか。獰猛？　おとなしい？　おそろしい？　ザラザラしている（rough）？　ツルツル（smooth）している？

rough, smooth ということば遊び（意図されたものかどうかは不明だが）に注目してほしい。rough はクマの行動のことを言っているようだし、smooth は外面、たぶんクマの毛を指しているようだ。いずれにせよ、その効果はもともとクマ自体の特質ではなく、rough と smooth という語の対比の効果である。そしていよいよ結論だが――

――白クマは見る価値があるのだろうか？――
――それを見ても罪悪にはならないのだろうか？――
それは黒いクマより立派なのだろうか？

『トリストラム・シャンディーの生活と意見』の第四十三章はこんな終わり方をする。語の扱い方や、ある程度だが、文としての想像力の豊かさは、現代においてガートルード・スタインが織りあげた独自の統合体の直接の先駆をなすものである。事実、よく注意するとはっきり分かるように、スタインも用いている、ことばそのものの間の視覚的、意味的、さらには音声的な対比の遊び（あるいは音楽）をスターンは働かせているが、それにとどまらず文法上の遊びも使っている——すなわち、how can I imagine it? に対する Did my, what would, how would であり、スタインの "to have rivers ; to halve rivers" などと比べてほしい。スタインが生涯にわたって展開してきたものは、主題、意味、文法に関して完璧な先駆があると言って言いすぎではないだろう——スターンという先駆である。

一週間後フロスをジュネーヴへ帰る列車に乗せ、同じ日にぼくは発った、シェルブールへ、それからS・S・ペンランド号でアメリカへ。彼女を置いて行くのは辛かった。二人とも半ば悲しくもありまたそんな冒険に半ば興奮もしていた。多分ぼくがそんな気分を露骨に表しすぎていたためだと思うが、今でも目に浮かんで来るのは、同じ汽車でジュネーヴへ行く数人のアメリカ人がおしゃべりしニコニコ笑っていて、ぼくらが一層つらくなったことだ。このヨソモノたちめ！

第一次世界大戦へのわが国の参戦十周年にあたり、アメリカ在郷軍人会がパリで十周年記念の野営を完了したところで、われわれはペンランド号で故国へ生還者たちを連れて帰っているわけだ！　昼となく夜となく船の廊下から帰還兵士たちの歌声が聞こえて来た。

おれたちゃタールヒール生まれ、(4)
おれたちゃタールヒール育ち、
だからおだぶつすりゃ
タールヒールの土に戻るのさ

船旅は初めから終わりまで大騒ぎだった。静かな客たちは何度も抗議したが、騒ぎをいっそうひどくしただけだった。この船はおれたちのものだ、おれたちは船賃を払っているのだ、気に入らなきゃどうぞ下りて歩いてってくれ、というのだ。騒動は続いていたが、ニューヨークに近付くにつれ下火になっていった。

ちょっと神経質なところのある下級士官から聞いた話の一つだが、かれはエッフェル塔の近くで女の子を拾い、パリにいる間ずっと一緒に暮らした。これがボブ・マカルモンの小説『絹のパジャマ』のネタとなった。

聞いたところでは、その娘は男にひとかたならない情愛をかたむけ、一週間がすぎ別れるきわにおずおずと、ぜひお願いをきいてほしいと頼んだ。わたしたちの蜜月の日々にあなたの使っていたあの美しいパジャマを頂けないか、と言うのだ。

だめだ。高いものなんだ。なぜお前みたいな薄汚れた小娘の売女にやらなきゃいけないんだ、とかれは言ったそうだ。そんな男と話をしてぼくは胸がむかついた。あの当時フランス人はアメリカ人なんてもうたくさんだと思っただろうし、その思いは永遠に消えることはないだろうと思う。

こういう風にして、ぼくは医師の仕事へと、自宅の診療所、病院、そしてパセイックにあったぼくの診療所へ戻ってきた。それからほとんど間もなく、フロスから電報が届いて、ポールがジフテリアにかかったと言う。その日彼女は急遽学校へ息子を引き取りに行くと、ひどい病状で、治療に当たっているのがとんでもない藪医者だということが分かり、タクシーを拾い、スイスの法規では認められないことだったが、ジュネーヴの市立病院にかつぎこんだ。そこで町一番の小児科医と交渉し息子の治療を頼んだ。

ぼくは電報でその医師に、喉頭部に症状が出ているようなら、まず抗毒素血清を五万ユニット投与してほしい、と依頼した。

かれは返信で、「なるほどアメリカではそれくらい大量の投薬をすることは存じておりますが、当地ではそのようなことはいたしません」と言う。その医者の気持ちを動かそうといろいろ言ってみたが、とにかく遠いのでうまく通じなかった。

だがポールも結局は回復した。その後も医者はそばで焼き栗をかじりながら小さい息子に話しかけ、ちびはちびで、おとなしく医者を見つめていたらしい。

退院するとすぐ、フロッシーは息子を二週間イタリアのすぐ北の南面する山の保養地に連れて行った。汽車の中でチョコレートを少し食べた息子に、それまで注射されてきた馬の血清剤のため、ひどい拒絶反応が出た。呼吸困難におちいり、体には大きな発疹が出、この子はもうだめだ、とフロッシーも一瞬観念した。

そんな騒ぎもシエールでおさまり、フロッシーはホテルで、誰それ卿だのその夫人だのと、ブリッジに興じた。ポールがその学校に戻ることはなかったのだが、運よくオニクスの国際学校に入り、リュシアン・ブリュネル氏の指導を受けることになった。氏のご両親はぼくがランシーの学校へ行っていたころのぼくの先生だった。ビルもすぐに弟とそこで合流した。いろいろ困難もあったが、フロッシーの聡明で勇気ある行動によってすべてうまくおさまった。

その年は『白いラバ』、詩作品、それにのちに『時代のナイフ』にまとめられた短編小説に猛烈な勢いで取り組んだが、その他たくさんの序文や、さまざまな色合いの批評も書いた。

母がリッジ・ロード九番地のわが家に同居していて、ルーシーとともに家事を切り盛りしてくれた。母もそれを楽しんでいたと思う。母と二人暮らしのそのころのある時、E・E・カミングズが遊びにやって来た。日曜日の朝で、静かな人通りもない日だった。道順をはっきりと教えておいたのだが、午後も一時になろうとするころ、かれが世の習慣には名だたる無関心派だったことを思い出して、捜しに出た。

人っ子一人いないパーク・アヴェニューを一人でぶらぶらしていたかれのあの時の印象は忘れられない。一軒一軒のショーウィンドーの前に立ち止まり、靴だの、女性の服だのを無心に見つめたり、時には銀行のウィンドーや、イースターカード、さらにはダウ金物店の繰り子錐なんかを覗き込んでいた。

母がニワトリ料理を作ってくれていた。その後ぼくらは語り合った。そのような折の普通のおしゃべりだった。

母はかれの父親がユニテリアン派の神父だったというので興味を示した——といってかれのその他さまざまな面には関心がなかったわけではない。あのころわが家ではペルシャネコの子猫を何匹か台所で飼っていた。みんなで子猫たちを食卓にのせて遊んだ。巣にいる小鳥みたいだね、とかれは言った。楽しい午後だった。母にはかれは心やさしいけど変わった人物に見えた。

ウォリー・グールドはぼくがかれの詩を認めなかったので腹を立てて、子供を外国にやっているぼくらを非難し、「どうしてヨーロッパなんかへやるのだ？　ここの学校なんかにやれば、ちゃんとした白人になれないというのか」と手紙で言ってきた。

フロスはすごく怒ったが相手にしなかった。その後かれから何の便りもない。それより前、メアリーに結婚を申し込まれたが断ったという話をかれから聞いていた。

「われわれ二人が一緒にベッドに入っているのを想像してみろよ！」と言った。「ばかばかしい！」しかしそれでも結局彼女と結婚した。

39 クリスマスの日、ブロンクス動物園

あの年のクリスマスの日、家族みんなが外国へ行っていたので、ブロンクス動物園で一人動物たちと過ごしたことを思い出す。

弟か誰か親友からクリスマスのお祝いに家へ招かれていたのだろうが、ぼくは断った。それよりこの日は一日中一人でいて、誰にも邪魔されずフロスや子供たちに、すぐそばにいるように思いを寄せていたかった。感傷的な思いだったが、それに浸りたい気分だった。実行するとなるといくつか問題があった。朝食は何とかなるが、夕食はどこで食べるか？　レストランで欲しくもないものをどっさり食べるなんて馬鹿げてるように思えたし、どこかの店でサンドイッチとコーヒーというのでは、ぼくが抱いていた一人ぼっちのお祝いという気分は満たされそうもない。すると、ふと完璧な解決策が頭に浮かんだ。動物たちと一緒の食事ってのはどうだ？　すべての人間から自由になれ、なおかつ仲間がいる。ぼくの気分にぴったりの物言わぬ仲間だ。それにあそこでは食事もできる。以前ある日曜日にブロンクス動物園で食べたちょっとイカした食事のことを思い出した。朝早く出かけ一日過ごすことにした。

十二月の寒くちょっと曇った日で、初雪が降る前によくある風のない真珠色の、一年でも一番日の短い時候だった。暖かくなるほど陽は高く昇らず、ただ寒いだけの灰色の日だ。パターソン通りをとおりニューヨークへ向けて出かけると、あたりに誰もいなかった。走るトラックもなく、その辺一帯の往来も途絶えているみたいだった。ま

さに何に妨げられることもなく、一人でいたいというぼくの気持ちにぴったりだ。静かに車を走らせ牧草地を抜けているると、そのうち前方に人影が見えた。やはり一人で、道路の右側をぼくと同じ方に向かっていた。

近付くと若い男だった。オーバーも着ず、帽子をかぶり、両手をポケットに突っ込んでいた。少年ではなく三十がらみの男で、少し華奢な体つきで寒そうだった。こっちを向き、乗せてくれと親指を立てて合図するものと思っていたが、振り向かずただとことこ歩いていた。あたりには他に車も人もいなかった。

そこで、通りすぎてから車を止め、かれがやって来るのを待った。かれが近付いてくると、窓を開け、乗って行きますかって聞いてみた。

「ぼくですか」かれは言った、「乗せてくれるのですか」

「だから止めたんですよ。どうぞ」

かれは横に座りながらぼくを見た。かれに煙草を一本渡し、ライターの場所を示した。かれが火をつけてから、ぼくは車を走らせながら、どこへ行くのと聞いた。

「あの大都会です」

「どちらから来られたの？」

「パターソン。あそこで一晩安宿に泊まりました。途中の道はほんとに寒かった。助かりました」

「仕事でもさがしているの？」

「ただニューヨークを見てみたいだけです」

「初めてなの？」

「長年の夢なんです」

「それじゃ、パターソンの人ではないですね？」

どこか中西部の人で、貨物列車にただ乗りでやって来て、気が付いたら文無し、そこで残り二、三マイルの平坦な道はテクテク歩いてやろうということになったらしい——クリスマスの朝だった。

「向こうにビルがいっぱい見えますね」ウィホーケンの高台の上にニューヨークのスカイラインが姿を見せ始めたとき、かれが言った。

「フェリーはどうするお積もり？」

「フェリーがあるんですか」

かれはそんなことを考えてもいなかった。歩いていけば街に入り、見物しようと思っていたのだ。朝食もとっていなかったし、これからどうしようという考えもないみたいだった。自分の直面していることがどんなことか、かれなりに覚悟はあったことと思う。でなければここまで思い切ったことをするはずがない。それにしても、ぼくの気分にぴったりの不思議なことの展開で、今も信じられないほどだ。

「あなたも、とんだクリスマスになったもんですね」かれに言った。「ところで、ぼくの方はこうしようと思ってるんです」。そういうわけで、それから自分の計画をかれに話した。スイスにいるフロスや子供たちのこと、動物園のこと、人込みを離れ一人で家族のことを考えていたいと思っている、といったことを話すと、かれはにっこり笑った。それから、ニューヨークのドック地帯や船舶の群、その背後のビル、乗ったフェリーが波をけたてて渡っている川そのもの、こんな全景をかれに見せてやろうといっしょに舳先に上っていって、ぼくは懐の財布を取り出し「どうぞ」とかれに言った。「いくら入っているか知らないけど半分に分けましょう」。開いて数えてみると二十二ドルあった。「あなたが十一ドル、ぼくも十一ドル。どうぞ」

「いや、それはこまります」

「こまるってどういうこと？　ほら、手を出して」そう言ってかれに渡した。

「あらら、サンタクロースですね、あなたは」金を受け取りながら、かれは言った。

「いいですか」ぼくは言った。「ぼくがお勧めしたいのは、十四番通りあたりへ行ってみることですね。見物の手始めとしては、あの辺が最高でしょう。それに、お札は決して人に見せちゃいけません、十分もするとなくなります。その辺で救世軍をさがしてごらんなさい。食事は何とかしてくれるはずです。後はご自由に」

かれはぼくに名前を告げ、ぼくも名乗り、握手した。かれとはそれっきりだった。でも大切な出来事だった。動物たちはすばらしかったたし、クリスマスだから人もほとんどいなかった。ぼくはフロスと子供たちのことを考えながらゆっくり歩き、レストランでうまい七面鳥の夕食を食べ、実に幸福でさわやかな気持ちで夕方早めに家へ帰った。あの日ほど、大切なものを心底大切にし、心の満ち足りた日は他にない。

40　一人が衰えると

フロスと息子たちが帰ってくる前の晩、愉快な友人たちにあやうくつぶされそうになった。あの時はずいぶん飲まされた。わが隣人で看護婦の、グレイス・ヘルウィッグを連れて行った。そのころはもう背の高いブロンド娘になっていたが、「かわいい」グレイシーはずっとぼくのお気に入りだったからであり、一人で行きたくなかったからでもある——かわいそうに、あの娘もずいぶん前に悲しい死を遂げた。大好きな娘だった。

ともかく、ぼくはたらふく飲み、グレイスを、午前二時だったか三時だったか、迎えに行った時と変わらない生娘のまま、家族のもとへ送り届けた。翌朝、古い友人の税関吏ビル・クィントンに桟橋への通行証をとってほしいと頼んでおいたので、船が着く一時間以上も前に埠頭へ行った。

船が港外はるか向こうに見えてきたが、だんだん近付いてくると、仕切り壁の後ろにいたぼくには見えなくなった。息子ビルがかくれてしまった。じっとそこで待っていると、だんだん不安になってきた。こうした瞬間、瞬間で人生は構成されているのだ。かれこれ一時間、うろうろ歩きながら、そこで待った。会いたくて会いたくてたまらなかった。船は桟橋の間まで入ってきていた。気が狂いそうだった。桟橋長や、ビルを知っていそうな人誰かれに、泣く思いで聞いて回った。船客たちはもうタラップを下りてきていた。すると、ビルが、やっとビルの奴が、そこに出てきたではないか！　そのころにはぼくはボロボロだった。無用の心配だったと安堵したためであり、フロスも息子たちも同じ気持ちだろうと思ったからでもあった（後になって知ったことだが、こういうことはよくあることなのよって、フロスは子供たちに言い聞かせたそうだ)。しかしついに、船に近付いていくと、わが息子ビルが上甲板に見えて、かれに手を振った。

みんな愉快な人たちと楽しい船旅をし、フロス本人も心ゆくまで楽しみ、おまけに前夜船中のバーで船客たちと祝杯をあげていた。家族全員またにぎやかに揃って、車で完成したばかりのホランド・トンネルを初めて通って帰宅した。

あのころぼくは一つの生き方としてたえず詩のことを考え、語り、書いていた。ある日、ホフマンという人が風刺画用にぼくのスケッチをした後だったが、ニューヨークでルイ・ズコフスキーに会った。ルイとはいい友達になった。かれはエズラの詩のファンで、エズラに薦められ当時ニューヨークにいたバジル・バンティング(1)とも面識があった。

バジルは、第一次世界大戦中イギリスで良心的兵役拒否者だったため、少々ひどい目に会った人物だ。だが、第二次世界大戦の時には入隊しようと、カリフォルニアからアメリカ大陸を突っ切って、イギリスに行ったということは注目しておきたい。

ニューヨークの弁護士で著名な作家でもあったチャールズ・レズニコフ(2)や、ブルックリンのコロンビア・ハイツでアパート暮らしをしていたジョージ・オッペン(3)と力を合わせみんなで、まず「客観主義」詩論(4)を打ち立て、ついで「オブジェクティヴィスト出版」を創始した。あれはぼくの『全詩集』を含め三、四冊出しただけで、店仕舞いした。

「客観主義」詩論とは何だったのか? すでに「イマジズム」(パウンドは「エイミジズム」(5)と呼んでいた)があったが、それはすぐにすたれた。詩の世界から冗漫さを駆逐するのにそれなりの功はあったが、それ自体は形式に関する必要性を何ら内包していなかった。すでに没落していわゆる「自由詩」となっていたが、見るかぎり、こんな名前は自己矛盾だ。そもそも自由な詩なんてありえない! 詩とは何らかの韻律である。「自由詩」には韻律がなく、それが生み出す具体的作品は韻律を全然必要としなかった。こうして詩は衰退し、明らかに存在意義を失った。

しかし、われわれの議論では、詩は、他のあらゆる芸術と同じく、本質的に形式そのものによってその輪郭と意味を明白に呈示する客観物である。したがって、客観的存在である詩は客観物として扱われ、制約を受けるはずだ——ただし過去とは違う形で。過去の客観物は過去のもろもろの必然を抱え込んでいて——ソネットがその例だ——それに規制され、形式を持つ存在そのものとして、その必然性から逃れられないからである。

詩は客観物であり（シンフォニーとかキュービズム絵画と同じだ）、したがって詩人は己のことばを素材として新たな形を生み出さねばならない。つまり、自分の生きる時代と響き合う客観物を発明しなければいけないのである。われわれの客観主義詩論の意図はここにあり、散漫な詩がゆきあたりばったりに呈示する空疎なイメージに対する、ある意味での解毒剤となったのだ。

活動の資金を供給したのは、誰よりもまず、オッペンだった。試みはささやかな成功もおさめたが、ついてくる者はほとんどいなかった。われわれに強い影響を与えたのは、ことばをことばたらしめている意味上あるいは構造上の特質を明白に主張したガートルード・スタインだった、とぼくは思っている。スタインはぼくにはいつも、特に彼女の作品について例の短章を書いてからは、とてもやさしかった。すべては新たな認識とかかわっていた。キャンバス上の絵具は描かれた対象そのものより重要だという問題だ。結局大したことは起こらなかった。

マカルモンのような人物が衰えると、他の者たちもともに力を失っていく。実際、すぐれた文学の前線全体がいくらか崩壊するのだ。マカルモンでなくても事情は同じだ。マカルモンは、ある程度の資金を自分の裁量で自由に、もしくは賢明に、使える人物の典型だった。さまざまな時代において——今世紀初めの小雑誌出現前がそうだったように——文学活動を押し潰す腐敗を相手に闘い続けるのは、男であれ女であれ、そうした人間である。小雑誌はいずれも辛うじて活動を維持していたにすぎない。半ば埋もれた五、六人のグループの若い男女が——もっぱら自分たちの反抗的な作品を世に問いたくて——五篇ないし十篇作品を投稿し、志は大きいが、せいぜい二、三号雑誌を出し、やがて廃刊していくのである。それら小雑誌は総体として初めて、粗悪なものを混在させつつも、すぐれた文学の細流となって滴り、自由な創作を続け、生まれたばかりの感受性豊かな芸術を受け入れていっていた。だがそれにしても心もとない営みだった。

しかし、よくあることだがまさに成功の瞬間に、重要な支柱が切り払われ、何年も出版が途絶えることがある。束ねを失った個々の作品が宙ぶらりんとなり、書き手は途方に暮れ、文化という土壌が育み、庇護を必要としていた諸々の兆しが、そしてその支えたるべき知恵や勇気が、空しく枯れていくのである。世に出るための予審は受けるが孤立を続ける本があちこちにある。一方巷の市場には無神経なたわごとが圧倒的な洪水となってあふれ返るのである。

ぼくはいつも小雑誌を大切にしてきた。これがなければ、ぼく自身がとっくに沈黙させられていただろう。ぼくにとって小雑誌はばらばらの存在でなく、一つのものだ。切れ目なく持続する一つの雑誌であり、絶対的な自由という編集方針と民主的なルールに従う所有権の継承という本質をもつ、ぼくの知るかぎりでは唯一のものである。誰かが何かを押し付け、支配力を揮う基本方針などは絶対に存在しない。小雑誌がともかくうまくいっている場合、それは持続させたいという誰かの心の中の必要を満たしているからである。かりにそれが枯渇しても、国のどこか他の土地で誰か別の人が——何の因果関係もなく——書いたものを出版したいという欲求から、継承するのだ。ぼくはこれまで、中央あるいは地域に何らかの機関が設立され群小の雑誌を認知し、可能ならば、支えてほしいと望んできた。それは誤りだった。それをするのは人間、間違いを犯し、感情と偶然に左右される人間でなければいけないのである。

あの当時ニューヨークあたりで、著書は一冊しか持たないが大いなる可能性を予感させた作家が二人いた。エマニュエル・カルネバリ(6)と奥さんのエミリーは、四十番通り近くの貨物置場を見下ろす十番街あたりのある部屋に住んでいた。そのころ、フロスとぼくは二人に招待されポレンタをご馳走になったことがある。タラとトウモロコシの荒びき粉を煮たイタリア式の粥だ。まるで子供みたいな二人で、少女のような奥さんはかれがいたどこかの部屋と通路をはさんだ向かいにたまたま住んでいたらしい。文学とは縁のない女性だった。かれの方はすらっと細身で、様子のいい若者らしい顔形をし、鋭敏な知性を持つ——見るからに迷える魂という風情だった。かれに向かって彼女は敬愛の気持ちをはっきりと示していた。北西イタリア山岳地方の農民の出だった彼女と、イタリア北部平地のある都市の出身であるかれと、二人してここニューヨークで、新たな人生に旅立っていた。しかし目指すは富ではなかった。当時のニューヨークは隆盛の頂点にあり、それがまず間違いなく滅びの道にあるということを知りつつ、誰もがその最高の潜在的可能性を息を呑んで見ていた。

フロス、エミリー、エマニュエル、それにぼくは、貨物置場を見下ろすあの部屋で椅子にかけて、ポレンタを食べながら、エマニュエルは風変わりな父親と過ごしたイタリアでの暮らしのこと、当時のイタリアの若い作家たちのこと、恋愛のこと、いろいろ話した。その間、三人ともかれの顔を見つめていたように思う。

エミリーは、かれが初めてどこかの聴衆を前に自作を朗読した時、どういうことか分からずおびえている彼女をかれは壇上の自分の側に座らせた、という話をした——かれとしてはそうすることでぜひ、誰が著者なのか、自分だけではなく自分たち二人だ、ということを聞き手に分からせたかったのだ。

みんなで安物のワインも飲んだ——あんなことは小雑誌だからできることであって、小雑誌はそういうことに捧げられているのである。

マカルモンがエマニュエルの本を出版した。誰も覚えていない本だが、あれは一つの最良の典型であった——何の？　本の典型である。一人の人間、一人の若者のすべてであり、見事な生命をたたえる本の典型である。背負っているのは悪しき運命だ。世に出て、読まれ、褒めたたえられ、きまって賞なるものを授けられるものがある一方で、かれの小説みたいな本が屍の山の下に押し込められる。こんなことを考えると、ぼくは成功など絶対にするまいと誓うのだ。クソくらえだ。蘇るのは命の根っこの喜びだ。本はその著者のため、他に何ができようか？

エマニュエルも暮らしを立てようとよく稼いだ。英語を勉強し英語で小説を書こうとしながら、イタリア系の安レストランで皿洗いをしていた。かれの著書は『こころ急く男』という書名がつけられることになった。それはかれの仕事ぶりそのものだ。かれは皿を重ねて盛り上げ誰にも触れさせない。それから、やおら取りかかる時は、洗剤と湯を用意しておき、山のような汚れものに立ち向かっていく、狂ったように、猛然と、殺意すら感じる獰猛さで——皿一枚割らない——しかも他の人の三分の一の時間でへとへとになってやり遂げ、仕事も見事だった。他の連中は笑いながら呆気にとられてかれを見守った。

もちろんエミリーだって働いていた。だからこそかれは小説を書けたのだし二人は一緒に暮らせたのだ。彼女もそれを望んでいた。彼女の方が一、二歳年上だったと思う。家庭教師で二人の小さい女の子にフランス語を教えていた。二人してラザフォードのわが家で何回か週末を過ごしたことがあるが、特にある年は桜が満開の時だった。あの夜ぼくはハッケンサックで開かれる蚊撲滅委員会に出席する用事があって、エマニュエルに、一緒に行かないか、奥さんは家でフロッシーとおしゃべりしてればいいんだから、と言った。

雨の降る夜で、少し遅かったし、ぼくは急いでいた。イースト・ラザフォードではチャリティー・ショーか何かのチケットを売ろうと警察が募金活動をしていて、ぼくは昼間何回も車を止められ寄付を求められていた。そういうわけで、その夜パターソン通りとハッケンサック通りの交わる交差点で、薄暗がりの中チケットをかざし、ぼくの方に振っている一人のお巡りさんの姿を見た時、首を横に振り、手で結構というしぐさをして走りすぎた。当時あの十字路には信号はなかったし、その巡査も警笛を吹かなかった。

ところが突然巡査は大声で怒鳴り、笛をけたたましく吹いた。

車を止めると、かれはかんかんになって走り寄って来た。「どこへ行くつもりなんだ、いったい?」

「バーゲン郡蚊撲滅委員会の会議だが」

「やれやれ、これでこんなくさくさする仕事もおしまいにしたいものだ。お前を逮捕する。回れ右、市役所へ行くんだ」

「ぼくは会議に行かなきゃならないんだが」

「言われた通りにしろ」

エマニュエルは傍らにいて今にも爆発しそうだった。口出ししないで、とぼくはかれに言った。巡査は車の踏み板に乗り、かれをそこに乗せたまま市役所まで二ブロック走り、そこで召喚状を渡され放免された。

まいったね。その後しばらくしてエマニュエルを証人に出頭しなければならなかった。何ごともなくすんだ。

それから一年後、『ポエトリー』誌がかれにシカゴで作家として高い望みに挑戦しないかと呼びかけてきた。何かはっきりした保証があったのかどうか、ぼくには分からないが、エミリーは、作家として出世のためになるのなら絶対行くべきよ、わたしはニューヨークに残り自分の仕事をするから、後で呼び寄せてくれればいい、とかれに言った。

かれからその連絡はなかったが、手紙には熱い思いを込めて仕事はうまくいっているとあった。彼女は胸を躍らせた。ぼくらにも同じような便りがあった。そうこうしたある日のこと、彼女はぼくらに運命を決める手紙を見せた。すぐ彼女には察しがついたのだが、作家として成功間違いないぼくには、君は邪魔でしかない。二人のあれこれの将来設計は棚上げしよう――端的に言えば、君をこの上なく深く愛しつつもぼくは君と別れる。いつか君にもぼくの気持ちが分かり許してくれる日が来るだろう、と言うのだ。

エミリーは悲嘆にくれた。そんな彼女をフロッシーはわが家へ招いた。ちょうどその年の夏は子供たちがいなかったので、三人でニューヨーク州モンローの農場へ出かけた。エミリーにとって田舎にいるのは、たとえアルプスの山中でなくても、故郷へ帰ったようなものだった――まわりにはニワトリ、牛、猫、犬――豊かなベリーや果物、菜園、花々。彼女は一カ月いや六週間ほどいた。ハーマンの母さんもぼくら同様彼女を愛した。でもそのままいくわけはなかった。ニューヨークは彼女にとって誇らかな希望すべてが悲劇的についえた土地だった。間もなく彼女はカリフォルニアへ移り仕事も見付け、手紙でぼくらに新しい生活のことを語り、エマニュエルから何か便りがなかったか、と必ず付記していた。

かれはシカゴで当初は成功をおさめたが、病気に罹り、それがもとで結局破滅していった。噂はいろいろ耳にしたが、そのことについてちゃんとした話はついぞ聞かなかった。夏になると湖の砂浜をうろつく小娘に病気をうつされたという噂もあった。だがぼくには、病気は梅毒というより脳炎ではなかったかと思える。脳組織に重大な損傷を与え、なかなか判断のつかない病いだ。急性症状は乗り切ったものの、昔の友人たちにとって厄介者となった。どこか立派な家のパーティーに招かれた時、かれはバスルームへの案内を乞い、ドアを閉め、湯を満たし、いきなり熱い湯にしかもゆっくり漬かっていた、という話を聞いたこともある。こんなことをしたって病める心は晴れなかった。人の話では、かれはほとんど体が二重になるほど腰を曲げて歩いていたらしい。

最後にはかれはイタリア送還となり父親の保護のもとに置かれ、ボローニャ近くの修道女の経営する小さな慈善施設に入れられた。それから何年かの間に、かれ本人や身近な友人から手紙を何通かもらった。かれは小説を書こうと努力していた。しかし、かれほどの若さで、勝負はついていたのだ。コンタクト社版で出たあの一冊が、ぼくの知るかぎり、かれの唯一の遺著である。

ジョン・ハーマン(7)はまた別種の男だった。だが、中西部で宝石セールスマンをしていた若き日々を正直に語るかれの『何ごとだ』は、ぼくの心の中でつねにカルネバリの『こころ急く男』と並んで存在している。二人とも若く、天性の作家で、大きなお金とは無縁のあそびの中で真実を語る人間には勝ち目がほとんどないのをよくわきまえていた。しかしジョンの方は、身長六フィート三インチ、ミシガン大学出、金持ちの息子、と背景はまるで違っていた。ぼくが知り合った時は、ニューヨークのダンスホールである夜出会ったというジョゼフィーン・ハープスト(8)と結婚していた。

ニュージャージー州フレンチタウンからデラウェアー川をへだててすぐ向かいの、ペンシルヴェニア州アーウィナ近くの狭い峡谷にいだかれた、十七世紀の砂岩造りの農家を二人は手持ちの現金で買い取った。あそこにはある時期懐かしい屋根付きの橋が一本架かっていたが、そういった牧歌的なものは今時は存続できない。今では金持ちの住む田園となっていて、ドイルスタウンからも遠くないところだ。ジョンとジョゼフィーンはそこで自分たちの人生の答えを見付けたと思っていた。

自家用の野菜を育て、つましい暮らしをし、自分のことは自分でやる（ああ、ケネス・バークを思い出す）、要するに、新しい農民たろうとしていた。最初の夏、家の前の半エーカーほどの小さな土地を掘り起こし、ちょっとした畝を作って、植え付けをした。その作業も素足でやった——すばらしい感触だった——そして玄関前の小川の向こうのその豊かな土地から最初の収穫をした。しかし今日そんな暮らしは無理だ。

そんな二人を訪ねて、かれの方だったか彼女の方だったか忘れたが、身寄りの者がやって来た。一人の金持ちの叔父は、二人に寝食の接待を受けておきながら、ご立派な教訓を垂れた。二、三日して出て行く時、この男は枕の下に五ドル札を一枚置いていった。「あんチクショウめ」とジョンは言っていた。

その家の古い砂岩はキンレンカの花々の背景としてすばらしかった。ジョンは荒れた納屋でまずまずの出来の田舎風の家具を作ったりした。書きものは暇を見てやっていた。奥さんの方はせっせと書いた。ところがそのうち二人がしっくりいかなくなった。かれが彼女の邪魔となった。かれは書くことをすっぱりやめてしまい、土地の農家の連中の口車に乗ってうまいアップルジャックを求めほっつき歩き始めた。そしてついにある日一人ぼっちでニューヨークに舞い戻った。

ニューヨークに戻ったかれは、本人の話だが、ある酒場へよく行ったらしい。バイブルほどの大きさのガートルード・スタインの『アメリカ人の生成』（コンタクト社版）を腕に抱え、飲み物を注文し、朗読するのだ。聞く者はうっとりした。悪ふざけではなかった。面白いものだから聞いてもらえばきっと好きになると、かれは思っていただけだった。今では懐かしいばかりの、文学に憑かれた男の心底からの叫びであるが、今時いったい誰が耳を貸そうか？

こんなことを考えると、自分の人生に、自分という人間そのものに危うさをおぼえる。人は年をとり、心は汚れていくものだが、すごいと思える人が少数だがいつだっている。ジョン・ハーマンはその一人だ。不遇の小説家ジヨゼフィーン・ハープスト（ハーマン）もそうだ。ジョゼフィーンのひたむきな作品に、ぼくはこれまで然るべき賛辞を呈したことがない。しかし彼女その人には変わらぬ敬意を抱いている。

ぼくらはよく車でアーウィナへ出かけた。ペップ・ウエスト[9]もやって来て、その土地にすっかり惚れ込み農場を買ったほどだ。マイク・ゴールド[10]や映画関係の連中も同様だった。しかしもうぼくには何の興味もない。その家は今もジョゼフィーンが所有しているが、そこには住んでいない。

ジョンは書くことへの興味をなくし、本気で酒に溺れていき、労働組合の非合法活動にかかわっていった。ある日セントルイスで大規模な市街電車のストライキが行われた時、デモ隊の先頭に立っている女の子と出会い、好きになった。若い娘で、過激な闘志にあふれていた。お互い完璧な一目惚れだった。

その二人がラザフォードへ来て、週末をわが家で過ごしたことがあった。ぼくらはパーティーか何かで出かける用事があり、ジョンとかれの新妻が留守番をした——飲み物はビール二、三ケース、その他何かあったと思う。二人は車の後部に汚れ物をどっさり詰め込んできていた。それを奥さんが地下の洗濯機にドサッと入れた。ぼくらは出かけた。

二人で楽しくやったことだろう。電気アイロンのバネなんか弾きっこして折れていた。月曜日の朝、あら、水に浸かったままだわ、あの奥さんたら洗濯物くらい絞って、持って帰ればいいのに、とフロス[11]は言っていた。ぼくらは別に腹を立てたのではなく、ちょっと迷惑しただけだ。彼女は、ある時エドマンド・ウィルソンの何番目かの奥さんと諍いを起こし、グリニッジ・ヴィレッジかどこかの通りで二階の窓台にしがみついていたのを助けられたという噂の女性だったので、ぼくにも何だか分かる気がする。

あれ以来ジョンには会っていない。かれは立派な船乗りで、たしか第二次世界大戦のあいだ徴用され沿岸警備のスクーナーか何かの艇長をしていたはずだ。最後に人伝に聞いた時は、まだセントルイスの女性と一緒だった。かれの『何ごとだ』は今でも才能豊かな小説家の処女作にして唯一つの作品である。

エドワード・ランハムの(12)『不屈の船乗りたち』もまた忘れがたい本だ。しかしマカルモンの影響力がいったん衰えると、ランハムの初期の文体の新鮮さも色あせた。

また、いつ思い出してもこの上なく楽しいのはポール・ローゼンフェルドの唯一の小説『陽射しの中の少年』だ。ローゼンフェルド最高の作である。一八九〇年の真昼の晴れやかな輝きに包まれた、これまで読んだ最高に抒情的な小説だ。実際それを読めば、当時の画家、作家、音楽家たちと大らかに交流していたころの、著者の人間像とそのみなぎる魅力がよく分かる。あれほど率直な自己主張はないだろう。かれは天使ケルプ、ワシントン広場の酒場のパネルに描かれたバロック風天使としか言いようのない、まさに「陽射しの中の少年」だ。ぼくはずっとローゼンフェルドが好きだった。やさしさ、友人に向ける献身的愛情、芸術へのひたむきさを、かれは漂わせていた。時に誤りを犯すことがあったにしても決して嘘をつけない人だった。金で買えるような人物では絶対になかった。かれの死はかれを知りそして愛した人々の心に一つの印象を遺していった。

41 中年の終わり

あのころの数年はわが家にとって悲しい年月だった。母は、フロッシーが戻ったためたしかにかなり苦労していたが、ぼくらとの同居を続けていた。しかし彼女の治世は終わっていた。一九三〇年のある月曜日、彼女は女性クラブ会館へ行く途中、転んで腰骨を折ってしまった。母は足のサイズが小さいのをひどく得意がっていた。若いころずっとサイズ1の靴をはき、ダンスがうまいので「有名で」、その上走るのも風のように速かった。かわいそうに結局このうぬぼれが彼女の死につながったのだ。

事故の前の日、歩道は凍結していた。なのにゴム製のオーバーシューズもはかないで教会へ行くと言ってきかなかった。ぼくらがそんなことを言うとかんかんに怒ったが、自分の足を見せたかったのだ。教会から出た時、車で来ていたタフツ氏が、帰ろうとしていた彼女を見て呼び止めた。

「危ないですよ」かれは言った。「車に乗りませんか、お送りしますよ」

もうそれだけで彼女はイライラするのだった。何しろ氷の道の歩き方を知らないとほのめかすことが侮辱だったのである。同乗を断ったが、かれもぜひと言い、いやがる彼女を無理に車に乗せた。家の前でかれは降り、彼女の手を取り玄関の石の階段を付き添ってのぼった。母は頭から湯気を立てて怒っていた。

翌日は、クラブへはタクシーで行って下さいよ、と頼んだ。ともかく優に四ブロックは離れていたからだ。

「でなきゃ、少なくとも道の真ん中を歩いてね」ぼくは言った。

それで、彼女はそうしたのだが、道のちょっと氷の張ったところに踵が当たりひっくり返った。動くこともできず、傷付いたスズメのように、誰にも気付かれないまま道の真ん中に倒れていたところに、タクシーが通りかかり止まった。運転手が助け起こして、家まで連れて来てくれた。それで母はおしまいだった。それから後二十年ばかり長生きしたが、ずっと手足が不自由だったからだ。何年もぼくが毎日彼女を起こし一階に降ろし、食事を運んであげた。そんなことが都合十八年間続いた。

母が最初の転倒のあと入院していた間のことだが、その年の三月一日ごろ、パセイックの診療室で患者を診ていると、電話があった。フロスがモンローの母親から電話で心配なニュースを聞かされたのだ。井戸小屋の横に巣穴を作っていたウッドチャックを追い出そうと、鉄砲を持って出かけて行った父親が大怪我をしたというのだ。フロスはすっかりうろたえて、すぐにも行きたがっていた。ぼくの方は目の前に患者が一人いた。五分後に妻から再度電話があった。診療をおっぽりだして駆けつけた。二人で一時間車を走らせモンローに着いた時には亡くなっていた。ぼくは一人で亡骸を見に行った。フロスは見るのが耐えられなかったのだ。彼女にとってお父さんは終生変わらぬ神であり保護者だったからだ。

たしかにこと切れていた。12番口径の弾を一発腹に受けていた。石に残っていた弾痕からみると、犬を連れて巣穴のあたりをつついていた時に、銃が暴発したらしい。即死で、つい一、二年前のかれの一人息子と同じだった。幸いにも、現場へ駆けつけたぼくらは、あやうく犬たちを引き離すことができた。

夏には何度か旅行した。たいていはニューイングランドだった。それから一九三一年、ポールがエナジェログというところへ最後のキャンプに行っている間に、二週間の巡航の旅をした。最高に楽しい船旅で、モントリオールからケベックを通り、セント・ローレンス湾に出、アンティコスティ島のそばを通り、ベル・アイル海峡を抜け、ニューファンドランドのセント・アンソニーにあるグレンフェル医師(1)のミッション病院まで行った。あそこで出会った人々や見た土地の多くは、ぼくのそれ以後書いたものに深い影響を与えてきた。都市の生活を切り上げて自然の地に入ること、これこそまさにぼくが何よりも望んでいたものだ。あそこでは、ぼくの眼前、北の岸辺から、ゴドブーから、セティルから、望みさえすれば北極まで、広がっていた。

小さな船「S・S北の旅人」号はモントリオールで乗船した時は、桟橋の端から三フィート下にあり、おもちゃみたいに見えた。しかし海峡を抜ける前、郵便を投函するためフォルトー・ベイで上陸した時は、巨大な海獣リバイアサンのように大きく見えた。

ちょうどぼくらがフォルトーに着いた日、子供が一人、少し沖合の小島へのピクニックの帰りに、船尾から落ちて行方不明になった。その両親はそれを妙に諦めきって、心静かに受け止めた。ぼくには忘れられないことだ。

スコットランド系あるいはアイルランド系のその地の人々は、隔絶した世界に住み、冬はずっと冬ごもりし、太陽が戻ってきても百フィートと歩けない。しかしひと月もすると、すっかり陽射しを浴びて、またアザラシみたいに逞しくなるのである。

それから二、三日して、船がセント・アンソニーの小さな港に入り錨を下ろした時、港にサイレンが響き渡った。岩場の檻にいれられた何百頭というエスキモー犬がわびしい吠え声をあげた。タラの生のレバーを漁船から陸揚げする大きな樽から浮きかすをすくいだして、それを餌にやるのだ。扱うのも容易でない野生の生きものたち。

あの地のものほど深い青のトリカブトの花は見たことがない。

病院の病室には若いエスキモーの母親と生まれて三週間の赤ん坊がいた。

あの感動はどう表現すればいいのだろう。ぼくらは汚れの中で生きている。汚れを食らい、飲み、そしてそれを浴び沐浴する。そして実際、ぼくらはそれを食べて育つのである。あの地の素朴なもの、純粋なものはぼくらを窒息させる。

さて、予定より少々早くなった帰途、初めて大西洋を東から西に横断した飛行家たちが着陸したグリーリー島に着いた。灯台守の子供が二人いたので、船に乗り合わせていた奉仕活動家がかくれんぼを教えてやろうとするが、まるでうまくいかない。子供はそんなことをして何になるのという顔をして、突っ立って見ているだけだった。生きるのはひたすら見付けるためなのに、かくれてどうするの？　というその子たちの声が聞こえてきそうだった。

その横断飛行を計画したのはドイツの某伯爵で、(2)ガンで亡くなった人だ。新聞の伝えるところでは、飛行機のパイロットはドイツ人で、他に縁起をかついでアイルランド人を乗り組ませていた。まだ冬のさなかで立ち込める濃霧の中を、あたり五十マイル四方で唯一の平坦な地面、岩場の向こうに、まことに幸運にも着陸したのだ。

夏のその時期、地面にはところどころスカンジナビア人は「モルテ」、土地の人は「ベイク・アップル」と呼ぶ実がいっぱいなっていた。ラズベリーに似た実で、茎一本に一つなっていた。地面からほんの二、三インチのところになっていて、肌色のおいしいベリーだった。他に、黒っぽい「クロウベリー」の実もいたるところになっていた。ぼくは同船の船客に向かって、船旅の間に絶対にどこかで何とか泳いで見せますよ、と誓いを立てていたので、海に入れそうな場所を探し、一人で岩を越え歩き回っていた。海辺にはいたるところ色褪せたウニの殻があった。カモメが割って食べようと空中から落としたものだ。

島のずっと北側にやってきて、ぼくはついに裸になって海に入った。ツノメドリが二、三羽、岩の向こうからぼくを見ていた。おそろしく冷たく、海の底も海水浴をするには貝殻だらけだった。それでも腰のあたりまで入り、ザブンと潜ったら貝殻だらけの岩で腹に一フィートの長さの擦り傷を付けてしまった。それでも水に入ったという証拠にはなった。北極の海でたった一人海水浴をするというのも妙な話だ。

III

老いてもう受けられない女性の愛、
だが今も心に鮮やかだ、あの美しさの力は。

42 回想

ネオンのともるドラッグストアや不動産屋が、メイン・ストリートに軒を並べている今のラザフォードを見ていると、ぼくの子供のころのあの小さな町を記憶に呼び戻すのはなかなかだ。

考えてもごらん！　下水なし、水道なし、ガスさえも。実に、電気も、電話も、それに路面電車だってなかったんだ。歩道は板張りで、地面へ直に敷いた2×4インチ材に平板を釘で止めたもの。板と板の間の裂け目にスズメバチが巣を作っており、その上を人が歩くとぶんぶん飛び出してきた。こいつらに刺されたらたまったものじゃない。舗装された街路などめったになく、砂利をローラーで固めたマカダム道路がまだ珍しいころだった。

そのころは流行の「改良工事」も行われてなく、家には農家のように、裏庭に汚水槽と外便所があった——大都市から十マイルも離れていないところでこんな状況だ。飲料水には、雨水を屋根から導管で貯水槽に溜めたものを使った。貯水槽の水は台所の手動ポンプで押し上げて、屋根裏のブリキ張り木製タンクに入れた。水が切れた時、エドとぼくがポンプ押しをやり、一時間十セントずつもらった。

部屋の照明が石油ランプの時代だ——ぼくももうそんな年齢になったか？——寝室には、鋳物製の張り出し棚にランプを置き、とりわけ食堂のテーブルの上には、大きくて立派なガラスや磁器製のランプが吊るされていて、油を注いだり、磨いたり、灯をつけたりする時は鎖を引いて降ろした。

ぼくは両親の隣の部屋で寝た。ぼくの部屋と両親の部屋の間の棚にもランプが一つあった。ぼくは明かりをつけたまま寝るのが好きだった。毎晩眠ったふりをして、父さんが『トリルビー』[1]を母さんに読んでやるのを聞いた。母さんはベッドに横たわり、父さんは座って本を読んだ。催眠術師スヴェンガーリ、リットル・ビリー、また主人公トリルビーが出てきた。ぼくはペットの白ねずみたちに、それら登場人物の名前を付けたりした。真っ白な奴はトリルビー、黒い頭で胴体が白黒のぶちにはリットル・ビリー。

通りはいつも水道、下水、ガスなどのために掘り返されていた。通りをへだてて、ぼくらの家の向かいにアイヴスン邸がちょうど完成した時のことだ。息子さんのだったか娘さんのだったか忘れたが、結婚式があった夜、家から通りまでガス灯に灯がともり、屋内には明かりが煌煌と輝き、客人が鉄道の駅からつぎつぎ到着していた——馬車の列がずっと続いていた——あんなきれいな光景はそれまで見たことがなかった。

町全体の人口が五千もなかっただろう。ディーンとか、ホリスターとか、カミングズとか、それからさっきのアイヴスンなどの姓が多かった。だいぶ後になってからの話だが、ある暗い通りでこんなことがあった。男が一階の窓から下の地面に降りようとしているところを見付けられた。ちょうど巡回中の警官が動くなと叫んだ——そのころあのあたりでは強盗事件が何件も起きていたのだ。男は逃げて植込みに隠れた。警官は発砲し男は死んだ。死体を仰向けてみると、隣家の男で、その家の婦人の情夫だと分かった。

ある時、ローズマンといって、若いころは古参の町医者のお抱え運転手だったモルヒネ中毒の爺さんが、スプリング・デルの近くの空き地を横切っていた。その時、ガチャンという大きな音がしたと思うと、片方の手にズボンを引っさげた男が、むき出した脚の両膝から血を流しながらオリエント通りの方に向かって、気が狂ったように坂を駆け下りて消えた。ローズマンはおかしくて笑いころげるほどだった。一目見てその男が誰だか分かり、一部始終が飲み込めたのだ。ローズマンを家に戻ってきた主人と間違えて、この情夫は台所の窓ガラスを突き破って逃げていったのだった。

一度父がユニオン・クラブの創設についてこんな話をしてくれた。資金が必要になり、誰かが一人一ドルずつの醵金を提案したという。それが動議に付される前に、やおらウイーヴァー氏、——亡くなってもう五十年以上にもなる――美人の娘がいる大柄で葉巻の好きなこの男が立ち上がってスピーチを始めた。

「みなさん、あるところに隣り合った土地を持つ二人の農夫がいました。一人は信心深い男で、春になって土を鋤きあげて均すと、ライ麦の袋をもって畑に入り、こういう風に仕事をしたのです。一握りの種をすくいあげて、(二本の指で種をつまんで)土の上に落としながら、『良き種に神の恵みを、良き種に神の恵みを』と唱えながら播いたのです。

柵をへだてた隣の農夫も種まきに出ました。手に一杯種をすくっては、まわりに投げ散らし、こんな風に言いながら大股で歩いて行くのです。『くそくらえの種め、くそくらえの種め!』

さてみなさん、収穫をあげたのはどちらの農夫だとお考えになりますかな。クラブの設立のため五ドルずつの醵金を提案いたします」

父の話はうまかった。だが実生活では質素で控えめで、自分の幸福は後回しにした。

町の土地の優に半分ほどはオークや栗の木が茂っていた。秋など学校へ行く途中、どの道を歩いてもぼくら子供たちの小さなポケットを満たすぐらいの木の実ならいつでも間に合った。ほんとにうまかったな。母が買い物に行く時は、エピスコパル教会の向かいのパセイック通りの坂を半マイルほども上って行き、すぐ左に切れ込む小道に入ると、道の半分ほどは森の中を通って行くことになるのだ。

最近、と言っても三、四年ほど前のことだが、ぼくの小学校四年の時の先生が、町でフロッシーに会ってこんな話をした。

そのへレン・ウォルコット先生がまだ子供のころだ。彼女はホーム・アヴェニューに住んでいた。そこは森の小道が本通りに出てきたところで、先生が小さいころよく遊んだ家の前庭からあまり離れていなかった。ウィリアムズの奥さんが週に何度か前を通って買い物に行くのを見かけた。少女の勘で子供が生まれるのも間もないだろうと気付いた。男の子だろうか女の子だろうかと思っていたのだとフロッシーに話した。

それがぼくだった。

多分そんなわけでぼくは木が好きになり、将来森林の仕事をしたいと夢見るようになったのだろう。

エド、ぼく、ジム・ヒスロップ、ぼくの親友レスト・マックスウェル、みんな幼少年期を一緒に過ごした――異性が気になりだす前はみな一心同体だった。ぼくらはかぎりない激しさで、互いに愛したり嫌ったりした。でも博物学者のジムは人を憎む気持ちが他の者ほど強くなかったと思う。エドとぼくが兄弟だったことが、ぼくらグループの関係を時にけわしいものにした。ぼくは今でも思い出すことができる。顔を見たり目をそらしたりする時、かれらの顔に現れる微妙な気分の変化、爪先をちょっとねじるかれら独特の歩き方、また座ったり走ったりするときの身体の動きなどなど。ジムは偏見のない心の持主で、それがかれの一生の職業を決定したのだと思う。

七歳から九歳のころだった。コープランドさんの敷地にある大きなオークの木のそばの丸い椅子に腰掛けて、ぼくはレスターの妹アダにプロポーズした――そのころまだ生まれていなかったフロッシーに、それから二十年して、ぼくが結婚を申し込んだのは、そこから百フィートと離れていない場所だった（運命とはこういうものか）。場所にはこんな風にぼくらの理解を超えた運命が宿っているのかも知れない。モンローの農園にはひときわ目立つホワイトオークの大木があったし、また今のわが家の前でも、現在ホワイトオークが堂々たる老木になり始めている。

ジムとぼくは裏の柵の向こうに広がるキップさんの森を徹底的に探索して歩いた――これを書きながらもぼくの耳には森の学校に行く途中レスターを連れ出すために敷地を横切ってマックスウェルの家の裏の柵まで行きそれを飛び越えて歩いた時の地面を蹴るぼくの靴音が今でも響いてくる。ある日ぼくはライスさんの敷地のリンゴの木にいたコマドリを射止めた。ぐしゃぐしゃになって地面に血を流している姿を見て涙が出そうになった。ぼくらはその近くのハゼノキの茂みで小猫を殺したが、とてもむごいことだった。またある時みんなで銃を持ちだし森の高い木の枝にいた赤リスを撃った。それは地面に落ち、もう死んでいた。ぼくは楽しくはなかった。

キップさんの森はぼくの魔法の国だった。ぼくは森林の研究者になりたかったが、そのコースがある学校といえばコーネル大とエール大だけで、どちらも大学院の課程だった。ジムはマサチューセッツ農科大学へ進み、昆虫学を専攻した。かれは米国農務省の農業指導局長として仕事を終えたが、それまで二十年間ずうっと、害虫に関する百科事典の原稿を書きためてきた――しかしかれの労作の出版はどこの出版社からも拒否されるという結末に終わった。

「はい、それは必要なものです。もちろん必要なことは分かります。でも資金繰りのことになりますと」

かくてそれは原稿のまま、かれのベッドがある部屋の一面を埋めているのだ。

今かれは盲目に近い。

かれのライフワークを出版する資金を引き出そうとして、ぼくがやれることはすべてしてきた。誰も、どの大学も、どこの団体も、それを引き受けようとしなかった。

ラザフォードの丘陵地帯と、ウィーホーケン地区の切り立った崖につながる丘陵地帯の間に広がる湿地帯は、メドーズと呼ばれ、ぼくら育ち盛りの少年にとって夢と冒険に満ちた場所だった。そこには奥の見えないほど茂るヒマラヤスギの湿地があり、秋のころブルーベリーを取りに行ったまま帰らない人もいたりして、ぼくらも入るのを遠慮した。藪蚊が密集していて、頭のあたりをどこでもひょいとつかむだけで、五、六匹はひねり潰すことができた。シラサギの群れが方々に巣を作っており、時には群れを離れた鹿が木の間に見えた。

息子たちがまだ小さかったころ、かれらを連れて野生のツツジの株を掘りに行ったことを覚えている。パターソン通りを出発し、みんな編上靴をはいて古い木道を通って行った。ぼくは一株見つけ、根っこに湿った土の塊が付いたまま大きな麻袋に入れて肩に担いで運び出した。

最後まで残っていたヒマラヤスギの湿地も、いたるところの道路工事や、下水用に掘られた溝によって水位が変化して無くなった。その後火事が止めを刺した。

しばらくの間は黒鴨や小鴨、たまにはカナダ雁が狩猟シーズン中に飛来していたものの、今ではガマさえも姿を消し、かわりに子供たちが「ケーニー」と呼ぶ植物が生えている。それでもこれが紫色の穂をつけて排水溝の周辺の原っぱを埋めつくしている風景はそれなりに美しいものだ。しかしこのあたりは一変した。

この町のある家の話――そもそも通りに面した方々の家に三十年以上も出入りしていて、前の住人と違った人と顔を合わせるのは妙な気がするものだ――その家には厄病神が宿っていた。ちょっと高くなった台地に立つ大きな家で、周囲にはオークやブナの木々、それから百フィートもあるユリノキが一本聳えていた。

最初の所有者は、たしか、背が高くひょろひょろしたドイツ人で、町長に選ばれてみんなから好かれ、また尊敬された人物だった。彼を襲ったひどい不幸というのはこうだ。四人の子供があり、聡明な息子と美貌の娘の他に、知恵遅れの男の子が二人いた。聡明な息子は若死し、残った二人の息子が生涯にわたって心配の種になった。

主人が亡くなり、音楽好きで教養の高い妻が娘を連れて小さな家に引っ越した後、次の家族がその家を手に入れた。ニューヨークのある大きな商社の重役一家で、奥さんは何年も前からちょっと病弱な人だった。大柄で親切なその夫人はよくフロッシーとぼくに、サウス・ジャージーの高級農園産と思われる野菜と果物の籠を届けてくれた。

ささやかな贈り物に対して何かして頂けるのなら、カンフルチンキにしたアヘン――つまりパレゴリック――を数オンスずつ、時々処方してもらえませんかと言った。何となく胃の調子が悪くて、フィラデルフィアの内科医がそのチンキを処方してくれていたのです。きっと身体には良くないと思いますが、しばしば痛みが激しくなるので、それを和らげるにはこれしかないなどと言い訳をした。だが夫にはこの薬をもらっていることを言わないでほしい、としきりに頼んだ。そういうわけで、ぼくは彼女の言った量の薬物を処方し、然るべき筋に彼女がアヘン中毒者だと連絡しておいた。

これは彼女が件の家に移ってくる前の話だ。移転後の彼女は身体の調子が非常に悪化し、倒れて骨を折り、寝たきりの状態になった。さらに悪いことには、片方の肘から手首にかけてひどい痛みを伴う筋肉萎縮が現れた。それを診察し、また瞳孔をよく見ると、ここしばらくアヘンを投与していないのに、訴えている痛みは麻薬による中毒症の筋肉炎であることが分かり、もうこれ以上ぼくの知っている事情をご主人に内緒にしておいてはいけないと考えた。

そこで主人と一緒に階下に降りると、ぼくが口を開く間もなく、かれの方から事情を打ち明け始めた。何年もの間、アヘン鎮痛剤を妻に与えていたのです。悪いこととは十分承知していたんですが……。そこでぼくもこの件へのぼくのかかわりについて話した。

それからかれと一緒に二階に戻り、この大柄で堂々とした夫人に二人の会話の結果を告げ、ぼくはこれで手を引くとつけ加えた。まだ若かったし、こんな問題から抜け出したかったのだ。すると彼女はぼくに牙をむいてきた。生まれてからあれほど毒づかれたことはなかった。呪詛、悪口雑言、訴えてやるという脅し、でもそんなことにぼくは動じなかった。ほどなくして彼女は死んだ。

三番目にこの家に移り住んだ家族は州内でも一、二を争う旧家の子孫だったが、これがまたうまくいかなかった。娘さんが不幸な結婚をした後、一家はこの家を去って行った。多分これでこの悪運の循環も終わりになるだろう。現在の住人は見るところ、人付きのいい、ごく普通の市民のようだから。

43

医学と詩のこと

長い年月の間、どうやって医学と詩に均等な関心を持ち続けてこられたのかと、ことに近ごろよく聞かれるが、ぼくにはどちらも本質的には同じものだと答えることにしている。有能な医者なら誰でも、人の病気は「治療される」のではないことを知っている。人はある生体の、ある身体の「発熱」状況から回復するのであり、その状況下にある時、人の細胞軍団が展開する死闘が、他の自然要素とともに観察される。それはそれで興味あることだ。さまざまな下水管やら給水管やらが、圧力に屈してあちこちで壊れ、これに対するさまざまな新しい応戦形態が、ぼくら医者の知識のスクリーン上に描き出されてきた。だが治療などとは滑稽、体内の戦闘態勢を「病気」というのと同じぐらい滑稽なことだ。地元軍が勝つか、遠征軍が勝つか、ドキドキする戦いである。注目しておきたいのは、スルフォンアミド剤、ペニシリン剤の登場が、野球のテッド・ウィリアムズ、ラルフ・カイナー[1]、さらにはゴム製ボールの出現とほぼ同じ時期だったということだ。人間が望むものはホームラン、すなわち、尻に一本注射するだけで人間を「治療」する抗生物質というやつだ。

しかしボールをセンター外野席に打ち込んで試合に勝っても、やっぱり夕食のためには家に戻らなければならない。勝ったといって、それがどうしたというのだ。野球場は次の試合、次のシーズン、次の爆弾まで、空っぽになる。くだらない。

技術としての医学に、ぼくは大して魅力がなかった。ただ神経組織の生理学は、ぼくを夢中にさせてくれた。あれはすごい。外科手術は、ぼくにとって特に飽き足りないものだった。大体切除したり、切開したりして、人を「治療」できるのか。それに生涯外科をやって、鋸でゴリゴリ切るばかりなんて！　いっそ肉屋とは言わないまでも、コックにでもなったほうがましだ。癌をすぱっと切り取り、患者が元気になって仕事に復帰するのを見たりすると、それなりの喜びがあるのは分かるが、外科医になりたいと思ったことは一度もなかった。外科医というのは不思議な人たちだ——ぼくは脱帽する。昔知っていた外科医でこういう人がいた。悪性腫瘍の手術をするたびに、そいつを一切れのけておいて、後で自分の脇の下に擦りこむんだ。理由がさっぱり分からない。それが障ったということもなく、ずいぶん長生きした。想像力、好奇心、ユーモアの精神がある人だったのだろう。

病気が治ったというようなことは、取り立てて言うほどのことではないとぼくは思う。ささやかながらも、情熱を打ち込めるものでなければ、それは取るに足らないものだ。だからぼくの場合、書くことが、このジレンマから逃れるために、絶対必要だと思うようになった。試行錯誤しながら分かったことは、人を手術、投薬、呪術などの対象として扱うことには重要な意味はなく、芸術作品の素材として向き合う時、初めて患者は生き生きとした存在として、ぼくの前に立ち現れるということだ。

男であれ、女であれ、また子供であれ、相手の患者とどうかかわるか、そのことにぼくは夢中になった。患者が立派な人物であるとかないとかは、どうでもいいことに思えた。社会の善良で有用なメンバーだから、その人を救いたいというのでもなかった。死がそんな理由で、手心を加えるわけはなかった。芸術家もそうだし、ぼくだって同じだ。はっきり言うと、その種の「有用性」は問題にならないのである。自分が何に出会えるかを考えると、ぼくは内心ぞくぞくする。不思議な魅力である。

ぼくが語ってきたのは「こころ」のことだ。医者のぼくがこころだって？　ぼくがこれまで興味を抱いた人に、こころをまったく持たない人なんていない。しかし、それに近い状態で、まるで役立たずで、家族、いや家族といってもその残骸にすぎないものだが、その家族に破滅をもたらす存在と言ってもいいような患者を、一人、二人診たことがある。そんな人でも、他の大勢の患者よりはずっと興味が持てる。

こんなことに取り憑かれていて、ぼくは書くのがやめられない。多くの連中が過去の記憶から浮かび上がってくるのだ。男の子や女の子、悪童、スネ者、助平、乱暴者、どれもこれも懐かしい奴ばかりだ。ある年輩の婦人から、うちの娘もガーデン・シティ競馬場で予想屋をやってる男と結婚して、今では立派な息子が二人もできて幸せに暮らしています、なんて話を聞かされると、鼻歌でも歌って踊りだしたくなる。うれしくて勇気が出てくる。あの娘は元気なんだ。自分でも不思議な気持ちだ。彼女のせいでぼくはあやうく中学校を退学になるところだった。ぼくの青春をあたら棒にふりそうになった女の子だった。

でもぼくはそうはならなかった。無知でひどいデブちゃんだった彼女、それにクラス全体の評価を台無しにしたその他何人かの悪ガキどもも、ぼくは大好きだ——ほとんどみんな好き放題をやっていた。そんなかれらがいて、ぼくの思い出は引き立つのだ。モノ、モノ、ぼくが追っかけているのはモノだ。明確には名状できないモノが、あの時あの場にあった。ぼくの書くという行為、モノを明らかにしていきたいという思い、追求し続けなければという気持ち、これがどうしてもぼくに立ち止まることを許さないのだ。今もぼくはそれを追求している、現実の中に——学問の世界にではなく、高遠で難解な知識や技術の探求の中にでもなく。

かれらには知識も技術もまったくなかった。学校をおっぽり出されたり、豚箱にぶちこまれたり、子を産んで「マミー」になったり、何とか生き延びた者も、かれらの完全性からそれていった。

再度言っておくが、かれらは完全性を体現していた。かれらは見事に完全だった。完全なものとして生を享け、他には何にも必要としなかった。かれらはそこにおり、ぼくの目の前で生きていた。ぼくはかれらとともに生き、かれらの友達だった。そんなかれらの存在そのものが、「研究」の必要性を拒絶していた。段階をふんで解明しようとする研究を超えた存在だった。かれらは、生きながらにして、ぼくが生涯をかけて解明しようとしてきたテーマだった。そんなかれらを捕らえられない時、ぼくはひたすらかれらを書きとめよう、紙の上に書きつけ記録しよう、としてきた。ぼくにはそうすることが、一種の解明だと思えたのだ。

かれらの悪行にぼくが魅せられたから、かれらは「悪い」男の子、女の子だったというのではない。まったく違う。かれらはそこにいて、桁外れの行動、紛れなき勇気、捨て身で生きるという、ある完全な存在感がかれらに漲っていたからだ。

このあるがままの姿を、モノ自体を、書きとめ続け、自分なりに精一杯生き、人のひそかな生を考えているうちに、ぼくははっきり書きたいと思った——力の及ぶかぎり——それが昔も今も変わらず、いかにぼくたちのまわりで人知れず生きているかを。ぼくが語りたかったのは、外科手術や配管修理や治療に隷属しないモノの物語、その解剖だ。なぜなのか自分でも分からない。誰も聞きたがらないことをなぜ語るのか。でもあの全き存在という、人の知ることのない世界が、偶然にしろ少しでもうまく表現できた時には、人はたしかに耳を傾けてくれることが分かった。間違いない。そしてぼくの「医学」は、人間存在の核という秘密の花園に入る権利を与えてくれた。そこにはもう一つの世界が広がっていた、この核の中に。医者の資格があればこそ、哀れな、打ちひしがれた身体の先にある人間の深い淵や洞に入ることが許された。そして驚くべきことに、そんな時、そんなところに——日々の暮らしという悪臭を放つ挫骨・直腸膿腫に汚されてはいても——まさにそこに、あのモノが、この上もない美しさにつつまれ、束縛から放たれて、一瞬だけ遠慮がちに、部屋の中を飛ぶのだ。病気の現場で、医者ゆえに許されて、ぼくは死や生に立ち会ってきた。また、絶望のあまりぼろぼろになった半狂乱の母とその娘の間の、痛々しい闘いを見てきた——まさにそういう場に——ほんの一瞬だけ——それはスーッと現れ、ぼくの目の前で一瞬羽ばたき、一片のフレーズに変容する。あわててぼくはそれを書きとめる、手元にある何でもいい、ひっつかめればどんな紙でもいい、その上に書きとめる。

それは見ただけでそれと分かるモノだ。その特徴、主な性格は、無疑にして統体、すでに言ったように、即かつ全である。それは生まれ、存在し、消えていく。しかしぼくはそれを見た、はっきりと。ぼくの目にそれは見えたのだ。現にそこにあるから、ぼくはそれを知っている。ずっとそれに取り憑かれている。小学校五年の時がまさにそうだった——あの女の子が、前の椅子の背から身体をねじって後ろへのりだして、ぼくに卑猥なことばをかけてきたあの時だった——彼女のことばは、四十年前に子供が言ったものであっても、ここで繰り返すことはできない。

あの時あの場で、あのモノの姿を、はっきり見たのだと言っても誰も分かってくれないだろう。

偉大なる現実世界にぼくは大して興味がなかった（頭の片隅ぐらいにはあったかも知れないが）。ぼくの観察したところでは、その働きは、馬鹿でかい図体にもかかわらず、無残なまでに卑小なものであるように見えた。公衆便所そっくりの臭いがした。フアレス(2)の町できれいな服を着たスペイン女とすれ違った時、ぼくが「ほら、君好みの香水だぜ」と言ったら、ボブ・マカルモンはいみじくも言った。

「冗談じゃない。香水なんかじゃあるものか。ああいうのを娼婦と言うんだ」

44 病院という都市

この病院という都市は、ぼくにとっての究極の棲家だ。ここには人がありのままの自分を持ち込んでくる。自分より前の父祖たち、たいていは一世アメリカ人のそれも。かれらはヨーロッパ、そのやさしさ、貪欲、欲望、絶望など、貧農のヨーロッパの一切合財そのままを持ち込んでくる。

いい医者もいれば悪い医者もいる、名前ではその区別はつかない。名前は最高に立派でも、泥棒もいれば、人殺しさえもいる。一方、治療にかけては労を惜しまぬ、人間味豊かな聖者のような医者であっても、名前を見ると、出身はポーランドのゲットーやシシリーの寒村というのもいる。親はつい何年か前に、どこか街角の果物屋の露店から身を起こしたばかりという、金儲けの天才もいる。奴らは五セント硬貨に磨きをかけることにおいては、モルガンやロックフェラー一族も裸足で逃げるという連中だ。その育ちから当然予想できる通り、自分と同類の他の医者を食い物にする連中だ。また患者に治療費として請求する一ドル一ドルについては心を痛めるのに、自らは貧窮生活に甘んじて、人のために尽くしている男や女の医者がいる――だからといって、それだけで最高の医者というわけでは絶対にない。

腕が立つよい医者が育つには、どれ程たくさんのことがかかわっているのか、考えてみると不思議なことだ。ある者は腕を持っている。ただのいい外科医の腕だ。運よくその腕に頭と心が伴っていれば、高いところに達することもできる。他には、自分の住んでいる社会の癌になっている者もいる。両者をどう区別できようか。仲間うちでは大体見抜ける。しかし人間なんて信用のおけない、身勝手な生き物だ。下の下の医者でも、人のご機嫌をとるすべは知っている。かれらはたいてい受けがいい。

家賃の支払いや、看護婦の給料の支払いをしなければならないとすれば、扁桃腺の一つや二つ切り取るのに、何のためらいがあろうか。喉の形が後でどうなろうと、知ったことではない。執刀の免許をもらっている以上、後は切るだけだ。解剖図の意味すらよく知らないのだ。ましてや切った後で、どうなるかなんてお構いなしだ。

ぼく自身は医者という職業を、最前線の塹壕の中にいる兵隊だと考えてきた。そう考えて初めて自尊心も持て、自分のところに来る男、女、子供たちの治療をやっていくことができる。内科、外科のことをすべて知り尽くしているわけではない。それでも知っていることは熟知し、更に、自分には何が分かっていないか、徹底的に承知していなければならない。一人で何でもかんでも扱えるわけではないが、見逃しは許されない。このゲームは、いつでも必ず勝たねばならない。できるかぎり早く、他の医者のところへ患者を差し向け、この地域で考えられる最高の、しかも支払能力に応じた最低費用での医療を、患者のために見付けなければならないことさえよくあるのだ。

概して今の世の中では、医者がいなければ生きてはいけない。まさにそういうことだ。われわれのつまらない信念がどうであれ、もし医療技術の水準が維持されなかったら、人は明日にでもばたばた死んでしまうだろう。一方医療の力で、この世界に阿呆どもをいっぱい住まわせているのかも知れない。それは神のみぞ知る。

ぼくが今ともかく感謝しているのは、医学(一つの知の体系で、医療の実践ではなく、医学の研究)をやったことで、他人ばかりか、自分の中で起こることを知りえたことだ。ガートルード・スタインがこのことを、自らの生き方の中ではっきり語っている。彼女の場合は、上から下へと降りていった。まず、ウィリアム・ジェームズの(1)もとで心の面から始めた。ジェームズの証言によると、優秀な学生だったらしい。彼女は抽象概念だけに飽きたらず、さらに自分の知識を全きものにしたいと思い、人間まるごと、つまり、身体の面を研究しようとしジョンズ・ホプキンズ大学へ行った。方法的にさまざまな違いはあっても、文学をやるということは、人間全体にかかわることだからである。自分の主題を掘り下げていく前に、あらゆる角度から、それを徹底的に知り尽くすことに勝るものがあろうか。少なくともこれが、作家になりたければ医学を学ぶのが有利だ、とするガートルード・スタインの考えであった。

明らかに今日の世界は、全体が一つの病院になっている。だから両者の区別がなくなって、病院がまったく普通の場所になっているというわけだ。病院はたまたま、病気にかかわっているだけのことである。ただ淡々と、仕事として、やや冷やかに、肉体の崩壊を、その排泄物を、悪臭を、さらには出生と治癒の喜びを計測するのが病院である。病気が治るのは医師にとってはまったくの偶然であり、実験室で研究している病理学者にとっては、失望すべきことだと言っても過言ではない。現実に起こっていることは、どきどきしながら病気を追っかけることであり、精緻な才能を使うチャンスであり、競争相手を打ち負かしてその地位を奪い、鼻高々に自慢して、自分の仲間をうまく取り込む機会なのである。人に先んじて発見することこそが大目標であり、さらには富の蓄積につながるのだ。

今日の病院は、大手の製薬会社が、いかがわしい商取引をするための、展示場の一つに成り下がってしまった。ほとんど毎日のように医者の控室では、どこかの製薬会社の営業マンが、最新の薬品の展示会をやっている。そこは、大新聞のローカル版のデスクのように多忙なところである。何しろ最新の治療薬となれば、今日では一面記事ものだから。内科医が、評判になっている最新の万能薬を投薬しなかったら、その医者のところへは患者が来なくなるのだ。さもありなん、である。内科的治療にしろ、外科手術にしろ、今日それは妖術の分野に近い。そこでは奇蹟が求められ、かつ行われている。車のフロントガラスで首を折って死ぬのはやむをえないとしても、尋常の死に方では世に顔向けができない。それぐらいのスピードで医学が進んできた。

その他事務職員がいる。それから看護職員がいる。彼女たちには技術的な面だけでなく、いろいろな仕事がある。女性、特に若い女性、しかも大部分は若くて聡明な女性だ。たいていはさっぱりしたよく似合う制服を着て、人類の悩み苦しみなんぞに、直接には何のかかわりもないような、美しい若い娘のように見える。彼女たちの生き方を決めるのは、彼女たち自身の職場であり、そこから、人のために奉仕せよ、という「声」がかかってくるのだ。綺麗な瞳、すべすべした（またはざらざらした）肌、愛されるために作られた腕、糊のきいたシャツをつき上げる乳房、それらが絵のモデルになったり、キスの対象になったりすることは決してない。

彼女たちはどうすればいいのか。規則は厳しい。ぼくは前々から彼女たちの身の上話の聞き役であった。

「あの人はあそこに残ることに決めたそうですわ」

「どこだって?」

「今のところよ。グラスランズ」

「精神病院だね?」

「そう、気に入ったらしいの。同期生ではあの人だけらしいけど。月二百五十ドルになるんですって。もちろんそのうちの三十五ドルは食事代に引かれるそうですけど」

「えっ、あのオードリーちゃんが?」

「あの人、二時から十一時までの勤務にサインしたんですって」

「一日休みが取れるんだろう?」

「あそこは二日です。でもあの人、女の患者は嫌なんです。男だけしか面倒みたくないんですって。女には我慢できないそうです」

「あの子らしいね」

「ネリ・ド・グラフがあそこに入っているのご存知?」

「本当にあの……?」

「そうですわ。個室に入れられてるの」

「近ごろ大酒飲んでるって聞いたことはあるけど」

「処置なしらしいの。自分の子供に入れられたそうです。ご主人がかわいそうですわ。週に三百ドルか五百ドルは要るんですって。かわいそうに。あれじゃたまらないわ」

ある元日の朝、ぼく自身まだしゃんとしていない時刻に、赤毛の看護婦がぼくのところにやって来た。

「今何時ですか?」
「十一時十五分だよ」
「ああ大変。昼まで持ちこたえられるかしら」
「その目はどうしたんだい」
「今朝階段から落ちたの——午前四時に」

この子は、ニューアークの伝染病院で勤務中、ぐでんぐでんに酔っぱらって、友達に寮の窓から引っぱり込んでもらったあの看護婦だった。みんなで裸にしてシャワーを浴びさせ、七時の勤務時間に間に合わせたんだ。

中には(今覚えているのは一人だけだが)、例えばどこかナイトクラブのホステスのような仕事にでも雇ってもらえそうな、プロポーションのいい子もいる。もちろんそういうタイプの者だけではない。ボッティチェリやモディリアーニでも、ついモデルにしたくなるような力の漲った脚や髪を持った者もいる。彼女たちはなすすべを知らない。たいていの場合それに近い状況にある。

こんなのっぴきならないものを背負いつつ、彼女たちは今の仕事についているのだ。

そんな彼女たちは、これからどうなるのか? そのまま仕事を続け、アラスカとか韓国にでも行こうと思いながら、行けずに終わる者もいる。利発な子とか賢い子、また度胸のある子の中には、インターンに来ている独身の医者と結婚する者もたまにはいる。恵まれた結婚だ。しかし、たいていの子が結婚する相手は普通の男性だ。人柄はよくても、自分の妻が二、三年も病院にいて、個室で勤務したり、年上の指導医たちに混じって働くうちに、慣れ親しんできたような世界との付き合いをさせてやれそうもない男だ。病院で付き合う相手は、それまで慣れ育ってきた人よりも、多くの場合、はるかに教養があり、手のとどかない財産や才能を持っている人たちである。彼女たちは心惹かれる。時には、その未来を想像すると、目も眩むようなものである。心の底から憧れる。そうした彼女たちが、平凡な生活、子供を育てるという生活に飛び込んで行く前に、こういう名士の仲間入りができる最後のチャンスを、夢見てはいけないと言えるだろうか。

ところで、年長の医者たちはどう思っているのだろうか。病院ではしばしば、人の魅力が、誠実さが、愛そのものに対する献身が——バラ色の雲につつまれて——ためらいがあろうとも粗野にではなく、むしろ勇気をもって示される。さまざまなチャンスが待っている。夜勤がある。不規則な時間に仕事から解放される。時にひどく緊張を伴うことがあるが、人体を扱う仕事の持つ直接性、その処置についての完全な（いや完全なんてありえない）知識。彼女たちは、見て知っておくべきことはすべて、自分の目で確認しなければならない。外科手術はまったくの経験知である。看護婦として出産に立ち会うと、自分たちの身体の仕組みのすみずみまで知り尽くすのだ。

彼女たちにただ一つ欠けているのは、愛の生理学の実習だ。その知識は高校を出て二年も経たないうちに古くさくなってしまう。本人自身は成熟してくる。実は、残念ながら熟しすぎになる。それが喪失感を強める。知識はあるがチャンスがない。四方八方からたえず迫ってくる仕事にさらされ、しばしば何もしないうちから疲れきっている。彼女たちはたしかに愛を垣間見てきた。その肉体的充足のチャンスはいくらでもあった。ところが何も経験しないうちに、そのすばらしい肉体は衰え、心は満たされないままである。もちろん彼女たち皆が、女の子らしい心を持ち、感じやすさがあるというのではないが、少なくとも病院がそれらを吸い取ってしまったのだ。

ある日、ぼくがロッカー・ルームから出たところで、実にいい奴で、日ごろ大いに気に入っているある若い外科医にぱったり会った。こちらが気持ちのこもった挨拶をしたのに、突っけんどんな返事が返った。この男らしくないことだ。

「おい」ぼくはすり抜けてゆこうとするかれの肩をつかんで言った、「どうしたんだ」

「いや何でもないんです」とかれは言った。

しかしぼくはつかまえたかれを離さずに続けて言った、「そんな態度はないだろう。何が気に入らないんだ。言ってくれ」

「じゃ話しましょう」

「そうだよ。だから聞いたんじゃないか」二人が立っていたのはロビーに通じる廊下だった。

「今朝向こうの病院に行ったのです。昨日から手術を予定していたものですから。ところが八時に着いてみると、誰か他の奴がちゃっかり代わりをしてたじゃありませんか」

「それで?」

「どうしたわけだろうと思って、消毒室へ行ってみたんです。案の定いましたよ、奴が。そこにみんないましたね」。かれはちょっと口をつぐんだ。ぼくは待った。

「そこでぼくは言ってやったんです。『今朝は何の手術だったんだい、胆嚢かい』とね。『いや、ただの盲腸だ』という返事。これが頭にきましたよ。誰のことかお分かりでしょう」

「うん、分かるよ」とぼくは言った。

「そのまま一分も突っ立っていましたかね、その場に。部屋中の者が一斉に聞き耳を立てていました。それからこう言ってやりました。『いいかい、こうやったらどうだい。こんどあんたの部屋に誰か患者が来て、診察の結果胆嚢摘出をやると決まったら、あんたの机の一番上の引き出しにピストルを入れてるでしょうが、そいつを相手のどてっ腹に突きつけて言ってやりな。〝二百五十ドル出したら胆嚢手術はこらえてやろう〟とな。あんたを見て本気だと思うさ』。みんな手をごしごし洗いながら、ぼくの言うことに聞き耳を立てていましたね。『そうすると相手だって君に金を出すよ』」

「君、本当にそんなこと言ったの」とぼくは聞いた。すごいなと思って、うれしさのあまり、ついほくそ笑んで、このふんぞり返ったちびが後ろに立って怒鳴りつけ、その倍もありそうな大男が、他の連中と一緒に手を洗うのを止めて、拝聴しているところが目に浮かんだ。

「『そしたら、君、いいことが三ついっぺんにやれるんだぜ。まず君はお金を懐にできる。第二にみんなの手間をずいぶん省いてやれる。第三に君の患者は不要な手術をしないですむんだ』」とかれは続けた。

執刀中の医者が急死することもある。どんな共同作業の場合もそうだが、若い者がいつも年長者をせきたてる。

手術がうまくいっても、まったく当たり前と思われることがよくある。医者には非凡な才能がある。本気で取り組めるような仕事ならどれもそうだが、やるべきことをしているうちに、すばらしい仕事がさりげなくなされる。そのために何の称賛も求めない。与えられるのは看護婦の微笑、あるいは仲間のうなずきぐらいなもの。見事な業績だ。でも何のために？　数ドルを得るためだろうか？　それはまさに、医者の最高栄誉とも言うべきものだが、今日ではそれほど重んじられない。

地元の裁判所で起こった目にあまる誤審のことで、ある日ぼくが騒ぎ立てていると、父の友人がこう言った。

「ウィリー。裁判所なんかに何を期待しているんだ？」

「何をですって、少なくとも正当な裁きですよ」とぼくは答えた。

「どうしてどうして」とかれは言う。「正義なんて得られるものか。とんでもない。せいぜい、この地方で得られる精一杯の正義らしきものさ」

医者だって同じことである。まあ言ってみれば、典型的なイタチゴッコである。人間に一番献身している連中が、二流になるのはよくあることだ。しかしこれは仕方がない。もし親が息子をぼくのところへ連れて来て、この子は「盲腸」がまだあるから取ってほしいと言う時、健康そのものですよ、何もすべきじゃないと言おうものなら、この父親はどうするだろうか。ろくに見もしないで手術をしてくれる、通りの向こうの医者のところへ行く。まぬけはどっちだ。もちろんぼくの方だ。こんな事例を千倍に拡大して考えてみてほしい、その上、どんな事例も結局は消えてしまうということを考え合わせると、悪いことはやらないでおこうと願いつつも、医療の世界では、どこにあぶく銭が流れていくのかすぐ分かるだろう。

医者はどこの家にでも入れてくれる。相手はよくこう言う。「先生、玄関は開けてあります。家内はベッドにいるから奥へ入って下さい。先生を待っていますから」これこそ、多くのことへ通ずるすばらしい通行証である。

看護学校の卒業式で、卒業証書を受け取るために、糊がきいた制服姿で壇上に立つと、参列者の目には世界一美しい女性に見える卒業生もいる。事実その通りである。

それから笑みを浮かべた理事長が名簿を手にして、これまで何回も見た光景だが、前に出て、一人ひとりの名前を読み上げ、卒業生がそれぞれの卒業証書を受け取る。まず「ミス・アダムズ」と始めて、だんだん読み進めていくうちに、読みにくい名前にぶつかる。(この阿呆は事前に読み方を調べられたはずだのに)言いよどむ。「ミス・――ッチ」自分で笑い出す。参列者もどっと笑う。その卒業生は、自分の名前のところで理事長が言いよどんでいるのが分かって、顔を赤らめて前に出る。これが彼女の置かれた立場だ。彼女はこいつの侮辱的な、俗物根性によって、ばつの悪い思いをさせられるのだ。

45　『白いラバ』

一九三二年、エンジェル・フロレス(1)がぼくにとって新たな局面を開いてくれた。自分の出版社ドラゴン・プレスで出させてほしいと言っていたぼくの短編集を出版してくれた。ぼくの本はそれまでまったく売れていなかった。ぼくもあきらめていた。でもあの恐慌の時代に、一年あまりも書きためていた短編小説を、その男が出してくれるのはうれしかった。それはささやかな魅力ある短編集になり、ぼくなりに気に入っていたが、それっきりになった。本はほとんど売れなかったし、エンジェル・フロレスからの音信も絶えた。

数カ月後、病院勤務時代の友人の医者が言った。「学会でアトランティック・シティに行ってきたんだけどね」

「そうでしたか」

「うん。あの町の板張り遊歩道で、何だったか君の本が売りに出ていたよ」

「そうなの。何の本だろう」

「短編集だった。『時代のナイフ』といったかな」

「そうですか。何冊ぐらい？」

「盛り上げてあったよ。百冊以上じゃなかったかな」

「どれぐらいの値段がついていた？」

彼はにやりとした。「いくらでした？」ぼくは敢えてたずねた。

「知りたい？」

「もちろん」

「気を悪くしないか？」

「大丈夫だ」

「一冊十五セントだったよ」

「へえー。どうしたら手に入るかな？」

「来週また出かけるんだ。まだあれば、買ってきてやるよ。何冊欲しいんだい」

「全部」

　こういう訳で二、三週間後に、その本を一箱受け取ったが、残念ながらそれもいつものようになくなってしまった。


　ぼくの原稿をタイプしてくれていたジョン夫人が、パターソン市に引っ越してしまったので、ジョージ・ヒース夫人というもう一人の友人が、後を継いでくれた。結婚前には有能なオフィス・レディだった人だ。戯曲、小説などが、また流行の兆しを見せていた。大恐慌に打ちのめされていたころだった。フレッド・ミラー[2]は失業中だった。工具設計者であるフレッドは、ブルックリンの自動車修理屋の二階に住み込んでその日暮らしをしていた。そのころかれは『ブラースト』(パウンドがロンドンで出していたヴォーティシズム[3]運動の雑誌『ブラースト』とは別)を出していた。ぼくは、それに寄稿していた短編を、のちに、『パセイック川と生きて』に収録した。

　コロンビア大学のロナルド・レイン・ラティマー[4](ペンネームだと思う)という変わった人物が、そのころアルセスティス・プレスという出版社名で本を何冊か出し始めた。またジョン・コフィーは、地下の酒場で、左がかった弁舌を垂れてはつまみ出されていた。かれは有名デパート専門の毛皮泥棒で、後で品物を売っては慈善事業や貧乏で困っている仲間たちにお金を渡していた。

まさに大恐慌のさなかだった！
ラティマーは、ぼくの『早すぎた殉教者』を出版してくれた。これは紙質として最高のラグペーパーに、贅沢なほどきれいに印刷されたもので、ジョン・コフィーに献呈した。かれは虞犯精神異常者として逮捕され、マテワン病院に送られていた。公判にかけなかったのは、かれが計画した通り、法廷で立ち上がって、オレは精神異常者じゃない、市がほったらかしている貧しい人々に食べさせようとして盗んでいたのだ、と持論を展開するのを妨ぐためだった。ぼくは病院にかれを見舞った。その後かれの兄が後見人になって解放された。病院が満杯だったのだ。

一九三六年になって、ラティマーはぼくの『アダムとイヴそして都市』を出版した。だがこれも全然売れなかった。たしかラティマーは、スティーヴンズの本も一冊出し、その後資金に行き詰まって廃業した。

たしかこのころ、何年だったか、多分一九三九年になっていただろう、フォード・マドックス・フォードが、画家の妻ビアラを連れてニューヨークに来た。定住してアメリカ市民になるためだ。かれは五番街十番地に住んでいたが、当時まったくの病人だった。ちょっと身体を動かしても息がたびたび切れたが、できるだけ人に気付かれないようにしていた。ある夜タクシーに乗り込む様子を見かけたが、かれも終わりだなと思った。

どういう理由か分からないが、フォードはぼくをバックアップしようと決めていたようだ。かれは「ウィリアム・カーロス・ウィリアムズ友の会」というものを設立した。これには面食らったが、かれの気持ちを汲み喜んで受け入れることにした。会はヴィレッジの小さなレストランで何回か開かれ（会費は誰かが払っていたに違いないが、夕食が出た時は集まった者が一ドルずつ出しあった）、次々とスピーチがあった。ぼくはどうもついて行けず、気が進まなかったが、その会に出たのは、フォードへの思いやりからだった。とにかくそんな風な会だった。かれはぼくらを訪ねて何度かラザフォードに現れ、強引に奥さんの絵を売りつけようとした。これについてもぼくは理解しかねた。かれを傷つけたかも知れない。やむをえなかったのだ。

ある日ぼくらはフォード手作りの夕食に招待された。かれはぼくの父を思い出させる人だった。東二十八番通りに面した商店の三階。ぼくのことをちっとも良く言ったことのないカール・ヴァン・ドーレン[5]のアパートだった。

その夜は、バナナ料理がとてもうまくて楽しい時間を過ごした。

一九三九年から四十年にかけてのニューヨーク世界博は終わった。ぼくはジョージ・ワシントンの英雄的生涯をテーマにしたオペラの台本を、もう一度書きたいと思っていた。ティボー・サーリー[6]が音楽を付けてくれることに半ば決まっていた。この世界博のテーマもジョージ・ワシントンの生涯であったし、ワシントン像が遊歩道に飾られていたりして、ぼくにとっていい機会だと思ったのに、グローバー・ウォーレン[7]はぼくの計画を理解してくれなかった。

サーリーが手を引いた後、ぼくはヴァージル・トムソン[8]に頼みに行った。かれがガートルード・スタインの『四人の聖者三幕』に付けた音楽は、最高のできばえだったからだ。

トムソンとぼくは、西二十三番通りの有名なホテル・チェルシーのレストランでランチをともにした。とてもいい人だった。

「舞台のことは何もご存知ないのですね？」とかれは言った。

「ちっとも」

「じゃ舞台のことなんか気にかけなくていいじゃないですか。ここにあれこれ書いてある場面設定とか演出指示など……あなたは詩人なんでしょう？」

「ええ」

「じゃ詩を書くだけにして、舞台のことはほっときなさいよ。でもこのバレエの場面は気になりますね。ずいぶん雪姫たちが出てくるんですね」

「それはフォージ渓谷[9]の雪を表現しているんですけど」

かれは笑った。「雪姫のバレエに曲を付けているぼくなんて想像してみて下さい！」と言って鼻を鳴らした。

「人に何と言われるか」

ぼくは黙っていた。

「このワシントンって誰ですか。いったい誰のこと?」と言った。

「ワシントンはぼくなんです」と言った。

「それなら話は別ですが」かれは少し冷静になった。「それじゃ詩を続けて下さい。でき上がったらぼくが曲を付けましょう」

いつかぼくはワシントンを取り上げてみたい、その時までぼくたち二人が元気で呆けていなければ——いいのができるだろう、新たに生まれた構想で——雪姫の出ないやつ!


そのころ、ジェームズ・ラフリン[10]がぼくの二番目の小説『白いラバ』を出版した。本が出た時、かれは米国スキーチームのメンバーとしてニュージーランドに出かけていた。この小説が当座だけでも批評家たちに好評だったのは、ぼくらにはうれしいことだった。ぼくの最初の成功作だ。しかし発行者が留守で、発行部数も少なかったことが問題だった。ラフリン氏の父親に、コネチカット州ニューミルフォードに呼ばれて、どうしたらいいか相談を受けた。

「本が足りないみたいだけど、どうしますか」とかれは聞いた。

「どうするかと言われても、ぼくの方から増刷してほしいとも言えませんしね」と言った。「ぼくはただ書いただけですから……」

しかしかれは第二刷を出してくれた。

三〇年代のいつか——正確な時と場所は忘れたが——ぼくはナサニエル・ウエストと知り合った。ジョン・ハーマンを介してだったような気がするが、それもあやふや。ぼくはこの人を別人の弁護士と混同していて、顔をはっきりとは思い出せない。覚えているのは、痩せて少し猫背で、あの弁護士とよく似ている困ったような黒い目ぐらい。ウエストは、一時は打撃力が売り物の外野手としジャイアンツの入団テストを受けたこともある大男だった。

しかし本人にその気がなくなった。向いていなかったのだ。

ぼくはかれに聞いたことがある。「何でそんな名前にしたの？」

「ホレス・グリーリー[11]に『若者よ、西部を目指せ』（Go west, young man.）ということばがあったよね、それでそうしたわけさ」

いかにもペップ・ウエストらしいことだ。当代きっての逸材だった。ぼくがかれに会ったころは、東五十八番通りのホテル・サットンで広報担当をしていた。二人で『コンタクト』誌の復活を計画した。かれは小説を書いており、そのころは小説『ミス・ロンリーハーツ』の執筆中か、あるいは書き上げていたころだった。ぼくはその小説だけでなく、作者本人のファンだった。一緒に新しい『コンタクト』誌を三号まで出した。しかし定期的な刊行はぼくにはできなかった。寄せられた原稿に際立ってすぐれたものはなかったが、その中にイリヤ・エレンブルグ[12]の短詩があった。のちにモスコーで名を成した作家だ。それは掲載することにしたように思う。それなりの作品だった。

その後ペップは雉猟を始め、ペンシルヴェニア州東部のアーウィナに通っていた。猟といっても、実は衣装と帽子（シャーロック・ホームズ愛用の二重耳おおいが付いているあのシャポーに似たもの）を着込んだり、高価な猟銃を買うことが主な仕事であって、獲物を仕止めたかどうかは怪しいものだ。やがてアイルランド美人と結婚した——彼女の才智が気に入ったのだろう——『コンタクト』誌はこういう状況の中で消滅した。かれは傑物だった。かれの小説『いなごの日』は、ハリウッドを題材にした作品のうち、ぼくの知るかぎりでは、佳篇として評価できる唯一のものだ。ある夜のこと、かれと夫人は、メキシコでの鹿猟から、おそらく何も撃ちとらずに、帰る途中、交通事故にあって死んだ。しかしかれが放った「銃弾」は、ハリウッドという世界が、いつも行き着くようにみえて、決して達することのない、その終局の姿を生き生きと描き出すものであった。

46
嵐

一九三八年の秋、足が不自由だった母は、「海辺」の小さな家で一夏を終えようとしていた。いとこのビルが寄こした手紙には、夜は湿って冷え込むようになったので、本人は帰りたくないと言っているけれど、迎えに来た方がいいと思う、とあった。

向こうに着いた時は、快晴でおだやかな日だった。ハリケーンが接近中という情報があったが、この海岸には文字通り百年に一つのハリケーンも来たことがない。いつもナンタケット島の沖合で消えた。その日もちょうどそんな天気だった。二人で昼食をすませた。母がちょっとした荷物をまとめている間に、ぼくはぶらっと海辺に出て、貝殻とか、わが家の石の庭に向いた、面白そうな石を二つ三つ拾った。午後三時、二人が木の茂った通路を抜けて帰ろうとした時には、まだそよ風一つなかった。ところが、二時間も経たぬうちに、母が寝泊りしていたあたりの海岸は、水深三フィートにもなったのだ。

ミルフォードの町を過ぎてほどなく、ニレの大木が倒れて道路をふさぎ、電線が切れ落ちているのが目につきだした。八十マイルの行程に十分な量を入れておくために、ガソリンスタンドに寄った。給油ポンプはどれも動かなかった。電力が止まっていたのだ。メリット・パークウェイでは、滝になって吹きつける雨の中で、警官がぼくたちの車に向かって手を振って指示した――「貯水池が危ないぞ」

だがぼくは止まらなかった。後で分かったのだが、貯水池が決壊して、その時走っていた車道に向かって襲ってきそうになっていたのだ。それでもぼくは、まるで状況をつかんでいなかった。すでにあちこちの道路が、通行止めになって迂回しなければならなくなっていた。もっと用心すべきだった。ホワイトプレーンズの近くのことはよく覚えている。高校生の一団が雨の中に立って、もう既にかれらのことなど構っておれなくなったバスを待っていたのだ。ポートチェスターの下手の高速道路では、あちこちの排水口から、泥水が噴水のように吹き上がっていた。それを見てぼくも母も肝を冷やした。ぼくは車を走らせる進路を見付けるのが精一杯だった。時には進路を見失いそうになった。どんなにして時間が経ったのか、分からないほどだった。

六時間もかかってやっとこの旅が終わった。普通なら二時間のところだ。ラザフォードに帰ってやっと、どんなひどい状況だったか分かった。家のまわりは、いたるところで木が倒れていた。あたりはめちゃめちゃになっていた。

木の幹が玄関の窓に倒れかかり、葉がずたずたに千切れてしまったひどい状況を、フロッシーが話してくれた。

数年後、一九四六年の出版だったと思うが、もっとひどい被害をロードアイランド沿岸に与えた嵐のことを書いた一冊の小説が出た。クリストファー・ラファージ[1]の『突然の来客』だ。フロッシーもぼくも、それを読んで面白かった。フロッシーが特に感銘をうけたのは、嵐の最中、自分の屋敷の家にいた老婦人の生き生きとした描写で、その婦人は、はげしい感動につき動かされたが、動揺もせず、ただ嵐に打たれて啓示をうけたということだった。フロッシーはその本がとても気に入ったので、ぼくは彼女のために一冊青いモロッコ革で装丁させた。

特別な記念にしようとして、ぼくはその本を、一度も会ったことのないラファージ氏に送り、かれの署名を入れて、ぼくからフロッシーへ、と書いてもらおうと思った。手紙でそのことを依頼した。一、二週間後、秘書から返事がきて、ラファージ氏は、親しい人以外、誰にも献辞を書くようなことはいたしません——そんなことをして、どんな記念になりましょう、とあった。ぼくは意図したことと、その結果をフロスに話した。

「その本をわざわざ、わたしのために装丁してほしくはなかったわ。なぜそんなことをなさったの？」

一つの教訓になった。

第二次世界大戦がヨーロッパで始まっていたが、アメリカはまだ参戦していなかった。『全詩集』[2]を出版してくれた後、ラフリンはしばらく仕事を休んだが、アンソロジー『ニュー・ディレクションズ』[3]の中に、ぼくの劇、評論、詩を掲載し続け、またペーパーバック版の詩集『ブロークン・スパン』を出してくれた。

再びぼくの心をとらえたのはやはり劇だった。しかしいつものように、上演の見込みは薄かった。でもいろいろな構想が頭を満たし、劇の場面が浮かんでくるたびに書きとめることにした。

一九三九年か四〇年、キティ・ホーグランドから、地元の「小劇場」のために何か書いてほしいという依頼があった。前にぼくの短編『眠りに落ちて』を、キティの脚色で上演し、それで何人かの有力だが保守的な定期会員の支持を失ったことがある。ぼくは一幕物を二、三書いたが上演されなかった。その劇は演出しにくいものだったし、感情的にも大げさな(また凝っている)ところがあった。それだけでなく、そのころはとりわけ、演技の幅が広い俳優たちが徴兵で引っぱられるし、おまけに戦争の影響で、働き手も金も観客も欠乏してきたし、それやこれやの理由で、結局「小劇場」は閉鎖された。

一幕劇が三篇手もとにあり——わりとぼくの気に入っていたけど——どうするあてもなかったので、全体を一つのストーリーにまとめて、『さまざまな愛または練習台No.1』という題にした。

戦争は続いていた。息子たちは海軍にいた。医者のビルは、遠く太平洋上に、ポールは大西洋哨戒の駆逐艦に乗っていた。ハリマンにあったポール・ハーマンの家屋敷は、元の値段の十分の一で売り払われ、ぼくらが週末や夏休みにそこへ出かけることも永久におしまいになった。フローレンスの母は、見る影もない姿になってラザフォードへ戻り、結局は近くのサナトリウムで亡くなった。一九四九年にぼくの母がこの世を去って一月も経っていなかった。

母の晩年はみじめなもので、視力も聴力もほとんど完全に失っていた。これが不治の腰痛とともに、母の生活を悲惨なものにしていた。その日はいつものように、ぼくらはシーラー夫妻をニューヨーク州アーヴィントンに訪ねていて家にいなかった。帰宅すると、母を預かっている老人ホームのテーラー夫人から電話があって、急におかしくなったと言う。

フロスと一緒に見舞いに行った。母はすでに意識がなかった。ぼくは緊急の往診で、二度その場を離れた。フロスが母に付き添っていた。ぼくが戻った時母はこと切れていた。静かに、意識は戻ることなく、まるで眠っているかのように。この最後の二、三年で、ぼくは自分の母がかなりよく分かるようになっていた。母は、心の中にさまざまな矛盾する考えを抱えこんでいて、いろいろな危機を経験してきた。ほとんど何も見えなくなったあの晩年の時期、目に代わって心が見た――本当に細かいところまで。

E・J・ルースという人が、ある日訪ねて来たと母は言うのだ。ぼくの両親や他の人たちとともにユニテリアン教会を創設した男で、もう二十年あまりも前に死んでいた。その人が現れて、小さいテーブルクロスの縁取りをしていたと言う。母はこの人に対して畏敬の気持ちをずっと抱いていた。不器用な左ぎっちょ、優秀で頑固な弁護士、そして教会のオルガン奏者、また五十年前にはウィリアムズ大学の野球選手でもあった。そのルースさんがやって来て母の前に座り、時々話しながら、俯いて、手は縫いものを続けた。母は針仕事に集中するかれの様子に見とれていた。

それはごく細かい針目で、とても手際よく、申し分なく上手なできばえだった。二人で話している間も、かれは規則正しく針を動かしていた。六十年前、幼児の時に亡くなった息子さんのことを母はたずねた。ルースさんはその子の肖像画を描き、それを円い額縁に入れて玄関の間の暖炉の上に掛けていた。あの子はおばあちゃんと一緒にいて、とても幸福なんだとかいろいろ話した。母はその間ずうっと、かれの針仕事をとても興味深く、また気持ちよさそうに見守っていた。夢でないことをはっきりさせるために、かれが着ていたものから靴の先まで、しっかりと覚えていて、それを詳細にぼくに説明した。

「あの人はここにいたのよ」と言って、ぼくの差し出口に強く反発した。母に逆らうなんて、ぼくもつまらんことをしたものだ。母は若い時に見たものを、その通りありありと、もう一度見ることができたのだ。

ラフリンが印刷用紙の欠乏で本が出せなくなった時、幸運にも二人の若者、カミントン出版社の共同経営者であるハリー・ダンカンとポール・ウィリアムズが、前のように助けてくれた。ぼくはその時二、三十篇の詩の原稿を持っていた。

——昨夜はここにいたの？

そうだよ。

なにしていたの？

書いていた。

なに書いたの？

ぼくの人生のお話——

戦争中、息子たちが海上勤務をしていたころ、それまでにもつらい時にやっていたことだが、詩の種を頭の中に入れて持ち歩き、独自の構成を探し続けるのが慰めになった——丸一日かかっても文字にならないことがあったが。また散文の材料を考えることが、ぼくの心を暖かくしてくれた。劇が一つまるごと出てくることもあるが、それを書き殴る時間がとれない。そうこうするうちに、あのすばらしい瞬間がやって来て、ぱっと書きとめる。その一方では、手持ちの患者に全精力を使い果たし、全力投球した後の忘我の感覚を味わった。

まことに奇妙なことだが、一篇の詩であれ、一人の赤ん坊の分娩であれ、それに完全に没入した後は、疲れ果てているのではなく、安堵につつまれている状態だ。あれは神秘だ。スポーツチームが不調になると、監督が檄を飛ばして、みんな繰り出してバケツ一杯ビールでも飲んでこい、というのとどうやらよく似ている。それがガス抜きになる。ぼくだって同じこと。仕事のための仕事を賛美しているわけではない。ダラム・シンプソン(4)が言ったのか、引用したのか、「ロシア、アメリカ、イギリス、フランスなど、大国を動かしている連中の狙いは、ひたすら瞑想的生活を根こそぎぶち壊し、仕事を作り出して、ものを考えるヒマのある者が一人もいないようにすること」というあのことばに、ぼくも心から同感だ。

しかしぼくにとっての仕事は、あらゆる緊張から解放されて、一番よくものが考えられる時間だ。実際、至上の幸福を味わうのはその時だけだ。

四季を通じて、町を車で走るのもぼくの楽しみだった。車の中にぼく一人、といっても一時間もすれば家へ帰るだけのことだが。でもスリルがないこともない。それは公認のゲームみたいなものだ。適度に危険でもある。こっちの優先進路にぱっと突っ込んでくる奴――時には女であろうと――そんな奴を相手にした決闘は、いい腕だめしになる。一瞬の不注意も事故につながるのだ。ぼくはうまくかわすのが自慢だ。カウボーイでも、牧場でこんなチャンスに恵まれる奴はいないだろう。ある時一台の乗用車と石炭トラックが、ユニオン・アヴェニューの坂の上から、横並びになって下りてきた。ぼくはスピードを出して登っていた。一瞬衝突は避けられないと思った。もちろんぼくの運がよかったのだが、スリル満点だった。左側の側溝を飛び越え、二本の木の間をすりぬけて歩道を二十フィートも駆け登り、もう一ぺん木の間をさっと抜けて車道に戻り、石炭トラックを追っかけていた警察の車をすれすれにかわした。

「やあ、ドクター！」かれらが言ったのはそれだけ。

47
講演の旅

戦争は続いていた。第二次世界大戦だ。ぼくは五十代の半ばで、勤めていた病院の小児科の仕事に忙殺されていた。そのころ各地の大学から、学生対象の講演や自作詩の朗読の依頼が来始めていた。ダートマス、ペンシルヴェニア州立大学、クーパー・ユニオン、バッサー、マウント・ホリオーク、バッファロー、ミドルベリー、ハーバード、ニューヨーク大学、バード、ブランダイス、ソールトレイク・シティ、プエルトリコといったところから招きがあった。講演料は、必要経費の他に、たいてい二十五ドルないし五十ドルだった。バーナード大学では、小人数を相手に朗読したが、あの時は通路の向こう側でバスケットボールの試合が行われていた。たぶんあそこと、もう一つコロンビア大学では謝礼はなかったと思う。

初めのころの長旅の一つに、ダートマス大学がある。三時の約束に間に合うように、真冬のホワイト・マウンテン急行に一日中揺られて行った。旅の途中、コンラッド・エイケン[1]編の、昔のアメリカ詩選集に目を通していて、ぼくの名前がないのに気が付いた。後でこの話をかれに持ち出したが、返答はしどろもどろだった。かれにはかれのはっきりした考えがあり、その編集方針から学ぶこともあるだろうと期待していたのに残念だった。ダートマスでは、大学の先生三人の他、学生が十三人聴きに来たように思う。そこの図書館のオロスコ[2]の装飾がすてきだった。

ボブ・ブリトンがプリンストンの大学院に勤めていたころのある日、下見のためお茶に招かれたことがある。実に楽しかった。いつかぼくを講演か朗読に招きたいという話も出たが、それは実現せず残念だった。それから一年ぐらい後、バベット・ドイッチュ[3]とぼくは、大学対抗の詩の大会の審査員としてそこへ行った。ぼくらは、あるいはぼくだけがそう感じたのかも知れないが、照れ気味の英語講師二人を相手の議論が、もう行き詰まりだなと思った。肉屋の牛肉の脇腹を描いたレンブラントの絵は、かれの夫人サスキヤの肖像画と同じぐらい美しいか、というテーマで話していたのだ。バベットは、他の連中と、学生会館での懇親会へ流れて行ったが、ぼくはキャンパスを横切って歩き、ラクロスの練習風景をしばらく見てから帰った。

ある年、テッド・レトキ[4]とボブ・ウェテローに頼まれて行ったペンシルヴェニア州立大学で、テッドはぼくとフロスにステーキ料理をご馳走してくれた。その時出た極上のシャンベルタンを飲みすぎて酔いつぶれそうになった。あの時の講演はよく覚えている（ぼくの初期の講演の一つだ）。初めの十五分間は、自分の耳にも快適に話が展開していたのだが、ぼくのしゃべっている内容は事前に考えていたこととはまるで別のことだった。そう思った瞬間、はっとわれに返った。あれは貴重な体験だった。今後は、何をしゃべっているのか分からないようなことは、二度とすべきでないと思った。

クーパー・ユニオンの大ホールで講演と朗読をしたのは、一九四二年か四三年の四月のある日だった。演壇に立ったのはぼくを入れて四人。オーデン、[5]クレインボーグ、マルカム・カウリー、それにぼくだった。冬の何カ月かの間、毎晩開かれたこのフォーラムの責任者ヒューストン・ピーターソンがぼくらを紹介した。その会はフロスに[6]はすごく興味があった。というのは、昔彼女の父親が労働組合の組織化に活発に取り組んでいたころ、ゴンパースたちとともに、このホールで集会をたびたび企画していたからだ。

ぼくらが朗読した夜は、聴衆が千人もいた。こんなに多くの詩人が一カ所に集まって、静かにひかえているのを見たのは初めてだ、と誰かが言った。会の後、みんなで広場に出ると、見渡すかぎり雪景色だったのでびっくりした——午後から夕方にかけては土砂降りだったのに。四月の雪だった！

方々の大学で朗読や講演をして回り、結局はアメリカ全土を旅したことになる。あのころの行き先は、二度目のダートマス（前よりずっとうまくいった）、ミドルベリー大学、ハーバード、バッサー、ホリオークだった。ホリオークでは運のいい一日だった。英文科のノーマン・マクラウド先生の母親に、ぼくの使うことばが明瞭で、内容もその場その場で臨機応変に組み立てられていて、まるでスピーチのお手本だわ、とほめられた。ニューヨーク大学はいたって気前がよかった。ニューヨークの市立大学では、昼食時の講話で、シェイクスピアの時代から現在まで経てきたイギリス英語は、われわれアメリカ人とは本来関係のないものだと述べ、われわれアメリカ人がアメリカ語を用いる正当性を明らかにしようとした。

「でもあなたが使っているそのことばですけど」見るからにイギリス人と分かる教官の一人が言う、「その起源はどこですか」

「ポーランドから来た母親たちがしゃべることばですよ」とぼくは答えておいた。

ブルックリン工科大学では、詩を組み立てる技法を話し、旧来の詩法から全面的に変えるべきだ、というぼくの主張の理論的根拠を証明すると、そこに集まっていた人たちは、詩の構造に対してはっとするような関心を示した。ラトガーズ大学での朗読は物理実験室が会場だった。そこでの朗読がぼくには幸運な転機となり、その後の主張を進めるいい出発点になった。昨年、一九五〇年、その大学から文学博士の名誉学位が贈られ、学長からニュージャージー州桂冠詩人の栄誉を宣言された。もっとも、そんなことをしてどんな意味があるのか、学長ご本人もほとんど分かっていなかったと思う。普遍から個別へ、という議論がなされる現状では、ぼくが取り上げている思考の流れが、現場で取り組んでいる人間以外に理解されることはまれである。ぼくの考えている流れは――かりにそんなものがあるとすればの話だが、それに研究者の頭の中に、そんな流れがあろうとはまず思えないが――個別から出発し、やがてそれを離れて普遍なるものにいたり、その起源は忘れられるというものである。

同年、アナンデール・オン・ハドソンにあるバード大学で、ぼくはキャンパスの木立の下に無帽で立ち、もう一つの名誉学位を贈られた。こんな時、みんなはいったい何を表彰しているのか分かっているのだろうか、とぼくは思ってまわりをきょろきょろ見る。根本的な意義が混乱しているのだ。

ぼくはブランダイス大学で朗読したことがある。その大学のルーイゾン教授(7)は、フィッツ＝フィッツジェラルド訳の[8]『アンティゴネ』は、ギリシャ人の形式ばった熱弁とはまったく別の、新しい詩の形にすべきだという強い考えを持っていた。演壇に上がる前に、懇親の夕食会を催してくれたが、これにはまいった。ぼくのすぐ前の朗読会に招かれたウェールズの吟遊詩人は、出演時間に遅れ、泥酔して現れたが、見事な朗読をやってのけたということが話題になったのだ。

しかしどの大学よりも早く、ぼくを表彰式に招いてくれたのはバッファロー大学で、法学博士の称号をもらった。この大学では、該当する受賞者を表彰する式典は、百年に一度だけ開催し、毎回同じ称号を授与する計画なのだ。ぼくはこれまでに各地の表彰式でいろいろな人に出会ったが、こういう人たちと会うのは楽しいことだ。

一九四六年、フロスとぼくはユタ州のソールトレイク・シティで開催された二週間の英語学会に出席した。フロッシーの姉シャーロットとぼくが、交代しながら、うんざりするほど車を走らせた。それまでにミシシッピー川より西に出かけたのは一回しかなかった。文学もやっと芽吹きつつあった。ソールトレイクでは、それまでぼくが軽蔑し、向こうはぼくを異端分子だと思っていたアレン・テイト[9]と互いに認め合い、また好きにさえなった。かれはヴァイオリンをかなりうまく弾き、有名なイザイ[10]について習ったことがあった。ともに時間がとれる時には、エリック・ベントレー[11]と二人で、モーツァルトのソナタを弾いたという。

ウォルター・ヴァン・ティルバーグ・クラーク[12]、キャロリン・ゴードン[13]、マーク・ショーラー[14]にぼくたちも加わり、毎夕近くのプールで一緒に泳いだ。またアルタに出かけて、(ぼくたちのために特別に動かしてくれた)スキーリフトに乗って、雪のない地面を見下ろしながら登った。高い樅の林の間の斜面には、よく知っているオダマキや、名前の分からないいろいろな草花が一面に咲いていた。地上高く足をぶらぶらさせて、山の斜面をひやひやしながらスロープの頂上まで吊り上げられてゆくと、はるか下の方にグレイハウンド・バスが見え、乗っていた方々の州の知事さんたちの一行が、窓から身を乗り出してぼくたちを羨ましそうに見ていた。その光景が今でも目に浮かぶ。ぼくたちのまわりにはいたるところに雪が残っていた。

その後、ぼくたちは有名な「エマ」銀山[15]の話を聞いたり、そこの管理人と話した。管理人というよりも、その鉱山の亡霊の守護者、その誠実な恋人にして求婚者というのがふさわしいジョージ・ワトソン氏である。ウォルター・クラークとマイアは、どんどん高く登って姿が見えなくなったが、ぼくらはゆっくり歩き、高所のために息が切れてしゃがんだりした。かれらは北の頂上まで登ってきたそうだ。ソールトレイクからの帰途、フローレンスとシャーロットと一緒に、「百万ドルハイウェイ」を飛ばした。ここは軽率にも金鉱石で舗装されたのでこの名前が付いている。

その日メサバード[16]で、穴居先住民の驚くべき遺跡を見学した——ぼくが想像していたよりはるかに広大なものだった。

それから四年たった今、「詩」の恩寵によって、西海岸諸州の講演の旅を無事に終えて帰ったところだ。シアトルからロサンゼルス、エルパソ（フアレスでボブ・マカルモンに会った）、生まれて初めてのニューオーリンズ、そこから飛行機で帰郷。

ぼくらはそれ以前たった一度だけ飛行機に乗ったことがある。リオ・ピエドラスにある大学の会議に出るため、プエルトリコのサンファンまで飛んだ時だ。一九四一年のことだ。

あれはすばらしい旅だった——ぼくたちの初めての飛行機旅行。空港に着陸するまで、どちらを向いて飛んでいるのかさっぱり見当がつかなかった。海上ではなく内陸へ向かい、光の海を越えるとまた次の光の海、フィラデルフィア、ワシントン、リッチモンド、それから東の方にたなびく鉛色の雲から昇る満月を望みながら、夜明けの椰子の林に向かって飛ぶと、マイアミ空港だった。朝食をとり、スロープを下りると青い入江、朝の空は雲一つなく、われわれほんのひとにぎりの乗客を飛行艇が待っていた。

轟音と水しぶき、叫び声をあげる三人の娘たち、あっという間に雲の上だ——全行程で一番楽しい場面——ふわふわ浮かぶ白雲、その影が一万フィート下のトルコ石の色をした海面に映り、サンゴ礁の海はまさにトルコ石色、それがより深い海域のウルトラマリンに向かってなだれ込んでいた。あの空の旅は、空中を飛んだり、時には音楽に合わせて跳ねたりする夢の世界、フロッシーもぼくも子供のころ眠りの中で見ていた夢を、驚くべき現実のものにしてくれた。その上、一気に空を飛んで、ぼくの知るわが家の起源の地である西インド諸島を訪ねるという、もう一つの喜びがぼくにはあった。ぼくはハート・クレインのこと、かれが果たしえなかったカリブ海への旅のこと、またぼく自身の『アメリカ人に生まれて』のことを思った。

飛行艇の乗客は少人数で、その中には神経質な牧師と、他に物書きがもう一人いたが、その男はキューバのサン・ペドロから乗り込んだのだ。キューバ、そのずっと東部の地点が最初の着水地であった。下方には灰色の山が流れ去り、いたるところでヤギの通り道がそれを横切っていた。艇はすうっと水上に降下し、桟橋にいるスペイン系の人々の方へ近付いた。

一時間後、ハイチのポルトープランスに着くころには、ちょっと強い風が吹き始めていた。艇は風を突き切って下降したが波が高く立っていた。最初の波にはげしく打ちあたった時、五十フィートもバウンドして空中に跳ね上げられて下降し、また上がって下りた。何もかも輝く陽光につつまれて、右手に見える緑の山に沿った風景が、初々しい無垢の姿を見せていた。

桟橋には狭い板張りの通路があり、そこまで降りることができたが、その端にある高い柵から外へ出ることは許されなかった。

われわれの左側のパヴィリオンというか、天幕を張った岸壁の会場には、この国の上流階級である政界人たちが、よそ行きの服装をして集まっていた。借入金の交渉のため、お供を連れて特別機でワシントンへ出かける白髪の大統領を見送りに来ていたのだ。一行が港を飛び立った後、われわれの出発が許可された。

伯父カルロスが、屋根の低い小さな家の建てこむこの町から、アメリカの砲艦に逃げ込んだのは、一八八〇年代の初めころだった。反乱を起こした群集が、街路の向こう端から侵入してくる直前だった。家族は昼食中で——テーブルにはまだ食べ物があり——ぼくの祖母と祖父の肖像画が頭上の壁に掛かっていた。

「ドクター・ホウヘブ」玄関から頭をぬっと出したアメリカ士官が言った、「われわれは撤退します。暴徒が通りの向こう端から押し寄せてきます。逃げるなら今です。一緒に来て下さい」

医師の伯父は、妻と九人の子供たちを先に出した。自分は小さな診療室をかねた調剤室に入り、引出しから現金をつかんでポケットに入れ、みんなの後を追った。もう銃撃が始まっていた。

何もかもそのまま残してきた。食料、銀食器類、衣服、手術用器具などすべて。そこからパナマへ行き、以後ずっとそこで暮らした。それも結局は、かれの多情な性質のなせるわざか！　カルロスが女性にもてることを、妻のリタが嫌がらなかったら、腹いせにサンタ・イサベル（プエリトリコ）を離れてハイチに行くことはなかっただろう。一流の外科医であったかれが、みんなをそんな危ない目に合わすこともなかったはずだ。たしかにかれは、スペインよりはフランスびいきで、愛する都パリのことばをこの上なく愛していた。それ以外に、かれがこのハイチに惹きつけられる理由などなかったはずだ――それはそれで、いつか詳しく書かねばならないことだ。小さな桟橋に立って海を見下ろしている間、このような想念が次々にぼくの頭の中を通りすぎていった。そこにはチューインガムや絵葉書を売っている少女もいた。生身で立つその姿に比べると、ぼくたちの姿なんて、安っぽいものに見えた。ぼくらが根源的な感性を失っている時、見せかけのもので、心に鮮烈な印象を刻み込むことができようか。

トルヒヨでは、両岸に熱帯樹林が茂っている川に着水した。ここではちょっとの間だけ、スペイン語が顔を現わす。ぼくの家族のこと、父の養父で、その当時プエルトプラタで旅回りの写真屋だった祖父ウェルカムのこと、それから、家の屋根裏部屋の古いトランクにしまってある一八八〇年の「新桟橋」という写真[17]のことなどを思い浮かべた。熱帯の真昼の太陽の影響の真っ只中では、昔の物ごとを考えるのは難しい。圧制者トルヒヨにしても、かれがもたらした数々の恩恵のことを考えると、どう評価すべきか、そう簡単には決められない――そしてここでも、丘陵地帯の奥地では、どうでもいいような国境をはさんで戦闘があるそうだ。

プエルトリコのサンファンでは、町の裏手の入江に着水した。桟橋に係留するとすぐに、飛行士たちが最高のダイキリ・カクテルをふるまってくれた。あんなうまいカクテルは初めてだ。いとこたちがぼくらを出迎えに来ていた。

48　FBIとエズラ・パウンド

ヒットラーのフランス侵攻の直前、エズラから手紙があって、スペイン国憲法を犯したフランコに対するムッソリーニの援助は暗黒アフリカの藪蚊の発生源を一掃しようとする意思表示にすぎない、とあった。ぼくは激しく非難して、エズラ、お前はとんでもない奴だ、それでもアメリカ人か、まるで連中と同類じゃないかと返信した。戦時中だったのでそれ以後何年も手紙のやり取りはなかった。

ところがある日、外出から帰ったフロスが、銀行の窓口の人に、ご主人はイタリアにいるエズラ・パウンドとかいう人とお知り合いですか、と聞かれたと言った。

「その人が夕べラジオで何か言ってましたよ」

「エズラ・パウンドがですか」とフロスが言うと、

「ニュージャージー州ラザフォードの医師、ウィリアムズなら分かってくれるだろうとか何とか。何かそんなことをね——聞き取れたのはそれだけですが」

「あいつ、いったい何様のつもりで泥沼にぼくを引きずり込むんだ」

「銀行の人が本当にそう言ったのよ。あなたって、しょっちゅう、『友達』のおかげで何かに巻き込まれているんだから」とフロスが言った。

後で、銀行に行ってその人に直接聞いてみたが、かれはそれ以上は知らなかった。たまたまその放送が入ってきただけで、その放送を聞いたのはあの時だけだと言う。

ところがある日、ぼくの診察所の玄関に現れた一人の青年が身分証明を見せていきなり、イタリアにいるエズラ・パウンドが今やっている放送を聞いたかと質問した。

直接聞いてはいませんが、その放送のことは耳にしていますと答えると、
エズラの声は聞けば分かりますか。

いやあ、それは無理でしょうね。話し手がエズラだろうぐらいは分かりましょうがね。

「友達なんでしょう。もう何年も前から付き合いがありますね」

「そう、大学時代からです」

「その声がかれのだったら証言して頂けますね」

「いいですよ、話し手が間違いなくかれだと確信できましたらね。でも絶対に間違いないなんて言えるはずがないでしょう」

「放送の録音と再生する機械をこちらに持ってきます」

「ぜひとも聞きたいですね」

「エズラ・パウンドの声に間違いないと言って頂くだけでいいんです」

「その録音がエズラ・パウンドの声に似ているぐらいは言えますが、それ以上はね」

「ところで、アメリカ人としての愛国心はお持ちでしょうね」そう言いながらまじろぎもせず目をみつめられて、ちょっとたじろいだ。

「当然ですよ。愛国心ある立派なアメリカ市民です。ぼくは、その、ぼくは大体が、これまでずっとぼくなりに国のために尽くしてきました。そう、全力をあげて国のために頑張ってます。アメリカについて本まで書いたぐらいです」

「本とおっしゃると」

『アメリカ人に生まれて』というタイトルです――論説や批評文や他にもいろいろ――ぼくがその著者ウィリアム・カーロス・ウィリアムズです。必要なら一冊差し上げますよ」

「いや、それは結構です。今時のこんな反政府放送の主は間違いなくエズラ・パウンドだという確証が欲しいのです。長いお付き合いのあるあなたの証言は、エズラだとする政府の立件の決め手になるんです。ご迷惑は一切おかけしません。録音はこのお宅に持ってきます。お聞かせする録音が実際エズラ・パウンドの声だという気がしたら、証言して頂けますね」

「ちっとも構いません」

「息子さんはお二人ですね」

「そうです。二人とも海軍です。太平洋戦線で軍医をしているのが一人、もう一人は大西洋海域哨戒の駆逐艦に乗っています」

「分かりました。じゃあ、聞いて頂く録音をお持ちしていいですね」

「結構です」

　しかしかれは来なかった。戦時中二度ほどＦＢＩの訪問を受けたがその録音は聞いていない。その後ワシントンで現にその録音を聞いたという友人から便りがあった。それによると、録音は二部に分かれていて、前半は、たしかにパウンドらしかったが、ローズヴェルト大統領とその取り巻き、それから世界的に活躍している、パウンドが諸悪の根源だと非難するユダヤ人に対する、例の毒舌ぐらいで大したことはない。後半はその友人によると、誰か別人の、違う声で、反逆的というよりは芝居がかった提案や屁理屈をあれやこれや並べ立ててわめきちらしているだけのようだったそうである。

　フランコ問題のことでエズラに出したぼくの罵倒の手紙は、戦後一年して返送されてきた。ぼくはスペイン反フランコ派医療救援地区委員会の委員長をしたことがあった。この手紙は当局の手で開封されていた。少なくともパウンドはこれを見なかったのだ。こういうわけで初めからかれの名前とぼくの名前はつながっていたのだと思う。

ということで、パウンドはここワシントンの精神病院に拘禁、ボブ・マカルモンはエルパソで自身の兄弟たちの会社に勤務、ヘミングウェイは今や人気作家、ジョイス死亡、ガートルード・スタイン死亡。ピカソは目下陶芸に熱中、スーポーはアメリカの資産家（？）と結婚、スキップ・キャネルは——キティと離婚後、フランス人と結婚して行方知れず！　ナンシー・キュナードは、見る影もなく痩せこけているがまだ健在、ビルとサリーのバード夫妻はとうとうパリの天気に耐えられずタンジールに転住、シルヴィア・ビーチはドイツ軍にあの有名なオデオン街十二番地の本屋をたたまされてその二階で生活、クロチルド・ベイル死亡、ブランクーシも老いて活動中止、スティーグリッツ死亡、ハート・クレイン死亡、ホアン・グリス[1]——かつてぼくの大好きな画家だったが故人となって久し。チャールズ・デムース死亡、マースデン・ハートレー死亡。マルセル・デュシャンはニューヨークの十四番通りの電話もない屋根裏部屋で閑居。例の男爵夫人死亡。ジェーン・ヒープ死亡。マーガレット・アンダーソン行方知れず。ペギー・グッゲンハイムは少なくとも現役、噂では信奉もしていない現代絵画の美術館をヴェニスで経営。スタイケンは現代美術館の館長。ノーマン・ダグラスは執筆中——ということだがまさかと思う。T・S・エリオットは劇作家として成功。オーデン、E・E・カミングズ、ウォレス・スティーヴンズ元気に活躍中。マリアン・ムーアはラフォンテーヌの『寓話集』の翻訳にかかっている。彼女には最近、国立文芸協会の晩餐会で会った。その寓話集はすでに、その都度読みを変え修正を加えながら三度も改訂している。全部で何篇の話か知らないが二十巻のものだ。

一九五一年の六月完成予定の今度の翻訳ではエズラ・パウンドが大いに力添えをしてくれたそうだ。

ハロルド・ローブは[2]——どこだっけ——そうウォール街にはカムバック。フォード・マドックス・フォード死亡。ヘンリー・ミラーは結婚して妻子とカリフォルニア州カーメル近辺の深山に住み滅多に下界に降りてこない。ローラ・リッジ死亡。ジュナ・バーンズはどこかで貧乏暮らし、少なくとも執筆はしていない。ボブ・ブラウンは財産を失い、目下ブラジルで何とか。カール・サンドバーグ詩作から転向して久しい。アルフレッド・クレインボーグは国立文芸協会会員。ミナ・ロイ、ユージーン・オニール——まったく活動をしていない。

49
友情

絶対的な共鳴がなければ友人にしろ結婚にしろ長くは持続しない。絶対的なというのは、教会の懺悔室——一つの部屋——ペンシルヴェニア駅の待合室のような場、当事者だけにかぎられた特定の場という意味である。結婚も同じ、その共鳴がうまく起こりうる場なのだ。ここ何年かの間にぼくら夫婦はこのような友達付き合いを二つ経験した。

それは大切に心に抱いている一つの生き甲斐と言っていいかも知れない。個人と個人の間の当人だけの、そして終生にわたる、非常に緊密な深交である。結婚そのものが緊密であるのと同じだ。しかしここで話題にするのはそれとは別の、結婚を可能にする夫婦と夫婦の間のことだ。

これは当然危険を伴う。いざとなると当てにならない、いわば多くのつなぎ用材で成り立っている不安定なものだ。しかしこの用材が持ちこたえている間は、それに立派な多孔性の構造——さまざまの利用価値がある通り道、当事者間に専用の連絡路が備わることになる。

男と女が、もう一組の男女と友達関係にあり、その一人が相手の組のうちの一人と、その組み合わせはどれでもいいが、二人だけになったら、どんなことでも起こりうる。そういう冒険的な関係も不安定なだけなら清々しいものだ。

時々、チャールズとキャサリンのシーラー夫妻とぼくら夫婦は誰かの絵を話題にした後、腰を据えて馬鹿話の堰を切り、時には夜を徹して酔っぱらいの四方山話に思う存分のめり込んだものだ——そんな付き合い相手である。

キャサリンはざっくばらんなタイプの人だった。そんな女性の例に漏れず風雅な人々には密かに惹かれるところがあって、手足は小さいが心は広かった。話し上手でもあった。彼女のペンシルヴェニアの話の一つにあるやり手の美人の話があった。もう若いとは言えないこの女は十九世紀、あの騎士道精神の残る時代に、フィラデルフィア西方の小都市で、アレンタウンとしておこう、際立った存在だった。何しろその町で繁盛している売春宿の女主人だったのだ。

キャサリンが話すこの美人は表通りではなく横町に入ったところに店を構えていた。それは場所を別にすれば市内のどの豪邸と比べても見劣りがしなかったし、本人自身も日常買い物に出かける時はどこの良家の淑女とも変わったところがなかった。教会の礼拝も欠かしたことがない。しかし町の富裕階級と似ているところはそこまでで、彼女には女友達が一人もいなかった。最高級店で買い物をするし、実際どう見ても彼女は淑女だった。庭の芝生もきちんと刈り込まれ、花壇はいつも整然としてカンナ、コリウス、ゼラニウムなどが咲き競っていた。

外見だけでなく店の中も整然としていた。女たちも、街中にこそ姿を見せなかったが、チャーミングでしつけが行き届き金持ちの令嬢よりも行儀がよかった。この店の常連も申し分ない人たちだった。あの人が娘たちにニューヨークやニューイングランド中のどんな一流の花嫁学校にも負けない、ほとんど最高の教育をしているってことは誰の目にも一目瞭然だわ、とキャサリンは言う。学校のような授業をしていたとは思えないが、彼女が預かっている間に、娘たちのことば遣いも服装も洗練されてきたのはたしかであった。彼女に仕込まれた後、良縁に恵まれた子も何人かいた。町でも指折りの洗練された態度の金離れのいい紳士ばかりが来るのだから、淑女たらざるをえなかったのだ。

時が経つにつれて、町のこの整然とした商売は人気が上昇するばかりで、その雰囲気にも品格が出てきた。

女主人は社交界の地位を維持するのにも何ら苦労しなかった。しかし町のある有力者が死んだ時が試練の時であった。地元の慈善事業に対する故人の多大の貢献を称えるための顕彰記念碑建立の資金集めに、特別謝恩晩餐会を開こうという話が持ち上がった。

　売春宿の女主人も、ささやかな寄付をさせてほしいと申し出たが、名前は発起人名簿に載せてもらえなかった。しかし何しろ彼女の差し出した小切手が当時としては断ることなどはできない一千ドルという文句なしの高額だったので、結局晴れてその芳名録に名を連ねた。キャサリンはこの話を他の人にはしようとしなかった。その訳はついに聞き出せなかった。

　チャールズは、夫婦ともに大いに気に入っていたバックス郡の古い家を手放さなければならなくなった。初期の有名な作品をたくさん制作したところだ。そこでどこかそれに負けない物件を近くに探したが見付からなかったので、何とか写真の仕事で生計を立ててみようとニューヨークに転住した。

　ぼくらが初めてかれに会った時、かれらは八番通りにアパートを借りていた。現在ホイットニー美術館になっている場所だ。その土地がこの美術館用に売却された時、チャールズとキャサリン夫妻はその通りの向かい側のテックス・ガイナン[1]が引き払ったばかりのアパートに移った。

　しかし都会に嫌気がさしてニューヨーク州サウス・セーラムに行った時は最高だった。山の中のバンガロー風の建物で、石の塀で囲った墓地付きの古い教会の傍らにあり、ちょっと行けば重宝な酒の密売屋があった。もちろんあのころ手に入るのはせいぜいアップルブランデーぐらいだった。

　ぼくらはもう若くはなかった。パーティーを楽しむ年齢ではなかった。セザンヌはまだ神様みたいに見えた。スタイケン[2]とは親交があった。実際その一、二年後チャールズとキャサリンがリッジフィールドのもっと快適な地区に移ったのは儲けものだった。スタイケンが近所に実験農場を持っていたからだ。

　しかし今日の田園地方にはいつも裏切られる。ここでキャサリンは悪性の病気に冒されて寝込み、死亡したのだ。チャールズはこの家で九年間一人で暮らした。

　一九四八年の夏、ぼくは英語学会で講演をするためにシアトルへ行ったが、その三カ月前に軽い狭心症の発作に襲われていたので、ヘネシーのスリースターの小瓶を携帯していた。フロスがスーツケースのパジャマの下に忍ばせてくれたのだ。それを開けたのはやっとモンタナ州のバット(3)に近付いた日のことだ。訳も分からず調子がおかしくなってちょっと不安になった。時刻表を見ると六千フィートを超える高度を走っていることに気付いてやっと飲み込めた。車両後尾の化粧室に入りその小瓶を開けて紙コップを取っていると、窓の向こうから軍服の兵隊が一人こちらを見ているのに気付いた。

「いかがです。ちょっとやりませんか」と声をかけると、

「それ、何ですか」という返事が返ってきた。

「ブランデーです。いいやつですよ。コップをどうぞ。それとも軍服の兵隊さんに一杯勧めるのは軍紀違反ですかな」

「いや、そういうことはありませんが、ぼくには強すぎます。ビールなんです、ぼくは」

それをきっかけに話を始めた。どこかニューヨーク州北部の人で、休暇で帰省した後、今サンフランシスコに帰隊しているところで、これから海外派遣になるということだった。

ちょうど日没時でバットの町は不思議なほど美しかった。巨大な階段のような一筋の町並みが山腹を上に伸びて、まるで何かの神殿みたいに煌々と明かりがついていた。町の両側の採掘坑あたりで精錬所が高々と炎を上げていた。あんな不毛の土地にあっと驚く壮麗さ、これには感動した。

ワシントン州での学会もよかった。あれに出て、ぼくは壇上に立つ自信を少し持てだしたのだ。それはきっと、グランビル・ヒックスが、朗読を聞いて大いに刺激になりましたと言ってくれたせいだろう。それまではフロスにしょっちゅう言われていたように、ぼくはいつも聴衆に挑みかかっていたのだ。だが、それも仕方がなかった。聴衆はただ冷笑的な好奇心から聞いているだけで、ぼくが口を滑らせて卑猥なことでも言って笑わせてくれないかと思っている——ありきたりのくすぐりを期待しているだけだという感じがいつもしていた。かれらに対してぼくは大概は軽蔑しか抱いていなかった。ぼくは概してかれらに怒りをおぼえ、苦々しく思い、嘲笑していたのだ。しか

し誰か尊敬できる人がぼくの自作の詩の朗読を聞きたいというのなら、話は別だ。その上、ぼくは朗読の仕方を習得し始めたところで、まったくそのおかげだ。

最後の晩丸テーブルで、S氏、ジョン・ヴァン・ドルーテン、ヒックス、ぼく、他に教職員代表が一人、全員が居合わせた時、気が付くとS氏はへべれけに酔っぱらっていた。大したパーティーだった。こんな場合にはみんなで寄ってたかって同僚をオオカミどもから救うものだ。かれにそんな救いの手は要らなかった。

もう十年も前の冬、ある日チャールズ・アボットが訪ねて来た。午後ずっと居間に座って、フロスも加わって三人でハイボールを一、二杯飲みながら夕闇がせまるまで暖炉の薪の火をじっと見つめていた。ハイボールのお代わりをする他はほとんど動かなかった。電話も一度もかかってこなかった。天国にいる思いだった。

かれは英米の現存の詩人たちの原稿を手に入るかぎり収集する企画について話した。後々その詩人の暮らしや詩作法の理解を深めるのに利用できるのに、往々にして捨てられたり行方不明になったりするものだ。バッファロー大学のロックウッド記念図書館にその収集資料を収納する一室を確保したので、そんなものが家のどこかに眠っておれば、寄贈してもらえないかという依頼状が前もってかれから来ていた。その話をきっかけにして、文学作品、特にアメリカ人の作品のこと、かれのオックスフォード時代のこと等について、意見や打ち明け話をやりとりしながら話し合った。かれはこの夏はグラットウィック・ハイランドのわが家にいらっしゃいませんかと言い、バッファローの東の今家族と暮らしている古い農園の話を多少した。最近の大恐慌の前には資産家の地所だったところだと言う。

家族で占有しているのはその地所の入り口近くの古いお抱え御者の家、納屋といくつかの温室で、アボット夫人の子供の時の乳母ノラがお手伝いをしており、今もこの新居の大黒柱である。チャールズはバッファローまで毎日六十マイルの通勤で大学勤務をしている。

ただここにはもう一家族いた、いや今もいる。ビルの一家だ。ビルはアボット夫人の弟、グラットウィック家の末っ子で、この古い農園で自分の気に入ったことを手がけている。羊、ドーセットホーンというのだと思うが、あの角が螺旋状になっている羊（この農園のどこか草地に五十頭はいるはずだ）の飼育をやり、出荷用に栽培している見事なボタンは自分で交配もやっている。かれの妻ハリエットはソールトンストール家の出で夫の事業に手を貸しながら、娘三人（一人はこの前結婚したばかり）の面倒をみたり、芸術への情熱、意欲的な情熱を燃やしている。彼女の主な関心事は自分で始めた音楽塾だ。

耕地と山林からなるこの農園は実際百五十エーカーほどもあり、谷底に細い渓流が流れるやや深い小渓谷が貫いている。しかし農園全体の中心は、現に今でも、廃屋になったその大きい家、最盛時には召使い、農民、従業員など二、三十人の使用人を抱えたグラットウィック家のかつての夏の別荘である。

フロスとぼくがしばらくバッファローの街をぶらついた後やっと着いた晩は、ちょうどウィンダム・ルイス(4)が若妻と子犬とともにアボット家に逗留していた。住み込みで大学の学長の公式の肖像画を描いていた。チャールズが世話した仕事だ。ルイスは壁面に書籍が並んだ部屋を、実は裏の古いポーチだが、一カ月以上寝泊まりにつかっていたので出るのを渋った。そこでぼくらは第一夜はビル・グラットウィック夫妻の家に泊まるよう招かれた。

六月の美しい晩だった。チャールズはルイスとぼくを日没後すぐ屋敷の月明かりの散歩に誘った。ぼくにはまったく未知のところを三人で散策した。羊の通り道を下り、テニスコートを横切り、鉄格子の一部を押し分けて、昔の地所の荒れ放題だが本式の庭園に入り、夢のようにロマンチックな半ば崩れた石造アーチをいくつかくぐった。蔦、中でもマンネングサが目立っていたが、大きな波のように上に伸びて塀の上に絡み合っていた。その中でコマドリ、ネコマネドリ、ツグミ、チャイロツグミモドキが羽ばたき囀っていた。ぼくはこんなに豪華な音、あふれんばかりの田園風景はこれまで聞いたことも見たこともないように思った。月を頭上にして歩き回った。ルイスが何か一つ二つ聞いてきたが、ぼくはほとんどことばを失っていた。

次の晩、ルイスが出立する前夜は、着いてから丸一日ぼくらがいたグラットウィック家で夕食をとることになった。

ルイスは自分は実はアメリカ人で、ついあの丘の向こう、昨日の晩ぼくがこの足で歩いた暗い庭園の向こうの、ジェネシー渓谷で生まれたのだと言った。

ハリエットが料理してくれたおいしそうな焼き肉を見て、ルイスはこれに合うワインはないの、ぼくは食事にはたいていワインを飲むことにしているんだと言った。クリスマスに開けたケースに何か一本ぐらいは残っているはずだとビルが答えた。

「それを頂こうか」とルイスは言った。

ビルが持ってきたのは白のソーテルヌだったと思う。赤でなかったけれどルイスはそれでもよかった。それが開けられた。

翌晩ぼくらは滞在する予定になっていたアボットの家で過ごした。夕方にかけて雷雨があった。フロスは二階だったが、ぼくのベッドは一階の張り出し玄関の西の突き当たりで、シングルベッドが一つやっと入る狭いところだった。雨風が勢いを増してくるにつれて、水しぶきもかからないで気持ちよく寝ているぼくの傍らで、耳元からつい一、二フィートのところにある立樋を屋根からの水が勢いよく落ちた。あの水の音は今までの経験ではいちばん心が落ち着く音の一つとしていつまでも忘れられないだろう。

翌年の夏は画家のナッソス[5]が泊まった。小柄なギリシャ人でやさしく勤勉なかれは使わなくなった古い鶏小屋をあてがわれていた。アボット夫人のテレサも暇ができるとそこで絵を描いていた。そもそもかれがここに来たのはここのボタンを絵に描き、世に喧伝するためであった。とぐろ巻く白竜(ハクバンリョウ)、叢雲のダンス(シンカグラ)、紅煙の波(ニッショウ)などと名称のついた交配種で、木質の茎にこぼれんばかりに豪華に咲き誇る白、ピンク、深紅の花びらによって世界一美しい花の仲間に入るものだ。

ビル・グラットウィックは、葉っぱが華奢な手の指のように広がるこの花から得た着想をテーマにして、立派な彫刻作品を数点仕上げていた。

そういうわけでナッソスはそのボタンの習作をたくさん描いていた。白、ピンク、赤、黄色の四色の花を中心にして奇抜でやや抽象的な風景をあしらっていた。それなら、ビルの提案だったが、ぼくにもこの花を喧伝する詩を書かすのが何よりもいいではないか。

この話を実現するために、ビルはぼくにボタン桂冠詩人の称号を授与する式をやろうと提唱したのだ。かくてある日、大声でわいわい騒ぐ声が聞こえてきた。何ごとが始まったのかぼくには見当がつかなかった。ちょうどぼくはポール・ヴァレリー(6)が権威あるフランス学士院の会員に選出された時にそこでした講演を原語で読んでいるところだった。このスピーチの論理的な迫力と飾り気のないところに大いに感銘を受けた。はっと気付くとこの騒ぎだ。アボット家の裏手で花壇の畝の向こうから、スロットルを全開にして突進してくるフォード製のトラクターに乗ってやってくるビルの大声が聞こえてきた。二フィート四方のコンクリート板をその農作業用の車のむき出しのシャシーに載せて、そばまで来て停まると、この上に乗れと言う。ぼくが乗ると横の狭いところにハリエットが乗り込んできた。反対側に乗ったのは、フロスだったかテレサだったか、どっちだったかな。ナッソスがどこか後ろによじ登った。子供たちが犬たちと一緒に追い駆けて来た。いやフロスは多分チャールズと一番後ろから歩いてきたのだろう。

ビルの運転でみんな笑ったりきゃっきゃっ言いながら、突進再開だ。事故でも起こし誰かが死ぬんじゃないかと思ったぐらいだ。ぼくはビルの目論見がまだ分かっていなかったが、みんな無事に睡蓮の池に着いた。車から降りて、みんなの喝采の中を、ぼくはその丸い池の堤の格好の位置に据えられ、それからこの行事のために手折って編んだばかりの薄緑のシベリアン・オリーブの花冠をハリエットの手から戴冠した。

「スピーチ、スピーチ!」

とっさに頭に浮かんだのは他でもないあんなに感銘を受けて頭に入ってきたばかりの、フランス学士院でのヴァレリーのフランス語のスピーチの冒頭部だった。胸を張りシーザーのように眉間にしわをよせて、とうとうとしゃべった。幼いルーシーの顔もその横のニールの顔も忘れられない。ルーシーはちょっと怯えて、まるで神話の神が地上に降臨したかのように口をぽかんと開けてぼくを見上げていた。

しかしそれだけではムードが続かない。そこでレモネードを祝い酒に、ケーキとアイスクリームが配られてパーティーは再びジェネシー渓谷、羊、垣根の穴のミソサザイの世界に戻った。ナッソスはその一部始終を写真に撮ったが、興奮してカメラのレンズに親指か何かを当てていたので、フィルムには後世に見られるものは何も写っていなかった。

ぼくはたしか、その新しい職責、ボタン桂冠詩人の証として詩を一篇書いたが、他にみんなでする面白いことが次々あってそれを披露する暇がなかった。

一、二年前の夏のことだそうだが、ある日グレンジ組合(7)のあるパーティーで、座興の才をいつでも即座に発揮できるビルが子供たちにスクエアダンスをさせていた時、窓の外にチャールズの娘アグネスを見かけた。彼女は土地の娘たちが大好きな夜の森の乗馬をしてきたところで、このお祭り騒ぎは何ごとだろうと思って覗きに来たのだ。

この少女に気付いたビルは、その大きい部屋の窓を開けて、彼女の手を取り慇懃にその窓から請じ入れた。暑い夜で彼女はまったくの薄着、ゆったりしたオープンシャツのようなものと若い子が家回りやテニスの時にはくようなショートパンツ姿だった。みんなスクエアダンスが終わって足を伸ばしてくつろいでいるところで、ビルとアグネスがバレーのパ・ド・ドゥを踊り始めた。かれはすぐ離れて見る方に回り、彼女は一生にこの時ばかりとすっかり夢中になって音楽に乗って踊った。

彼女がその初々しい願望――おぼろにしか自覚していない、自分でも気付いていない願望を、のびのびと身振りで表現し始めた時、その辺の農園から集まったグレンジ組合の二、三十人も、ロチェスターから招いた演奏家たちや誰もかれも、うっとりと見とれた。彼女は伴奏にあわせてジグザグに進み、ぐるぐる旋回し、腰や膝、肩を曲げ、楽句にあわせて腕を振った。

やがて、長い展開が終わってはっとわれに返ったらしい彼女は、くすっと笑いながらあたりに目をやって、入ってきた窓から逃げ去った。

三度目の夏、ハリエットに、作物の植え付けを祝うロゲイション・サンデー[8]の言わば賛歌を、作詞するように頼まれた。ロチェスターの音楽教師の一人キャニングがそれに金管楽器用の曲を付けた。これはあの睡蓮の池で長い行事の終わりに演奏された。草の上に広がって一息ついている参加者に、まずぼくがその詩を朗読した。

大きい食堂の長い食卓で、指揮者ホレンベック氏、作曲家、ぼくら夫婦、子供たち、アボット夫妻やグラットウィック夫妻が夕食をとっている時、大きいフランス窓の外を見ていたビルが唐突に言った。「ほら、娘たちだ!」飼っている羊が、頭をぼこぼこさせながら、ねぐらの牧場に向かって通りかかるところだった。ビルの求めでぼくは羊のためのオペレッタの歌詞を書いてみようとやってみたが、できなかった。

困ったことにはその種の作詞に欠かせない陽気さが、ぼくにはそれから連想される深刻な問題の中にたちまちかき消されてしまったのだ。テーマを探していて、あの当時ワシントンでしきりに行われていた魔女狩り裁判[9]にふと思い当たり、当然のことながらそれが一六九六年のマサチューセッツ州セーラムで実に悲劇的な結果になった例のあの裁判に似ていることに気付いたのである。

あのセーラムの史実には興味をそそられて、ぼくはリブレット[10]を書いた。トルストイ張りの歴史的な広がりを持つ膨大なものだった。

「大作ですね」[11]とチャールズ・アボットが言った。

ヴェブレンの『有閑階級論』[12]みたいなもので歌唱には向いていないと言う者もいた。

最後にヤドーでベン・ウェバーという作曲家に見せると、熱い眼差しで手にはしてくれたが、結局は立ち消えになった。現代とかかわる問題はあの形で触れることはできないのだ!

50

投射詩

どんな範疇においても、考え方の基準を立て直すまでは、自分の誤りが分からない。詩を、程度に差はあれ膠着した詩行の寄せ集めとしてではなく、むしろ一つの場として見ることによって、立派な前進となる——チャールズ・オルソン[1]が次で十分に説明している通りだ。

投射詩

(投射的

(衝撃的

(先見的

対

非投射詩

チャールズ オルソン

（すなわちフランスの批評家の言う「閉ざされた」詩、活字が産み育てた詩、英米語で書かれてきたかなりの、そしてパウンドやウィリアムズの努力も空しく未だに残存する、詩。だからすでに百年も前に、キーツは詩（ワーズワースの詩、ミルトンの詩）を「自己中心の崇高美」の観点から見ざるをえなかったのだ。そしてそれは今も言わば「どこか公の壁面にでも書かれた個人の心」として存続している）

詩が一九五〇年の今、前進し「本質的に」役立つには、書く者が聞き取ったことだけでなくその息遣い、つまり呼吸の法則や可能性をとらえて取り込まなくてはならないと思う。（一九一〇年の音感の変革、強弱格の浮上、が若手詩人にそれを求める。）……

第I節

まず、伝統的な詩行、連、全体的形式、非投射詩の「古い」原理とは相容れない「場による制作」とも言える「開かれたところ」で作詩すれば、誰でも気が付くいくつかの簡単なこと。

（1）その「動力学」。詩はエネルギー、詩人が獲得した（何か原因はいろいろだろう）現場から、詩そのものを経て、はるばると読者に伝えられるエネルギーである。いいですか。その場合、その詩そのものはあらゆる点で高度のエネルギー構造体、あらゆる点でエネルギー発射体でなくてはならない。となると、詩人はそのエネルギーをいかにして達成するのか。そもそも自分を駆り立てたのと少なくとも等量のエネルギー、しかも詩にのみ特有であり、第三者たる読者が受け取っていくエネルギーとも明らかに異なるエネルギーを、詩人はどんな手順で取り入れるのか。

これが閉ざされた形式と訣別する詩人に特に突きつけられる問題だ。それは一連の新しい認識を伴う。思い切って「場の制作」に取りかかり、開かれたところに身を置くその瞬間から、書いている詩そのものが指し示す道の他に詩人の行く道はない。だから詩人はその道を誤らずにたどらねばならない。そしてまさに吟味し始めたばかりの個々それぞれのエネルギーから一刻たりとも気をそらすわけにはいかないのだ。(それは、例えばこの力は、単にパウンドがわれわれに新たな一歩を踏み出させようとして、実に賢明に、促したような力よりも、ずっと大きい。「楽句」だ、いいかみんな、それをよりどころにするのだ、メトロノームではないぞ、というのがかれのことばだった。)

(2)は「根本原理」、こういう詩作を明らかに支配し、これに従えば、投射詩が生まれうる根拠となる法則。それはこうだ。「形式は絶対に内容の外延以上のものではない」(これはR・クリーリーのことばだがまったくその通りだと思う。だとすればどの詩の場合でも当然、正しい形式が、制作中の内容の唯一絶対の外延だということになるだろう)。まさにこの原理が活用を待っているのです、みなさん。

そこで次に(3)はその「プロセス」。どうやってこの根本原理を活用して、このエネルギーに明確な形を与えて形式を完成するのか。それは要するに次のことば(これを初めて私の頭に叩き込んだのはエドワード・ダールバーグだ)に尽きると思う。「一つの知覚は直ちに直接次なる知覚に必ず通じていく」。これはまったくこの文字通りの意味である。それはあらゆる点で(日常の仕事と同じく日々の現実の処理についても言えることだが)、続ける、動き続ける、はみ出さない、スピード、神経、そのスピード、知覚、そのスピード、行為、瞬時の行為、すべて、できるだけ早く進行させる、という問題である。もし詩人の仲間入りをしたいのなら、あらゆる点でこのプロセスを「使って、使って、使いまくる」のだ。どんな詩の場合も、いつも必ず一つの知覚は、必ず「たちまちにして次なる知覚」に移っていかねばならない……

まず最小単位すなわち音節から始めよう。音節は詩作の要で、詩行というもっと大きい形を支配しまとまりのあるものにするものだ。ところがエリザベス朝末期の詩人からエズラ・パウンドにいたるまで、英米の詩はこの肝心要のことを忘れた、歩格と韻の快さの中で、甘っちょろい頭の中で、見失った、と私は言いたい。（音節は、ミルトンの場合、無韻詩の当初の成功とその衰退とを見分ける一つの方法なのである）……

たとえ韻と歩格よりも、多音節語の場合は意味と音よりも、音節に重きを置いても、たとえこの音節という繊細な生きものにハーモニーを左右させても、誤りを正す行いとして、現在書かれている詩と散文には何の支障もないであろう。この点に注意を促した上で、試みようと思う方々に言いたい。「ことばの基本的要素と最小単位に立ち戻れば、ことばを最も大切に、そして論理の束縛からこの上なく自由に、使うことになる。かすかな音節を聴きとろうとすることは、たゆみなく細心の注意を払う作業であり、あらゆる音節をあまさず聴きとらなければいけない。そうして初めてどんなに高い代償を払っても――たとえ一日四十時間という時間をかけても――耳のたしかさはわれわれのものになる」と……

しかし音節は詩の近親相姦の第一子にすぎない（いつものことだ、例のエジプトの風習、これは双子を生む！）。もう一方の子が「詩行」である。音節「および」詩行、この二つが一つの詩となる、これがあのもの、あの――何と言おうか、万物のあるじ、「唯一の知の閃き」となる。詩行は、息から、書く人の書く瞬間の息遣いから生まれ（ぼくはこう断言する）、こうして存在するのだ、まさにこの行から毎日の不断の仕事、「詩作」、が始まる。詩行、その韻律と各行の終わり――行の息遣いを終わりにするところ――をすべての瞬間に、宣言することができるのは書く本人だけだからである。

私の考えでは、伝統的な詩行や連から、そしてチョーサー[4]の『トロイラス』やシェイクスピアの『リア王』といった完結した世界から自立して以来の、ほとんどの詩作のかかえる問題は、現代詩人がこの肝心な「詩行が生まれるところ」で無精をしていることだ。

下手を承知で敢えて言えば、この一対のものの二つとはこういうことだ、「頭脳」は「耳」を経て「音節」へ

「心臓」は「呼吸」を経て「詩行」へ

……独断的だとは思うが、頭脳は音節に表れる。知的能力の躍動は、詩であれ散文であれ、音節の中で行われる。誰でもいい、この面で最高だと思う人に目を向けてほしい。頭脳はどこに表れるのだろう？　まさにここ、音節の急流の中にではないだろうか？　そうです。「混沌」から拾い出したと大詩人が言っていること、およそ人間にできる思考はすべて、郵便切手の裏にだって書き込めるほどわずかなものだ。だから、われわれが追い求めているのは人の心の働きではないだろうか、およそ心がそこにあるかどうかを証してくれるのはまさにその働きではなかろうか？……

詩の再構築は現代の知性が取り組むべき重要課題の一つだと論ずるにあたり、次の例を考えてみよう。九年ぶりに会うチャールズ・シーラーは再婚していた。相手は、ムーシャ・ソコロバ、十五歳の時革命でロシアから追われた舞踏家だった。

かれは妻を伴ってリッジフィールドに行ったが、そこを引き払ってハドソン河畔のニューヨークの近くに転住した。かつてのロウ家の屋敷の庭師の家屋を手に入れたのだ。灰色火山岩の小さい家で、二重勾配の屋根、奥まったフレンチウィンドー、まさにかれには願ってもないところだった。

由緒ある場所がらで、故あって打ち壊されたハドソン河畔の私有地、もともとアメリカ植民史上の「貴族階級」が住み、そのため財を尽くして美しくされたところ。ワシントン・アーヴィング[5]ゆかりの土地、また、オランダやイギリスからの初期の移民たち――リヴィングストン一族[6]、フィリップ一族[7]、ジョージ・ワシントンと結婚しておればかれをヴァージニア州ではなくニューヨーク州の地主にしていたかも知れない女性、などの土地、そんなおもむきがあれこれあるところである。

六十部屋以上あった本館が打ち壊されたのはフランクリン・ローズヴェルト[8]に対する遺恨からだと思われた。今残っているのはこの小さい家と大きな納屋がいくつかだけで、あたりにはアメリカの東部地方に見られるカエデ、ムラサキブナ、シナノキ、イチョウの木などが昔のままに美しい森の姿を見せている。チャールズとムーシャの夫妻が転住してきた時はすでにその多くは樹齢七十年を越えていた。

詩がぼくらの目標であり、問題の核心にある真義である、——ちょうどシーラーの小さい家が再構築されて、かつてのロウ家の私有地（タバコか、チクルか、何であれ、その上に築かれた財産がもたらしたもの）の核心になっているのと同じように。

芸術家チャールズ・シーラーは、この得がたい唯一ほとんど昔の姿で（広い木造の納屋は別として）残っていた見事な様式美の石造建築を借りて、不幸な過去を背負いながらも誠に清廉なロシア人ムーシャとともに住みつき、それを一つの詩（絵）にした。一つの細胞、一個の理性的情緒的安定の種子にしたのだ。過去に背を向けるためでも未来に向かってでもなく、また生き残るためですらなくて、知力を保全し、持続性を確保し、精神に支えを与えるために、人はこのようにまさに己自身を有機的に構成するのだ。

詩（シーラーの場合は絵画）は納得できるぎりぎりのかれの人生の構築物なのだ。それこそシーラーだ。それは幸いにして好みあるいは可能性の上では、音楽と言ってもよいものでもある。また結婚とも言えるものだ。こういうことばはすべて定義しなおさなくてはならない。結婚も一つの物と見なすべきだ。詩はさまざまの物で作られる——場において。

詩、小さい家（灰色火山岩造り、足の腿ほどもある太い藤の蔓、崩壊しているが見事な樹木が生い茂っていた屋敷を偲ばせるもの）、チャールズはこれを苦労して手に入れた。訳なく入手できたのではない。そして一つの芸術表現にしたのだ——力の及ぶかぎりに、そしてそれをかれは描くのである——力のかぎりを尽くして！（写実的にではない）。

しかし二人の家の構築、このことは画家シーラーの、ウェールズ出身の懐かしい父親の、生まれ育ったペンシルヴェニアの、さらにはまだ子供のかれを由緒あるアスレティックス球団のピッチャーにしようと目論んだ叔父がそちらに進路をとらせようとして球場に連れて行ったという、かれのそれまでの生活の延長なのだ。(9)

二人が築き上げたこの家（構築、詩の再構築をこれからもぼくの主要なテーマだと考えていきたい）は今日生まれるべくして生まれたものである。

チャールズは、グリーン夫妻その他友人たちの眼識や才能に感服はしても、それに対置して自分なりの説得力ある根拠をすえ、かれらが提示するものを評価しながらも自分なりの価値観を示す。友人であればかれらにも分かることだがかれは、パリ、イタリアその他どこであれ、その優位に自分の詩を対置せずにおれないのである。あちらのブランクーシ、ピカソ、セザンヌに続く芸術家たちを十分意識しているのだ。ついでに言えば、ロルカさらにはイギリス人すらも。

ところでかれは何を主張したかったのだろうか。バックス郡の納屋だろうか？　とりあえず、感覚的に、ぼくらに分かるのは精神のこの領域だけだが、その中でぼくらの歴史を構成するには、シェイカー教徒[10]が家具を構成するようなやり方以外に方法はないではないか。それは、その必要性以外の何物にもまったく影響を受けない過去である。モノそのもののまるごとの価値であり、部分の全体に対するかかわりである。シェイカー教徒は自分たちの日々のための簡素な調度品を、ストローブマツ材、リンゴ材、カバ材など、自分たちに手に入る物で作った。シーラーはこの調度品をびっくりするほど多く収集して、キルト、敷物、ガラス器、初期の絵などを日常身辺で使っている。

かれの妻ムーシャは、圧倒的な西ヨーロッパの過去に曇らされることのない、確固たるロシア的現代感覚の持ち主だ。彼女はシーラーの助けを得てこの環境に移り住むことができた。ハドソン河渓谷ですぐ対岸に住んでいる親友、まさに大親友であり憧れの的であるレオ・トルストイの娘[11]と同じように。

これはまさに英知なればこそできたことだ。英知を、貴族階級の過去から、まったく別の思考の文脈から、この文脈、シェイカー教徒の家具調度品の文脈へ、時に粗悪になることもあるとはいえ、ニューヨーク近代美術館的な文脈へ、移入するということだ。さまざまの価値を新しい文脈の中に移植すること、再び詩を作ることなのだ。

新しい構築をするという差し迫った必要に背を向けて、多くの男女が逃げ出していったではないか。ところが、すぐれた才能に富むこの女性は新たな構築に役立つ才能を携えてやって来たのだ。ぼくが詩作に向かう時これらの要素が目の前にあるということは実にありがたいことだ。それは詩を作る時のぼくの仕事に不可欠なものだ。

かつてウィリー・ハンセンは、この今は荒れ果てているロウ家の屋敷から解雇された後、グールド家出身のタレーラン公爵夫人の庭園師の職を得た。夫人はタリタウンにずっと大きい地所を持っていて、ぼくらは特別の計らいでそこ見せてもらったことがある（そのランの温室ではほとんど誰も一本の花も切り取らない）。詩の再建のために何が役に立つのか誰にも分からない。手に入るモノを使うのだ。ウィリーはここでは長くは続かなかった。

土壌からイノチを汲み取らずして成長できるものは何もないのだ。

51 聖エリザベス病院のエズラ・パウンド

今日ぼくがエズラ・パウンドに会いに行くのは首都ワシントンの聖エリザベス病院[1]である。戦後逮捕され、以後ここに拘禁されているのだ。格子が付いた高窓や長い幅広の廊下がある灰色石灰岩造りのこの建物の設計、建築はきっと二十世紀に入る前後だろうと思う。廊下の一つの突き当たりにテーブルが一つ、簡単な可動式の衝立で囲われ、その後ろの隅にエズラ専用のリクライニングチェアがあり、かれはそれなりに品位を保っている。毎日一時から四時までは希望すれば見舞い客に面会もできる。ぼくが行くといつも妻ドロシーがいた。実際拘禁の初日から一日も欠かさず付き添っているのではないかと思う。夏は天気がよければ午後ずっと屋外の公園みたいな庭で彼女と一緒に過ごす特別許可が出ている。かれの介護を直接担当している職員の話だと模範的な患者ということだが、こんな境遇ではこれから先どうなるのかまったく分からない。

しかしこの病院に初めて見舞いに行った時のぼくの不安はとてもこんなものではなかった。得体が知れないものに直面した時と同様、こんな不安に陥るとぼくはいつも本能的に怯んでしまう。初めの数週間、いや数カ月、エズラは事実上不治の患者の一人として厳重な監禁状態にあった――運動は高い塀に囲まれたコンクリート[2]の狭い中庭でしかできない――という話を聞いた時ぼくはいたたまれなくなった。国会図書館の特別委員会の会合の後、かれがどんな状況なのか分からないままワシントンから二十分ばかりタクシーで急いだ。車は門の一つを入った。どうやら門衛はいない。天気のよい午後で、ぼくはすぐかれが入っていると聞いてきた病棟を探しにかかった。病院の広さは見当もつかないが、とにかく端から端まで探し回って、やっと目当ての病棟に着いた。タクシーを待たせておいて、面会許可証をもらいに入った。

「あの向こうの木陰にいるはずですよ、奥さんと一緒に」と受付の男が言った。

果たしてそこにかれが真新しいビーチチェアに収まっていた。その前でドロシーが本を読み聞かせているところに、ぼくは患者の間を縫ってじろじろ見られながら近付いた。かれはぼくが来るとは知らなかったので、ほとんど目の前まで来て初めてぼくだと分かって椅子から飛び起き、差し出した手を握った——そして抱擁。

「まあー、ビル・ウィリアムズじゃありませんか」とドロシーが言った。

その日は一時間とりとめもない話をした。前々のかれとちっとも変わっていない。ひげは言うまでもなく、手を落ち着きなくぴくぴく動かすところ、椅子にもたれてぼくを注視しながら肩の向きを変えるところ、いたずらっぽい笑み、目をきゅっと細めるところ、半ば咳き込む笑い、短い早口のことば、これという文になってないことば遣い、すべて同じだった。もちろんぼくはそんなに元気そうな様子を見てほっとした。

主として現代世界の文学の状況の話だった——個々の人物のこと、活躍すべき連中に——暗にぼくも含めて——率先してやる気がないことなど、よろしくないという。

当然、宿年のテーマである経済とか共鳴する者が多いエズラのさまざまの信念は避けて通れない——加速度的な早さでぼくら全部を破滅に追いこむのは国際金融資本だ、ロシア、イギリス、フランス、ドイツ、アメリカ合衆国その他の国々を牛耳る国際ギャングによってあちこちで戦争が行われる、それが誰か分かっている、その思想傾向だって周知のことだ——阿呆が大半、まあ全部とは言わないが——そして現在はローズヴェルト大統領がその主犯格。ぼくはただ聞き手になるしかなかった。

ドロシーも聞き手だった。この人が献身的に苦難をともにしている自分の夫なのだ。長身で禁欲的なイギリス女性、彼女に会い彼女を知る者は誰でも深い敬愛の情を抱く。夫妻には金がない。最初の冬ドロシーは病院のすぐ近くの暖房もない三階に間借りしていた。一息入れにニューヨークに近いわが家に泊まりに来てはと誘ったが、彼女は固辞した。

あの日あの木陰で、たしかナンシー・キュナードのことも話題になった。ドイツ占領下のフランスでの彼女の行状その他そういった類のことだ。それからウィンダム・ルイスについては、その前年の夏バッファローでかれと一緒になりいろいろあったことを少し話すと、エズラもドロシーも笑った。ルイスはちょっと常軌を逸していると思う、しかし世界の情報に明るい希に見る人物の一人で、高みに立ってわれわれを支配するいまいましいばか者どもと比べるとちっとも罪がない変わり者にすぎないと思う、とエズラは言う。

政府間で実際に行われていることを知っている者にすれば、政治のたしかな基盤に立ち平和を実現することなど児戯に等しいというのは、エズラにとっては単純極まりないことだ。ところがかれの考えでは根本的に重要なことをたった一つでも知っているのはワシントンで五人もいない――かれはマサチューセッツ州のティンカム議員[3]をその一人に数えた――だからもし何か価値のあることが起こったらそれは単なる偶然だ。

例えば、わが国とロシアとの関係がこじれ始めたころに、かれがグルジア語[4]を二十分間でも習った上で、スターリンが五分間でも面談してくれていたら、この男の考えの誤ったところを指摘して納得させ、ふさわしい行動をとらせることができたのに――そうすればその後の混乱や惨禍はすべてなくてすんだのに、とエズラは確信しているのだ。

マルクスはその『資本論』で金銭のことは一言も触れていない、今日世界を支配している本当の状況は知るよしもなかった。かれの思想は十九世紀中葉の所産であって――かれの自由意志論的弁証法はすべてそこに淵源する――そして……

弁証法はいかなるものであれ、単なる前提、この場合誤った前提であって、それに論理的に従えば文字通り行き詰まってしまう。その結果人間はそれ以上の思考をやめて論理上必然の殺戮に走るのだ。

こんなテーマが幅を利かせる世界で、愛の機微を、いや愛の有る無しをすら、求めて何になるのだ。

漠とした雰囲気の何となく不可解な言葉で夢見る愚か者にならなければ、詩人になれないのか。われわれの唯一望むところの人間的偉業の成就は、行く手を阻む真の障壁に目をつぶっては果たしえない。詩のテーマはこのような時点では、この障害が除かれさえしたら達成できそうなすべてのものに対するこの邪魔物の除去でなくてはならない。民間からの借入金の返済に注ぎ込むために途方もない重税を取り立てられ、その借入金による歳入が国際ギャングによって武力衝突を永続させるために使われ、私腹を肥やし――そのギャングをますます太らせる――とするならば、そのこと、まさにエズラの『キャントーズ』に描かれている地獄こそが、詩人の最も切実にかかわるべきテーマでなくてはならない。

そこで話したのは、誰が本当のことを知っていて、「議員」という利権屋集団、この犯罪者どもと手を組む卑しむべき無知蒙昧のお偉方――そんなやからは都市、州、国、どこにでもいる――に立ち向かうのかということ、さらに政界の事情はろくに知らないが扱うのは知識の全域にわたる芸術家としてぼくらはまず何をやるべきか、に及んだ。どんな目にあわされようと、声を上げることがわれわれの責務だ。たとえ聖エリザベス病院みたいに情報から隔離され、孤絶した施設に幽閉されることになろうと、それが絶対にわれわれの義務だ、といったことだ。

エズラがこんなことを全部文字通り言ったわけではないが、あのためらいがちで途切れ途切れながら即妙の会話のやりとりから、ぼくが読み取ったのはほぼこんなところだ。あの時かれが立ち上がって別れを告げてから、ぼくはいろいろ考えながら門まで出て、ワシントンに戻るためにタクシーを拾った。乗り込んでみると運転手は黒人だった。

タクシーの運転手はいろいろ情報を伝えてくれるありがたい人だから、いつものように土地の気候とかあれやこれやを口火にしてかれと会話を始めた。ぼくが医者で、あの病院に入院している旧友に面会に来たのだと言うと、誰でも同じだが、かれもまず自分のことを持ち出した。

「ああ、お医者さんですか。ねぇ先生、わたしはひどい腰痛なんです。ここに座って運転している間は大丈夫なんですが、何か持ち上げようとすると途端にだめなんです」

「何だか椎間板ヘルニアみたいですね。いつごろから痛みだしたの」と聞くと、

「もう二年ぐらいになりますか」

「どんな具合に始まったの。事故とか何か重い物を持ち上げてから急にとか」

「ガールフレンドとデートして一週間ぐらいしてからです。本に載ってることを大体一通りやっちゃったりして。一週間ぐらいしてから痛みだしたんです。多分あのせいでしょうなあ」

「やりすぎたのですかな」

「まあ、頑張りすぎだったんですなあ」

「その可能性が十分ありますね。何か手当はしたの」

「ええ、もちろん。医者にはつきました。でも手術を勧められて二の足を踏んでいるところです」

「おいくつですか」

「四十八です。知り合いが手術を受けましてね。女の人ですが、結果が思わしくなかったんです。もう一年以上になるのにまだ何もできないんです。私の場合もやらんといかんでしょうか」

「痛みの程度にもよりますよ」とぼくは答えた。「ひどくなければほっといても治るかも知れません。何か症状がでたら別ですがね。でも本当に痛むようだったら調べた方がいいですよ。確実な治療法は手術だけです——ちゃんとした医者につけばね」

「ああ、医者はやり手です。結構、腕があります。どのぐらいで直るもんでしょうか」

「そうね、そこから潰れたところを取りのぞいて跡をきれいに処理して骨をつなぎ合わせないといきませんからね。ぼくはやり方はあまり知りませんが、ちゃんと自分の脚で立てるようになるまで最低六週間はかかるでしょうね。まあギブスをつけたりして、もっと早く直せるかも知れませんがね」

たまたま交差点で話が途切れたが、しばらくしてぼくはまた会話を続けた——世界の現状について一言。それに対してかれははっきりした意見を持っていた。スターリンて奴は、これから先二年も三年も何にもしないで、こっちが奴をあの世に吹っ飛ばしてやろうと足の下に地雷でも埋めてやるまで、のんびり構えている、なんていうとんまな相手じゃありませんよ。隙あらば飛びかかってやろうと手ぐすね引いてますわ、と。

首都のワシントンで世論にこんなに明るい男からこんな話を聞くのはちょっと驚きだった。

「その通りかも知れませんね」とぼくは言った。

「いや、絶対そうですよ。奴の身になってみれば絶対そうしますよ。こちらは奴をやっつけないといかんと思う、だけど相手の方もそう考えて当たり前ですよ」

「こちらにどんな手が打てるかね」

「何にも、何にもできません、まあ考えることだけですか——我慢できるかぎりは」

「考えたから私の友人は病院に入れられたのですよ、そんな風にいろいろ考えてね」

「そうなんですか。何をやらかしたんです」

「戦争の真っ最中にイタリアから敵性放送をやったんだよ」

「それはまずい。そんなことをしてはいけません。何と言ったんです」

それからぼくは続けて国際問題についてのエズラの持論、かれが為替を特に問題にしていること、国際ギャングのこと、ローズヴェルトが肝心な時に根本的な悪を根絶できなかったというエズラの説、国際金融業者、かれらがやってきたことや現在のその陣容に対するエズラの告発、などをかいつまんで話した。ホテルに向かってワシントンの車の流れの中を走りながら、運転手は熱心に耳を傾けた。ぼくの簡単な話が終わると、かれはタクシーを停めてこちらを向いた。

「そういうことで閉じこめられたってわけですか」

「そう、大体そんなところですかな」

男はぼくを見た。「その人は狂っちゃいませんよ。しゃべりすぎってとこですな」

ぼくがエズラに会いに行く機会はそう頻繁にはない。この前みたいに行ける時に行く程度だ。真冬のあんな時は外に出られないので、古い木の丸テーブルの側、大きな窓ぎわに釘付けだ。廊下の突き当たりをおんぼろの衝立で仕切って小部屋にしている。ぼくはかれの個室には入ったことがないが、そこなら書物やその他簡単な贈り物なら受け取れる。この男はもう六十五歳、この一年で体重が増えた。赤みがかった髪の毛、口ひげ、やけに伸び放題のあごひげ――長い髪が昔のままの容貌にちょっと滑稽でちょっとすごみのある縁取りになっているところはコクトーの有名な映画の野獣の顔さながらだ――そういえば、現実のパウンドとフランスの映画芸術家のその想像上の動物との間には現にもっと深い類似性がある。パウンドはコクトーを高く評価しているし、ドロシーはここ一年ばかりコクトーの近作の詩をぼくに送ってくれた。

容疑がまだ晴れていないなら裁判を再開すべきだ、という動きがあったという話は聞いたことがある。パウンドをこの聖エリザベス病院から出してもっといい環境で治療を受けさせようという狙いだ。しかしパウンド自身は、病院の門の外に一歩でも出たら「国際ギャング」の回し者にやられるに決まっていると言って、その考えを受け付けなかったという。多分それは当たっている。一つたしかなことは、かれがものを言わなくなることは絶対にないということだ。

これまで、ぼくはこの旧友になかなか世界情勢の重大さを理解しないと、かれの弁証法の言い回しで、怒鳴られ続けてきた。多くの場合、金銭の機能の犯罪的濫用についても、われわれが問題にしている詩の役割についても、かれがそう考えるのももっともだということは、ぼくにも分かる。腐敗した慣例に「聖なる」敬意を払う「大学」の数多の英語関係学部に扇動幇助されて隷属を強いる悪党どもに、圧力をかけるべき根本的な動因はそのことなのだ。何しろ公然と大学は、服従を強いることができる唯一の政治の担い手である犯罪者どもの、まさに思うつぼにはまっているからだ。

「そこのところをたたくんだ」とパウンドは声を荒立てる。

しかるに、詩そのもののさまざまの因習的形式の中に、犯罪者はぬくぬくと座り込み、そこに収まりかえって、哀れにも役人どもは――あらゆる報償やら賞品を携えて、抹殺してやりたいと思いながらも当のギャングに奉仕する。そのことが、かれが指摘するように、ぼくらに分かっていないのだ。詩（あの腰抜けの「詩歌」なんかじゃない）はカプセルだ。世界の真相の諸事実を安全にしまっておけるのは、時にすぐれた頭脳にも納めておけるが、このカプセルの中だけだ。

その結果、詩が憎悪されることになり、詩を──詩が時々引き起こす衝撃を──抑えこもうと悪意ある熾烈な攻撃が始まり、詩が炎となって、炎になることはそうそうあることではないとはいえ、燃えさかる時、その詩の炎に少しでもかぶれる者は誰だろうと常に傷つけ貶めようとする。詩は能動的な、時には根本的な攻撃力を持つものである。詩の中に、世界は身をかくして生きることができる、いやしばしば生きざるをえない。

連中は本を焼き、その自由を抑圧し、本を書くという罪を犯す者を投獄する。同じように気に食わないと絵画、例えば「ゲルニカ」(5)を焼き捨てようとまでするのだ。このことがまさに、オークの巨木も一個のドングリを出発点にするように、あるいは一粒のカラシ種(6)がやがて野を花で覆いつくすように、詩を自分の出発点にするというパウンドの考え方をますます強固にするのである。

一年前、同じ二月のことだ。エズラに別れて、寒々とした雨の中、病院の構内のぬかるみを出口に向かって歩いて行くと、どうしても古い病棟の一つの脇を通ることになった。今では、この病院の雰囲気全体に対して、自分が医師であるにもかかわらず抱いていた最初の恐怖感も和らぎ、この病院の勝手が分かり始めたという感じだった。初めて行った時は、石の階段をぐるぐる回ってかれのいる階に行く階段棟の狭い入り口を入った時、寒気がした。階段を一つでいいのに二つも登って違う階に行った。呼び鈴を押すと、用心深そうに看護人が中に入れてくれた。左右の壁にそって石畳の上に立ったり座ったり直に寝ころんだりしている患者たちの真っ只中だった。ついていくとその看護人は本部に電話してぼくの身元確認をしてからまた外に案内して、一つ下の階へ降りてベルを押して下さい、一回で返事がなければ押し続けて下さいと言った。

さてぼくはこんなことにも慣れて、やや人心地もついていた。近道を通って出口の方に歩いていくと、パウンドがいる病棟の隣の病棟まであと五十フィートばかりのところに来た。通りすぎようとすると、その建物のどこかから、決まった間を置いて鋭い叫び声が聞こえた。壁の角を越した時、人影が見えて、ぼくの目はそれに釘付けになった。この病院の庭全体が外来者の目には、ずいぶん開放的、一見無防備に見えるのは驚くほどだ。出入りして歩き回っても人に見咎められることはなさそうだし、行く手を阻むものはまったくない。ところが用心気味に足を運んでいたぬかるみから目を上げると、この男が見えたのだ。真っ裸で、すっぽんぽん、じっとして動かない、両手は壁をよじ登る格好で、この古い建物の高い窓ガラスの一つにへばり付いている。ガラスの水槽の内側にへばり付いた大きいナマコそっくり。男の腹は曇ったような、いや雨のしぶきがかかったようなそのガラスに張り付けられたみたいだった。立ち止まりはしなかったがぼくは、時々見上げ続けた。あたりに女の人がいないかとちらっと見渡したが、その時は庭にぼくの他に誰もいなかった。男の性器はその冷たい（冷たかったに違いない）ガラスにぴったり押し付けられ、まさに絶望といった姿勢でぺったりへばり付いていた。職員はいつこの男を引き下ろしにくるのだろう。前には格子があるとはいえ、何と言ってもこれはガラス、窓ガラスだった。ナマコの白い腹みたいなその白い肉が、外の世界からへだてられ、狂乱しているわけでもなく、静かにその窓ガラスに張り付いていたのである。

パウンドが、有罪であろうとまったくの無罪であろうと、拘禁に一見平然としているのがぼくには理解できない。かれの精神はその基本的な立場から微動だにしていない。いやますますその立場を強固にしてきている――現に最近も、六、七十年前のさる通貨監査官の文章の中に先例を見付けだした。この監査官は当局の背信行為に対して似たような見解を持っていたのだ。パウンドはここではいろいろ特別扱いされている、その点は間違いない。そして病院の職員には暖かい扱いを受けている。しかしかれはそんな特権を無駄にはしていない。常に書き、読書も尽きるところを知らない。読みたい原典を、読みたい時にワシントンのオリエンタル図書館の館長が届けてくれる。翻訳もできる。作者が誰であれギリシャ語の作品を、解読して理解したいと思えば、その原典があるというわけだ。

タイプライターもある。その博学さは時とともにますます恐るべきものになってきている、その成果は別として。

そして拘禁の生活と言えば、かれがこれを耐え抜くとすれば世界最高の文学の多くが、俗事の世界からへだてられたからこそ生まれたのだということは、言っておかねばならない。専念なくして人間の精神はとうてい成果を上げることはできない。人との触れ合いによって自分を変えることはできる、いや誰だろうと変わるものだ。しかし、すぐれた者がすぐれたものを吐き出すためには静寂が必要だ。修道士の個室はこのためにはうってつけである。もちろんそこには狭量な教理とか宗派根性という限界はある。にもかかわらず、まず静かであり、経済的にはまったく困らない。物が書けるのはそういう時だ。しかし牢獄の方がそれに勝る、いや昔は勝っていたようだ。イソップ(7)は奴隷であった。シシリー島へ、いや、つい隣の都市でもいい、流刑中に最良の仕事をしたギリシャ人は多い。サッフォー(8)はレスボス島では大いに閉塞感を持ったに違いない。ローリーは牢獄の中で立派な著作をした。『天路歴程』(9)は幽閉から生まれた――まさに閉じこもる（お産の床につく）ことから子供が生まれるように――しかしセルバンテス(10)が拘置されていた時の『ドン・キホーテ』は最高だった。例にはこと欠かない。

詩はぼくらの罰に値する秘密をつつみ込んでおくカプセルである。その秘密は唯一の「生命」、時を得れば芽を吹く力、その秘めた構造の中にぼくらの考えの襞のすみずみまでが花開く力を閉じこめる。だからかけがえのない価値を持つのだ。

このためにこそ、この種子が芽を吹くことを願って、ぼくらは書く。そしてまさにこのことによって詩は経験が認める最もしたたかに確実な生命持続となるように思われる。パウンドは今も書き続け、人が政治、この場合特にアメリカの政治について何と言おうとも、書くことによって力の及ぶかぎり、首都ワシントンにある知識の蓄積を活かして使うことができるのだ。

「そうだな」今度も別れ際にぼくは彼に言った。「お前の言うことはまったくその通りだ。だがなエズラ、忘れちゃだめだよ、お前の説明にいくら筋が通っていても、理屈じゃ、理屈だけじゃ誰も納得しないんだからな」

この時にかぎってかれは返事をしなかったが、ドロシーがはっと顔を上げた。そして目を開けてにっこりしながら「ほらね」と言わんばかりにかれを指さした。かれはことばを返さなかった。

しかし帰宅すると、かれから相変わらずの半ば毒舌混じりの手紙が来た――もう調子を取り戻している――それから一、二週間してまた手紙があった。以前ぼくが自伝のことを話した時、かれは「俺のことなら何でも好き勝手に書いてくれていいよ。誰も咎める者はいないさ。何しろこの国じゃ俺の法的地位はゼロなんだからな」と言ってにこっとしたことがある。

52 ヤドー

一九五〇年、ヤドー[1]協会の事務局長エリザベス・エイムズ[2]に、フロスとぼくはニューヨーク州サラトガ・スプリングズにある協会の施設を訪れるよう招待された。前年にも招待を受けたが行けなかった。こんどは行くことにした。ヤドーに夫婦で招待されるのは異例であった。与えられたのは西館の一階、古風なバス付きの立派な大きい部屋だった。他の妻たちはこの財団施設に滞在中の夫に会いたくても、日中か週末しか会えなかった。かわいそうに(?)芸術家たちはサラトガ・スプリングズの町で妻と一夜を過ごしたいと思っても一泊十ドルはかかった。

ヤドーのことは聞いていた。サラトガの競馬場の横だ。ジョゼフィーン・ハープストも「垣根を通り抜けるとそこはなんとバックストレッチの柵の前なの」と言っていた。

エドガー・アラン・ポーがあの有名な「大鴉」の最終連を書き上げたのは実はこの土地だった。それはまだかれがアレン夫妻の裕福な養子で当時の社交界のお歴々と、温泉に行ったり鱒料理を食べたりしていたころのことである。

現在の建物はちょっと修道院といった趣はあるが、宗教的な雰囲気はまったくない。イギリスの大地主の邸宅風の古めかしい大きい館で、過去半世紀に亘って、ここに作家、画家、音楽家、彫刻家などが招かれて来て、その緩やかに傾斜した段々になった一、二エーカーもある広大な本格的なバラ園、松林や芝生などの中で物を書き、絵を描き、その他何でもくつろいでできる。

ぼくらの部屋の真上、西館の二階の突き当たりに、作曲家のベン・ウェバーが居住していた。かれは一年前から国立文芸協会(3)の助成金をもらっていた。ある日かれとフロスとぼくが、朝食へ行こうと、メクラアブをぴしゃりと叩き殺しながら歩いていた時、話がオペラとその台本、両者の関連性——どちらが先かなどに及んだ。

ウェバーは背が低く、口下手、赤毛の丸顔で声が低かった。あちこちの仕事場で仕事時間の後にたまに開かれていたパーティーにかれは滅多に顔を見せなかった。行ってもできればビールだけしか飲まなかった。ぼくが、今まで取り組んできた台本、いやオペラの台本に近いものはあるんだがと言うと、かれはこちらに目を向けて、作曲家はみんな台本を探している、自分も少なくとも二年前から全国を探し回っていると言う。じっと見られているのが分かったので、お見せしましょうかと尋ね、すぐその晩持っていった。その時かれの部屋を初めて見た。

ヤドーではこんな風にことが運ぶ。フロスも二階についてきた。ここはある時本館が使えなくなった時にピーボディ夫人が建てた別館で、夫人の私室だった——今でも元のままの構えである。ウェバーはそこにピアノを入れていた。何日も何もしないでただ、降る雨を透かして外の芝生の向こうの高いベイマツの木立の中をじっと見ながら、気分の乗るがままに即興的に鍵盤を叩くんですよ、と言った。かれはここに来て一カ月以上になっていた。三人でカクテルを飲んだ。その後で、制作途中の組曲を——曲を別々にではなくて組にして——弾いてくれた。それはブレイクの詩二篇に付ける曲で、夏の終わりまでに仕上げるよう依頼されているという。

ぼくに割り当てられていた仕事場は本館の最上階で、屋根の下の丸天井造り、東側全面が幅広い高窓だった。そこから東の方に傾斜して広がる大きな草地が見渡せた。そこにはイタリア式のいくつかの噴水盤とバラ園(4)に通じる小径まで二百メートルばかりタイムが地を這って生えていた。はるかにヴァーモント州のビーミス・ハイツを望むことができる。側面の窓ガラスにはこれまでにこの部屋を利用した詩人たちの彫り込みの名前が食刻されていた。ぼくには身にあまる部屋だ。ここではなくて、暖炉と一山の薪だけあればいいから庭園の向こうの小さいバンガローにして下さいと頼んだ。

去年の八月、ヤドーは寒かった。ぼくの仕事は少なくとも百二十五ページはある膨大なメモから、それをわずか二十二ページに煮つめて、パターソン第四巻を書き上げることであった。配給された薪はすっかり使い果たすことになった。部屋中に木灰の臭い、朽ちた木の香りがした。

朝食直後から正午まで、さらに一時から午後四時まで、週七日、二週間の間ぶっ続けに、絶え間なく仕事をした。ぼくとしてはほぼ精一杯というところだった。

ヤドーの食事はきっちり献立通りのものだった。第一日目ぼくはベーコンと卵を注文した。朝食は卵だけでベーコンは付かなかった。毎回食事の終わりにはころ合いよくベルが鳴り、客はそれぞれ使った食器を厨房に運ぶカートに持っていく。しかし、ずいぶん久しぶりにここで楽しい再会をしたニコラス・カラス(5)がぼくに言ったように、文明世界のどこに——こういうささやかな決まりに慣れさえすれば——こんなに待遇がよくて好きなだけ自由に仕事ができるところがあろうか。何もうるさく詮索されない。仕事の報告もしなくていい。すばらしく整備された気持ちのいい環境で、芸術家が、いい食事いい部屋をもらっていくらでもたっぷり際限なく援助を受けられるのだ。その上、他の滞在者に煩わされることもない。仕事場間の行き来は毎日四時のティータイムまでは許されないからだ。

カラスはヒエロニムス・ボス(6)の三連祭壇画「悦楽の園」に描かれた象徴的表現の正確な意味を調べ注解をする仕事をしていた。とにかく、これはかれの主要著作の一つになっている。カラスの執筆中の原稿をテキストのまま特別に見せてもらった。その絵の細部を顕微鏡を使って極めて微細な点までことごとく調べているところである。その学識には舌を巻くばかりだ。ぼくだったら気が狂ってしまうだろう。しかしその作品がついに出版されてみると、ことにオランダなどの低地諸国の中世の精神を表したものとして、少なくともその作意においては、ぼくの見た中でこの労作の足下にも寄れるものはないように思われる。しかしこの仕事の性質、その難しさのためにカラスは隠者同然になっていた。

チュレーンから来ていたジョン・ハズバンド(7)、ハーベイ・シャピロ(8)、リチャード・エバハート(9)とその凧、ジェサミン・ウエスト(10)、共同で最新作の小説を執筆中のハイチのピエールとフィリップのマースリン兄弟(11)、それからクリスチャンなるが故に前の大戦中日本で良心的兵役忌避者として地獄を経験した二人の画家、タロー・ヤシマ(12)と夫に追随したかれの妻ミツ。ミツは歯の痛みに苦しんでいた！　だけど、泣き言一つ洩らさなかった。

ウェバーに台本を見せたその翌日、かれは熱っぽくその話をした。しかしこの劇『愛の夢』(13)はその熱狂にもかかわらず、まだ夢のままだ。

まだ書かなければならない本が数冊ある。母の伝記や『白いラバ』シリーズの続編もまだだし、散文、エッセイ、序文、雑文、その他もまとめなくてはならないし、いろいろある。これらすべてが待ちかまえている。

53

翻訳

ぼくはかねがねスペイン語からの翻訳を少々やってみたいと思っていた。スペイン語は母の母語だったし、父も子供時分から話していたことばだ。だがそれ以上に、この言語にはフランス語やイタリア語のもつ古典的雰囲気からの解放という強烈な魅力が気質的に言ってぼくにはあるのだ。スペイン語は、文学的な言語だとはぼくは思わないが、それ独自の位置を、新世界と大いに響き合う独立した位置を占める言語である。

このスペイン語の持つ独立性、アメリカ語のように英国の過去に組み込まれていないということが、スペイン文学を前にする時、ことに翻訳に取り組む時、新たにものを見直す可能性を与えてくれ、そのため自国語をかぎりなく新鮮に用いることができる。そのような翻訳では、先例に倣う必要もなくことばの新しい使い方に分け入り、これまでになかった形式を取り込み、さらには、古の佳句を表す適確な表現を求めていて、新たな表現形式を発見したりさえするのである。ともかくそんなことをぼくは考えてきた——ことにスペインの詩に取り組む時は。今でもそれはぼくの念願だ。

取り組むべき詩はおどろくほどたくさんある。作品の多彩さにおいては英詩にかなわないが、『ロマンセ詩集』[1]には卓抜した美を持つ抒情詩がある。それらはほとんど手付かずのままだ。ぼくはその二、三篇を、本気で詩を書こうと思い始めたばかりのころ、訳してみようとしたが、ぼくの手には負えなかった。

スペイン語で最初に挑戦したのは詩でなく散文だった。当時最晩年だった父に手伝ってもらい、グァテマラのラファエル・アレバロ＝マルチネス[2]の短編小説を訳した。『馬に似ていた男』というタイトルだった。二人とも大いに楽しんだ。その後、反フランコ派スペインの出した詩集『それでもスペインは歌う』が出て、その数篇に取り組んでみたがぼくはわくわくした。

しかし今日最大の挑戦課題はロルカであり、さらにかれを通じてゴンゴラ[3]である。ロルカは死に近いころゴンゴラについて語ることが多くなっていた。ロルカとゴンゴラ、この二人をアメリカ語に翻訳すると、イギリス語的あるいはフランス語的なものとはまったく異なる、これまでにないことばの様式に、ほとんど理想的に挑戦できるようにぼくには思える。残念ながら、まだこの作業にまったく手を付けていないが、ぼくには強烈な魅力があり、いつか近いうちに着手することになるだろう。

だが母が八十代のころ、何か彼女が喜ぶものはないかと探していて、ふと思い当たったのが、たしかエズラが訪ねて来た時置き忘れていったと思われる一冊の古い本だった。母とぼくは翻訳に取りかかり、二人とも十分に楽しんだ。直訳すると『犬と発熱』という本で、作者は有名なドン・フランシスコ・ケベード[4]。ロペ・デ・ベガ[5]やシェイクスピアと同時代人だ。著者が「田園小説」と呼んだもので、執筆時期は、何回もマドリッドから追放されたのだが、おそらく最初に追放された時ではなく——この時は教会で祈りをささげていた女性を侮辱した男を殺したためだった——二度目か三度目かで、かれが激しく憎んでいた宮廷の策謀家たちとの政治的闘争の結果追放された時だったと思われる。

ぼくにはその小説は比類ない魅力を持つものだ。十八世紀初めに英訳されていたが、完訳ではなく——訳文も正確さを欠いていた。その訳者が誰であれ、まったく情感をとらえていなかった。小説の骨組みは堕落した王宮のさまざまな出来事の記録だが、描写は露骨ではない。そこまではケベードでも無理だった。むしろ、物語はかれが当時滞在していた農園の情景やざわめきの中で民衆が口にする格言という形をとって展開する。すべて暗示であり、何も露骨には述べられていない——すこぶる現代的とも思える手法だ。

表面は牧歌的だが、下に透けて見えるのはケベードの憎む王宮の権力者たちへの悪意をこめた痛烈な攻撃だ。何気なく母と始めたことだったが、すぐに二人はそれにのめり込み、古いスペイン語を英語に置き換えようとした。古スペイン語で書かれていたので、困難ではあったが魅力も一段と大きかった。卑猥なくだりもあったのだが、母はまったくくじけなかった。実は母はそんな話が大好きだった。

実際のところ、そもそもケベードという名前を目にした時、ぼくにはそれも魅力だった。母はケベードにまつわるいかがわしい話をぼくにいつもしてくれた。スペイン文学の伝統にはこんな話はごろごろしてるわ、と言う。この小説にもいっぱいあるし、ことに短い挿話の終わりごろ、愛人をもち二重生活を送っている老いた高僧が、逆に妻を寝取られるという庭園の情事の場面を、かれ一流のカモフラージュの手法で奔放に語っていく。

一年ばかり後に、母とぼくの作業は難渋しながらも完成したが、ぼくらをとことん困り果てさせた言語の壁のため、その困難たるや何倍にもなった。俗語で、しかも十七世紀初めの俗語で書いてあり、白状するが、はっきりしない表現だらけ、時にはまるで意味の取れないこともあった。ぼくらより先の翻訳者たちはそんな箇所には手を出そうともしていなかった。しかしそれなりに理解できることも結構あって、またそんなくだりが一番面白いのだ。最終的には二人で何とかした。まるでお手上げだったあるページは、ジョンズ・ホプキンズ大学のサリーナスという教授に送ってヒントを求めた。だがかれは見ようともせず返送してきたのだが、ぼくらの使っていたテキストは、他にもいろいろ問題点もあり、まず間違いだらけと考えていい、というありがたいコメントを付けてくれていた。結果的にそのことばが実に役に立った。まるで意味をなさなかったくだりが、綴りをちょっと変えてみるとかなり意味が通ってくるということが一、二あった。

心当たりをいくつか当たってはみたが、もちろん誰もこんなものは出版してくれなかった。しかし、いつか意味をすっきりさせる注釈を本文に添えて必要に応じて付け、魅力ある本にしてみたいと思っている。学問的な注を並べたてたくはない。面白いものを求めている人、じっくりこの本を読み、ひたすら展開される楽しさを味わってくれそうな人に読んでもらえるものにしたい、と思っている。

母の最晩年、もうわが家での同居は無理と思われ、彼女を引き取ってくれる場所をさがさなければならなくなった。実に運良く、いや本当は不運だったのかもしれないが、他でもないフロッシーの母親、ナナ・ハーマンが亡くなって空いたばかりのベッドに移ることができた。何ともつらいことが続いたものだ。しかし結局はぼくにとっても、家族全体にとっても、あれが一番よかったのだろう。

というのは、おかげでぼくらは一人のすばらしい女性と、またそのご主人とも、近付きになれたからだ。ご主人の方も奥さんにおとらず献身的な人で、欠点はあるにせよ、いるだけでみんなの暮らしがそれだけ賑やかになるような、愉快な人物だった。奥さんのテーラー夫人はイギリス系で、夫のハリーも同じだった。さすがきちんとした学校の出だけあって、誰にも真似できないほど彼女はよく母に尽くしてくれた。当初、母は彼女を疑いの目で見ていたが、母はそんな人だった。テーラー夫人に引き取られ暮らすことに腹を立て、出る食事も嫌い、病院用のベッドに寝かされるのも嫌だと言い、必要だったおまるも拒否した。おかげでしまいには——こんな状態が十年以上続いたのだが——テーラー夫人は毎晩午前三時ごろ母を体ごと抱き上げ便器に掛けさせねばならなくなった。それでも決して笑顔を絶やすことなくやってくれた。母は抵抗しもがきながら、何て不器用なの、あなたって！　痛いじゃないの、とわめいていた。時に、母の具合が悪いと、テーラー氏も手伝った。そんな時は大騒動だった。来る年も来る年もこんなことが続いた。一度もテーラー夫人から苦情を聞いたことはなかったが、今日のように人情の廃れた時代なら、まさに考えられないことだ。それだけでなく、丈夫でなければできない仕事だ。テーラー夫人はたしかに丈夫だった。

ところで、食事の準備はハリーがした。髪の毛はぼさぼさ、肌着のボタンだけはきちんと首までかけているが、ズボンは今にもずり落ちそうで、髭も剃らず、すきを見てはちょっと酒をひっかけていた。ハリーもそれは否定はしないだろう。それがかれの暮らしの一部であり、それでいいと昔も今も思っているのだ。

「ハリーったら、どんなお酒だって、ビンを開けたらさいご」奥さんがよく言っていたが、「空にしなきゃ気がすまないのよ」

彼女は肩をすくめ、お手上げねとでも言いたげに、にっこり笑い、なるべく口出ししないようにしていた。彼女はただかれの財布をぎりぎりまで引き締めておくだけだった。かれも本能的にそのことは分かっていて、二人は喧嘩もせず仲良くやっていた。彼女はそもそも夫婦喧嘩をするような人ではなかったし、かれはかれでのびのびと料理の仕事をやっていた。

「あの人たちはわたしにかまいすぎるのよ！」母はよく苦々しそうにこぼしていた。しかしハリーはそんな母にあまりこだわることもなかったので、母も成り行きに任すしかなかった。母の食事中、たまにハリーが入ってきて、いかがですかと聞き、じっと見つめていることがあった。母はかすんだ目でかれを見て何も言わない。そんなこと聞いてどうするの？　と思っていたのだろう。そんなかれを母は気に入っていた。ズボンさえはいていれば誰でも母は気に入ったのだが、自分の世話を実際すべてやってくれていた夫人よりずっとかれのほうが好きだった。特に母がハリー・テーラーを気に入っていたのは、奥さんにくらべハリーにははるかに不思議な魅力があったからである。かれは、要するに、「なりそこねた」芸術家だったのだ。母はこのことを知っていてぼくに何回か話した。奥さんもそれは分かっていて、彼女が大切にしてきたのも夫の持っているそんな何か尋常ならざるところだった。かれは昔ダンサーをしていた。それは脚のふくらはぎを見れば分かる。並外れて発達していたからだ。

ハリー・テーラーは、奥さんとは違い、貧しい家の出ではなかった。奥さんの父親はロンドンの北の小さな町で郵便局長をしていた。ところが夫ハリーの家は、大金持ちとは言わないまでも裕福だった。銀行家の家柄で、成人したハリーは父親の銀行へ見習いの勤めに出された。若者には涙が出るほど退屈だった。どう下準備を進めていたのか――たぶん社交性を育てるためのしつけの一つとしてダンスのレッスンは少々受けさせられていたのだろうが――かれはステージで踊りたいと思うほどダンサーとしての技量を身に付けた。何としても自分の才能を披露したくなったに違いない。両親はそれを嗅ぎつけ、かれの野心をつぶしにかかった。若者は胸の張り裂ける思いだった。「ご両親がそんなこと許すはずがないわ」テーラー夫人はぼくに言った、「ステージで踊るなんて！」そんなことはかれが付き合うことになる銀行界では容認されないことだった。絶対だめだ。あきらめろ、それも今すぐにだ。

そういう次第でことは落着し、ハリーは銀行に戻った。

それも長くは続かなかった。踊りができなかったし、ダンサーになって自分を生かす舞台でフットライトを浴び、華やかで楽しい姿を見せたいという生涯の望みを絶たれていたからだ。脱出の希望もないまま、捕らえられ打ちのめされたハリーは残されたたった一つの方法で憂さを晴らした。手当たり次第に飲む酒が広げてくれる夢の中だ。そしてそれはうまくいった。見事な飲んだくれとなり、第一次世界大戦が始まると、大嫌いな銀行から逃げ出すチャンスと見たかれは海軍に志願入隊した、それも調理係としてだ！　両親は喜んでかれをお払い箱にした。

話せば長い話で、ぼくはその半分も知らないが、戦後数年して艦艇の厨房係として腕のあったハリーは運を切りひらこうとこの国に渡ってきた。かれがやってきたのは西部、それも一時期三文小説にそそのかされてイギリス貴族の人のいい息子たちが移住したくなったという、大雑把に言えば、ロッキー山脈あたりだった。正確にはソールトレイク・シティの大きな病院でコックとなった。そこの女の子たちは魅力的だったし、酒も最高だった。ところがそんな若い娘の一人、モルモン教徒の女の子をめぐって事態はのっぴきならないこととなり、ハリーは故郷に手紙を書いた。相手の娘はそのような変わった信仰をもつ人だが、どう思うかと、お伺いをたてたのだ。ひょっとすると両親が反対し、それを口実に自分は君との約束を果たせない、と言いたかったのかも知れない。返事が来て、相手がいい娘で、いい家庭の出なら、家族としては結婚になんの異存もない、と言ってきたものだから、ある夜かれは貨物列車に飛び乗り町から逃げ出したからである。

カナダに入って、列車を下り、リングリング・ブラザーズ[6]のサーカス団に働き口を見付けた。そのサーカス団でコックとして働いていたかれは、ヴィクトリアである日、今のテーラー夫人と出会って結婚し、いろいろ運不運を経て最終的に彼女とラザフォードへやって来たのだ。

ぼくらとのかかわりについては、話はこれでおしまいである。だが、ぼくにとって忘れられないのはかれら二人が、まさに気難しく容赦するということを知らない老いた母に、あれほどまでに献身的に、それとなく注いでくれたやさしさの数々だ。ある日カナリアが食器を洗った汚れ水の中に落ちたことがあった。その時の母の笑い声は頭から離れない。テーラー氏は濡れたカナリアをいっしょうけんめい拭き、暖めて羽を整えてやろうとオーブンに入れた。結局は奥さんが小鳥をオーブンから助け出したのだが、カナリアはそれまではかれと仲が好かったくせに、近寄ろうともせず、母が椅子に座ってよく見ていた台所のドアのてっぺんに止まり、かれに向かって悪態をつくのだった。かれが鳥をなだめようとどう手を尽くしても、もとの友達になってもらえない。母は面白がって笑っていたが、最後には悲しくて泣き出してしまった。

ある日母を訪ねた時、何やら言いたそうだなとぼくには分かった。

「お前、この人にダンスを見せてもらいなさい」と母は言った。「だって上手なのよ、本当に」と言う。「ぜひ見せてもらいなさい。すごいんだから。ぜひ見なさい」ところがかれの方はニコッと笑ったきり、どうしてもぼくのためには踊ってくれようとしなかった。どうやらこんなことでもあったのだろう。たっぷり酒を飲み、最高のご機嫌だったかれは、母がふさぎ込み、滅入っているのに気付いた。母を元気づけようと思い、爪先でクルクルとピルエットを始めた。目を開けた母にはダンスのすばらしさが分かり、何もかも忘れて見とれた。その時、部屋にはかれと母と二人だけしか存在しなくなり、かれはダンスを続け、最後に爆発的な妙技で、アントルシャ(7)をフィナーレに踊りを終えた。母はわれを忘れ拍手していた。

54

医業

医者をすることの真の満足感は、明けても暮れても、代わり映えのしない日々の仕事をしていくことにある。医者を四十年以上もしていると、来る日も来る日も往診し、日曜といわずウィーク・デーといわず毎日出会ってきた数え切れない患者こそが、医者の人生を構成するのである。ぼくは今まで一度だってお金目当ての診療はしたことはない。そんなことはぼくには無理だった。しかし、どんな時でもそしてどんな状況でも、実際に人々を訪ねていき、人々が生まれたり死んだり、死んでいくのを看取ったり、病気が回復するのを見たり、かれらの人生の私的な事情と取っ組み合いをすることは、ぼくをいつも夢中にさせてきた。

ぼくは患者の心の在り様そのものにわれを忘れて取り組んだ。少なくともその瞬間は、たとえ相手が誰であれ、ぼくは実際「かれら」になった。だからかれら患者を苦しめている病気に三十分ほど極度に精神を集中したあと解き放たれると、まるで眠りから覚めるような気分だった。その瞬間、ぼくという人間は存在せず、自分のいかなる要素もぼくに作用を及ぼすことはなかった。だから、眠りから覚めるみたいに、安らかな気持ちで、ぼくはぼく自身に戻っていくのだった。

夕刻診療室に入る時、目をいっときたりとも開けておけないような気分だったことが何度もある。ほんの二、三時間寝ただけで朝の往診に出かけ、目当ての家の前で車を止めて、玄関の踏み段を上りベルを鳴らす元気がでるのを待ったりもした。しかし、いったん患者を前にすると、そんなものは一切消滅した。たちまちこまごまとした病状がまとまってくっきりと輪郭を示し始め、診断が見えてくる、あるいはどうにもはっきりしないということもあるが、それから治療が始まるのである。それと平行して、患者本人も注目すべき対象、独特の性癖をもつ男の患者や遠慮深いあるいはおしゃべりな女性患者、となってくるのである。そうした相手にぼくは魅力を感じたり嫌悪を覚えたりするのだが、医者たる者の心構えがぼくの背筋をのばし、どう患者とかかわるべきかを決定する。医者は患者の心を見つめなければならないし、同じように患者は半信半疑の目で医者を見つめ、何かあるとたちまち飛んで逃げようと思っている。医者が患者に信じてもらえず拒否され、他へ逃げられることも珍しくはない。

われわれ医者はみな、自分の診断が正しいと分かっていても、患者に受け入れてもらえず、切羽詰まった患者の母親や夫はどこか他に診断を求める、ということも一度や二度ではない。それもこんな仕事にはつきものだ。しかし一般的に言って、そんなわれわれに真に心の安らぎを与えてくれるのは仕事の後の安堵感である。患者の病気を克服すべき自らの病として受け入れ、治療のたしかな根拠を求めて病因を突きとめようと、症状をあれこれ関連付けていくあの数分間、あるいは一時間、ことによると数日というつらい時を過ごした後に、覚える心の安らぎである。実際のところよくあったことだが、診療に取りかかり、あれこれ患者個々の難問に悩まされ肉体的にも精神的にも疲れ果てながらも、二時間も仕事に根を詰めた後、首尾よくゴールにたどり着いた時には、心底からの安堵感（本当に安堵した）を覚えたものだ。まるで新しい朝を迎えたような気分で、ほほえみが浮かび笑い声をたてそうになるのだった。

そういうわけだからぼくは一人の詩人として、医者の仕事がぼくの妨げになると思ったことは一度だってない。むしろそれはまさにぼくの食べ物であり飲み物であって、それがあるからこそぼくは詩を書けたのだと思う。ぼくは人間そのものに興味があったのだ。そこに大切な対象があったのだ、ぼくの真ん前に。触れることも匂いを嗅ぐこともできた。それはぼく自身でもあった。むき出しの姿で嘘のかけらもないあるがままを晒し、ぼくに向かって自分のことばで自らを語っていた。だからといってぼくが何かひどく深遠なものに接している訳ではないということは、言うまでもなく承知していた。だがそれはコトバを、拠って立つべきコトバをぼくに与えてくれていた。そのコトバがあってこそぼくなりに深遠なるものを明確に語ることができたのだ。

ぼくが直面しているのは単純な世界であることは分かっていた。しかし世間一般のあれこれの話に見える公的な物の見方の安っぽさとくらべると、こういう素朴な人たちが世界に本気で向き合っている姿にぼくはいつも驚嘆させられてきた。医業の中でぼくが日々出会うものとくらべれば、多数の人々の行動に影響するそんな公的な物の見方なんかひどくみすぼらしいものだ。ほとんど断言できることだが、ニセモノとたしかな思想の根拠の間に往々にして問題が生まれるのは、このような人たちについての公の見方が、ぼくが目にしているものを、実像と異なるものにしてしまうからである。

だが、そんなことはぼくにはどうでもいいことだ。人々がどんな人か、あるいは何を信じるか、ぼくはちっとも構わない。人々がぼくのところにやって来る。ぼくはその世話をし、かれらはぼくの友人になる、あるいはならない。それはかれらが決めることだ。ぼくの仕事は、単なる身体的診断の他に、かれらがぼくに治療を求めているものとは別に、人間としてのかれらについて別種の診断をしていくことである。それがぼくを夢中にさせるのである。まさに当初から自分でも分からないほどそのことに夢中になってきた。最も重度なものから軽度なものにいたるまで、一定の病状にあるおよそあらゆる種類の人が、診療の場を問わず、それなりの時点で自らの姿をぼくに晒した。そんな人々にぼくはたしかに出会ってきた。かれらがぼくの世界を豊かにしてくれた。名誉ある賞なんかは世の成功者たちに勝手にかっさらわせておけばよい。ぼくは失敗者たちと付き合ってきた。運のいい連中より、人間としてははるかにすぐれた人たちだ。成功者にせよ失敗者にせよ、どんな身なりであっても、大したことはない。それにしても、貧富を問わず、患者たちの本当の姿をぼくが本人に明らかに示すと、他人の心の底に潜むものがよくも分かるものだ、と驚き例外なく感謝してくれる。こんなことをするから物書きにもそれなりの値打ちがあるのだ。物書きという人間は、材料は何であれ、ともかく問題を根底にさかのぼってとらえ、のっぴきならないことばでその姿をつつみ隠さず提示する。だから物書きというものを認め、それなりに大切にするより他はない。

一日中医者はこんな作業をやっている。どれほどの意味を持つのか、本人にも患者にも分からない生命現象を観察し、重さを推し量り、比較考量しているのである。医者だって感受性鋭敏とはかぎらない。だが実際精緻な職人、洞察力ある人間でなければならない医者にも、さらに人間として抱えていること——悩み、不断の思いのようなものもある。単なる治療では満足できない、功名心もない、そんな自分に甘んじてはいても、それでいて、なおかつ納得していない、できそうもない、ということもある。さらに言えば、そもそもかれが生涯ずっと見守ってきたものと相容れないことなので、強いて願うわけではないが、そんな医者がうっかり世に認められるということもあるかも知れない。そんな医者を人はいったいどう思うだろう。

世の人たちの動静を内密に、こそこそとさぐっているのではと思われて、医者は医者なりにいささか恥ずかしいのだ。人は率直に問いかけてくる、「いったいどうやっているの？　多忙な医者という仕事をしながら、なおかつ書く時間をどう見付けるの？　まるで超人だね。どうしたって二人分のエネルギーがなきゃだめですよね」。だが、一方の仕事が他方を補い、両者は全体として一つのものの二つの部分であり、ばらばらの二つではなく、一つに疲れるともう一つが癒してくれる、ということが人には分からないのである。気の毒なのはかれの奥さんだけだ。彼女は世捨て人同然となるからである。そんなかれにとって気がかりなのはただ、かれの関心の源泉、ありとあらゆる種類、年齢、生活状況の人々との日々の交わりが涸れ尽きることだ。いずれはかれもそういうことになるのである。

書くことに関するかぎり、時間なんてほとんどかからない。日々の暮らしの中に書きものはあふれ返っていて、われわれは圧倒される。しかしとらえどころのない、損得がらみのゴタゴタしたおしゃべりも時たま見透かしてみると、とある人生の心動かされるささやかな事実に出会うことがあり、そんな時はいつだってタイプを二、三ページ打つ時間はあるものだ。大切なのは時間を見付けることではない——われわれは毎日何時間もまるで無為に浪費しているではないか——難しいのは対象のとらえどころのない生命をとらえ、コトバを組み立て日常語で深い洞察の瞬間を生み出すことだ。そこにこそ困難がある。運がよければ、そんな地下水脈に穴を開け、われわれの暮らしに秘められた泉が清らかな水をほとばしらせるのである。そんなことはめったにあるものではない。取るに足らないものが前面にわんさと立ち現れ、日常のことばや思考のウソでごまかす習性が先頭に立って、それこそが「世の人々」が聞きたがっていることだぞ、世の中には本当のことを言ってはいけないよ、ひとかどの物書きになりたいのでしょう、あなたは、と命じてくる。こういったたわごとにこそ、日々の医業は荒療治を施すのである。

書くことについてはちょっと措こう。些細なことだ。しかし明けても暮れても、明瞭なことばを持たない患者があなたに裸の姿を晒そうとする、あるいは背中にほんの腫れ物ができたくらいで動転し、世間の哀れな考え方の隠れた歪みをさらけ出す。そんな時、突然、表面からちらちらっと姿を現した地下水脈について語りたいという欲望に再び取りつかれるのだ。ほんのちらっと見えるだけで、日々の新聞、雑誌は見逃すもしくは故意に隠蔽するものの予兆にすぎないが、それを目にした興奮は強烈で、またまた猛然と書き始めるのである。そういう時こそ分かるのだ。電話口や診察室の戸口からひょいと舞い込んで来る雑然たる素材からこのようにたえず意味を手探りし、世界で現実に進行していることの兆しをとらえるのに、書くことに優る方法はないということが。

時折何かがちらっと見え、たった今しがたモノの気配のようなものが、めったに目にすることのないモノが、そばをかすめていったということがある——ちょうど微笑を浮かべた小柄なイタリア女性がそばを通っていった時がそうだ。一瞬目が眩む。あれは何だったのか？　名状しがたいものだ。どう表現しても姿を十全に伝えられない。それに近付こうにも、その前にたいてい寿命はとっくに尽きているという代物だ。来る日も来る日もぼくが目にしている大いなるものの姿に近付くことさえできずに、人々の一生はおびただしい日常茶飯事の中で過ぎていくのである。夫や子供、妻や知合いとともにいても、患者たちには自分自身の本当の姿は分かっていない。しかし、怠惰や無関心、それに年来のマヒした無知をそのままにして、互いに他人同士として生きていっていいはずがない。

そういうわけで、いまのぼくにとって医業は、いつ何時、どういうところでちらっと姿を見せるかもしれない希少元素のようなモノを探求することである。ひどく厄介なこともある。たちまち相互に認め合うこともある。医者と患者の関係は、本来的にたどれば、望むべくもないすばらしく豊饒な想像の世界を与えてくれるものである。症例数を増やせばいいというものではない。それはそこに壮麗な姿で厳存し、ぼくの頭に満ちあふれ、暮らしの隅々に行きわたっているのだ。

その日その日のありふれたニュース、日々の暮らしの中の悲しい死とか腐敗とか、そんなものを読んで何になろう。原因となる条件さえあれば、起こるべくして起こってきたにすぎないということを、半生を越えてわれわれは承知している。そんなものに真実はない。取るに足らない埋め草だ。飛行機は墜落し、列車は脱線するものだ。そして理由だって分かっている。誰も平気だし、気にもとめない。人はニュースを耳にし、話半分に聞き流す、まったく当たり前のことだ。どうでもいいことだ。だがぼくが名もない患者たちの目から読み取るニュースは自明ではない。深い意味を持っているのだ。アカデミズムの世界、教会の階級社会すべてがその上に築かれていて、かれらの言う論理、偽りにみちた論理は、まさにその上に発展してきたものである。そもそも論理というものは任意の体系であり、体系という体系はすべて単なる人工物にすぎないので、どれも必然的に前提として虚偽をはらみ、その上に一つの閉ざされた体系がうちたてられ、それに帰依する人間を外部世界から遮断し幽閉するものである。人は誰しも、アルゼンチンという国家の論理であれ日本のそれであれ、自ら閉じこもる何らかの論理をそれなりに利用するものだ。だから人間集団はどれも不具である。それぞれが論理の雲に閉じ込められ、外界から遮断されている。だからこそ人は戦争や、あくまで表層的なものにすぎない民族的矜持などに逃げ込むのである。

われわれはくっきりしたことばを持っていないのではないか。だからわれわれの思いは挫かれるのだ。われわれが薪の山の中の猫の子たちのように生きていかねばならないのは、誰もかれもが自分の殻に閉じ込められ、大切なちょっとしたことも、いや一番大事なことさえ、語り合えないでいるのを互いに伝える能力がないためだ。そこにこそ医者のなすべきことがある。決して高い診療費をとる精神分析医のことではない。精神分析なんて所詮人を監禁するもう一つの論理にすぎないからだ。

医者はことばの誕生を現に目にするすばらしい機会に恵まれている。生まれたばかりの新しいことばの生々しい色合い、姿が眼前にあり、汚れなき初々しさをたたえ、小さな荷を背負っていることばたちをいつくしむ特権が医者に与えられているのである。それらがどれほどの困難を伴って生まれてくるか、またいかなる運命を背負っているか、医者はわが目で見ることができる。その場にいるのは、ことばの発信者と医者だけ、われわれはまさにことばたちの生みの親なのである。これほど感動的なことはない。

しかし何年か経つうちに無邪気なことばも全音域に接してしまうと、少しずつ変化が生まれてくる。耳にすることばの意味合いにわれわれは慣れっこになるのである。息を切らせてよろよろ診察室に入ってくる女の子が、下着の中にまだ息のある嬰児をいれたまま、おねがい！　母さんを部屋の外に出して、と言う。男の方はすっかり取り乱している——こうした連中みんなが言うことは結局一つ。そんな時なのだ、ぼくと患者の間に新しい意味が立ち現れてくるのは。これまでずっと耳にしてきた言語の下から、あらゆる論理の根底をなし、新しくもっと深い意味をたたえる言語が現れてくる。それがいわゆる詩だ。それが究極の局面である。

そうした詩こそが、人々がことばを尽くして語り切れず、それでもなお伝えようとしているものである。人々はコトバをばかにする（コトバなんてばかばかしいものではないか？）コトバほど役立たずなものはないと思っている（コトバなんてそんなものでないか？）コトバで言えることなんて、と思っている（コトバなんて生まれてこのかたずっと使ってきたではないか？）。人々が語りたいと願いながら、いつも伝えられないままになっているものすべての根っこにあるのが、詩である、生きることによって実現しようとしている詩なのだ、ということがはっきりし始める。誰も信じてくれないだろうが、あらゆる状況で話される実際のことばの中にこそ詩があるのだ。現実にあるのだ、それは紛れもなくそこに、目の前の暮らしの中に、われわれが耳を澄ます一刻一刻それは実在するのだ、この上なく希少な元素のようなものが——想像の中ではなく、そこ現実の中に。この精髄のようなものが、耳に入ってくることばそのものの内に秘められていて、そこからその基底にあるものを、鉱石から金属を取り出すように、現実のモノとして再生させねばならないのである。

一人ひとりが世に伝えようとしている詩はことばの中に存在する。少なくともことばがあって初めて、詩はくっきりと意味を持つ。つねにそうしたものだ。時には、今にその名を語り継がれる人が生まれ、耳のあたりを漂う詩をとらえる。ホーマー、ヴィヨンとかいった詩人たちであり、世界はその歌を永久に伝える。もっともなことだ。

医者だって、来る日も来る日もじっと耳を澄まし、一心不乱に聞くうちにその微かな兆しをとらえる。ほんの些細なことばの変化にも耳を傾けることによって、饒舌の下に埋もれてはいても世に現れようとしているその精髄は、いつの世もそうだが現代においても、発見しうるものだと思えてくる。

しかし、この希少物の特性の一つは、人目に晒されるのを嫌がり、はにかみ屋で、執念深いということだ。市場でやりとりされる名辞なんかではなく、ましてやアカデミズムが捕らえ食い物にできるものではない。尋常ならざる面構えをしていて、姿を現すときはたいていとんでもなく意想外な変装をしている。以前の身なりを覚えていても見分けられるものではない――実際のところいつも新しい顔をしているのだ。人が普段ことばで表現しているものすべてを知り抜いている。出現する時は絶対に同じ姿形ではない。さらに言えば、それはわれわれの生そのものなのである。まさに人生の稀有な瞬間におけるわれわれそのものなのだが、五、六百年ごとに一人の男がくびきを脱してうたう詩の中でほんの二、三の天分豊かな詩句を作る時以外は、それが明瞭なことばを口にすることはまずない。

詩は、例えば医者が日々出会う患者たちが口にする切れ切れのことばから湧き出てくるものだ。奇妙な現実の構造にその生命を覆い隠されている詩を、医者は見つめる。かれは恭しくその前に進み出て、それが発する癖のあることばを、長年の習練によって力のかぎり読み解こうとつとめる。それが本当の姿である。こうした作業が最終的には、一生耳を澄まして聞き続けた医者の仕事ということになるのかも知れない。

55　西部、一九五〇年

一九五〇年、西部へ行く途中、最初に立ち寄ったのはシカゴだった。フロスはシカゴへ行ったことがなかったのだ。タクシーに乗ると、ドライバーは太った男で湖岸通りを走ってくれた。そのドライブの後、ぼくの払ったチップが足りないとフロスが言うので、追いかけて行って、次の客を駅構内で拾おうと方向転換しているかれをつかまえた。走り出そうとしていたかれはちょうどぼくの手が入るだけ窓を開け、ありがとうと礼を言った。女房の考えでねってぼくが言うと、かれはニッコリ頷いた。ぼくは自分のオーバーの袖口がずいぶんくたびれているのにその時初めて気が付いた。

日没時ミネアポリス、セント・ポールに差しかかった時、ミシシッピー川の上流がぼくらの想像力を引き付けた。――まだ『川』って写真、見てなかったね。スタイケンに頼んで近代美術館に展示して見せてもらわなくっちゃ――酪農の本場。なるほど。

翌朝ダコタ地方を通過していると、野ガモの姿が見え出した、それにハンターとおぼしき人々も――水辺の町の人たちだろう。解禁日だった。線路用地沿いのどんな小さな池にもひな鳥がいた――羽もまだ十分に生えそろっていなかった。一日中そんな鳥の姿を見ていた。見たところコガモのようだった。

古ぼけたコートみたいに赤茶け、まったく見捨てられた囲い地が何マイルも、何マイルも続き、屋外便所は風にかしいだまま、あたりに犬一匹見当たらない。十月も末のことだ。朝方はジビジビとみぞれまじりの強い風が吹いていたのだが、それもやんでいた。水のあるところならどこにでもカモのひながいた。列車の接近にあわててちょっと飛ぶことはあっても、空を飛んでいるカモはいなかった。

　こういう風景は以前にも一度見たことがあった。

「冬はこのあたりではどんな具合なの？」一九四八年に一人で西部に旅をした時、列車の乗務員にぼくは聞いた。

「ぞっとしますよ！」という返事だった。ぼくは後部のデッキに立って、次々目の前に繰り出される不毛の大地を見つめていた。

　あの時の帰路は乗客も少なく、この便では金を払ってくれる客といってもたった三人しかいないんです、とボーイがぼくに言った。「おたくとあそこの男の人、それに女の人一人だけ。もう家を出て一週間になりますがね」かれは続けた、「それにこの前なんか、シアトルで次の仕事を待つ間、車掌から五ドル借りなきゃ食事もできない有様でした」

　そのボーイは背が高い年配の人で、容貌はきびしく顔に傷痕のある大男だった。ぼくがスペースをあけてあげると、礼を言ってぼくの脇に座った。

「私の家はシカゴなんで。給金はプルマン[1]の会社に戻ってから頂くんです。若い女房と子が二人、いるんですが、帰ってみなければいったいどんなことになってるか、私にも分からないのです。小さいけどちゃんとした家はあるんですが、先のことは何とも分かりません」

「もともとシカゴなの？」

「いえ。生まれはニューヨークなんですが、育ったのがシカゴで。いい町です。そこに兄弟が二人います。一人はずっと湖寄りのところでレストランをやってます。いい店ですよ。弟が雇っている女の子は白人、黒人半々てとこです。金は稼いでますね。かれは一緒にやろうってんですが、私はご免です。今のところ満足してんで――いや、そう思いたいですな。ただ少々問題が」

「もう一人のご兄弟は？」

「ああ、あいつね。あいつは見るからに、態度のでかい奴ですよ。兄弟みんなの中で一番体格がよくて見栄えのする男なんです——別にもう一人兄弟がニューヨークにいるんですが、これに会うことはありません」

「シカゴの人もお金儲けてるんですよね？」

「ええ、そうなんで。奴は儲けてます。キャデラックに乗り、百五十ドルもする服を着てます（その姿が目に見えるようだ。ズボンをピシッと決めている黒人がぼくにはいつも羨ましい！　あれにはかなわない）。靴にシャツ——何もかも決め込んで——ポケットには札がいっぱい。でもほんとに自分のものって言えるものは一文だってありません。いえいえ、私はお断りです。奴はずいぶんご立派なかっこうしてますが、私はあんなのご免被ります」

「どういうこと？」

「人に使われているんです」

「誰に？」

「市役所です。一日中二時間おきに戻り報告する義務があるんです、奴は。人にこき使われてるんです。奴の仕事って一から十まで役所の連中の言うがままなんで。持ち物だって同じです、もし連中が『クビだ！』って一言いうと、奴には何にもなくなっちゃうんですよ！　ニューヨークにいるのはタクシー会社をやってます。わが家はみんなうまくいってんです——私がこんどの仕事がすんでちゃんと家へ帰れさえすれば、何一つ文句ないんです」

「今特に用事ってないよね」ぼくは言った、「もうちょっと話してくれない？」

「いいですよ、話しましょう。この前の前の仕事の時は、家に帰るとき強盗にあって給金ぜんぶ持っていかれましてね。ほら、帰りが遅いでしょ、暗くなりかけていました。本社で給料もらって、それから帰るんです。悪い奴はそれを知ってて待ち伏せするんです。強盗が二人近付いて来たのは、家から一ブロックもないところでした。一人が脇腹にピストルを突きつけ大声出すなってんで、もう一人が手を伸ばしてポケットから一セントのこらず有り金すべて持っていきやがった。そんなことそれで三度目だったんですよ」

「お金、取り戻せたの？」

「どうやって取り返すってんです?」

「その辺にお巡りさんいるでしょ?」

「いっぺんだけ取り戻したことがありましたね。若造が後ろからやってきて、つかみかかってきたんです。私もとっさに大声で怒鳴って反撃しました。奴は持ってたピストルで私をぶん殴ったんですが、私もやっこさんにしがみつき、わめいてたんです。ちょうどその時、タクシーが道端に止まって運転手が下りてきました。

『どうしたんです』とそのドライバーは聞きました。

『この人酔っ払ってるもんですから、家へ連れて帰ろうと思って』

『酔ってなんかいるもんか』私は言ったんです。『こいつは強盗なんだ』すると奴は私の銭をにぎったまま逃げようとしたんです。

「で、タクシーの運転手が奴をとっつかまえて、ワーワー言いながら揉み合ってました。そこへお巡りさんがやって来て、三人とも署に連れて行ったんです」

「いい人が来たものだね?」ぼくは言った。

「まったく。私の兄弟を知ってる人だったので、私のことも分かったのでしょう」

「それでどうなったの?」

「そう、私はべつに訴えたかぁなかったんです。女房が待ってるのが分かってましたから、帰りたかったんです。

『ただ給料が返ってくりゃいいんです』って言いました。ところがそんなこと聞き入れてくれません――私の給料は裁判所が押さえてるんだそうで――仕方なくその野郎を告訴し、奴はブチ込まれました。給料をにぎってたのは裁判所。で、裁判ってことになったんですが、裁判官が私を部屋に連れて行き、要求額はいくらだって聞きました。

『何にも欲しかありません』と言いました、『ただ自分の銭をあいつに持ってかれるんだけはご免です』

『いくらあの男は取ったんだ?』判事は聞きました。

「いくらだったか、ちゃんと言ったんですが、それじゃ足りない、二百五十ドル請求しろって判事は言うんです。若造の母親も父親も裁判所に呼ばれて、泣きわめいて、うちは貧乏なんだ、そんな大金なんてない、あの子はいつもはいい子なんだ、って言ってました。しかし判事は、金の都合をつけなさい、しかもすぐにです、って親に命令してましたね。で、親は何とか算段し裁判所に納めたんです。その若造は刑期五年のムショ送りになりました」

「で、結局お金は取り戻せたの？」ぼくは聞いた。

「ええ、大丈夫です、九十ドルかそこいらでしたがね。残りは判事のふところへ。判事は知らん顔です。ところがそれから三カ月して、私が市街電車に乗っていると……いたんです、すぐ隣の席に……男が」

「誰が？」

「追剝ぎ野郎でさあ。私のまさに隣にですぜ！」

「でも、たしか……」

「その通りです、旦那。奴が刑期五年でムショ送りになって三カ月後のことでした。やっこさんも私だと分かり、この野郎、今ここでぶち殺してやるってんでさあ。どうやって電車から逃げたのか自分にも分かりませんや」

「たしかあなたの奥さん若かったよね？」

「ええ。私より二十も若いんで。私には初めての結婚です。いい女房で、申し分ない子供が二人います。純真でかわいい子たちです」

ぼくはかれの次のことばを待った。まだ言いたいことをすべて話してくれてないような気がしたのだ。

「この前の前のことなんですがね」やがてかれは話し出した、「女房が言うには、男が二人、電気掃除機を売りに来てるって。

「『うちにはあるわ』彼女は二人に言ったんです。

「『なるほど、でも奥さん、これは見てほしいですな』奴らはこう言うんです、『新製品ですよ』。男たちは強引に入り込んできて実際かけてみたいって言うんです。それで一人がコンセントに差し込んでる間に、もう一人の方が彼女をつかまえてから、私を部屋から追い出し、有り金ぜんぶ取り上げ、女房をレイプして逃げやがったんです」

「でも奥さん悲鳴を上げたり叫んだりしなかったの？」

「そんなことして何になるんです？　もっとひどい目にあうだけでしょ」

「きっとそうだよね」ぼくは言った。

「そうに決まってますよ、旦那。わたしら、そんな目にあうんですよ——あの町はもうウンザリです。どこか他へ出て行きたいんですよ」

「それにしても、給料は現金じゃなく小切手にすりゃいいのにね？」

「それだって効き目はないでしょ、どうしたって強盗は強盗するんだから」

「ところで」よく知らなかったものだからぼくは聞いた、「こんな三日の旅の場合、チップっていくらが相場なの？」

かれは笑った。「さっきの駅、覚えてるでしょ？　小さい女の子を連れたあの女の人？　ええ、あの人ね、降りたもんだから、荷物を下ろしてあげました。すると十セント玉一個、小さな娘に持たせてよこしたんです」

「『おや、まあ』私はその子に言ったんだ、『いい子だね、それでキャンディーでも買っておいで』」。再びかれは笑った。「時には何にも頂けないことだってありますし、客室のベッドを整えてると枕の下から札入れが出てくることだってありますしね。そうね、去年の夏なんか七百五十ドル入ってるのがありましたね。そのことで落とし主の男はそこら中に電話をかけてました。私がシアトルのオフィスにそれを届けたんですがね……それでどうなったと思います？」

「礼金でも？」

「何にも、一セントも。でもね、私以外の誰かが見付けていたら、まず、私がクビですね」

「おーい！」食堂車係の給仕が一人ぼくらの近くを通りかかった時、かれは言った、「こんなとこにいちゃだめだろ！」それからぼくの方へ向いた。「食堂車の給仕ってのはこんな客車にいちゃいけないことになってるんです」

かれは言った。「いっつも見張ってなきゃいけないでさ。そういう連中なもんで」

「チップって、五ドルで相場かな?」ぼくはかれに聞いた。

「相場ってわけじゃないけど、気前がいいことで。喜んで頂きます」

「それでいいんだね?」

「大層なチップです。そんなのたまにしか頂けませんや、年中というわけにはいきません」


ブラックフット・インディアン居留地に近付くころには、霧も氷雨もおさまっていた。太陽が顔を出し始めた。ぼくはちょっとの間横になっていた。おなかが痛くて、ちょっぴり不安でもあったのだ。フロスは瞳を凝らして、線路近くにあるはずのクラーク記念塔(2)をさがしていた。一八〇四年から五年にかけてのかれの有名なこのあたり一帯の探検を称える小さな方尖塔《オベリスク》だ。彼女はそれを見付け、その後すぐ、今新しい油田地帯を通っているらしいわよってぼくに言った。クリッフエッジでちょうど開発されているところで、丘中いたるところにタンクやポンプがニョキニョキ建ち並んでいた。とくにぼくの目を引いたのは横長い倉庫とジョーンズ&ラフリン資材部という文字だった。

そのときふと、そうなんだ、いい本はそうやって出版されるんだ、と思った。ブラックフット保護局は二、三マイル離れた小さな村にあり、右側の線路切り替えポイントのところから砕石を敷いた細いマカダム道路が通じていた。そしてその彼方、吹雪の後、グレイシャー国立公園の人気《ひとけ》のないホテルのはるか上方に、ロッキーの峰々が明るい陽射しにつつまれ聳えていた。日が暮れるまで、ひたすら列車はマライアス峠の深い谷間を上っていき、もう思うこととてなかった。汽車と渓谷だけの世界だ。

日の出時、雨がぼくらを迎えてくれた。ピュージェット湾といっても見えるのはただ霧のカーテンとカモだけだった。ところどころポツンポツンと多分切り株にでも止まっているのだろう、アオサギ、それによく港にいるカモメ、ウオガラス が二、三羽、そして時折ミサゴの姿が見えた。

ハイルマン教授夫妻が出迎えてくれた。あれはきつい一週間だった。かれはほとんど開口一番言ったのだ、「水曜日の晩は、小説をテーマにお話し頂きます」

　小説については何も知らないので、あわてて考えなければならなかった。そういう訳で、その夜夢うつつの状態で理論を一つ作り上げたが、結果的にそれがこんどの講演旅行の間ずいぶん役に立った。ぼくは今まで高く評価したことのない形式なのだが、小説というものは基本的にはストリップ・ショーである。衣装を一章ずつ前から脱いでいく。話が深まるにつれ主題がどんどん姿をあらわにしていく――例えばサッカレーのベッキー・シャープ[3]――だが最後の土壇場では、そもそも小説という形式には真面目さに欠けるところがあり、ロマンチックなごまかしなので、明かりが消え舞台は暗転する。戦争に勝ったの負けたの、誰かが死んだの、とか何とか、それでおしまい、というわけ。

「いや、そうじゃないですよ!」

「いえ、そうなんです!」ぼくは反論した。「しかし、透けてみえる(ナイロンの)パンティー、あるいは男の場合局部サポーターってのでしょうか、その端に指をすべり込ませて、それをひん剝く――うまくいけばそこには詩があるのです」

「でも『戦争と平和』はどうです? あるいは……?」

「ホレイショ・アルジャー[4]ですか?」

「ええまあ、ホレイショ・アルジャーなんかはどうなんです?」

「小説ではかならず何かがむき出しにされていくのです――ある点までですが。隠れた才能、隠された犯罪――ラスコーリニコフです――初めは目に見えないたしかな存在が明らかにされていくのです。しかし真相があらわにされることは決してないのです。愛国心とか暮らしの糧とかに起因する苦しみ、あるいはその他の現実というものの根っこにある赤裸々なものも同様。そんなことできるはずがないのです。これが小説、つまりロマンチックで、とらえどころのない装飾の連なりなのです」

「わたしは反対ですね」

（聴衆には気に入られた考えだが、ずいぶん下品だとも思われた。）

「いいですか」ぼくは続けた、「原始時代の小説なんてそもそも存在しないのです。ともかくまず生まれたのは詩です。人が無残な赤裸を隠し始め、衣服を手に入れて初めて小説は生まれたのです。カーライルにはこのことが分かっていて、はっきり言っています（気の毒にも、かれの生きていたヴィクトリア時代という世界で、かれなりに精一杯にね）、『衣装哲学』(5)の中で衣を剝がれた英国議会というおそろしいイメージです。体にぴったりの上着、プリンス・アルバート(6)のフロックコート、縞模様のズボンというイメージを抜きにしてヘンリー・ジェームズ(7)なんて想像できますでしょうか？　ぼくにはできません。小説においてはまず衣服がなければいけないのです、脱いでいく衣服がね——たいていは。小説が成立するのは、時の推移につれ、服をまとった男たちがとうとう服装に浮き身をやつす者たちになっていく時なのです。テニエル(8)のものだったか、ある有名な風刺画がありますが、ルイは初め骨と皮ばかりの脚をしたハゲの歯抜けじいさんなんですが、つぎの王様《レックス》になると大きな巻き毛のかつらの上に羽飾りのついた帽子をかぶり、刺繍も鮮やかなコートを着て、下の方は脛当てをしている。そして最後——完璧な盛装姿のルイ・レックスは国王そのもの——ルイ十五世なのです。

「だから小説というものが一番のびのび力を発揮し最大の評価を得るのは、まさに被服がまだ残っている時であって、それが剝ぎとられると、見えてくるのは取るに足らないものでしかない。偶像破壊者がせっせと働いているのです。ヘンリー・ジェームズの作品がそうだったように、小説は最高の段階、つまり詩の先触れであるはずなのです。

「しかし詩は何か確固としたモノでなければなりません。さもなければ小説が詩を圧倒してしまいますからね。短編小説もまたあなどれない敵です」

　ぼくは三週間のあいだ次々と小説、短編小説、現代詩をテーマにしゃべることになっていた。その合間をぬって、一般人を相手に「創作のプロセス」というテーマで種明かしのような講演もした。さらに、セミナー、会議、折りにふれての講演もあり、おまけに人の原稿を読み、それぞれの作者に分かりやすい批評を加えてあげるという仕事もあった。小説四篇（五日間で）、その他。それでやっと一息つけたのだった。ありがたく思わなければいけないことだったが、異端者のぼくが、人に教える立場におかれ、そのため旅費も支給されたのだ（フロッシーはおかげで助かった）。

文化というものは豊かですばらしいものだ。ぼくは講演の間しばしば、やむをえず分かりやすさをある程度犠牲にしても、主張をはっきりさせようと、どんどん話を進めねばならなかった。部下の野戦軍司令官たちが、まさにそうした任務遂行を怠らなかったら、ワシントン将軍はジャーマンタウンの戦い[9]で敗北を喫することもなかったかも？

そして名前も同じこのワシントン大学で、退屈すると晩餐会の席でも必ず床にねそべり、揚げ句の果てに、担当講座の終講二週間も前に不意にいなくなってしまったという客員講師の話も耳にしていた。かれは期末試験用の問題も作っておかなかったので、学生たちは時間も履修単位もパーになった。でも、かれはプリンストン大学出だったので、何をやっても平気だと思っていたのだろう。ぼくはそんな真似はしたくなかった。

そしてそれから、短編小説数篇、詩いや詩篇群五つと付き合った。小説の原稿はフロスが読み（ぼくにすべては無理だった）、内容を聞かせてくれたし、何章かについては意見も言ってくれた。

テッド・レトキがその大学にいた。それにマシューズ、ジェリー・ウィリス、言うまでもなくハイルマンも。名前はすっかり忘れたが、若い詩人がいた。まるで見込みのなさそうな青年で、後で分かったのだが、専攻は音楽だった。垢じみたコール天の服、皮のライナー付きのコート、顔は薄汚れ、手ときたらまるでひと月も洗ったことがないみたいだった。そんなかれが自殺をテーマにした（未完成の）詩を一篇見せてくれたが——あの旅行の間に読んだ最高の作品だった——子猫が一匹出てきて、あわやという瞬間にかれの踝を尻尾で撫で、それがためにかれの死への興奮が萎える、という詩だった。

ぼくがかれに指摘したのは、その詩はそれなりによくできているが、最終行より十行ほど上で詩としては終わっている、ということだった。かれはぼくの批評を認めようとしなかった。

「でも、ほら」とぼくは言って、そのくだりを読んで聞かせた。それでもかれは首を横に振った。

「もちろんおっしゃることは分かりますよ」かれは言った、「でもそういう終わり方はしたくないんです。徐々に弱まっていく音楽のリフレインのように消えたいんです」

もう一度見てみたが、ふと自分のことで気付いたことがあった。ぼくの詩はぶっきらぼうすぎることがよくあるということだ。

「なるほど、君の言うことも分かるね」ぼくは言った、「しかし、何とか別のこともやってみなくちゃ。ほら、この辺から何行か抜いてさ（表現として未熟な部分をぼくは指摘した）、下に入れてごらんよ」

かれはじっと見た。「そうですね、ぼくには多分そんな勉強がいるのでしょうね」かれはさらに、かれのグループの人たちには、おまえの作品はウィリアム・カーロス・ウィリアムズの影響を受けすぎている、と批判されるのです、とも言った。

「その影響って、君には邪魔なの？」ぼくは言った。それにかれが返事をしたという記憶はない。


シアトルには東洋美術館があり、生命感をたたえる彫像や木彫など実物大のものを展示しており、ぼくが今までに見た中では最高の中国の彫刻作品である。それと比べるとギリシャ彫刻なんて凍ったようなものだ。ある一枚の絵は、正確には屏風絵だが、空を飛ぶ百羽ほどのカラスを描いたもので、ただそれだけなのだが、その前に立つと、ぼくらの心をあれこれの世界へ解き放ってくれる力を持っている。思い浮かんでくるのはハーバード大学天文台のシャプリー教授(10)のこと、われわれの苦境を癒してくれる真の意味で目覚めた世界で互いに交流するさまざまな文化を希求するかれの熱い思いである。

シアトルでは数多くの人達と友情を結んだり、暖め合ったりした。カーメン・ロペス、ヘレン・ラッセルとそのこよなく忍耐強い夫ジム。あの町で、ある夕べ、タクシーを拾い夕食に出ようとした。六時近くだった。行き先を告げると運転手の若い男がぼくを見た。

「どこですって?」

ぼくの言っていたのはニュージャージーのわが家から南東十マイルほどの地名だった。

56
大学にて

次の立ち寄り先であるリード大学では、ジョーンズとマクレイに出迎えられた。大水が出ていた。一カ月間雨が降り続いたのだ。かれらは古いポートランドホテルに部屋をとってくれていたが、このホテルはスタンフォード・ホワイト[1]の設計で、ニューヨークの昔のマリー・ヒル[2]を模したものだそうだ。このホテルでの朝食時、ボーイさんがぼくの半熟の卵の殻をむき、その後へナヘナする卵を指で支え、もう一方の手で熱湯をスプーン一杯かけてから、卵をそっとカップに入れるのをフロスはじっと見ていた。その仕草は高い天井と格式を重んじる昔風のロビーとマッチしていた。

リード大学の学生数はたった六百そこそこだが、それと同数近くの先生方がいる。教職員会館でのささやかな歓迎昼食会の席で、ぼくは不用意にも、のっけから、畏れ多いポートランドの『オブザーバー』紙の編集者の一人、同紙のオーナーの顧問にあたる人、他でもないその大学の心やさしい学長本人などを前にして、（自分の経験ですが）編集者という編集者はすべて嘘つきです、と言ってしまった。

のちに話したことだが、講演の中でぼくは他にも失言をかさねた。

「あなただけじゃないですよ」マクレイが言った、「あなたよりまずわれわれ教師連中だって失言ばかりですよ」

「そうなの?」とぼく。

「聞き手がどこまで聞き流してくれるか、だけですね」とかれは慰めてくれた。

学生たちは、面接指導の時、自分の作品をぼくに見せた。中にはできの良いものもあった。ある日、青いジーパンをはいた若い女性とマクレイ教授の研究室に入り、ドアに鍵を下ろした。誰かやって来てドアをどんどんノックしたが、入れない。すると、鍵の掛かった部屋に学生といるのは学則違反なのですが、と彼女が言った。

学生たちと廊下を歩いていて角を曲がると、一組のアベックの学生がまわりを気にする風もなく二人でおしゃべりしていた。赤ん坊みたいにかわいい女の学生の方が、通りかかったぼくらに気付いて、ぱっと真っ赤になった。

哲学を教えるスタンリー・ムアーやレイノルズ、中でも特にジョーンズは、ぼくの気に入った。実に心やさしい人たちで、それに応えて講演の中で心を込めて語っていかねば、と思った。だからまたまた、いやおうなしに創造のプロセス、芸術の起源について理論をこしらえ上げる羽目になった。フロイド流の理論といったところだ。

「神でもできないことが一つある」とぼくは話した。「腕を上げることと下げることを同時にはできないのです」

「望めば神にはできます」スタンリーは言った。

「いや、できないのです。同時にはダメです。腕を上げ、それと同時にそれを下げる、これはムリです。それゆえに二元論が、だからして両性が存在するのです。性が芸術の根底にあるのです。神は単一な存在です、しかし二つのことを同時に行うには、二つが、多様性が、雄と雌が、男と女が、どうしたってなくてはならなかったはずです——二つが力を合わせる、つまり受胎の原理です」

「それで」かれは言った。

「だから」(それまで会ったこともない最高に聡明な、また不様なことばは決して使わない哲学者を相手にしゃべるのはスリルがあったので、ぼくはニコッと笑って)「だから、われわれの為すことは何によらず、統一とまでは言わないまでも、結合を達成しようとする努力なのでして、人間としての性が強ければ強いほど、われわれの行為は強力だし、熱もこもり、脳髄に送り込む生理的酸素は多くなり、それだけすぐれた芸術作品を作り上げるだろうし、その可能性は高まるのです」

「そりゃヘラクレイトスだ[3]」かれはぼくに助太刀してくれた。「弓と矢ですね。弦をぎゅっと引き、指がそれを放すと、矢が前へ飛ぶという作用と反作用ですね」

「そういうことでしょう」ぼくは言った、「しかし現代のわれわれはもっと明確です。二元論です。女性側も男性におとらず結合を、つまりありえない合一という統一を、求めるものですし、その欲求に従うものです。もしも、女性が、一つになろうとするその行為を、人類の初源から存在するその行為を、成就できなければ、みじめに衰弱してしまいます。したがって、結合への欲求の大きさによって女性の価値は判断できるのです。ぼくの考えではそうした人間的行為において女性はないがしろにされているのです」

かれからぼくは女性を過少評価しているという注意を受けた。そんなこんなで時間がすぎた。

ぼくもだんだん詩の朗読法を心得てきていた。気が付くと聴衆はじっと聞いて、拍手してくれた。不思議な体験だった。一人の若い男がぼくの『詩集・一九三八年』を持ってきてサインしてくれと言う。

「これどこで買ったの？」ぼくは聞いた。

「オレゴン大学生協です」かれはぼくに言った。

「そこにはまだ残っているかな？」ぼくは週末そこへ行くことになっていたのだ。

「いえ」かれは答えた、「これが最後の一冊でした」

「いくらだった？」

「七十五セントです」

十ドル出すから譲ってくれないか、とぼくは言った。ニューヨークではいくら出しても手に入らないのだ。でも、断られた。ちゃんとした本だった。

最後の晩はマクレイ先生のお宅でパーティーがあった——他の晩もあちこちの家であった。翌日は日曜日。レイノルズが車で連れて行ってくれたのは博物館だった。おかげで北部太平洋沿岸のインディアン文化に関するすばらしいコレクションを見ることができた。

印象深かったのは、彫刻を施した祝宴用の木製の鉢、正確にはセットになったいくつもの鉢だ。巨人をかたどり、あの地方の先住民の様式で彩色されていた。その巨人は毛皮とビーズという伝統にのっとった衣装を身に付け、黒、赤、白と色鮮やかな姿で、仰向けで両膝を立て、頭は丸太の上にのせていた。腹部は主料理を入れるためにくりぬかれていて、胸と頭にも小さ目のくぼみがいくつかあり、さらに膝から腿にかけてくりぬかれたところがもう一つあって、一口の珍味あるいは特別のご馳走を入れるようになっていた。どんな様式にするか決めるのは酋長、細工の仕上げは部族の女たちの仕事だった。

部族、民族学者の使う用語だが、それが芸術についてぼくが言いたいことのテーマであった。主観論者によって生け贄にされた文化ということばがどんどんぼくの頭を占めてきていた。これまで言われてきたことだが、芸術という夢、かの白昼夢の起源は欲求不満である――ちょっと面白い考えだ。何に欲求不満なのか？　腕を上げそれと同時に下げることができないからか？　それ以外にいったい何であろうか？　だから、ぼくは話したのだが、欲求不満を抱えていない者なんているだろうか？

北西諸州の小説すべてのテーマはそこにあるのです、とぼくはかれらに話した。例えば、なるべくならノルウェー人がいいのだが、美しい娘が一人いるとする。髪はブロンドで、馬のけづめの毛みたいにきちっとしている。娘を育てているのは開拓者である祖母、村の尊敬を集めている長老が、酔っ払った折り、これまでおそらく一度ならず情けをかけたことのある女性だ。この誉れ高い素朴な女が孫の彼女を育て上げ、寝る時一人になっても、寝間着を上にすっぽり着るまでは、絶対にパンティーを脱いで裸になってはいけない、と教えてきた。娘もこれを守ってきた――嫁ぐ日まで身も心も汚れないようにと――ひたすらその日の来るのを待っている。ところがふと知った自分の体の美しさが自分でも訳が分からず不思議でたまらない。他の娘だって同様だろうが（彼女もそれほど鈍感ではない）、十五歳くらいになって彼女は初めて知ったのだ――体も大きく十分に成熟した娘である――近くの姿見の前で息を殺して、裸になり、驚いて立ち尽くす。そんなことがあって、最初に出会う肉体自慢の男と彼女は結婚し、修羅の巻となる。

「でも何をもとにそんなニセモノたちを発想するんですか」一人の青年がたずねた。

ちょっと話を逆にしてみましょう。開拓者の樵がいて、その息子は父親にまるで頭が上がらない（フロイド流には）。父親がすべてを取り仕切り、しとねも独占している。一方息子のほうは五フィートとない小男で、自分の体格は木を切るには向いているが、実につらいし不利だと思っている。こういうのって何て言うのだろう――服装倒錯者ってのかな？――そんなかれが憧れているのは、当然のことだが、女性の下着である。先ほどの娘が駆け落ちする相手としてお誂え向きの男です。

このコメディーの元は言うまでもなくエディプス・コンプレックス――母親の愛情を勝ち取ることの不可能性――なのですが、現実をなぞったものでもあります。ニューイングランドでも同じくよく見かける喜劇ですが、結果は同様に惨憺たるもので、野卑な船長が帰宅し、ひと月、あるいは一年、時に二年にもわたって息子たちと仲良く暮らしていた母親を、かれらの頭越しに奪ってしまうのです。

そういう訳ですから、ぼくらみんなは、どうしたって無害な欲求不満を抱えている訳で、どなたでもお好きなようにって、ブドウが（手の届かない）枝に生っているのです。これが素朴な形です。文化というものは、人の願いをかなえる度合いに応じて、その容量を計量できるのです。アリゾナ州ツーソンあたりの砂漠で陶片をさがしてごらんなさい。きちんと規則正しい黒い刷毛あとが刻まれています。人々が倦怠からの、ブタのような暮らしからの救済を、そこに得てきたことがそれで分かります。さらには、戦争だってかれらが息抜きに芸術という文化を育てるくらいの間は、それなりに棚上げされていたことも分かるのです。

こう考えていくと、たしかなことは誰にも分からないのですが、芸術の機能というものが見えてきます。欲求不満に押し込まれている中で、一つの文化の尺度となるのは、その深さ、厚さ、どこまで人間の諸能力を働かせるか、ということです。生きることの究極の目的は女性という存在を貫通すること、あるいはその逆に、男性として完成させてもらうこと、なのかも知れません。そうなのです。でも相手の女性は誰でしょう。女性はいっぱいいて、ありあまる外皮やら願いごとに包まれているので、すべてを知り尽くすことはできません。安息の場を一つしか見付けられないわけですから、ぼくら男性は女性たちを退屈させ欲求不満に追いやるのですが、じつはそれはぼくら自身の欲求不満でもあるのです。

しかし文化のおかげでぼくらの敵、つまり夫としての存在、を打ち破ることができるのであります——それはホーマー、中世の吟遊詩人たち、シェリー、ブラウニングが（シェイクスピアはだめです）飽きることなく語り続けたことですし、若いころのパウンドも飽きず繰り返していたことです。呪術師、魔術師というのがいましたが、これは部族の長やその夫人たちにとって容易ならざる相手です。若者ですら魂を抜かれる、いやそれですめばいいくらいでした。文化によって耕された環境にあっては、一定以上の才能を持つ人にとって資源は豊かで、諸芸術という形で達成されてきたものが層をなしていたのです。

芸術家は決して欲求不満に甘んじている人間ではありません。断じてそんな例はないのです。詩を書くことを恥じてはいけません。雄々しく詩に立ち向かっていきなさい。ただしその詩は構築物、あなた自身の地面に立ち、信念を持って主張していくべき構築物でなければなりません。それを支えるのは、万人の悪意に抗して自分自身の足で立つ地面なのです。

橋を造る人は川なり谷なりを越える建造物を造ります——そして越えて行くのです——渡った向こうでいったい何をしようというのでしょうか？　まさか、また戻って来て豆をどっさり運んで行くわけではないでしょう？（有用性は答にならないのです）こう考えてくると、詩ほど有用な営みはないということになります。ぼくらに出口を指し示してくれるものだからです。

例えば、一人の女の子がいました。背丈は並以上です、とぼくは話を続けた。わが家から裏通りをへだてたすぐ向かい、昔二本あったサクラの木のうち一本がまだ立っているのですが、そのすぐ真ん前に住んでいたのです。時々、サクランボが熟れると、町内の子供たちがその木に登り、多くもないサクランボを取っていました。ぼくらの住んでいた薄汚れうらぶれた裏町には他に何もなかったのです。

ある日、その女の子ルースの姿を見かけました。すっかり一人前の娘になっていたのですが、サクラの木に上って、本を読んでいたのです。

「そんなところでいったい何してるの？」ぼくは言いました。

「読書してるの」

「おやおや」ぼくは彼女に言った。「しっかりお読み」、と言ってぼくは立ち去りました。後になってその意味がぼくには分かったのです。彼女は家にいたくなかったのです。家には、年は二十一になるのですが、肢体不自由で知能にも障害のある兄が、ほとんど誰にも知られず、同居していたのです。あの時彼女には他に行くところもなかったのです。家中がほんとの事情を隠し、決して洩らしませんでした。

その一家は引っ越していったのですが、ある朝ルースがガレージで死んでいるのが発見されました。ガソリンが切れてエンジンも止まっていました。一酸化炭素中毒でした。その前夜家にいられなかったのです。妊娠していたわけでもなかったのですが、多分彼女に結婚の申し込みがあって、家の兄のこともあり、断らなければいけないという気持ちに追い込まれていたのでしょう。ことによると、相手が同じ理由で取り下げたのかも知れません。彼女にはすがりつくものが何にもなくなっていたのです。文化というものがあれば、その種の問題は多分難なく受け止められてもいたでしょう。薄幸の女性を街から連れて帰り自分のベッドに寝かせてやるという、若き日のパウンドが生まれて初めて犯したささやかな軽率さを許容しようという胆力のある人なんていなかったのです。

こんな話をぼくはみんなにした。ぼくはスペンダー(4)の後リード大学へやって来た英語科の講師ということになっていた。押韻なんて大したことではないという話もした。あそこで短編小説として最高のものを読ませてもらったが、著者は良心的兵役拒否者で、そのため三年間の就役を申し渡されたことのある男だった。また別の男の人は未完成ながらすぐれた小説を書いていた——かれは二人の祖母と住んでいて——両親は消息不明だった——まるで老婦人の語りのような文体だった。さらに別の男は第一級のガートルード・スタイン論を書いていたが、ぼくの見るかぎり最も明晰なものの一つである。みんな立派な人たちで、たしかな仕事をしていた。

ユージーンの近くでは、ウィラメット川は例によって氾濫していた。オレゴン大学のぼくらに対する配慮でうれしかったことが一つある。部屋を一つ用意してもらったのだが、女子寄宿舎の来賓用の部屋だったのだ。一年前その寄宿舎ができた時、舎監のミス・ターニプシードは入寮第一号の女学生を抱きかかえて、正面玄関を入ってきたそうだ。三百五十人もいたろうか、青デニムは禁止されていたので、色とりどりのスカートとブラウス姿の女学生たちは目にも美しかった。毎日彼女たちを見ていた——少数だが日本人も黒人もいて——中には立派な体格の女の子もいた。一カ所でこんなにたくさん大柄な女の子を見たことがないと思えるほどで——圧倒されるほどだった。でも、とてもかわいくて、子猫のようにおとなしいのだろうが、見るかぎり彼女たちはそんなことはなかった。

それにバラだ！　あの地方では実際いっぱい栽培していて、高さ六フィートくらいの茂みに二十ほど花が咲いていた。ピンクのバラがほとんどで、ちょっと雨に洗われていたが、直径は大皿ほどの大輪だった。オレゴンの植生は常緑樹、西洋ヒイラギなどで目にも楽しいものだが、そのような木々やベイマツの大森林を繁茂させる雨の方は必ずしも魅力あるものではない。実によく降った。何代にもわたる乱伐が森林を激減させていた。事態は今も進行していて、ワイアーハウザー[5]財閥やその製材工場はとても評判が悪く、そのため数年前経営者の幼い娘が誘拐された時も、同情はほとんどなかったほどだ。

うっかり話し忘れていたが、シアトルで経験したことがあった。あの町も草木が豊かに茂るすばらしいところである。「北西部の素っ気ない《ドライ》雨」と土地の人は呼ぶが、よく降る雨にもめげず、フロスと二人で朝食後いつもちょっとした散歩をした。

この日はホテルの裏で方向を変え、それまで行ったことのない方へ、あちこちの小さな庭に咲いている花々を愛でながら歩いていた——そこは裕福な人たちの住む街ではなかった——すると枝いっぱいに実をつけた立派なヒイラギがあった。立ち止まり見とれた。

そこでその木やら、その時期にしては華麗に咲き誇っていたバラやらを見ていると、ぼろシャツにみすぼらしいズボンという姿の老人がやって来た。

「花がお好きで？」かれが聞いた。「うちの裏庭に来てみませんか、シアトルでも最高のものをお見せしましょう」

ぼくらは二人で顔を見合わせ、微笑み、他に用事もなかったので、老人の招きに応じることにした。そういうことで、何か本当にめずらしいものにお目にかかれそうだと思いながら、かれについて、かれの小さな家をぐるっと回り、坂を少し下って裏手に行った。その家の裏庭といってもせいぜい二十平方フィートとはなかったであろう。葉の落ちたブドウの木が何本かあり、地面にはかれの言うローガンベリー(6)がわずかに茂っていて、枯れたままのトマト何本か、それにかれが特に自慢していたキクがあった。

「これ、どう思いますかな?」

　キクといっても、目に付くのはただ茎だけだった。

「これほどのもの見たことおありかな」かれは尋ねた。「ほら茎をごらんなさい!」それでやっとぼくにもかれの言いたいことが了解できた。かれの評価基準は茎の長さだったのだ。花なんてまるで気にもかけていないみたいなかれの目に途方もなく立派に思えたのは、五フィート近い、いやそれ以上だったかも知れない、茎だった。

　この狭い裏庭がかれが草花たちと営む世界のすべてだった。独り者のかれはその家にもう五十年近く住んでいて、裏の戸口のそばのブドウの木になる実を、手作りの圧搾機でしぼって毎年ワインを作り、友人たちに分けてきた、というような話をしてくれた。

「ちょっと内へ入っていきませんか」裏口を開けながら、かれは言った、「その圧搾機をお見せしましょう」

　この時もぼくらはためらったが、またまた言われるままに、低い通路を地下室へと入っていった。ありとあらゆる道具一式がぎっしり詰まっていた——園芸用具、古い家具、作業台——こんなもので見事な性能の小さな圧搾機を作っていたのだった。しかもその圧搾機には最近使用した証しがはっきりあった。

「ほらあれです」かれは言った。「あれと同じものを去年一つ作って、ある友人に差し上げたんです。だから、今年も一つ作りました。ワインは残念ながらまだ飲めるほど熟してません。そうでなきゃ、ちょっと飲んでもらいたいんですがね。結構いけますよ。

「あれがうちの暖房用の炉なんです。あそこの大箱に薪がいっぱい入ってるでしょ。秋にはあれだけ燃やすんですよ、荷箱なんかも壊してね。ずいぶん手間でしょうって？　でもあれだけあっても燃やすとなると結構早いもんです。下には石炭があります。ほら、すぐその下」

「必要なものは何でもご自分で作るんですね」ぼくは言った、「実に快適ですね」

「あそこの壁を見て下さい」

見ると自転車の車体が掛かっていて、そばの釘にはタイヤのない車輪も吊るされていた。「あれは今まで製造された最高の自転車で、今でも発売当初とちっとも変わりません。コロンビアって名前なんですが、お聞きになったことありますか」

「そうね、あると思います。ぼくが子供のころ売れてた自転車でしたね」

「それですよ。わたしは一八九八年からずっと乗ってるんですが、五十年以上になります。ちょっと上へいらっしゃいませんか」

行きがかり上、ついて行くしかなかった。

「ここが台所。ごめんなさい、流しにこんなに皿を入れたままお見せして。ここがわたしの寝室。ところで、奥さんピアノは弾かれます？　あの鍵盤、ちょっと叩いてみて下さい。町でもあんないい音色のものはないですね。昔時たまこれを弾いてくれる女性と一緒に住んでいたのですが、彼女亡くなっちゃったもので、最近は弾いてくれる人もいないのです。弾いてみて下さい。いいピアノです」

散らかった部屋に突っ立ったまま、老人はボストンを後にして以来家族に起こったことをあれこれ聞かせてくれた。たしか一八八三年ということだ。自分の名前はカウフマンといって、テキサスのダラスに兄弟が一人いる、などなど。こんな話を聞いているうち別れを告げなければならない時になった。

その日後になって、ぼくが講演をしているあいだ若い女の人がフロスを町中あちこち案内してくれたのだが、フロスがその日の出来事を話すと、彼女は耳をそばだてた。

その老人が誰なのか、彼女にはすぐ分かり、その方ならよく知ってるわ、あなた方がそうだったように、私もそで手伝いをしていた。

の人の家の前の通りで出会い、自慢のものをあれこれご覧になりませんかって誘われたことが実際何度かあるの、と彼女は言う。彼女が車をホテルに近いその老人宅の向かいの駐車スペースに止め、仕事が終わって車に戻ると、きれいに洗って磨きをかけられていることがよくあるのだそうだ――彼女はそのすぐ近くで母親がやっている花屋で手伝いをしていた。

「ちょうど今時のように、うちの花屋が花でいっぱいの秋には時々、その方は自慢の菊を束にして持ってきてくれるわ――うんと茎の長いのをね。あの方シアトルでも最高の金持ちなのよ！　町中に土地を持ってるわ」

人はたいてい前へ前へと進んできたわけでは決してない、ぼくはかれらみなに話したのだが、実際のところ、ほとんど誰もそんな歩みなどしていない（さらに言えば、詩においては過去にたしかになされたあるかなきかの進歩からさえ、今日後退し始めているのである）――情緒から、思想（哲学）あるいは一般概念から、詩そのものへという歩み――王子ハムレットへの関心から戯曲『ハムレット』への歩み、である。それこそが、セザンヌを先頭とする画家たちが絵具そのものについて語り始めたころの「転回」ということばの秘められた意味である。画家たちが、絵画とは枠に張られた一切れの布地上の絵具の問題である、と言い出したのだ。ぼくはかれらにハートペンスの話をした。

世紀の変わり目以前の時代と現代という時代を画する、いや事実あの当時の現代性をくっきりと画したのは、表現された思想から、触知できるものへ、ことばそのものへと、一歩踏み出したことである。だからこそ、あの当時絵画と詩があれほどまでに緊密に結び付いたのである。セザンヌや印象派に続く画家たちの作品こそが、スタインやジョイス、そしてあまたの作家たちの時代を、決定的に開いたのである。鍵となったのはその一歩を踏み出すことにあった。感覚から、キャンバス上であれ、ページ上であれ、想像力を活性化するモノへの一歩である。それこそが芸術作品ということば、現代的な用語を、さらにはかれらにとってのその意味を明確にしたのであった。概念が卵のように産み出されるのに先だって、まず頭の中でどうしても踏み出されなければならない一歩なのである。

弦と弦の間で迷うのではなく、まず「弾く」ことである、とぼくは話した。そこから始まるのである。ぼくの弟、エドがかつて引用したあるフランス人のことばだが、「建築、それは小石を一つ一つ重ねていくことなのです」これは厳しい登攀である——ぼくには事実そうであった——成し遂げがたいことであるが、どうしたってやらなければ、感傷を脱却しモノ自体がその姿を現して、人を解放することはないのである。

そのことこそがその後の流れを理解するための第一歩である、という話をした。あの時代を解く鍵、マスターキーは、感覚からことばそのものへのあの跳躍だったのだ。布あるいは紙にかき付けられたものそのものが、それ相応に判断し評価されるべきものなのである。他のすべてはその後起こったことだ。踏み出されたあの一歩なしには何も分からないのであった。

例えばキュービズム、シャルトルの大聖堂[7]へ入った人の目に映る「偽りの」遠近感、歪み——そして最終的にはピカソの描いた馬の顔をした女性たち、等々——これらを「理解」しようとして頭をどう旋回させようと、まるで無意味だ。

——しかるのちに、またぞろソネットを書くって！　そんなことのいったいどこに思慮なり創意なり独創性らしきものがあると言うのだ？　ぼくははっきりみんなに言ったのだが、エリオットでさえそんなことをするほどバカではなかったし、過去五十年自分の頭で考える人なら誰ひとりそんなことはしなかった。

ある日、オーストラリアの桂冠詩人、モール教授[8]がぼくらをユージーン背後の山地へ長時間のドライブに連れて行ってくれた。あたり一帯、当時起こったばかりの木材ブームの中心地だった。楽しいどころではなかった。実際のところ、フロッシーの横でぼくは眠り込んでしまった。彼女は前席で教授とぼくの間に座っていた。見ても気の滅入るものばかりだった。木立ちの中に立ち現れる樹木の大量殺戮、そばをビューッと走り去る大型トラックに積まれた長く切りそろえた堂々たる木の幹、その木肌は、木々が百年も育ってきた谷から手荒く切り出された時に受けたのだろう、生傷だらけだった。

57 太平洋、東洋

サンフランシスコへの旅を夜行にしたのは、その大都会でゆっくりしてからロサンゼルス（あの途方もない都市）へ向かいたいと考えたからだ。ロサンゼルスへ同行するフロッシーの甥エイヴィン(1)はぼくらを迎えにカーメル経由で北上中だった。

オークランドからフェリーで渡る時、岸のすぐ近くにアルカトラズ島(2)の岩が見えてきて、島と島を結ぶ何本もの巨大な橋の作る円形劇場のような空間の中心を占めているのに驚いた。なぜかそれがその地の悲劇の主役のように思えた。土地の人々が厄介払いしたいと願うのも無理はない。その島の評判をもてあましているに違いないのだ。テレグラフ・ヒル(3)が見えたが、昔はそこから金門橋――落日を背に金色に輝く――をくぐってやって来る船の到着を知らせる合図が送られてきた。

だが、西海岸諸都市のどこでも気付いた顕著なことは、それらが東洋と向かい合っていて、ヨーロッパの支配力はもはや伝説にすぎず、飛行機なんてものがあろうがなかろうが、それら諸都市は古い西洋文化から遠くかけ離れているにもかかわらず、依然として略奪文明に捕えられたままだということだ。シエラ山脈と海の間で隔絶し、サン・シメオン(4)のような私有地が海岸沿いの山脈のはずれの高所にぽつんぽつんと点在している。カーメルとかローボス岬とかのような入植地が、まるで地獄もどきに海に滑り込みかけていて、その背後に時の流れに取り残された後進地域が形成され、無気力に現代人間精神の暗黒海岸(5)に凌辱されるがままになっている。まさに懐旧病を病んでいるのだ。人がそこへ行くのは、冒険を求めてではなく、しがみつくためだ。過去を振り切るためではなく過去にしがみつくためなのだ。そしてその地方のすばらしい天気も長い一日のお添えものでしかなく、若さこそ高貴なりと無邪気に信じる心老いた人々は、ゆったりと過去へ退行していくばかりである。みじめな欺瞞が待ち受けているのだ。

東洋、人々はそれを恐れるが、それこそかれらの可能性である。あの「新たなるもの」をしっかりと胸で受け止める可能性である。なのに、人々はすり切れたヨーロッパに執着する。まるで、封建性こそわが君主、というみたいだ。大学の若者たちが憧れるのはフランス、ニューヨーク、ボストンであり、その「文化」である。かれらは(ニューイングランドの教師たちの目を借りて)過去に瞳を凝らす。自分を田舎者と思っているのだ。

そして一方、日本、中国、朝鮮は荒廃したままかれらの眼前、海の彼方にある。ユージーンには義和団の乱のどさくさに紛れ、中国から持ってきた東洋コレクションがある。当時誰かが手に入れたものを安く買ったものだ。一階にあるタペストリーは一生かけて研究してもいいほどのもので、見事な色彩と技を惜しげもなく注ぎ込んだものだ。正面の階段のてっぺんにはどっしりした大理石の彫像があり、ちょうどそこから、踊り場の両側に階段が折り返して延びている。誰か偉人か政治家(名前は付いていない)の像で、等身大より大きく、ゆったりした着衣姿だ。眼は思いに耽り、穏やかな顔をしている。記憶では、その男は立ち姿で、革のベルトを腹に巻き、ガウンのひだは一カ所でかるくつまんでいた。ともかくその立像一点にそのフロア全体を充てていたのだ! ぼくらはその向かいのベンチに座ってその見事さにわれを忘れた。その大理石像はまわりの何もかもを滑稽なものにしてしまうように思えた。

サンフランシスコ湾のアルカトラズ島でも同じようなことを感じた。岩に刻まれた碑文、その文言の戸惑うほどの明晰さ――その土地とは無縁のものだ。断じて無用のものだ。

ぼくらは海沿いの道を通らず、山脈の背後の百一号線で内陸部の谷間を抜け四百二十マイル走った。サンフランシスコは、モントレーから徒歩一日分の距離をおいて点々と存在している布教地全体の中で、北上してきたスペイン侵入者の伝道所の終点だった。そこここにユーカリの木々がひときわ元気に茂っていた。

サンフランシスコの日曜日、ぼくらは金門橋を越え広々とした土地をドライブし、タマルパイアス山の頂上まで行った。太平洋を望む開けたところで、過去にまつわる話などまるでない。ところどころにアメリカスギの群生があるかと思えば、また幼木が再生しているといった土地だった。

特にすばらしかったのは、ほとんど海岸にくっつかんばかりのところあちこちにある放牧場だ。互いに遠くへだたった小さな酪農場。理想郷アルカディアといった風情だった。現実にはそうではなかったが、何とも不思議な趣きだった——頂上から四千フィート下に入り江があり、サンフランシスコの街は遠く薄靄につつまれていた。

ロサンゼルスでの滞在地はサンフェルナンド・バレーで、バン・ナイズの百軒ほどのどれも似たような平屋の小ぶりな家に泊まった。東向きで、向こうの方には低い山々があり——そこまでオレンジ畑が続いていた。一年前には、半ば廃れた牧場労働者の小屋の他には一軒の家もなかったという土地だった。

小さな庭には——十一月の中ごろだったが——オランダカイウの花が咲いていた。イチジクはぼくらの来る前夜の霜に痛めつけられていた。キクやバラも咲いていた。街のあちこちには植えて間もない芝生が青々と茂っていた。ぼくらは暖炉で火を焚こうと庭の隅の材木置き場へ羽目板か何かの切れっ端を拾いに行った。シャーロットの話では、三日前には華氏九十四度もあったそうだ。

ある日彼女はぼくらをサンフェルナンド伝道所[6]へドライブに連れて行ってくれた。いろいろなことを聞かせてもらったのだが、当時まだそこが廃墟だった二十年前のある夜のことを話してくれた。その教会が女学校として復興される前のことで、月光のもと彼女はラモン・ナバーロとそこへ行った——かれの方はギターを持って。そこは有刺鉄線で囲われていた。

二人は鉄線をくぐり抜け、礼拝堂の前の古い石柱の立ちならんだポーチコに腰かけて歌をうたったと言う。ぼくらがそこへ行った日は、小さな庭のミモザが花盛りだった。ぼくはフロスに匂いをかがせてやろうと小枝を引き寄せた。赤や青に彩色された、奇妙な格好をした礼拝堂に入っていくと、羽目板はふぞろいで、建物全体が歪んでいた。ずいぶん古いもので壊れてもいたし、もともと並以上のものではなかった教会なのだが、それなりの分かりにくい理屈を湛えていた。

団体で見学に来ていた小学生たちや、他に二、三人、町からバスで来たと思われる見物人のグループを避けて歩いた——小学生の男の子たちは、何と言ったらいいか、多分修道士と思われる黒衣を着古したオーバーで隠していた人物に、大声で叱られていた。

「そのあたりのものに触れちゃいかん。こっちに来なさい、私の目の届くところに……。ここに彫刻をほどこした壁板がありますね。向こう側から移してきたのですが、大きすぎて半分に切らなきゃいけなかったのです。これが上半分です……。ここが主祭壇だったところ。下半分は部屋の向こうのはし、あの出入り口のあたりにあります……。」

広い階段をおりると、浅い井戸がその脇の石組みの中にあった。昔の不格好な銅器が片側に置いたままだった。昔もちゃんと暮らしがあったのだ。

道路の向こうの小さな公園にザクロの木が二本あって、寒かったが時季遅れの実がいくつか熟し、パックリ割れていた。落ちた実は管理人がさっさと拾ったのだろう。あたりに誰もいないのを見て、小さい木を力を込めて一回、二回と揺さぶってみたが、一つも落ちてこなかった。ずっと向こうには白いスタージャスミンが花盛りだった。言うまでもなく、こんな草木も、もっぱらインディアンのつらい労働のおかげだ。

このような土地にぼくは一人の客員英語講師として来ていた。提示すべき「新しい」芸術論を携え、この地の衰退を見つめながらも、その頑迷な論理にいくらか心うごかされていた。分かりにくい正義とも言うべきものを湛えていたのだ。新しく生み出すべきものはただ一つ、メタファーであり——メタファーこそが詩だ、というのだ。この地にとってそれはただ一つ、ヨーロッパ——つまり過去だ。かれらにとってメタファーとは、不可避的に、過去。

それがかれらの詩だ。かれらには詩とは過去でありメタファーなのだ。

しかし、かれらはその何よりも強力な束縛、過去というメタファーのくびきから脱却していかねばならない。かれらは今を生きていない、メタファーと化している。だが知りもしないものの上にメタファーと化すことなんてできはしない。例外はただ一人、サンフランシスコの一老人、文学修士フィリップ・パイ氏[7]である。古典『自然的経済秩序』を翻訳したが、出版元を得るのにこの上ない苦労をした人だ。シルヴィオ・ゲゼルの手になるこの書は労働生産物の阻害されない交換を、権力の干渉や不法金利さらには搾取に妨げられることなく、確保するための方策を提示するものだ。最終的にはテキサス州サンアントニオの自由経済出版社がこの本を出した。その事実をぼくはここに記録しておきたい。

大学の若者たちはメタファーの危うい縁に立っているのを自覚しているが、自分では抜け出せないばかりか、かれらの先生たちがそのメタファーを強化している。とは言うものの、ぼくを講演に招いてくれたのもその先生方である。

ぼくはこんな話をした。あなた方にとって大きな利点は東洋世界と向き合っていることなのです。相対的に言って、あなた方はヨーロッパという過去の重荷を背負わされていないのです……。町の博物館へ行ってごらんなさい。北部沿岸のインディアンたちは漁業だけで暮らしを立てていました。かれらは、イギリス人の甘言に乗せられ、それにありったけの資財を投じ、その後市場から締め出され、飢えていったのです。

若者たちは、時にまるで授業の分からない子供のように、そのメタファーを成就できなくて戸惑う。あるいは、自分にもできるのだ（ジュリアード音楽院か何かの賞をもらえる）と意気揚々と思う時は、その目の眩むような勝利にどきどき胸をときめかすのである。

そしてある日ぼくはちょっとドキッとした。予定の講演を終え、やれやれと思っていた。ところがもう一つ頼まれていたのだ。ある水曜日の午後三時カリフォルニア大学ロサンゼルス校[8]での講演だ。そんなことはぼくにはよくあることだった。聞くところでは、一、二カ月前ディラン・トマスは百人近くの聴衆を集めたらしい。

「四、五十人てところかな」とぼくは言った。

「そりゃ分かりませんよ」

ぼくは何だかうんざりした。何かご要望は、と聞かれた。

「一つだけお願いします。立ってしゃべるのはご勘弁頂きたい」

長さ二十フィートほどの大きなテーブルがステージに運び上げられ、見ると椅子も付いていた。マイクがセットされ、ぼくはいささか貧乏臭いコートを後ろのグランドピアノの上にポイと放り上げ、本を取り出した。聴衆にはあまり注意していなかった。いざ顔を上げると、出入口までぎっしりいっぱい、さらに入って来ようとしている人たちもいた。

某教授が「そろそろ始めましょうか」と言った。

「ええ。いいですよ」

そこでかれはフロアの聴衆の前に立ち、お決まりのことばを十ほど並べた。ぼくはこんなことを言った、「みなさんのご希望は詩の朗読でしょうか——もっともぼくが依頼されているのはこれですけれど、あるいは講演でしょうか」

「講演」と言う人がいた。

「朗読」と言う人もいた。

「わかりました。両方やりましょう」——ところがぼくは準備をまるでしていなかったのである。「詩を聞くにあたってまず大切なことは、少なくとも初めのうちは理解しようとしないで、耳を『澄ます』ことです。芸術は感覚を通して心に入ってくるものです。詩をそのまま受け入れるのです。全力で詩を聞いてください、聞くのです。でなくて、どうしてそれが詩だと分かりますか。後になって、ことによると、すぐれた才能なり洞察力なりのある人には、その意味が分かってくることもあります」——というような話をした。聴衆は静まりかえって聞いてくれた。そこでぼくは朗読し、朗読の合間に話を進めた。羽毛一枚飛んでも聞こえそうだった。一、二度みんな笑った、心の底から。ぼくは何の窮屈さも感じなかった。そうして話を終えた。屋根も吹き飛びそうな喝采。あの時の人たちには厳かさなんてまるで無縁だったのだ。ぼくはうれしくて顔が紅潮するほどだった。お礼を述べ、「セイウチの詩」[9]でしめくくった。

あとで手紙を一通もらった。「わたしは詩がこんなに人の心に沁みるものとは思ってもいませんでした。息子から話を聞いた時——わたしは涙が出ました」ぼくの書くものについてだ。うれしい喝采だった。翌日の新聞はぼくの声が若々しいとか何とか言っていた。例の教授は翌日ロサンゼルスのフラックス書店でボブ・ウェテローが開いてくれたパーティーにやって来て、本を三冊買った。

フラックス書店でのあのパーティーは楽しかった。片隅にいた五人の女性を相手に詩を読んだ。アナイス・ニン[10]がいたし、マン・レイとその夫人、ドン・パケット、シャーロット、エイヴィン・アールも。その後は招かれていたボブの家での夕食会——ボブ流の鳥肉料理でアルマニャック（ブランデー）をたっぷりかけて卓上で火をつけた。用意されていたのは、若鶏五羽、かなり大きいものだった。料理ができるのを待ちくたびれて、きょろきょろ部屋を見回すと、その居間の天井は大きな樽のような形をしていて、まるでスウェーデン人が建てたみたいだった。カクテルを飲んだり、ピーナツをつまんだりしていたら、やがて、どうぞ、とかれが言った。あの人って何もかも自分でやりたがるのよ、と奥さんは言っていた。

さらに少し待った。何かを焼く匂いがしてきた——無塩バターで焼くのです、と後でかれから聞いた。それから熱い鶏肉をフライパンにのせて運んできて、上からアルマニャックを注ぎ火をつけようとしたが、うまくいかない。そこで二度、三度とやってみるとパッと火がつき、大きな青い炎がフライパンから立ちのぼり鶏肉をすっぽり包んだ。そしてかれは一人一人にマッシュルームとマコモを添えて出し、肉汁をたっぷりかけてくれた。

その後、シャーロット、エイヴィン、アリス、幼い娘クリスティンがやって来て、別室で一時間ほど待っていた。その間ぼくらは楽しく食べたりしゃべったりした。かれはカリフォルニア産の極上の白ワインを何本も開けた。それから大きな木皿に入れたグリーンサラダが出たが、いい味だった。そうしてやっとぼくらも別室に行き、コーヒーとデザートを頂いた。エイヴィンの娘、クリスティンが眠くなりむずかって、夫婦で寝かせつけようとしていた。うまく眠ってくれなかった。

おしまいにブラウン夫妻が大きな皿いっぱいのフルーツを持ってきた。ナシとカキだった。家の木に、まだ十分熟れてはいないが、いっぱい生っているの、と言う。

その時思いがけないことがあった。ウェテロー夫人の母、マイナーさんが、自分はテキサス出身で、娘のウェテロー夫人はテキサス女子工科大学を出ている、と言う。

「それじゃぼくのいとこのジャック・ハバードはご存知でしょうね」とぼくは言った。

「何ですって？」とマイナー夫人。彼女は初めはよく聞いていなかったのだ。「ハバードっておっしゃったの？」

「そう。ぼくのいとこのジャック・ハバード。テキサス女子工科大学学長の……」

「あらまあ！　私たちの無二の親友よ、その方。私の夫はテキサス州議会の議長を務めたことがあり、ジャックと夫は……。知ってるどころじゃありませんわ。そう、たしか、ジャックのお母さん、ハバードってお名前だったわ」

「そうなんです。その姉がわたしの母方の祖母というわけです」

「まさか、そんな！」

最後の夜、ぼくの詩の朗読を自分の持っている性能のいいワイヤーレコーダー(11)でぜひ録音してみたい、とエイヴィンが言う。ぼくは一時間ほど読んだ。その時はあまり気が進まなかったのだが、ともかくやってみた——フロスとシャーロットは根気よく聞いていたが、エイヴィンの奥さんアリスは寝椅子ですやすや眠っていた。

翌日ぼくらはロサンゼルス駅へ車で行った。ぼくは滞在していた間一度もその駅へうまくたどり着けたためしがなかった。と言っても、街をあちこちビルの谷間の狭い通りを抜けて、ハリウッドボウル(12)へ出かけたり、ある時は、車を止めはしなかったがジョージ・アンタイルの家のそばを通ったりしていた。ぼくらは、発車時刻を思い違えていて、すんでのところで汽車に乗り遅れるところだった。

明け方、駅のプラットフォームにツーソンという駅名表示が見え、その日三時、メキシコ国境に数マイルの砂漠を走り抜け、きれいな（強いて言えばだが）列車を降り、プラットフォームをニコニコ笑いながらやって来たボブ・マカルモンに会ったのがエルパソ。昔ハバード家が住んでいた町だ。

橋の向こうはフアレス。渡り賃は三セント。「アビニョンの橋の上で」――ぼくの頭に思い浮かんできたのはこれだけ。夜の公園のスズメたち――ボブとその兄弟のジョージ、アレックとその妻たち――グラス一杯五セントのテキーラ、ウズラ料理とメキシコ人たち、貧しいインディアンたち――一人は夜中に橋の鉄骨にもたれ丸い塊となってうずくまっていた――おそらくどちら側の権力も手の届かないところなのだろうが、信じられないほど縮こまり不様な障害物となって――眠っていた。

翌日は砂漠、その手前は綿畑が広がり、それを切り裂いて伸びる鉄道線路。銅、製錬所の吐き出す煙が何マイルも砂漠を流れる――際限なく続く石ころの荒野――砂漠に夜のとばりがおり、列車は登り坂をゆるやかなカーブをえがき、数マイルで千フィートの割りで高度を上げていく。ウチワサボテンやその仲間たち。月が上っている。

次の日はルイジアナ州サトウキビ畑。ニューオーリンズ。寒いブルボン通り、大聖堂。寺男の弁解がましい説明、新品のパイプオルガンなんですよ。立派なものです。そりゃそうですよ。二万二千ドル以上しましたからね。

58 詩『パターソン』

世のために詩人にできる最大の寄与は、あの秘めやかにして聖なる存在を明らかにすることであるにしても、詩人の語ることを世の人々は理解しないだろう。外科手術は詩人にとって何の助けにも、治療にもならない。外科医本人が自分の医術がむなしいことは承知しているはずだ。だがかれにもぼくのようにたえず走り書きしておきたいことはあるはずだし、かれの目を見ればそれを認めているのがぼくには分かる。

そういうわけでぼくは『パターソン』を書き始めたのである。一人の人間はまさに一つの都市であり、さらに詩人にとって事物をよそに観念は存在しない。しかし批評家たちに言わせると、ぼくは詩人として深遠さを欠いているようで、かれらは自分の深遠さをひけらかし、時にはまさに思想家としての情熱にまかせて詩を書いてみせたりする。要は何をもって深遠なるものとするか、ということである。人間と都市という主題を扱うのに、その形式なりの深みに達しなければ目的は達成できない、とぼくは思うからだ。

こう言うとすぐ、思想家、学者たちは詩の本質に関するもろもろの疑問を提議し、自らそれに答えたり、ともかく思想同士の間に緊張を生み出そうとする。かれらは思索し、そして思索することこそが深遠であることだと信じている。妙な話だ。もしもかれらの思索がかれらの思想に有益ならば、それで十分ではないか——思想家としてのかれらには。

そもそも、そう望んでいながら思想の根底に達することができない人間なんているだろうか。だが詩人は自らの扱っている素材の文脈の中に存在する思想を逸脱しないものだ。事物をよそに観念は存在しない。詩人は自らの詩で思考し、その中にこそかれの思想は存在する。そしてそれこそが深遠さというものなのである。そうした思想が『パターソン』であり、この詩の中に発見されるはずだ。

だから思想家が己の目的のために詩を捕獲し、自分のあれこれの思いを投げ込む網として「思想」を利用しようとするのは愚かしいことだ。そもそもこうしたことは思索する者の犯してはならない原理的非礼であるということに気付かないほど、かれら自身が深遠でないということだ。脱線してしまっている、範疇を逸脱しているのだ。その思想あるいは意義がどんなものであれ、ハトをライオンのように吼えさせては、詩はダメだろう。

ぼくをとりまく識知可能な世界をまるごと体現する大きいイメージを発見するという詩『パターソン』の核心をなす着想が初めて生まれたのはずっと前のことだ。長い間わが地で、生活の些事の真っ只中で暮らすうちに、これらバラバラの観察や体験が「深遠さ」を獲得するにはまとめ上げなければならないということが、ぼくには分かってきた。すでに身近に川があった。ぼくらは川のほとりに生きており、ぼくらが川の民であることを肌で感じては、フロッシーは改めて驚いている。ニューヨーク市ははるか視野の彼方にあった。単に鳥や花を謳うのではなく、もっと大きい詩を書いていきたいなら、ぼくのまわりの身近な人たちのことを書かなければと思っていた。自分の語るものを、細部にわたり精細に知りたかった――人々の眼の白いところ、まさに体臭にいたるまで。

それこそが詩人の仕事である。漠然としたカテゴリーで語るのではなく、個物を書いていくこと、ちょうど医者が患者に、眼前の対象に働きかけて、個物の中に普遍を発見していくように。(まったく偶然見付けたのだが)ジョン・デューイ[1]は言っている、「個々の土地に根差すものこそ唯一の普遍であり、すべての芸術はその上に築かれる」。カイザーリング[2]もことばは違うが同じことを言っていた。ニューヨークをそういう意味で知りたいという願望も機会もぼくにはなかったが、それで何ら損をしたとは思わなかった。

パセイック川沿いの他の土地もいくつか考えたが、最終的には植民時代の話が豊富で、川の水もさほど汚染されていなかった上流の町、パターソンが勝ち残った。にぎやかな音をたて、季節によっては轟音をとどろかせる大滝があった。アレグザンダー・ハミルトンという人物を通してわがアメリカを形成した財政的建国政策を生み出すもととなり、さまざまな着想を思い起こさせるこの滝にぼくは深い興味をかきたてられた——さらにはそこから現在にいたるまで結果的に発生してきたことにも。今日においても探索して実り多い歴史の現場だ。こうしたことはぼくも知っていた。話も聞いていた。その土地を作り上げていった出来事のいくつかにはぼくもかかわっていた。ビリー・サンデー[3]牧師の説教を聞いたこともあった。ジョン・リードとは話もした。病院勤めの中でその地のたくさんの女性とも知り合いになった。若いころはギャレット山を歩き回ったり、その山中の池で泳いだり、町の裁判所に出頭したこともあった。黒焦げの焼け跡や洪水で水浸しの通りも見た。ネルソンのパターソン市史[4]でその過去も読んだし、そこに植民したオランダ人のことも文献で知った。

ぼくはこの都市をぼくの追求すべき「症例」として、まさに丹念にそれを仕上げていくために取り上げた。そのためにはぼくの未だ知らない詩法が必要だった。詩が成立する文脈をそうした「思想」に基づいて発見する、あるいは作り出すこと、それがぼくの仕事となった。一篇の詩を「作る」こと、芸術としての諸条件をすべて充足し、なおかつことばの配置そのものの中に、都市であり人であるパターソンが発見されるという意味で、新しい、まさにそうした詩作品として、完璧な、完成した詩作品を創出すること——たとえ束の間でもそうした詩が羽ばたき生命を持つならば——その地に固有の特性を備えた詩そのものとして存在することになり、それゆえに世界の他のあらゆる土地にも通い合うものとなるであろう。そうした詩が生命を持つのは、まさにそれがその土地の言語に固有のものであるからだ。

パターソンの滝が滝壺の岩に砕けてどうっと轟音を立てていた。想像力の中ではこの轟きはコトバもしくは声、あえて言えばコトバであり、そのコトバが問いかけてくるものへの応答が詩そのものである。

最終的に主人公は川がもはや川でなくなったかに見える海から上がり、一見チェサピークベイ・レトリーバーと分かる忠実な雌犬とともに内陸部カムデンへと向かう。ウォルト・ホイットマン[5]が晩年を誹謗中傷のうちに過ごし死んでいった土地だ。かれがつねに言っていたことだが、かれの詩は英詩を支配してきた弱強五歩格を打破して、やっと本来の主題にとりついたばかりであった。ぼくも同感だ。新しい土地特有の言語で、個々のことばに基づいた新しい構造を創出し継承していくことが、ぼくらのつとめである。

昨日、わが家の客ジョン・ハズバンドとぼくの孫の小さなポールを連れて——このチビちゃんはちょっと体調をくずしかけていたのだが——パターソンの地形を見ようと車で出かけた。出発は十一時ごろ。ポールは後の座席に一人で乗っていた。ぶっ飛ばしたらどれくらいスピード出るの？　とポール。八十マイルさ、ぼくは言った。じゃあ、やってみて。ふむ。

グレイト・ノッチの岩間から湧いている泉が見えた。ラザフォードは、沼地寄りの小高い土地の周辺いたるところの砂地に温泉が湧き出ているため、昔はインディアンたちにボイリング・スプリングズと呼ばれていた土地だとジョンに話した。

「今はどこにあるの？」かれは聞いた。

「ぼくの知るかぎり、これっきりですね。他の泉はぜんぶ——そのうち一つはつい去年まで家の近くを流れてたんだけど——下水溝にされたり埋め立てられたりしました」

「驚いたねえ！」とかれ。「どこにも一つも残ってないなんて。でも、どうしてなんだろう」

「そうねえ、わが家から見て線路の向こうの方に一つあって、ある女の人が所有していて管理も見事でした。その小さな池には金魚なんか飼い、一般にも開放されていたのです。立派な蛇口が付いた給水塔が立っていて——水が年中流れていたのですよ」

「それで……？」

「ところがです。そこへ遊びに行った連中がすっかり汚してしまったんですよ。実際、ウンチはするし、水道管は盗み、金魚を殺し、ゴミを放り込み、芝生は踏み荒らす、よくあることですよ」

ジョンは、地勢が平坦なニューオーリンズの田舎に住んでいたので、ちょっとした岩山、土地のほんのわずかな隆起でも、うきうきしていた。頂上まで行って下を見晴らすと、それもほんの正味二百フィートほどの高さだったが、その眺望に息を呑んでいた。

「あれがニューヨーク?」

「いや、ニューヨークは十ないし十五マイル先で霞の向こう。これはパターソン」

「本当?　だからなのかなあ?　書き始める前にちゃんと知っていたの?」

「いや、はっきりとはね。でも見てはいましたね——何度か」

「ぼくが言いたいのは」かれは続けた、「よくもあれほどくっきり、まるで掌にのせているみたいにイメージ化できるものだってことなんです」

「そうじゃないですね。運がよかった、それだけのことです。ぼくには都市が一つ必要だった。ニューアークはどうかとも考えました。それも川のほとりにありますからね。でもパターソンの方が上流にあった、ずっと水源に近いところにね。それに滝があった——あれは大きかった」ぼくらは車に乗ったままだった。

「裏道を通って下りようか、ポール」

「うん。危なかない?」道は融けかかった雪におおわれていたが、誰かが灰をまいてくれていた。

「見て、あの小さな家」とジョンが指さした。公園のはずれの岩山のちょうどてっぺんにのっかった家だった。

「どこかの絵描きさんなんだ」ぼくは言った。「ああいう気の利いたことをするのは決まって絵描きさんです。イタリアの人だね、きっと——イタリア人ってのは丘のてっぺんが大好きなんです」

「へえ、でも作家かも知れないよ」ジョンは言った。

「このへんは危ないかな?」とポール。ちょうど道が険しく曲がっていて、氷におおわれた急カーブに差しかかっていた。

「ほうら」ぼくは言った、「それほどじゃないさ。でも、いつも何か危険なことないかなって思っているのはよくないね」とぼくは釘をさしておいた。「いつか危険なことには出くわすものなんだよ、お前がいやだって言ったってさ」

滝には誰もいなかった。水もほとんど流れ落ちていなかった。駐車場で道がぐるっと回っているあたりはぬかるんでいたが、幸いに浅かった。滝のしぶきを浴びて、崖の縁は一面奇妙な形の結氷だらけだった。人の頭くらいか、あるいはもっと大きい、円球状のツルツルの氷で、それが何百となくあるのだから、まるで冥土のキャベツ畑といった風情で、蹴ってみると剝がれるのもあったが、ビクともしないのもあった。

ぼくは狭い橋の近くの崖っぷちに行ってみた。足もとはつるつるだったが、展望所のところには鉄の格子があって結構安全だった。

ジョンは十フィートくらい後ろの方でぼくらを見ていた。ポールがその人の頭みたいな奇妙な氷を一つ上手に剝がした。

「よしよし」とぼくは言った、「じゃあ、崖の縁からそれ投げてごらん」

でもかれには重すぎた。ぼくに、持ち上げて、と言った。鉄格子のところへ行って投げようとするぼくにポールはしがみついた。氷はちょっと上昇して、どうっと落下し、視界から消えると間もなく、下の方の氷にぶつかってバーンと大きな音を立てた。

実験は大成功だった。ポールは大喜びで、すぐに別の爆弾を取りに行った。

「下の川に落ちたのか、飛び込んだのか、カミング夫人[6]がその前に立っていたのはきっとこのあたりです」

「そうでした、そんな話でしたね[7]」とジョンは言った。

「そして、あの辺がサム・パッチの立っていたところでしょう――あそこです」

「どこ?」ポールが聞いた。

「あそこさ」

「その人、あんなところから飛び込んだの?」

「そうだよ、昔向こう岸まで橋を架けようとしていて、落っことした道具を取り戻そうとしてね」

「すごいね、すごい話だね」

「おじいちゃんがさっきの氷を拾いに、飛び込んでもいいわけだね?」

「水はどれくらい深さがあるの」とポールは聞いた。「いちばん深いところでよ?」

訳注

まえがき

(1) **ウォレス・スティーヴンズ** Wallace Stevens〔1879~1955〕＝米国の詩人、弁護士、実業家。パウンド、エリオットと並ぶウィリアムズと同世代の詩人。詩風はウィリアムズと対照的に抽象的、象徴的。ウィリアムズの『アザーズ』誌の寄稿者の一人。文通はあまりしなかったが、互いに共感しあい、相互に批評文も書いている。

(2) **アルフレッド・スティーグリッツ** Alfred Stieglitz〔1864~1946〕＝ニュージャージー州生まれの前衛的写真家、出版者。現代写真の父と呼ばれる。写真分離主義者（Photo Secessionist）の画廊「２９１」を設立〔1903~17〕。『カメラワーク』誌を刊行。現代米・欧の画家、写真家、彫刻家の展示、宣伝を大きく推進した。妻は有名な女流画家ジョージア・オキーフ。

(3) **ジョン・マリン** John Marin〔1870~1953〕＝ウィリアムズと同じラザフォード生まれの画家。キュービズムの影響はあるが個性的で、独特の構図で付近の絵を描く。

(4) **ハートレー** Marsden Hartley〔1877~1943〕＝米国の画家、詩人。スティーグリッツに認められ、一九〇九年、画廊「２９１」で個展。一九一二年からヨーロッパを旅行。パリではガートルード・スタインの世話でセザンヌ、ピカソ、マチスらを学ぶ。その後ドイツに移り、第一次世界大戦直前のベルリンの風俗に魅せられて制作。表現主義を持ち帰って、米国現代絵画の開拓者と言われる。再渡欧ののち帰国後は郷里メイン州に住み絵と詩の制作を続けた。ウィリアムズは臨床研修病院からの帰途、ニューヨークのハートレーのアトリエを訪問したり、かれの詩を自ら編集する『コンタクト』誌に掲載したりした。

(5) **ポーティナリ** Candido Portinari〔1903~62〕＝サンパウロ生まれのブラジルの画家。欧州の洗練と土着の原始性を取り入れ藤田嗣治の影響を受ける。ワシントン国会図書館の壁画が有名。

(6) **パブロ・カザルス** Pablo Casals〔1867~1973〕＝スペインの世界的チェロ奏者、指揮者。

(7) **クロイスターズ分館**＝メトロポリタン美術館の分館で、ニューヨーク市北部、ハドソン河畔にある中世美術館。ウィリアムズの『パターソン』第五巻にある「一角獣」のタペストリーはこの分館の収蔵品。

（8）**ケネス・バーク** Kenneth Burke〔1897～1986〕＝ピッツバーグ生まれの米詩人、文学および哲学評論家。著作多く、一九八〇年、国民文学賞を受ける。ウィリアムズが『コンタクト』誌の編集をしていた時の寄稿者の一人。一九二二年春、バークはニュージャージー州の片田舎アンドーバーに古農園を買い取り移住。そこは次第に当時の詩人、小説家などの一種のサロンになり、ゴーラム・マンソン、バーク、マシュー・ジョセフソンは三人の共同編集でリトル・マガジン "Secession" を刊行〔1922～24〕。
（9）**マルカム・カウリー** Malcolm Cowley〔1898～1989〕＝ペンシルヴェニア州生まれの詩人、作家、批評家。一九二〇年ハーバード大卒。第一次世界大戦後フランスへ移住したいわゆる国籍離脱のアメリカ人芸術家の一人。パリでダダイスト、シュールレアリストと交わる。バークとはピッツバーグでの幼少期以来の友人。
（10）**『リシストラタ』**＝ギリシャ喜劇の大作家アリストファネス〔BC445?～385?〕の前四一一年作の『女の平和』。女たちが平和を求めて男たちにセックスストライキをして成功するユーモア・卑猥・真面目さの混じる劇。一九三〇年ニューヨークの上演では数カ月のロングランとなった。
（11）**アンリ・ファーブル** Henri Fabre〔1823～1915〕＝フランス昆虫学者、作家。『昆虫記』十巻が有名。科学者のように思索し、芸術家のように観察し、詩人のように感じて表現した大学者といわれる。

I

1　幼い記憶

（1）**チャップマン** George Chapman〔1559?～1634〕＝英国の劇作家、詩人。その英訳『イリアッド』『オデッセイ』は力強い美しさで長らく英語版ホーマーの定訳として愛読される。
（2）**モリス・プレインズ**＝ラザフォード西方約四十キロメートルの村。
（3）**祖母のウェルカム**＝エミリー・ウェルカム。本人は語らないが、幼いころ孤児になりロンドンの裕福なゴッドウィン家で養育される。しかし、某ウィリアムズという不詳の人物と結婚したため、養家と不仲になり絶縁。間もなく夫も「失踪」したらしい。この結婚で生まれた子がウィリアム・ジョージ・ウィリアムズ、すなわちこの『自叙伝』著者の父。エミリーは息子が五歳の時、新しい生活を求めて渡米。ニューヨーク、ブルックリンの下宿屋で暮らすうちに知り合ったジョージ・ウェルカム（西インド諸島セント・トマスの巡回写真師）と再婚し、サント・ドミンゴのプエルト・プラータに移り、三児（ゴッドウィン、アーヴィング、および娘ロシータ）を生む。

2　バゲロン屋敷

（1）**バゲロン屋敷**＝ラザフォードの郊外、イースト・ラザフォードの荒れた農地の中にあったが、ポーチを巡らしキューポラのある大邸宅で、父親が中南米へビジネスで出かけている間住んでいたことがある。
（2）**ボールドウィン**＝米国のリンゴ品種名。日本名は赤竜。
（3）**西インド諸島**＝北米南東と南米北端の間の大西洋（メキシコ湾を含む）に広がる一万二千あまりの群島。キューバ、ジャマイカ、ハイチとドミニカ、プエルトリコ、マルティニクなどが含まれる。

3 川辺にて

（1）**クロッケー**＝木球を木槌で打って小さい門をくぐらせる遊び。
（2）**ヌメリゴイ**＝米国の河川に多い鯉に似たサッカーという魚の総称。
（3）**ニューヘイヴン**＝米国コネチカット州南岸のロングアイランド海峡に面した同州最大の都市。その隣町がウエストヘイヴンである。
（4）**ウィッチヘーゼル**＝アメリカマンサクの樹皮でつくる打ち身用薬剤。
（5）**シニー**＝ホッケーを簡単にした子供の球技。また、パックはアイスホッケーでつかう球、ゴム製の平円盤。
（6）**ウサギと猟犬**＝ウサギになって紙切れをまきちらしながら逃げる二人またはそれ以上の子供（ウサギ組）を他の子供（猟犬組）が追いかける遊戯。「紙まき競走」とも言う。

4 父と母

（1）**ポンティウス・ピラトス** Pontius Pilatus＝ローマ帝政期のユダヤ総督。キリストの無罪を認めたがユダヤ人の強要に負けて磔刑にした。処刑許可にあたって、いばらの冠をかぶったキリストを指して言った「この人を見よ」(Ecce Homo) という題を持つ宗教画が描かれてきた。
（2）**ポール・ロレンス・ダンバー** Paul Laurence Dunbar〔1872～1906〕＝米国の黒人詩人、作家。黒人の方言を巧みに使った抒情詩、短編小説で知られる。
（3）**単一税論者**＝欧米では十六世紀以降、国の複雑な税制の欠陥に反対して、所得・消費・土地などの単一課税論が説かれた。アメリカではヘンリー・ジョージが『進歩と貧困』〔1879〕で膨張する地主の不労所得を正そうと土地単一課税を説く。
（4）**『種の起源』『人間の系譜』**＝イギリスの生物学者チャールズ・ロバート・ダーウィン〔1809～82〕は一八五九年に『種の起源』発表、生物の進化を唱えた。一八七一年には『人間の系譜』を発表。
（5）**ギュスターヴ・ドーレ** Gustave Doré〔1832～83〕＝フランスの有名な挿絵画家。挿絵を描いた本が九十冊以上あり、その一つがダンテの『神曲・地獄篇』〔1861〕。
（6）**ユニテリアン**＝プロテスタントの一派で、キリストの神性を否定し合理主義的、汎神論的。一七七四年、ロンドンで成立し、アメリカで発展。詩人ロングフェローや哲人エマソンもこの派から出ている。

5　十代の前半

（1）**カルロス**＝ウィリアムズの母親の兄カルロス・ホウヘブ。パリで医学を学び、プエルトリコで開業していたが、のちパナマへ（9章）。ウィリアム・カーロス・ウィリアムズのミドルネームはこの伯父からくる。
（2）**BB空気銃**＝口径〇・一八インチの空気銃。
（3）**ジム・ヒスロップ** James Hyslop＝ウィリアムズの幼友達の一人。草木や昆虫に深い関心を持って観察、のちにマサチューセッツ農科大学に進み、昆虫学を専攻。長年の観察を通じて「害虫百科」とでも言うべき大著をまとめ、ウィリアムズも出版元を求め尽力するが未刊に終わる（18章、42章でもその思い出は語られる）。

6　日曜学校

（1）**ピーター・スタイベサント** Peter Stuyvesant［1610〜72］＝オランダの植民地行政官。ニューアムステルダム（現在のニューヨーク）を開発。
（2）**ドッド夫人**＝セント・トマス時代の祖母の友人で、ウィリアムズがペンシルヴェニア大学に入学した一九〇二年秋、たまたまパセイック通りの家に遊びに来ていたのだが、ゴッドウィンは彼女が自分を監視していると邪推したらしい。

8　スイス

（1）**サレーブ山**＝レマン湖畔の風光明媚な連山で、最高峰は一三七五メートル。
（2）**アルパゴン**＝フランスの劇作家モリエール［1622〜73］の作品『守銭奴』の主人公。
（3）**オーストリアの皇后**＝オーストリア皇后エリーザベト・アマリエ・オイゲーニエ。ジュネーヴ滞在中の一八九八年九月十日暗殺される（享年六十一歳）。犯人はパリ生まれのイタリア人で、アナキストを自称する二十五歳の浮浪者。

9　パリ

（1）**アリス**＝ウィリアムズの母の兄カルロス・ホウヘブの娘。一家がパナマに住んでいた時、フランス人トリュフリィと結婚。マルグリートはアリスの妹。
（2）**トリュフリィ**＝一八八一年パナマ運河開鑿を始めた当時のレセップス社の弁護士。アリス・ホウヘブと結婚。
（3）**ドレフュス裁判**＝一八九四年フランスのユダヤ系陸軍大尉アルフレッド・ドレフュスが対独機密漏洩の嫌疑で終身刑を宣告された事件。エミール・ゾラなどがフランス政府を弾劾して国論を二分したが、のちに真犯人が現れて一九〇六年無罪。
（4）**トールドリンク**＝ソーダ、果汁、氷などを入れたアルコール飲料で、丈の高いグラスで出される。
（5）**ル・ネアン**＝モンマルトルの酒場。床に置かれた黒塗りの寝棺の中に酔客が入って骸骨になるなどの出し物で客を集めた。

10 復学する

(1) **エイゲルティンガー**＝ウィリアムズのホレイス・マン高校時代の同級生で数学の天才。コロンビア大学卒業後、ニューヨークで技術者として成功するが、酒癖のために零落。ウィリアムズは詩集『雲』［1948］の巻頭を詩「エイゲルティンガー」で飾った。

(2) **「老水夫行」**＝英国の詩人サミュエル・コールリッジ［1772～1834］の物語詩。

(3) **「リシダス」**＝英国の詩人ジョン・ミルトン［1608～74］の作品。続く「コーマス」、「ラレグロ」、「イル・パンセロソ」も同じ。

(4) **ロバート・ルイス・スティーヴンソン** Robert Louis Stevenson ［1850～94］＝スコットランドの小説家、詩人。

11 医学

(1) **カール・ベルー** Kyrle Bellew ［1857～1911］＝英国の俳優。シェイクスピア劇の性格俳優として評価を受ける。

(2) **ジャネット・ビーチャー** Janet Beecher ［1884～1955］＝米国の女優。舞台からハリウッド映画に転じ、一九三〇年代の性格俳優として有名。

(3) **D・H・ロレンス** David Herbert Lawrence ［1885～1930］＝英国の小説家・詩人。

(4) **イーディス・ワイン・マシソン** Edith Wynne Matthison ［1875～1955］＝英国の女優。一九〇〇年、ベン・グリート劇団演出『お気に召すまま』のロザリンド役をロンドンで演じて人気を博した。劇作家の夫チャールズ・ケネディとともにロンドン、ニューヨークの演劇界で活動。

(5) **ベン・グリート劇団**＝英国の俳優ベン・グリート［1857～1936］主宰の劇団。シェイクスピア劇をオリジナルに近い舞台装置を用いて野外で上演して英米を巡業。

(6) **チャタートン** Thomas Chatterton ［1752～70］＝英国の詩人。十五歳で発表した詩が自作かどうか疑われ、貧窮のうちに十七歳で服毒自殺。

(7) **エズラ・パウンド** Ezra Pound ［1885～1972］＝米国の詩人・批評家。ペンシルヴェニア大学時代にウィリアムズ、H・Dらと親しくなり影響を与えた。一九〇八年アメリカを後にし、ロンドン、パリ、イタリア各地を転々として四十年近くヨーロッパに住み、イマジズム、さらにヴォーティシズムなどの芸術運動を推進。『ブラースト』誌創刊の他、詩誌『ポエトリー』、『リトル・レヴュー』などにかかわり、詩の革新に大きな足跡を残す。ジョイスの『ユリシーズ』刊行の手助け、エリオットの『荒地』草稿の削除・手直しなど、二十世紀文学の方向を決定した巨人とも言える存在。第二次世界大戦中イタリアでファシズム宣伝の海外向け放送を行ったかどで、一九四五年に反逆罪で逮捕、アメリカへ連行されたが、精神異常を理由にワシントンの聖エリザベス病院に十三年間軟禁される。（ここでの生活は51章に詳しい）。マクリーシュ、フロスト、エリオット、ヘミングウェイなどの嘆願運動により反逆罪の起訴は取り下げられ、一九五八年、妻ドロシーとともにイタリアへ戻り、ヴェネチアで客死。生涯書き続けた未完の叙事詩『キャントーズ』［1919〜68］は、ウィリアムズに長編詩『パターソン』を書く大きな契機を与えた。

（8）**ヒルダ・ドゥーリトル** Hilda Doolittle（H.D.）［1886〜1961］＝米国の代表的モダニスト詩人。ブリン・モー大学時代に、ペンシルヴェニア大学の学生であったパウンド、ウィリアムズらと知り合い、特にパウンドの影響を受けて詩作。一九一一年、婚約者パウンドを追うようにして英国に渡りイマジスト運動に加わる。ヒルダにH・Dというペンネームを与えたのもパウンド。イマジズム運動のリーダーの一人オールディントンと結婚するが破綻。以後ボブ・マカルモンと結婚した小説家ブライアーとともに暮らし、レズビアンの関係にあったとされる。生涯ヨーロッパを活動の場とし、正確で簡潔な詩を書く。若き日のヒルダ、パウンド、ウィリアムズの思い出は13章で語られる。

（9）**マリアン・ムーア** Marianne Moore［1887〜1972］＝米国の女性詩人。ブリン・モー大学ではH・Dと同期。一九一五年最初の詩を『エゴイスト』（H・Dが編集助手）、『ポエトリー』、『アザーズ』に発表してパウンドなどに賞賛され、当時の前衛詩人の中で名声を確立。一九二五年詩誌『ダイアル』の編集をスコフィールド・セイヤーから引き継ぎ、一九二九年の廃刊まで編集に専念、同誌を二〇年代の代表的詩誌に育てる。情緒を排した知的で機知に富んだ表現で詩を革新した。終生独身であったムーアは、母が一九四七年に死亡するまでともに暮らし、フリーの作家として生計を支えた。その間、数多くの詩を発表して著名な文学賞を受賞するなど、二十世紀の代表的モダニスト詩人。

（10）**チャールズ・デムース** Charles Demuth［1883〜1935］＝米国の水彩画家。ペンシルヴェニア州ランカスターの裕福なタバコ商の家庭に生まれ、生涯金銭のために絵を画くことをしなかった。生来脚が不自由なため母の介護に依存する生活が、チャールズを内向的だが想像力豊かな人間に育てた。ウィリアムズはペンシルヴェニア大学在学中にデムースと会い、生涯の友となる。三度渡欧、パリ、ベルリン、ロンドンに滞在し当時の前衛芸術、特にキュービズムに影響される。一九二〇年代のプレシジョニズム派の代表的画家。代表作に、「金色の数字5」［1928］という、ウィリアムズの詩「偉大な数字」に捧げた作品がある。ウィリアムズはチャールズの水彩画でラザフォードの自宅の壁を飾り、26章で病弱だった友の面影をたどる。

（11）**キーツ** John Keats［1795〜1821］＝英国詩人。物語詩「エンディミオン」［1818］、「ハイピリオン」［1818〜未完］などの作品がある。

（12）**イェイツ** William Butler Yeats［1865〜1939］＝アイルランドの劇作家・詩人。十九世紀末アイルランド文芸復興の指導者。

（13）**『ミカド』**＝歌詞はウィリアム・ギルバート、音楽はアーサー・サリバンによる二幕物喜劇オペラ。

（14）**『オーカッサンとニコレット』**＝フランスの伯爵王子オーカッサンとサラセン王女で捕囚となったニコレットとの恋愛物語。作者は十三世紀のフランス人作家に擬せられるが不詳。

(15) **ヴィヨン** Francois Villon〔1431?〜63〕＝フランス中世末期の詩人。入獄・放浪の生涯を送る。主著に『形見分け』、『遺言書』。

(16) **ラブレー** Francois Rabelais〔1494?〜1553〕＝フランス・ルネサンスの修道士・医師・人文学者。著書に『パンタグリュエル』『ガルガンチュア』など。「欲スルコトヲナセ」は『ガルガンチュア』第一之書、第五十七章に出ることば。

(17) **「エンディミオン」**＝キーツの物語詩〔1818〕。ギリシャ神話を巧妙に組み合わせ、ヒロイック・カプレットで表現されている。

(18) **アルロ・ベイツ** Arlo Bates〔1850〜1918〕＝米国の作家、詩人。一八八〇年から九三年まで『ボストン・サンディ・クーリエ』紙の編集者。その後マサチューセッツ工科大学教授。

(19) **バック・ベイ地区**＝チャールズ川ベイスンに面したボストンの商業・住宅地区。

(20) **ある姉妹**＝ハーマン家の姉妹、シャーロットとフローレンス。一九一二年、ウィリアムズは妹のフローレンス（フロス／フロッシー）と結婚。

(21) **ボブ・マカルモン** Robert McAlmon〔1896〜1956〕＝米国の詩人、小説家、出版者。一九二〇年、ニューヨークでウィリアムズと雑誌『コンタクト』を創刊・編集。一九二三年の終刊までに、パウンド、スティーヴンズ、マリアン・ムーア、H・Dなどの作品を掲載。英国の富豪の娘アニー・ウィニフレッド・エラーマン（通称ブライアー）と便宜上の結婚をした後パリに移住し、国籍離脱芸術家として多彩な活動を展開。結婚によって得た資金でコンタクト出版社を設立し、ガートルード・スタイン、ヘミングウェイなど一九二〇年代の多くの作家、詩人たちの初期作品を出版。また「失われた世代」の作家たちとの交友を通し、時代の貴重な証言者となる。『天才たちとともに』〔1939〕は自伝ともいえる当時の回想録。

(22) **ムラートの女**＝肌が黄褐色で特に性的魅力のある黒人女性。

12 **エズラ・パウンド**

(1) **キーウィ**＝ニュージーランドの夜行性の奇異鳥。耳の穴が大きいのが特徴なので皮肉って引き合いに出したのだろう。

(2) **ラクロス**＝北米先住民の遊びに起源する、特殊なラケットで硬球を打ち合う北米の団体球技。なおパウンドがフェンシングをやめたのはかれの習ったイタリア式よりウィリアムズのフランス式の方が優れていると聞いたためだという説もある。

(3) **義理の姉**＝ウィリアムズの妻フロスの姉シャーロットはドイツのライプチッヒの音楽学院に三年間留学した。

(4) **リディア・ピンカム** Lydia Pinkham〔1819〜83〕＝薬草粉末を調合してベジタブル・コンパウンドと銘打ち婦人病の万能薬として製造販売、誇大宣伝で巨富を得た。

(5) **ロンサール** Pierre de Ronsard〔1524〜84〕＝フランスの詩人。青春と美の移ろいやすさをうたう恋愛詩は各国、各時代の作曲家を魅了し作曲された。

(6) **エウリピデス** Euripides〔BC484〜406〕＝ギリシャの三大悲劇作家の一人。『アウリスのイピゲニア』〔BC406〕は未完だがかれの悲劇の代表作とされる。

(7)**「死者の島」**=スイスの画家アーノルド・ベクリン作の油絵〔1880〕。黒々とした不吉な高木が数本中央を占める牢獄のような岩だけの小島に一艘の小舟が近づく風景画。
(8)**ヒロイック・カプレット**=二行連句の英雄対連の文体。十四世紀に英詩の父と言われるチョーサーが使い、十七世紀にドライデンやポープなどが広めた詩型。
(9)**エドマンド・スペンサー** Edmund Spenser〔1552~99〕=英国の詩人。キリスト教道徳を賞揚するアレゴリー作品『フェアリークィーン』で知られる。
(10)**『パルジファル』**=ワグナー最後のオペラ〔1882〕。かれの『トリスタンとイゾルデ』とは違った宗教的な構造、要素を持つ。
(11)**「レイミア」**=キーツの物語詩〔1820〕。美女に変身した魔女が若者に恋をしてその婚礼の席で正体を見破られ姿を消したので若者は悲しみのあまり死ぬ物語。かれの『聖アグネス祭前夜その他の詩』〔1820〕、特に最後の詩集に収められた「オード」数篇は不朽の名作と言われる。
(12)**ジョン・クロー・ランサム** John Crowe Ransom〔1888~1974〕=米国の批評家で新批評の唱道者。英文学、詩学の大学教授。かれの編集する『ケニオン・レヴュー』にウィリアムズも寄稿したが編集基準が高くて必ずしも採用されなかった。
(13)**ウィンコート時代**=パウンドの父は一八八八年フィラデルフィアの米国造幣局の分析専門官に任命されてウィンコートに定住し、パウンドは一八九〇年にペンシルヴェニア大学に入学するまでここで裕福な中流家庭の息子として生活した。
(14)**カーティス出版社**=『サタデー・イヴニング・ポスト』など影響力ある雑誌を出版していた一八九〇年設立の出版社。
(15)**メアリー・ムア** Mary Moore=パウンドがインディアナ州ウォバッシ・プレスビテリアン・カレッジにロマンス語教授として採用された時、この女性を知り結婚を望んだが失恋したとされる。
(16)**トマス・ド・クインシー** Thomas De Quincey〔1785~1859〕=英国の作家。『麻薬常習者の告白』で知られる。
(17)**ロンギノス** Dionysius Cassius Longinus〔213~273〕=ギリシャの新プラトン派哲学者、修辞学者。文学の道徳性を論じた『崇高について』はドライデンなどに影響した。
(18)**『新生』『饗宴』**=『神曲』で知られるイタリア詩人ダンテ新体詩の傑作詩集。
(19)**チャールズ・キングズリー** Charles Kingsley〔1819~75〕=英国国教会の牧師。進化論を受け入れたり社会発展に努力。かれに反論するヘンリー・ニューマンの『わが生涯の弁明』〔1864〕は率直な意見を美文調で書いて全国的に読まれた。
(20)**サボナローラ** Girolamo Savonarola〔1452~98〕=イタリアの説教師。教会の腐敗を突いて反感を買い異端の罪で処刑された。「ヴィーナスの誕生」の画家ボッティチェリはその思想に共感傾倒して後期の画風は一変したといわれる。

13 天文台

(1)**アッパーダービー**=フィラデルフィアの南西の郊外の住宅地。
(2)**ドゥーリトル教授** Prof. Eric Doolittle=当時ペンシルヴ

ェニア大学の天文学の教授でアッパーダービーにあるフラワー天文台の所長。ヒルダ・ドゥーリトルの父親。ウィリアムズはかれの研究一途な生き方に深い感銘を受けた。

（3）**ポイントプレザント**＝ニュージャージー州オーシャン郡、マナスカン川の河口にある大西洋岸の観光娯楽の町。

14　**ドクター・ヘナ**

（1）**ペレー山**＝西インド諸島のマルティニク島の活火山。一九〇二年の大爆発でセント・ピエール市は壊滅、死者四万人に及んだ。そこで当時酒販売業を経営していたハラード家でもウィリアムズの母エレーヌと彼女の十歳年上の兄カルロス以外は全員この噴火の犠牲になった。

（2）**革命家**＝十九世紀後半の南北アメリカのスペイン領からの独立の機運に乗って、プエルトリコでも革命運動が活発になり、紛争の末、一八九七年に自治領になったが、その翌年、米西戦争が起こってアメリカ領となった。

（3）**サン・ルイス・ポトシ**＝メキシコの中部、メキシコシティの北西部の州都。

15　**フランス病院**

（1）**フランス病院**＝愛徳修道会《シスター・オブ・チャリティ》（一一六三年フランスで起こったカトリックの女子修道会）経営の病院で、主としてニューヨーク、マンハッタンのウエストサイドのフランス語スペイン語系移民を対象とした。ウィリアムズはその両国語ができたので推薦された。

（2）**グランドバンクス**＝ニューファンドランド島沖の北大西洋の海棚。水深が浅いのでタラを始め世界最大の漁場になっている。

（3）**サックス**＝一九二四年創業の高級ファッションの第一級デパート。

（4）**パウロ伝道会**＝一八五八年ローマ法王の要請で伝道布教活動を目的にしてアメリカに設立されたローマカトリック教会の神父の協会。

（5）**ジョンズ・ホプキンズ大学**＝一八七六年創立の大学院大学。この医学部とその付属病院はアメリカ随一の医療機関だとされている。

（6）**インフルエンザ**＝一九一八年フランスからスペインにわたり世界各地に広まった。半数は二十歳から四十歳で肺炎で二日で死亡した。罹患者六億、死者二千五百万と言われる二十世紀最大の大流行となった。

16　**「神の怒り」**

（1）**ビダール反応**＝フランスのF・ビダールが考案した腸チブス菌、パラチブス菌を同定する血清診断検査。

（2）**ホワイトヘッド** Alfred North Whitehead〔1861～1947〕＝イギリスの数学者で哲学者。一九二四年からハーバード大学で教鞭を執り、真理を一方的に主張する態度を退ける論を展開した。

17　**地獄の台所**

（1）**サン・ファン・ヒル**＝ニューヨーク、マンハッタンのウエストサイドにある地域。一九〇〇年ごろは黒人が多く居住。本文にあるように名前は米西戦争時（一八九八年七月）キューバ、サンティアゴ近くの同名の丘における戦闘での黒人兵士の勇敢さにちなむ。

（2）**地獄の台所** Hell's Kitchen＝ニューヨーク、マンハッタンのミッドタウン西のハドソン川沿いの地域。南北戦争の後、その地域の屠畜場、鉄道構内、安アパートを舞台に跳梁したギャング団の無法ぶりで全米一危険な土地として悪名を馳せる。名前は一八六八年ごろ結成され一九一〇年ごろまで地域を支配した同名のギャング団に由来する。

（3）『**仮面**』"Personae"、『**歓喜**』"Exultations"＝パウンドの一九〇九年の詩集。

（4）**エールリヒ** Paul Ehrlich［1854～1915］＝ドイツの化学、細菌学者。血液の構造の研究を通じ血液学を確立。一九〇八年ノーベル賞受賞（生理学・医学部門）。一九〇九年に梅毒治療剤〝606〟（サルバルサン）を発見。

（5）**ヘルクスハイメル反応**＝梅毒治療剤投与中にみられる症状の重症化のこと。カール・ヘルクスハイメル［1864～1944］はドイツの皮膚科医。

（6）**ペンシルヴェニア・ダッチ**＝十七、八世紀に南ドイツやスイスからペンシルヴェニアを中心に移住してきた人々。その多くは、今もドイツ語方言を話すかなり閉鎖的なコミュニティを形成していて、現代生活になじもうとせず、独特の服装、食生活、宗教に固執し、例えば電気や自動車の使用を忌避する。

（7）**メイ・ウエスト** Mae West［1893?～1980］＝ニューヨーク、ブルックリン生まれの芸能人。官能的、性的な魅力をもち物憂そうなしゃべり方でステージなどで活躍。

（8）**ベルビュー病院**＝ニューヨーク、マンハッタンにある米国最古の公立病院（一七四七年創立）。

18　**最初の詩集**

（1）『**ベティー・パットナム**』Betty Putnam＝ウィリアムズの植民地時代のアメリカをテーマにした戯曲。当時ウィリアムズは若い男女十人で構成されていたラザフォード演劇クラブで活動していた。

19　**ライプチッヒ**

（1）**アーヘン**＝ドイツ西部ノルトライン・ヴェストファーレン州の工業都市。ヴェストファーレンは同州北西部のハムの特産地。

（2）**カテリナ・フォン・ボーラ** Katherina von Bora［1499～1552］＝母の死によって五歳で僧院に預けられたのち、グリマ近郊の尼僧院に入る。そこでルターの教義を受け入れかれの手引きでその尼僧院を脱走。その後ルターと結婚［1525］、六人の子を生み良妻賢母としてルターを支える。

（3）『**神々の黄昏**』＝ワグナーの楽劇『ニーベルンゲンの指

輪』の最終部。古い神々とともに世界が滅亡するという北欧神話に基づく。

（4）**ヴォータン**＝古代ゲルマン神話の最高神で北欧神話のオーディンに相当する。

（5）**モテット**＝宗教的合唱曲で聖書の句などによる多声楽曲。

（6）**ズーダーマン** Hermann Sudermann［1857〜1928］＝ドイツの劇作家・小説家。ドイツ自然主義運動の指導者。

（7）**ブルワー・リットン** Edward George Earle Bulwer-Lytton［1803〜73］はイギリスの小説家・劇作家。その息子 Edward Robert Bulwer-Lytton［1831〜91］は政治家・詩人。どちらであるか不明。

20 **ロンドンのエズラ**

（1）**シェイクスピア夫人**＝詩人W・B・イェイツの親友オリヴィア・シェイクスピアのこと。その娘ドロシーはのちにパウンドと結婚［1914］。

（2）**アベー座**＝一九〇四年に創設されたダブリンの劇場。イェイツやシングなどが活躍したアイルランド文芸復興の拠点。

（3）**アーネスト・ダウソン** Ernest Dowson［1867〜1900］＝イギリスの抒情詩人。いわゆる世紀末詩人の一人でかれの絶唱とされる「シナラ」は陶酔と覚醒の矛盾に悩む世紀末的苦悩をうたったものとして有名。

（4）**エドマンド・ゴス卿** Sir Edmund Gosse［1849〜1928］＝英国の詩人・批評家。北欧文学をイギリスに初めて紹介。ケンブリッジ大学教授、国会図書館館長を歴任。

（5）**ライオネル・ジョンソン** Lionel Johnson［1867〜1902］＝英国の詩人・批評家。沈痛で憂鬱な詩集『アイルランドその他の詩』［1897］でアイルランドへの熾烈な愛国心をうたう。

（6）**エルギン大理石彫刻**＝ギリシャ、パルテノン神殿の一部だった彫刻。第七代エルギン卿がイギリスに持ち帰り、現在は大英博物館に展示。

（7）**ベリーニ** Giovani Bellini［1430〜1516］＝絵画のヴェネチア派の形成過程に重大な影響を与えたイタリア・ベリーニ家の画家。

（8）**『モーバリー』**＝パウンドの詩集『ヒュー・セルウィン・モーバリー』［1920］のこと。ただしここで言及されている詩句は『モーバリー』の中にはなく、同じパウンドの『大祓』［1916］の「庭園」の中の次の詩句と思われる。

　壁に吹きつけられた一束の絹の如く
彼女はケンジントン公園の小径の手摺に沿うて歩む、
そして彼女は一種の感情的貧血で
　　少しずつ死につつある。
（岩崎良三訳）

21 **パリとイタリア**

（1）**『退屈な世の中』**＝フランスの劇作家・詩人のE・パーユロン［1834〜99］による一八八一年作の戯曲。

（2）**ダン・デュ・ミディ**＝スイス、フランス国境近くの山。「南フランスの牙」という意味のこの山はレマン湖の南方にそびえ、標高約三二〇〇メートル。

（3）**フーク・ファン・ホラント**＝オランダ、ロッテルダム近く南西岸の岬にある海港。「オランダ岬」という意味のこの港とイギリス東海岸ハリッジとの間に船便があった。
(4) **ドモドッソラ**＝スイスからアルプスを抜けイタリアへ出る長さ十九キロあまりの当時世界最長のシンプロン・トンネル出口近くの町。
(5) **ブラマンテ** Donato Bramante〔1444～1514〕＝イタリア最盛期ルネサンスの建築家。ミラノとローマで多くの教会を手がけた。
(6) **ピントゥリッキョ** Pinturicchio〔1454?～1513〕＝イタリア・ルネサンス期のウンブリア派の画家。装飾的なフレスコ画で知られ、バチカンの法王の部屋やシエナの大聖堂も手がけ、ラファエルにも影響を与えたとされる。
(7) **エリヒュー・ベッダー** Elihu Vedder〔1836～1923〕＝ニューヨーク生まれの米国の画家、挿絵画家。一八六六年からローマにアトリエを持つ。夢とファンタジーの作品で知られ、アメリカ国会図書館の壁画を手がけている。
(8) **チベリウス帝**＝第二代ローマ皇帝〔BC14～37〕、ジュリアス・シーザーの女婿。退位後カプリ島に隠棲し、少年、少女にパーン、ニンフのなりをさせ好色な遊びに耽ったという。
(9) **ディオクレティアヌス帝**＝ローマ皇帝〔284～305〕。キリスト教徒を大迫害。
(10) **モンレアレ聖堂**＝パレルモ南西の町モンレアレは十一世紀に同名のベネディクト修道院を中心に形成され、美しい聖堂がありその回廊は金箔で飾られている。
(11) **パロス、ウェルバ**＝ともにスペインの南西、大西洋岸の町。コロンブスは一時期ウェルバの修道院で暮らしたことがあり、一四九二年八月三日、ウェルバの南パロスの港から出航。コロンブスの大きな立像がウェルバにある。
(12) **ファンダンゴ**＝スペインの陽気な舞踏。軽快な三拍子で、カスタネットを持って男女二人が踊る。
(13) **ロルカ** Federico Garcia Lorca〔1898～1936〕＝スペイン、アンダルシア生まれの詩人・劇作家。題材の多くを故郷の口承民話にとった。スペインの伝承詩ロマンセの形式を用い多彩なイメージでうたう『ジプシー歌集』などで国民的詩人とされる。スペイン内乱当初、グラナダでフランコの反乱軍に捕らえられ裁判抜きで銃殺される。
(14) **エスコリアル王宮**＝マドリード近郊の「世界で八番目の不思議」とも「石の奏でる交響曲」とも言われる大建造物。王宮、歴代王の霊所、礼拝堂、修道院からなる代表的ルネサンス建築。

II

22 **医師開業のころ**

(1) **コンコード**＝一七七五年四月十九日、アメリカ独立戦争の端緒となった戦闘が起こったボストン近郊の町。
(2) **メディチ家**＝十四～十六世紀、イタリアのフローレンスで栄えた名家。
(3) **ショー** Bernard Shaw〔1856～1950〕＝アイルランドの劇作家、批評家。『ファニーのファーストプレイ』〔1911〕は初めて興行的に大ヒットした社会劇。
（4）**クリフォード・オデッツ** Clifford Odets〔1906～63〕＝米国の劇作家。一九三一年、左翼演劇集団グループ・シアターを創始し、貧困、ストライキ、ユダヤ人問題などアメリカの社会問題を取り上げた劇を上演。『ゴールデンボーイ』（一九三七年初演）は、音楽志向のイタリア系アメリカ人青年が、富と名声を求めてボクシング界に入り、チャンピオンになった当日、自動車の暴走で死ぬというもの。

23 画家たちとパーティー

（1）**アーモリー・ショー**＝ニューヨークで催された前衛絵画・彫刻の国際展覧会〔1913〕。陸軍兵器庫（Armory）を会場にしたのでこの名がある。アメリカに初めてフォービズム、キュービズム、未来派、表現主義など、二十世紀初頭のヨーロッパの新しい芸術を紹介し、若い世代の作家・芸術家の芸術革新運動に大きな影響を与えた。
（2）**デュシャン** Marcel Duchamp〔1887～1968〕＝フランス生まれのモダニスト芸術家。キュービズム絵画「階段を降りる裸体」をアーモリー・ショーに出品して論争を起こす。一九一五年、ピカビア、マン・レイらとともにニューヨーク・ダダのグループを結成。レディメイド・オブジェを芸術作品と考え、小便器を「Fountain」というタイトルで出品するなど、ダダイズムの中心的存在であった。
（3）**ウォルター・アレンズバーグ** Walter Arensberg〔1878～1954〕＝米国の詩人・美術収集家。アーモリー・ショーの新しい芸術に魅せられて美術作品の収集を始める。デュシャン、ピカソ、ブラック、グリス、ミロ、ブランクーシらの作品を集めたかれのアパートは前衛芸術家のメッカになる。そのグループからチャールズ・デムース、チャールズ・シーラーなどの若い画家が育った。
（4）**アルフレッド・クレインボーグ** Alfred Kreymborg〔1883～1966〕＝米国の詩人、劇作家、編集者。前衛芸術運動を支える小雑誌を創刊・編集して、若い作家に発表の場を提供。一九一三年、イマジズムの月刊誌『グレーブ』を創刊し、パウンド、ウィリアムズ、ジョイスらの詩を掲載。ついで、詩誌『ポエトリー』よりも大胆な実験を試みるその他の詩人たち（others）の作品を載せる『アザーズ』〔1915～19〕を編集。
（5）**『アザーズ』**＝アルフレッド・クレインボーグが創刊・編集した詩誌。ウィリアムズ、スティーヴンズ、ムーア、パウンド、H・D、ジュナ・バーンズ、ミナ・ロイなど前衛詩人の発表の場となった。
（6）**グラントウッド**＝ハドソン川に面したニュージャージー州の丘陵地。一九一五年、クレインボーグがここで詩誌『アザーズ』を創刊・編集するなど、ニューヨークの前衛詩人・芸術家の活動の拠点となった。
（7）**オリック・ジョンズ** Orrick Johns〔1887～1946〕＝米国詩人。一九三〇年代、米国共産党機関紙『ニュー・マッシズ』の編集者。
（8）**エドナ・セント・ヴィンセント・ミレー** Edna St. Vincent Millay〔1892～1950〕＝米国の詩人・劇作家。
（9）**マン・レイ** Man Ray〔1890～1977〕＝米国の芸術家。

デュシャンとともにニューヨーク・ダダの中心的存在。絵画、写真、彫刻、映画などの広い分野で活動。一九二〇年から四〇年までパリで制作、デュシャン、ピカビア、ブルトンらと交友。ジェームズ・ジョイス、ガートルード・スタインなど著名人の肖像写真を残した。

（10）**ボブ・ブラウン** Robert Brown［1886〜1959］＝米国の作家・詩人。一九一五年ごろ、グラントウッドのかれの邸宅が詩人・芸術家たちのパーティーの会場となった。

（11）**アランソン・ハートペンス** Alanson Hartpence［1883〜1946］＝米国の画家。ダニエル画廊に勤めていた時の、絵についてのエピソードが36章「帰国」に出る。

（12）**ヘレン・ホイト** Helen Hoyt［1887〜1972］＝米国詩人。若くしてシカゴ『ポエトリー』の編集に参加、同誌に詩を掲載。

（13）**ミナ・ロイ** Mina Loy［1882〜1966］＝ロンドン生まれの米国詩人。友人ガートルード・スタインのサロンでパリ在住の前衛詩人・芸術家と交友。一九一六年ニューヨークへ移り、ウィリアムズ、ムーアらとともに『アザーズ』に詩を発表。プロヴィンスタウン劇団に出演。詩人・ボクサーのクレイヴンと結婚するが、夫はメキシコからヨットで海に出たまま行方不明。

（14）**マックスウェル・ボーデンハイム** Maxwell Bodenheim［1893〜1954］＝米国の詩人、小説家。一九一四年から『ポエトリー』にイマジズム詩を掲載。二〇年代グリニッジ・ヴィレッジのボヘミアンとして知られ、詩と小説を多作したが、その後酒に浸って零落、放浪し、妻とともに精神異常者によって殺害される。

（15）**ローラ・リッジ** Lola Ridge［1871〜1941］＝ダブリン生まれのアナキスト詩人。一九〇八年ニューヨークに移住。資本主義、ジェンダー、ユダヤ人問題を題材とする詩を前衛誌『アザーズ』、『ブルーム』などに発表。

（16）**グレーズ** Albert Gleizes［1881〜1953］＝フランスのキュービスト画家、グラフィック・アーティスト。一九一三年、ニューヨークのアーモリー・ショーに出展。

（17）**プロヴィンスタウン劇団**＝一九一五年マサチューセッツ州プロヴィンスタウンで結成された小劇場グループ。実験的演劇を目的にしてアメリカ演劇界に影響を及ぼす。

（18）**ビル・ゾラック** Bill Zorach［1887〜1966］＝米国の彫刻家、キュービスト画家。詩誌『アザーズ』の表紙絵画家。

（19）**ハーポ・マルクス** Harpo Marx［1888〜1964］＝米国のコメディアンでマルクス兄弟の一人。

（20）**デッカー** Thomas Dekker［1572〜1632］＝英国のエリザベス朝劇作家。一六〇〇年ごろの二、三の作品を除いてほとんど知られていない。ビートルズの歌「ゴールデン・スランバーズ」は、デッカーの同名のバラッドを用いたとされる。

（21）**ジャック・ジョンスン** Jack Johnson［1879—1946］＝アメリカのボクサー。米国最初の黒人ヘビー級チャンピオン。

（22）**スキップ・キャネル** Skipworth Cannel＝米国の詩人。

（23）**ジョン・リード** John Reed［1887〜1920］＝米国のジャーナリスト・社会主義者。一九一三年から『ザ・マスィズ』の記者。「パターソン絹織物工場ストライキ」の記事で頭角を現す。一九一九年、アメリカ共産党の結党に中心的役割を果たす。

（24）**ケイ・ボイル** Kay Boyle［1902〜92］＝米国の詩人・小説家。ウィリアムズは『コンタクト』誌に掲載された作品を通じて彼女を知り、以後交流が続く。一九二三年からパリに住み、詩、小説を発表。戦後は『ニューヨーカー』誌の特派員としてヨーロッパに在住［1946〜53］。その後カリフォルニア州立大学教員。マッカーシズム、ベトナム戦争に抗議し、核廃絶を訴えた。

(25) **ルイーズ・ボーガン** Louise Bogan［1897〜1970］＝米国の詩人・批評家。四十年近く雑誌『ニューヨーカー』の詩部門編集者。

(26) **ルイーズ・ブライアン** Louise Bryant［1885〜1936］＝米国の詩人・ジャーナリスト。ジョン・リードの夫人。

24 わが家の魚屋さん

(1) **キティ・ホーグランド** Kathleen Hoagland＝ラザフォード在住の旧友で、ウィリアムズの原稿整理・タイプ打ちを手伝う。一九三〇年代、ラザフォードの小劇場で上演する劇に関してウィリアムズと交流があった。著書に『アイルランド詩の千年』［1981］など。

25 『荒地』

(1) **T・S・エリオット** T. S. Eliot［1888〜1965］＝米国セントルイス生まれの詩人、評論家、劇作家で、一九二七年英国に帰化。季刊雑誌『クライテリオン』を創刊・編集。ロマン主義を批判し、伝統の価値を見直す古典主義的立場に立つ詩・評論を発表して、二十世紀の詩人に強大な影響を及ぼす。オックスフォード大学留学中の一九一四年、書きためていた詩の原稿をパウンドに見せて激賞されたり、代表作『荒地』の発表前に、パウンドの意見を入れてかなりの部分を削除するなど、エリオットとパウンドは終生親しい関係にあったが、アメリカの土地とことばの中に自らの詩の源流を求めたウィリアムズは、アメリカを離脱してヨーロッパの文化と伝統の中に回帰したエリオットを、詩の前線逃亡者と見なした。

(2) **『ダイアル』** The Dial＝米国の隔週刊文芸誌。一八八〇年シカゴで創刊。一九一八年スコフィールド・セイヤーが経営権を取得して、ニューヨークで編集・刊行。一九二五年マリアン・ムーアが編集を継ぐ。セイヤーおよびムーア編集の下、ハート・クレイン、ジュナ・バーンズ、ケネス・バーク、カミングズ、パウンド、ウィリアムズ、ムーア、サンドバーグ、エリオット、ロレンスなど欧米の革新的作品を掲載、一九二〇年代の米国を代表する前衛文芸誌となった。セイヤーが病気で倒れた後、財政支援を失って一九二九年廃刊。

(3) **スコフィールド・セイヤー** Scofield Thayer［1889〜1982］＝米国の文芸雑誌『ダイアル』の経営者・編集者。「ダイアル賞」を創設して新鋭の詩人を支援するなど、一九二〇年代米国の文芸活動に寄与した。

(4) **メンケン** H. L. Mencken［1880〜1956］＝米国のジャーナリスト・批評家。一九二四年『アメリカン・マーキュリー』誌を刊行。米国独自の言語・文学を主張。アメリカ英語に関する著書『アメリカ語』［1919］がある。

(5) **『七つの芸術』**＝一九一六年十一月号から翌年の十月号まで刊行された米国の文芸雑誌。ジェームズ・オッペンハイムなどが編集。新進の詩人、小説家の発表の場となったが、反戦的論説によって支持者を失い一年で廃刊。
(6) **R・J・コーディーの『土壌』**＝米国の文芸雑誌〔1916～17〕。
(7) **エイミー・ロウエル** Amy Lowell〔1874～1925〕＝米国の詩人・批評家。パウンドらのイマジズムに影響を受けて詩作活動に入る。
(8) **パリス・アイランド**＝サウス・カロライナ州の南方にある島で、海兵隊訓練所がある。
(9) **「べからず集」**＝パウンドが一九一三年三月『ポエトリー』誌に発表した詩作規範。

26 **チャールズ・デムース**

(1) **ホイッスラー** James McNeill Whistler〔1834～1903〕＝米国の画家・銅版画家。一八五五年以降はパリ、ロンドンで制作活動。代表作「母の肖像」(油絵)〔1871〕の他、鋭い評論、随筆、アフォリズムの著書がある。
(2) **ウィウィ**＝ウィリアムズ家のお手伝いさん、ルイーズ・ブルシェルの愛称。一九二三年、ヨーロッパ旅行のためにとった休暇の最初の数カ月を、ウィリアムズとフロスはニューヨークのルイーズのアパートで過ごした。

27 **『すっぱい葡萄』**

(1) **ペルセポネー**＝ギリシャ神話の最高神ゼウスと豊穣の女神デーメーテールの娘で、冥界の王ハーデースの妻。
(2) **クリスチャン・サイエンス**＝一八六六年マリー・ベイカー・エディによって創立された米国キリスト教の一宗派。
(3) **ミッチェル・ドーソン** Mitchell Dawson〔1890～1956〕＝シカゴの弁護士、詩人。一九一〇年代『ポエトリー』、『リトル・レヴュー』、『アザーズ』などに詩を発表し、ウィリアムズやクレインボーグらと交流。シカゴ・ルネサンス運動にかかわり、ボーデンハイム、ハリエット・モンロー、マーガレット・アンダーソンらとともに活動。
(4) **ベン・ヘクト** Ben Hecht〔1894～1964〕＝米国のユダヤ系ジャーナリスト、小説家、劇作家。一九三〇年代のハリウッド映画の代表的脚本家。
(5) **カール・サンドバーグ** Carl Sandburg〔1878～1967〕＝米国の詩人。ホイットマンの伝統を継承し、アメリカを代表する草の根の民衆詩人として知られる。
(6) **ハリエット・モンロー** Harriet Monroe〔1860～1936〕＝米国の詩人、編集者。一九一二年シカゴにおいて詩誌『ポエトリー』を創刊、終生主宰し、シカゴ・ルネサンス運動の中心的人物。マリオン・ストローベルはモンローの編集助手で詩人。

28 **男爵夫人**

(1) **マヤコフスキー** Vladimir Mayakovski〔1893～1930〕＝ソ連の詩人。ロシア未来派運動の推進者。
(2) **『リトル・レヴュー』** The Little Review＝米国の文芸雑誌〔1914～29〕。マーガレット・アンダーソンがシカゴで創刊、一九一七年ニューヨークへ移る。海外編集者であったエズラ・パウンドの斡旋で、ジェームズ・ジョイスの小説『ユリシーズ』を一九一八年から連載したが、一九二〇年出版停止、編集者のアンダーソンは猥褻文書出版の科で有罪判決。また、エリオット、ヘミングウェイ、パウンド、スタイン、スティーヴンズ、ウィリアムズなどの作品に発表の場を与える役割を果たした。

（3）**ウォレス・グールド** Wallace Gould＝通称ウォリー。インディアンの血を引くメイン州出身のイマジスト詩人。クレインボーグに誘われニューヨークに出て、『アザーズ』、『リトル・レヴュー』、『ポエトリー』などに詩を発表。ウィリアムズはその人物、作品に共感して、互いの家を訪問するなどの交流があった。31章、38章参照。

（4）**マーガレット・アンダーソン** Margaret Anderson［1893～1973］＝米国の雑誌編集者。一九一四年、シカゴ・ルネッサンス運動の中で『リトル・レヴュー』を創刊・編集し、アメリカの実験的な小説と詩の発展に貢献。一九二三年フランスに移り、歌手ジョルゼット・ル・ブランと生活。自伝『わが三十年間の闘い』［1930］で、ジョイス、ヘミングウェイ、パウンド、スタインなど現代文学の重要な作家とのかかわりを発表。

（5）**ジェーン・ヒープ** Jane Heap［1887～1964］＝米国の雑誌編集者、思想家。マーガレット・アンダーソンとともに『リトル・レヴュー』を編集。

（6）**メアリー・ガーデン** Mary Garden［1874～1967］＝スコットランド生まれのオペラ歌手。

（7）**ジョルゼット・ル・ブラン** Georgette Le Blanc［1875～1941］＝フランスのソプラノ歌手。

（8）**エルサ・フォン・フレイタク・ローリンホーフェン** Elsa von Freytag Loringhoven［1874～1927］＝ドイツ生まれのダダイスト詩人。一九一三年、米国でドイツのフォン・フレイタク・ローリンホーフェン男爵と結婚。夫はドイツに帰国したのち死亡したが、その後も男爵夫人の称号を自称。グリニッジ・ヴィレッジに住み、「ダダの男爵夫人」として知られた。

29 ニューフェイスたち

（1）**ジュナ・バーンズ** Djuna Barnes［1892～1982］＝米国の詩人、作家、劇作家。プロヴィンスタウン劇団の実験的演劇を制作・出演［1919～20］。一九二一年から二十年間パリに滞在、モダニスト作家たちと交わる。一時期、アメリカ女性の銀筆画家セルマ・ウッドと同棲、そのレズビアン関係が代表作『ナイトウッド』［1936］の背景となる。エリオットはその小説を高く評価し、序文を書く。

（2）**ルイ・ズコフスキー** Louis Zukofsky［1904～78］＝アメリカのユダヤ系詩人。パウンド、ウィリアムズの影響のもとで詩作。イマジズムを発展させて、自我にとらわれることなく、あるがままの対象をイメージに忠実に写しとる客観主義（オブジェクティビズム）を唱える。

（3）**ハート・クレイン** Hart Crane［1899～1932］＝米国の詩人。代表作として『橋』［1929］。メキシコ滞在からの帰途、船上からメキシコ湾に投身自殺。

（4）**チャールズ・ヘンリ・フォード** Charles Henri Ford

［1913～2002］＝ミシシッピー州生まれの米国シュールレアリスト詩人。一九二九年、パーカー・タイラーとともに小雑誌『ブルース』を創刊し、ケイ・ボイル、カミングズ、パウンド、H・D、ウィリアムズ、スタインらの詩を掲載。一九三一年からパリに移り、ガートルード・スタインのサロンで詩人、作家たちと交友。

（5）**パーカー・タイラー** Parker Tyler［1904～74］＝ニューオーリンズ生まれの米国前衛詩人、映画評論家。パウンド、ウィリアムズ、カミングズなどの影響を受けて作詩。

（6）**イヴリン・スコット** Evelyn Scott［1893～1963］＝米国の女性作家、詩人。テネシー州の上流階級に生まれる。南部の伝統と因襲から逃れて、愛人シリル・スコットと六年間ブラジルへ出国。

（7）**チャールズ・シーラー** Charles Sheeler［1883～1965］＝米国の画家、写真家。二十世紀初頭のヨーロッパ滞在［1907～12］を通じてキュービズムに接し、帰国後アーモリー・ショー［1913］にはセザンヌの影響を受けた作品を出品。デムースらとアメリカ・キュービズムとも言える芸術を創造し、のちにプレシジョニズムへとつながる。親交のあったウィリアムズはかれが構築した生活と作品に詩的構成を感得する。妻キャサリンの死後、ウィリアムズが紹介したロシア革命からの亡命者ムーシャ・ソコロバと結婚。代表作に「フォード自動車工場写真シリーズ」［1927］、絵画「バックス・カウンティ・バーンズ」［1923］などがある。

（8）**ブレーズ・センドラール** Blaise Cendrars［1887～1961］＝スイス生まれのフランス詩人・小説家。

（9）**『コンタクト』**＝一九二〇年代の米国の詩誌。ウィリアムズとマカルモンが創刊・編集［1920～23］。パウンド、マリアン・ムーア、スティーヴンズ、H・D、ケイ・ボイルなど第一次世界大戦後の詩人の発表の場となる。なお、当時の小雑誌《リトル・マガジン》は、40章で語るように文学の最前線であり、ウィリアムズたち詩人にとって大切な存在であった。

（10）**ジョイス** James Joyce［1882～1941］＝アイルランドの小説家、詩人。モダニズム文学のみならず、二十世紀文学の最高峰。一九〇四年、生涯の伴侶となる女性ノラ・バーナクルと故国を離れてトリエステなどに住み、英語学校の講師などをして貧しい生計を支えながら執筆活動。第一次大戦勃発後の一五年、中立国スイスへ移住し、『ユリシーズ』の執筆に専念。イェイツの紹介で知り合ったパウンドの助力で、一八年『リトル・レヴュー』に『ユリシーズ』の連載を始めるが、二〇年に発禁処分。その後パリに移り、約二十年間のパリ時代が始まり、シェイクスピア書店のシルヴィア・ビーチと知り合う。二二年ジョイス四十歳の誕生日にシェイクスピア書店版『ユリシーズ』が刷り上り、初刷の一冊がシルヴィアの手で届けられる。

（11）**ガートルード・スタイン** Gertrude Stein［1874～1946］＝米国のユダヤ系作家、詩人。国籍離脱国外在住芸術家の草分けで、「失われた世代」の名付け親でもあり、第一次大戦後に輩出したヘミングウェイなど国籍離脱者の庇護者的存在。ラドクリフ大学で心理学をウィリアム・ジェームズに学び、更にジョンズ・ホプキンズ大学で脳解剖学を学ぶが、学位は取らずロンドンへ移住［1902］、のちパリへ移って生涯の大部分を過ごす。当時新進の芸術家ピカソ、マチスらを見出すなど、新しい芸術運動の庇護者として大きな役割を果たす。詩、散文における大胆な言語的実験でことばを蘇生させ、ウィリアムズは彼女の実験的手法に文学上の一大可能性を見た（38章）。秘書アリス・B・トクラスの名前を借りた自伝的作品『アリス・B・トクラスの自伝』［1933］がある。

（12）**短い詩**＝ウィリアムズの詩「偉大な数字」のことで、詩集『すっぱい葡萄』［1921］に収録。

30 異教の国

（1）**リチャード・ジョンズ** Richard Johns［1904〜70］＝米国の詩人・雑誌編集者。ウィリアムズの小説『異教への旅』［1928］（32章注3）に触発されて、『異教の国』という雑誌を創刊・編集［1930〜33］。ウィリアムズは、アメリカ生まれのアメリカ人による文学を打ちたてようとする同誌の理念を一つの宣言と受け止め、求められて非公式の共同編集者として協力。パウンド、スタイン、H・Dなどの寄稿を得て雑誌の評価が高まった。

（2）**『クライテリオン』**＝エリオットの創刊・編集になる文芸季刊誌［1922〜39］。創刊号に自身の代表作『荒地』を掲載。

（3）**クーパー・ユニオン**＝ニューヨークにある大学。米国の発明家・慈善事業家ピーター・クーパーの創設［1859］。

（4）**ペクチオ宮殿**＝イタリア、フィレンツェにあるメディチ家の宮殿

（5）**ドナテッロ** Donatello［1386?〜1466］＝フィレンツェの彫刻家。イタリア・ルネッサンスの巨匠。

（6）**ブライアー** Bryher［1894〜1983］＝英国の作家・詩人。本名はアニー・ウィニフレッド・エラマン。イングランド沖シリー諸島旅行中に滞在したブライアー島の名をペンネームとした。英国の富豪ジョン・エラマン卿の娘。一九二〇年代のパリに在住、ヘミングウェイ、ジョイス、ガートルード・スタイン、シルヴィア・ビーチ、ベレニス・アボットらと交友。第二次大戦中、アリス・B・トクラスとともに、ナチスの手からユダヤ人を解放する活動を援助。一九二一年にウィリアムズの親友ロバート・マカルモンと結婚するが、実際は女流詩人ヒルダ・ドゥーリトル（H・D）とレズビアン関係を続けた。

（7）**ブレボート・ホテル**＝ニューヨーク五番街の最も古くて有名なホテル［1854〜1948］。

（8）**エドワード・ロウアーズ** Edward Roehrs＝ニュージャージー州イースト・ラザフォードにあるロアーズ花卉農園の経営者。農園は父ジュリアスがドイツから移民して、一八六九年開設したもの。

（9）**『アメリカ人に生まれて』** In the American Grain＝ウィリアムズの独創的アメリカ歴史論［1925］。表紙裏の宣言で、「ぼくの願いは、あらゆる資料を調べ尽くし、これまで不当な借り物の名前にまぎれて見えなかったものの本質を明らかにし、それに新しい名前をつけることである」と述べている。

（10）**『長い島の書』** The Long Island Book＝北欧中世の物語。登場人物の赤毛のエリックはノルウェーからアイスランドに追放され、最後はグリーンランドを発見、植民したバイキング。

（11）**ヘルナンド・コルテス** Hernando Cortez［1485〜1547］＝メキシコのアステカ王国を征服したスペイン軍指揮者。

(12) **ダニエル・ブーン** Daniel Boone [1734〜1820] ＝米国の開拓者。現在のケンタッキー州とミズーリ州の地域を探検した。
(13) **ジョン・ポール・ジョーンズ** John Paul Jones [1747〜92] ＝米国の軍人。独立戦争時の海軍司令官。

31 **サバティカル・イヤー**

(1) **サバティカル・イヤー**＝古代ユダヤ人が七年目毎に休耕して土地を休めた故事から、一定期間大学の教員に与えられる休養、研究あるいは旅行のための長期有給休暇。一九二三年から四年にかけての一年間、前半はニューヨークで『アメリカ人に生まれて』の資料収集、原稿執筆に、後半はヨーロッパで新しい文学の世界の見聞に専念するために、診療所の仕事を中断したことをこう定義した。四月いっぱいはウィーンで講義を受けるなど研修をした。
(2) **ルーシー**＝開業以来ずっと雇っている住み込みの黒人メイド。
(3) **コルゲート大学**＝ニューヨーク州ハミルトンの一八一九年創立の私立大学。
(4) **メカニカル・ピアノ**＝オルゴールのように機械仕掛けで演奏を自動化したピアノで、十九世紀半ばから二十世紀初めにかけて広まったが、蓄音機の普及で廃れた。
(5) **女子師範学校**＝一八三九年創立のロングウッド大学。ヴァージニア州最初の女子師範学校として発展した。
(6) **ペギー・ホプキンズ・ジョイス** Peggy Hopkins Joyce [1893〜1957] ＝女優。一九二〇年前後舞台に映画にスクリーンに主として笑いの対象として活躍。
(7) **リー将軍** Robert Lee [1807〜70] ＝南軍の将。ゲティスバーグの戦いに敗れてアポマトクスの裁判所で北軍の将グラントに降伏した。
(8) **ホワイト裁判官** John White Brockenbrough [1806〜77] ＝南北戦争時ヴァージニア州西部地区の裁判官。のちワシントン大学の評議員になり、敗軍の将リーを説得して学長に迎えた。
(9) **テニスン** Alfred Tennyson [1809〜92] ＝英国の詩人。桂冠詩人となる。流麗な措辞と健全な倫理観によってヴィクトリア朝を代表する詩人と認められている。
(10) **デ・ソト** Fernando de Soto [1496〜1542] ＝スペインの探検家。ペルーやフロリダの征服に参加、ミシシッピー川を発見した。
(11) **アーロン・バー** Aaron Burr [1756〜1836] ＝ジェファーソン大統領の副大統領。事ごとに自分を貶めるハミルトンを恨み、決闘して彼を死にいたらしめた。
(12) **アレグザンダー・ハミルトン** Alexander Hamilton [1755〜1804] アメリカ建国期の政治家、初代財務長官。独立戦争時のワシントン将軍の副官。国家財政の確立、資源開発、貿易・産業の育成により連邦政府の力を高めることに努力。パターソンの大滝の持つ水エネルギーに注目し、建国初期のアメリカの経済的独立を図るため産業・工業の中心地建設を構想、パターソンに紡績工業を創出し工業都市としての発展と堕落の基礎を築く(『パターソン』第一巻)。
(13) **ウォルド・フランク** Waldo Frank [1889〜1967] ＝ニュ

ージャージー生まれの社会史学者、政治活動家。政治改革を訴える小説、エッセイ論文を多数書いた。

(14) **テノチティトラン** Tenochtitlan＝十二世紀ごろからスペイン人コルテスに壊滅させられるまで繁栄し高度の文明を築いたアステカ王国の首都。現在のメキシコシティに位置した。

(15) **ローリー** Sir Walter Raleigh［1554?～1618］＝イギリスの探検家。エリザベス一世寵愛の廷臣で騎士に叙せられアメリカ探検をしたが、寵を失い入獄、ジェームズ一世の時にも獄中生活を送った。その間歴史書を書く。スペンサーの友人で、抒情詩人としても著名。

32 ぼくらの海外旅行

(1) **カルカソンヌ**＝地中海から大西洋に出る山岳鞍部、オード川に面する侵食崖に築かれたローマ時代からの城塞都市。

(2) **ビル**＝第二次世界大戦でウィリアムズの息子は二人とも海軍に入隊、長男ビルは軍医として太平洋に、次男ポールはUボート哨戒の駆逐艦に乗り込んで大西洋に派遣された。

(3) **『異教への旅』**＝ウィリアムズがこのヨーロッパ歴訪をロマンチックになぞりかれの理想の女性像を抒情的に描いた小説［1928］。渡欧するように誘ったパウンドに献ぜられた。

(4) **ルアーブル**＝北フランス、イギリス海峡に面しセーヌ川の河口にある。マルセーユに次ぐフランス第二の港。同じくルーアンは第三の海港、工業都市、フランス屈指の美しい大聖堂を始めゴシック建築の都市として知られる。

(5) **シルヴィア・ビーチ** Sylvia Woodbridge Beach［1887～1962］＝ニュージャージー州生まれ。一九一九年オデオン街十四番地に英米の書物の販売兼貸本屋「シェイクスピア・アンド・カンパニー」を開店。それは一九四一年ドイツ軍侵攻で閉店させられるまでジッドやヘミングウェイその他パリ在住の欧米の文人のメッカとなった。『ユリシーズ』の出版をはじめジョイスを献身的に支援した。

(6) **ルイ・アラゴン** Louis Aragon［1897～1982］＝フランスの詩人、小説家。スーポー、ブレトンとシュールレアリストの『文学』を創刊、詩、小説、エッセイを発表していたが、フランス共産党に入党した。

(7) **ブランクーシ** Constantin Brancusi［1876～1957］＝ルーマニア生まれの彫刻家。現代抽象彫刻のパイオニア。鳥、無限円柱、ポガニ嬢などのテーマで繰り返し挑戦、独特の単純化された作品を追求した。ニューヨークのアーモリー・ショーに出品した。

(8) **『ヴィヨン』**＝パウンドがリブレットを書き、アンタイルが作曲。十五世紀のフランス詩人フランソワ・ヴィヨンの『大遺言書』を基にしたオペラで一九二六年初演以来ラジオやバレーでも発表された。試演ではパウンドがドラムをアンタイルがハープシコードを演奏した。

(9) **ビル・バード** William Bird［1889～1963］＝米国のジャーナリスト。パリで出版社「スリーマウンテンプレス」を起こしヘミングウェイの小説等を出版。ワインの通でもある。

(10) **アンタイル** George Antheil［1900～59］＝ニュージャージー州生まれの作曲家。ベルリンでストラヴィンスキーの影響を受け、一九二三年パリに出た。車の警笛、飛行機のプロペラ音を取り入れるなど奇抜な音楽で知られる。

(11) **ジュール・ロマン** Jules Romains [1885~1972] =フランスの小説家、詩人、劇作家。個人でなく集団の善意や友愛を唱道する文学運動「ユナニズム」を起こした。『ドクタークノックあるいは医学の勝利』[1923] はモリエール流の喜劇。

(12) **キティ・キャネル** Kitty Cannell=スキップ・キャネルの妻だったが離婚。『アザーズ』時代からのウィリアムズの友人で交流が続いた。

(13) **アドリエンヌ・モニエ** Adrienne Monnier [1892~1955] =フランスの詩人。一九一五年オデオン街に書店兼貸本屋「書物愛好者の館」を開業。シルヴィア・ビーチの本屋開業を応援した。

(14) **ブリューゲル** Pieter Bruegel [1525?~1569] =十六世紀のネーデルラント最大の画家。社会批判とヒューマニズムの精神から農民生活を描いた最初の農民画家。ウィリアムズのその絵を主題にした『ブリューゲルの絵、その他の詩』[1962] はピューリッツァー賞を受賞。

(15) **ストラヴィンスキー** Igor Pyodorovich Stravinsky [1882~1971] =ロシア生まれの米国の作曲家。その作品はモダニズムの試金石と言われ、第一次世界大戦前後の音楽思想に革命的なインパクトを与えた。

(16) **フォード・マドックス・フォード** Ford Madox Ford [1872~1939] =英国の小説家、批評家、編集者。二十世紀初頭の世界文学に多大な影響を与えた。一九二四年にかれが創刊した『アトランティック・レビュー』は無名のロレンス、パウンド、ルイス、トムリンスン、ジョイス、ヘミングウェイなどの作品を世に出した。ウィリアムズに好意を持ち、ウィリアム・カーロス・ウィリアムズ協会を発足させた。

(17) **ハロルド・ローブ** Harold Loeb=ペギー・グッゲンハイムの従弟。一九二一年ローマで創刊の国際的文芸誌『ブルーム』の編集主幹。ヘミングウェイの『日はまた昇る』の登場人物のモデルと言われる。

(18) **ラシーヌ** Jean Baptista Racine [1639~99] =フランス古典悲劇の巨匠。特にアレクサンドラン詩型の達人と見なされる。この詩型は英詩に取り入れられてアイアンビック・ヘクサミターになった。

33 従姉たち

(1) **ベレニス・アボット** Berenice Abbott [1898~1991] =オハイオ州生まれの写真家。一九二三年から二六年までマン・レイの暗室助手として働く。ジョイス、デュシャンなど多くの文人、芸術家、さらには自分もその一人であったレズビアンたちの写真作品で知られる。アメリカでは広く後進、特に女性写真家の技術指導に活躍した。

(2) **写真**=帰国の時ウィリアムズはこれをシルヴィア・ビーチに渡して破り捨ててくれと頼んだ。またウィリアムズのこの自叙伝を読んだマン・レイは心外に思ったという。

(3) **プロイセン**=プロイセン問題でビスマルクとナポレオン三世の政策の衝突から一八七〇年に起こった戦争で、フランスが降伏しパリ開城。このためフランスの為替相場は暴落。

(4) **ポワンカレ**=Reimond Poincare [1860~1934]、Jules-

Henri Poincare［1854～1912］。前者は第一次世界大戦当時のフランスの大統領、後者はその従兄で応用数学や天体力学に業績のある数学者。ウィリアムズはどうやら両者を混同している。

(5) **ルール地方**＝第一次世界大戦後ドイツの賠償金支払いが遅延したのでフランス軍が一時占領した［1923～25］。

(6) **ビルフランシュ**＝コートダジュールの暖かい気候、珍しい植生などで中世からヨーロッパ貴族の保養地、別荘地になっている美しい港町。古色ある町並み、今は市役所、劇場等に転用されている十六世紀の堂々たる堅固な砦のある観光都市。ニースから五キロ。

(7) **バーバリ海岸**＝現在のモロッコ、アルジェリア、チュニジア、リビアに亘る海岸。この地域に住むイスラム教徒の海賊は十七世紀に最も強力な勢力をもち十九世紀の植民地化まで地中海沿岸を跳梁した。

(8) **ピソティエール**＝またはピスワール。十九世紀末から第二次大戦のころまで全国に普及していた鋳鉄製の男性用の公衆共同便所。周囲に広くそれらしい臭いを漂わせていた。

(9) **コルニッシュ**＝ニースから東方マントンまでマリティム山脈の断崖に平行して走る約三十キロの三本のハイウェイ。

(10) **ナンシー・キュナード** Nancy Clara Cunard［1896～1965］＝英国の詩人、小説家、伝記作家、出版者、政治活動家。英北米間の定期航路キュナード社の創設者の曾孫。パリで親友アイリス・ツリーとともにダダ、シュールレアリズム、モダニズムに深くかかわりその生活は超革新的積極的だった。一九二八年にビル・バードの「スリー・マウンテン・プレス」を引き継いで「アウアズ・プレス」を発足してパウンドの『キャントーズ』やアラゴン、サミュエル・ベケットなどの作品を出版した。その年黒人ジャズ・ピアニスト、クラウダーを知り同棲、以後黒人問題、人種問題に取り組み、スペイン内乱では報道記者を務め、難民支援にも奔走した。彼女が付き合ったアラゴン、ハクスレー、その他多くの文人、芸術家たちはみな強烈な印象を得た。彼女を主人公にしたかれらの小説はいずれもベストセラーになった。ウィリアムズがパリを訪れた前後に詩集三冊を出している。晩年は身体的、精神的、経済的に悲惨な状況で、友人も失って孤独のうちにパリの慈善病院で死亡した。

(11) **『オルリー農園』**＝英国作家アンソニー・トロロプ［1815～82］の代表作［1862］。主人公の告白場面は十九世紀英文学のハイライトと言われる。

(12) **ノーマン・ダグラス** George Norman Douglas［1868～1952］＝オーストリア生まれ。遺産を得て外交官の職を辞し、やがて遺産を使い果たしイタリア人の妻とも離婚してから文筆を始め、自らのボヘミアン的、貴族的経歴を反映した滋味深い作品で名をなした。

(13) **E・E・カミングズ** Edward Estlin Cummings［1894～1962］＝マサチューセッツ州生まれ。詩人、画家。自らの第一次世界大戦の抑留生活を扱った『巨大な部屋』［1922］で文壇にデビュー、『チューリップと煙突』［1923］は処女詩集。ニューイングランドの反骨の伝統を踏まえ、大文字の不使用、句読点の特異な使い方、茶目っ気ある表現などの詩人として知られる。ウィリアムズとは三十年にわたる付き合いでお互い尊敬はしていたが交流は少ない。

(14) **ツェッペリン飛行船**＝第一次世界大戦では百機以上がド

イツ軍に空爆に利用された。戦後もしばらくはアメリカでも製造された。

（15）**セルマ・ウッド** Thelma Wood ［1901~70］＝カンザス州生まれ。画家。彫刻修行にパリに行くが、ジュナ・バーンズ、ベレニス・アボット、セント・ヴィンセント・ミレーなどとレズビアン関係を持つ。ジュナは自分との関係を小説『ナイトウッド』に著した。

（16）**メーテルリンク** Maurice Maeterlinck ［1862~1949］＝ベルギーの詩人、劇作家。パリに出てサンボリスト運動の旗手になった。一九一一年にノーベル賞を受賞。

34 再びパリ

（1）**ディジョン**＝フランス中東部のブルゴーニュの首都。コートドール丘陵の北東山麓に位置する交通、文化、経済の中心。世界的に有名なカラシの産地。ブルゴーニュ・ワインの集散地。パリと並んで中世のゴシック建築が目白押しにある古都。

（2）**「美女と野獣」**＝ヨーロッパの有名な伝説。父を救うために森に住む醜い野獣と結婚した美女の愛が、その野獣を元の王子に蘇らせる物語。特にボーモント夫人の作品［1757］、コクトーの映画［1946］が有名である。

（3）**ヴェルキンゲトリックス** Vercingetorix ［?~BC46］＝ガリヤの族長。諸族をまとめてガリヤ全土を掌中にしたシーザーに反逆してローマ市内引き回しの後、処刑された。史上初めての抵抗運動家として、フランスの国民的英雄として賛美されている。

（4）**ボーヌ**＝ディジョンの南西、ディジョンと並んでブルゴーニュ・ワインの集散地。円形の町の一部は今も城壁に囲まれている中世の趣の深い都市である。

（5）**接ぎ木**＝十九世紀半ばに多産なアメリカの苗木が移植された時、それに付着していた根アブラムシが猛威を振るいさらにベト病も加わって、ヨーロッパ全土のブドウ生産が壊滅に瀕した。そこでその害虫に耐性のあるアメリカの台木にフランスの穂木を接ぎ木することによって危機を克服しブドウ産業は危機から救われた。

（6）**神の宿《オテルディオ》**＝貧しい病者の宿泊所。同様の施設はフランス各地に設けられたが、ドイツからの巡礼の道にあるボーヌに一四四三年にロラン侯爵夫妻によって創建された木造二階建てのゴシック建築は、庭に面した幾何学模様のタイル屋根や病院内部の絵画、特に大部屋の祭壇画「最後の審判」が有名。一九七一年まで現役の病院で、現在は博物館として公開されている。

（7）**ガーゴイル**＝ゴシック建築によく見られる、軒蛇腹についている怪物の形をした雨水の落とし口。

（8）**サンス**＝パリの南東ヨンヌ河畔のローマ時代からの古都。サンテティエーヌ大聖堂は初期ゴシック建築の代表作でルイ九世の結婚式が行われるなど歴史的に由緒がある。

（9）**ルソー** Henri Rousseau ［1884~1910］＝フランスの素朴派の代表的画家、作曲家。税関吏として二十年あまり働く日曜画家から出発したので、税関吏ルソーと愛称された。

（10）**クロチルド・ベイル** Clotilde Vail＝歌手。ペギー・ベイルの夫ロレンス・ベイルの妹。

（11）**メアリ・バッツ** Mary Butts ［1890~1937］＝英国の小

説家、詩人。ウィリアム・ブレイクの孫娘。ジョン・ロドカーと結婚したが離婚。多くの著名な文人やレズビアンと結ばれ乱脈な生活を送った。

(12) **ヴェルレーヌ** Paul Marie Verlaine〔1844〜96〕＝フランスの抒情詩人。家族を捨ててランボーと放浪、かれを撃って入獄、釈放後再び飲酒と男色と放浪の生活に戻った。デカダン派の首領と称された。

(13) **ラ・ボエーム**＝プッチーニの四幕のオペラ。カルチェラタンの芸術志望の四人の若者のさまざまな生き方に、詩人と胸を病むお針子ミミとの淡い恋を絡ませた抒情的物語。特にアリア「私の名はミミ」などは愛唱されている。

(14) **スーポー** Philippe Soupault〔1897〜1990〕＝フランスの詩人、評論家。ダダの反合理主義に反発し、シュールレアリズム運動そのものにも決別した。ウィリアムズはかれに興味を持ち、売春婦を主人公にした『パリの最後の夜』を母と協力して翻訳〔1928〕している。

(15) **ペギー・ベイル** Peggy Vail〔1898〜1979〕＝美術収集家。ニューヨークの大富豪グッゲンハイム家の娘。一九二〇年パリに出て多くの前衛芸術家と交流。フランスの小説家、詩人、画家のユージン・ロレンス・ベイルと結婚したが離婚後、二十世紀の作品を多く収集し、ヴェニスに美術館を建てて収納し寄贈。ヴェニスで死亡。ニューヨークのグッゲンハイム美術館のソロモン・グッゲンハイムは叔父。クロチルド・ベイルは夫の妹。

(16) **スワレ・ド・パリ**＝パリの夜会の一つ。前衛芸術雑誌(一九一二年創刊)が、一九一三年十一月ごろから月二回カフェ・ド・フロラで開催して多くの前衛芸術家を集めた夜会。

(17) **「ジグ舞曲」**＝舞踏組曲の最後に演奏された軽快な舞曲。ルイ十四世時代にフランス貴族の間に取り入れられて宮廷で盛んに踊られたイギリス起源の同名のダンスに基づく音楽。

(18) **『ラインの黄金』**＝ドイツの作曲家ワグナーのオペラで除夜と三日間の舞台祝祭劇の四幕からなる『ニーベルンゲンの指輪』の序幕。ラインの川底で三人の乙女が護っている黄金をニーベルンゲン族のアルベルヒが盗み取って指輪を作りこれを大神ヴォータンが奪い取ったのでアルベルヒは激怒してこの指輪に呪いをかける。

(19) **ガリエニ** Joseph Simon Gallieni〔1849〜1916〕＝フランスの将軍。第一次世界大戦勃発後、軍司令官としてパリの守備にあたる。史上初めてタクシー、バス、トラックなどを動員して兵士を前線に送り込んだ。

(20) **『マーディ』**＝『モビー・ディック』の著者ハーマン・メルヴィルが自分の体験をもとにした冒険小説から、ファンタジーに転向した第一作〔1849〕。

(21) **ロシェ** Robert Locher＝チャールズ・デムースの親友。かれの自宅と手持ちの水彩画をすべて遺贈された。

(22) **ブルゼスカ** Henri Gaudier-Brzeska〔1891〜1915〕＝伝説的なフランス彫刻家。ヴォーティシズムの積極的唱道者として活躍。若くして第一次大戦で戦死した。

(23) **ジョージ・ムーア** George Moore〔1852〜1933〕＝画家になろうとパリに出たが、ダブリンに戻りイェイツの文芸復興に共鳴、アイルランド文学の革新家と称された。

(24) **プルースト** Marcel Proust〔1871〜1922〕＝フランスの小説家。早くから上流社交界に出入りし、文学に熱中したが、病弱で特に母の死後はほとんど隠遁生活を送った。自伝的な七巻の『失われた時を求めて』は二十世紀フランス文学最高の傑作と言われる。

(25) **クライヴ・ベル** Arthur Clive Howard Bell〔1881～1964〕＝英国の美術評論家。ブルームズベリー・グループの中心メンバーとしてイギリスのポスト印象派展を主催した。主題よりも線と色の結びつきを重視した。妻はヴァージニア・ウルフの妹。

(26) **マイケル・ストレンジ** Michael Strange〔1890～1950〕＝本名 Blanche Oeriche。米国詩人、劇作家、女優。一九二〇年代初めパリで過ごした。

(27) **アイリス・ツリー** Iris Tree〔1897～1968〕＝英国の詩人、作家。貴族の娘だが若くしてマン・レイなど画家、彫刻家のモデルになり二〇年代には舞台にも出演した。ナンシー・キュナードの親友。前衛写真家カーティス・モファットの妻。

(28) **キキ** Kiki〔1901～53〕＝本名アリス・プラン。ブルゴーニュ生まれのモデル、歌手、女優、画家。フジタ、キスリング、ピカソなどエコール・ド・パリの画家やシュールレアリストの芸術家のモデル。マン・レイの愛人。「モンパルナスの女王」とうたわれ愛された。

(29) **メアリ・レイノルズ** Mary Reynolds〔1891～1950〕＝アメリカの書物の装丁芸術家。デュシャンを知り結ばれてその影響を受けた。パリのシュールレアリズム運動の支持者になりブランクーシその他デュシャンの友人たちにサロンを提供した。

(30) **ガラハッド**＝アーサー王伝説の円卓の騎士。傷ついた王を治癒して国の危機を救い、イギリスを繁栄させるために聖杯を奪取した心清く、抜群の力を持つ完璧の騎士。ワグナーの「パルファジル」はそのドイツ版である。

(31) **ガラティア**＝ギリシャ神話では、キプロスの王で彫刻家ピグマリオンの制作した象牙の処女像。かれはこの処女に恋をしアフロディテへの祈りが叶って命を与えられ結婚する。ショーの『ピグマリオン』、ミュージカルの『マイ・フェア・レディ』などに受け継がれる。

(32) **アスキス伯爵夫人** Lady Margot Asquith〔1864～1945〕＝英国の作家。首相になるアスキス伯爵と結婚。常に率直な発言、辛辣なウィットでイギリス社交界に君臨した。

(33) **キュナード夫人** Lady Maud Alice Cunard〔1872～1948〕＝ナンシー・キュナードの母親。カリフォルニアの富豪の娘で、派手でロンドンの別邸をサロンとして解放、モームも常連であった。ナンシーが作家のジョージ・ムーアの子だとする説もある。

(34) **マーチ** Peyton Conway March〔1864～1955〕＝米国将軍。第一次世界大戦で最強と言われる米国遠征砲兵隊を組織して活躍。二百万の米国青年をフランスに送り込み、無事復員させた。

(35) **ヘンリー・クラウダー** Henry Woodfin Grady Crowder〔1890?～1955〕＝ジョージア州生まれのジャズ・ピアニスト。ヴェニスのホテルで演奏中ナンシー・キュナードを知り、七年間同棲。この関係を口火にしてナンシーは差別などの政治社会問題にも取り組むことになる。

(36) **マックス・ラインハート** Max Goldmann Reinhardt〔1873～1943〕＝オーストリアの演出家。その作品は壮麗で大規模、『奇跡』（一九一一年ロンドンで初演）は二千人以上のスタッフを使った。
（37）**ボクシングの試合**＝一九二四年六月パリで開催。ヘビー級では長年のチャンピオン、イギリスのアーサー・タウンリーがスペインのパオリノ・ウズクデュンを、フェザー級ではロンドン生まれのダニー・フラッシュが長年のチャンピオン、フランスのユージン・クリッキを、それぞれKOして倒すという記録に残る試合が行われた。
（38）**ブローニュの森**＝パリ西部の森林公園。入り口の門は八つ、北東隅にマイヨ門、南東にサンクルー門がある。徒歩の散策には全部回るのに数日はかかり、車でも二、三時間はかかる。バガテル公園は森の中の西端の公園。
（39）**D・H**＝H・Dとイニシャルが逆になっている。ブライアーとの関係を暗示。
（40）**スタンリー・ボールドウィン** Stanley Baldwin［1867～1947］＝英国の政治家。実業界から政界入りして第一次世界大戦後三度首相となる。一九三六年戴冠後のエドワード八世を退位に追い込んだ。
（41）**トゥルーズ・ロートレック** Henri de Toulouse-Lautrec［1864～1910］＝フランスの画家。両足を骨折、モンマルトルに定住して特にキャバレーや娼家に出入りして描写したことで知られる。
（42）**ジャン・コクトー** Jean Cocteau［1889～1963］＝フランスの詩人、作家。前衛的な芸術家と交わり、鋭い近代的感覚と機知にあふれる詩精神を詩、戯曲、映画、小説批評、デッサンなどあらゆる方面に発揮した。
（43）**イヴズ・ティネール** Yves Tinayre［1891～1972］＝フランスの歌手。中世またルネッサンスの音楽を再興した重要な音楽学者。パウンドの『ヴィヨン』のパリ初演の主演歌手。
（44）**ダートマス**＝英国デボンシャー県南西部。標高五百メートルばかりのダートムアという台地がある。沼沢が点在し花崗岩が露出している。石切場としても有名。
（45）**オグデン・ナッシュ** Frederic Ogden Nash［1902～71］＝米国ユーモア詩人。『ニューヨーカー』から処女詩集を出す［1930］。
（46）**フェリックス・フォール** Felix Faure［1841～99］＝フランスの政治家、ルアーブルの富裕な商人。一八九五年大統領。ドレフェス事件にかかわる。脳溢血で倒れたとされているが死因についてはさまざまな風説がある。
（47）**ジョン・ロドカー** John Rodker［1894～1955］＝英国の詩人、出版者。「オビッド・プレス」の責任者としてパウンドの『モーバリー』やエリオットの作品を世に出す。パウンドの後を受け『リトル・レヴュー』の編集者。第二次世界大戦後フロイドの全集出版。エッセイストの義母とジョイスの作品の翻訳出版頒布もした。
（48）**ダオメー** Dahomey＝西アフリカ、ギニア湾に面した共和国。奴隷貿易で栄えた王国。教育が普及しアフリカのカルチェラタンと呼ばれた。現在の「ベニン共和国」。
（49）**ナタリー・バーニー** Natalie Clifford Barney［1876～1972］＝米国作家。『アマゾンのパンセ』など自作も多いが、二十一歳で巨額の遺産を相続、一九〇九年ジャコブ街に「金曜日のサロン」を開始して以後六十年間主宰。英米の著名な文人芸術家に刺激的な場を提供した。一世を風靡したレズビアンとして多くの愛人を持ったことでも有名である。

（50）**レミ・ド・グールモン** Remy de Gourmont〔1858〜1916〕＝フランスの作家。十九世紀フランス象徴主義の旗手。晩年に皮膚病で容貌が損なわれて隠遁生活を送った。ナタリー・バーニーに対する片思いでも知られる。エリオット、パウンドに影響を与えたとされる。

（51）**ランス**＝フランス東北部の中心都市。十三世紀以来歴代の国王の戴冠式場だった大聖堂はフランスの三大ゴシック建築の一つ。近くにシャンペン工場がたくさんあり、柔らかいチョーク岩に深く彫り込んだ洞窟がその貯蔵庫とされる。

（52）**ヴーヴクリコ社**＝一七七二年創業の世界に販売網を持つワイン製造販売会社。創業者の後を継いだマダム・ヴーヴクリコの大胆で創造力に富む努力で、戦争に疲弊したヨーロッパにシャンペンを輸出、特にロシアで大成功した。ヴーヴは文人にワインの女王と称揚された伝説的な女性となった。

（53）**シャトーチエリ**＝パリの東八十キロ、マルヌ川河畔の寒村。一九一八年アメリカ軍がドイツ軍を撃退した激戦地ベロの森がある。

35　**グッドバイ、パリ**

（1）**マンシップ** Paul Manship〔1885〜1966〕＝アメリカの彫刻家。古典的・神話的題材に独自の解釈を示した。ロックフェラー・センターの『プロメテウスの泉』〔1934〕、ブロンクス動物園の『レイニー記念門』〔1934〕など。

（2）**フェルナン・レジェ** Fernand Léger〔1881〜1955〕＝フランスの画家。セザンヌ、キュービズム、工業技術に影響を受け「マシーン・アート」という芸術を創造。国連ビルの壁画を制作。

（3）**ブーン** Daniel Boone〔1734〜1820〕＝アメリカ西部開拓の先駆者。『アメリカ人に生まれて』の中の「ケンタッキーの発見」という一章で扱っている。

（4）**トニー・サーグ** Tony Sarg〔1882〜1942〕＝アメリカの挿絵画家・マリオネット製作者。ロンドンで挿絵画家として活躍。『トニー・サーグのマリオネット』制作〔1915〕、『トニー・サーグの動物絵本』〔1925〕の作者。

36　**帰国**

（1）**チャールズ・ボーニ** Charles Boni＝兄のアルバートとともに書店、出版社を経営。ドライサー、ワイルダー、フォード・マドックス・フォードなどを出版。

（2）**ドロシー・ノーマン** Dorothy Norman〔1905〜97〕＝米写真家、作家、社会活動家。一九二六年スティーグリッツと出会い、かれの卓越した写真術の先駆性と矛盾に満ちた社会を改革する上での写真の有効さに目覚めた彼女は、忠実な弟子としてかれの死にいたるまでその活動を支えた。また『年に二度』(Twice a Year) は彼女の編集で一九三八年から四八年まで出された文学、芸術および市民的自由の追及に焦点を当てた雑誌。

（3）**マーサ・グレアム** Martha Graham〔1894〜1991〕＝米舞踊家、振付け師。ダンスを革新して芸術の一分野に高めた。

マーサ・グレイアム現代舞踊学校を設立［1927］。

（4）**ジェファーソン** Thomas Jefferson［1743～1826］＝米第三代大統領。

（5）**グローバー・クリーブランド** Grover Cleveland［1837～1908］＝米第二十二・二十四代大統領。

（6）**パンチョ・ビラ** Pancho Villa［1878～1923］＝メキシコの山賊・革命指導者。

（7）**マック・トラック** Mack truck＝大型トラック運送会社の商標名で、フットボールの頑丈で強力なディフェンス・プレーヤーを意味する。

（8）**ポール・ローゼンフェルド** Paul Rosenfeld［1890～1946］＝米国の音楽・文学批評家。『ダイアル』誌で音楽評論を担当［1920～27］。

（9）**アーロン・コープランド** Aaron Copland［1900～90］＝米国の作曲家。アメリカ語法を独特に生かした抒情的で想像力豊かな音楽はジャズや民謡を取り入れている。

（10）**『詩学』**＝アリストテレスのミメーシス（模倣）、カタルシス（浄化）という概念に基づく悲劇創作理論を展開した書で、後世の詩劇・演劇に大きな影響を与えた。通常、模倣という訳語が与えられるミメーシスはアリストテレスの場合、もっと積極的な意味を持ち、単に自然・客観物をあるがままに描写するのではなく、そのあるべき姿、ありうる形態を創造するということで、「再現」「再創造」に近い。

（11）**ヴァージニア・ウルフ** Virginia Woolf［1882～1941］＝英国の小説家、評論家。従来の伝統的な小説手法を否定して、日常的時間の流れを無視した意識の流れという手法を用い人間の心理を繊細に描き出し、小説の新しいリアリティを呈示。

（12）**アペレス** Apelles［BC360?～314?］＝アレキサンダー大王時代のギリシャの画家。

（13）**「自然に向かって鏡を掲げる」**＝『ハムレット』第三幕第二場のハムレットの台詞。該当の箇所は「芝居というものは、昔も今も、いわば自然にたいして鏡をかかげ、善はその美点を、悪はその愚かさを示し、時代の様相をあるがままにくっきりとうつし出すことを目指しているのだ」（小田島雄志訳）である。

（14）**別の雑誌に載せた短編小説**＝雑誌『ニュー・マッシズ』に掲載された小説『五ドルの男』（The Five Dollar Guy）のこと。ニュージャージーの工業都市を舞台に、ニュージャージーのことばで、土地の石油会社の社長に言い寄られたある女性のエピソードを語っている。

（15）**マージョリー・アレン・サイファート** Marjorie Allen Seiffert［1885～1970］＝米国の詩人。詩集に『三十女』［1919］など。

38 ガートルード・スタイン

（1）**トクラス** Alice B. Toklas［1877～1967］＝米国の著述家でガートルード・スタインの友人、秘書。『アリス・B・トクラスの料理読本』はパリのスタインを慕って集まった芸術家たちをもてなした料理のレシピをまとめたもの。二十世紀初めのころのパリの雰囲気を読みやすい文体で伝える『アリス・B・トクラスの伝記』は、スタインの勧めでトクラスが書いた自伝という形で実はスタインが書いたフィクション。

（2）**スターン** Laurence Sterne［1713～68］＝英国の作家、牧師。ケンブリッジを卒業後平凡な田舎牧師をしていたが、ふとしたことで自分の文才に目覚め一七五九年から執筆を始め、六〇年出版したのが『トリストラム・シャンディーの生活と意見』。これが大成功をおさめ一躍ロンドン社交界の寵児となった。筋らしい筋もない奇抜な作品で、ラブレーの影響が大きいとされ、J・ジョイスやV・ウルフなど「意識の流れ」派の源流にあたると評価される。

（3）**『地理と劇』** Geography and Plays［1908～20］＝一九二二年刊のスタインの戯曲。

（4）**タールヒール** Tarheel＝ノース・カロライナ州の異名の一つがタールヒール。

40　一人が衰えると

（1）**バジル・バンティング** Basil Bunting［1900～85］＝英国の詩人。早くからパウンドに師事し、音楽的な構成を重視した秀作を残す。

（2）**チャールズ・レズニコフ** Charles Reznikoff［1894～1976］＝米国のユダヤ系詩人。ニューヨーク大学では法律を学び、短期間弁護士を開業していたが、パウンドなどモダニストの影響のもとに詩作を始め、都会の貧困層や少数者の暮らしに題材をとり、観察とイメージを大切にする作品がズコフスキーの目に留まる。

（3）**ジョージ・オッペン** George Oppen［1908～84］＝米国の詩人、政治活動家。妻のメアリーとともにTO出版を経営し［1930～33］、『客観主義詩選集』を出す［1932］。TO出版が客観主義出版へとつながる。

（4）**「客観主義」詩論** Objectivist theory＝イマジズムの後をうけてアメリカに起こった詩の革新理論・運動。ズコフスキーが提唱し、レズニコフ、オッペンたちと展開したこの運動は短命だったが、一九三〇年代初めアメリカ詩に大きな影響を与えた。

（5）**エイミジズム** Amygism＝一九一二年に始まったイマジズムは一九一四年に頂点に達するが、そのころリーダーシップをとっていたのはエイミー・ロウエル Amy Lowell で、『イマジスト詩人選集』を出していた。パウンドはこれを運動初期の原則、目標の希薄化だと拒否し、「エイミジズム」にすぎないと揶揄した。

（6）**エマニュエル・カルネバリ** Emanuel Carnevali［1898～1942］＝第一次世界大戦勃発時に徴兵を忌避してイタリアから移民し、レストランで雑用をしたりしながら、詩を書いた。たどたどしい英語ながらアメリカのモダニスト詩人たちに強いインパクトを与える。『こころ急く男』(A Hurried Man) はコンタクト社刊［1925］。

（7）**ジョン・ハーマン** John Herrmann［1900～59］＝米国の小説家。生涯を通じ小説三作しか書かなかった。一九二〇年代パリで活動した国外芸術家の一人で、ヘミングウェイ、ジョゼフィーン・ハープストと交友。第一作の『何ごとだ』(What Happens) は一九二五年パリで刊行、アメリカでは発禁処分をうける。二六年ニューヨークでハープストと結婚、二年後バックス郡アーウィナへ引っ越し、二人で質素な暮らしをしつつ文筆活動。この時期次第にコミュニスト運動にかかわりを深めていき、三四年ハーブストとは離婚。ＦＢＩの監視下、第二の妻と再婚しメキシコへ、そこで客死。

（８）**ジョゼフィーン・ハーブスト** Josephine Herbst［1892〜1969］＝米国のプロレタリア作家。代表作品は金ピカ時代から大恐慌後にいたるアメリカ市民の矛盾と悩みに焦点を当てる三部作。スペイン内戦を現地取材したジャーナリストとしても知られる。

（９）**ペップ・ウエスト** Nathanael 'Pep' West［1903〜40］＝米国のユダヤ系作家。現代社会への鋭い批判を基調とする作品を残し、新聞の身上相談欄を担当する人生の悲惨さに圧倒される話である一九三三年の『ミス・ロンリーハーツ』(Miss Lonelyhearts) が映画化され、それがきっかけでハリウッドの脚本作家となる。その経験に基づく三九年発表の『いなごの日』(The Day of the Locust) はアメリカの悪夢を描いた秀作。自動車事故で三十七歳の短い生涯を閉じるウエストとの交友は45章で扱われる。

（10）**マイク・ゴールド** Mike Gold［1893〜1967］＝米国のユダヤ系作家、ジャーナリスト。ニューヨーク貧民街生まれの労働者で、『ニュー・マッシズ』など左翼雑誌を編集、一九二〇年代よりアメリカ左翼文学の先頭に立つ。

（11）**エドマンド・ウィルソン** Edmund Wilson［1895〜1972］＝米国の影響力のあった批評家。『ヴァニティー・フェア』『ニューヨーカー』などの編集、書評を担当した。フィッツジェラルドと大学が同窓で「失われた世代」のよき理解者にして批判者。

（12）**エドワード・ランハム** Edward (Edwin M.) Lanham［1904〜79］＝米国の小説家。祖父がテキサス州知事、叔父は米議会下院議員という家系に育ち、十六歳の時の世界一周船旅を題材にした小説が『不屈の船乗りたち』(Sailors Don't Care)［1929］。大学を中退してパリで四年間絵の勉強をしていた時に知り合ったマカルモンがコンタクト社版で世に出す。猥褻な部分を削除した版が翌年ニューヨークで出る。

41 中年の終わり

（１）**グレンフェル医師** Doctor Grenfell［1865〜1940］＝英国の医師・宣教師。北海で漁民のための病院船をつくり活動していたが、その後ラブラドルに移り、一九〇〇年、セント・アンソニーに病院、学校などを設立、北の海で働く人々のために尽くす。

（２）**ドイツの某伯爵**＝一九二八年四月十二日、ギュンター・フォン・ホイネフェルト男爵はドイツ、アイルランドのそれぞれ空軍大尉をパイロットに、単発の単葉機でダブリンを飛び立ち、ニューヨークを目指したが、約三十七時間後にラブラドルのグリーリー島に不時着、救助された。気流の関係で大西洋を東から西へ横断する飛行は当時は難しく、これが最初の大西洋東西横断飛行である。

III

42　**回想**

（1）**『トリルビー』**＝英国の諷刺画家・小説家ジョージ・デュモーリア［1834～96］の小説。

43　**医学と詩のこと**

（1）**テッド・ウィリアムズ、ラルフ・カイナー**＝テッド・ウィリアムズ［1918～2002］はボストン・レッドソックスの名外野手、ラルフ・カイナー［1922～］はピッツバーグ・パイレーツなどで活躍した名外野手。

（2）**ファレス**＝メキシコ北部の町で、米国のエルパソと国境を接する。ウィリアムズの『砂漠の音楽、その他の詩』［1954］の表題詩「砂漠の音楽」はファレスが背景。

44　**病院という都市**

（1）**ウィリアム・ジェームズ** William James［1842～1910］＝米国の心理学者、哲学者。ハーバード大学付属女子大学でG・スタインに心理学を教える。主著に現代小説の重要な技法「意識の流れ」を盛り込んだ『心理学原理』［1890］、『プラグマティズム』［1907］など。弟は小説家のヘンリー・ジェームズ。

45　**『白いラバ』**

（1）**エンジェル・フロレス** Angel Flores［1900～92］＝プエルトリコ生まれの米国の評論家、翻訳家。出版社「ドラゴン・プレス」を設立して新進の詩人に発表の場を与える。ウィリアムズの短編集『時代のナイフ、その他の物語』を出版［1932］。

（2）**フレッド・ミラー** Fred Miller＝米国の作家。プロレタリア短編小説の雑誌『ブラースト』を発行［1933～34］。ウィリアムズはその編集顧問となり、自作の短編を寄稿。

（3）**ヴォーティシズム**＝ウィンダム・ルイスを中心とした一九一〇年代半ばのイギリス前衛芸術運動（渦巻派）。雑誌『ブラースト』［1914～15］を発刊してイギリスの文学・芸術の暴力的革新を唱えた。この運動に「Vortex」（渦巻）という名を与えたパウンドをはじめ、画家、彫刻家たちが結集したが、第一次大戦のために短命に終わった。

（4）**ロナルド・レイン・ラティマー** Ronald Lane Latimer＝米国の学者。アルセスティス出版社を創設して、ウィリアムズやスティーヴンズの詩集を出版。

（5）**カール・ヴァン・ドーレン** Carl Van Doren［1885～1950］＝米国の批評家、歴史家。『ネイション』、『リテラリ・ギルド』などの雑誌を編集。

（6）**ティボー・サーリー** Tibor Serly［1906～78］＝ハンガリー生まれのヴァイオリニスト、作曲家。一九二九年以降エズラ・パウンドと親交。

（7）**グローバー・ウォーレン** Grover Whalen＝一九三六年の

ニューヨーク万国博覧会の委員長。

（8）**ヴァージル・トムソン** Virgil Thomson［1896～1989］＝米国の作曲家、指揮者、音楽評論家。

（9）**フォージ渓谷**＝ペンシルヴェニア州南東部にある独立戦争の戦跡。一七七七～七八年、ジョージ・ワシントンが野営して英軍と対峙。

（10）**ジェームズ・ラフリン** James Laughlin［1914～97］＝米国の詩人、出版者。ハーバード大学在学中、会いに行ったパウンドから、詩人になるよりも、詩の出版社を立ち上げることを勧められた。一九三六年ニュー・ディレクションズ社を創立し、パウンド、ウィリアムズの詩集を皮切りに、モダニズムの作家、とりわけ無名の詩人を発掘して発表の機会を提供し、モダニズム文学の普及に大きく貢献した。その間、自らも詩作を続け、二十冊を越える詩集を発表。第二次大戦後、聖エリザベス病院に収容されていたパウンドの反逆罪起訴取り下げ運動に協力。一九九五年、ウィリアムズを偲ぶ自らの詩とウィリアムズ自身の詩、手紙で構成された『ウィリアム・カーロス・ウィリアムズの思い出』をニュー・ディレクションズ社から出版。

（11）**ホレス・グリーリー** Horace Greeley［1811～72］＝米国のジャーナリスト。『ニューヨーク・トリビューン』紙を発刊［1841］。反奴隷制、普通選挙権などを主張。

（12）**イリヤ・エレンブルグ** Ilya Ehrenburg［1891～1967］＝ソ連の詩人・小説家。

46 嵐

（1）**クリストファー・ラファージ** Christopher La Farge［1897～1956］＝米国の詩人、小説家。小説『突然の来客』［1946］など。

（2）**『全詩集』**＝一九三八年、ニュー・ディレクションズ社から出版したウィリアムズの『全詩集一九〇六～一九三八』のこと。

（3）**アンソロジー『ニュー・ディレクションズ』**＝ニュー・ディレクションズ社のジェームズ・ラフリンが刊行した年刊のアンソロジー。

（4）**ダラム・シンプソン** Dallam Simpson＝パウンドの文学、経済理論の影響を強く受けた雑誌『Four Pages』を編集・発行。一九四八年、ウィリアムズはこの雑誌にエリオット批判の文を発表。

47 講演の旅

（1）**コンラッド・エイケン** Conrad Aiken［1889～1973］＝米国の詩人、小説家。

（2）**オロスコ** Jose Clemente Orozco［1883～1949］＝メキシコの画家・壁画作家。

（3）**バベット・ドイッチュ** Babette Deutsch［1895～1982］＝米国のユダヤ系女流詩人。

（4）**テッド・レトキ** Theodore Roethke［1908～63］＝米国

のポストモダニズム世代の代表的詩人。
(5) **オーデン** W. H. Auden 〔1907~73〕=イギリス生まれの米国詩人。一九三九年アメリカに移住、ニューヨークを拠点にして執筆活動。
(6) **ゴンパース** Samuel Gompers 〔1850~1924〕=ロンドンに生まれ、一八六三年、家族とともにアメリカへ移住。一八八六年に発足したアメリカ労働総同盟(AFL)の会長に就任し没年まで在任。
(7) **ルーイゾン教授** Ludwig Lewisohn 〔1882~1955〕=ドイツ生まれの米国のユダヤ問題研究者。
(8) **フィッツ=フィッツジェラルド訳**=ダドリー・フィッツとロバート・フィッツジェラルドによるソフォクレスの悲劇『アンティゴネ』の訳。
(9) **アレン・テイト** Allen Tate 〔1899~1979〕=米国の詩人、ニュー・クリティシズム派の批評家。
(10) **イザイ** Eugine Ysaye 〔1858~1931〕=ベルギーのヴァイオリン奏者、指揮者、作曲家。
(11) **エリック・ベントレー** Eric Bentley 〔1916~〕=イギリス生まれの米国の劇作家、評論家。
(12) **ウォルター・ヴァン・ティルバーグ・クラーク** Walter Van Tilburg Clark 〔1909~71〕=米国の小説家。
(13) **キャロリン・ゴードン** Caroline Gordon 〔1895~1981〕=米国の小説家。詩人アレン・テイトの夫人。
(14) **マーク・ショーラー** Mark Schorer 〔1908~77〕=米国の小説家、批評家。
(15) **「エマ」銀山**=米国ユタ州ソールトレイクの銀山で、「エマ」は発見者の娘の名前による。
(16) **メサバード**=米国コロラド州南西部にあるプエブロ・インディアンの先史時代の穴居洞窟遺跡。現在はメサバード国立公園。
(17) **トルヒヨ** Trujillo Molina 〔1891~1961〕=ドミニカ共和国の軍人・政治家・大統領。

48
FBIとエズラ・パウンド

(1) **ホアン・グリス** Juan Gris 〔1887~1927〕=スペインの画家、彫刻家。一九〇六年パリに行き、ブラックやピカソの影響を受け、キュービズムの発展に寄与した。アーモリー・ショーで見て以来最も好きな画家として、キュービズムの旗手として、たえずウィリアムズの念頭にあった。
(2) **ヘンリー・ミラー** Henry Miller 〔1891~1980〕=小説家、評論家、画家。一九三〇年代にヨーロッパを流浪、四二年よりカリフォルニアに居住。アナイス・ニンやジャズシンガー徳田ヒロ子などとの生活を通しての自伝的かつ社会批判的なその作品は、ビート・ジェネレーションに影響を与えた。

49
友情

(1) **テックス・ガイナン** Texas Guinan 〔1884~1933〕=米国の女優。特に禁酒法時代にニューヨークでもぐり酒場を経営して夜の女王として名声をはせた。
(2) **スタイケン** Edward Steichen 〔1879~1973〕=ルクセン

ブルグ生まれ。スティーグリッツのフォートセセッションに参加。米国写真界の開拓推進者。

(3) **バット**＝モンタナ州南西の鉱山、歴史の町。十九世紀中葉以来金銀銅を始め種々の鉱物が発掘され精錬され、自然の風光にも恵まれた「地上最も豊かな丘」として観光娯楽の町にもなっている。

(4) **ウィンダム・ルイス** Percy Wyndham Lewis［1882〜1957］＝アメリカ生まれの英国の画家、文筆家。ヴォーティシズムの創始者、その小雑誌『ブラースト』を創刊。

(5) **ナッソス** Daphnis Nassos［1914〜］＝ギリシャに生まれ、一九三〇年渡米、叔父の花屋を基点に生計のため絵と花栽培を独学。一九三九年ボタン栽培家のボブ・グラットウィックの農園に招かれその美を描いた。戦後復員してから自らも交配、栽培を手がけ現在は著名なボタン画家、ボタン栽培家として名をなしている。

(6) **ポール・ヴァレリー** Paul Valéry［1871〜1945］＝フランスの詩人、批評家、思想家。世紀の散文家と目され、一九二五年にフランスアカデミーの会員となり各方面で活躍した。

(7) **グレンジ組合**＝一八六七年、消費者と直接取引するのを目的に結成された農民共済組合。

(8) **ロゲイション・サンデー**＝キリスト昇天祭三日前に行列して収穫を祈る祭。

(9) **魔女狩り裁判**＝中世ヨーロッパに始まる集団妄想による拷問、虐殺はアメリカにも飛び火して特に一六九二年マサチューセッツ州セーラムで行われた魔女裁判が有名。一方、一九五〇年から五四年まで続く国家的反共ヒステリーであるマッカーシー旋風には多くのハリウッドスターや知識人が巻き添えになり、ウィリアムズ自身その嫌疑の対象になった。現代に生きる魔女狩り裁判の一つである。

(10) **リブレット**＝オペラ台本『ティチューバの子供たち』。一六九二年のセーラムと一九五〇年のワシントンとを舞台、人物、ストーリーを重ね合わせて展開する。『さまざまな愛』［1960］に所収。

(11) **ヴェブレン** Thorstein Bunde Veblen［1857〜1929］＝アメリカの経済学者、社会学者。その『有閑階級論』［1899］では「目立ち消費」の論を展開。

(12) **ベン・ウェバー** Ben Weber［1916〜79］＝アメリカの作曲家。一九六五年ソーン・ミュージック賞を受賞。

50 投射詩

(1) **チャールズ・オルソン** Charles Olson［1910〜70］＝米国の詩人。ブラックマウンテン大学学長。その詩論はクリーリーやレヴァトフに影響した。「投射詩論」は一九五〇年十月『ポエトリー・ニューヨーク』に発表された。ウィリアムズはその前半部分を二、三カ所カットして原文のままここで引用している。

(2) **ロバート・クリーリー** Robert Creeley［1926〜2005］＝米国の詩人、小説家。ブラックマウンテン大学に学び、オルソンに師事。のちニューヨーク州立大職員となる。

(3) **エドワード・ダールバーグ** Edward Darlburg［1900〜77］＝米国の小説家。自らのユダヤ人孤児院、ヨーロッパ放浪、ニューヨーク貧民生活などの経験に基づく小説、文明批判のエッセイがある。

（4）**チョーサー** Geoffrey Chaucer〔1342～1400〕＝英国最初の大詩人。フランス、イタリアの影響を経て、英語を文学のことばとして確立した。トロイ戦争に基づいた『トロイラスとクリセイデ』と巡礼が交代で語るヒロイック・カプレットの物語集『カンタベリー物語』。

（5）**ワシントン・アーヴィング** Washington Irving〔1783～1859〕＝アメリカの生んだ最初の職業的文人。タリタウンの南部サニーサイドで死亡。

（6）**リヴィングストン一族**＝家祖ロバート・リヴィングストン Robert Livingstone〔1654～1728〕はニューヨークで富を築き、いわば個人の帝国を築き君臨した。この一族から独立宣言にサインする者など政治的に活躍する者が輩出した。

（7）**フィリップ一族**＝富豪のボストン貴族。家祖ウェンデル・フィリップ Wendel Phillip〔1811～84〕はさまざまの改革提唱者。

（8）**フランクリン・ローズヴェルト** Franklin Delano Roosevelt〔1877～1945〕＝米第三十二代大統領。大恐慌対策としてニューディールに着手、景気回復、社会改革を推進したが富裕階級の反感を買った。

（9）**アスレティックス**＝米メジャーリーグの球団の一つ。

（10）**シェイカー教徒**＝一七一四年に起こったキリスト再臨を信じるイギリスのクエーカー教徒の一派で十八世紀アメリカに移住、ニューヨークを中心に各地にコロニーを作った。独特の生活様式を護り、その農業経営、家具製作で知られる。十九世紀中葉以後下火になったがその機能的で素朴な家具は二十世紀になって人気がましている。

（11）**トルストイの娘** Alexandra Tolstoy〔1884～1979〕＝トルストイの末娘。言論の自由を支持して投獄、一九三一年米国に亡命、農園経営の傍ら父親の思想を講演、やがてトルストイ財団理事長として難民援助、人権擁護活動に励んだ。

51　聖エリザベス病院のエズラ・パウンド

（1）**聖エリザベス病院**＝有罪の精神病患者を収監するワシントンＤＣの病院。エズラはムッソリーニのファシスト運動に共鳴して、戦時中ローマから反ユダヤ、反資本主義の放送をしたために、一九四三年、反逆罪に問われ連合軍に逮捕され、一九四六年から一九五八年に釈放されるまで十三年間この病院に収監された。

（2）**国会図書館の特別委員会**＝一九五〇年一月からウィリアムズはこの委員に任命されてワシントンに在住。同図書館の詩部門の顧問相談役への選出をマッカーシー旋風によって阻まれることになるのはその後である。

（3）**ティンカム** George Holden Tinkham〔1870～1956〕＝マサチューセッツ州選出の下院議員〔1915～43〕。第二次世界大戦以前の経済的政治的危機についてパウンドはかれと意見をともにして多くの書簡を往復した。『キャントーズ』にアンクル・ジョージとして出てくる。

（4）**グルジア語**＝ソ連邦の独裁者スターリン〔1879～1953〕はグルジア共和国の寒村の靴屋の息子として生まれた。パウンドは入院中スターリンの経済観念を改宗させるためにまず学習しようとしてグルジア語文法書を求めた。
(5) **「ゲルニカ」**＝ピカソの大作。一九三七年四月二十六日、スペインの内戦でフランコに味方したドイツの空爆によって二千人の死者を出したゲルニカの悲劇が主題。ニューヨーク近代美術館蔵。
(6) **カラシ種**＝マタイ伝十三章の一節にあるカラシナの種の譬えは大いなる発展の元になるものの代表としてしばしば引用される。
(7) **イソップ** Aesop［BC620～560］＝イソップ物語の創作者。奴隷の生まれで、解放されて自由民となり諸国を遍歴して最後はデルフォイで殺害されたことが知られている。
(8) **サッフォー** Sappho［BC612～?］＝ギリシャの詩人。エーゲ海のレスボス島生まれ。レスボス方言で種々の詩形や韻律を駆使した抒情詩、挽歌、恋歌、祝婚歌などがあり、ギリシャ、ローマのみならずパウンドなど英米の詩人にいたるまで影響を与えた女流詩人で、レズビアンの守護神とされる。一時家族が政争のためシシリー島に追放されたことがある。
(9) **『天路歴程』**＝英国の宗教家ジョン・バニャン John Bunyan［1628～88］作。キリスト教徒に愛読されている信仰の書。無免許で伝道をした科で十年以上の獄中生活の間に書かれた。
(10) **セルバンテス** Miguel de Cervantes［1547～1616］＝スペインの詩人、小説家、劇作家。アルジェで奴隷生活をしたのを皮切りに幾度も獄中生活を送った。その間にシェイクスピアの作品にも比肩される『ドン・キホーテ』［1605］は書かれた。

52

ヤドー

(1) **ヤドー**＝芸術家のための宿泊施設。ニューヨーク州東部の代表的観光保養地サラトガスプリングに金融業者スペンサー・トラクスと詩人の妻カトリナによって四百エーカーの地所に一九〇〇年に建設された邸宅を、カトリナが再婚した夫ピーボディが夫妻の初志を実現して、宿所、食事、仕事場をさまざまの分野の創造的芸術家に無償で提供する施設として一九二六年にオープン以後現在まで多数の著名な芸術家に利用されている。一九五〇年七月十五日から八月二日までウィリアムズ夫妻は特別客として招待されて滞在した。
(2) **エリザベス・エイムズ** Elizabeth Ames［1885～1977］＝ヤドーの事務局長。妹の養父のピーボディに見込まれて、ヤドーのオープン以来八十四歳で引退するまで四十年間その初代事務局長を勤め、細かい生活規則を作ったりしてヤドーに君臨した。
(3) **国立文芸協会**＝一八九八年創設、米国の文学美術の振興を目的として一九一三年に立法化、表彰したり経済的に困っている芸術家たちの資金援助をしたりしている。
(4) **ビーミス・ハイツ**＝一七七七年ニューヨークを攻略しようとする英国軍を敗退させてアメリカの独立戦争を勝利に方向づけした初勝利の激戦があった土地。
(5) **ニコラス・カラス** Nicolas Calas［1907～88］＝ギリシャの画家。一九三七年以後パリで前衛美術にかかわり一九四〇年アメリカに定住。

（6）**ヒエロニムス・ボス** Jeronimus Bosch［1465?～1516］＝フランドルの画家。自由奔放な想像力と結び付いた幻想世界を展開、ブリューゲルに継承される「諺」のジャンルを創始した。「悦楽の園」（スペインのプラド美術館蔵）は代表作の一つ。

（7）**ジョン・ハズバンド** John Husband＝当時ニューオーリンズにあるチュレーン大学教授。ウィリアムズとヤドーで初めて会い、意気投合して親交する。ウィリアムズは西部旅行の際、ニューオーリンズに寄り、かれの案内で市内観光をしている。またウィリアムズは『パターソン』全巻完成間近に招待してギャレット・マウンテンを案内した。

（8）**ハーベイ・シャピロ** Harvey Shapiro［1924～］＝米国の詩人。『ニューヨーカー』その他の編集者。ウィリアムズの詩の影響を深くうけたモダニスト詩人。都会、家庭、ユダヤ人などを主題にした多くの作品がある。

（9）**リチャード・エバハート** Richard Eberhart［1904～2005］＝米国の詩人。英米の大学で学位を取り教鞭をとる。ロバート・ロウエルも生徒の一人。詩作品多く、ボーリンゲン賞やピューリッツァー賞などを受賞している。

（10）**ジェサミン・ウエスト** Jessamin West［1907～84］＝米国の小説家。主にカリフォルニア州で過ごし小説、伝記等作品が多い。

（11）**マースリン兄弟** Pierre & Philippe Thoby Marcelin＝ハイチの詩人、小説家、批評家。ヴードゥー教を主題にした有名な『ハイチの山の野獣』は兄弟の共著。

（12）**タロー・ヤシマ** Taro Yashima［1908～1994］＝本名岩松惇。鹿児島県出身の挿絵画家、漫画家。徴兵忌避で投獄。一九三九年渡米。愛娘のために挿絵入り童話を書き始め、多くの賞を受けた。妻光子は舞台やTVで女優として活躍した。息子マコもハリウッドスター。

（13）**『愛の夢』**＝自分の過去を下敷きにしたウィリアムズの劇作品［1948］。一九四九年初演。

53　**翻訳**

（1）**『ロマンセ詩集』**＝スペインの中世以来の伝承物語歌ロマンセの集成。スペイン文学の独創的記念物の一つで、歴史、文学のかぎりなき宝庫・源泉と言われる。V・ユゴーはこの詩集を一種の「イリアッド」だと言ったという。

（2）**ラファエル・アレバロ＝マルチネス** Rafael Arevalo Martinez［1884～1975］＝グァテマラの小説家。『馬に似ていた男』は自然主義的心理小説［1915］。

（3）**ゴンゴラ** Luis de Gongora［1561～1627］＝スペイン黄金世紀の詩人。時代の常識に反する奔放な言語表現で新しい詩を生み出す。ロルカはゴンゴラに因習からの解放を感じ取り、その豊かな色彩性に共感を抱いたと言われる。

（4）**ドン・フランシスコ・ケベード** Don Francisco Quevedo［1580～1645］＝スペインの貴族生まれの詩人、小説家、政治家。すぐれた知性と激しい情熱の持ち主で、その複雑な個性は波乱に富んだ多様な作品に反映。ゴンゴラと並ぶスペイン黄金世紀を代表する詩人。

（5）**ロペ・デ・ベガ** Lope de Vega［1562～1653］＝スペインの劇作家、詩人。ゴンゴラ、ケベードと並ぶ黄金世紀を代表する抒情詩人。民間に伝わる断片的詩（ロマンセ）を洗練された形にうたい上げたスペインの国民的詩人。
（6）**リングリング・ブラザーズ**＝アメリカの五人兄弟が作り上げ、一九三〇年ごろには世界最大となったサーカス団。
（7）**アントルシャ**＝バレエで、跳躍中に脚を交差させ、踵を打ち合わせる動作。

55　西部、一九五〇年

（1）**プルマン**＝実業家で鉄道車両に改良を加え寝台車、食堂車などを開発したジョージ・プルマンがシカゴに設立した会社。一八九四年のプルマンストライキは会社の賃金カット、労働組合代表者の首切りに抗議して起こした全車両ボイコット事件。会社側の要請で連邦軍がストを鎮圧し、米国労働運動に大きな打撃を与えた。
（2）**クラーク記念塔**＝米軍人、探検家ウィリアム・クラーク［1770～1838］の西部への探検を記念する塔でモンタナ州にある。ジェファーソン大統領に派遣されたクラークは太平洋岸へのルートを求め、コロンビア川河口まで探検、その後の西部への通商路の開拓に重要な役割を果たす。
（3）**ベッキー・シャープ**＝サッカレー『虚栄の市』の主人公。生まれは卑しいが、美貌で才気ある大胆な女性ベッキー・シャープと中流家庭出でしとやかな女性アミリア・セドリーを軸にして小説は展開する。
（4）**ホレイショ・アルジャー** Horatio Alger［1832～99］＝米国の少年用読物作家。貧しい少年が勤勉、正直、独立独行などの美徳を実践していくうちに、幸運な偶然に恵まれて最後には立身出世するというテーマを繰り返し扱う。彼の物語は「成功の夢」と結び付けて読まれるようになり、それを否定する者は彼の名を批判的に引用する。
（5）**『衣装哲学』**＝英国の批評家、歴史家トマス・カーライル［1795～1881］の精神的自伝といわれる書［1836］。万物は精神の象徴であり、国家、宗教、道徳などは、人間が一時的にまとう衣装にすぎない、と説く。
（6）**プリンス・アルバート**＝ダブルの長いフロックコート。プリンス・アルバート・エドワード（のちの国王エドワード七世）が流行させる。
（7）**ヘンリー・ジェームズ** Henry James［1843～1916］＝米国の小説家、批評家。人間心理を鋭く洞察し、緻密に構成された長・短編の小説はジョイス、プルーストなど二十世紀小説に決定的影響を与える。ハーバード大学付属女子大学（のちにラドクリフ大学と改名）でG・スタインに心理学を教えたウィリアム・ジェームズは兄にあたる。
（8）**テニエル** Sir John Tenniel［1820～1914］＝イギリスの風刺漫画・挿絵画家。ルイス・キャロルの『不思議の国のアリス』などの挿絵で有名。
（9）**ジャーマンタウンの戦い**＝ペンシルヴェニア州フィラデルフィア北西の独立革命時の戦闘。ワシントン率いる軍が、霧と硝煙、さらには各部隊の連携の欠如のために友軍の同士討ちなどに陥り、当初優勢だった戦闘に敗北［1777］、フォージ渓谷へ撤退。
（10）**シャプリー教授** Harlow Shapley［1885～1972］＝米国

の天文学者。ハーバード大学の天文台長を勤める［1921～52］。変光星や球状星団の研究によって銀河系の大きさ・構造のモデルを更新。太陽が銀河系の中心から大きく外れていることを明らかにし、地球同様、太陽も宇宙の中心でないことを明らかにし、人類の宇宙観はコペルニクス以来の「コペルニクス的転換」を遂げたと言われる。

56 大学にて

（1）**スタンフォード・ホワイト** Stanford White［1853～1906］＝米国の建築家。ジョージ・ワシントン大統領就任百年を記念して建てられたワシントン門［1889］などを設計。

（2）**マリー・ヒル**＝ニューヨーク・マンハッタン中心部の高級住宅・商業地。一八九〇年代には上流社会の本拠地であった。

（3）**ヘラクレイトス** Heraclitus＝古代ギリシャの哲学者（生没年不詳）。「万物は流転する」ということばで知られ、その哲学は、すべてを支配する原理であるロゴスをめぐって構成される。弓の弦や琴の弦は二つの逆方向に働く力の結合によって成立するが、こうした対立的なものの統一的結合という理法が彼の説くロゴス。

（4）**スペンダー** Sir Stephen Spender［1909～95］＝英国の詩人・評論家。ファシズムの台頭をヨーロッパへの脅威と受け止め、「詩人の戦争」と呼んだスペイン内戦に多くの詩人、小説家とともに参加し、反戦・反ファッシズム運動に取り組んだ一九三〇年代の代表的詩人の一人。五〇年代から六〇年代にはしばしば渡米、各地で講演。

（5）**ワイアーハウザー**＝ドイツ生まれの米国の実業家F・ワイアーハウザー［1834～1914］は林業で財を成し「木材王」と呼ばれた。ワイアーハウザー社は大手建材・パルプメーカーで、本社はワシントン州タコマにある。

（6）**ローガンベリー**＝キイチゴの一種でラズベリーとブラックベリーの雑種。甘酸っぱい実をつける。

（7）**シャルトルの大聖堂**＝フランス・ゴシック式大聖堂。十一世紀創建でゴシック式聖堂すべての形式、要素を備えた最初の建造物。聖堂内部の広大な空間は聖者の彫刻群と窓という窓すべての見事なステンドグラスで神の国の荘重感を与える。

（8）**モール教授** Professor Ernest Moll［1900～79］＝オーストラリアの詩人。一九二八年から六六年までオーストラリア市民権を持ったまま、アメリカ・オレゴン大学で教える。時たま帰国しながら祖国の歴史・風土を、原住アボリジニー文化の地でのヨーロッパ人の体験ととらえて、鋭い感受性でうたう。

57 太平洋、東洋

（1）**エイヴィン**＝妻フロッシーの姉シャーロットの息子エイヴィン・アール。

（2）**アルカトラズ**＝サンフランシスコ湾内の島。俗称 The Rock と呼ばれる連邦刑務所があった［1868～1963］。その高い塀と海峡の急流のため脱獄は不可能であった。

（3）**テレグラフ・ヒル**＝サンフランシスコの北東部の丘。

（4）**サン・シメオン**＝太平洋岸の小さな港町。十九世紀にはポルトガルの漁業・捕鯨基地だったが、一八九〇年代にアメリカの鉱山資本家の広大な地所が開発される。現在は西海岸の主要な観光地となっている。

（5）**暗黒海岸**（the Barbary Coast）＝一九〇六年の地震以前、賭博や売春などで悪名高かったサンフランシスコの暗黒街。人間、文明の野獣性の象徴。

（6）**サンフェルナンド伝道所**＝十七世紀、スペイン人はカリフォルニア地方の植民、開拓の拠点として、南のサンディエゴから北のサンフランシスコまで太平洋沿岸に沿って順次キリスト教伝道所を建設。全部で二十一ある伝道所の十七番目のミッションがロサンゼルス北部のこの伝道所。幾度もの大地震による崩壊、再建を経て、博物館、教会堂、神学校として現在にいたる。

（7）**シルヴィオ・ゲゼル** Silvio Gesell〔1862～1930〕＝ドイツの経済学者。自由貨幣の理論を提唱した。主著『自然的経済秩序』（The Natural Economic Order）〔1906〕。ケインズはその主著『雇用、利子および貨幣の一般理論』で「未来はマルクスよりゲゼルから学ぶことが多いだろう」と述べ、大きな影響を受ける。またパウンドは一九三〇年代、ゲゼルの理論に傾倒した。

（8）**ディラン・トマス** Dylan M. Thomas〔1914～53〕＝英国の詩人。一九三〇年代後半、第二次大戦中、戦後の四〇年代を通してロマンチックな詩風を基調とするイギリス詩のチャンピオン。五〇年代数回アメリカへ講演旅行、酒乱の風評を裏づける奇行を繰り返し、ニューヨークで病死。すぐれた朗読の才能は現代の吟遊詩人と評される。

（9）**セイウチの詩**（The Sea-elephant）＝『詩集・一九三〇年』所収。一連四行で全二十連の作品。

（10）**アナイス・ニン** Anais Nin〔1903～77〕＝フランス生まれの米国の女性作家。象徴的手法で女性の内面を描き出す小説群の他に、少女時代に始めて生涯書き続け、自らの内面を詳細かつ赤裸々に綴った膨大な『日記』（全七巻）で有名。

（11）**ワイヤーレコーダー**＝テープでなく磁気化した鋼鉄線を用いる初期の録音機。

（12）**ハリウッドボウル**＝ハリウッドにある自然の地形を利用した円形劇場。夏には野外コンサートが開かれる。

58 詩『パターソン』

（1）**ジョン・デューイ** John Dewey〔1859～1952〕＝米国の哲学者・教育家。プラグマティズムの大成者。

（2）**カイザーリング** Leon H. Keyserling〔1908～87〕＝米国の法律家。コロンビア大学で経済学を教えた後、ニューヨーク州選出の上院議員R・ワグナーの補佐官として、労働者の団体交渉権を確立するなど公共政策に尽くす。

（3）**ビリー・サンデー** Billy Sunday〔1862～1935〕＝米国の巡回牧師。

（4）**ネルソンのパターソン市史**（Nelson and Shiner's "History of Paterson and Its Environs"-1920）＝ウィリアムズが長編詩『パターソン』を書くにあたって用いた基礎資料の一つ。

（5）**ウォルト・ホイットマン** Walt Whitman〔1819～92〕＝アメリカの国民的詩人。一八五五年初版『草の葉』で自我と民衆、魂と肉体を、英国伝統の詩法を無視した大胆な自由詩形でうたいあげアメリカの文化的独立の第一歩をしるしたとされる。当時エマソンなど少数の人々を除き、世間の反応は冷たかったが、序文でアメリカを「最も偉大な詩」であると高らかに宣言し、幾多の苦難、変遷を経ながら、世を去る一八九二年の第九版まで、生涯をかけてうたい続ける。晩年を過ごしたカムデンはニュージャージー州南西部デラウェアー川ほとりの町。ウィリアムズにはホイットマンの後を受けアメリカ語を「詩語」として果てしなく高めていくことが生涯の願いだった。

(6) **カミング夫人** Mrs. Cummins (Cumming) ＝『パターソン』第一巻第一部で、自然の生んだ驚異、パセイックの大滝にまつわる逸話としてサム・パッチとともに紹介される。新婚二カ月の幸福と希望にみちていたはずの夫人だが、夫カミング牧師と滝を見物に来ていて、一瞬の悲鳴を残し、滝壺の轟音の中に謎の墜死を遂げる。

(7) **サム・パッチ** Sam Patch [1807?~1829] ＝アメリカの勇敢な軽業師。絶壁、橋、船のマストからのダイヴィングで名を馳せる。パターソンの住民で紡績工場で働いていた彼の軽業師としての出発点となった跳躍は、パセイック大滝の架橋工事が大観衆のもと行われた時、落下した工具を取り戻そうと行ったダイヴィング。ニューヨーク州ロチェスターのジェネシー川での跳躍で事故死を遂げる。

ウィリアム・カーロス・ウィリアムズ略年譜

＊［芸術・社会・時代］

一八八三　ニュージャージー州ラザフォードにて誕生（父ウィリアム・ジョージ、母ラケル・エレーヌ・ローズ・ホウヘブの長男）。

一八九八　一歳年下の弟エドガーとスイス・ジュネーヴ郊外のシャトー・ドゥ・ランシーに留学、のちパリのコンドルセ国立高等中学校へ。　十五歳

一八九九　ニューヨーク市のホレイス・マン高校に入学。　十六歳

一九〇二　ペンシルヴェニア大学歯学部に入学、のち医学部に転じる。在学中にパウンド、H・D、デムースと出会う。　十九歳

一九〇六　ニューヨーク、フランス病院でインターン。　二十三歳　［キュビズム］

一九〇八　保育小児病院でインターン。　二十五歳

一九〇九　保育小児病院辞職。処女詩集を私家版で出版（『詩集』*Poems*）。フローレンス・ハーマン（フロス／フロッシー）と出会い、求婚。　二十六歳
ドイツ、ライプチッヒに留学、小児科学を学ぶ（九月より翌年二月まで）。のちヨーロッパ各地を旅する。ロンドンでパウンドとともにイェイツに会う。

一九一〇　ラザフォードで医院開業。市内公立学校の校医を勤める。　二十七歳　［イマジズム運動］

一九一二　フロスと結婚。　二十九歳

一九一三　パウンドの紹介で詩集『気質』（*The Tempers*）をロンドンで出版。　三十歳　［アーモリー・ショー］
リッジ通り九番地へ転宅。アーモリー・ショーに芸術の新しい息吹を感じる。
一九一四　長男ウィリアム・エリック・ウィリアムズ誕生。　三十一歳　［第一次世界大戦］
最初の長編詩「さまよう人」（*The Wanderer : A Rococo Study*）をパウンド編集の『エゴイスト』誌に発表。
一九一五　『アザーズ』誌の会合でクレインボーグ、ムーア、デュシャンらと会う。　三十二歳
一九一六　次男ポール・ハーマン・ウィリアムズ誕生。　三十三歳
一九一七　詩集『読みたい人へ』（*Al Que Quiere!*）出版。　三十四歳　［ダダイズム］
一九一八　父ウィリアム・ジョージ・ウィリアムズ結腸ガンで死去。　三十五歳　［米国参戦、ロシア革命］
一九二〇　『地獄のコーラ』（*Kora in Hell : Improvisations*）出版。　三十七歳　［禁酒法］
『コンタクト』誌をマカルモンと共同編集で出す（二三年まで）。
父方の祖母エミリー・ディキンソン・ウェルカム死去。
一九二一　『すっぱい葡萄』（*Sour Grapes*）出版。　三十八歳　［『ユリシーズ』『荒地』刊
一九二三　『春とすべて』（*Spring and All*）『偉大なるアメリカ小説』（*The Great American Novel*）をフランスで出版。　四十歳　（一九二二）］
夏、サバティカル・イヤー（安息年）の休暇でニューヨークに滞在、母国アメリカの淵源を問う書『アメリカ人に生まれて』（*In the American Grain*）を執筆。
一九二四　休暇後半の一月から六月までフロスとヨーロッパ各地へ。パリでジョイス、ブランクーシなどに会う。　四十一歳　［シュールレアリズム宣言］
秋、母エレーヌが自宅へ越してくる。
一九二五　『アメリカ人に生まれて』出版。　四十二歳
開業医の傍らパセイック総合病院の小児科医を勤める。

一九二六　短詩「パターソン」（*Paterson*）にダイアル賞。　四十三歳

一九二七　短編小説で登場人物に実名を用いたため損害賠償の訴訟を起こされる。
息子二人をスイスへ留学させるため、家族四人でヨーロッパへ。パリでガートルード・スタイン宅を訪問。フロスとパリで別れ一人で帰国。　四十四歳

一九二八　『冬の下降』（*The Descent of Winter*）をパウンドの『エグザイル』誌に発表。
フロスとのヨーロッパ旅行を基にした小説『異教への旅』（*A Voyage to Pagany*）出版。　四十五歳
七月、二人の息子と妻帰国。

一九三〇　フロスの父親事故死。　四十七歳
『ペイガニー』誌をリチャード・ジョンズと共同編集で出す。

一九三一　フロスとニューファンドランドへ船旅。　四十八歳

一九三二　第二次『コンタクト』誌をナサニエル・ウエストと共同編集。　四十九歳
短編小説集『時代のナイフ』（*The Knife of the Times*）出版。　［ニューディール法成立］（一九三三）

一九三四　『全詩集・一九二一〜一九三一』をズコフスキーのTO出版から出す。　五十一歳

一九三五　『早すぎた殉教者、その他の詩』（*An Early Martyr and Other Poems*）出版。　五十二歳

一九三六　父母への賛歌を妻に捧げる形をとる詩集『アダムとイヴそして都市』（*Adam & Eve & the City*）出版。　五十三歳　［スペイン内乱］

一九三七　妻フロスの家系をめぐる小説三部作の第一作『白いラバ』（*White Mule*）を、発足したばかりのJ・ラフリンのニュー・ディレクションズ社から出す。　五十四歳　［ゲルニカ空爆］

一九三八　『時代のナイフ』の続編『パセイック川と生きて』（*Life Along the Passaic River*）、『全詩集』（*The Complete Collected Poems of W. C. Williams 1906〜1938*）出

版。　五十五歳

一九三九　第二次世界大戦を回避するよう大統領を説得するため帰国したパウンドに会う。　五十六歳　［第二次世界大戦］

一九四〇　三部作小説の第二作『裕福になって』（*In The Money*）発表。　五十七歳

一九四一　四月、プエルトリコへの旅。　五十八歳　［米国参戦］

世界大戦への米国の参戦、戦時体制の中でパウンドによるイタリアからの「敵性」ラジオ放送とのかかわりを疑われＦＢＩの調べを受ける。

一九四二　息子二人とも従軍（海軍）。長男エリックは太平洋、次男ポールは大西洋海域で艦艇乗務。　五十九歳

一九四四　詩集『くさび』（*The Wedge*）出版。　六十一歳

一九四六　長編詩『パターソン』（*Paterson*）第一巻刊行。　六十三歳

ヘルニアのため二度手術。

前年イタリアで反逆罪で逮捕されたパウンドは精神異常と認定されワシントンの聖エリザベス病院へ移送、収容される。

一九四七　聖エリザベス病院のパウンドを訪問、面会。　六十四歳

一九四八　二月、最初の心臓発作。　六十五歳

『パターソン』第二巻、詩集『雲』（*The Clouds*）出版。戯曲『愛の夢』（*A Dream of Love*）発表。

パセイック総合病院を辞職。

一九四九　『パターソン』第三巻、『選詩集』（*Selected Poems*）、詩集『ピンクの教会』（*The Pink Church*）刊。　六十六歳

母エレーヌ死去。

一九五〇　『後期全詩集』、短編小説集『軽く見よ』（*Make Light of it*）出版。　六十七歳
『選詩集』と『パターソン』第三巻で全米図書賞を受賞。
芸術家コロニー「ヤドー」に滞在。西海岸へ講演旅行。

一九五一　三月、最初の脳卒中。　六十八歳
『パターソン』第四巻、『自叙伝』、『初期全詩集』出版。
医業から引退、自宅医院を長男に譲る。

一九五二　卒中の後遺症の視力障害に悩まされる。八月、再度の卒中。言語障害、右半身麻痺。
小説三部作の最終部『発展』（*The Build-Up*）発表。　六十九歳

一九五三　うつ病で入院（二月から四月）。　七十歳

一九五四　詩集『砂漠の音楽』（*The Desert Music*）、『評論選集』（*Selected Essays*）、スペイン十七世紀の詩人・小説家ケベードの小説を亡き母と共同翻訳した『犬と発熱』（*A Dog and the Fever*）を出版。　七十一歳

一九五五　詩集『愛への旅』(*Journey to Love*)出版。各地の大学へ朗読・講演の旅。　七十二歳

一九五七　妻フロスとミシシッピー川を下る旅。　七十四歳

一九五八　『パターソン』第五巻刊行。　七十五歳
六月、十二年間の聖エリザベス病院幽閉生活から解放されたパウンドが妻とともに「リッジ通り九番地」の自宅来訪、イタリア送還前の数日を過ごす。
十月、三度目の脳卒中。

一九五九　四一年制作の戯曲『さまざまな愛』（*Many Loves*）がオフ・ブロードウェイで上演され、二一六回のロングランとなる。　七十六歳
悪性結腸腫瘍切除の手術。

一九六一　小説『農園主の娘たち』（*The Farmers' Daughters*）、戯曲『さまざまな愛』出版。

［マッカーシズム］

一九六二　十一月、度重なった脳卒中のため断筆。　七十八歳

詩集『ブリューゲルの絵、その他の詩』(*Pictures from Brueghel and Other Poems*) 発表。

一九六三　三月、ラザフォードの自宅で死去(享年七十九歳)。　七十九歳

二カ月後『ブリューゲルの絵、その他の詩』にピューリッツァー賞。

妻フロスは十三年のち八十五歳で永眠(一九七六年)、二人の息子の意思で賛美歌二十三番と詩人が妻に捧げた恋歌「アスフォデル」(『愛への旅』所収)に送られる。

訳者あとがき

思えばずいぶんウィリアムズを読んできたものだ。初期の長編詩「さまよう人」を読んだのが一九七二年。ウィリアムズにとってのちの大作『パターソン』へと発展していく基点となる作品で、ぼくらにとってもいささか運命的な出会いであった。もっともそのころのぼくらにはとりたててそうした意識も知識もなかった。当時「英詩を読む会」という名称で、二週間に一度のペースで土曜日に街の喫茶店の片隅に集まり、あれこれ現代英米詩を読んでいた。今は亡き詩人じっこく・おさむ（十国修）さんを中心にした自由な集まりで、多様なメンバーがいわば英詩を素材にして詩、文学、時には社会を論じ、語り合っていた。そしてある時ペンギン・ブックスから出ていた薄いペーパーバックのシリーズ「現代詩人選」第九巻でウィリアムズと出会って不思議な力を感じる新鮮なやさしさに惹かれ、以後ずっとウィリアムズの詩に集中していった。そのうち会の名前もみんなで読んだ「アスフォデル、あの薄みどりの花」という作品から「アスフォデルの会」と変え、苦労しながら読んできた詩篇を記録、蓄積しようと、会誌『アスフォデル』を不定期刊で出すことになっていった。ウィリアムズ詩の新鮮な力とやさしさの淵源を求めて、以後読み進めた詩集『春とすべて』『ブリューゲルの絵、その他の詩』『砂漠の音楽、その他の詩』『愛への旅』『パターソン（全巻）』『地獄のコーラ』『雲』を、『アスフォデル』1~13号にまとめてきた。そしていわばその総仕上げがこの『自叙伝』であった。

考えてみると、ぼくらを長い間惹きつけてきた大きな力の一つは、ウィリアムズの詩人としての生き方であった。終世生まれ故郷、ニュージャージー州の片田舎ラザフォードで生業として営む医業の傍ら、わが地、わが人々、わがコトバに依拠し国外国内の権威の亜流であることを拒否して、「文化不毛の地」と言われていた故郷アメリカに瑞々しい「アメリカ詩」の花を咲かそうと生涯をかけてきたウィリアムズの生き方である。一九一〇年以降四十年以上にわたり、ラザフォードで小児・産婦人科医として夜も昼もなく患者に、多くは貧しい患者たちに、全力で向き合う多忙な日々を送りながら、同じアメリカ生まれで同世代のE・パウンドやT・S・エリオットが故郷を捨て帰依していった西洋文化の殿堂ヨーロッパで赫々たる詩業を展開する中、あくまで母国アメリカに土着し、伝統と格調という重荷を背負うイギリス語ではなく、卑俗とも言われていたアメリカ語（ウィリアムズはアメリカン・イディオムと呼んでいた）で、アメリカ詩を育て上げることに生涯の夢を結んできた。こうしたウィリアムズの詩人として、いや一人の人間としての生き方にぼくらはたえず勇気づけられ、方向性を与えられてきた。ちょうど、ウィリアムズに詩を学び、出版社ニュー・ディレクションズを創始して新しい文学作品を世に送り出し続けたJ・ラフリンが『ウィリアム・カーロス・ウィリアムズの思い出』（一九九五年）の結びで言っているように、「そんなビル（ウィリアムズ）にこそ、ぼくらは慰められ、たしかな友を見いだし、ともに喜びと叡知を分かち合い、そして人の温もりを得るのだ」という思いで、かれの詩作品を読み、人間ウィリアムズと触れ合い、語り合ってきたような気がする。

この『自叙伝』は、その一章一章に詩人・人間ウィリアムズのすべてが包含されている散文作品であった。幼年期の原初の記憶から心臓病の発作に脅かされ始めた老年の入り口にあたる時期まで、ウィリアムズの出会ってきたひと・モノ・コトが語られていくのだが、この『自叙伝』はそれらを単なる過去として追想するのではなく、執筆している現在のなかにそれらを蘇生させ、老いと死にいやおうなしに直面させられている現在をより豊かに、より生き生きとしたものに高めるための一つの「創作」とも思える作品であった。『自叙伝』刊行は一九五一年、詩人六十八歳の時であるが、心臓発作、脳卒中に脅かされつつ、遠からず訪れるはずの肉体の崩壊を前にして、記憶とメモを頼りに過ぎ来し方を丹念にたどり直して書き込み、その命を甦らせることによって過去、現在、そして今や有るか無きかのようにすら思える未来をも、いわばかけがえのない切実な現在として生き抜こうとする営みではなかったか、とぼくらはこの『自叙伝』を読みながら思った。あるがままの過去を誠実に語りつつ、同時に「ある種のフィクション」でもあるという不思議な力を持つ書であった。

ウィリアムズは自らを「殴り書きする者」と呼んでいた。自宅医院で難しい患者相手の格闘に根を詰めた後の疲労困憊の中で、また往診に車を走らせる最中、あるいは猛烈な難産に立ち会い新しい生命の誕生を見届けた後の安堵感の中で、ふと立ち現れる一片のフレーズを手元にある紙何にでも「殴り書き」したという。まるで医師・詩人の命と対象の命が共振し、その場に一匹の蝶のようなものがふわりと舞って現前し、詩人があわててそれを写し取るという作業らしい。かれにとって医学と詩はともに生の源泉であり、生きるということの二面であった。医学が詩に栄養を与え、詩が医学を支えてきたのである。かれは患者の病を自らの病として受け入れ、医師として全力を挙げて患者と向き合い、なおかつ世俗的には汚れにまみれた患者たちの中に、人としての全き姿をみとめ、かれらの口にする切れ切れのコトバの中に言語の本源を聴いてきたと言う。また、子供のころ学校で一緒だった世間的にはいわゆる「不良」の女の子や男の子の中に人間の原初の姿を見て、「あの連中は知識も技術もまったく持っていなかった。中途退学、ブタ箱行き、妊娠、出産……そんなかれらは完全だった。生まれながらに完全で、何一つ欠けたものは見あたらなかった。かれらがそこ、ぼくの目の前で生きていた。ぼくはかれらのそばで生き、かれらと交わって生きてきた。そんなかれらのあるがままの姿を、このモノの形を、はっきりと書こうと思った」と言う。ウィリアムズの詩・散文を貫いて流れ、『パターソン』という未曾有の内容・形式をもつ超大詩篇へと結実していく基本理念である「事物をよそにして観念なし」('No ideas but in things')の「事物」とは生命の瑞々しい初源の姿でもある。ウィリアムズが力を尽くして書くことによって、ひともモノもその生命を幽閉する現実という偉大な世界の束縛から解放され一瞬、ほんの一瞬だけ、この上なく美しい生のきらめきとなってかれの眼前に羽ばたくのである。ウィリアムズにとって書くということは生きるということであり、人を、患者を、世界を、そして何より自らを、甦らせることであった。だからこそ診察時間のわずかな暇にも、つぎの患者が戸口に現れるまで、診察室の机の下に格納しているタイプライターをがちゃんと引き上げ、息せき切って書かなければいけなかったのである。

あるいは、一日の仕事を終え家族が寝静まった後、自室でタイプを叩かなければならなかったのだ。

医師・詩人ウィリアムズとの出会いはぼくらにとってかけがえのないものであった。そしてまた、ぼくらをこの出会いへと導いてくれた詩人、故じっこく・おさむさんという存在もぼくらにとってかけがえのないものであった。じっこくさんは四国・高松という地で、自ら創刊し育ててきた同人詩誌『詩研究』に拠って「自分の心で感じ、自分の頭で考え、自分の足で立ち」一歩も怯まず世界と対峙して、詩の、コトバの、そして人間の可能性を生涯追求した詩人だった。ひらがな分け書きという独創的手法で、汚れにまみれたコトバを丹念に拭い、コトバ本来のつやつやしさを回復する道筋を、詩集『みえかくれするひと』(一九七二年)『もう一つの実験または対位法』(一九八四年)によって求めてきた詩人だった。そうしたじっこくさんにとってはウィリアムズとの出会いは必然であり、同じく必然の出会いをしていた芭蕉をワビ、サビの俳聖殿から救出し『桃青の詩的生涯(試論詩・芭蕉伝)』(一九八七年)で、コトバを庶民の側に奪還するための詩的実験を貫いた一詩人として等身大に甦らせた後、晩年はウィリアムズに没頭していった。二週間に一度のアスフォデルの会でウィリアムズを仲間とともに議論しながら読む作業を、いたずらっぽく「頭のボクシング」と呼び、心から楽しんでおられたじっこくさんとともにぼくらはウィリアムズという世界を旅してきた。だがそんな旅の総仕上げの途中、この『自叙伝』第一部の翻訳を終えたころ、じっこくさんは風邪をこじらせ急逝された(一九九七年)。入院先にお見舞いに行ったぼくらにベッドで起き直り、「ぼくは入院なんかしていられない。やらなければいけない仕事があるんだ」とかすれた声で呟かれたじっこくさんの姿にウィリアムズへの、この『自叙伝』への思いの深さを感じた。こうしてやっと翻訳を終え本書を世に送り出そうとするにあたって覚える感慨の柱は、ウィリアムズとじっこくさんから与えられた豊かな世界の方向性とエネルギーを、ぼくらが媒体となって世のまだ見ぬ人々へ伝えられる喜びである。

最後に翻訳文体についてお断りしなければならない。じっこくさんがお元気だったころから一貫してぼくらのとってきた流儀は、まず各章の担当者が試訳を提示し、メンバーそれぞれが各自の読みをもとに修正意見を出し合う。そして「ボクシング」のような討論を経て、アスフォデルの会としての読みを定め、担当者は修正稿をまとめて、メンバーにフィードバックする。ときに討論の結論が出ないこともあり、そうした場合は担当者の責任で仲間の解釈・読み、討論内容をふまえて修正稿を作成しメンバーに返す。どちらの場合も必要に応じ再度検討・議論し担当者の手で定稿に仕上げられる。こういう手順をふんで読み進め、翻訳原稿に仕上げていくのはまどろっこしくはあるが、仲間との議論の中で読みを深め、新たな発見に出会う楽しい作業であった。そして、最終的にでき上がる定稿は担当者それぞれのクセ、文体で「自立した読み」となり、あえてその統一は図らなかった。したがって、不揃いな文体はぼくらの流儀としてご容赦頂きたい。また、第一部はじっこく・十川・蓮井・今西で、第二、三部はじっこくさん以外の三名で仕上げた。

本書は不思議な機縁で思潮社から出して頂けることになった。むかし『アスフォデル』が『パターソン』に取り組んでいたころ、獨協大学の原成吉先生とご縁ができ、そして二十年ほどのち本書の訳稿がほぼ完成した一昨年夏、原先生が思潮社から『ウィリアムズ詩集』を出された。この詩集にぼくらは勇気を与えられ、先生にぼくらの『自叙伝』の翻訳出版の可能性について心当たりをお尋ねしたところ、同社編集部の髙木真史氏を紹介されたのである。目に見えない導きの糸が、ウィリアムズから、じっこくさんから、原先生へ、さらに髙木氏へと通じ、こうしてぼくらの『ウィリアムズ自叙伝』は思潮社から世に出ることとなった。原成吉先生、髙木真史氏には心からお礼を申し上げたい。また原先生、早稲田大学の江田孝臣先生には校正段階で有益なご助言を頂いた。かさねてお礼を申し上げたい。

アスフォデルの会（今西・記）

二〇〇七年十二月

アスフォデルの会
十川　敬　（高松市浜ノ町六〇—五五—一〇三九）
蓮井宣昭　（高松市屋島西町一八九五—一〇）
今西　弘　（高松市仏生山町甲二三二三—二）

ウィリアム・カーロス・ウィリアムズ自《じ》叙《じょ》伝《でん》

著者
ウィリアム・カーロス・ウィリアムズ
訳者
アスフォデルの会
発行者
小田久郎
発行所
株式会社 思潮社
〒一六二―〇八四二　東京都新宿区市谷砂土原町三―十五
電話〇三（三二六七）八一五三（営業）・八一四一（編集）
FAX〇三（三二六七）八一四二　振替〇〇一八〇―八一二一
印刷所
三報社印刷株式会社
製本所
小高製本工業株式会社
用紙
王子製紙　特種製紙
発行日
二〇〇八年六月一日